解志熙 著

文本的隐与显

中国现代文学文献校读论稿

博雅文学论丛

北京大学出版社
PEKING UNIVERSITY PRESS

图书在版编目(CIP)数据

文本的隐与显:中国现代文学文献校读论稿/解志熙著. —北京:北京大学出版社,2016.6
(博雅文学论丛)
ISBN 978-7-301-27018-9

Ⅰ.①文… Ⅱ.①解… Ⅲ.①中国文学—现代文学—文学研究 Ⅳ.①I206.6

中国版本图书馆 CIP 数据核字(2016)第 067433 号

书　　　名	文本的隐与显——中国现代文学文献校读论稿 Wenben De Yin Yu Xian——Zhongguo Xiandai Wenxue Wenxian Jiaodu Lungao
著作责任者	解志熙　著
责 任 编 辑	张文礼
标 准 书 号	ISBN 978-7-301-27018-9
出 版 发 行	北京大学出版社
地　　　址	北京市海淀区成府路205号　100871
网　　　址	http://www.pup.cn　新浪微博　@北京大学出版社
电 子 信 箱	pkuwsz@126.com
电　　　话	邮购部 62752015　发行部 62750672　编辑部 62767315
印 刷 者	北京中科印刷有限公司
经 销 者	新华书店
	965 毫米×1300 毫米　16 开本　28.75 印张　457 千字 2016 年 6 月第 1 版　2016 年 6 月第 1 次印刷
定　　　价	69.00 元

未经许可,不得以任何方式复制或抄袭本书之部分或全部内容。
版权所有,侵权必究
举报电话: 010-62752024　电子信箱: fd@pup.pku.edu.cn
图书如有印装质量问题,请与出版部联系,电话: 010-62756370

此书敬献给我的父母解贤-张培兰二老

目 录

说 文 录

也曾袭来唯美风

——《莎乐美》在中国现代小说中的转生及其他 …………… 3

题 记 …………………………………………………………… 3

概述:《莎乐美》与中国现代小说的因缘及其他 …………… 5

作为浪漫偶像和摩登症候的"莎乐美":郭文骥和林微音
　的小说之追摹 ……………………………………………… 9

作为唯美—颓废文学范本的《莎乐美》:向培良与谭正璧
　的小说之翻新 ……………………………………………… 12

"末路者"欲望畸变的唯美—颓废想象:李拓之的历史小说
　之创获 ……………………………………………………… 18

赘言:唯美—颓废叙事的两种格调 …………………………… 25

遗迹犹存"西来意"

——存在主义在 1940 年代中国流传之存证 ……………… 26

小 引 …………………………………………………………… 26

从杞尔格嘉、尼采到叶斯必尔斯的哲学脉络:中国第一本
　存在主义论著——张嘉谋的《生存哲学》………………… 27

从胡塞尔到贾波士和海德戈的哲学转进:沦陷区学界对
　现象学和"存生哲学"之绍述 ……………………………… 37

萨特的小说、剧作和文论及其他:法国存在主义文学在
　40 年代中国的译介 ………………………………………… 52

"被政治化"的学说与文艺:40 年代末中国学界对存在主义
　的评价之偏至 ……………………………………………… 63

气豪笔健文自雄
——漫说北方文坛健将杨振声兼谈京派问题 ······ 70
寂寥仅仅说《玉君》:杨振声为何长期声名不振? ······ 70
三十年的坚持与拓展:杨振声的创作历程及其成就 ······ 73
杨振声与北方文坛之重振:兼谈京派的兴衰及其限度 ······ 80
气豪笔健文自雄:杨振声的随笔与中国现代散文的谱系 ······ 100

杨振声随笔复原拾遗录 ······ 112
关于民族复兴的一个问题 ······ 112
拜 访 ······ 116
被批评 ······ 119
批评的艺术与风度 ······ 122
邻 居 ······ 125
书房的窗子 ······ 129
节约时间 ······ 133
文人与文章 ······ 136

"灵魂里的山川"之写照
——且说冯至对中国散文的贡献 ······ 139
"卓然成家"的冯至散文:季羡林的高评价及其问题 ······ 139
谦虚体察自然以及人事的朴素意义:反"山水诗文"
抒情传统的《山水》 ······ 141
严肃思考国人的实存状态与存在之道:作为现代"知性
散文"的"鼎室随笔" ······ 153

感时忧国有"狂论"
——《战国策》派时期的沈从文及其杂文 ······ 166
评论短刊的崛起和随笔杂文的繁荣:一个被忽视了的
战时文坛景观 ······ 166
感时忧国有"狂论":作为"杂文家"的沈从文之一瞥 ······ 167
"德不孤,必有邻":作为《战国策》派重要成员的沈从文 ······ 178
附记:沈从文佚文辑校补正 ······ 188

沈从文杂文拾遗 ······ 192
狂论知识阶级 ······ 192
都市的刺激 ······ 195

明天的"子曰"怎么办 ……………………………………… 199
　　中庸之道 …………………………………………………… 200
　　统治责任与权力测验——平价中的小问题 …………… 203
　　由怀疑接近真理 …………………………………………… 207
与革命相向而行
　　——《丁玲传》及革命文艺的现代性序论 …………… 209
芦焚的"一二·九"三部曲及其他
　　——师陀作品补遗札记 ………………………………… 225
　　小引:缄默的师陀不再寂寞 ……………………………… 225
　　"一二·九"三部曲之聚合:《争斗》的发现与《雪原》的
　　　补遗 …………………………………………………… 227
　　别样的灾年叙事及其他:《渔家》《守缺》等小说与杂文 … 234
　　此行不为看山来:"太行山"系列散文及《牧笛》的别样
　　　情怀 …………………………………………………… 237
　　似而不同的异文本:以《夜之谷》和师陀晚年的自述文字
　　　为例 …………………………………………………… 242
　　似京派还是准左翼:《忧郁的怀念》里的两封佚简和一个
　　　问题 …………………………………………………… 246
"穆时英的最后"
　　——关于他的附逆或牺牲问题之考辨 ………………… 253
　　附逆的汉奸还是冤死的英雄:关于"穆时英的最后"的
　　　两种说法 ……………………………………………… 253
　　"嵇康裔"及其真身"嵇希琮":他的自述和对穆时英的
　　　回忆之真伪 …………………………………………… 257
　　穆时英怎样走向"最后":他的蜕变过程及妥协思想
　　　之逻辑 ………………………………………………… 262
当"亲日作家"遭遇"抗日的恐怖份子"
　　——"穆时英的最后"文献特辑 ………………………… 271
　　前　记 ……………………………………………………… 271
　　一年来之中国文化界 ……………………………… 龙　七 273
　　与穆时英对谈中国报业改进问题 ………………… 周雨人 278
　　悼壮志未酬的穆时英 ……………………………… 雨　人 281

| 穆时英君之死 .... 菊池宽 282
| 悼穆时英 .... 片冈铁兵 283
| 记穆时英(节录) .... 萧 雯 284

解 诗 录

出色的民俗风情诗及其他
　　——徐玉诺在"明天社"时期的创作再爆发 291
　　"血与泪"的文学典型:诗人徐玉诺的创作之开端 291
　　并非昙花一现:"明天社"时期的徐玉诺 294
　　拾遗补阙:《人食与人屎——墙角夜话之八》 301

风云气壮　菩萨心长
　　——关于40年代的冰心佚诗及其他 306
　　"天限"的限度与突破:冰心创作的苦恼与转型 306
　　"诗境何妨壮甲兵":风云气壮的《送迎曲》 308
　　从"舌锋尖锐"到"菩萨心肠":冰心抗战前后的对日态度
　　　之区别 310

"诗境何妨壮甲兵"
　　——冰心佚诗《送迎曲》及两篇讲辞 313
　　送迎曲 313
　　冰心女士讲旅日生活与日本问题 315
　　日本观感 317
　　附录:冰心女士一夕话 320

艾青诗文拾零 323
　　艾青集外的两首"献诗" 323
　　《文化人在晋察冀》:艾青的一封佚简之考释 327
　　"写真实"的尴尬处境:艾青的文艺短论《文艺与政治》
　　　之校读 328

"现代"及"现代派诗"的双重超克
　　——鸥外鸥与"反抒情"诗派的另类现代性 332
　　"反抒情"诗派概观:诗学主张与创作实践 332
　　"戴望舒派"现代诗之超克:鸥外鸥的"另类"现代性
　　　书写 337

诗人何为:诗的现代困局与"反抒情"诗派的历史经验……… 349
言近旨远　寄托遥深
　　——《断章》《尺八》的象征意蕴与历史沉思 ………… 353
人与诗的成长
　　——穆旦集外诗文校读札记 …………………………… 361
　　"慕旦"的三篇诗文 ……………………………………… 361
　　"良铮"的两首诗作 ……………………………………… 367
　　从"慕旦"到"穆旦":"一二·九"运动与左翼文化
　　　的影响 ………………………………………………… 371
穆旦集外诗文拾遗 …………………………………………… 375
　　我们肃立,向国旗致敬 …………………………………… 375
　　山道上的夜——九月十日记游 ………………………… 376
　　生活的一页 ……………………………………………… 379
　　失去的乐声 ……………………………………………… 381
　　Ｘ　光 …………………………………………………… 382
一首不寻常的长诗之短长
　　——《隐现》的版本与穆旦的寄托 ……………………… 383
　　长诗得来不寻常:《隐现》的创作始末 ………………… 383
　　《隐现》缘何且为何而作:诗人穆旦的感兴与寄托……… 386
　　诗的隐显或寄托辩证法:《隐现》的艺术得失片谈 …… 398
穆旦长诗《隐现》初刊本校录 ……………………………… 405
　　隐　现 …………………………………………………… 406
"默存"仍自有风骨
　　——钱锺书在上海沦陷时期的旧体诗考释 …………… 422
　　蛰居诗言志:钱锺书写于沦陷时期的旧体诗拾遗……… 422
　　世乱交有道:钱锺书在沦陷时期的诗书酬应之讽劝 … 428
　　直谅对佞朋:以钱锺书与冒孝鲁、龙榆生的应对诗为例 … 434
　　慷慨抒怀抱:"默存"待旦的家国情怀与担当精神……… 446
后　记 ……………………………………………………… 450

说文录

也曾袭来唯美风

——《莎乐美》在中国现代小说中的转生及其他

题　记

马利安·高利克(Marián Gálik, 1933—　)先生是"布拉格汉学学派"的代表人物之一,也是国际著名的比较文学学者。他的重要论著如《中国现代文学批评发生史》《中西文学关系的里程碑》等以及数十篇论文,先后被译为中文出版、发表,在中国产生了广泛的影响,并且新时期以来他也常到中国,与中国学界有密切的交流。即使疏于交游、生活闭塞如我者,也与他成了好朋友,颇得"奇文共欣赏,疑义相与析"之乐。

说来,高利克乃是我的前辈学长——当他1961年在北大留学结束时,我才刚刚出生,而当我开始研习现代文学时,他早已是名满天下的学界耆宿,我在认识他之前当然早已拜读并参考过他的论著,但完全没有想到的是,因为对中国唯美—颓废主义的共同关注,我们会成为忘年交。记得那是在2000年春初的一天,我突然接到中国现代文学馆一位先生的电话,他刚从欧洲回来,说是高利克看到我新近发表的《"青春,美,恶魔,艺术"——唯美—颓废主义影响下的中国现代戏剧》[①]一文,对有关戏剧很感兴趣,希望我能够为他复制一些作品,我自然照办了。稍后——就在这年的暑假期间,高利克先生来华访问,一个大雨滂沱的下午,他冒雨前来清华与我见面,我到清华西南门去

---

① 解志熙:《"青春,美,恶魔,艺术"——唯美—颓废主义影响下的中国现代戏剧》(上、下),《中国现代文学研究丛刊》1999年第3期、2000年第1期。

接他,不料相互错过,他自己先摸到了我的家门,我妻子开门一看,是一位胖胖的"洋鬼子"站在门口,吓得真是不轻。那个下午,就在我栖居的那间寒舍里,高利克先生兴致勃勃,纵谈中国的唯美—颓废主义文学,并且执意约我为他主编的一本国际学术会议论文集 *Decadence (Fin de Siècle) in Sino-Western Literary Confrontation*, *Selected Paper Read at the International Symposium*(Vienna University, June 9,1999) 写一篇论文。此时高利克先生已经看过拙著《美的偏至——中国现代唯美—颓废主义文学思潮研究》(以下简称《美的偏至》)及单独发表的论戏剧一章,觉得独缺小说,乃引以为憾,便要求我作一补论,说是给我 30 个 pages,无论如何也要我完成这个任务。说实话,我不大能够理解像高利克这样一个好好先生,怎么会对怪癖的唯美—颓废主义文学有那么大的热情,而像我这样一个出身农家的人,其实与唯美—颓废主义文学是格格不入的,我当日之所以研究这个问题,不过是在专业上聊为承乏而已,心里压根儿就不喜欢此类作家作品,所以匆匆完成《美的偏至》之后,颇以从此摆脱为快。而高利克则当面批评我说:"解教授,你写了一本研究唯美—颓废主义的书,我很赞成,唯一不喜欢的是书名,那怎么是'美的偏至'呢?明明是'美的高峰'吗!"我只能老实招认说:"我表达的其实是一个农民的看法啊。"由于怎么也拗不过高利克的热情,我只好勉强答应他的要求,但心里已做好了赖账的准备,所以后来拖了两年多,连一个字也没有写,实在有负他的嘱托。而高利克仍不死心,2002 年后半年他重来北京,说是次年 2 月他将迎来自己的七十诞辰,德国华裔学志研究所(Monumenta Serica Institute)将举行庆祝活动,作为"吸引与理解——中西思想的相互交流"为主题的国际汉学大会的序幕,他希望我能够写出那篇文章,去参加这次会议。这对畏行如虎的我,实在是个难题,我只能婉言谢绝,但答应写出那篇文章,作为对他七十华诞的祝贺。可是,由于诸事纷扰,我又一次食言了。直到 *Decadence (Fin de Siècle) in Sino-Western Literary Confrontation* 于 2005 年出版,我还是交了白卷。

如此拖欠真让我惭愧不已。如今十多年过去了,高利克先生即将迎来八十华诞。怀着深深的歉意和敬意,特为补写这篇小文,遥祝可爱的"高老头"健康长寿、童心永在。

概述:《莎乐美》与中国现代小说的因缘及其他

就文类而言,西方唯美—颓废主义文艺思潮对中国现代文学的影响,在诗歌、散文和戏剧领域都有较为充分的表现,所以拙著《美的偏至》及另外发表的《"青春,美,恶魔,艺术"——唯美—颓废主义影响下的中国现代戏剧》一章,重点讨论了从纯文学化到唯美化的美文运动、"为诗而诗"的纯诗学和颓废诗潮,以及唯美—颓废主义影响下的中国现代戏剧,其中尤以戏剧受王尔德的《莎乐美》影响最为深广,涌现出不少模仿之作,苏雪林甚至创作出了比《莎乐美》更胜一筹的戏剧杰作《鸠那罗的眼睛》……相形之下,在中国现代文学中唯美—颓废风格的小说创作,则显得颇不景气,以至于人们对之几乎可以忽略不计——这其实也就是我在拙著《美的偏至》里没有专门讨论此类小说创作的原因。

这当然并非说唯美—颓废主义对中国现代小说没有影响,只是这种影响往往作为一种因子,而被综汇到更大的浪漫主义思潮或摩登主义的流风中去了,此所以人们在二三十年代的小说中时常可以感受到唯美—颓废的因素,却难见风味十足的唯美—颓废小说。

即如田汉和郁达夫在其早期的文学活动中,就常把唯美—颓废主义的作家作品以及作品中的人物,当作最为浪漫的偶像或同此感伤的先例来援引。田汉翻译的王尔德《莎乐美》初刊于1921年3月出版的《少年中国》杂志第2卷第9期,1923年1月复由中华书局出版了配有比亚兹莱插图的单行本,至1930年3月已印行5次,成为影响最为广泛的经典译本,并且田汉领导的南国社也曾将该剧搬上中国的舞台,但田汉却说他演绎《王尔德》的目的,乃是向中国民众传达"目无旁视耳无旁听,以全生命求其所爱殉其所爱"的精神,所以他热情地呼吁:"爱自由平等的民众啊,你们也学着这种专一的大无畏的精神以追求你们所爱的罢!"①显然,田汉是把莎乐美那种极端变态的爱纳入"五四"以来浪漫的个性解放思潮中来理解和接受了。同样的,郁达夫也

---

① 田汉:《我们的自己批判》,《田汉文集》第14卷第340—343页,中国戏剧出版社,1987年。

曾率先向中国新文坛介绍王尔德的唯美主义文学宣言——《杜莲格莱》的序言①，并且也是他首先向中国新文坛介绍了英国世纪末的唯美—颓废主义文艺团体《黄面志》集团②，对其中的薄命诗人道生(Ernest Dowson)，郁达夫尤为激赏和同情，曾经把其生平化用到他公开发表的第一篇小说《银灰色之死》里，并把 Ernest Dowson 派为《南迁》的主人公最敬爱的作家之一，《胃病》的男主人公则援引邓南遮的名作《死的胜利》里的畸恋，也想与看护女殉情自杀，而作为郁达夫自我化身的小说人物于质夫(《茫茫夜》的主人公)，也在心里感念着："淮尔特(Wilde)呀，佛尔兰(Verlaine)呀！"如此等等的沾溉不可谓不多，但究其实郁达夫也同田汉一样秉持着浪漫的接受态度，只是比田汉少了点澎湃的激情而多了些中国传统才子文人的感伤性罢了。此所以创造社的批评家郑伯奇要说，"郁达夫给人的印象是，颓废派，其实不过是浪漫主义涂上了'世纪末'的色彩罢了"③。即使到了1924年冬，年轻的浪漫文人梁实秋在其小说《谜语》中，还倾心描写了一个患有精神妄想症的留学生紫石如何浪漫地痴迷于唯美派的醇酒美人做派——

> 他说，诗酒妇人三者之中，最不重要的便是诗。他在案头放了一本 Aubrey Beardsley 的图画。他整晚坐在摇椅上披阅那些黑白的图画，似是满有看不够的趣味。有一次他告诉我，他的确走入图书里去，里面有裸体蔽面的妇人，有锦绣辉煌的孔雀，有血池生出的罂粟，有五彩翩翩的蝴蝶……并且幸亏是我猛然向他说话，才把他唤醒。④

紫石临去"疯人医院"时，仍然"手里拿着一大本 Aubrey Beardsley 的图画，坚持着不放肯手"。不难推知，紫石所醉心的 Aubrey Beardsley 图画，肯定是 Aubrey Beardsley 为王尔德的《莎乐美》所作的插图。显

---

① 郁达夫：《淮尔特著〈杜莲格莱〉序文》，《创造季刊》创刊号，1922年3月15日出刊。
② 郁达夫：《The Yellow Book 及其他》，连载于《创造周报》第20号和第21号，1923年9月23日、9月30日出刊。
③ 郑伯奇：《中国新文学大系·小说三集·导言》，上海良友图书印刷公司，1935年。
④ 《谜语》原载《清华周刊·文艺增刊》第10期，1925年5月1日出刊，此据余光中、陈子善等编：《雅舍轶文》第272—273页，中国友谊出版公司，1999年。按，《谜语》所写的留学生紫石，可能有留美学习绘画、醉心于王尔德和比亚兹莱的闻一多之影子。

然,这个发疯的留美学生紫石其实同郁达夫早年笔下的留日学生一样,都患上了青春期的忧郁症,而西方唯美—颓废主义的艺术也都在无形中成了他们性爱意识觉醒的启蒙读物。不待说,如此这般浪漫任情的接受态度,在"五四"之后那个浪漫的个性解放时代,实在是其情难免的。事实上,即使对唯美—颓废主义思潮颇有理解的人如滕固——他曾经撰写了中国第一部系统论述唯美主义文学的专著《唯美派的文学》(光华书局,1927 年 7 月出版)——虽然创作了不少小说,却仍然延续着郁达夫的浪漫感伤作风,几乎找不出一篇纯然的唯美—颓废之作来。

到了二三十年代之交,摩登的海派小说崛起于文坛,其中尤以"新感觉派"小说最为引人注目。按,自上世纪 80 年代以来,由于该派小说"刻意追求小说形式技巧的实验和题材内容的现代性、都市性独标一帜,被文学史家称为'中国第一个现代主义小说流派'"①。事实是,以"新感觉派"为代表的海派小说,乃是把现代主义(Modernism)当作摩登的文学趣味、流行的文学风尚来接受的,所以他们笔下的现代主义也就带上了追赶时髦的"摩登主义"(Modengism)②色彩和迎合新派市民文化消费口胃的媚俗性,而被他们视为"摩登"文学时尚从而加以仿制的,则不仅有最新的文学流行元素如"心理分析,内心独白,和三个'克':Erotic,Exotic,Grotesque(色情的,异国情调的,怪奇的)"③,而且包括了前一个世纪末的唯美—颓废主义因素。应该说,所有这些元

---

① 严家炎:《中国现代小说流派史》第 125 页,人民文学出版社,1989 年。另按,上引的这个学术评论是李今做出的,参见她的《海派小说与现代都市文化》第 44 页,安徽教育出版社,2000 年。

② 在上世纪 30 年代的半殖民地都市上海,新派市民往往怀着歆羡的心态把来自西方的"Modern"物事和生活方式当作时髦风尚来消费和模仿,形成了一种追逐洋派时髦、寻求新鲜刺激的行为方式和消费口味,俗称"摩登"。在"摩登"做派中包含着相当深重而未必自觉的殖民意识。海派小说家不但热心表现"摩登"生活方式,并且同样把外来的"Modernism"当作时髦文学风尚来追随和仿制,而缺乏文化的批判意识和自主意识。这样一种复制"Modern"和"Modernism"所以貌似"现代",但不免使"现代"时尚化以至于庸俗化的文化风尚和文学行为方式,与其说是"现代主义"不如说是"摩登主义",这可能是发展中国家的文化和文学走向现代化的过程中特有的"现代性"特征之一,所以我起用了 30 年代曾经有过的"摩登主义"概念,并建议将它英译为"Modengism"。参阅解志熙:《"摩登主义"与海派小说》,载《上海文化》2005 年第 2 期。

③ 这是施蛰存晚年回忆其 30 年代小说创作时的自我揭秘。见《且说说我自己》,《收获》1989 年第 3 期。

素在海派小说家那里乃是一概作为摩登的新感觉元素来接受和发挥的。对此,已有研究者做出了重要的补充分析,如李今就指出——

> 过去,就中国新感觉派接受现代主义的视野和影响来说,大多局限于日本的新感觉派和法国的保尔·穆航,这是不应否认的,但是还需要特别强调的是他们本身都是对于上世纪(指19世纪——引者按)末唯美—颓废主义这一国际性的文学思潮的继承、发挥和变异。……所以,把新感觉主义置于唯美—颓废主义的大背景中认识,更有利于理解他们所谓的现代主义的早期特征,更准确地把握其文学史上的位置。当然,更为重要的是唯美—颓废派的作品正是二三十年代的上海文坛,尤其是海派作家翻译的热点之一并与新感觉派有着密切的关系,实际上构成了新感觉派的一个重要的文化背景。①

李今的分析中肯地指出了"新感觉派"小说的现代主义与唯美—颓废主义之关联。其实,即使是以社会的政治经济分析叙事见长的左翼小说,在其初兴阶段也难免唯美—颓废的时风之感染。茅盾的《蚀》三部曲,就可以说是关于激进的小资产阶级知识青年之革命性与颓废性的"矛盾叙事"。最近已有学者对此作了翔实的论析②,此处不赘。

然则,除上述之外,还有没有别的一些比较唯美—颓废的小说呢?有的。就个人阅读所及,郭文骥的《莎乐美的烦恼》,林微音的《茶》和《成熟的幼稚病》,向培良的《参孙与德丽娜》和谭正璧的《莎乐美》,以及白荻的《摩登伽女》等几篇小说,都打上了王尔德的《莎乐美》之烙印,虽然程度有深浅之别,却足以证明王尔德的《莎乐美》对中国现代文学的影响,已超越了戏剧的范围而扩散到小说创作之中了。郭文骥的《莎乐美的烦恼》延续着20年代的浪漫遗绪,仍把莎乐美视为浪漫的偶像来推崇;林微音的《茶》则把王尔德的《莎乐美》当作摩登时尚来标榜,他稍后创作的中篇小说《成熟的幼稚病》,则比较鲜明地表现

---

① 李今:《海派小说与现代都市文化》第45—47页,安徽教育出版社,2000年。
② 参阅宋宁:《颓废的一代——重读茅盾的〈蚀〉三部曲》,《聊城大学学报》2005年第3期;李永东:《左翼批评家茅盾的颓废观念》,《中国比较文学》2007年第4期,以及李永东:《时代新青年的颓废叙事——重读茅盾的〈蚀〉三部曲》,《吉首大学学报》第29卷第2期,2008年3月出刊。

了唯美—颓废主义者之一味追求感官快乐的生活哲学;至于向培良的《参孙与德丽娜》和谭正璧的《莎乐美》,都致力于王尔德的《莎乐美》之翻写,并且翻写得各有特色,堪称是相当出色的唯美—颓废小说了。特别值得重视的,是李拓之的历史小说《束足》《溺色》《遗袜》和《摧哀》等,作者创造性地兼融精神分析、社会历史分析于唯美—颓废主义文学所偏好的"末路者"欲望畸变之叙事,可谓别具一格的想象、别出心裁的创意。迄今为止学术界似乎很少注意这些小说,所以下面就一并略为补说、聊供参考吧。

作为浪漫偶像和摩登症候的"莎乐美":
郭文骥和林微音的小说之追摹

郭文骥的生平不详。1928 年他在革新书局出版了短篇小说集《黑的美》,序言里自称当年十九岁,序末则自标"1928 年 4 月 19 日于徐汇南洋",此"南洋"当指南洋公学,该校 1928 年易名为铁道部交通大学,而查郭文骥 1928 年曾任《交大半月刊》的文艺编辑,则他当是出身于上海交通大学的年轻学子。在文学创作上,郭文骥受创造社作家郭沫若、郁达夫的影响较大,所以他的《黑的美》一集多是些浪漫感伤的自叙传叙事,还很稚嫩。他的短篇小说《莎乐美的烦恼》发表于《现代小说》第 3 卷第 2 期(1929 年 11 月 15 日出刊),较诸《黑的美》一集有所变化,就是汲取了新兴的左翼小说的革命性,而与创造社文学的浪漫习气相结合。这篇小说的主角兼叙述人,是上海某校的一位女学生,暑假到了,她应母命回老家杭州,可是心里却牵挂着男友曼兰,而曼兰据说是一个"不顾性命之为民众努力的"人,一位追求革命的诗人,但这位革命诗人并不乏浪漫化的唯美趣味,他之所以欣赏"我",就因为在他眼里的"我"乃是一个浪漫美丽的"莎乐美"。事实上,在当时的上海时髦青年眼中,致力于普罗革命和讲究个人生活的浪漫性,乃是并行不悖的流行风尚。此所以像曼兰这样一个既革命又浪漫的诗人,自然让"我"魂牵梦萦、难以自持了,尤其是想起他宠呼"我"为"莎乐美"的时候——

> 途中我是完全沉没于幻想,小妹在低头读一本曼兰最近的创作,……我想起曼兰一付聪明秀俊呈露青春的美丽的容颜,双颊不由的发热了起来。昨午去向他告辞,一见面他就启唇,"啊,莎乐美。"那感人的音腔,我真有点不信我自己怎会博得一位诗人的爱情。设若我真是位莎乐美,我不是要设法杀下……呵,我不能再写下去了!

当然,"我"的确并非真的"莎乐美","我"和曼兰最浪漫的唯美行为,也只是在杭州的电影场里"两人抱着接吻的时候,一般流氓看见立刻沸腾起来了"罢了,小说就在两人的狂吻中结束。看得出来,在这篇小说里,"莎乐美"不过是个浪漫的装饰而已。

林微音其人其文,拙著《美的偏至》里已有所介绍,他是30年代上海文坛上的一个唯美—颓废主义文学小团体"绿社"的成员,当年文坛的知情人如赵景深也曾指证说,林微音"对于英国的唯美派颇为憧憬"①。这种憧憬贯穿于林微音此前和此后的小说创作中,如长篇小说《花厅夫人》(1934年4月完稿,四社出版部1934年6月初版),只是林微音将唯美主义摩登化而且轻松化了。即如《花厅夫人》叙述的是一女三男之间的"唯美"故事,究其实是颇为摩登风流的,给人轻松以至稀松之感:女主角孙雪菲是个年轻的女学生,爱上了自己的老师钟贻程,经过钟贻程之唯美的快乐主义的性启蒙,孙雪菲迅速成长起来,具备了当一个"花厅夫人"(即沙龙女主人)的资质,但钟贻程"为而不有",他将孙雪菲推荐给了留法归来的欧阳旭初,于是孙雪菲便成了欧阳旭初的太太,一个颇有"唯美"风度和快乐主义生活态度的"花厅夫人",同时,她身边又多了一个新的追求者——作家胡元康。我曾经指出,《花厅夫人》"与描写十里洋场红男绿女的一般海派小说并无根本的区别,所不同的是林微音给这样一个稀松平常的故事涂上了一层唯美的享乐主义的油彩,使它显得较为精致和时髦些罢了"②。林微音稍后创作的短篇小说《茶》,发表于《新小说》创刊号(1935年2月

---

① 见赵景深为其主编的《现代文学》杂志第1卷第3期(1930年9月16日出刊)所写的"编辑后记"。

② 解志熙:《美的偏至——中国现代唯美—颓废主义文学思潮研究》第249页,上海文艺出版社,1997年。

15日出刊)。从情节上看,《茶》乃是《花厅夫人》的续篇——此时孙雪菲已正式成为欧阳旭初的夫人,一位常常主持茶会的"花厅夫人",出入于她的茶会的有其唯美的启蒙老师钟贻程,有"演王尔德的戏剧家",等等,而作家胡元康则颇为嫉妒和郁闷,因为他不知道孙雪菲对他到底是个什么态度,于是也来一探究竟,孙雪菲则老道地敷衍着他。显而易见,出没在林微音小说里的这些洋场摩登男女,已不像郭文骥笔下的人物那样还陶醉在浪漫的唯美之梦里,而是心照不宣地玩弄着自以为摩登的唯美风流游戏。

比较有意味的是林微音创作于1936年的中篇小说《成熟的幼稚病》,副题是"给自己的生日的一个礼物——一九三六",后来连载于林微音自己主编的刊物《南风》第1卷第1期、第2期、第3期和第4期(分别于1939年5月15日、6月15日、7月15日和8月15日出刊)。这部小说里的人物大都患上了一种自以为唯美的"摩登病",虽然病得不是太重,可是毕竟有疾了,所以人物之间的关系也就较《花厅夫人》显得略为纠结些。《成熟的幼稚病》可以说是女主角薛未碧的成长史。一开始,薛未碧只是个年轻的女学生,她跟着姐姐从广东来到北平,一心想报考北平女大,一考不中,还想再考,于是姐姐托人给她找来辅导教师,可是她却三天两头缺课,直到换了梁次惠她才服帖下来,认真学习了。其实薛未碧是爱上了梁次惠。觉察到这一点,梁次惠既不免心跳,又有些担心,因为薛未碧毕竟还小,心性不定,所以他借故离开了北平,从此不见下落。由于这个缘故,薛未碧后来虽然考上了北平女大,却无心去上,而应聘到一个剧团出演《莎乐美》,由此一举成名,以至于人们都叫她"莎乐美",同时薛未碧也拥有了饰演约翰的蒋志华的整个人,可是她在心里却忍不住想象着梁次惠——

> 要是同她配演的不是蒋志华,而是梁次惠?她不由地想那是会演得更其逼真的,因为要是次惠,也像那约翰一样,会那样地忽视她的真挚的感情,她说不定是会真把他的头割了下来的。

从此薛未碧开始"唯美"地游戏人生:她与许多崇拜者厮混,不知跟哪个怀了孩子,便挑选了一个富二代粉丝——来自苏州的大学生赵明德——结了婚,遂脱离演艺圈、移居于苏州。尽管婆家和丈夫给了薛未碧舒适的生活和充分的自由,但她却不甘于蛰居的平淡生活,更忘不了曾为初恋的梁次惠。可是梁次惠遥不可及,所以薛未碧想起了与梁次惠性格近似的叶夷田,于是她有一天借故把叶夷田从上海招来,两人一起抽骆驼牌香烟,一起游玩苏州园林,当然相互之间也免不掉情色的挑逗。而当叶夷田再来苏州的时候,薛未碧已决意为他抛弃家庭和孩子,虽然在她心底里,叶夷田只不过是得不到的梁次惠的替身而已。应该说,笼罩在《成熟的幼稚病》里的是一种摩登的唯美氛围,而"莎乐美"薛未碧也确比"花厅夫人"孙雪菲多了些烦恼,性格也较为复杂了些——唯美的快乐主义的新感觉已成了薛未碧的行为定式,得不到的烦恼则不妨以替代者来排解。如此这般的"唯美"小说,不过是一种摩登的文学症候而已,与彼时"颓加荡"①的爱欲小说和摩登主义的"新感觉派"小说大同小异——较诸"颓加荡"的爱欲小说,《成熟的幼稚病》略为成熟;较诸摩登主义的"新感觉派"小说,《成熟的幼稚病》又略嫌幼稚。

作为唯美—颓废文学范本的《莎乐美》:
向培良与谭正璧的小说之翻新

在中国现代文学史上,真正典型的唯美—颓废小说,是向培良的《参孙与德丽娜》与谭正璧的《莎乐美》,它们都是照着或接着王尔德《莎乐美》的样板而花样翻新之作。

在"狂飙社"诸子中,向培良是修养比较深厚、创作比较用心的作者。二三十年代之际,他发表过不少理论批评,并着力于戏剧创作,同时也有小说发表。向培良的独幕剧《暗嫩》是典型的唯美—颓废之作,拙著《美的偏至》已经论及,此处不赘。向培良的小说创作虽然不多却不乏精品,《参孙与德丽娜》就颇为成熟老到。按,这篇小说发表于北新书局的《现代文学》第1卷第3期(1930年9月16日出刊)。《现代文学》的编者赵景深在该期的"编辑后记"里即指出,"这里有取材于《旧约圣经》士师记第十六章,具有王尔德《莎乐美》灵魂的向培良的《参孙与德丽娜》"。的确,《参孙与德丽娜》不仅与王尔德的《莎乐美》

---

① "颓加荡"是三十年代海派作家对"Decadent/Decadence"的一个庸俗化译法,意思是"颓废加放荡"。

同样取材于《圣经》,而且在描写女性为一己之私而不惜置所爱男性于死地的变态心性上,《参孙与德丽娜》也与《莎乐美》如出一辙。德丽娜明知自己把参孙缚住之后,非利士人会乘机加害于他,可是她为了满足自己作为女性征服男性的虚荣心,还是屡次纠缠着参孙,以至责备参孙没有告诉她真正的秘密——

> 这件事过了以后,德丽娜责备参孙了:"为什么欺骗我呢?你简直给我开玩笑,你并没有把那真的方法告诉我。但是我要知道,知道那种可以制伏你巨大的力气的方法。把那个告诉我!"
> "你为什么要知道呢?"
> "我是爱你的,我是超乎一切之上而爱你的。参孙,你是一个英雄,一个伟大的英雄,你的神耶和华赐给你以没有谁能够战胜过你的力量,但是德丽娜的爱情却要比此更有力量,我要你为我证明这个。德丽娜要在她伟大的爱上显出奇迹来,就是她要用她的爱征服这个不能征服的英雄。"

就这样,为了满足自己所谓爱的征服欲,德丽娜完全无视参孙的安危,而最后她也终于以参孙的被俘证明了自己的征服力。德丽娜的这种不顾一切的征服欲,与王尔德笔下的莎乐美为了证明自己的征服力而不惜借刀杀害约翰的行径,真是何其相似乃尔。

不过,这只是《参孙与德丽娜》的一个方面,这篇小说其实还存在着与王尔德的《莎乐美》有所不同的另一面,那另一面就是对参孙之英雄失路的落寞感和生命迟暮的颓废感有颇为同情的表现。作品一开头就同情地描写英雄参孙的落寞与疲倦,这落寞与疲倦,既缘于参孙的所向无敌、没有真正的对手,也缘于以色列群众对他的行为的不理解,而参孙个人生命力之日渐颓废的感触,亦掩映其中——

> 参孙觉得非常疲了;他似乎已经倦于用他的巨大的手臂击杀非利士人的游戏了。他心里想,"击杀那些没有受过割礼的非利士人有什么用处呢?我主耶和华叫我来拯救他的子民,所以给我这种超乎一切的气力。就是几百几千个非利士人罢,都经不起我的一击。但是这些怯懦的百姓有什么办法呢?他们从来不肯听我的话,他们怕非利士人更甚于怕耶和华;他们从来不认识我的力量。"

于是他轻轻吁了一声,望着面前长长的一列橄榄树,高大的树枝强有力地刺着天空似的。他好像觉得这些树都是纪念他所作过的伟绩,但是却很快地被人忘记了。它们仅仅僵直地列在他的后面,不是些有生气的东西,正如同僵直的死的尸体仅仅引起我们对于生的留恋而已。他又像觉得那些事都是别人做的,太辽远了,与自己绝不发生关系。这时候,风吹着他,把他从来没有剃过的头发披拂下来了,他发现了那些头发里已经夹着白的丝。这还是他第一大的发现。

"我恐怕是老了。"这思想使他非常苦痛。

他俯下祈祷:

"我主耶和华,为什么遗弃了你的仆人呢?我现在是非常孤寂。我主耶和华,请鉴查你的仆人是非常疲倦了。我用你赐给我的力量许多次打到了非利士人。遵从你的旨意,但是我做了这些究竟有什么结果呢?求你赐给我力量,再赐给我力量。我的手臂和我的大腿是够强有力了,非利士人绝不能抵抗它们,但是我却消失了举起这手臂和运转这大腿的元气。现在我的头上快要白发苍苍了,我好像看见愤(坟)墓已经摆在我的面前。我主耶和华,就这样遗弃我吗?"

应该说,对参孙的这种英雄失路的落寞感和生命迟暮的颓废感之表现,乃是《参孙与德丽娜》的首要主题,所以作者反复描写、再三致意焉,给读者留下了极为深刻的印象。这其实反映了尼采哲学和鲁迅思想的影响。按,尼采既曾极力张扬强有力的超人而力诋怯懦的奴隶道德,同时他也被认为是从生命意志哲学的角度抉发"颓废"意涵的世纪末思想家;鲁迅则深受尼采哲学的影响而被人称为"中国的尼采"①。而包括向培良在内的"狂飙社"诸子,恰正是特别崇拜尼采也曾一度深受鲁迅影响的一群文学青年,《参孙与德丽娜》对英雄与庸众的隔膜及英雄失路的落寞感和生命迟暮的颓废感之表现,或者正是从此而来。从上面所引"高大的树枝强有力地刺着天空似的"和"我好像看见愤(坟)墓已经摆在我的面前"等语句,就不难窥见鲁迅《野草》的一些篇

---

① 参见徐志摩:《关于下面一束通信告读者们》,1926年1月30日《晨报副刊》。

什如《秋夜》《过客》等的影响痕迹,而鲁迅描写耶稣的牺牲不为群众所理解的《复仇(其二)》,则可能直接启发了向培良对参孙与群众关系的想象,遂使他的《参孙与德丽娜》多了王尔德的《莎乐美》所欠缺的这一面。就此而言,向培良的《参孙与德丽娜》乃是接着而非照着王尔德的《莎乐美》而写,其综合转化的创造力和艺术匠心的成熟度都超出时流多矣。

谭正璧是30年代知名的文学史家,他的短篇小说《莎乐美》则创作于上海沦陷期间,发表在通俗文学刊物《小说月报》第31期(1943年4月1日出刊)上。与向培良的《参孙与德丽娜》之接着王尔德的《莎乐美》而写不同,谭正璧的《莎乐美》则是亦步亦趋地照着王尔德的《莎乐美》来翻写的,但也不是全无可观者,至少就模仿翻写的忠实和艺术安排的讲究而言,谭正璧的《莎乐美》较诸以往的同类作品还是略胜一筹的。按,谭正璧笔下的"莎乐美"指的是殷纣王的宠妃妲己。在中国的历史传说中,妲己是"亡国女祸"的典型之一,尤其自小说《封神演义》流行以来,妲己更是臭名昭著。这样一个被当作男性替罪羊的女性,对经过"五四"反封建精神洗礼的一代新文学作家来说,倒不失为做翻案文章的好对象,而30年代的年轻作家更把妲己视为唯美的典型人物而予以艺术的重构,比如徐葆炎的三幕剧《妲己》(金屋书店1929年出版)。在徐葆炎的唯美视野中,妲己之令人发指的一切作为都获得了唯美的豁免权,而她面对胜利者姜子牙(姜尚)乃行若无事、镇定从容,更充分表现了美对善的征服;因为担心妲己的魅惑力动摇军心,姜子牙急命行刑官将她杀掉,然而一个又一个行刑官都宁愿自己挨刀而不忍对妲己下手;最后姜子牙只得命令久经考验的总队长亲自动手,而总队长虽然执行了命令、杀死了妲己,可是他随后也给了自己一刀,"倒在妲己身上"!这最后一幕将妲己的魅惑力渲染到了无以复加的地步,但夸张的渲染也给人生硬牵强之感。相比之下,谭正璧的《莎乐美》对妲己的唯美—颓废之重构就妥帖圆熟多了。

谭正璧的《莎乐美》重构妲己故事的一个最大翻新,就是想象妲己乃是爱上了比干而被峻拒,于是因爱生恨而陷害了比干。在谭正璧的唯美想象中,妲己的初恋正是比干,那时她还是冀州侯苏护的女儿,一个美丽的憧憬着爱情的少女,而比干也被设想成一个年轻孔武的未婚美男,他奉命到冀州侯苏护那里去宣慰,其实乃是来暗察其谋反的阴谋,天真的妲己对此全然不知,却对比干一见钟情,殊不料被比干断然拒绝;一年后,苏护果然谋反而失败,遂进京献上女儿妲己谢罪,殷纣立刻被妲己的美色所吸引,乃决意纳其为后而赦免苏护之罪;在即将进宫的前夕,妲己潜至比干寓所再申情愫,反而遭到比干的斥责,于是妲己由爱生恨,发出报复的毒誓,而推动其行为的乃是一个美丽女性之唯美到变态的征服欲——

  "王子爷!你真是天生成一副铁石的心肠,天下没有一个女人能够降伏你!不过——"咬紧了一下牙,"我对你总不愿死了心。我要等你十年。十年之后,你如果再不回过心来,我立誓,虽然不能得到你的身子,一定要得到你的心!"

为此妲己苦等十年,"是报怨,又是泄愤,这十年来,她不知已施用过多少次实在是她不愿意用的媚力,诱惑受辛(即殷纣王——引者按)做了许许多多给王子比干听着看着伤心愤愤的事,逼着他出来谏阻,而引起受辛对于他渐渐地憎恶。两个人仿佛都在受着精神的虐刑,让彼此的大好青春都在阴暗中溜逝过去"。最后,妲己如愿以偿地得到了比干的心——

  当一个太监把比干的心送到皇后床前的时候,皇后忽然满面都是红晕,像没有病般的直坐起来,伸出手来从盘中拾起那颗血淋淋的心,把两手紧捧在怀里,像疯狂般地大叫道:
  "我已得到最后的胜利了——王子爷,你的心将和我的心并在一起,你也不能像从前般的拒绝我了!哈!哈!"
  又是疯狂般地把那颗心向自己嘴里送,淋得胸衣上、被上都是血,满手满嘴也都是血。

如此唯美—颓废的重构,和王尔德的《莎乐美》对莎乐美与约翰之关系的处理如出一辙,并且弥补了王尔德的漏洞。苏雪林曾质疑王尔德的《莎乐美》在情节设计和性格描写上有漏洞:"按《新约》'马太福音',犹太王希律娶弟妇为妻,施洗约翰因他乱伦,常在外面毁谤,被囚狱中。莎乐美为报母仇,在宫廷宴会上,要希律王起誓,斩约翰头……并未说莎乐美爱上了约翰,欲亲之而不可得而施此毒计。《圣经》上又说那个施洗约翰,身穿骆驼毛结成的衣服,吃的是蝗虫和野蜜,在旷野中传道。这样一个肮脏古怪的苦行僧,一个生长宫廷的少女怎会爱上他呢？所以王尔德这个剧本牵合得非常勉强，而且十分不近情理。"①这个质疑是有道理的。而谭正璧则设想妲己因为酷爱比干而不得，遂因爱生恨，痛下杀手，这虽然于史无据，却给了妲己之怪癖狠毒的行为一个比较合乎人性的解释，并且谭正璧还将比干设想为一个年轻的美男，将妲己对他的爱提前为她入宫之前的初恋，这些想象和处理都比王尔德的《莎乐美》更合乎人情、更具艺术的合理性。就此而言，谭正璧的《莎乐美》虽脱胎于王尔德的《莎乐美》，却也有细心的订正与独到的增饰。只是谭正璧也偶有疏忽之处，如写身为冀州侯小姐的妲己觉得自己"反而不如一个侍婢，倒可以自由地去做那窥墙的宋玉"。在一个商代美女的意想中居然出现了战国时人宋玉，这不能不说是修辞的疏失。

还有一篇小说《摩登伽女》，也顺便说说。这篇小说发表于上海的一个通俗文学刊物《春秋》第2年第7期（1945年8月1日出刊），作者署名"白荻"，不知何许人。查现代作家中以"白荻"作笔名的，有山东的曹汶和江西的袁学博，但他们都没有在上海从事文学活动的记录，而在《春秋》第1年第3期上还有一篇《故事新编 朱买臣离婚》，作者署名"白悠"，这个"白悠"即吕白悠，是30年代上海的一个通俗文学作者，其实"白荻"的《摩登伽女》也是一篇"故事新编"，然则"白荻"或者就是吕白悠的另一个笔名也未可知。按，白荻的《摩登伽女》重构的乃是摩登伽女诱惑佛陀的大弟子阿难、最终却由于佛陀的点化而成正果的故事，这个故事由于《楞严经》《佛说摩邓女经》和《摩登伽经》的反复讲述，在中国流传甚广。白荻在文末附注说他是"根据《楞严经》戏作"的，但其实他显然也参考了《摩登伽经》所记摩登伽女的前世故事。当然，白荻在重构摩登伽女的故事时，也作了一些重要的添加，如将原本出身低微的摩登伽女改为一个没落邦国的公主，所以她生活优裕而淫荡成性，设置华丽幕帐于莎罗大森林里，每日诱惑一个青年男子与之同宿，随即弃置，已达九十九人之多，还缺一人就将功成行满；阿难就是那第一百个男人，他虽然道行深厚，仍难以抵挡摩登伽女的美色，终于成了她床上的第一百个俘虏。这些都突破了原典的范围，而彰显出相当浓重的唯美—颓废色调；但这篇小说"曲终奏

---

① 苏雪林：《中国二三十年代作家》第516—517页，台湾纯文学出版社，1979年。

雅"——摩登伽女与阿难的情色纠葛被解释为前世今生的因果报应,而经由佛陀的说法点化,不仅阿难回归了正道,就连摩登伽女也皈依我佛,"说法既毕,满室光明。众人听说,皆大欢喜"。就此而言,唯美—颓废主义并未在这个作品里贯彻始终,虽然其渲染声色、刺激官能的叙事效果,确如司马相如、枚乘的赋一样"劝百讽一",甚至可以说它讽谏规正是假而渲染鼓励是真。

"末路者"欲望畸变的唯美—颓废想象:
李拓之的历史小说之创获

李拓之(1914—1983)是40年代后期国统区小说界引人注目的新秀之一。① 1948年上海南极出版社出版了他的小说集《焚书》,共收12篇以历史与古典为题材的短篇小说,成为继鲁迅的《故事新编》和施蛰存的《将军底头》之后重构历史与古典而颇富创意的收获。我此前在别的场合曾经指出:"这些小说中的一些篇章取材于历史,暗含着借古讽今、针砭现实的批判锋芒,如《焚书》写秦始皇吞并六国、一统天下之后,在李斯的教唆下控制思想、焚书坑儒的故事,《阳狂》写司马氏篡魏前后士人备受迫害的故事,《变法》写司马光、苏洵等保守势力以及权奸朱勔等反对王安石新法的故事……诸如此类的作品显然有意影射国民党统治的专制和现代知识分子的堕落,体现出鲁迅'故事新编'作风的影响,只是李拓之的笔墨有时不免漫画化,并且直奔主题,不像《故事新编》那样富有余味。相形之下,另一些用现代心理学尤其是精神分析观点开掘古人深层心理情结的篇章则更为出色。如《文身》一篇就深入揭示了水浒女英雄一丈青扈三娘被压抑的性心理及其变相的释放。……《埋香》一篇的女主人公是以'易求无价宝,难得有情郎'驰名的唐末女诗人鱼玄机。……李拓之对古人'下意识'的分析体现着现代的观点,这无疑受了施蛰存小说的启发而颇有青胜于蓝之处——施蛰存的《石秀》等篇对古人性心理的分析虽然新颖而不免牵

---

① 叶彤编选的《李拓之代表作》(华夏出版社,2009年)收录了李拓之1939年发表在《七月》杂志上的一篇历史小说《李陵》,这可能是李拓之小说创作的最初试笔,所以不论历史想象还是艺术表现都比较幼稚。

强,而李拓之笔下的扈三娘和鱼玄机尽管变态,但由于作者曲折尽致地揭示出她们的生命本能备受压抑的社会因缘及其陡然变态的特定契机,所以给人别出心裁而又切中肯綮之感。"①

进而言之,李拓之的小说也对"末路者"的欲望畸变有相当出色的唯美—颓废想象。

应该说,唯美—颓废主义乃是李拓之想象和重构历史的重要视角,甚至可以说是主导视角,至其具体运用则视题材和人物的情况而与其他视角相错综:或与社会历史分析相结合,或与精神分析相结合。比如,描写魏晋士人阳狂避害而仍备受迫害的《阳狂》一篇,既力透纸背地重构出魏晋易代之际人人自危的政治恐怖:"三天以后,夏侯玄和他的三族,李丰和他的全家,整数斩首于东市。五天以后,何晏和他的全家整数斩首于西城",又设想年轻的王弼看到何晏的头颅被示众时,居然能不畏强暴地独自进行相当唯美的反抗——

> 王弼毫无恐怖,他向前捧起金盘,用口在何晏颊上吻了几下,然后说:
> "何平叔呀,花开而又花落而又花开,月圆而又月缺而又月圆。这世界是从无到有,从有到无而又到有。你安心吧,你的遗著《道德论》由我王辅嗣代你编纂保留,传之后世。你可以瞑目了……。"王弼接着去吻何晏的嘴唇,那唇,又红又冷,如一颗蜜饯的樱桃,中含药味,吻之麻木。王弼从此得了怪病,往往寒热无常,晕吐交作,当他一年以后回去的中途,终于发疾呕泻而卒。

这种想象显然受了王尔德《莎乐美》的启发,只是莎乐美之亲吻约翰的头颅乃是出于变态的自我满足,而王弼之亲吻何晏的头颅则被转化为唯美的反抗了。至如描写女性性压抑的《文身》《埋香》等篇,其唯美的色相之渲染和颓废的生命之感怀,亦可谓"浓得化不开"。

这并非偶然。追溯起来,30年代中期初登文坛的李拓之(当时的笔名是李又曦),就具备了由于自觉到生命之必然的颓废因而趋于唯美—快乐主义的"刹那"人生观——

---

① 解志熙:《走向"分析"及其他:抗战及40年代小说叙论》,见《摩登与现代——中国现代文学的实存分析》第189—192页,清华大学出版社,2006年。

一刹那加一刹那等于人生,历史及宇宙。假如时间的进程永永无尽,那空间的容量亦将永永不满的吧。善于体验人间味者,乃能作每一刹那的极端咨啬。不特烟余酒际,时涉沉思;抑且厕上马前,偏多遐想。放眼此大千世界,非一粒粟所能尽,然有时竟能以一粒粟尽之者,实因知道置生命的精美与青春的炬火在极小至微的着眼点上。紧紧抓住它! 不轻易的松放过去。即如眼前执笔亲目,即见对楼女人眉毛剃得光光,同时又画的湾湾。当她晚妆梳洗罢,黄色的面皮,幽幽地独倚窗槛。那首先为了没有眉毛的脸而惊讶,这瞬间的奇感,电流般熨过你的全身,即这一刹那是毕竟值得吟味,至于无尽的。又如在热气腾腾独酌椑上,纸烟的雾晕之后又是酒味的浓烈,仅仅这一俄顷,谁说人生是寂寞的?服过印度大麻后的波特莱儿,吃后("后"疑当作"过"——引者按)番僧药片后的西门庆,虽是一刹那的兴奋,但全部人生就拼力在这一刹那中。我并不主张每人都该服印度大麻或番僧药片;可是人人都无妨以驰骤精英、挥发炬火的至强至猛的力,去玩味每一刹那的人生吧。

年轻的李拓之接着强调说,人生最值得玩味的刹那恰是英雄美人的末路——"楚项羽与虞美人的艳迹,就在垓下悲歌的一刹那。因那时生命力发扬到了极致,斯足以为千古的英雄抑美人"①。这可以说是中国现代文学中最得唯美—颓废主义精髓的论调了。

如此极端感觉化、官能化的唯美—颓废主义"刹那"人生观,又济之以变态—病态心理学的新视野,在李拓之40年代后期的历史小说创作中,得到了相当充分和颇为出色的表现。事实上,李拓之小说的差不多三分之一,如《束足》《溺色》《摧哀》和《遗袜》,都是关于"末路者"欲望畸变的唯美—颓废想象以至死后尸变的变态—病态展演。

《束足》是对"归为臣虏"、行将就死的李后主的唯美—颓废重构。在作者的笔下,此时的这位亡国之君最念念难忘的是什么呢? 是一种病态而唯美的恋足癖——"实在的,生来善于鉴别自然美和人物美的他,一向有一个闷藏在心底的主张,即认为纤弱柔婉才是美的正宗,白

---

① 以上两段引文并见李又曦(李拓之):《一刹那》,《人间世》第38期,1935年10月20日出刊。

皙鲜嫩才是美的极致"。于是美女之小脚便成了李后主的最爱,此所以行将就死的他最为牵怀的,便是对美人窅娘和小周后小脚之美的绵绵回忆。即如"无言独上西楼,月如钩"的美景,在李后主却"忽而很快地便联想到他所最喜爱的一位美人窅娘的一双小巧玲珑的脚样上去了。这是他一生疯狂的嗜欲,情有独钟的痼癖,极端崇拜的莫起的沉疴";而"当他置想于迷濛的月色,却又记起小周后的脚型"。作品临末所着力描写的,就是被拘禁的李后主拿出那柄颠沛相伴的白玉凤笙吹来解闷时,他又仿佛重尝当年亲吻小周后的脚与鞋以及窅娘的趾尖之滋味一样兴奋异常——

>他几乎晕过去了。当他的口唇初贴上凤笙回转的拗颈,那分明是小周后圆润的足踝,当他的手掌轻摩过凤笙槎枒的枝指,那又显然是窅娘纤嫩的趾尖。这样鼻涕似的柔滑的感觉,不由撩拨起他一生倾倒的内心蕴藏的意念。他一时为这奇特的馋欲所抓紧,只是没命的吻住这笙唇,拼死的握牢这笙尾,加劲地吹唱起雕云镂月的曼声,闭目凝神,犹如咀嚼着她们的踠、跗、踵、蹠、趾和趾甲一样。笙声凄彻,月痕凉冷。栏杆边旋绕起一缕烟,它霏霏飘散着旧日南唐的夜曲,那是舞辞,是宫谱,那是流水,是霞,是梦。一阵子欢娱粘在一阵子忧郁,一阵子荒凉挽着一阵子热闹。他的口唇灰白,舌尖僵结。悲哀化为美丽的妖妇,是窅娘也是小周后,穿一件金色的外衣,摇着涂香的扇子,踏着宫商谐协的长短步调,她姿容倾国倾城,眼泪如江如河。这手内的凤笙,天上的钩月,口里的肉音,纸上的歌拍。青蛙般的伤情,水蛇似的幽怨。风流和羞耻,才华和屈辱。这一切都迷在记忆的月光和瘴雾里,辨不清那是容貌和年光,那是白莲、梨花或蝴蝶,在那里随凤笙的哀响而片片瓣瓣地飞翔、飘谢、凋落。
>
>凤笙从楼窗口坠下,他倒下去……

这真是唯美—颓废到病态和变态的极端了,但对一味追求美的快感而不惜亡国的李后主来说,则可谓体贴入微、恰如其分的艺术想象。

《溺色》的主角是唐代鬼才诗人李贺。李贺大概也可算是卡莱尔所谓"诗人英雄"的典型吧,而在当年的李拓之眼里,英年早逝的李贺无疑是唯美—颓废的诗坛怪杰。事实上,李拓之在创作《溺色》的六年之前,就发表了学术论文《李长吉诗研究》①,该文借鉴西方现代诗学观念,精细地揭示了长吉诗的三个唯美——颓废特征:"一、感觉主义的作风。……长吉诗之色调的感觉,是以绿色与白色为其焦点,而主要的这绿是冷绿,白是光白。……在这样二种颜色的复杂感觉之下,长吉的感觉主义的作风更为深入了。他不但写视觉,而且写听觉,嗅觉。他似乎曾经要努力地把色、光、声、香的感觉,错综的写成一片,以完成他的感觉主义作风的大凯旋。""二、颓废美与恶的倾向。长吉的句子喜用弱、素、衰、颓、垂、坠等字眼,因之有一种颓废的诗美。……但颓废的色调如果发挥至于极点,便有转为恶的倾向的可能。虽则长吉诗中并没有故意做着如杀戮的恐怖,臭秽的感觉,猥亵的描写等之极端恶魔主义的手法;但长吉诗篇中确曾充满了鬼魅、枭狐、神怪的气氛,也是会使人感到一种'战栗'的。所以,长吉诗无疑地含有恶魔主义的倾向。我以为这便是从那强烈尖新的感官刺激与极端颓废衰飒的情绪所不断发展到最高峰而来的。""三、暧昧的离情怨意。……长吉还是一个香体诗的写手哩,但长吉的香体诗另成一格。……他有一种特色,即不明白地写,而用晦涩的语句,加上暧昧的色调,使意境迷离,情绪断续,进入可以意会而不可以言传的境界。……本来颓废派的诗是富于架空的想象的,长吉的诗属于此派。"过了六年之后,李拓之又创作了小说《溺色》,可说是"鬼才"诗人李贺走向死亡途中极为错综纷乱而又唯美颓废的感觉之传记。

《遗袜》一篇载《生活》杂志第 2 期(1947 年 7 月 25 日出刊),迄今仍未收入集中。此篇将笔触指向了陨落的美人杨贵妃,融合着社会历史分析和唯美——颓废的想象。作品首先通过一个乡村老妇及其小孙子来描写死后的杨娘娘。那是个兵荒马乱的年月,马嵬驿的一个老妇和她的小孙子无以为生,便像其他山民一样在夜间来到马嵬坡前的山上翻寻被遗弃的伏尸,希冀"从这些上面寻找到能够充实或且补偿自己生命的东西"。而饥饿的山民们"居然在到处罗掘搜索中,发见了一种新的可以果腹的食物,说来不大好听,那就是人肉"。就在一个夜晚,这尸里刨食的祖孙二人发现了一具美丽的女尸——

---

① 姚苊(李拓之):《李长吉诗研究》,连载于《宇宙风》(乙刊)第 45、第 46 期,分别于 1941 年 5 月 16 日和 6 月 1 日出刊。下引该文即据此刊,恕不另注。

> 这是谁?老妇人不由惊诧着。……她恍惚中又记起了前几天村中的传说:在皇上驻屯这里的时候,山坡下曾经活活绞死了一个最宠爱的杨娘娘。……说着这话的那位胡子老爹,还在口口声声批评皇上和大臣们的不是,说什么贵为天子不能庇护一个情人,而为了自私,却把战争与饥馑的责任推到女子身上去。……她想着,恍然大悟似的面对着这当前的女尸,这不是杨娘娘是谁?做证明的就有刚刚松解过的脖子上那条长帕子。她的心酸楚着,望望尸体的颜面,摩摩尸体的肌肉,忍不住涌出眼泪,俯下去向她的口唇上亲一个吻。太用力了,自己的嘴压在娘娘的,她收敛的舌头却被挤得伸入自己的嘴。老妇人打了一个寒噤,觉得这死人的舌头滋味实在太难尝,又冰冷又麻木,如吮着一块药膏。

显然,也是来自王尔德得《莎乐美》的启发,让作者设想一个老实巴交的乡村老妇去亲吻一个非亲非故的死者之嘴,这种想象其实既不合乎人物性格的实际,也完全没有艺术上的必要。而更没有必要的是紧接着对孩子的描写——"他模仿奶奶的姿势,挨近尸身,将头部扑上去,张开口就吃那胸脯上隆凸的乳峰",以至于咬下乳头吃下肚去。作品后半部分转而描写劫后归来的唐明皇思念杨贵妃,但想尽了办法也无法与她重会,于是诏告自关中至陕州一带的臣工子民,征求他们有可能捡拾到的杨贵妃遗物。最后只有上述那个老妇送来了杨贵妃的一只袜子,这对唐明皇来说也算是慰情聊胜于无吧——

> 那只袜子,就被贮满了檀香的屑末,晃晃荡荡挂在皇帝的胸前,如端阳的香袋。他时而时而用手捏弄着袜子,或是捧向鼻准嗅一嗅。纵使其中渗杂有多年前的脚汗臭味,但他却借此重温香梦,仿佛有无休无尽缠绵哀怨的秘密心事,只有这袜子才能一缕一缕宣泄分泌出来一样。

这种变态的恋物癖不难理解,而况又是心爱者的唯一遗物呢,所以唐明皇如此醉心于这只袜子,虽然很不雅观、颓废得可笑,但也是情有可原的事。《遗袜》的情况表明,李拓之过于倾心唯美—颓废的历史想象了,有时合乎人物的性格,而不合之处也是有的。

《摧哀》写的是草莽英雄张献忠的末路。按,李拓之在文艺思想上兼受京派与左翼的影响,既认为"人性"是文艺作品表现的重点,又认为"人性是受阶级性的限制,即某一生活阶层中的人性,必然表白出某一生活阶层的特征"。如此折中使他的阶级观点免于教条,所以他坦承"《摧哀》中的张献忠,他是劲健的农民叛乱的首领,而我无法将他写成一个伟大的革命者"①。应该说,《摧哀》不仅坦然描写了张献忠这个草莽英雄的"流氓性",而且出色地揭示了他日暮途穷之际在心性上必有的颓废与变态——

> 真的,他已经没有了大志。——或者他从来就没有大志过,他只是富于流氓性格的。他喜欢破坏,为了切身遭受深重的痛苦和压迫,教他从愤怒到报复,以悲惨还给悲惨,残酷还给残酷。他有天不怕地不怕的犷悍,因此无数饥饿的人群跟着他,仅仅为了单纯的求生欲望。他没有任何鲜明的政治意识,虽则他是农民叛乱的首领,但不曾代表农民的利益和提出属于最大多数人的主张。这一点他不如李自成。甚至他不能信任自己的干部和群众,随时随地杀戮了他们,这证明他至少缺乏控制的才能……然而他这时的确有些颓废了。
>
> 他颓废于疯狂的屠戮之中。但他也许有些变态。他觉得官府杀人,咱老子杀人,清兵杀人,反正都一样。而且,被咱老子杀了,还不强似被官府和清兵杀了的么?这些生就杀胚的屠头们!
> ……
> 他的眼睛已经看不见人,连着自己在内。当他踏过荆棘和蒺藜,穿过风雨和瘴疠,走在古潭边,俯见潭底的绿水,其中映现自己:头上长出两只角,嘴巴下垂像一匹狼。它正用手抓裂自己的胸脯,抉出心肝,徐徐咀食,肝色青蓝,上有创瘢……
>
> 接着他放起一把火。那巍峨的宫殿,以及金银、珠宝、子女、辎重……一起烧为灰烬。在天崩地裂的硫磺火焰的波涛中,他脸上浮出满足的惨笑。因为他愿意和敌人同归于尽!愿意摔碎这当前的一切,不让那些杂种和奴才们占去了半点便宜。

在唯美—颓废主义文学惯常书写的王公贵族、士人美女之外,《摧哀》深入揭示出农民出身的草莽英雄之心性也会有颓废和变态,这不

---

① 李拓之:《焚书·自序》,南极出版社,1948年9月初版。

能不说是李拓之的一个贡献,而其笔墨之阴冷诡异如"抓裂自己的胸脯,抉出心肝,徐徐咀食,肝色青蓝,上有创瘢",则显然有取于鲁迅《野草》之解剖刀式的文风。

赘言:唯美—颓废叙事的两种格调

把上述六人的十篇小说总结一下,大抵可分为两类。一类是郭文骥的《莎乐美的烦恼》、林微音的《茶》和《成熟的幼稚病》、谭正璧的《莎乐美》以及白荻的《摩登伽女》五篇,另一类是向培良的《参孙与德丽娜》和李拓之的《束足》《溺色》《遗袜》和《摧哀》五篇。前一类小说显然追随着从创造社到海派小说的浪漫—摩登叙事风格,以细腻靡丽见长而失之也轻,甚且不免一般海派文学之"颓加荡"的媚俗格调,只有谭正璧之作略胜一筹。后一类作品则掩有京派文学的精致与优雅,而又超越了京派作家之沾沾自喜的抒情诗意,笔触直逼生命之病态与变态的阴暗面、敢于发掘人性丑与恶的偏至之美,显示出非同一般的深度和近乎"鲁迅风"的力道。这大概是因为向培良和李拓之都是颇受鲁迅影响的作家吧。可惜的是,向培良的小说创作不多,《参孙与德丽娜》几乎是仅见之作。更可惜的是年轻的李拓之,他在 40 年代后期以出色的才思创作出了多篇历史小说,其中一些篇什甚至将唯美—颓废叙事推向一个小小的高峰,可是他的《焚书》之结集出版已到 1948 年 9 月了;在随后的新中国,李拓之放弃了小说创作而转任厦门大学讲席,从事中国古典文学的教学与研究,1957 年更被划为右派而遭驱遣,从此沉落底层、湮没无闻;直至新时期李拓之才重返大学讲坛,然而不久就去世了。至今犹记二十多年前从旧刊物上读到李拓之的小说杰作《埋香》,真个是惊讶莫名;90 年代初又偶然读到郑朝宗先生选编的《李拓之作品选》(海峡文艺出版社,1987 年),委实是叹赏不置。可叹迄今为止,李拓之仍然是寂寞无闻——几乎所有的现代文学史论著都从不提他的名字,仿佛他这个人和他这些作品根本不曾存在似的,所以此处不禁为他多说了几句,读者谅之、谅之。

2012 年 8 月 28 日草成于清华园之聊寄堂。

遗迹犹存"西来意"
——存在主义在1940年代中国流传之存证

小　　引

1989年的后半年，笔者曾以《存在主义与中国现代文学》为题撰写毕业论文，比较系统地探讨了存在主义哲学和文学在现代中国译介、传播和转化等问题。次年1月论文答辩通过后，即分章发表在大陆的一些刊物上，全书则由周锦先生携去台湾在他主持的智燕出版社出版（1990年10月），人民文学出版社则在1999年7月复以《生的执著——存在主义与中国现代文学》为题出了修订本，其实只增加了九条资料和三则附录而已。此后学界时或引用拙作中的史料而率多趋于哲学义理之发挥，在译介的文献史料方面则并无新发现。我自己对这个课题虽不免意兴阑珊，然而积习使然，平素翻阅民国旧书报刊，不时碰到一些过去没有注意到的文献史料，仍顺手录存，渐积渐多，有些文献相当珍贵，却一直无暇为文补说。

这些新发现的文献史料都集中在上世纪40年代。套用佛学入华的先例，存在主义在40年代传入中国尚在认真的"格义"和艰难的"译述"阶段，还未及像禅宗那样拿"祖师西来意"作脑筋急转弯的参悟游戏。① 从这些新发现的文献史料来看，当年中国对存在主义之译介，其实并非如拙著《生的执著——存在主义与中国现代文学》（以下简称

---

① 相传达摩来华、禅法初入中土，在当时原是很孤寂的，殊不料后来会那样的发达——自六祖慧能以后，参禅顿悟成为僧俗竞相追求的妙道，这妙道据说是不可着迹象、不能落言诠的，所以禅师常以"祖师西来意"问难初学，而乖觉者必王顾左右而言他，辄以回避机锋为妙，如此自欺欺人的问答渐成流行的参悟游戏。

《生的执著》)所谓"哲学界的冷漠与迟钝"和"文学界的敏感与热忱"那么冷热不调。现在重检这些文献遗迹,仍不难感受当日学者文人对这新的"西来意"之热忱,而一任其埋没无闻实有负先驱者们的苦心。今值长夏无事,乃撰此小文,算是迟到的补充。凡《生的执著》已有的史料及议论,此处不再重复,只是为了叙述上的照应,下文间或也会回顾到此前所述的相关情况。

从杞尔格嘉、尼采到叶斯必尔斯的哲学脉络:中国第一本存在主义论著——张嘉谋的《生存哲学》

笔者当年的那本小书《生的执著》说及存在主义在40年代中国的流传情况时,也曾提及:"据说当时中山大学的张嘉谋先生写了一本介绍存在主义的书,但出版与否,不得而知,而张嘉谋先生是研究德语的学者,与哲学界关系不大。"[①]我现在已记不清当初是从何处得知这个信息的,只记得当时怎么也找不到张嘉谋先生的这本著作,所以对于它究竟出版与否,只能存疑,加上那时资料匮乏,只知道张嘉谋解放后在南京大学教德语,并有德语研究的专著行世,遂误以为他的本业乃是德语研究,介绍存在主义或属"客串",于是想当然地说他"与哲学界关系不大"。现在看来,这个"与哲学界关系不大"的判断是不确的。其实,张嘉谋先生乃是地道的留德哲学博士,他在解放后从事德语研究,倒可能是不得已的转业。

关于张嘉谋的生平,现有资料仍很匮乏,只检索到他家乡人所写的一份简略传记《张嘉谋博士》。据此可知,张嘉谋1912年出生于广东省五华县,1932年秋考入北京大学学习德语,读完三年级时参加官费留学考试,被破格录取,赴德国汉堡大学攻读哲学,1938年获哲学博士学位,随即返国,就任国立中山大学教授,40年代后期并兼任中山大学附中校长。[②] 另据该附中校史,在40年代末的学潮中,张嘉谋因为态度生硬、处置不当,被学生赶下台。可能因为这个原因,张嘉谋才不

[①] 解志熙:《生的执著——存在主义与中国现代文学》第57页,人民文学出版社,1999年。下引版次同此。

[②] 参阅《张嘉谋博士》,《五华文史》第5辑,政协广东省五华县委员会文史资料研究委员会编印,1987年。

得不离开中山大学,转为南京大学教授,以德语教学和研究为业,直至80年代初退休,1985年冬病逝于广州。按,上述传记所述张氏著作多是关于中国古典哲学和德语的研究论著,并没有提及他与存在主义的关系。事实是,张氏留学德国期间正值存在主义在德国盛行之时,他显然深受影响,从而成为现代中国第一个系统绍述存在主义哲学的人,时在30年代末40年代初,委实是颇为先觉和相当敏感的了。

在1939年年末的《图书季刊》上,有一份国立中山大学文学院师范学院教授学术研究的报道,其中这样介绍刚刚回国任教的张嘉谋的学术研究和著述计划——

> (七)张嘉谋 在进行中之著述有:(甲)《国家哲学》,讨论国家与民族,国家与精神(文化,教育,政治,伦理等),国家与物质(生产,土地,交通等)等之史的关系及其关系法则,并指明今日中国之诸种出路应如何。全书分十二篇,约二十万言,最近可完成。(乙)《生存哲学》,从丹麦哲人暨尔克加,德国哲人尼采二人所影响及之现代哲学家之著作中,作一概要评论。全书分"近代哲学之回顾"、"新哲学之产生"、"新认识论"、"真理",及"思想之界限"五章,约十余万言,可于一年内完成。此外在计划中之著述有《行为哲学》一书,其旨趣在启明国民之行为概念,为中华民族立一人生观与宇宙观。在计划中之译述有 Scherer 之《德国文学史》与 Mahrhulz 之《德国文学史学》二书,译文略计可得四百万言,期于三年内完成。①

看得出来,这是一个雄心勃勃的学术计划,反映出刚刚回国的张嘉谋有感于民族抗战、欲以学术报国的壮志,可惜的是由于战时不断播迁、难以安心学术,加上战时出版的困难,所以这些计划中的著译,大部分都流产了。唯一完成并且交付出版的就是《生存哲学》一书。在1949年1月出版的《学原》杂志附刊的一页出版广告里,就包含了该书的出版信息——

---

① 《国立中山大学文学院师范学院教授最近研究概况及著述》,《图书季刊》新第4期,1939年12月出刊。

《生存哲学》……………………张嘉谋编译　定价　六元。①

这其实已是《生存哲学》的重印广告了,其初版年月乃是1941年12月,而从该书序言可知,张嘉谋开始编译的时间是1940年2月,即在上述关于中山大学文学院、师范学院教授的研究情报发布两个月之后,他就开始动笔了,其时存在主义在西方也还是只限于学院讲说的新哲学,所以张嘉谋的编译算是很早的了,而出版者商务印书馆乃是当时中国最大、最有影响力的出版机构,由它出版的《生存哲学》一书,其传播应该是比较广泛的。

《生存哲学》基本上实现了张嘉谋两年前的著述计划。全书除"导言"外,共分"绪论——哲学与科学""杞尔格嘉与尼采""把握之存在""真理""论实在"五篇,确是相当完备的存在主义哲学的概要了。关于"Existenzphilosophie"的译名,张嘉谋在"序言"里表示不同意日译的"实存哲学",而说明自己译为"生存哲学"的理由云——

> 余译之为"生存哲学",盖此种哲学只能示吾人以存在之广场,哲学思想之界域,真理之样态与至存在本身之路,初不能为吾人制出某特定之实在也。根据卡尔·叶斯必尔斯(Karl Jaspers)之定义,谓"生存"(Existenz)即"自存"(Selbstsein)是也,故译为"生存哲学",亦可译为"自存哲学"。前者为遵(尊)重哲学名词之传统,后者释名词之真义,并以符其内容。②

这个概念释义表达了张嘉谋对存在主义哲学的基本理解,所以他不仅将自己的著作命名为《生存哲学》,而且在后文特地标明其副题为"自存哲学"。"绪论——哲学与科学""杞尔格嘉与尼采"两篇,正相当于前述报道所谓"近代哲学之回顾""新哲学之产生"两章。"绪论——哲学与科学"检讨了19世纪以来近代哲学之科学化的大趋势及其问题,以为"科学为求知,求事实之必然性","必易陷于绝对化之错误","终不得探知人生之根蒂,终不能由之而得为吾人行为之指针,终不能由之求得存在本体及实在。吾人今对科学失望之余,必须痛改前非,

---

① 《人格与修养》(出版广告),《学原》第2卷第9期第31页,1949年1月出刊。
② 张嘉谋:《生存哲学》第1页,商务印书馆,1941年12月初版。原文有误植,引用时以夹注更正,下同。

舍科学之路而还于纯哲学"。① 新的"生存哲学"即因此而起。接着的"杞尔格嘉与尼采"一篇,是对"生存哲学之父杞尔格嘉及尼采之思想"与生平的绍述。"杞尔格嘉"即 Soren Aabye Kierkegaard(1813—1855),前述报道中译作"暨尔克加",现通译克尔凯郭尔,他是丹麦哲学家、存在主义的先驱,截止1941年的中国,除了早期鲁迅、哲学家李石岑和诗人冯至外,很少有人知道这位存在主义先驱者的存在;至于尼采,虽然在"五四"以后的中国思想界和文学界颇为流行,但多视之为反传统、反权威的思想家,而基本上不理解他作为存在主义先驱的意义。张嘉谋则将他们尊为生存哲学之父,在《生存哲学》中单列一篇,合论二人的哲学。该篇首先指出自笛卡尔、康德和黑格尔以来,西方哲学的一个显著得失,所得即是对理性的肯定有加,而所失则是对非理性的否定和忽视。这种将理性绝对化而罔顾非理性的倾向,在黑格尔哲学里达到了顶峰,但随即也盛极而衰,逐渐引起了人们的反思和反对,而在张嘉谋看来,"代表此反潮流者,丹麦之杞尔格嘉,德国之尼采是也"——

> 若杞尔格嘉以前之一般哲学家求存在之真理于客观世界中,杞尔格嘉则以为:存在之真理不在吾人之外界,而在人之内在中,故主观即为真理,真理在我之"生存"中。"生存"乃为吾人之理智所不能认识者,但其仍常存在,不过须吾人启明(erhellen)之。
>
> 理智已不能认识生存,故有人疑生存即为理智以外之"超然"(Transzendenz)。生存固常与超然共在,但超然非即生存。盖生存必须与"现实"(Dasein)相与,若生存之思想与现实相违,则生存永不为我所启明,从之吾人亦不能触悟我之人生之本。故生存思想必须从现实中产生。
>
> ……
>
> 若向来之哲学皆为求事物之一般性及认识之法则,生存之思想则一反从前哲学之根本态度,不以理性强化宇宙关系之一般性或吾人之认识法则,乃只探求人生之本,解答每个人在其现实中所发生之问题(非解答一般人在其现实中所发生之一般问题,乃

---

① 张嘉谋:《生存哲学》第5页、第7页。

系解答每个人在其现实中所发生之特殊问题)。杞尔格嘉之哲学如此,尼采之哲学亦如此,其两人之思想均建立于生存之上也。

……盖二人之根本思想相同,自其二人之后,使哲学回于生存。①

为了揭示杞尔格嘉和尼采的共同性,张嘉谋进而对他们二人的思想、自我意识以及生活状态进行了细致的比较,深入阐发了二位先驱者的生存哲学之反系统、反潮流、重选择和重主观以及创造独特的语言等共同特性,并以附注的形式开列二人的著作年表和参考书目,可谓慎重其事、相当详赡。尤其是关于杞尔格嘉的介绍,在40年代的中国,除了冯至先生的《一个对于时代的批评》②外,《生存哲学》中的论述,无疑是最具识见和深度的。

诚如张嘉谋所言,"自杞尔格嘉之后,于是有现代新哲学——生存哲学。舍勒尔(Max Scheler)、海德格尔(Martin Heidegger)及叶斯必尔斯等均以'生存'为其哲学中心,尤以叶斯必尔斯对生存哲学更有特别之贡献"③。按,叶斯必尔斯即 Karl Jaspers,现通译雅斯贝斯,他在上世纪30年代是与海德格尔齐名的存在主义哲学大家——那时叶斯必尔斯的声名和影响甚至超过了海德格尔,并且"生存(存在)哲学"这个名目,也是因为叶斯必尔斯的著作 Existenzphilosophie(Berlin-Leipzig,1938)而立,而张嘉谋的《生存哲学》的随后三篇"把握之存在""真理""论实在",其实就是以叶斯必尔斯的 Existenzphilosophie 三讲《存在论》《真理论》和《现实论(论实在)》为据编译、改写而成。"把握"(Das Umgreifende)是叶斯必尔斯生存哲学的核心概念,现在一般译作"包括者",它从认识的局限性出发而试图达致对局限性的超越,从而呈现出人的存在探寻之逐步深入、不断否定和自我超越的辩证发展过程。叶斯必尔斯将之分解为现存在、意识一般、精神、实存、世界直至真理等七种方式,认为人对存在本体和人生真理的把握,既不能满足于某一阶段,也并没有绝对终极的境地。这也正是张嘉谋的《生存哲学》后三章的着力之处,这三章相当忠实地揭示了"把握""真理"和"实在"诸

---

① 张嘉谋:《生存哲学》第20—21页。
② 冯至:《一个对于时代的批评》,《战国策》第17期,1941年7月20日出刊。
③ 张嘉谋:《生存哲学》第20页。

层次的辩证探寻过程,表明张嘉谋对叶斯必尔斯的哲学逻辑有颇为准确的把握。事实上,这种哲学的逻辑在叶斯必尔斯的 Existenzphilosophie 和第一部《哲学》巨著中的表述,还不无夹缠和烦琐之处,直到他的第二部哲学巨著《哲学的逻辑》第一卷《论真理》(Philosophische Logik,1. Bd.: Von der Wahrheit, München1947),才得到更为深入和严密的论述。正如西方学者所指出的那样:"《论真理》中有三个特征非常突出。第一,是实际上成为他哲学探讨中心概念的一个新概念,即包括者这一概念;第二,是理性作为实存概念的对立和补充所具有的意义;第三,是对所提出的一切重要的哲学问题都从真理问题的观点去看,并使它们从属于这个问题的那种倾向。"①《论真理》乃是叶斯必尔斯更成熟的著作,它初版于 1947 年,1941 年的张嘉谋自然还无缘看到,但从《生存哲学》的现有篇章来看,张嘉谋对叶斯必尔斯的哲学逻辑之理解确实相当透彻。此处摘录其论生存真理如何在不断的把握(包括者)中经由"爱的斗争"超越自足自存的绝对化之局限的几段文字,以见一斑——

> 生存言在此之人。在此之人云者即为在此之生存,在此之我,此"我"为他我所不能代替者。生存真理之传授,系在斗争中,但其斗争系一种爱的斗争,非为权力亦非为利益而为去暗就明。在此斗争中捐弃一切斗争之工具,因其斗争而能显示各个把握之界域。
>
> ……
>
> 即因真理彼此不相容,彼此斗争,故吾人能深(探)验各个真理之特殊意义,尤能因而探验伪理之由来。真理已相互斗争,若吾人避免一切真理之矛盾而欲在某一把握中找求真理,以某一把握之真理为唯一之真理,则吾人永不得真理。真理已不在此把握中亦不在彼把握中,乃在一切把握中。凡欲求真理者必须冲破各个把握,然后始可言真理,虽然吾人因各真理之彼此斗争而知真理系在一切把握之间,但事实上吾人之求真理,常为一种把握所限制,亦常以一种把握之真理为唯一之真理。易言之,吾人每将

---

① 施太格缪勒:《当代哲学主流》中译本(王炳文、燕宏远、张金言等译)上卷第 242 页,商务印书馆,1986 年。下引版次同此。

一种把握之真理绝对化;或以现实之要求为绝对最后之真理,最后之存在;或谓一般意识之必然性为世上唯一不可移之真理,视必然性为暗中之光,为最后之实在;或以精神之理念为绝对实在,以理念为一切;或以生存之信仰排除其他一切,自足自存。诸如此类之将真理绝对化,皆必失败,皆系执一得而蔽其他。哲学之真理不止一个,何况真理与真理间彼此相克相明,彼此援引:如一般意识之体为现实,精神之由现实及一般意识引来。各个把握已互相援引,从之为各个把握所决定之各个真理亦不能各自独立。此又可见真理不在各个真理本身,而在一切把握之间。①

尽管叶斯必尔斯也同杞尔格嘉、尼采一样反对黑格尔哲学,但看得出来,他所谓生存真理之既相互斗争又相互援引的逻辑,还是得益于黑格尔的辩证法,而不同处则在于他突破了黑格尔冷冰冰的纯理逻辑之推衍,将生存真理的探寻过程转化为生存者之积极把握的"爱的斗争"。叶斯必尔斯肯认,"本然的真理是悟性(意识一般)不能达到的,相反,'真理只对爱展示自己,真理是面对在爱中获得的决心产生的。'爱的这种对存在的开放性使我们看到了真正存在着的东西,而由于它'展示出存在者本质的全部形态',就向理性提供了积极的内容。凡是理性和爱无限制地活动的地方,它们就会结合在一起,只有'作为爱的知识和作为知识的爱,才使真正的存在完成'"②。叶斯必尔斯哲学所特有的这种"爱的斗争"和"爱的交往"的辩证法,正是张嘉谋特别倾心之处。而差不多同时,叶斯必尔斯的学生冯至则在其历史小说《伍子胥》中精心描写了孤独的存在者伍子胥与申包胥的相见及与溧水女子的相遇。伍子胥与申包胥的相遇,既表现为两个政治对手间的心理较量,又展现出两个知心朋友的相互理解,冯至对之作了沉默的处理:"两个朋友在默默中彼此领悟了,他们要各自分头去做两件不同的大工作……他们各自为了将来的抱负守着眼前的黑夜。"伍子胥与溧水女子相遇,更是一种默默的爱之交流。如此这般的两个各自独立的存在者之间的精神交流,用叶斯必尔斯的话来说就是:"(人)在自己存

---

① 张嘉谋:《生存哲学》第60—62页。
② 施太格缪勒:《当代哲学主流》中译本上卷第258页。

在的独立状态中看到自己和另一个实存一起存在,并与之进行爱的交往。"①应该说,"爱的交往"与"爱的斗争"乃一体之两面,而冯至和张嘉谋不约而同地钟情于此亦非偶然的巧合,其中无疑折射着现代中国文人学者的人间情怀。

在《生存哲学》之外和之后,张嘉谋还发表了不少发挥存在主义哲学的论文,如《自我之解释》(连载于重庆《时事新报》副刊"学灯"第146期、第147期,1941年10月6日和1941年10月13日出刊)、《论哲学思想及其传递》②(载重庆《现代读物》六周年纪念号——第7卷第1—2期合刊,1942年2月15日出刊)、《现代欧洲生存哲学思想之源流》(载成都《理想与文化》杂志第2期,1943年1月1日出刊)、《存在与超形》(载重庆《学术季刊》文哲号第1卷第3期,1943年9月1日出刊)等。《现代欧洲生存哲学思想之源流》一篇乃是追述祁尔克加(前译为"祁尔格嘉")和尼采对生存哲学的开创之功及其现代影响,所述大体略同于《生存哲学》的第二篇;《论哲学思想及其传递》一名"哲学逻辑",乃是对叶斯必尔斯的生存哲学逻辑的提要钩玄;《自我之解释》和《存在与超形》则是对存在主义哲学专题的发挥与阐释。应该说,张嘉谋的这些论著,不仅在战时中国大后方的哲学界洵属独具慧眼之论,而且较诸同时的西方学术界也无遑多让。事实上,诸如《生存哲学》这样整合存在主义哲学之要旨而颇有会心的通论性著作,在当时的西方学术界也得未曾有。抗战胜利后的张嘉谋进而致力于中国古典哲学的现代阐释,有《中国哲学三型》③《墨子与说教》(载《学原》杂志第1卷第1期,1947年5月出版)等文,颇究心于中国古典哲学与西方的存在哲学之会通。如其论老子之道即谓:"若说'形而上者之谓道',那么老子的道,我们以为即是现代欧洲'生存哲学'(Ex-

---

① 施太格缪勒:《当代哲学主流》中译本上卷第231页。另按,关于《伍子胥》的详细讨论,请参阅解志熙:《生的执著——存在主义与中国现代文学》第194—195页。
② 《论哲学思想及其传递》在《现代读物》刊载时正文将标题误作《论哲学思想及传递其》,此处径为更正。
③ 按,《中国哲学三型》分上、中、下三篇,连载于《文化先锋》杂志第5卷第7期、第8期和第9期,但无出刊日期;查第4卷19期出版于1945年2月11日,第5卷第7期所载《文化消息》之一"中央文化运动委员会为求旧剧的改造,曾于六月十二日下午二时在文化会堂邀请陪都各剧院及有关机关负责人,举行旧剧座谈会"等情况,据此推测,则第5卷第7期、第8期和第9期可能出版于1945年的7—8月间。

istenzphilosophie)之父叶斯必(Karl Jaspers)的无物无形的'超形'(Transzendenz)。"①此外,张嘉谋对文学也颇为爱好,不仅发表过关于歌德的研究论文和席勒诗的译文,而且他自己也有创作的新诗发表。②

顺便,也简述一下熊伟先生与海德格尔的关系,以及他回国以后对存在主义哲学的介绍。

熊伟30年代留学德国,据说是亲炙海德格尔的弟子,以论文 *Ueber das Unaussprechliche*(《论不可说者》,Berlin, September 1939)获博士学位。关于熊伟的家世及求学历程,一直不甚明了,幸好他的博士论文中附有小传,略云:"本人,熊伟,1911年2月14日出生于中国贵州省省会贵阳的一个银行家家庭。五岁在家由两位塾师开蒙,1921年入省立一中,1925年结业。嗣后到北平,就读于国立北京大学。1929年起专力于哲学,1933年获得学士衔。旋留学德国,注册就学于弗赖堡大学。不意1936年家人急召本人回国,任教于贵州省立高级女中,担任文明史与外文课程。……在德攻读期间,曾受业于 E. Rothacker、M. Heidegger、M. Honecker 教授。"③1937年熊伟被波恩大学聘任为东方学系教师,于是又返回德国,一面教书,一面在波恩大学教授 Erich Rothacker 门下报名博士学位考试,1939年获得通过。其博士论文可能先有中文写本《说,可说,不可说,不说》,后发表于中央大学《文史哲季刊》第1卷第1期,1943年1月出刊,文末附注完成时地为"一九三七,十月三十,莱茵河畔"。此后熊伟曾任柏林大学外国学院讲师;1941年回国,任重庆中央大学哲学系教授,1944年起兼任系主任,1946年任南京中央大学哲学系主任,1948年任上海同济大学教授兼文学院长、哲学系主任。1949年后熊伟历任南京大学哲学系教授、系主任,北京大学哲学系教授、北京大学外国哲学研究所教授、副所长,1994年去世。熊伟1949年前的哲学论作,一般只见《说,可说,不可说,不说》一篇,该文是关于"存在"的形而上"解说"是否可能之问题

---

① 张嘉谋:《中国哲学三型》(上),《文化先锋》杂志第5卷第7期。
② 参阅张嘉谋:《在〈浮士德〉中之歌德》(载《现代中国》杂志第1卷第7期,1938年9月1日出刊)、《希望》(译席勒诗,载《正气周刊》第2期,1943年1月24日出刊)、《黄昏日在柏林》(张嘉谋自作诗5首,载《现代中国》第1卷第8期,1938年10月1日出刊)。
③ 此据"八百民"的博客,http://www.booyee.com.cn/bbs/thread.jsp?threadid=419754,2008-07-14 22:36:48。

的思索,其中贯穿着海德格尔关于存在的玄深思辨,并兼采中国道家哲学的理路与言说方式,所以义旨幽晦,人所罕识。熊伟对海德格尔和存在主义哲学的译介工作,主要是在1949年以后进行的,曾选译海德格尔《存在与时间》《形而上学导论》《形而上学是什么》等,上世纪80年代并曾主持编译《存在主义哲学论著选辑》(已出上卷),这些事人们已耳熟能详①,毋庸赘述了。

  这里想略作补充的是,熊伟在重庆中央大学任教时,还对存在主义哲学别有论说。比如,就在1942年的秋季,熊伟即曾应中央大学建国教育学会之邀,做了一次关于人的存在哲学的讲演,其讲演稿《原人——在中央大学建国教育学会演讲》,就发表在当年《中央日报》—《扫荡报》的联合版上。与《说,可说,不可说,不说》之沉浸于"存在"的形而上玄思不同,作为一篇战时讲演的《原人》则紧紧抓住存在主义关于人的哲学之要旨——存在的自治(即自为)和自由,给予了通俗生动、掷地有声的解说。熊伟指出,当人只是被动的存在时,其实与动物无异,就如同受肉包子摆布的狗一样,算不得真正自治—自由的人。显然,正是鉴于一般国人常处被动、惯于依附的习性,熊伟当头棒喝、强劲开示道——

  人,如果天地间真有的话,那么就是任何肉包子都扳不动拖不动的。那怕肉包子有天下那么大,那怕取得这个大肉包子的代价只是行一不义杀一不辜那么小,他要不干,就是不干,肉包子之大包天,也不能动他于毫厘。他每一动,即完全是要由他自己动,他才动,如果不是由他自己,而是由肉包子来叫他动,那么说什么他都是不干的。一切都不是由肉包子来由不得他不动,一切都得由他自己动才动。这是自由,这是人。

  自由就是人的灵魂。一个人要有了自由魂,然后才会有人的骨气,人的魄力。总而言之,自由魂是人的一切气质的泉源。
  ……
  只有真正的自治才是自由,也只有真正的自由才是自治。
  这样建筑在自治基础上的自由,就是人。自由人是宇宙间最

---

  ① 参阅张祥龙、杜小真:《现象学思潮在中国》第61—63页,首都师范大学出版社,2002年。

稀奇、力量最大、最可怕的家伙。除此而外,宇宙间再没有什么东西有自由人这么有力量和可怕。

……

世间最可怕的,你最拿他没有办法的,并不是最要钱、钱最多、东西最多的人,而乃是东西最少、最没有钱而且根本甚么东西都不要的人。只消你多少要一点东西,我就有办法。最怕的是你甚么都不要,必要的时候,你连你自己的头都不要,我才真拿你没有办法。

真正的自由人是时时刻刻都准备着把自己脑袋都不要的,像"大丈夫有死而已""大丈夫头可断"这一类的话,是时时刻刻都排在他舌尖上,一有必要,随时可以从他口里吼出来的。①

看得出来,熊伟对存在主义自由观的通俗解说,自然而然地融入了儒家圣贤之所谓"三军可夺帅也,匹夫不可夺志也"(《论语·子罕》)、"富贵不能淫,贫贱不能移,威武不能屈,此之谓大丈夫"(《孟子·滕文公下》)的大无畏精神。这对正在为个人自由和民族解放而战的中国人民来说,无疑是很及时而且也很恰切的激励。

从胡塞尔到贾波士和海德戈的哲学转进:
沦陷区学界对现象学和"存生哲学"之绍述

上世纪 40 年代,滞留于北方沦陷区的一些中国学者,也曾敏锐地注意到胡塞尔的现象学和雅斯贝斯、海德格尔的存在哲学之存在,并给予了相当及时的绍述,从事绍述的主要是设在北京的"中德学会"会员胡隽吟、王锦第,他们将"存在哲学"译为"存生哲学"。同时,在沦陷时期的北京师范大学任教的台湾学者洪耀勋,也曾为文讨论海德格尔的存在哲学。

"中德学会"是由在华的德国学者和中国的德语学者共同发起组建的中德文化学术交流机构,1933 年 5 月成立于北平,初名"中德文化协会"。由于这个民间机构广泛联络了中德科技、实业、政经和文教界

---

① 熊伟:《原人——在中央大学建国教育学会演讲》,1942 年 9 月 6 日《中央日报》—《扫荡报》联合版。

人士,所以也得到中德两方政府的积极支持,发展迅速,1935年更名为"中德学会"(Das Deutschland-Institut)。就在这年的5月,刚从德国留学归来的冯至博士和在华德国人谢礼士博士(Dr. Ernst Schierlitz),被推举为"中德学会"的常务干事,二位干事精心擘画、通力合作,使"中德学会"在此后直至1941年底太平洋战争爆发前的几年间,迎来了一个鼎盛的发展期。1939年"中德学会"成立了由傅吾康(Wolfang Franke)领导的编译委员会,创编《研究与进步》(*Forschungen und Fortschritte*)季刊,刊登中德两国学者在人文科学和自然科学各个领域的研究成果,后更名为《中德学志》(*Aus Deutschem Geistesleben*),并筹划出版"中德文化丛书"和特刊等,有力地推动了中德的学术交流。1940年11月会员会议决定设立会长职务,福克斯博士(Walter Fuchs)当选为德籍会长,南渡的冯至则缺席当选为中籍会长,傅吾康和顾华分别任德籍和中籍常务干事。在日伪统治北京期间,"中德学会"依然尽可能保持纯学术性的立场,总揽会务的德籍干事傅吾康等坚持"纯以研究中德两国之学术,沟通两国之文化"为宗旨,努力排除来自纳粹官方的宣传,而且不同日本人发生任何关系,在艰难时世下为中德文化交流保持了一条宝贵通道。[1]

沦陷时期的"中德学会"中方会员中颇有些研究哲学的学者,他们在无法自由言说之地相与谈玄论道,正所谓"苦中作乐"是也,于是在"中德学会"之中又有"哲学研究会"之创设,时在1940年2月,先后参加的有关琪桐、王森、郭湛波、李戏鱼、李相显、韩镜清、张越如、张季同(张岱年)、王锦第、李世繁、陈强业等。[2] 此外,常为《中德学志》撰稿的资深哲学学者张东荪以及《中德学志》的年轻编辑胡隽吟也参与过

---

[1] 以上关于"中德学会"的简介,主要参考了胡隽吟《中德学会与中德文化》(载《中德学志》第5卷第1—2期合刊,1943年5月出刊)和一本小册子《中德学会概况》(这是中德学会的内部印刷物,无编者署名并且没有出版时间,但从文内叙述中德学会事至"民国二十九年末"及"本会成立虽尚未及十年"等语推断,这本小册子大概刊行于1942年),并参考了丁建弘、李霞:《中德学会和中德文化交流》,见黄时鉴主编《东西交流论谭》第265—289页,上海文艺出版社,1998年。复按,《中德学会和中德文化交流》一文将中德学会创立的时间定在1931年,是不准确的。

[2] 《中德学志》第2卷第1期(1940年4月出刊)"会务报告"里说:"中德学会一部会员和几位专门治哲学的学者,因为现在思想界的沉寂,所以组织了一个哲学研究会。"这其实暗示出因无法明言的"沉寂"而只能谈玄论道的境况。该刊第2卷第2期(1940年7月出刊)"会务报告"也报告了"哲学研究会"新会员。

"哲学研究会"的活动。对他们来说,德国和中国的古典哲学当然是常说常论的话题;同时他们也关注着德国哲学的新进展,于是,作为德国现代哲学主潮的现象学与"存生哲学",也就进入了一些人的视野。

说来,早在抗战前清华大学哲学系的张申府、张季同(张岱年)兄弟,就已注意到德国的现象学与存在哲学。1935年,张申府在一篇书评中就指出"现象学派"的创立者胡萨尔(Husserl)和海岱葛(Heidegger)及耶斯巴斯(Jaspers)的"存在哲学"。① 1936年10月,张季同(张岱年)又发表《现代哲学思潮的倾向》一文,也提及"胡瑟尔(Husserl)现象学派亦倾向于实在论"和"海德嘉(Heidegger)及耶思波士(Jaspers)的存哲学"。② 差不多同时,张申府在《人生与哲学》一文里纵横论说之余,又于文末附注说:"现代德国哲学里,海岱葛(Heidegger)与耶斯巴斯(Jaspers),绍承迪尔第(Dilthey)、科耶克噶德(Kierkegaard)等之绪,关于生 Leben,存在(或有)Sein,生存 Dasein,实活 Existenz 的哄动一时而颇有些玄渺的说法,以后另论。"③只是那时张氏兄弟的兴趣或在逻辑实证主义—分析哲学方面,或在马克思主义的唯物论方面,对现象学和存在哲学则不过浏览所及,故而语焉不详,此后亦未见再有申论。

真正认真绍述现象学和"存生哲学"的,乃是滞留北平的两位年轻学者胡隽吟和王锦第。

关于胡隽吟和王锦第,目前学界大抵只知道前者是德国著名汉学家傅吾康的夫人、后者是著名作家王蒙的父亲而已,对于他们的学术历程则甚少关注。按,胡隽吟(1910—1988)祖籍安徽寿县,其父亲胡万吉(字稚卿)曾于20年代留学德国,归国后进入政界,胡隽吟曾就读于南开大学教育心理学暨哲学系,可能在1938年或1939年夏天毕业。中德学会会刊《中德学志》(初名《研究与进步》)创刊后,胡隽吟由其父留德时的同学杨丙辰之介为该刊译稿,并负责一些编辑工作。不久,胡隽吟与同在中德学会工作的德国汉学家傅吾康相爱。自1941

---

① 张申府:《几本今年出版的书》(二),《清华周刊》第43卷第3期,1935年出刊(具体月日不明)。拙著《生的执著——存在主义与中国现代文学》第54页已提及这一情况。
② 张季同:《现代哲学思潮的倾向》,《学生与国家》半月刊创刊号,1936年10月10日出刊。
③ 张申府:《人生与哲学》,《世界动态》第1卷第1期,1936年11月1日出刊。

年起,胡隽吟正式应中德学会之聘,担任《中德学志》的常务编辑,成为傅吾康的得力助手,二人的感情日渐加深,只因德国纳粹政权严禁日耳曼人娶非雅利安人为妻,胡隽吟与傅吾康只能默默相守,直到1945年3月才冲破阻力,结为伉俪。第二次世界大战结束后,中德学会关门,傅吾康转任辅仁大学、四川大学和北京大学讲席,1950年回到德国出任汉堡大学中国语言文化研究所所长、教授,直至1977年退休,成为汉学之汉堡学派的创建者、国际著名的明清史大家。胡隽吟则于相夫教子之余,积极参与丈夫的学术工作,有《德国学术论文选译:国难时期(1933—1944)》及汉学译著如《明清史国际学术讨论会论文集》(与傅吾康合译)等行世。王锦第(?—1983),河北沧州人①,1929年7月考入北京大学预科②,初攻理科③,1931年转入北京大学哲学系本科④,1935年夏毕业⑤,随即赴日本东京帝国大学教育系留学。1938年夏王锦第归国至北平,时北平已沦陷,为维持一家生计,遂于1938年9月出任北京(此时北平复名北京)市立高级商业职业学校校长⑥,但由于不善管理也不善钻营,不过一二年,就垮台去职。恰好在这时,王锦第结识了中德学会的傅吾康,成为好友,于是王锦第乃倾力为中德学会及《中德学志》译介德国哲学与教育等方面的论著,藉以谋生。然而靠译著其实是难以完全维持家计的,所以1943年末王锦第又赴山东青岛谋职,次年1月出任青岛特别市市立师范学校校长一职。⑦

---

① 王锦第在其散文《旅程》(载《再生》杂志第4卷第2期,1937年4月1日出刊)中曾说回到"故里"沧州,或说其籍隶沧州南皮县。

② 据北京大学1929年7月底一份学院通告,本届预科新生有王锦第——见《北大日刊》第2219号,1929年7月31日出刊。

③ 据李长之的书评《王锦第〈异乡记〉》(载《再生》杂志第4卷第2期,1937年4月1日出刊),"锦第从前和我同习自然科学,同转哲学",可知王锦第最初学的是理科,或者正因他后来转科,所以毕业时间较晚。

④ 据《北京大学哲学系史稿》(内部资料,该书编委会编,2004年刊行)附录1《北京大学哲学系系友名录》,1931年进入哲学系就读的新生有王锦第、何其芳等——何其芳是直接考入本科的。

⑤ 或说王锦第是1933年毕业的,这不准确——与他同届的何其芳就是1935年毕业的,王锦第不可能早毕业。

⑥ 《近代北京政务公报数据库》有"据教育局呈请以王锦第为市立高级商业职业学校校长应照准此令"的公报,其原初发布时间是1938年9月23日。

⑦ 参阅翟广顺编著:《半个世纪风雨——1891—1949青岛教育大事记述》第242页,青岛出版社,2009年。

应该说明的是,王锦第在沦陷时期出任的只是中等职业学校、师范学校校长之类的普通职务,原只为维持生计,并无附和日伪的言行。其实,从王锦第在抗战爆发前夕发表的散文如《旅程》、译文如《论中日经济提携》①等文来看,这个人原本是不乏民族情怀的。1947年王锦第奔赴解放区,在晋冀鲁豫边区新办的北方大学任教,其历史问题亦未受追责。北平解放后,王锦第可能转任辅仁大学教职,1952年院系调整,遂至北京大学哲学系任教。②1958年王锦第转调至高等教育出版社工作,不久又转入商务印书馆任职。1949年后的王锦第偶有哲学译文、短论发表,而大半生蹉跎无为、寂寞终老。

与"哲学研究会"中醉心德国古典哲学的资深会员不同,那时还年轻的胡隽吟和王锦第显然对德国现代哲学更感兴趣,而他们眼中的德国现代哲学主潮即是现象学和"存生哲学"。按,现象学的创始人胡塞尔(Edmund Husserl)近承布伦塔诺(Franz Brentano)视哲学为精密科学的观点,远承笛卡尔的悟性论和康德的认识论,力求用所谓本质直观(die Wessensschau)为哲学研究奠定更为科学有效的思想方法。稍后崛起的雅斯贝斯以及胡塞尔的学生海德格尔都受惠于现象学的方法,但他们也都不满现象学之抽象不及人生的纯粹性,而力图将之引申到对人这种远非科学所能解释的存在之探询,二人因此成为德国现代存在主义哲学的两大重镇。德国哲学如何从唯心论的认识论到现象学之"回到事物本身"的本质直观再到存在哲学的人生分析,这个起、承、转的趋向正是王锦第和胡隽吟绍述的重心之所在。

胡隽吟译介的《德国现代哲学之特性》发表在1940年7月出版的《中德学志》第2卷第2期上。该文译自柏尔克(John Bourke)的"Characteristics of Contemporary German Philosophy"一文,原载 German

---

① 《论中日经济提携》,猪谷善一著、王锦第译,译文载《自由评论》第42期,1936年9月19日出刊。按,猪谷善一此文不自觉地暴露出日本所谓"中日提携"的帝国主义本质,王锦第乃于译文后附加按语云:"中国的经济发展是可以与别国合作的。但是有一个最大的前提,那便是中国主权的绝对确保。……译文所主张的那种离心的地方经济提携,我们是绝不敢苟同的。"

② 据《北京大学哲学系史稿》(内部资料)第28页,1952年大学院系调整后,"从全国各所大学来到北大哲学系的教师有:……辅仁大学——汪奠基(中国逻辑史)、李世繁(逻辑学)、王锦第(西方哲学史)",据此则可知在大学院系调整前,王锦第曾任教于辅仁大学,时间可能在1950—1952年之间。

Life and Letters, Vol. Ⅱ。检索一下英文原刊可知,*German Life and Letters* 此卷出版于 1938 年 7 月,在烽火硝烟中传到中国大概也得个一年半载的,所以胡隽吟 1940 年的翻译算是相当及时的了。在该文中,柏尔克首先指出,德国哲学的唯心论运动自康德起始,到黑格尔盛极而衰,而导致唯心论衰落的原因有二:一是各种科学的宏大发展——科学在精确和可验证方面,远胜于哲学;二是由科学而生的唯物论和自然主义的蔓延。在这种情况下,什么是留给哲学去做的、哲学是否已经走到尽头,也便成了严重的问题。德国现代哲学就是对这个问题的回应,最主要的有三种思潮:(一)新康德主义(Neo-Kantianism),(二)现象学说(Phenomenology),(三)存生哲学(Existenz-philosophie)。在这三者中,"新康德信徒们及现象学信仰者们,都同意:臆定一个关于知识的抽象理论是走向哲学问题的正确趋向,存生哲学显然与此臆定截然断绝关系。它不承认认识论(Epistemology)是哲学的主要的或甚至于是特殊的方法。它认为,现象学派的人着重直觉之重要及集中在各别现象是确实对的。不过他们主要研究的对象——纯现象,是太抽象,缺少一个更具体之观点。此点,尼采与冀柯戛特意见相合。虽然他们在细节方面有很大的不同,而此相合点卒使他们连接而成为一派思想的孪生影响"。按,"冀柯戛特"即 Kierkegaard,现通译克尔凯郭尔。在柏尔克看来,"存生哲学"在这三派之中是最为重要的,因为它将胡塞尔现象学之重直觉和现象的思想方法与尼采、冀柯戛特之重视人这种生命存在的哲学趋向结合起来,有力地回答了唯心论衰落之后现代哲学何为的问题,所以柏尔克论述的重点也就落在了"存生哲学"上。

关于尼采,柏尔克着重介绍了他的生命观:"根本重要的,不是抽象的价值或概念或对它两者之研究,而是生命——就是有形的人们身中的潜伏动力,此潜力驱策人们去求自存与权力。凡估计一人的行为及品格之道德价值均要看它是,或者不是,能使生命增长,使生命充实。"但柏尔克以为尼采的生命观还带有自然主义活力论的笼统与暗昧,不如冀柯戛特的"存生"(Existenz)概念那样明确具体而且积极有实益。因为——

> 存生(Existenz)的意思不仅是生命(life)也不仅是存在

(Existance)。生命是由生而来,且人类之外其他生物亦均有生。再者,任何有形的个体,以通常意义论,都有存在。而 Existenz 则是(甲)专属于人类,(乙)非由降生而俱有者,乃是活来(comes to be)的,假如它是活来的,乃是从个人之经验中及通过了个人之经验而来的,(丙)与个人之内层性质密切相关。个人的 Existenz 据我所知是这样的一种东西:虽然它的活来的具体的条件在每个人的经验中都显现着,但它并不是在每个人身上都能实现的,并且许多人,甚至大多数人都没有它。这些条件者,乃是个人自己的内心深处发生冲突之刹那。这种冲突或生之于严重的惊恐,或生之于剧变,致其人于此刹那间作一彻底之选择或决定。且此选择与决定可根本的影响其整个的将来的生命路程。冀柯戛特称此为"非此即彼"(either-or)之刹那。……在此刹那 Existenz 乃实现了。

如此注重个人内在的存在体验,强调个人在严峻的生存危机之刹那做出存在的自决,这是冀柯戛特存在哲学的基本思路。应该说,在冯至的《一个对于时代的批评》《决断》[①]和张嘉谋的《生存哲学》之外,胡隽吟所译柏尔克的《德国现代哲学之特性》一文对冀柯戛特"存生"(Existenz)哲学的理解,算得上要言不烦而且准确中肯了。诚如柏尔克所言,冀柯戛特的这种"存生"思想引领了后来的"存生哲学"研究——"此研究,因受 Existenz 之实现之条件所范束,故它所取的范围是吾人由生一直到死这一阶段;因此,他不是抽象的形而上学,也不是认识论(Epistemology),更不是尼采的暗昧的自然主义"。此后贾波士(Jaspers)和海德戈(Heidegger)正是沿着冀柯戛特的思路,将"存生哲学"的研究推进到了新阶段。

所以,柏尔克在下文着重介绍了贾波士和海德戈的"存生哲学"思想,所述相当全面但也有所侧重。即如关于贾波士,就叙述了他从一个精神病学家到哲学家的过程,而重点在其三卷本的《哲学》上,认为

[①] 按,继 1941 年 7 月发表系统介绍克尔凯郭尔思想的《一个对于时代的批评》(《战国策》第 17 期)一文之后,冯至又在《决断》(此文初稿载《自由论坛》第 24 期,1945 年 4 月 21 日出刊,增订稿载《文学杂志》第 2 卷第 3 期,1947 年 8 月出刊)一文里集中阐发了克尔凯郭尔的决断思想,而在 1942 年创作的历史小说《伍子胥》中冯至也形象地表现了决断对人的存在的重要意义——参阅解志熙:《生的执著——存在主义与中国现代文学》第 180—197 页。

这三卷书名"表示出哲学的三种根本方法",而重中之重又在第二卷《存生说疏解》(Existenzerhellung,又译作《生存之启明》)。所以柏尔克强调——

> 这个大概是贾波士思想中最杰出的,最富创造性的部分。由冀柯戛特的 Existenz 之想念为出发点,他问:在什么必须的条件下,Existenz 才能实现?他找到三个,名曰:"我自己"(Ich selbst),"交传"(Kommunikation),和"历史的特性"(Geschichtlichkeit)。他认为只有个人能实现他自己的 Existenz,但是这种实现并不是只于依赖他自己和他的决定,而是与别人,与他的信仰,与他的过去的经历整个关系相错综关联着。由此,贾氏发展出来他的"保持自己像似自由"的想念。贾波士考究其足以影响个人对他的 Existenz 之根本及自由实现的各种力量。又考究其足以推动个人在冲突,受苦,犯罪,濒死等至极之刹那间所下之决断的各种力量。贾氏的这种考究,无疑的是受了康德个人自决想念(notion of self-determination)的影响;不过他的分析之范围是超过康德的很远。

既强调个人的自存与自决又注重和他人的关情与共在,正是贾波士"存生哲学"的特色。

关于海德戈,柏尔克准确指出了他与贾波士问题意识之同与思想路径之异:"海德戈(Martin Heidegger, b. ——1889)走向构成贾波士中心思想的那些问题所取之路,是在检察'实有'及其与时间之关系。……他所试着去供济的,乃是对人类生存之分析。此人类生存为'实有'之最基本形式,特别就其与时间之关系而言。""海德戈与贾波士虽然所取的路不同,但所达到的哲学概念却颇相似。海氏虽然受现象学之方法影响很深,但他与胡塞尔(Husserl)不同。……与贾波士一样,海德戈从冀柯戛特 Existenz 之想念出发,他主张哲学之思考,所取之范围必须以我们的实际所活之年限为度,且以'存生之疏解'为研究哲学之主要方法。"然则,海德戈的生存分析之突出特色是什么呢?柏尔克说——

> 海德戈找出人类生存之"基本样式"(Grund-Sitmmung)是基于"Angst",这个字的意义不是仅代表"恐惧"(Furcht)乃是一些

比恐惧更持久些,或者将其译成"忧虑"(apprehension)这个字,其意义不适符性可为最少。"Angst"的特点,即我人突然遇到危机,感到一切皆空,及一些皆绝之威胁时,于此际,时时继续出现之感到此空此绝之威胁的意识。贾波士也研究此点。但海德戈主张,这种感觉就其影响力毫未衰弱或退化而言,在事实上刺激个人重新走到:其内在整个的"实有"其自我实现的潜伏力,及其良知(Conscience)的完全意识。

柏尔克最后断言,在上述三派德国现代哲学思潮中"影响力最大的"是"存生哲学",它是对笛卡尔的悟性论和康德的认识论以来西方哲学正统的"一个最深刻的哲学申诉"。

今天看来,柏尔克的这个介绍相当得体地反映了"存生哲学"之大体。当然,问题也不是没有。比如,在介绍"存生哲学"的"决断"观念时,柏尔克认为决断是"再三考虑""反复考究"之结果。这其实不合存在主义的自由选择观(即"决断"观念)之原意。不论对克尔凯郭尔来说还是对雅斯贝斯而言,决断都绝非"凭理观察"(Rasonieren)所得,而是真正的生存者面临严重的生存危机之际跃向本真存在的瞬间决断。① 再如,柏尔克认为,"在此三种思想(指新康德主义、现象学派和存生哲学——引者按)中惟有存生哲学能够与国家社会主义的某些基本思想相融合,也惟有这个哲学能够赋予社会主义某些基本思想以哲学的形态"②。这其实似是而非。诚然,海德格尔确曾一度与纳粹党合作,但那只是他未看清纳粹运动实质的一时糊涂之举,其实海德格尔的政治哲学与纳粹党的思想相去甚远;至于雅斯贝斯强调爱的共在的存在思想更是与纳粹党背道而驰,并且雅氏在纳粹时期始终受到排挤以至丢掉教职,而他的犹太裔妻子更是受到纳粹的迫害,职是之故,雅氏一直是反纳粹的,他的"存生哲学"如何能够"与国家社会主义的某些基本思想相融合"? 自然,这些疏漏都是些小毛病,而胡隽吟在1940年选译柏尔克此文,不仅颇具哲学眼光,而且在译介上颇费心思。

---

① 参阅冯至:《决断》,《文学杂志》第 2 卷第 3 期,1947 年 8 月出刊,以及解志熙:《生的执著——存在主义与中国现代文学》第 180—193 页,人民文学出版社,1999 年。
② 柏尔克著、胡隽吟译:《德国现代哲学之特性》,《中德学志》第 2 卷第 2 期,1940 年 7 月出刊。

因为在那时的中国哲学界，存在主义的基本概念以及代表人物之中译还少有先例，所以胡隽吟在译注中说不得不"由译者自拟"。如译 Existenzphilosophie 为"存生哲学"，胡隽吟在注（九）中说："Existenz 这个名词，据著者（指柏尔克——引者按）说在英文里找不到相当的译词。在中文亦然。但为便利不懂英文及德文的读者，仍勉强将它译出。如有更佳之词，当再更正。"

接续着胡隽吟的译介，王锦第在《中德学志》第 3 卷第 3 期（1941 年 9 月出刊）发表了《略述雅斯波的哲学》一文，该文延续了胡隽吟译 Existenzphilosophie 为"存生哲学"的译法，"雅斯波"（Karl Jaspers）即胡隽吟所译的贾波士，今通译雅斯贝斯，王锦第称他为"当代德国的第一流哲学家"，《略述雅斯波的哲学》则是中国学界第一篇关于雅斯贝斯的专论。该文在介绍了雅斯波的生平和著述之后，将重点锁定在雅斯波的三卷本巨著《哲学》上，认为"在这部体系的主著《哲学》中，他把哲学思想分为三个方面来观察，这也就是他的哲学方法，即是：'客体存在'（Objektsein），'自我存在'（Ichsein），与'自体存在'（Ansichsein）"。这三种方法分别对应着《哲学》的三卷——*Philosophische Weltorientierung*（王译为《哲学世界坐标》），*Existenzerhellung*（王沿用胡译作《存生说疏解》），*Metaphysik*（《形而上学》）。第一种方法或第一卷探讨知识论问题，指出时空等客观的多样性和对象的多样性，提出合理知识的限度；第二种方法或第二卷探讨人类如何实现"存生"（Existenz）的本义；第三种方法或第三卷思考"唯一的存在"这个形而上学问题，由此，"雅斯波以为哲学是在知识界、人生的行为与'唯一的存在'中永无满足的真理研究"。这个绍述与前述胡隽吟所译柏尔克的文章是一致的，而王锦第比较感兴趣的，显然也是雅斯波在第二卷对"存生"的疏解——

（二）自我存在——哲学思想的第二种形式与第一种不同，它出发于人类生活的行为；由于对日常生存的不满意，而想如何满足人性最深刻的要求，换句话说，如何实现"存生"（Existenz）的本义。雅斯波称这种态度为"存生说疏解"（Existenzerhellung）。他的这种"存生说阐明"与冀柯戛的"选择论"（Rntweder-Oder）一样，并不是每个人都有同样的要求，但是每一个有识见的哲学家在他的一生中,至少是曾经有过要求实现生存的经验,而一切他的哲学思想在这种阐明的要求上才能被了解。然而没有一个人能完全离开社会而独立生活的,哲学家明知道这种要求是严重而不能避免的,所以他也让别人知道这种要求他们自身也能经验到。每一个人都有这种显然的权利去拒绝或接受这种要求。在个人之上没有权威能决定、劝告,或命令生活态度的绝对内在要求,知识或理性也不是例外。一个人自身必得自由的并且绝对负责的选择或决定他的生活态度。引导个人注意这种可能的自由,并且唤醒他的绝对责任的感觉,这就是雅斯波的第二种哲学思考的方法——存生说疏解。至于"存生"是什么意思呢?这一个词在雅斯波的思想上占有重要意义,容我们另加解释,在这儿只把他所举"存生意识"的形式列出:爱,自我存在,与他人共同存在(Mit-dem-Andern-Sein)(交涉),不安,孤独,历史性的内知(Geschichtlichkeit-Innewerden),神化自己游戏,羞耻等。

应该说,王锦第对雅斯波"存生哲学"的这个扼要解说的确抓住了要点——从冀柯戛(即克尔凯郭尔)那里继承和发展的自由选择观("决断"观念)、自我存在的绝对责任,以及爱与共在,等等,都尽在其中。最后,王锦第提到雅斯波另一本简明的著作《现代的精神状况》(*Die Geistige Situaion der Zeit*)并颇有会心地说:"把现代人类思想所能到达的境界,加以思考就是哲学的任务。这种工作的尝试就在雅斯波著的《现代的精神状况》一书。雅斯波的哲学思想起源他所说的《存生说疏解》,而'存生阐明'的动机是伦理学的;所以雅斯波的'存生哲学'(Existenzphilosophie)与中国的传统哲学思想是相近的,因为他看重了'生存',所以他的思想有血有肉,在现代哲学上建立了权威的地位。"正是有感于雅斯波哲学与中国伦理哲学传统的某种契合及其现实意义,王锦第在文末特意加了一段"附言"——

> 雅斯波的《现代的精神状况》已由笔者着手翻译,不久便可杀青;因为这部书所讨论的问题是现代文化,大而至于国家、教育及人类的归宿,小而至于家庭生活、运动竞技及新闻事业,问题看来好像是很通俗的,而见解却是极深刻而远大的;这部书可以看做雅斯波思想的入门导言。雅斯波的《存生哲学》一书,笔者也计划

着翻译。我们最希望雅斯波的巨著《哲学》能够介绍到中国来,因为这部书已经成为现代哲学的经典。

这是个令人鼓舞的消息,可惜的是后来因为战乱和不安定的生活,王锦第并未完成这个翻译计划,只有一些篇什如《现代的科学与哲学》发表,①那可能是雅斯波文字的最早中译。

就在《略述雅斯波的哲学》刊出不久,王锦第又在《中德学志》第3卷第4期(1941年12月出刊)上发表了《胡塞尔及他的现象学》一文。此前的中国学者谈论胡塞尔多是连带而及的片段文字,就目前所见,王锦第此文可能是继杨人楩的《现象学概说》、高铭凯的《介绍德国胡塞尔的纯相学——德国最近新哲学之一》②之后,中国学界第三篇系统介绍胡塞尔及其现象学的专论。在简述胡塞尔生平之后,王锦第重点介绍了胡塞尔在哲学上的特创——

> 胡塞尔在德国哲学上的地位,主要的是他由数理哲学出发,在《论理的研究》一书建立了论理学的自主性,特别在于他反对密勒(J. S. Mill)影响下的流行的心理主义的论理学,他在《论理的研究》的第二卷中先对于语言表现的意义问题提出来,于是他发见了一种新方法,也称为现象学的分析,这种新方法的特点在《论纯粹现象学及现象学之学》之中讲得很详细……

于是王锦第便在下文对现象学的新概念和新方法——诸如"本质直觉"(今通译"本质直观")、"纯粹意识""指向性"(今通译"意向性"),等等,一一做了解说。然后,王锦第再次强调说:"胡塞尔的哲学思想有两点值得我们特别注意:一是他的现象学方法,二是他对于'纯粹意识'彻底的分析。"不过,王锦第以为真正受到广泛注意、产生很大影响的是现象学的方法,至于胡塞尔对"纯粹意识"的分析,却"对于其他现象学家没有太大影响。后来只有海德戈用了这种彻底分析的型式,代替了'纯粹意识'的分析,而作人生存在的分析"。意识到这一点,

---

① 《现代的科学与哲学》,署"德国 雅斯波著 王锦第译",连载于青岛的《民民民》月刊第2期(1944年4月1日出刊)、第3期(1944年5月1日出刊),当是王锦第出任青岛特别市市立师范学校校长时所译。

② 杨人楩文载《民铎杂志》第10卷第1号,1929年1月出刊;高铭凯文载《丁丑杂志》创刊号,1937年4月30日出刊。

说明王锦第对从胡塞尔到海德戈、从现象学到"存生哲学"的转折,确有足够的敏感。只是由于《胡塞尔及他的现象学》是一篇关于胡塞尔及其现象学的专论,王锦第不便过多谈论海德戈的哲学,但他还是加了一个长达千字的附注(十)来介绍海德戈其人其学。这表明王锦第对海德戈的哲学思想也颇有会心,他的下一个学术目标或者就是介绍海德戈的哲学吧——按说他是完全有这个能力的,只是未有机会而已。

倘说王锦第未及详细介绍海德戈是个缺憾的话,这缺憾不久就被洪耀勋及时地弥补了。

洪耀勋(1903—1986),台湾南投草屯人,抗战前留学日本东京帝国大学文学部哲学科,回台任教于台北帝国大学文政学部哲学科;40年代来到沦陷的北京,任教于北京师范大学和北京大学;1946年回台任教于国立台湾大学哲学系,主讲伦理学和西洋哲学史等课程,在学术上主要致力于存在主义及现象学的研究,有《实存哲学论评》(台北,水牛出版社,1976年)和《西洋哲学史》(台北,中华文化出版事业委员会,1957年)等论著行世。洪耀勋应该是在日本留学期间接触到存在主义与现象学的,30年代中期已有介绍和发挥的文字——据说他"年轻时在1934年4月《台湾文艺》上,发表《悲剧的哲学——论祈克果与尼采》(祈克果今通译克尔凯郭尔——引者按),1936年6月他并糅合海德格《存在与时间》对存在构造的剖析和日本哲学家和辻哲郎的风土哲学发表一篇《风土文化观》,以台湾风土为基础,反省台湾特有的历史社会风貌"①。自然,这些少作还只是初步的学术练习。进入40年代,洪耀勋在学术上渐趋成熟,对一些存在主义的专门问题有了比较深入的思考——据台湾的研究者说:"40年代的洪耀勋也有《实存之有限性与形上学的问题》(1941年)《存在论Ontologie之新动向》(1942年)等的思索稿。"②其实,40年代的洪耀勋不仅腹有思索稿,而且确有成稿并在当时就发表过——《实存之有限性与形而上学之问题》一篇末尾自注"民国三十年一月二十五日,作完",随后发表

---

① 王英铭:《胡塞尔现象学在台湾(1950—1980)》,载《中国现象学与哲学评论》特辑《胡塞尔与意识现象学——胡塞尔诞辰一百五十周年纪念》,上海译文出版社,2009年。

② 同上。

在《师大学刊》第一集(华北沦陷区的北京师范大学,1942年6月出刊);《存在论之新动向》一篇末尾自注"民国卅一年十二月稿",随后发表在《师大学刊》第二集(1943年6月出刊)。此时的洪耀勋年届不惑,对存在主义的研习已逾十年,所谓沉浸既久自有心得,发而为文亦相当矜重,自非一般急就篇可比——应该说,在40年代中国学界关于存在主义哲学的绍述中,洪耀勋的这两篇论文确实是比较专深之作。

《实存之有限性与形而上学之问题》一文的主旨乃是海德格尔实存哲学的形而上学问题,即 Ontologie 问题。按,西方的哲学传统一直遵循着主体与客体、形上与形下、现象与本质的区分,所谓 Ontologie 即探讨一切存在的存在之本的学问,因此 Ontologie 被称为"本体论"。但海德格尔不满这种二元分立的哲学传统,他遵循"现象即本质"的现象学思路,恢复了古希腊哲学把 Ontologie 作为存在论的本义,而着力探寻一切存在者的存在为何存在、如何存在的存在意义问题,认为对这个根本问题的追究先于且优于任何其他形而上学的本体论问题,所以海德格尔称之为"基础存在论"(Fundamental-Ontologie)。在海德格尔看来,这个基础的"存在"既非事实的概括,也非逻辑的悬设,因而不是科学和理性所能认识,但它却可以通过人这种实存来显示自身,因此人便成了理解这个存在根本问题的关键。海德格尔正是在这个意义上将"基础存在论"的追问转化为对人这种实存之分析的。洪耀勋此文相当准确地抓住了这个从本体论到存在论再到人的实存分析的转向。文章一开篇即指出,实存哲学的形而上学问题,"据 Martin Heidegger 所说,就是基础存在论之问题(Das Problem des fundamental-Ontologie),而基础存在论是对属于人性之形而上学的倾向,准备其基础的'有限的人的存在之存在论的分析'(Seinsanalytik des endliches menschliches Daseins)"。然则,海德格尔对这个问题的分析和解释有何特色呢?洪耀勋指出——

> 他以为作人之本质的是"关心"(Sorge)与"有限性"(Endlichkeit)。而"关心"是他的主著《存在与时间》(*Sein und Zeit*)之指导概念,而"有限性"是《康德与形而上学之问题》(*Kant und das Problem der Metaphysik*,1929.)之指导概念。而此小论即以此实存之有限性为中心介绍他的关于形而上学之根本思想之一班

(斑)为目的。

文章围绕这个中心进行了颇具学理性的阐述,阐述的逻辑层次则一如文末所总结的——

> 形而上学之奠基问题,即是究问实存本质之有限性之存在理解之问题。而此实存之开示性为问题者即是实存论的(existential)或超越论的(transzendental)问题。如此看来,形而上学之问题即是由存在理解所看来的有限性作为其存在构造的"存在之存在"(Sein des Seides)之问题。从而于 Heidegger 的形而上学之奠基即以"现存在(即实存)之形而上学"(Metaphysik des Daseins)或"基础存在论"(Fundamental-Ontologie)之名称被提出了。从形而上学之奠基问题导来的现存在之形而上学,应要在给予存在理解于其内的可能之方式,开示其"存在构造"(Seinsverfassung)。而此"现存在"(Daseins)或实存(Existenz)之存在构造之开示即为"存在论"(Ontologie),而对此存在论,把形而上学之可能性的根抵之有限性,作为基础的,则可称为基础存在论。

很显然,曾经留学日本的洪耀勋采用了日本学界对"Existenzphilosophie"的译法,文中的具体阐述也参考了日本学者如田边元等人的论述;而颇有意思的是,洪耀勋把海德格尔关于人这种实存的存在论分析,理解为"属于人性的形而上学",这其实折射出想以儒家的心性之学相"格义"的倾向,而他再三致意于实存之"开示",也预示了 50 年代以后"新儒家"哲学家如牟宗三、唐君毅等援引这最新的"西来意"以复兴儒家心性之学的思想路径。

随后的《存在论之新动向》(《师大学刊》第二集,1943 年 6 月出刊)则从更广阔的学术视野来观察德国存在论的各种新动向。文章分"存在论之复兴""存在论和哲学的人类学""存在论和解释学""存在论和现象学""存在论之现状"五节,知识视野相当开阔和新锐,诸如"哲学的人类学"(Philosophische Anthropologie)和"解释学"(Hermenentik),很可能就是通过此文第一次进入中国学界的。最末论"存在论之现状"一节以为"现在有两种很可以注目的存在论倾向,一为 Nicolai Hartmann 的批判的存在论(Kritische Ontologie),一为 Martin Heidegger 的自觉存在论或基础的存在论(Fundamental-Ontologie)和

Karl Jaspers 的实存哲学"。其中对海德格尔和雅斯贝斯思想异同之比较,是很有启发性的——

> 两者都取非认识论的方法,而由其以自觉的存在者之自己分析为达到一切哲学问题的键钥之点,两者的思想,可以连接 Kierkegaard 的思想之点,两人很有亲近性。Jaspers 之"实存哲学"(Existenz-philosophie)是渊源于 Kierkegaard,他的哲学是根据于比理性更深远的人之实存性的哲学,是想贯穿到现实的根源而洞察之,就是人之自我想把现实放在与他自己交涉之样式内,而把握之的哲学。……是和 Heidegger 一样,要取非认识论的路线去解析存在的问题的,但是和要用现存在之普遍的平均的日常性为媒介去阐明人的存在之存在性之 Heidegger 的存在论,又不一样,是以可能的实存作基底,就是以可能的现存在所处的"状况"(Situation)作为思索之引线的哲学。据他说来,"存在者为何?""某物何故存在?""我是谁?""我欲求何物?"等等的问题,都应当从人自己所处的状况出发,但是状况是不完结的运动,这种哲学也没有完结的时候,所以哲学是站在过去的现实和未来的现实之"中间的存在"的思惟……

诚如所言,洪耀勋对实存哲学的思考也没有就此止步,抗战胜利后他返回台湾大学哲学系任教并曾主持系务多年,著述开示、引领风气,成为彼地研究实存哲学最有成就的学者。

萨特的小说、剧作和文论及其他:
法国存在主义文学在 40 年代中国的译介

上世纪 40 年代,存在主义在法国的崛起特别地引人注目,而法国存在主义的代表人物如萨特和加缪,同时又是杰出的文学作家,他们借助作为"形象的哲学"的文学来宣谕其存在主义思想,进一步加强了其吸引力和普及性。彼时的中国文坛也非常及时地注意到了法国存在主义文学的崛起。拙著《生的执著》即曾提到,法国文学翻译家陈占元先生"一九三九年通过来往于香港—巴黎间的一条邮轮买到的萨特刚出版的两本小说——长篇小说《厌恶》(*La Nausee*)和短篇小说集

《墙》(Le Mur)。……另据陈占元先生的回忆:当时负责'文抗'香港分会的著名诗人戴望舒先生对萨特的这两部小说亦甚为欣赏,欣然决定翻译,并曾在报刊上登出消息,可惜的是后来因故未能实现。但据我查寻,戴望舒还是部分实现了他的愿望——一九四七年他曾翻译发表了萨特的短篇小说《墙》",而比戴望舒较早的,是一个叫"展之"的人在1943年翻译发表了萨特的小说《房间》,荒芜也在1944年翻译发表了萨特的小说《墙》。① 现在看来,还有比这更早的翻译,并且那翻译就出自戴望舒之手;此外,还有其他人也翻译过萨特的短篇小说,而关注萨特的戏剧和文论者,亦不乏人,以至于我们可以说,在40年代的中国文坛上曾经出现过一个持续不断的译介萨特的小热潮。

事实上,戴望舒很早即兑现了自己的诺言:1940年春他就译出了萨特尔(今通译萨特)的短篇小说《墙》,署名"陈御月译",作为"现代欧美名作精选之一",连载于他主编的香港《星岛日报》副刊"星座"之第521期(1940年3月6日出版)、第522期(1940年3月7日出版)、第523期(1940年3月8日出版)、第524期(1940年3月9日出版)、第525期(1940年3月10日出版)、第526期(1940年3月11日出版)、第527期(1940年3月12日出版)、第528期(1940年3月13日出版)、第529期(1940年3月14日出版)、第530期(1940年3月15日出版)、第531期(1940年3月16日出版),最末一次连载完毕后,还附发了一则"译者附记",扼要介绍了萨特尔的生平等——

> 若望保罗·萨特尔(Jean-Paul Sartre),为法国当代名小说家,生于一九〇五年,现任巴黎某国立中学教员。本篇自其短篇小说集《墙》(Le Mur)中译出。该集为萨特尔得名之作,出版于一九三九年,曾得"每月新书会"之推荐及批评界之一致佳评。本篇尤为此集中之杰出者。②

按,陈御月(戴望舒)翻译的《墙》也曾连载于"孤岛"上海《华美晚报》副刊"大地"(自1940年3月19日以后连载数次)。同样译自《墙》一集里的短篇小说《房》(La Chambre,又译作《房间》),也在戴望

---

① 解志熙:《生的执著——存在主义与中国现代文学》第66—67页。
② 陈御月(戴望舒):《译者附记》,香港《星岛日报》副刊"星座"第531期,1940年3月16日出版。

舒主编的《星岛日报》副刊"星座"第 1114 期(1941 年 12 月 5 日出版)、第 1115 期(1941 年 12 月 7 日出版)、第 1116 期(1941 年 12 月 8 日出版)上连载,只因太平洋战争爆发、香港沦陷而未能刊完,译者未具名,或疑出自戴望舒的手笔,但这其实不大可能:一则戴望舒正用"江思"的笔名在"星座"上连载他所译的马尔洛长篇小说《希望》,作为编者的他也就不大可能同时在"星座"上连载自己的另一篇译品,二则《房》的作者被译为"萨德尔",这也不同于戴望舒一直以来的"萨特尔"的译法,所以"星座"上的这篇《房》的译者,或者另有其人。此外,在"孤岛"上海的刊物《艺风》第 3 期(1940 年 7 月 10 日出刊)上,也有人翻译发表了 J. P. 沙特(Jean-Paul Sartre)的一个短篇小说《三个被处死的人》,但译者同样未署名。查曾在《艺风》上发表作品和译品而又懂法文的人,有巴金、黎烈文和徐訏等,《三个被处死的人》或许出自他们中的某一位之手,也未可知。另按,《三个被处死的人》其实即是萨特的短篇小说《墙》,不过《艺风》上的这位译者所选的翻译底本,并非出自萨特的同名小说集《墙》,而是萨特发表在《新法兰西评论》(Nouvette Revue Francaise)上的文本,这个文本比较简洁些,故此译名和译文都有所不同。

"二战"结束后,萨特的声名大振,在西方引起了热烈以至激烈的反应,如一位法国批评家就指出萨特一派存在主义在战后的盛行,甚至引起了法国天主教的忧虑和攻击——

> 这不仅是一帮,而且成了一个学派,这是以若望保禄萨尔达尔为中心的一个哲学新学派。据说萨尔达尔思想对于青年人发生着很大影响,以至于若干人士已经提出警告了。人们担心萨氏的著作《存在及虚无》的道理所包含的失望及虚无主义,会在大家的心灵上播下种子,因此有不少杂志,尤其是天主教的刊物汇成了一个大规模的攻击对这个哲学开火了。①

当此之际,中国的学界和文坛也显著地加强了对萨特的介绍。此时的中国对萨特的哲学、剧作和文论都有所绍述。如陈石湘(陈世襄)

---

① 安德兰罗素作、孙源译:《新法国的文学》,《文萃》第 5 期特稿,1945 年 11 月 6 日出刊。按,安德兰罗素是法国《斐加洛报》(《费加罗报》)文艺副刊的主编。

的长文《法国唯在主义的哲学背景》,即是依据萨特1945年10月的讲演《存在主义是一种人道主义》而作;罗大冈则有《存在主义札记》并翻译了萨特的剧作《义妓》,等等。这些情况我此前在拙著《生的执著》里已有叙述①,这里再补叙一下吴达元及黎晞紫对萨特戏剧的介绍和陈占元对萨特的文论之绍述。

吴达元(1905—1976),广东中山人,1929年赴法留学,1934年夏归国后一直任教于清华大学及西南联大外文系,积十多年之功著成《法国文学史》两巨册(商务印书馆,1946年出版),成为法国文学史研究的扛鼎之作。对法国文学的新进展,吴达元也很关注,1947年6月曾为文介绍过加缪的小说《外人》(今通译《局外人》)。1947年7月吴达元又在《现代知识》第1卷第6期上发表了《沙尔德的两部新剧本》一文,"沙尔德"即Jean-Paul Sartre。文章开篇就介绍了沙尔德的剧作在法国引起的轰动②,而又保持了一个文学史家的慎重——

> 一九四六年至一九四七年巴黎戏剧界渐渐恢复战前的盛况了,法国最时髦的存在派(Existentialisme)的主要作家约翰·保罗·沙尔德(Jean-Paul Sartre)一连演出两部剧本。这两部剧本是否有永久的文学价值,还很难说。不过,它们的确在巴黎戏剧界哄动了一时。它们的名字是《可敬的私娼》(La Putain Respectueuse)和《死无葬身之地》(Les Mort Sans Sépulture)。

按,La Putain Sespectueuse这个剧本现在通译《恭顺的妓女》或《毕恭毕敬的妓女》,吴达元当年却译为《可敬的私娼》,罗大冈在1948年也将之译为《义妓》③,而不论译为《可敬的私娼》还是译为《义妓》,都强调了妓女丽丝之可尊敬的富于正义感的一面,但这其实是一种有意的"误读"和"误译"。吴达元和罗大冈当然都明白法文"respectueuse"乃是"恭顺的"之意,萨特的剧本题作La Putain Respectueuse,事实上暗含

---

① 参阅解志熙:《生的执著——存在主义与中国现代文学》第68—82页。
② 《现代知识》第1卷第6期"编后记"亦称:"这几年最为世界注意的法国作家,那就是沙尔德了。吴达元先生将一九四六年至一九四七年轰动巴黎的沙尔德的两部剧本加以评述。《可敬的私娼》暗地说自称为民主国家的美国,还谈不上种族平等!至于《死无葬身之地》,是法国地下军的写照。"
③ 罗大冈:《〈义妓〉译序》,载1948年10月25日天津出版的《益世报》"文学周刊"第116期。

着对妓女丽丝的讽刺——"结果,她的怜悯心给实利主义消灭了,她的正义感给种族观念战胜了,她把两个黑人牺牲了"——吴达元如是说。然则吴达元和罗大冈为什么会不约而同地有意"误译"了这部剧作的题目呢?那可能是因为他们都觉得"恭顺的妓女"这个题目,一则对观众和读者不免过于隐晦曲折了,二则萨特如此题名,也把批判的矛头过多地指向妓女丽丝,无形中反倒减轻了真正的白人种族歧视者的罪责吧。其实,吴达元还是很赞赏 La Putain Respectueuse 的,认为它"是个成功的剧本",他的文章并透露了这样一个信息:"不过,在巴黎,有许多剧评家说沙尔德不应该毫不留情的攻击美国,因为他在美国住了很多年,受了美国人不少的优礼厚待。他对美国的讽刺是忘恩负义的行为。"对此吴达元很不以为然,他结合剧情并联系美国的社会实际以及法国在殖民地的帝国主义行径,义正词严地为萨特辩护道——

> 这种批评似是而非。美国是自称为民主的国家,可是种族平等到现在还谈不上。白人强奸黑人法律上定的是什么罪?黑人强奸白人又是什么罪?黑人到白种妇女家去,给她几块金元,发泄自己的性欲;白种妇妇(女)愿意接受黑人的金元,卖给她(他)肉体的满足。黑人犯的是那一条美国人制定的法律?想不到居然招上杀身之祸,有冤无处诉。我们能不怀疑美国的所谓自由平等是"挂羊头卖狗肉"的勾当?法国人在殖民地所表现的本来也是一副帝国主义的狰狞面目,但是在法国黑人的地位到底比在美国的黑人好得多。沙尔德看不惯美国的作风,因而写这部讽刺剧本,这是可能的。说法国人都了解自由平等的真髓,这倒不一定。至于批评沙尔德的人说他忘恩负义,难道真的要他的正义让小小的恩惠给卖掉了,要他连批评的勇气都收起来吗?

看来,曾经留学欧洲的吴达元先生并没有让欧美的眼镜遮蔽了自己的眼睛,这是颇为难能可贵的。对于《死无葬身之地》,吴达元的评价不高,那主要是从艺术表现上着眼的——

> 这是一部充满了恐怖场面的剧本。作者也许想叫观众明白出卖祖国的维琪政府的秘密警察是无恶不作的人,因此把酷刑拷打都搬上舞台,实地表演。这是用不着的。法国人还有不明白作特务的人的恶毒和狠辣吗?在沦陷时期,他们已经见得多,听得

多,用不着沙尔德再把他们的心灵创痕挖开给他们看。至于法郎西洼(剧中人物,一个出卖了地下军领袖的少年——引者按)给同志们处死的一幕,也是在舞台上面表演的,这种恐怖场面其实也可以在幕后进行,不必要观众亲眼看见。《死无葬身之地》不能感动观众的心灵,只激动他们的情感,而且是低级的情感。它不是一部有价值的剧本。

就艺术而论,吴达元对《死无葬身之地》批评确是很有见地的。

此外,黎晞紫也翻译了 L. 拉尼亚的《法兰西文坛一瞥——战后欧洲文坛现状报道之一》,载北平《知识与生活》第 10 期(1947 年 9 月 1 日出刊)。按,拉尼亚(Leo Lania)是美国《星期六文学评论》驻欧记者,他的这篇报道原刊 1947 年 4 月 19 日《星期六文学评论》上。拉尼亚觉得战后流行了两年的法国"存在主义过时了",但"沙特尔和卡缪都是有才能的作家,有没有存在主义对他们无关紧要",他尤其赞赏"萨特尔底成功",所以下文重点介绍了萨特尔的戏剧——《门户紧闭》(Huis-Clos No Exit,又译《间隔》《密室》《禁闭》)、《没有坟墓的死者》(Les Mort San Sépulture,通译《死无葬身之地》)、《一个可敬的娼妓》(La Putain Respectueuse,通译《恭顺的妓女》),只是作为记者的报道,此文不免有些简略。

陈占元(1908—2000),广东南海人,1927 年赴法留学,1934 年回国后在鲁迅、茅盾创办的《译文》杂志上发表法国文学翻译,渐渐成为知名的法国文学翻译家,40 年代创办明日社、主编《明日文艺》,推出了一批学院文人的著译,从 1946 年起任教于北京大学西语系,直至新世纪之初终老于斯。前面说过,陈占元 1939 年通过来往于香港—巴黎间的一条邮轮买到萨特刚出版的两本小说——长篇小说《厌恶》(La Nausee)和短篇小说集《墙》(Le Mur),著名诗人戴望舒看到萨特的这两部小说,也甚为欣赏,欣然决定翻译。这个信息是我在上世纪 80 年代末到陈占元先生的寓所访问所得,记得陈先生当时还指着书架上成套的《现代》杂志(萨特主编)对我说,"全国可能只有这么完整的一套《现代》杂志,我去世后要留给北大的",可当我问陈先生自己是否翻译过萨特的文字时,这位朴实谦和的老人却怎么也记不起来了,甚至也说不清在他主编的《明日文艺》第 2 期(1943 年 11 月出刊)上发表萨尔脱(即萨特——引者按)小说《房间》译文的译者"展之"究竟是谁,这曾经让我非常遗憾。而现在可以确证的是,陈占元先生在40年代确实翻译过萨特的文字,那便是萨特的文论《文学与时代》,发表在《知识与生活》半月刊第14期(1947年11月1日出刊),署名"法·萨尔脱著 陈占元译",而据该刊介绍,陈占元先生正是北京大学教授。按,一个翻译家对一个外国作家姓名的翻译,通常都有固定的译法,不会轻易更改的,如戴望舒多次翻译萨特的小说,都把萨特译作"萨特尔"。准此,则陈占元先生在1947年把萨特译为"萨尔脱",亦可逆推那位在1943年翻译了"萨尔脱"小说《房间》的译者"展之",其实就是陈占元先生——"展之"很可能是陈先生的字号,或者是从他的名字的谐音而来的。

在《文学与时代》的译文前,陈占元先生加了这样一段译者按语——

> 若望·保尔·萨尔脱(J. P. Sartre)在这次大战前曾发表过一本长篇小说《反胃》(La Nausee)和一个短篇小说集《墙》(Le Mur),尤其后者,很得到好评。战时,曾参加法国地下军。战后,他已经发表了几种著作,包含哲学专著,小说,戏剧,存在主义和他的名字成了不可分离的,一时曾为法国文坛的主流,近且传遍新旧大陆。关于存在主义,暂不多论。而且,就译者私见,一个文人所标榜的一种哲学,毋宁是一装饰,并非他的作品主要的东西。但一种文学之出现却反映着时代的需要,简言之,治世文学易趋于柔,乱世文学,就其向上的努力说,则求刚。萨尔脱的作品,评者病其过于发掘人生丑恶,但其中心精神,却依然是刚健的一流。本文从萨尔脱主编的《现代》杂志的发刊词摘译出来,文中对于文学与时代的关系发挥得十分透辟,可以作为对于一派理论的参考。

在一般意义上,说"一个文人所标榜的一种哲学,毋宁是一装饰,并非他的作品主要的东西",或者大体不错,但若就萨特而言,陈占元的这种"私见"就未必准确了。事实上,萨特是受过严格学术训练的专业哲学家,他的《存在与虚无》的哲学思辨与并时最著名的西方现代哲学家相比,也毫不逊色,文学在他反倒是余事而已。不过,陈占元借用中国传统文论的阳刚阴柔观来品评西方文学,认为萨特的文学富于刚健的精神,确是一语中的之见,而他选译萨特为《现代》杂志所写的发刊词,以为它对文学与时代关系的发挥十分透辟,更是慧眼卓识。按,萨特此文作于"二战"刚刚结束之际,其时,不少在战时曾经以文字附和纳粹的法国作家,纷纷以文学无关现实、作家无须对社会负责的文学观为自己辩护。萨特在《现代》杂志的发刊词中,首先检讨了这种不负责任的文学观之源头——"为艺术而艺术"和"写实主义"两种文学观念。按通常的理解,"为艺术而艺术"和"写实主义"处于对立的地位,前者强调艺术之超然的独立性,后者则致力于对现实的批判,而萨特的过人之处,则在于他敏锐地洞察到这两大文学思潮的"殊途同归":"为艺术而艺术"标榜艺术独立的非功利和"写实主义"标榜科学客观的不近利,其实都对时代现实采取了不介入、不负责的态度。在萨特看来,这种不介入、不负责的文学态度发展到极端,便是那些在战时趋附德国侵略者的法国文人,居然不觉得自己的文学行为有何不妥:"在今日,事情竟到了这样的田地,有些因为把他们的笔出卖与德国人而被责难或被处罚的作家,使人看见一种痛苦的惊愕。'什么?'他们说,'那是有责任的么,我们所写的东西?'"正是有鉴于这沉痛的教训,萨特提出了他的介入现实、严肃负责的文学观——

> 一切作品都有一种意义,即使这种意义与作者欲放在这种作品里面的意义相去甚远。在我们,文人其实既非威斯塔尔,亦非阿里爱儿;他是"在局中",不管他怎样,他是指定了的,被牵涉到的,直到在他最偏僻的退路。……我们相信我们无法置身局外。我们纵使像石子一样哑口无言,我们的被动性也会是一种行动。……德人的占领把我们的责任教知了我们。我们既然就以我们的存在对于我们的时代有所影响,我们决定使这种影响将是有意义的。……我们为我们时代的人写作,我们不要用未来的眼睛去看我们的世界,这许是毁灭这个世界最稳的方法,我们可要用我们的肉眼,用我们真实的凡眼去看这个世界。我们不期望上诉胜利,身后的复权对我们没有用处;我们要就在这儿,以及在我们生存的时候,得到胜诉,或败诉。

这种介入的文学观,在萨特乃是以其人道主义的存在主义学说,尤其是人的自由选择观为基础的,同时也融汇了马克思主义的社会革命思想,尤其是人类共同解放的理想——

> 而人物非它,只是自由而已。这种自由,我们别把它看作像是人类的"天性"一种形上的力量,也不是为所欲的特许,也不是我们虽在缧绁之中仍可保存着的内心逃避之所。我们不能从心所欲,同时我们对于我们所作到的要负责任:那就是事实;同时可以用许多原因于(予)以解释的人却单独负起自己的重担。在这一意义说,自由可以视为一种咒诅,它"是"一种咒诅。但这也是人类伟大的唯一源流。事实上,马克思主义者若非在文字上,在精神上却将和我们同意……一个工人不能像一个布尔乔亚一样"自由"思想和"自由"感觉,但欲使这个地位"为一个人",全一个人,这个地位得经过生活,和向着一个特别目标被人越过。……但一个人并不像树木或石子般存在着:他得"使自己为"工人。……他要对这种选择负责任。并不是自由不去选择:他是受束缚的,他得打赌,回避也是一种选择。但对于以同一举动选择他的命运,而众人的命运,和选择应该赋给人类的价值,他是自由的,因为他同时自择为工人与人,一面却把一种意义给予无产阶级。那便是我们所设想的人:全人。全自由和全受束缚。我们应该"解放"的却是这个自由人,把他选择的可能性扩大。

看得出来,正因为接受了一些马克思主义的思想影响,萨特的存在哲学和介入文学观具有了更为积极和健全的意义。顺便说一句,老作家冯沅君也曾间接地介绍过萨特的这篇重要文论。那是在1947年初,冯沅君翻译发表了Dumont Wilden的文章《新法国的文学》,刊登于《妇女文化》第2卷第1期(1947年3月出刊),而Dumont Wilden此文正是对萨特的这篇发刊词的译述。[①] 要说陈占元和冯沅君为什么这样不约而同译介萨特的介入文学观,那可能是因为他们都共鸣于萨特对西方文学不负责任传统的批评,那种传统以超然独立的"为艺术而艺术"和科学客观的"写实主义"(即自然主义的写实)思潮为主,这其实也是中国现代文学的主流,而萨特对法奸文人以文艺无关现实的观

---

① 参阅解志熙:《生的执著——存在主义与中国现代文学》第75—77页。

点来为其妥协言论开脱之谬论的批判,或者更让他们心有同感——在中国的沦陷区同样也不乏甚至更多此类妥协主义的文人。

这样算来,在40年代的中国,先后至少有七八位译者多次译介过萨特的哲学思想、短篇小说以及戏剧和文论,这实在不能说少;倘若考虑到萨特在彼时西方的文坛学界也才出道不久,同时的中国却对他的作品倾注了这样的热忱和耐心,亦不能不说是非常的难能可贵了。

对法国存在主义文学的另一位代表作家加缪,中国的学界和文坛也给予了一定的关注。如吴达元1947年6月在天津《大公报》的"图书周刊"介绍了加缪的小说《外人》(今通译《局外人》),拙著《生的执著》对此已经有所叙述,此处再补述一下焦菊隐对加缪的介绍。

焦菊隐(1905—1975)在1935—1938年期间曾留学法国巴黎大学,1938年获得文学博士学位后归国,积极投身战时中国的戏剧运动和戏剧教育事业,同时他仍然关心着战时的法国文艺,尤其是法国的抵抗文学。抗战胜利前夕他撰写了《战时法国文艺动态》一文,发表在重庆《文哨》杂志第1卷第2期(1945年7月5日出刊),文长两万余言,系统介绍了战时的法国文艺——从抵抗文艺运动、文坛元老罗曼·罗兰、纪德的活动,到战时小说、诗歌、散文、戏剧直至电影等。该文也可能是最早向中国介绍加缪的文章,其中有三处涉及加缪。一是讲到战时法国小说富于"极浓的社会思想"时说:"于是,法国战时的小说,便衍进成了一种现实与反应思想再加文艺形式的东西。……我们可以举出勃朗叟(Maurice Blanchot)所写的《糊涂汤姆斯》和《阿米那达勃》,与嘉莫斯(Albert Camus)所写的《外国人》为例。"按,"嘉莫斯"即加缪,《外国人》即《局外人》。二是讲到战时法国小说家的思想变化,即在人的问题上从战前近乎神化的人道主义转为极端现实的思想时,也举加缪作品为例。三是对加缪戏剧的介绍。戏剧家焦菊隐对同是戏剧家的加缪显然更感兴趣,所以详细介绍了加缪的《卡利古拉大帝》(*Caligula*)和《误解》(*Le Malentendu*)两剧——

> 嘉莫斯的《卡利古拉大帝》,写一世纪时代的一位罗马皇帝,是一篇很富于超现实派色彩的作品。卡利古拉后来变得非常残暴,他希望全罗马人都共有一个头,好只费一刀之力,就可以把人头全都砌(切)下来;他疯狂得把一匹马封为总督。至于《误解》,

就更充分地表现了作者嘉莫斯的哲学。正如他在论文集《西西芙的神话》里所发挥的,他认为人在宇宙之间,永远是无意义的,每天起床,早点,四小时办公,午饭,四小时办公,晚饭,上床……这都是毫无意义的。人,因为上帝已死,在宇宙间并没有伟大的价值,所以和其他动物与万物一样的毫无意义地活下去。而一定要给人在宇宙之间加上一个意义去,或者寻求到一个意义,那就只有两条路:或者是反抗,或者是死。不反抗而只顺着无意义的方式去寻找意义,就只有消灭。《误解》这个剧本,便是要阐明一个人误解了宇宙对他的关系,不懂得反抗宇宙,而只顺着无意义的路线,去寻求意义,结果,便毫无意义地死去。剧本里写一个青年,在欧洲南部漂流了二十年,发了财,结了婚,就想回到中欧的故乡去。他觉得他的这些成就,必须回去叫母亲和妹妹分享幸福,才能算得有意义。他的母亲和妹妹,一向开黑店为生,专门图财害命。他到了故乡,为了试试大家是否还能认得他,就改换了姓名,住在那家小旅馆里。可是,他的母亲不知道这就是她的亲生儿子,便和他妹妹,把他像一般旅客一样地给谋杀了。作者嘉莫斯,是一位小说家,编剧者,和新闻记者。他在北非阿尔及尔,主编《战斗》日报,每天发表的社论,极其积极而实际,初看起来,他的行动与政治言论,和他的文艺作品中所表现的哲学,似乎有些矛盾。其实,像《误解》这个剧本所表现的思想,对他的政治行动,并不矛盾,而是更深刻一步的解释。个人,在宇宙间,确是无意义的;但是,顺着无意义的生活去寻找意义,结果只有毫无意义地消灭,而且,他永远不能知道人究竟是怎样的无意义。嘉莫斯自己说:"必须反抗这个无意义,才能真正了解这个无意义。"所以,嘉莫斯嘴里的"虚无主义"(Mihilisme)和"本体主义"(Existentialisme),实际上就是"反抗"与"革命"(La Revolte)。嘉莫斯的思想,行动,和作品,已经使他自己开始成为当代第一流作家之一。巴黎解放以后,他宣布说,他除了预备一篇小说《鼠疫》(La Peste)以外,还要写一本以法国抗战为题材的剧本,名叫《自由》(La Liberte),共二十四景。这也许会成为最近几年中法国国内最大的一本以战争为题材的戏剧创作了。

在这里,焦菊隐也同时介绍了加缪"反抗荒诞"("荒诞"即无意义)的存在哲学思想。

"被政治化"的学说与文艺:
40年代末中国学界对存在主义的评价之偏至

进入40年代后期,内地和香港陆续出现了一些评述存在主义的概论性文章或译文。这些文章先还是比较客观的体谅的评述,甚至不无热情的赞扬,但降及40年代末,则显然因为国际上美苏两大阵营的"冷战"加剧和中国国内的内战方亟,学理性的评价日益减少,政治化的批判则迅速升温,于是对存在主义的评介几乎呈现出一边倒的"被政治化"情势,正预示了存在主义在1949年以后中国内地的遭遇——这说来令人遗憾,但恐怕也是一时难免之事。

较早出现的文章是曹成修的《不安的世界和不安的哲学》,载《上海文化》第9期(1946年10月1日出刊)。其实,把存在主义思想说成是反映不安的世界的不安的哲学,这种观点在30年代前期就有了。那是在1934年12月,《清华周刊》第42卷第8期推出了"现代思潮"特辑,其中王修诚的文章《现代日本哲学——京都学派与"不安的哲学"之剖视》,介绍了以西田几多郎、田边元和三木清为代表的京都学派,并追溯了其思想渊源——德国的现象学和存在哲学,认为田边元和三木清继西田而起,完成了从"现象学"到"人生观的哲学"的转变,而由于这种"人生观的哲学"反映了当时日本的"社会不安"和"思想危机",所以被称为"不安的哲学"。① 曹成修的《不安的世界和不安的哲学》事实上延续了这种观点,曹在文中也提到"日本在九一八事变之后也曾流行过不安的思想",虽然他的文章的直接来源是1946年6月17日出版的美国《生活》杂志上所刊一个记者介绍法国存在主义的文章,而未必看过王修诚1934年的文章,但从观点到用语都很相似。当然,曹成修的主题是法国的 Existentialisme,他译为"自觉的存在论"(这与洪耀勋的译法一样也来源于日译)——

---

① 参阅解志熙:《生的执著——存在主义与中国现代文学》第53—55页。

> 法国的知识分子正在创造着新的主义,新的哲学。这些主义或哲学都是知识分子的血、汗、泪。其中比较复杂,而悲观性较少的是"自觉的存在论"(Existentialism)。这个思想否定了过去一切哲学底道德的、伦理的价值,而捧出了赤裸裸的人生现实。由自觉存在论者看来,人的周围尽是冷酷的环境,人的一生便是他自己对这环境的冷淡的反应。

曹文接着便介绍了法国存在主义的代表人物沙尔特(即萨特——引者按),重点评述了他的存在主义的基本思想,即所谓人的实存状态观和自由选择观——

> 自觉的存在论则从实在的人生解释人在世界上的命运。人的存在不是固定的,不是预先注定的,而是不断的飞跃,不断地向各种方向发展的。一个人不由他自己作主,无缘无故在特定的时间被进入(丢进?)特定的社会。他不能希望在什么时候生在什么地方就会居然在什么时候生在什么地方,而是既然生在这里了,就得在这里活下去,结束他的一生。人在冷酷的社会里,备受种种宇宙力的打击,显得十分脆弱,前途又十分不安,因此人生便充满了恐惧与不安。不过人虽莫名其妙地被丢进一定的时间和空间,但他却自觉他的人生的责任,他知道应该要去做什么。人开始行动,就发生"什么是自由"的根本问题。沙尔特认为人可以自由行动,不过要行动才能自由。人之异于其他生物者,就是人有选择"做什么"的自由。不过选择的自由要等到他选定了目标自觉地开始行动之后,才算完全自由。反过来,如果人不能有所选择而行动,他就不算自由。……
>
> 人既生存在无情的、充满敌意的世界上,而要选择事情去行动,以便达到自由;但"人"究竟是什么?"人生"究竟是什么呢?沙尔特认为人生是没有目的的苦痛,是绝望的。……人甚至于害怕自由,时常拒绝他应有的选择,逃避自由,而躲藏在无意义的日常功课中。

这个对人的"被抛"状态和人因此不得不自我担负自由选择责任的思想之解说,通俗而又准确。随后,曹成修把法国存在主义的渊源追溯至第一次世界大战后德国的"不安的哲学"——亚斯巴斯(即雅斯贝

斯——引者按)的实存哲学和海德戛(即海德格尔——引者按)的自觉存在论,等等,认为沙尔特的思想实在是德国的不安的哲学之复活,并指出"不安的思想或哲学是不安的社会的反映",尤其在两次世界大战之后,不安与无常是欧洲人的普遍情怀,所以才会接连产生德国和法国的不安的哲学。这种朴素的社会学分析大体上也还言之成理。

倪青原则在南京的《大学评论》第1卷第7期(1948年8月出刊)发表了《生存主义——现时代的精神》一文。关于倪青原,现在只知道他抗战时期曾任华西协合大学"东西文化学社"副社长,名誉社长则是孔祥熙、张岳军、张公权、孙哲生、顾维钧等政界大佬,抗战胜利后倪青原任金陵大学文学院院长,专业大概是哲学,曾发表过关于现象学的论文。据此推测,他的这篇《生存主义——现时代的精神》之所谓"生存主义",可能就是存在主义,然而倪青原对这"西洋哲学上的一个新学派"虽然颇为赞赏,可对究竟什么是"生存主义"、其代表人物是谁、基本概念为何等问题,却完全没有说明,只是把它发挥演绎得像是国民党的"唯生哲学"一般神奇——这从倪青原与国民党的关系看,倒也并非偶然,此处不赘述。

差不多与倪青原盛赞"生存主义"同时,左翼文化人也显著地加强了对存在主义的批判。这种批判当然并不限于中国,曹成修在1946年就指出:"自觉存在论在文学上好像代替了三十年代的无产阶级文学。过去在共产党领导下工作的沙尔特现在成为共产主义者的劲敌。共产主义者认为自觉存在论是观念论。"①这其实揭示了存在主义与马克思主义的两个分歧:一是存在主义在文化影响上构成了对马克思主义的挑战,二是它在哲学上的唯心论对马克思主义的唯物论构成了挑战。苏联和西方的马克思主义者正是为此才发起对存在主义的批判的。

40年代末的中国左翼阵营对存在主义的批判,就借助了苏联和西方马克思主义者的成果。在这方面比较有代表性的乃是梁香连续翻译发表的两篇文章:一是D.查斯拉夫斯基的《法国的"僵尸"——关于法国的存在主义文学》,二是迦克(G.Gak)的《"存在主义"哲学批判》,前者发表在《时代》杂志第7年(第7卷)第18期(1947年5月10

---

① 曹成修:《不安的世界和不安的哲学》,《上海文化》第9期,1946年10月1日出刊。

日出刊),后者发表在《时代》杂志第9年(第9卷)第20期(1949年7月1日出刊)。按,《时代》杂志创刊于苏德战争爆发之初的1941年8月,由"苏商时代杂志社"在上海出版,但其实是由苏联方面和中共地下党员合办的,中方由姜椿芳负责。这两篇文章的译者"梁香"即陈冰夷(1916—2008),江苏嘉定(今属上海)人,他是当年《时代》杂志的编辑兼翻译,40年代末,他作为中共党员连续翻译发表苏联和西方马克思主义者的这两篇批判文章,显然有借重以示批判之意,其倾向性是不言而喻的。D.查斯拉夫斯基的文章开篇即大张挞伐,斥责法国的存在主义文学是"摩登时代"的"死亡"文学或者说"僵尸"文学——

> 在这一方面,也应该看看萨尔特(即萨特——引者按)及其学派——我们几乎应该说是工场——Existentialisme("存在主义",或"苟安主义")的文学作品,法国和美国的资产阶级出版物竭力称颂这些作品,认为这是法国文学中最时髦的作品:时髦的诗歌,时髦的小说,时髦的哲学。萨尔特的杂志 Le Temps Modernes,最精确应该译作《时髦时代》或《摩登时代》。

进而便是对萨特哲学的阶级定性与政治判决——

> 最近正在将存在主义应用到反动派的政治的需要上去。战前,萨尔特是不涉政治的。除了狭小的圈子之外,很少有人知道他。他的学派是战前资产阶级知识份子完全腐化的表现。战时,萨尔特进入了抵抗运动的营垒,因此而敛积了不少的民主资本。
>
> 现在,这一笔小资本开始作政治的流通了。萨尔特企图将哲学上的虚无主义和民主主义的句子相联结起来。他自认为是自由主义者。他有一篇文章题为《存在主义与人文主义》。实际上是在哲学的吆语的掩护之下进攻唯物论和科学,进攻马克思主义和民主主义。
>
> 赏识萨尔特的攻(功)绩的不仅是法国的反动派。美国的反动派也很注意他。去年,萨尔特曾到美国游历各大学。他在耶鲁、哈佛、普林斯顿等美国保守派学术中心的各大学讲演存在主义。美国报纸竭力为他宣传。《生活》杂志登了一篇推崇备至的萨尔特传,并且指出,"最时髦的哲学家"萨尔特现在是"思想阵线上的马克思主义的主要敌人"。这思意(意思)就是说,除了巴

根的时髦产品之外,萨尔特的时髦产品的输入美国也获得了保护。

由于美国的学院和报纸鼓吹萨尔特是"思想阵线上的马克思主义的主要敌人",于是苏联的学者也就断言,萨尔特学派"在美国的反动派中,他们看见了自己的主子,看见了销售自己产品的市场","作为马克思主义的敌人的他们,对于豪富的美国资产阶级是非常需要的"。美苏两大阵营的角力,就这样使萨尔特的存在主义哲学及文学"被政治化"了。迦克的《"存在主义"哲学批判》也把矛头对准萨特,但比 D. 查斯拉夫斯基的《法国的"僵尸"——关于法国的存在主义文学》稍微具备一点学理性。迦克首先追溯了萨尔特存在哲学的非理性主义思想渊源,逐一介绍了其哲学的基本思想和概念——"存在先于本质"(L'existence Precéde L'essence)、人的"被舍弃性"(delaisse)以及"干预""选择"和"自由""绝望"等概念,但最后迦克也和 D. 查斯拉夫斯基一样,非常武断地断言"存在主义哲学是资产阶级'本质'的反映",并发出了"我们必须向存在主义斗争"的号召,兹不赘述。此外,如拙著《生的执著》所提及的,1948 年 3 月香港出版的"大众文艺丛刊"第一辑也译载过法国左翼文艺批评家 A. 科尔瑙的文章《论西欧文学的没落倾向》,其中也着重批判了存在主义。

苏联以及西方的马克思主义者对存在主义的批判,显然感染和影响了 40 年代末的中国左翼文人,促使他们也撰发了一些批评文章。例如曹绵之的《"存在主义"哲学底批评》。"曹绵之"不知何许人也,但可以肯定是个左翼文人,因为该文就发表在一个左翼文学丛刊——"动力文丛"第一辑《鲁迅的方向》上,1948 年刊行,具体日月不详。查该刊也发表了胡绳的文章《鲁迅思想的发展道路》,"曹绵之"或许是胡绳的化名也未可知。《"存在主义"哲学底批评》所批评的 J. P. 萨哈尔特即萨特,文章作者对萨特的存在哲学理路,并非全无理解。即如他准确指出存在主义对人的主观性之强调,旨在强化人的自觉与自为——

> 人是先有赤裸裸的存在,然而(后)再由他自身赋以本质的。所以人不是别的,而是他自己所创造的——这是存在主义的第一原理。人自己创造自己,不假乎神,也不必依照理性,这就是存在

>主义的主观主义。换言,"人就是主观生命的设计者",人所以与木石不同,木石有存在,而不知主观地赋予以生命的意义(本质);而人则有主观,如没有人的主观,就没有客观,就没有有意义的客观世界。客观世界以人的主观为中心,这就是存在主义的人道主义。所以萨哈尔特夸说:"存在主义是一种使人生成为可能的学说。"
>
>人的存在若先于本质,则人自己对自己的存在负有责任。不但对自己负责,且对全人类负责。所以存在主义的主观主义不只是个人自由的主观,而是"人不能超越人类的主观"。就是说,人在创造或规范自己时,也创造了或规范了人类。

在这里,作者对存在主义之"主观主义"理路的清楚解说,使读者明白它乃是相对于木石等物质而言的人的主体创造性;同样的,文章也说明存在主义强调人对自己的存在负有责任,同时也对全人类负责,这就使读者免除了存在主义乃是纯粹的个人主义之误解。可是如此一来,所谓"存在主义的人道主义"不就颇有积极意义了么!然而不然,作者随后还是严厉宣判存在主义的主观主义和个人主义罪不可赦——

>它强调主观,强调个人无目的的行动,反对理性,反对科学,反对历史法则,甚至于反对感性和经验。这是资产阶级个人主义最彻底的暴露。诚如苏联文艺批评家费里德(Y. Frid)所指出的——"存在主义者的特别是萨哈尔特的作品的确值得我们注意,因为它清晰地表明了现代个人主义在向我们这个时代的进步观念作反动的进攻时所引起的社会作用。"
>
>……
>
>资产阶级面对末落,面对无产者和人民的强大进军,便对自己的文化、制度开始怀疑,一方面躲进个人的主观的牛角尖,另一方面又散布理性、科学和历史法则之不可靠的思想,企图动摇对垒者的阵营。存在主义便是这种历史形势下的资产阶级以至帝国主义者的马前卒。

这样的裁判实在只能说是主观教条主义和庸俗社会学。还有一个左翼文人"灵珠",可能是缪朗山(1910—1978)。缪朗山笔名缪灵珠,广东中山人,先后获香港大学文学学士,苏联莫斯科大学语言学学士,德国柏林大学哲学硕士。据说他1947年因参与进步活动而被捕,经营救出狱后送往香港。大概就在这之后不久,缪朗山用"灵珠"的笔名,在香港的左翼刊物《世界文化导报》第二集(1948年12月1日香港出刊)上发表了《谈战后欧洲文化思潮》一文,其最后一部分涉及法国存在主义,认为它在战后的崛起根本就是个反动——

> 这种反动的思潮,法国新起的作家美其名为"存在主义"。它的出发点是哲学的;它的玄虚神秘的道理,打动了许多青年人的心,实则,"存在主义"是个垃圾箱,你捡一捡,便可以发见了许多腐化了的腐烂了的十九世纪末期的哲学论调(Husserl的"现象学",Kierkegaard的个人经验论,Heidegger的形而上学等等)。然而,在法兰西苦难的年头,这些无聊的说教,也有着相当的迷力。

然则它的"迷力"究竟何在,作者其实无心理解,有的只是一连串的谩骂——

> "存在主义"是青年的麻醉剂,因为它引入玄虚的不存的梦境。"存在主义"是反民主的哲学,因为它夸大个人的能力,赞美英雄主义。"存在主义"是个陷阱,因为它装上伪自由的,假进步的面孔。"存在主义"是一派胡说,因为它否定了一切,——存在,理智,"我"与"群"。

在国内与国际的双重政治对决时期,左翼文人对存在主义的批判表现得简单粗暴些,自是可以谅解的;但话说回来,当学艺"被政治化"到如此偏至——触目皆是唯物的阶级的裁判,全然不见辩证的学理的分析——这样变质的批评也就实在让人生厌、毕竟不足为训了。

2012年6月15日—7月7日草于清华园之聊寄堂以付加州大学洛杉矶分校Nicolas Testerman君之问。

气豪笔健文自雄

——漫说北方文坛健将杨振声兼谈京派问题

寂寥仅仅说《玉君》：
杨振声为何长期声名不振？

新时期以来，杨振声并未像许多老资格的现代作家一样重振声名，而仍然寂寞无闻。虽然有些文学史也会提他一笔，偶尔也有研究者说他几句，如讲到"五四"文学革命时提及新潮社员杨振声之名，论及初期小说创作时略说其小说《玉君》，但这往往并非为了杨振声，多是因了鲁迅对《玉君》的评价，至于杨振声此后之作为，则几乎从文学史里销声匿迹了。

比较而言，对杨振声的评述不那么蜻蜓点水的，是下述两部文学史著。

一部是唐弢主编、1987年出版的《中国现代文学史简编》，该书对杨振声早期的小说创作成就有这样一段评述——

> 文学革命初期，在小说创作上取得光辉成果的是鲁迅。在鲁迅等文学革命先驱者带动下，汪敬熙、杨振声、叶绍钧等小说作者也在《新潮》渐露头角。……杨振声（1890—1956）的短篇如《渔家》、《一个兵的家》、《贞女》等篇，虽然都属速写式作品，却表现了"极要描写民间疾苦"的进步倾向。一九二五年写作的中篇《玉君》，在人物创造和生活描绘上体现了作者"要忠实于主观"的创作主张，存在着过分"把天然艺术化"的缺点，但小说的情节曲折，文笔洗练，构思精巧，意趣盎然，使作品在当时产生了一定

的影响。①

这个评述虽然采用了鲁迅的《〈中国新文学大系〉小说二集序》的观点,但有所修正而不乏肯定,较诸此前此后的许多文学史用笔之吝惜与粗疏,已算难能可贵的大方和中肯了。

另一部是钱理群等合著、1998 年修订出版的《中国现代文学三十年》。该书不仅在讲"五四"文学革命时期的新小说创作时,提到新潮社员杨振声在《新潮》上发表的短篇小说《渔家》以及他稍后的长篇小说《玉君》(实为中篇小说),而且还讲到了他在 30 年代所写表现渔民生活悲欢的短篇小说《报复》《抢亲》《抛锚》等,并且特别强调了他对当年文坛的组织引导之功——

> 有资深作家杨振声,其时主要精力虽已不再用于小说,但他的文学教育和文学组织作用,使得他的创作精神远播,起到不断凝聚京派内部的作用。加上林徽因、朱光潜组织的两个京派文学沙龙,把北大、清华、燕京几个大学的作者松散地组织起来,几代的京派文人活跃在《现代评论》、《水星》、《骆驼草》、《大公报·文艺副刊》、《文艺杂志》(朱光潜编)这些重要的北方文学报刊上,于是,京派虽无明确发表宣言或结社,却实实在在地成为有别于左翼,又与海派对峙的一个鲜明的小说流派。②

如此明确肯认杨振声对北方文学的组织作用和精神影响,真是别具慧眼的洞见,只可惜这种看法并没有引起多少研究者的注意——真正引人瞩目从而被后来的研究者特别发挥的,乃是所谓几代京派文人雅集于文学沙龙、一道同风地致力于优雅文学之创造的匀质化观点。

此后十五年来的京派文学研究,也就在这样一道同风的主导观点下顺利开展,而被树为京派文人典范的周作人、沈从文、废名、朱光潜、林徽因,等等,赢得了学界热情持久的关注和趋之若鹜的研究,他们的选集、文集、全集接连出版,研究论著令人应接不暇。至于杨振声,则似乎仍是京派文学大观园里的一个可有可无的陪衬人,只被顺带提一

---

① 唐弢主编:《中国现代文学史简编》第 162 页,人民文学出版社,1987 年。
② 钱理群、温儒敏、吴福辉:《中国现代文学三十年》修订版第 313—314 页,北京大学出版社,1998 年。按,此段引文中的《文艺杂志》当作《文学杂志》。

笔而已。关于他的研究专著,迄今只有一部孤零零的《杨振声编年事辑初稿》(黄河出版社,2007年),其作者季培刚也并非文学研究界中人,而是一位年轻的历史学者,他编撰这部书可能缘于乡谊——季培刚也生长于蓬莱,是杨振声的小老乡——如果没有这份乡谊,则未必会有这部书吧。

推究起来,杨振声之所以如此被当代学界和文坛冷落,大概不外这样几个原因——

其一,杨振声去世于上世纪50年代中期,较早地淡出了人们的视野。俗语云,"人一走,茶就凉",文坛和学界其实也难免这种势利眼,而研究这样一个较早去世的老作家,显然是既费事又"无利可图"之事,所以后来的学术界对杨振声的关注和研究自然也就比较地少了。其二,由于文学研究的重心长期局限于对文学文本的封闭性欣赏,因此对杨振声在推动新文学运动以至新文学教育方面的贡献,等等,也就不免忽视了。其三,除了早期的中篇小说《玉君》外,杨振声的其他作品长期散佚于旧报刊,直到1987年人民文学出版社才出版了孙昌熙、张华编选的《杨振声选集》,该书编选颇下功夫,但限于篇幅和当时的条件,其实遗漏不少并且在校订上不无疏失,而此后坊间虽然也不断有杨振声的"选集""代表作""文集""随笔"之类的书籍出版,但大都照抄孙、张之选,所谓因人成事、率皆无足多者。既然杨振声作品的搜集、整理、出版如此不尽人意,怎么能指望对他的研究有较好的进展呢!

而最后的却可能关系最大的,则是一个更为耐人寻味的原因,即当代学界精英的文学趣味之变化——近三十年来学院知识精英的文学趣味显然日趋唯美而竞赏风雅,所以他们日渐偏爱京派主流文人的精致丽靡之诗文、风雅作达之风度,可谓啧啧叹赏之不暇、津津乐道之不足,至于像杨振声这样始终严肃坚持为人生的文学宗旨、不愿"咸与风雅"的作者,则成了京派文学大观园里的另类,故而不被当代学界精英所看重,不也在意料之中吗?最耐人寻味的一件事情是,上世纪90年代以后对京派的扩大化叙述已成不可抗拒之势,作为过来人的萧乾则在犹豫不定中肯定了一点:1933年后并无公推的"京派领袖",自然而然者,则"应是杨振声"①,但京派研究者却都对萧乾的这个肯定置之不理。学界如此忽视杨振声在京派中的地位,这也在无形中"反证"了杨振声与京派阵营之间若即若离、未尽一致的复杂关系。

事实上,当京派被扩大到涵盖整个北方文坛,则萧乾所谓京派领袖杨振声也就等同于北方文坛的领袖了。的确,不论就其个人的文学成就而言,还是从他对北方文坛的组织以及对现代文学研究的推动而论,杨振声都是卓有贡献的北方文坛健将、非比等闲的现代文学角色。

三十年的坚持与拓展:
杨振声的创作历程及其成就

纵观杨振声的创作,总量虽不算大,却贯穿了中国现代文学三十年的始终,而且写作态度严肃,不断有所拓展,在小说、散文、批评等各个方面都颇有贡献和建树。如今回头看,杨振声从"五四"新文学先锋到北方文坛健将,踏踏实实地走过了一条持之以恒、不断拓展、颇有创获的路,这在同辈作家中是并不多见的,因而特别值得后来的研究者珍视和重视。

作为最早呼应《新青年》文学革命主张的北大新潮社主要成员,杨振声乃是率先创作新文学的先锋之一。他从 1919 年就开始致力于小说创作,20 年代前半期先后发表了《渔家》《一个兵的家》《贞女》《磨面的老王》《李松的罪》等短篇小说,并精心推出了中篇小说《玉君》(当时称为长篇小说)。杨振声的短篇小说无疑深受鲁迅的启发,多是揭露社会问题的问题小说,而又取材于家乡的生活经验,所以也带着乡土小说的风味,显然超出了那时一般青年作家醉心抽思人生问题或竞写恋爱悲欢的小说之水平。鲁迅在《〈中国新文学大系〉小说二集序》里特别赞誉"杨振声是极要描写民间疾苦的",指的就是他的这些短篇小说。

可是,杨振声随后的中篇小说《玉君》却是写恋爱的,鲁迅的评论就贬多于褒了——

---

① 萧乾 1995 年 12 月 25 日致吴福辉函,转引自吴福辉:《一尊英气勃勃的笑佛》,2009 年 12 月 30 日《中华读书报》。

杨振声的文笔,却比《渔家》更加生发起来,但恰与先前的战友汪敬熙站成对蹠:他"要忠实于主观",要用人工来制造理想的人物。而且凭自己的理想还怕不够,又请教过几个朋友,删改了几回,这才完成一本中篇小说《玉君》,那自序道——

"若有人问玉君是真的,我的回答是没有一个小说家说实话的。说实话的是历史家,说假话的才是小说家。历史家用的是记忆力,小说家用的是想像力。历史家取的是科学态度,要忠实于客观;小说家取的是艺术态度,要忠实于主观。一言以蔽之,小说家也如艺术家,想把天然艺术化,就是要以他的理想与意志去补天然之缺陷。"

他先决定了"想把天然艺术化",唯一的方法是"说假话","说假话的才是小说家"。于是依照了这定律,并且博采众议,将《玉君》创造出来了,然而这是一定的:不过一个傀儡,她的降生也就是死亡。我们此后也不再见这位作家的创作。①

看得出来,鲁迅是用写实主义的标准来批评《玉君》的,但小说创作不可能独尊写实主义,浪漫主义也有存在的余地,所以鲁迅的批评也就不免有些苛求了,并且他对《玉君》的自序也有所误解。其实,杨振声之所以强调"小说家取的是艺术态度,要忠实于主观。一言以蔽之,小说家也如艺术家,想把天然艺术化,就是要以他的理想与意志去补天然之缺陷",乃是因为《玉君》后半对玉君的恋爱走向之处理,采取了比较理想化的态度,给予主人公比较完满的结局,然则杨振声为什么要采取那样比较理想化的处理呢?那是因为他作为一个年轻作家,更希望"以他的理想与意志去补天然之缺陷",以便给追求恋爱自由与婚姻自主的时代青年一点光明的前途和积极的鼓励。诚然,鲁迅以其过人的深刻看出了青年婚恋问题的复杂性和现实限制,因此有婚恋悲剧小说《伤逝》,但他未必有理由要求所有的恋爱小说都必须是悲剧性的,即使从现实性上讲,也不能绝对认定那时的恋爱只能是悲剧而不会有比较美满的结局,其实那时的新青年们经过艰苦斗争、获得恋爱成功、事业有成者也大有人在,连人到中年的鲁迅不也和许广平恋爱

---

① 鲁迅:《〈中国新文学大系〉小说二集序》,《且介亭杂文二集》,《鲁迅全集》第6卷第240—241页,人民文学出版社,1981年。

成功、过上了幸福生活吗？谁又能说这些都是侥幸？同时，也应该指出的是，杨振声在《玉君》自序里所谓"没有一个小说家说实话的。说实话的是历史家，说假话的才是小说家"的说法，不过是强调小说乃是出于作家的艺术想象而非作家的自叙传——这其实是担心《玉君》采取第一人称的写法可能招致读者误解故而预先声明，此种误解在当年的读者中确实发生过，连鲁迅也对此颇感无奈，然则鲁迅怎么能够因为杨振声的这些预防性的申说，就据此认为《玉君》全是用"假话"雕琢而成的"傀儡"呢？

实际上，《玉君》的绝大部分描写都颇有真实感并且很讲究艺术分寸，尤其出色的是对玉君和她的男友杜平夫及"我"（林一存）三人关系的逆转性处理，没有落入三角恋爱之俗套，而且对林一存在角色逆转前后的复杂心理之解剖，对杜平夫这个新青年心灵深处残存的传统男权意识之暴露，也都颇有深度，很值得玩味。加上杨振声写作态度严肃，曾虚心征求胡适等人的意见而反复修改，遂使整部小说行文讲究、语调从容、结构整饬，所以在那时出版的"长篇小说"中，《玉君》远较他人的作品如王统照的《一叶》、张资平的《冲击期化石》等为优。难怪陈西滢在《新文学运动以来的十部著作》（下）里，对它格外地刮目相看——

> 要是没有杨振声先生的《玉君》，我们简直可以说没有长篇小说。可是《玉君》并不在这里备一格充数的。你尽可以说它的结构有毛病，情节有时像电影。你尽可以说，他的文字虽然流丽，总脱不了旧词章旧小说的气味。甚至于你尽可以说，它的名字的主人，玉君，始终没有清清楚楚的露出她的面目来。可是只要有了那可爱的小女孩菱君，《玉君》已经不愧为一本有价值的创作了，何况它的真正的主人，林一存，是中国小说中从来不曾有过的人物。他是一个哲学家，可是并不是言语如木屑似的哲学家，他是一个书呆子，可是多么可爱的一个书呆子！他对朋友的义气，对女子的温柔，对强暴的反抗，对弱小者的同情，以及种种——例如喜欢同无论什么人发议论的——癖性，都使他成一个叫人忘不了的人物。要是他生在法国，再多活三十年，也许成了像法郎士的 Sylvestre Bonnard 一流人。可是林一存是少年的中国人，而且就

是林一存。①

这个评论颇为中肯,特别是指出林一存才是《玉君》的真正主角,确是有见之言。回头再看鲁迅对《玉君》的否定,其实不无与陈西滢以至胡适叫板的意味。鲁迅在《马上支日记》中曾说:"我先前看见《现代评论》上保举十一种好著作,杨振声先生的小说《玉君》即是其中的一种,理由之一是因为做得'长'。我于这理由一向总有些隔膜。"②按,上面所引陈西滢的话,乃是他对《玉君》的全部评语,其中并没有"因为做得'长'"所以给予好评之语。其实,鲁迅的这个记忆"失误"折射出他对《现代评论》派的陈西滢之讨厌,而他竟因此刻意挑剔陈西滢所推举的杨振声小说《玉君》,这也不免有些意气论事而失却公正了。

20年代前期,杨振声留学美国,专攻心理学和教育学,大约在1924年年中获博士学位,遂启程返国。此后的十余年间——从1926年到1937年,杨振声辗转任教于南北多所高校,逐渐成为民国高教界的高层人物,承担一些院系以至学校的领导之责,从事创作的时间自然有所减少,但也并非如鲁迅所说,"此后也不再见这位作家的创作"了。鲁迅显然有所疏忽,而推原他之所以会如此疏忽杨振声这十余年的创作,还是因为这一时期的杨振声属于以胡适为主导的《现代评论》派(《现代评论》创刊于1924年12月,至1928年12月终刊,其后身是1932年5月创刊的《独立评论》,出至1937年7月终刊),而《现代评论》派恰是鲁迅所不喜而力加排斥者,因此连带地对杨振声的创作有所失察,也就在所难免了。

实际上,1926—1937年间恰正是杨振声小说创作收获不菲、趋于成熟的时期。他陆续奉献出《瑞麦》《阿兰的母亲》《小妹妹的纳闷》《她为什么忽然发疯了》(以上为1926年所作)、《她的第一次爱》(1927年)、《济南城上》(1928年)、《抢亲》(1932年)、《报复》(1934年)、《一封信》(1934年)和《抛锚》(1937年)十个短篇小说,足可以

---

① 西滢(陈西滢):《西滢闲话》第344—345页,新月书店,1928年3月初版,此据1933年4月第三版。
② 鲁迅:《马上支日记》,《华盖集续编》,《鲁迅全集》第3卷第329页,人民文学出版社,1981年。

出一个集子了。① 这些小说的前一半延续了"极要描写民间疾苦的"创作倾向,后一半则有可喜的新拓展。如表现山东人民抗日爱国情怀的《济南城上》,成功地刻画了两个青年学生在国难当头之际的壮行,读来令人深为感动;《抢亲》《报复》和《抛锚》三篇,乃以作者对其家乡蓬莱岛上的渔家生活观感为基础,着力叙写北方渔民的生活悲欢和豪爽强健的民性,更让人过目难忘。

即如《抢亲》里的辛大爱上了孙家的姑娘小绒,提亲不成,索性就去抢来,"过了三日,小绒脸上也见了笑容。辛大便是这样成了亲"。《报复》里的姑娘小翠先后被母亲许给高二和刘五,高二先下手抢亲成功,不甘心的刘五伺机欺侮小翠,高、刘二人从此结下梁子,可是在刘五遇上海难时,高二还是毫不犹豫地救了刘五,而当刘五看到高二被贼打劫时,他也尽心出手救助了高二,二人因此结成了换命的好兄弟。《抛锚》里的穆三乃是一个欺行霸市、偷窃鱼货的无赖,因此招致渔民的公愤和报复,穆三侥幸逃脱,气愤的渔民将他的相好何二姑抓来装入麻袋、准备抛入大海,此时穆三却挺身而出,用自己的命换回了何二姑的命——

> 穆三冷冷的道:"用不着动手,你们放了她,绑起我来。好汉作事好汉当,偷鱼的是我一个人,并不是她!"说完他背转身去,把两手交叉在背后,让他们绑。
>
> 大家呆了一呆,翕然的过去把穆三绑了。穆三一动也不动,也不再说一句话。
>
> 他们把装何二姑的麻袋装好了穆三,又缠上一块石头。四人扛到一只船上。驶到海心,呐一声喊,扑通一声,麻袋掷入海中。海水激起一个大波,随后是一圈一圈的浪纹向外开展着,消散着。终至于浪纹消失,海水若无其事的恢复了它的平静!
>
> 众人散去,落月照着何二姑,僵石似的坐在海岸上,呆然望着海水。②

---

① 直到1946年杨振声才着手编辑自己的小说集,定名为《幽欣集》,并在《现代文录》第一集(新文化出版社北平总社,1946年12月出刊)末页的"新书预告"栏刊登了出版广告,但后来似乎未见印出。

② 杨振声:《抛锚》,北平《文学杂志》创刊号,1937年5月出刊。

这些作品以简练明快的文字、克制叙事的风格,将北方渔民伉爽强健的性格和质朴侠义的风俗,刻画得力透纸背而又收束得干净利落,给人格外爽健的美感。应该说,在30年代的新文坛上,杨振声的这些描写北方渔民生活、渔家风俗的短篇小说,确是难得的佳作。

与此同时,杨振声在散文,尤其是杂文的写作上也别有所获。检点他这一时期的散文,抒情记事者颇有特色,但不过五六篇,而杂文则多达二十余篇。杨振声的这些杂文与陈西滢的"西滢闲话"、梁实秋的"骂人文章"等一道,表明"杂文"并非《语丝》派和左翼文人所独擅,自由主义的学院文人也同样不输此道。按,由于杨振声留学时期学的是教育,回国后长期从事语文教育和教育行政管理工作,1932年后半年辞去青岛大学校长之职后,又受命主编中小学语文教科书,所以他30年代的杂文多针对教育问题而发,如《也谈谈教育问题》《女子的自立与教育》《识了字干吗?》《养材与用材》《小学与小学国语》,等等,都是深有感触、立言恳切之作。看得出来,杨振声虽然属于《现代评论》派,但他的杂文其实未尝不受鲁迅的影响,甚至不无与鲁迅相呼应之处。比如,《关于民族复兴的一个问题》一篇,痛心地批评中国民族性因受所谓南朝风雅的影响,乃竟赏才子佳人,"而这民族从此也就衰弱下去,对外族侵略毫没抵抗能力,只伸着好头颈让旁人来砍罢了,其唯一征服外族的方法,是让他们入居中土,同受腐化。及至他们中聪明点的都变成才子佳人,他们也就完事一桩,不足有为了",进而强调——

> 我们并不要什么军国民主义,只不要病国民主义就算得。大家本不妨弄的健全点,我想一个粗大的男子,不应当在女子跟前自惭形秽,女子也不应当见了他便吓一大跳。同样的一个健壮的女子,不应当在男子跟前感觉跼踏不安,男子也不应当见了她便向后转。男子并不是专生给女子看的,女子自然也不是专生给男子玩的。色虽是天性,但美丑只是人下的定义。病态也许有一种美,但那只是病态的嗜好。况且生物的责任,第一得先能自保,第二才是传种。种且不保,传于何有?其实,人生在男女之间,本可成立一种健全的美感;男女之外,也还有更要的生存问题。这只是一个顶自然的人生观念。而环境移人,小孩子是无成见的。
>
> 今后粗男壮女,会不会代替了将来的才子佳人?那全在社会

的观念改不改。而民族复兴中的一个问题,就在这一念上头。①

如此立言持论,不仅与鲁迅自"五四"以来批判国民性弱点、改造国民精神的观点相一致,而且与30年代鲁迅重新发掘民族脊梁、重建民族自信的立场相呼应。并且从此文还可以看出杨振声杂文的另一个特点,那就是善于以切身的生活经验来说明比较重大的问题——

> 记得幼时有一次放学回家,在路上碰到另一群小朋友拦住了去路,一个紫黑脸,生力充足的小子挺身出来挑战,其余的在后面呐喊。我记起家训与校训,只好低下头绕路向前走。谁知不行,他们呐喊赶上来,还杂以笑骂。怒,也许是生物可贵的性能吧?我一怒就把一切的"训"都给忘掉了,记起来我那时读了最得意的武松鸳鸯脚。于是我撒步作个跑势,那紫黑脸小子一头撞过来,我回身享他一脚。那知再抬第二脚时踢个空,我就摔在平地,那小子也蹲在那里捧了肚子叫妈妈。而那一般乌眼鸡似的观众可满了意,也就一哄而散了。这事本来就算完结,谁晓得竟会有人报告我的父亲,说我在外打架。这打架二字的罪状,会气得我的父亲不问理由就要惩罚。幸而那次又是祖母保驾,我藏在祖母背后半天不敢探头。不过奇怪的是,我记得很清楚,在吃晚饭时,我的父亲酒吃到有些陶然之后,他自己笑了。他笑着对我的母亲说,"这孩子不弱,只那一跤跌的丢脸。"
>
> 是的,我相信人不会为有自卫能力得罪父亲的。高兴的是本性,不高兴的是这衰老民族积弱的一种习惯,这习惯要你斯文,要你少年老成。要你戒之在斗。这习惯会积渐养成个唾面自干的民族,对外不抵抗的民族,就使会生气,也是无精打采的不得不生,而且又健忘。一般衰老的象征!②

这里没有意气用事的讥嘲和危言耸听的高调,而是诉诸亲切生动的儿时回忆,从而提出恳切的批评,所以读者在感同身受、莞尔一笑之余,自然对他的批评也就心悦诚服地接受了。

---

① 杨振声:《关于民族复兴的一个问题》,初刊《独立评论》第65号,1933年8月27日出刊,署名"希声",重刊于《中国新论》第3卷第6期,1937年7月1日出刊,署名"杨振声",此据《独立评论》初刊本。

② 出处同上。

抗战及40年代,杨振声担负着繁重的行政事务,再加上艰窘的战时生活和生命的渐入老境,都不免使他的小说创作渐趋减少,但这位文坛老将仍老当益壮、黾勉从事,奉献出了《荒岛上的故事》《黄果》和《他是一个怪人》等小说。这些小说或在大后方遥想沦陷区的故乡人民不甘奴役、奋起杀敌,张扬起不屈的民族意志(《荒岛上的故事》),或倍感痛切地反映大后方人民入不敷出、难以为继的困苦生活(《黄果》),或感慨系之地叙写高级知识分子与被迫为娼者之间"同是天涯沦落人,相逢何必曾相识"的相互关情(《他是一个怪人》),表现出关怀现实民生的良知与道义。更令人欣叹的是,这一时期杨振声的散文写作渐入佳境,诚所谓"文章老更成"也——从1939年到1944年他撰写发表了多篇知性散文,如《拜访》《被批评》《批评的艺术与风度》《邻居》和《书房的窗子》等篇章,将洞达入微的人情世态以精警透辟的语言表而出之,确然是中国现代散文中出类拔萃之佳作、足以传世之名篇——这个不妨留待后文再作申说。

杨振声与北方文坛之重振:
兼谈京派的兴衰及其限度

说到杨振声的文学组织活动,就不能不涉及他与北方文坛及京派的关系,由于这种关系交互重叠,相当复杂,也就难免被一些研究者简单化了。盖自新时期以来,学界对京派越来越重视,而渐臻于扩大化和夸大化之阐扬,如此一来,反而把京派阵营和北方文坛简单地一体化和匀质化了。其实,30年代的北方文坛聚集着各种文学力量,暗含着复杂的交集与博弈,京派也只是北方文坛上较早的一支,而杨振声恰正是不满此前的京派之所为,才介入北方文坛之重振与重整的,并且北方文坛在30年代中期之重振以至突破早期京派之藩篱,既有赖于来自《现代评论》—《新月》一系人马之加入,也得力于来自上海的左翼—准左翼文学的力量之介入。为了叙述的方便,此处就以京派的兴、盛、衰为线索来重做检讨——不待说,京派自有其不可磨灭的成就,对此学界已多有论述,故此不赘,这里侧重检讨其问题和限度。

京派兴起于上世纪20年代末和30年代初之际,最初的骨干是围绕在周作人身边的后期《语丝》社的几个现代风雅名士俞平伯、废名和沈启无等,稍后北大以及清华的卞之琳、何其芳、李广田、林庚等几个年轻校园诗人,既受《新月》派徐志摩、闻一多之影响,又受周作人圈子里的现代风雅名士作派之影响,也可算是早期京派里的文学新秀。这个由北平学院里的现代风雅名士和文学新秀松散组成的早期京派,在新文学中心南迁之后于寂寞中支撑着北方新文坛,着意将西方世纪末及世纪初文学新思潮的流风余韵和中国固有的名士—才子之抒情——趣味主义的文学传统(即南朝的风雅、晚唐的美丽和明清的风流)相结合,表现出鲜明的唯美抒情趣味。如果说苦中作乐、风雅自得,努力把抒情主义的自我抒写提高到优美精致的新风雅境界,乃是早期京派文人的显著成就,那么孤芳自赏、作达作秀,致使新文学偏至到以文弱阴柔自居之病态和以唯美修饰自私之作态,也正是早期京派无可讳言的问题。

杨振声以及沈从文都没有、也不可能参加这个早期京派的活动,因为那时的他们都在外地(杨振声只是1928年后半到1929年前半的一年间在清华大学任教,随后就赴任青岛大学校长,并聘任《现代评论》—《新月》派系的梁实秋、闻一多、沈从文等前去任教),并且他们都对这个早期京派尤其是周作人的小圈子之作派持批评态度。即如沈从文在1931年7月就为文指斥周作人的小圈子"趣味恶化"[1],而杨振声则自1932年后半年卸任青岛大学校长、重返北平之后,眼看到北方文坛的不景气,尤其是早期京派文学的纤弱病象,他也颇为不满,所以多次发为文章或讲演予以针砭。如他批评那种文弱的才子气的白话诗道——

> 更根本使民族衰弱的,是一般的才子佳人观念。这观念的根柢太深,至今还不能斩除净尽。
>
> 提起才子,便会使人想到脸白得没有血色,腰弓得像只青(长)虾,活是一幅多愁多病身。最好是能写几句白话诗表示多愁,会吐几口血表示多病。这样才得到佳人的爱怜。[2]

---

[1] 沈从文:《论冯文炳》,《沫沫集》,此据《沈从文全集》第16卷第148页,北岳文艺出版社,2002年。
[2] 杨振声:《关于民族复兴的一个问题》,初刊《独立评论》第65号,1933年8月27日出刊,署名"希声"。

这其实不点名地批评了包括京派诗人在内的象征—现代主义诗潮,这些诗人"为赋新诗强说愁",糅合晚唐五代两宋的婉约诗词与西方象征—现代主义诗歌之格调,确实把新诗写得更"美",但也更为文弱阴柔,所以杨振声称之为才子气的白话诗。而在杨振声看来,"中国今日之文弱,中国文学不能不负一点责任",因此他严厉指斥一种不负责任的文学观道——

> 试问中国何以乃有今日?除了种种因素外,文学是不是也负了一部分责任?假使是,我们要创造一个新中国——这似乎是唯一的希望,文学当然的也要负一部分责任。这责任关系存亡,其重要使我们不能再行忽略。
>
> 说中国之有今日,文学得负一部份责任,也许有人不以为然。不以为然,并不是看重了文学,而实是看轻了文学。以为文学者,不过几个文人墨客,花朝月夜,大发其牢骚而已,何关乎国家的存亡!殊不知惟其如此,才把国家闹到今日,才正是文学的责任呢。①

这个批评也并非泛论,杨振声针对的乃是资深京派作家周作人等。盖自20年代末以降,周作人感到中国又到了类似明末的乱世,复兴无望了,文弱的文人只能遁逃于艺术。即如所谓"中国新散文的源流我看是公安派与英国的小品文两者所合成,而现在中国情形又似乎正是明季的样子,手拿不动竹竿的文人只好避难到艺术世界里去,这原是无足怪的"②。随后周作人便大讲"文学无用论",既以此对抗所谓新载道派的左翼文学,又以此为自己一派文人卸却对国家社会的责任。由此,一种守弱自适、独抒性灵、趣味低回的抒情主义新风雅作派,便在周作人引领下成为早期京派文学之风尚,算是当年北方文坛上比较抢眼的文学风景。

当此之际,卸下大学校长重任的杨振声回北平负责中小学语文教科书的编纂工作,这新工作比较自由,不无余暇,于是杨振声决心在文

---

① 杨振声:《今日中国文学的责任》,《国文周报》第11卷第1期,1934年1月1日出刊。
② 周作人:《〈燕知草〉跋》,此据《周作人散文全集》第5卷第519页,广西师范大学出版社,2009年。

学上有所作为,以推动北方文坛的变革。而机会也恰好来了:1933年9月,当时国内最著名的大报——天津《大公报》领导层意识到此前由吴宓主编的《大公报·文学》副刊太老气横秋,决心换上新文学界中人,他们找到了资深的新文学作家杨振声。杨振声欣然同意,乃将原"文学"副刊改为"文艺"副刊,并推荐沈从文参与编辑。沈从文是杨振声比较看好的青年作家——正是由于杨振声的提携,沈从文得以在青岛大学任教,随后并与杨振声一同回到北平,也参与中小学语文教科书的编撰。而此时的沈从文在文学上已摸索了将近十年,创作渐上轨道,并且富有编刊经验,办事热心认真,所以不久杨振声就放手让沈从文负责"文艺"副刊的编务。同时,杨振声还提携了更年轻的萧乾,此时的萧乾刚开始创作,受到杨振声的赏识和鼓励——萧乾一直视他为自己的恩师,1935年萧乾又经杨振声和沈从文的介绍,进入《大公报》工作,协助沈从文编辑"文艺"副刊,到抗战爆发前一年萧乾南下上海,兼管《大公报》上海版和天津版两个文艺副刊的编务,成为独当一面的文坛新秀。同时,沈从文和萧乾还兼任《国闻周报》的文学编辑。

杨振声接编《大公报·文艺》副刊并借此机会将沈从文和萧乾推向北方文坛前台,无疑是一项意义重大的文学行为,借用军事术语来说,算得上是"战略性"的举措吧——由此,沉闷的北方文坛打开了一扇很大的窗户,注入了新鲜的空气和血液,获得了迅速的拓展。然而,流行的文学史著作和京派文学研究者论及于此,往往无视杨振声的贡献,而只强调沈从文主编《大公报·文艺》的影响,仿佛那时的沈从文在北方文坛上就一呼百应,从此引领京派风向,并误以为萧乾也全然有赖于沈从文的提携而成器。其实,1933年的沈从文还没有资望被《大公报》礼聘来当此重任,萧乾更是文坛无名小卒,真正把他们推向北方文坛前台的有力推手,乃是老作家兼高教界的实力人物杨振声。杨振声既不满当时吴宓主持下的《大公报·文学》副刊之老气横秋,也不满周作人圈里的京派文人未老先衰而又作达作秀、卖弄风雅之作派,在这种情况下,年轻的沈从文和更年轻的萧乾则被他看中和看重;而杨振声之所以看中和看重沈从文及萧乾,其实除了他们的文学天才外,更因为他们都出身社会底层并且都多少带有少数民族之"蛮性"——在杨振声看来,这种素质显然有助于为北方文坛注入刚健朴质的活力、恢复为人生而文学的新文学传统。应该说,杨振声的这个目的基本上达到了。

进而言之,杨振声的努力并不是孤立的文学行为——时当30年代中期,至少有两支人马开始介入北方文坛,努力推动其复苏和重振,而杨振声实乃其中一支人马的"先锋官"。

第一支即是以新文学元老胡适为后台的《现代评论》—《新月》派系,该派系人士自30年初以来陆续返回北平,任教于北大和清华等北方高校,自然不能不介入北方文坛。杨振声就是其中的骨干成员,并且是胡适在文学界最为倚重的"先锋官",就像傅斯年是胡适在学术界的"先锋官"一样。事实上,杨振声1933年接编《大公报·文艺》,就是以胡适和《现代评论》—《新月》派系为后盾的。在此前后回归北平的《现代评论》—《新月》派系人员,就有梁实秋、闻一多、叶公超和沈从文等,连同早在北平的余上沅和"赋闲而不闲"的杨振声,大家齐聚北平,并与外地的陈西滢、凌叔华、饶孟侃等互通声气,再加上青年学人如1933年回国被胡适聘任于北京大学的朱光潜、1933年回国任职于胡适负责的中华教育基金会编辑委员的李健吾等,真可谓人才济济。于是以胡适为首的《现代评论》—《新月》派系,和以周作人为首的早期京派小圈子也就有了合作的意向和基础。1933年9月杨振声接编《大公报·文艺》副刊并借此机会将沈从文和萧乾推向北方文坛前台,就是最初的成功尝试,而在该年年末又有"学文社"的酝酿,该社乃是以《现代评论》—《新月》派系为基础,而以周作人为首的早期京派小圈子并未加入"学文社",却与该社建立了合作关系。周作人1934年5月6日的日记就是见证:"平伯来,午,同往同和居,应学文社之招。主人闻一多、余上沅、叶公超三君通通未到,共二席,下午三时回家。"① 可见主客分明,表明以胡适为首的《现代评论》—《新月》派系和以周作人为首的早期京派乃是合作而并非"合流"的关系。

另一支来自以上海为基地的广左翼阵营——从1933年开始,上海的左翼阵营也以积极的姿态介入北方文坛。按,从1931年到1933年,左联逐步纠正其宗派主义、关门主义和教条主义,以及过于重视政治思想斗争而忽视文学创作的偏颇,而由一些不太"红"的作家来编辑

---

① 《周作人日记》影印本下卷第613页,大象出版社,1996年。

一些比较"灰色和中立"的刊物,广泛联络各派作家,积极推动新文学的深入开展。于是先有丁玲主编的《北斗》,随后又有傅东华、郑振铎出面主编的《文学》(1932年7月—1937年11月)。《文学》杂志乃是"一·二八"之后创刊而有意继承和发展《小说月报》传统的大型文学刊物,其背后的台柱子是鲁迅和茅盾,所以它实际上是带有左翼背景的刊物,但并不以"左"的面目出现,表面上走的是"纯文学化"和"商业化"道路,在文学上采取开放包容的姿态,广泛吸引了各家各派的作家,并且坚持多年,不少30年代文学名作就是它所揭载的,所以《文学》杂志在当年文学界的影响之深广,其实远远超过了同时的《现代》(施蛰存等编)和稍后的《文学杂志》(朱光潜主编)。值得注意的是,这个具有左翼背景的《文学》阵营也积极向北方拓展:它的主编之一郑振铎30年代初北上任教燕京大学和清华大学,开始积极联络北方作家,到1932年底郑振铎乃与巴金、靳以主编《文学季刊》(北平,1933年1月—1935年12月),随后巴金和靳以又主编了接续《文学季刊》的《文季月刊》(1936年6月—1936年12月)及其姊妹刊《水星》……上海的左翼阵营向北方文坛之拓展,就这样通过郑振铎和巴金的中介和中和,滤去了"左"气,弘扬了正气,遂与杨振声出面推动的北方文坛改革之举及叶公超等人推动的北方校园文艺活动相互呼应,从而大大改变了北方文坛的格局,为之注入了活力和生气。对此,当年就有人留下了及时的记述:"郑教授(指郑振铎——引者按)现在除在燕大教书外,还从事华北文学运动。华北文坛,自从他出刊了《文学季刊》而后,而叶公超等又有《学文》出现,一时颇为热闹。"①而晚年的萧乾也生动地回忆了当年的北方文坛新气象——

  1933年以前,我也在北平《晨报》上写过稿儿,可那时候的北平文学界可老气横秋,是苦雨斋的周二先生和清华园的吴宓教授两位老头儿的天下,没有我们毛孩子的份儿。但是,三三年我打福州一回来,北平好像变了个样儿。郑振铎、巴金和靳以都打南边儿来啦。他们办起《文学季刊》和《水星》,在来今雨轩开起座谈会。他们跟老熟人杨振声和沈从文联合起来,给憋闷的北平开

---

① 《郑振铎的生活三部曲》,《大学新闻》周报第2卷第6期,1934年10月14日出刊。按,因原刊字迹漫漶,看不清此文作者的名字,故暂付阙如。

了天窗。①

萧乾以过来人的身份准确指证了1933年前后北方(北平)文坛的重大差异及其变动之所由,而特别值得注意的是,萧乾强调的乃是1933年之后北方文坛在诸种力量交集合作之下的活跃,却并未像一般论者那样把1933年之后的北方文坛视为京派的一统天下。的确,正是诸种力量的交集合作使北方文坛得以重振,具备了足以与海上文坛并驾齐驱的实力。随后的所谓京海论战,就是在这种背景下发生的,而挑起论战的沈从文之底气,其实就来自重振的北方文坛,而并非狭义的京派,虽然京派因北方文坛之重振而得以复兴也确属事实,但二者的区别也不能忽视——学界不加区别地把复兴的京派等同于重振的北方文坛,是不符实际的。

这种交集与合作的良好态势在1937年前半年达到一个顶点:一方面,巴金、靳以主编的《文丛》接续被封禁的《文季月刊》而创刊(1937年3月),该刊的编辑出版虽然都迁回上海,但联合南北各派作家的包容态势仍一如既往、有增无减;另一方面,标榜"一种宽大自由而严肃的文艺刊物"《文学杂志》则于同年5月在北平创刊,该刊实乃继《大公报·文艺》副刊和《学文月刊》而起者,集中了以胡适为首的《现代评论》—《新月》派系作家和以周作人为首的京派作家——这也算是北方文坛对海派作家邵洵美北上策应南北文坛互动的一个回应。据曾任《文学杂志》助理编辑的常风回忆,该刊"编委会以朱先生和杨先生、沈先生为核心"②,而由朱光潜出面任主编,因为朱氏当年还是年轻学人,乍看似无分明的派系色彩,不易引起争议,而真正的推手仍是胡适和杨振声。这有朱光潜自己的回忆为证——

> 当时正逢"京派"和"海派"的对垒,"京派"大半是文艺界旧知识分子,"海派"主要指"左联"。我由胡适约到北大,自然就成了"京派"人物。"京派"在"新月"时期最盛,自从诗人徐志摩死于飞机失事之后,就日渐衰落。胡适和杨振声等人想使"京派"再振作一下,就组织一个八人编委会,筹办一种《文学杂志》。编委

---

① 萧乾:《我这两辈子》,见傅光明编《我这两辈子》第75页,人民日报出版社,2007年第二版。
② 常风:《回忆朱光潜先生》,《逝水集》第77页,辽宁教育出版社,1995年。

> 会之中有杨振声、沈从文、周作人、俞平伯、朱自清、林徽音等人和我。他们看出我初出茅庐,不大为人所注目或容易成为靶子,就推我当主编。由胡适和王云五接洽,把新诞生的《文学杂志》交商务印书馆出版。在第一期我写了一篇发刊词,大意说在诞生中的中国新文化要走的路宜于广阔些,丰富多彩些,不宜过早地窄狭化到只准走一条路。这是我的文艺独立自由的老调,也可以说是站在弱者的地位要求齐放争鸣的权利,尽管当时我还没有听到"二百"方针。①

朱光潜的回忆既确认了一个重要史实,也夸大了一个现象,从而助长了后来研究者的误解。他所确认的,就是《文学杂志》的创刊推动了北方文坛之活跃,其真正重要的推手乃是胡适和杨振声;至于他把"京派"从《新月》时期算起,从而将胡适、杨振声等《现代评论》—《新月》派系的文人都归入"京派",这正如他把"海派"扩大到包括左翼在内一样,都显然"有意夸张"。按,朱光潜的话是1980年所说,乃是新时期以来首次为"京派"正名,加上他的学术权威性,所以他的话对此后的京派研究产生了很大影响,京派概念在此后的不断膨胀,就导源于朱光潜的这个说法。不过,朱光潜还算有节制,因为他紧接着就补充说——

> 《文学杂志》尽管是"京派"刊物,发表的稿件并不限于"京派",有不同程度左派色彩的作家如朱自清、闻一多、冯至、李广田、何其芳、卞之琳等人也经常出现在《文学杂志》上。②

这表明朱光潜至少意识到并非所有在京的作家都属于京派。可是后来的一些京派研究者却完全接受了朱光潜的夸张而忽视了他的节制,几乎不问究竟地把胡适一系人马以及上述在京的"有不同程度左派色彩的作家",悉数归入京派阵营了。推究起来,朱光潜在1980年的这篇"自传"里如此扩大京派的范围,显然是有意为之:一则那时的朱光潜真正想要肯定的,其实并非区区京派这样一个文学流派,而是主导了30年代北方文坛的自由主义文学思潮,可他在80年代之初想要肯

---

① 朱光潜:《自传》,写于1980年,见《艺文杂谈》第284页,安徽人民出版社,1981年。
② 出处同上。

定自由主义文学思潮,不免有所不便、不宜直言,所以他不得不用比较模糊中性的"京派"概念表出之;二则朱光潜这样扩大"京派"概念,也暗含着淡化自己当年虽受胡适聘任和重用,后来却倒向周作人为首的"京派",甚至在周氏附逆之后还为之辩护的真相——既然胡适与周作人等都是京派,则他的"从周"也就可以模糊不计了。

由此,也就触及30年代中期(1933—1937年)京派的复兴和北方文坛的重振之关系了。如上所述,30年代中期北方文坛之重振,实乃各种文学力量交际和互动之结果,就中以周作人为首的早期京派到1933年的时候,已不大景气如萧乾所说"老气横秋"了,可是1933年以来北方文坛重振的活跃氛围,却也让不景气的京派同时获得了活力而复兴——这得力于一些北方文坛骨干如朱光潜、沈从文、梁宗岱、林徽因和李健吾等人的中道加盟,京派由此迎来了一个群星灿烂、佳作频出的中兴或复兴之阶段。而这些北方文坛骨干之所以在1933年之后陆续加盟京派,既缘于他们与早期京派文人有比较相近的文学—美学趣味,也有各自的个人原因。所谓共同的文学—美学趣味,即是以"距离的美学"在不完全的现世和动荡的时世下"苦中作乐"地观赏社会与生活、抒情地表现人情与人性之隐曲的优雅趣味。由于此种趣味乃是西方世纪末及世纪初文学新思潮的流风余韵与中国本土的名士—才子抒情文学的风雅传统之结合,所以我曾称"抒情主义的新风雅"是京派之格调,恰与"摩登主义的新感觉"之海派风格相对应。至于沈从文等人各自走进或走近京派的原因,则说来不免话长,此处就不赘述了。应该说,胡适、杨振声率领《现代评论》—《新月》派一系人马重回北平,与周作人等老京派合作,目的在于重振北方文坛,这个有意识的目的确是达到了,但他们也在无意中促成了京派的复兴和壮大,尤其是为之送上了沈从文、朱光潜、梁宗岱、李健吾等生力军,遂使京派迅速壮大,这其实是胡适和杨振声始料未及的。复兴的京派在创作上也确乎成就不俗,此不述赘。当然,京派也是有得必有失——郑振铎、巴金等负命北上,其实带有策动京派、促其分化的意味,随后,他们也确实成功地促使几个才华杰出的京派新秀卞之琳、何其芳以至李广田和李健吾走出了京派的藩篱,而与渐趋开放的左翼文学接近了。

所以,30年代北方文坛的交集与分合关系是相当复杂的,研究者不应掉以轻心,而被想当然的和谐表象所迷惑。诚然,由于北方文人多是学院中人,比较地具有所谓绅士精神,加上吸取了上海文坛争斗过于激烈的教训,所以北方文坛的三支人马之间保持着比较和平的关系,但绝非匀质的一派京派之大下,更不像一些京派研究者所想象的那样和衷共济、济济一堂,其实倒是"和而不同"的,甚至不无严肃的分歧和论争。比如,郑振铎、巴金一系准左翼作家就对周作人为首的京派之作派很不以为然。为此,巴金1934年发表了小说《沉落》,"批评了周作人一类的知识分子"的人生趣味和生活态度之"沉落"[①],这让已经归依京派的沈从文读后非常生气,特意写信来质问巴金、为周作人辩护,两人由此发生争论,谁也说服不了谁。如果说郑振铎、巴金这样的准左翼作家与周作人、沈从文等京派作家的分歧是必然难免的话,则胡适、杨振声等《现代评论》—《新月》派系的人士与周作人、沈从文等新老京派作家同属自由主义阵营,似乎应该融洽无间、一派和谐了,但其实分歧依然存在,有时两派的分歧甚至很严重,只是碍于绅士的脸面,表现得若隐若现而已。

这里不妨看看《现代评论》—《新月》派系对京派的批评。这批评的确经过了一个从隐到显的过程,展现出从强自忍耐到终于忍无可忍的不耐。此类批评其实不少,此处只举三例。

一是闻一多1935年9月对京派首领周作人的批评。按,据朱自清1935年9月9日的日记,当天他"赴杨之宴会。闻一多指责周作人之虚伪态度。他认为周急于出名,却又假装对社会漠不关心,闻称之为'京派流氓'"[②]。显然,闻一多的这个批评虽是在私下的场合里所讲,却不能不说是很严厉的指斥,此所以闻一多从不参加周作人和京派的活动。复按,朱自清所谓"杨之宴会"之"杨"当指杨振声,而闻一多的严厉批评乃在"杨之宴会"上坦率说出,这也间接暗示出杨振声的态度,至于一向出言谨慎的朱自清则在日记里表示同意闻一多对周作人的批评,所以由此也大体可以知道当年的朱自清对周作人及京派的真实态度。

二是叶公超、梁实秋于1936年3月化名批评京派诗与诗学的联

---

① 巴金:《怀念沈从文》,《长河不尽流——怀念沈从文先生》第8页,湖南文艺出版社,1989年。
② 《朱自清全集》第9卷第380—381页,江苏教育出版社,1997年。

手行动。按,在稍前的 2 月间,梁实秋就借谈论"胡适之体的诗"之机,不点名地批评一些京派诗人"晦涩崇拜""模仿所谓'象征主义'的诗",归根结底是由于"精神生活贫乏所致","使得新诗走向一条窘迫的路上去"。① 这个批评其实代表了《现代评论》—《新月》派系的共同看法,但可能由于梁实秋的批评未指名吧,所以并未引起京派的注意。于是 3 月间梁实秋乃与叶公超联手出动:先由梁实秋化名"灵雨"给《自由评论》的编者写了一封题为《诗的意境与文字》的来信(载《自由评论》第 16 期),假托一个读者的身份对梁实秋的《我也谈谈"胡适之体"的诗》表示共鸣,然后便将批评的矛头转向京派诗人的主阵地——《大公报·文艺》的"诗特刊",直接批评京派的诗论家梁宗岱的诗论和女诗人林徽因的诗作,此信表面上在诉说自己看不懂这些诗论和诗作,其实是讥刺原文作者并无真见解、原诗作者并无真感情,不过以高深文浅陋而已,所以晦涩难懂也。② 由于梁实秋即是《自由评论》的编者,在此文之前他就曾多次以"灵雨"的笔名发表时事评论,加上他在《诗的意境与文字》里的批评矛头非常明确,所以京派诗人文人立刻认出了"灵雨"的真实身份,对他的这种做法大为不悦;而按照京派研究者的通常看法,则梁实秋此次化名批评京派纯属个人意气,此举很不妥,批评很无理,并且据说真懂诗的叶公超也不赞成梁实秋的意见,于是孤单的梁实秋只能悄然认输云。其实,实情并非如此。一则京派诗人文人对"灵雨"即梁实秋的反批评,只限于辩白诗意和诗艺的晦涩难懂很合乎现代性,却回避了梁实秋批评的真正指向——京派诗人"精神生活的贫乏"才是导致他们的诗作偏好"以高深文浅陋"的晦涩之真因,此所以京派同人的反批评实际上是避重就轻的,甚至不无精神胜利法之嫌。二则叶公超恰是梁实秋的坚定盟友,他紧接着化名"叶维之"在《自由评论》第 17 期上发表了《意义与诗》一文,将批评的矛头直指另一个京派诗人兼诗论家废名。按,叶公超一向关心新诗的形式建设和意义传达问题,所以他间或也会附会一下京派的活动如朱光潜主持的读诗会,结果是叶公超对京派主流诗人废名等的晦涩诗风与解诗之学很不以为然,如骨鲠在喉不吐不快,于是才化名"叶维之"发

---

① 梁实秋:《我也谈谈"胡适之体"的诗》,《自由评论》第 12 期,1936 年 2 月 21 日出刊。
② 参阅灵雨(梁实秋):《诗的意境与文字》,《自由评论》第 16 期,1936 年 3 月 20 日出刊。

表文章,批评废名的诗像"高山滚鼓"之"扑通扑通"一样"不通不通",讥嘲废名好解诗却因为头脑不灵或智识不足,"甚至于可以把很通的诗,解释成狗屁不通的诗"。①而据梁实秋在"叶维之"文后的"附识",叶氏此文原是他一年多前为《学文》所写,因为《学文》停刊而未能及时发表,一直放在梁实秋处。如此则"叶维之"对京派诗与诗学的不满还在梁实秋之先,而梁实秋当然知道"叶维之"的真实身份——他们俩其实是合谋而动、联手而行。

三是胡适与梁实秋1937年6—7月间批评京派的"双簧戏",批评的对象则由京派的诗扩大到京派的散文作品了。这个"双簧戏"先由梁实秋化名为一个中学国文教员"絮如"给新文学元老胡适写信,批评"现在竟有一部分所谓作家,走入了魔道,故意作出那种只有极少数人,也许竟会没有人,能懂的诗与小品文",实在是误人子弟。"絮如"举的例子便是卞之琳的诗《第一盏灯》和何其芳的抒情小品《扇上的烟云》等。②"絮如"即梁实秋的"通信"发表在《独立评论》上,胡适乃以编者的身份写了"编辑后记",对"絮如"表示支持。这一来就将《现代评论》—《新月》派系与新老京派人士的分歧挑明了,而且由为文一向尖锐的新锐批评家梁实秋出头而以新文学的元老胡适殿后,足见问难的严肃性和严重性,此所以京派新老名家如周作人、废名、沈从文和卞之琳等都很不满而如临大敌,乃由周作人和沈从文出马予以回应和回击。精于文章之道的周作人给胡适写了一封信,仿佛玩太极拳似地避实就虚,说是文艺自文艺、教育自教育,"我想最好的是教育家与文艺家各自诚意的走自己的路,不要互相顾虑,以至互相拉扯"。到了文末,老辣的周作人才表达了对化身"中学教师"的梁实秋之回击:"我所最怕的还是中学教国文的人自己醉心文艺,无论是写看不懂的诗文或是口号标语的正宗文章,无形有形的都给学生以不健全的影响。不过这些也都是没有办法的事,唯一的希望是教员自己的觉悟。"③风头

---

① 叶维之(叶公超):《意义与诗》,《自由评论》第17期,1936年3月27日出刊。参阅笔者的《现代诗论辑考小记》一文对"叶维之"的考证,见《摩登与现代——中国现代文学的实存分析》第372—380页,清华大学出版社,2006年。
② 絮如(梁实秋):《看不懂的新文艺》(通信),《独立评论》第238期,1937年6月13日出刊。
③ 以上两段引文并见知堂:《关于看不懂(一)》(通信),《独立评论》第241期,1937年7月4日出刊。

正健的沈从文则勇敢地站出来为京派诗文的格调辩护,"认为真正成问题的,不是絮如先生所说'糊涂文'的普遍流行,也许倒是一个中学国文教员,在当前情形下,我们如何想法,使他对于中国新文学的过去到现在,得到一个多方面的认识"。这是将问题从京派诗文自身转移到中学国文教员的能力上,拒不承认京派诗文有问题,只指责中学国文教员无知识,沈从文甚至反唇相讥其曾经的恩师胡适道——

> 如今对当前一部分散文作品倾向表示怀疑的,是一个中学国文教员,表示怜悯的,是一个文学革命老前辈,这正可说明一件事,中国新文学二十年的活动,它发展得太快了一点,老前辈对它已渐渐疏忽隔膜。①

京派文人的自命不凡、缺乏反省,胡适这回可算是领教了。于是他也就不再忍耐,而毫不客气地予以回应,其中对周作人还算留点面子,对曾经的学生沈从文则毫不留情了——

> 过犹不及,是一句老话;画蛇添足也是一个老寓言。知堂先生引的蔼里斯的话:"若从天才之职来说,那么表现失败的人便一无足取,"这句话是很公平的。如果我说的"表现能力太差,根本就没有叫人看得懂的本领"一句话使沈从文先生感觉不平,至少我可以说:有表现能力而终于做叫人看不懂的文字,这也未免是贤智之过罢?
>
> 从文先生的通信里说起"嘲笑明白易懂为平凡"的风气,这正是我说的"贤智之过"。我愚见总觉得"明白易懂"是文字表现的最基本的条件。作家必须先做到了这个"平凡"的基本条件,才配做"不平凡"的努力。今日"越来越难懂"的文学,似乎总不免受了"不甘平凡"一念的累罢?
>
> 对于从文先生大学校应该注意中国现代文学的提议,我当然同情。从文先生大概还记得我是十年前就请他到一个私立大学去教中国现代文艺的。现代文学不须顾虑大学校不注意,只须顾

---

① 以上两段引文并见沈从文:《关于看不懂(二)》(通信),《独立评论》第241期,1937年7月4日出刊。

虑本身有无做大学研究对象的价值。①

而颇有意味的是，杨振声1933年8月以笔名"希声"发表的包含着对早期京派文学倾向之批判的杂文《关于民族复兴的一个问题》，也恰好于胡适、梁实秋问难京派的"双簧戏"出场之时，重刊于1937年7月1日出刊的《中国新论》第3卷第6期，并且改署本名"杨振声"。这似乎不是无意的巧合，而很可能是有意地呼应胡适和梁实秋对京派的批评之举措。

毫无疑问，《现代评论》—《新月》派系确是积极推动30年代北方文坛重振的重要力量，并在无形中向京派输送了一些人才如沈从文等，从而间接推动了京派之复兴，但他们中的大部分人——从元老与骨干胡适、杨振声、梁实秋、闻一多、叶公超、余上沅，以至远在外地的成员如陈西滢、凌叔华、饶孟侃、陈衡哲、刘英士，直到新秀如钱锺书等——都并未加入京派，不少人并对京派颇有不满，时见诤言，足见他们与京派是"和而不同"、甚至是"貌合神离"的，保持了独立性。② 然则，这二派的同异究竟何在？就其共同点而言，那是显而易见的——二派都属于自由主义文学阵营，但掩映在这个共同点之下的差异却不可忽视：第一，从人生态度上看，《现代评论》—《新月》派系大多是积极负责的自由—个人主义者，而京派人士则多是消极不愿负责的自

---

① 适之(胡适)：《编辑后记》，《独立评论》第241期，1937年7月4日出刊。按，胡适此后多年不再怎么搭理沈从文，很可能与此有关。直到抗战胜利之初，沈从文才取得了胡适的重新信任，双方的关系恢复如初。顺便说一下，胡适对沈从文30年代中期以来日渐诗化的乡土抒情小说并无赞辞，他最为推崇的反倒是左翼作家茅盾的农村小说《春蚕》，曾热情推荐说："近年新出的小说，《春蚕》是最动人的第一流作品，我们在这里附带介绍给不曾读过此书的读者。"(《编辑后记》，《独立评论》第124期，1934年10月28日出刊)此时胡适苦心扶持的乡土写实作家是寿生(申尚贤)，其创作取向也恰与茅盾接近。

② 即以狭义的《新月》社而论，香港的新文学史家司马长风先生早在1975年就纠正道："文学史家对'新月社'诸作家在《新月》杂志停刊之后的发展，也就是《新月》的余绪，多不甚了。多以为1931年8月徐志摩死于飞机失事之后，'新月社'诸人已风流云散，再无作为了。其实不然，他们的作为依然可观。"司马长风并以随后胡适创办的《独立评论》、梁实秋等创办的《自由评论》、叶公超等创办的《学文》以及潘光旦等创办的《华年》诸杂志为例，以为它们"多多少少都有点绍继《新月》的意味"。(参阅司马长风：《〈新月〉的后继刊物》，《新文学丛谈》第151页，香港：昭明出版社有限公司，1975年)。这是很有见识的文学史识断，可惜似乎并未引起学界的注意——大陆近三十年来的现代文学史研究论著，几乎毫无例外地将徐志摩之后的《新月》社诸人与围绕在周作人周围的后期《语丝》社诸人整合为京派，这种混同之论全然不察二者之间的差异，亦可谓习非成是、人云亦云矣。

由一个人主义者;第二,在文化思想上,《现代评论》—《新月》派系乃是以现代人文—科学理性接续古典人文理性传统的新理性主义者,京派人士则将近代人性—个性解放思潮与古代中国名士才子张扬性灵的传统相结合,故而趋于感性的偏至,可说是新性灵主义者;第三,在文学趣味上,《现代评论》—《新月》派系在30年代坚持文道并重、追求清明健朗的意趣而济之以明达节制的表现,所以趋于知性主义的新古典路径,京派则综合了西方世纪末及世纪初新思潮的流风余韵与中国古代名士—才子文学之风雅自得、趣味低回的抒情传统,故而矜尚抒情主义的新风雅作派。以往的研究虽然也注意到他们有论争,却只把这些论争视为京派内部的分歧而未能深入追究其重要差异,其实上述三点才是《现代评论》—《新月》派系与京派的真正区别之所在,至于所谓"晦涩""看不懂的文艺"之争,不过是表面的"话头"或"由头"而已。把话说得最明白的乃是闻一多的私下谈话,他严厉指责周作人用唯美风雅的文学趣味掩盖其自私不负责任的个人主义态度之虚伪,认为他急于出名却又假装对社会漠不关心,所以斥之为"京派流氓",这是深中京派名士的人生与文学态度之要害的,而胡适、梁实秋之所以那么严厉地批评京派文人是"走入魔道",其实也正是有见于此,只是没有明确说出而略留颜面也。因为在胡适和梁实秋等看来,以周作人为代表的京派名士那样偏嗜一种唯美风雅、不负责任的文学趣味,其实违背了"五四"文学革命严肃积极地为人生而文学、把文学看作对人生很切要的工作之宗旨,将新文学引向名士—才子文学之老路,以至走向游戏人生、玩弄文学之偏至,此即梁实秋所谓"魔道"之真相。

1936年初胡适和周作人之间的一次书信交流,可视为《现代评论》—《新月》派系和京派的分歧之注脚。那时正值华北危机,已决意"苟全性命于乱世"的周作人乃致函老友胡适,劝他在多事之秋专心治学、少管世事。胡适回信道——

> 我是一个"好事者";我相信"多事总比少事好,有为总比无为好";我相信种瓜总可以得瓜,种豆总可以得豆,但不下种必不会有收获。收获不必在我,而耕种应该是我们的责任。这种信仰已成一种宗教——个人的宗教——虽然有时也信道不坚,守道不笃,也想嘲笑自己,"何苦乃尔!"但不久又终舍弃此种休假态度,

> 回到我所谓"努力"的路上。
>
> ……
>
> 生平自称为"多神信徒",我的神龛里,有三位大神,一位是孔仲尼,取其"知其不可而为之";一位是王介甫,取其"但能一切舍,管取佛欢喜";一位是张江陵,取其"愿以其身为蓐荐,使人寝处其上,溲溺(之、)垢秽之,吾无间焉,有欲割取吾身(耳)鼻者,吾亦欢喜施与"。嗜好已深,明知老庄之旨亦自有道理,终不愿以彼易此。
>
> 吾兄劝我"汔可小休",我岂不知感谢!但私心总觉得我们休假之时太多,紧张之时太少。少年时初次读《新约》,见耶稣在山上看见人多,叹息道:"收成是很多的,可惜工作的人太少了!"我读此语,不觉泪流满面。至今时时不能忘此一段经验。①

胡适如此强调好事、负责、守道、工作,这在首倡"人的文学"、宣称"将文艺当作高兴时的游戏或失意时的消遣的时候,现在已经过去了,我们相信文学是一种工作,而且又是于人生很切要的一种工作"②的周作人听来,岂非逆耳之忠言?!然而周作人并没有听进去,此所以稍后才有胡适支持梁实秋一再批评京派、直至斥为"魔道"也。③

顺便说一下,在批评京派名士消极不负责的人生态度和孤芳自赏的文学趣味方面,《现代评论》—《新月》派系的作家和左翼作家倒是不无一致性的,那一致就是对一种积极负责、关怀社会的人生态度和文学态度之信守。鲁迅对京派的多次批评、胡风的《"蔼里斯的时代"问题》,都是人所熟知的,此处不妨举更年轻的左翼作家唐弢对周作人的一段批评——

> 这几年来,在文字里,知堂先生已经充分地表示了他走向消沉,走向法郎士所谓"一面使人看出他们是那样自私,那样卑怯,

---

① 胡适1936年1月9日致周作人函,《胡适全集》第24卷第283—285页,安徽教育出版社,2003年。按,胡适引张江陵的话有失录和误植,此处括号里的文字是笔者的补正。

② 《文学研究会宣言》(周作人撰写),《小说月报》第12卷第1号,1921年1月10日出刊。

③ 此时正迷拜周作人之宽大中庸的沈从文一再为京派诗文的"晦涩""看不懂"辩护,甚至讥讽胡适在文学上落后了,他显然不明白胡适支持"灵雨""絮如"即梁实秋批评京派别有深意,文学风格问题不过是说辞。

但一面却还想人家叹服他们感情底宽大和灵魂的高洁"的这一条路。知堂先生已经从前线退却,所谓"寄沉痛于幽闲",不过是一句美丽的谎话,实际上,他所需要的,倒是消极,是个人主义。

不过个人主义也是一个不能实现的梦想,所以他仍免不了要悲哀。

这悲哀是由于虚无,由于幻灭。知堂先生虽然以为"明智的人"可以不必关心所谓时代,然而事实上,时代是决不会轻轻放过他们的。①

这不是与闻一多指斥周作人以至胡适委婉批评周作人的话几乎完全一致么?

这种一致性饶有意味地反映在当时的一件文坛盛事——《大公报》文艺奖金的评选上。按,此次评奖从1936年9月1日《大公报》复刊十周年纪念日启动,至1937年5月15日发布评奖结果,历时多半年,委实严肃而且慎重。而据协调评奖活动的萧乾透露——

"文艺奖金"的裁判委员会请的主要是平沪两地与《文艺》关系较密切的几位先辈作家:杨振声、朱自清、朱光潜、叶圣陶、巴金、靳以、李健吾、林徽因、沈从文和武汉的凌叔华。由于成员分散,这个裁判委员会并没开过会,意见是由我来沟通协调的。最初,小说方面提的是田军的《八月的乡村》。经过反复酝酿协商,"投票推荐",到1937年公布的结果是:

小说《谷》(芦焚),戏剧《日出》(曹禺),散文《画梦录》(何其芳)。②

按照近些年的流行之见,当年《大公报》文艺奖金的评选活动是纯属京派的文学盛事、体现了京派强大的文化权力。这是一种理想化并且带着美学意识形态偏向的历史叙述,其实这次评奖活动乃是文坛各种力量交集和博弈的结果,恰恰折射出京派的由盛转衰、显示出文学导向的转换。这反映在评委的构成上,并非京派一支独大。诚然,沈

---

① 唐弢:《泛论个人主义》,《唐弢文集》第1卷第298页,社会科学文献出版社,1995年。按,唐弢所引法郎士的话,出自胡风1935年的杂文《蔼里斯·法郎士·时代》。

② 萧乾:《鱼饵·论坛·阵地——记〈大公报·文艺〉1935—1939》,《新文学史料》第2辑,1978年2月出刊。

从文、朱光潜、林徽因都是京派人士,而色彩鲜明的资深左翼作家如茅盾当然不便出面,但叶圣陶、巴金可都是著名的准左翼作家,领衔的评委杨振声以及来自武汉的凌叔华乃是代表《现代评论》—《新月》派系的,朱自清则是名作家兼教授,他曾经一度与周作人的小圈子接近,但30年代以来却接近杨振声的立场并且也渐渐靠近了左翼,至于协调其事的萧乾虽也算京派作家,却曾经接近左翼而今重又接近左翼,就连京派批评家李健吾此时也有接近左翼之处。从参评的四部作品和得奖的三部作品来看,小说先是考虑田军(萧军)的《八月的乡村》,那当然是左翼作品,后来改为芦焚的《谷》,戏剧则是曹禺的《日出》,而当年的芦焚和曹禺也都是准左翼作家而非京派文人①,只有何其芳的散文集《画梦录》算是典型的京派作品。而据萧乾后来透露,"大公报文艺奖金"的设立,并无为京派授奖的动机,其实"最初京、海以及武汉的凌叔华都同意把小说奖给《八月的乡村》作者萧军。但他通过巴金向我表示不愿接受,所以才改给芦焚(师陀)"。② 这一不约而同显然反映了民族危亡的现实对文学评奖及文学导向之影响。《日出》的获奖众无异议,而《画梦录》的得奖乃是林徽因等京派评委坚持的结果,这样总算有一部纯京派的作品获奖了,可是就连这唯一获奖的京派作家也业已转向为人生的文学之路,进而转向了左翼。然则,这样的评委构成和评选结果究竟意味着什么? 若说这是左翼—准左翼与《现代评论》—《新月》派合谋挤压京派,可能有点夸张,但说这反映出在国将不国、人间何世的时势下,各种关怀现实、积极介入的文学力量相互靠拢,及其对消极避世、孤芳自赏、趣味自遣的文学之不约而同地敬而远之,或者不算过分吧? 由此也可看出,此时京派的问题和限度已暴露得很明显,其影响力显然弱化了,并且也开始分化。

　　《大公报》的文学评奖、《文学杂志》的创刊以及胡适、梁实秋等人对京派的批评,几乎是同时发生的三件事。不久,"七七事变"就爆发了,于是一度重振的北方文坛随之分流和分延,而一度复兴的京派也随即分化和衰落;绝大多数北方文人包括少壮的京派文人,都南渡到

---

① 关于芦焚并非京派而乃准左翼作家,参见笔者的文章《芦焚的"一二·九"三部曲及其他——师陀作品补遗札记》,《河南大学学报》2012年第4期。
② 萧乾1995年12月14日致吴福辉函,转引自吴福辉:《一尊英气勃勃的笑佛》,2009年12月30日《中华读书报》。

大后方西南或奔赴辽远一角的西北了,少部分则移居上海、先在孤岛积极抗战、此后则或奋力潜移于西南或坚韧默存于沪上;滞留在沦陷了的北平的,只有周作人和围绕在他周围的俞平伯、废名、沈启无、尤炳圻等少数几个名士,一切似乎又回到二三十年代之际京派初兴的时候,然而历史其实不可重复,等待这些"京派中的京派"的乃是没落和堕落……

回头再说杨振声。抗战爆发之初,年近五十的杨振声临危受命、担任教育部代表,作为长沙临时大学筹委会委员兼筹委会秘书主任,参与筹建长沙临时大学,稍后又参与西南联合大学的领导工作。与此同时,杨振声也再次担负起推动南渡的北方学院文坛重振之责。由于战时条件艰苦,杨振声为推动学院文坛重新振作,可谓用心良苦。兹举其荦荦大者——

一、为国惜才,积极带动北方文人南渡,坚持抗战并赓续新文学的命脉。比如,南渡之始,杨振声就拉上了京派后劲沈从文同行,在南渡的途中又收留失业的京派新秀萧乾以及年轻的张充和等等,组成一个其乐融融的"大家庭"并自任"家长",且努力为沈、萧二人推荐工作。杨振声这样"拉一把"沈从文和萧乾,推动二人摆脱了京派的束缚、回归严肃的北方学院文坛、积极投身抗战。随后他又力荐沈从文到西南联大任教,并延聘转换方向的前京派文人李广田来西南联大任教,使他们与时俱进、一展其才,为培养文学新人竭尽心力。

二、据理力争,积极推动新文学教育在大学的开展。按,1928—1929年杨振声任清华大学文学院长兼中文系主任之时,他与朱自清力主新旧文学的接流和中外文学的交流,首先在清华和燕京开过新文学课程,但为时甚短。西南联大略为稳定之后,杨振声又与朱自清联手,推动新文学教育走向大学讲坛。这在当时仍有阻力。据联大中文系学生刘北汜回忆,在1939年年末的迎新茶会上,接任联大中文系主任的罗常培声言:"中国文学系,就是研究中国语言文字、中国古代文学的系,爱读新文学,就不该读中文系!"朱自清立刻起身提出异议,接着"杨振声教授又站起来附和朱先生的意见,甚至直截了当提出中文系课程中应该增加现代文学比重的问题。"[①]正是在这一时期,杨振声利

---

① 刘北汜:《忆朱自清先生》,《新文学史料》1982年第4期。

用自己担任大一国文委员会主任委员之机,主持编撰《大一国文课本》,首次将大量新文学作品选入大学教材,这是一个创举,同时他也在联大中文系开设"中国新文学简史与创作实习"课程,讲授鲁迅的小说、曹禺的戏剧等。

三、率先示范,带动了南渡的北方学院文人的散文写作风。按,由于战时条件艰苦,小说、戏剧等篇幅较大的作品不易发表,南渡的北方学院文人乃借助评论短刊议论时政、针砭时弊,而他们又大都人到中年,乃回味经验、抒发所怀,遂在战时的学院里掀起了一股杂文、随笔写作风。作为南渡学院里最为资深的新文学作家、被朱自清称为"新桐城派"①的杨振声,则是这股散文写作新风的开风气者,他率先示范,撰写了一系列清俊通脱、风趣健朗的随笔,与同时和稍后的钱锺书、梁实秋、陈西滢、刘英士、冯至、王了一(王力)等人的散文汇聚一气,蔚为大观,成为抗战时期南渡的北方学院文坛上最为可观和美观之收获。

四、奖掖后辈,培养新文学创作的后备力量。1942年10月杨振声介入《世界学生》月刊编务,担任"文艺"方面的主编,后来又推动《世界学生》改为《世界文艺季刊》,他与李广田主编。该刊除了刊发朱自清、闻一多、冯至、卞之琳和李广田等资深文人学者的文稿外,更着意扶持年轻学子汪曾祺、马逢华、孙昌熙、吕德申、白平阶、王佐良、杨周翰等人的创作及译作,显著地推动了南渡的北方学院文坛之活跃,并为其北返培养了一批文学新秀。

抗战胜利战后,年近花甲的杨振声老当益壮,再次充当了推动北返的北方文坛重振之先锋。按,杨振声是最早衔命北返、负责北大复原重任的人,他也不忘新文学的前途,积极联络《大公报》等北方大报重振新文学,并率先撰文《我们要打开一条生路》,刊发在1946年10月13日《大公报》"星期文艺"第1期,发出了在文化上要敢于"去撞自己的丧钟"、在文艺上"打开一条生路"的狮子吼,得到朱自清等人的迅速响应。不久杨振声即领衔创办了《现代文录》杂志、主持恢复《文学杂志》,为北返的学院文人提供了发表创作和议论的阵地。并且

---

① 这是朱自清1938年7月23日日记中的评语,《朱自清全集》第9卷第542页,江苏教育出版社,1997年。

正如常风之回忆,"光复后的北平和天津原有的报纸都恢复了,又办了些新报纸。天津和北平两地的报纸都请杨先生和沈先生(指杨振声和沈从文——引者按)主编文艺副刊。他们两位承担了起来,交给几位青年作家负责编辑。杨、沈两位先生还是像以前一样时时刻刻在培养与提掖青年人"①。由此,北方文坛不分新老与派别而济济一堂,再次得以重振。②

气豪笔健文自雄:
杨振声的随笔与中国现代散文的谱系

从1946年8月18日到1946年11月3日,杨振声在自己主编的《经世日报·文艺周刊》第1期、第2期、第4期、第5期和第12期上,接连发表了五篇随笔体散文《拜访》《批评》《被批评》《书房的窗子》和《邻居》。随后,他又在1947年2月22日《大公报·文艺周刊》第25期上发表了另一篇随笔体散文《拜年》。这六篇随笔尤其是前五篇委实是议论精彩独到、艺术性很高之佳作,所以自孙昌熙、张华编选的《杨振声选集》(人民文学出版社,1987年)据《经世日报·文艺周刊》和《大公报·文艺周刊》选录之后,坊间所出的其他杨振声文集、选集之类,也例皆综录之,有的篇章如《书房的窗子》并被选入中学语文教科书,成为传诵很广的现代散文名篇。但问题是,这些文章究竟作于何时何地?翻查《经世日报·文艺周刊》和《大公报·文艺周刊》,除了《拜年》在文后注明写作时地为"一九四七年一月,北平"外,其他五篇都没有注明。而按照一般惯例,没有注明写作时地的文章,多以在何时何地的报刊上发表为判断依据,所以几乎所有的选编者和研究者也都以为,杨振声发表在《经世日报·文艺周刊》上的那五篇随笔,显然撰写于抗战胜利后的北平期间。

其实不然。五六年前,我偶然在抗战时期昆明的一个小周刊上看到杨振声以"希声"的笔名发表过随笔文字,因此推测这五篇随笔或许

---

① 常风:《留在我心中的记忆》,《逝水集》第15页,辽宁教育出版社,1995年。
② 蒋星煜的《杨振声先生会见记》(《文化先锋》第6卷第15期,1947年1月10日出刊)记述了有关情况。

都撰发于抗战时期的西南,于是留心搜寻,后来果然找到了各篇最初的刊发本。现在就把它们初刊与重刊的报刊及刊期条列如下——

1.《拜访》,初刊于昆明《今日评论》第3期,1939年1月18日出刊,作者署名"希声";重刊于北平《经世日报·文艺周刊》第1期,1946年8月18日出版,作者署名"杨振声"。《杨振声选集》(孙昌熙、张华编,人民文学出版社,1987年)等选本均据《经世日报·文艺周刊》收录此文。

2.《被批评》,初刊于昆明《今日评论》第1卷第22期,1939年5月28日出刊,作者署名"希声";重刊于北平《经世日报·文艺周刊》第4期,1946年9月8日出版,作者署名"杨振声"。《杨振声选集》等选本均据《经世日报·文艺周刊》收录此文。

3.《批评的艺术与风度》,初刊于重庆《中国青年》第7卷第4—5期合刊,1942年11月1日出刊,作者署名"杨振声";后改题为《批评》,重刊于北平《经世日报·文艺周刊》第2期,1946年8月25日出版,作者署名"杨振声"。《杨振声选集》等选本均据《经世日报·文艺周刊》收录此文。

4.《邻居》,初刊于昆明《生活导报》第51期,1944年1月1日出刊,作者署名"杨振声";重刊于北平《经世日报·文艺周刊》第12期,1946年11月3日出版,作者署名"杨振声"。《杨振声选集》等选本均据《经世日报·文艺周刊》收录此文。

5.《书房的窗子》,初刊于昆明《生活导报》第60期,1944年3月19日出刊,作者署名"杨振声";重刊于北平《经世日报·文艺周刊》第5期,1946年9月15日出版,作者署名"希声"。《杨振声选集》等选本均据《经世日报·文艺周刊》收录此文。

推究起来,人们之所以长期认定杨振声的这五篇随笔写于抗战胜利之后返回北平时期,一则显然是因为战后北方的《经世日报·文艺周刊》比较好找,而抗战时期西南学院里的小周刊则湮没不闻,遂使人们不知其最初之出处;二则杨振声在重刊这些随笔时,也没有说明其原初的出处,甚且为了与战后北平的背景相映衬,他还有意对这些随笔作了一些修订,添加了战后北平的色彩。比如《邻居》一篇初刊于1944年1月1日昆明出版的《生活导报》第51期上,其中有这样几句:"有时是楼上楼下,有时是东房西房,不独同院,而且同屋,一层薄薄的地板,几双硬硬的皮鞋,地上没有毯子,(脚)下没有橡胶皮鞋跟,终日在头上或身边得得的响",但在1946年11月3日《经世日报·文艺周刊》第12期重刊本上,这几句却改成了"抗战后回到北平,满想租所房子,安静工作。可是稍为可住的房子,都被强有力者占领了,你只能住学校的公同宿舍"。这就很容易误导读者和研究者以为《邻居》乃作于抗战胜利后的北平了。正是为了还原这些随笔的最初面目,我对它们做了比较仔细的校录,顺便也校录了杨振声的三篇杂文以为对照,但我真正喜爱的还是这五篇随笔。校录的底本一概依据这些随笔在抗战时期的初刊本,而以战后《经世日报·文艺周刊》的重刊本对校。对校的结果有点出人意料,因为我发现,重刊本对初刊本的个别文字讹误之纠正及个别不妥当的表述之修订,这虽然很有必要,但作者在重刊本中的进一步修改和增订,却并不见佳——从总体上看,初刊本其实都优于后来的重刊本。由此可见,文章自有其命运,最初的赋形便已使它定型,哪怕是作者自己后来的精心修订,也未必能使它们一定后出转精。

诚然,从1939年1月到1944年3月整整五年时间,杨振声不过撰写了五篇随笔,这从数量上看确乎不多,但好文章不在多也不可能多。毫不夸张地说,杨振声即使只有这五篇随笔,也足以使他在中国现代文章史上占一地位了。就文章论文章,这五篇随笔在中国现代文章的大观园里中的确是别具一格、独具魅力的上佳之作。我曾经在另一个场合指出——

> 进入40年代,人到中年的杨振声在散文写作上趋于成熟,陆续撰写了《拜访》、《被批评》、《邻居》、《拜年》等篇,其中的一些篇章曾署名"希声",与钱锺书的"冷屋随笔"刊登在同一刊物上,同样表现出鲜明的知性格调,但二人的风格差异也灼然可感。与钱锺书散文解剖人性之穷性极相、庄谐并出且博雅善喻、喜欢掉书袋不同,杨振声40年代的散文多选择日常生活中庸俗无聊的虚文陋俗给予嘲讽,笔调简洁明快、鞭辟入里而又谑而不虐,别有一番风味。如《拜访》即直率地声言:"拜访变为虚文时,人生又加了一种无聊","我想认此为礼节的只有几种人:一种是贤人,人家去看他,他认为是访贤;一种是阔人,他要一大群无聊的人替他去

摆阔;还有一种是闲人,要人替他去消闲;再有,就是一种莫名其妙的无聊之人,一生专以无聊是聊。"《被批评》则精辟地剖辨道:"能容纳旁人的不同意见是雅量,能使旁人尽言的是风度,至于取人之长补己之短简直是超脱,超脱才真能接受批评。固执自己的意见是不超脱,拘泥于旁人的批评也是不超脱。"然而我们却不能因为这些精辟的议论,而误认为作者是在做说理的论说文或批判的杂文,因为作者精警的议论始终浸润着一种生动可感的经验和美感,而生动的经验和美感中又始终贯穿着一种知性审思的明澈态度。如《邻居》开篇即道——

> "风送幽香隔院花",那的确是芳邻。
> "绿杨楼外出秋千",这又是艳邻。
> 然都还太着迹相。至于郎士元的"凤吹声如隔霖(彩)霞,不知墙外是谁家。重门深锁无人知,疑有碧桃千树花。"那就有点近乎仙邻了。

然后,作者分析了近代城市发展对邻里关系的影响,并叙述了自己被一个又一个邻居制造的噪音所干扰的不愉快经历,在文末则发出了这样的感慨:"我们不敢希望什么'芳邻'或'艳邻',只希望能有不扰害我们工作的'静邻'就够了。"虽然文章旨在批评一种陋俗,但不是抽象的说大道理的论文,也不像嬉笑怒骂的杂文,而是幽默风趣的夹叙夹议,显得摇曳多姿,情理并茂,既给人启迪也给人美感。①

从文学渊源来看,杨振声的这些作品显然汲取了西方的随笔艺术经典——不是查尔斯·兰姆所代表的感伤抒情传统,而是从蒙田极富知性的生命省思到艾迪生和斯梯尔灵活生动的道德评论之正统,此所以他的这些随笔之作乃能融精锐的思致和幽默的风趣为一体,同时他也发扬了魏晋文章之善于持论、精微郎畅(陆机《文赋》所谓"论精微而郎畅")和唐宋直至桐城派的古文一脉之人情练达、从容风议的特点,此所以他的随笔抒写显示出感情节制而议论通脱的风度,在语言上则气豪笔健而骈散兼行、片言居要而颇为警策,可谓雅洁明快而又

---

① 严家炎主编:《二十世纪中国文学史》中册第316—317页,高等教育出版社,2010年。

耐人寻味。正唯如此,杨振声的这些随笔与主导了二三十年代文坛的那些感情意气的杂文和抒情主义的情调散文迥然有别——朱自清之所以称杨振声为"新桐城派",或者就是有鉴于他能从容出入古典人文传统而转化为典范的现代语文、发抒为气豪笔健的精彩论说吧。

值得注意的是,杨振声的这些随笔与南渡的北方学院文人竞相致力于随笔体散文写作的风气密切相关,事实上,他就是这股随笔体散文写作风的开风气者之一。从大处说,战时学院文人的竞写随笔乃是一个颇具规模和持续性的散文运动,至少也是一股很有特色和成就的散文写作新风气。此处不妨由杨振声的几篇随笔推而广之、略说其大概情形和文学史意义。

扩大点视野看,这股散文写作新风气乃是伴随着评论短刊的崛起而勃兴的。说起来,大约从1938年开始,评论短刊就竞相崛起于大后方的昆明、重庆等地,诸如《新动向》(昆明,1938年6月创刊)、《今日评论》(昆明,1939年1月创刊)、《战国策》(昆明,1940年4月创刊)、《星期评论》(重庆,1940年11月创刊)、《当代评论》(昆明,1941年7月创刊)等都在此列。1942年之后,评论短刊更如雨后春笋,层出不穷,单在昆明就有《生活导报》(昆明,1942年11月创刊)、《自由论坛》(昆明,1943年2月创刊)、《民主周刊》(昆明,1944年11月创刊)、《独立周报》(昆明,1945年11月创刊)、《自由导报》(昆明,1945年9月创刊)等,可谓极一时之盛。这些评论短刊所刊发的多是关于时事政经的评论分析和感怀时事的随笔杂文等比较简短的文字,而支撑它们的编者、作者大都是南渡到大后方的北方学院知识分子。显然,在战时的艰苦环境里,这些评论短刊既为学者们提供了发抒议论的阵地,也为文人们提供了发表短篇艺文的园地,而由于它们篇幅较小而出版快捷,尤其适合随笔杂文的刊布,遂直接推动了战时散文写作的繁荣。随笔体散文的繁荣就得益于此——诸如杨振声的"希声随笔"、钱锺书的"冷屋随笔"、梁实秋的"雅舍小品"、刘英士的随笔、陈西滢的随笔、冯至的"鼎室随笔"、王了一(王力)的"龙虫并雕斋琐语"、卞之琳的"议论文",以至冰心的"力构小窗随笔"和朱自清的"人生一角"随笔等等,都算得是随笔体散文的重要收获,而它们其实都是这些评论短刊所直接催生的。事实上,一些评论短刊甚至如接力似地先后相接,接连连载了不少学院文人的随笔,而随笔作者在文里文外也往往相互呼应。就此而言,发生于抗战时期南渡的北方学院文坛上的这股随笔体散文写作风,的确是一个相当自觉、阵容整齐、颇具规模、成就显著的散文写作运动。

坦率地说,以往的学界对这股随笔体散文写作风的观察是片面的、研究是不够的。即就最近二三十年来说,比较受关注的也就是梁实秋、钱锺书和王了一的随笔小品,对他们的研究也几乎都是孤立的点评,并未注意到那不止是三两人的单个行为,而是发生在战时南渡的北方学院文坛上的一股颇具规模和持续性的散文运动或散文写作风。然则,这股随笔体散文写作风为什么会兴盛于抗战中后期、究竟有哪些总体特征、又具有什么文学史意义呢?对此,以往的认识也比较简单。如上所述,此前学界只关注个别人物,特别集中在梁实秋身上,遂以为此类随笔体散文起始于梁实秋的"雅舍小品"。其实,梁实秋的"雅舍小品"开笔于刘英士主编的评论短刊《星期评论》第 1 期(1940 年 11 月 15 日出刊),而杨振声和钱锺书的同类作品则首发于战时学院最早的评论短刊《今日评论》第 3 期、第 6 期、第 14 期、第 22 期,即 1939 年 1 月 18 日—1939 年 5 月 28 日之间,所以杨振声和钱锺书才是这股随笔体散文写作风的首开风气者——事实上,杨振声和钱锺书在抗战前就有此类随笔之作[①],亦可谓其来有自矣,而梁实秋、刘英士、陈西滢、冯至、王了一以至冰心和朱自清等乃是随后而起者。或有鉴于这些随笔小品的作者大多是南渡的北方学院里的学者型文人,所以便有人称之为"学者散文"。而由于其中声名最响的梁实秋之"雅舍小品",乃始作于左翼对梁实秋所谓"抗战无关论"的批评之后,所以不少研究论著都特别强调"雅舍小品"这类随笔小品的反左翼旨趣。然而现在看来,"学者散文"的命名"显然"过于模糊,并不足以说明这类散文的独特性,而把"雅舍小品"之类随笔小品仅仅视为对所谓左翼抗战八股的反驳,也是知其一不知其二的片面之论。

从文学史的角度看,随笔其实是中国现代散文各体的共同起源。按,随笔崛起于"五四"文学革命和思想革命的背景之下,其最初的两个亚文类,乃是以鲁迅为代表的"随感录"式随笔,也称为杂感或杂文,

---

[①] 如杨振声有《说实话》,刊载于 1934 年 2 月 3 日的《大公报·文艺副刊》第 39 期;钱锺书有《谈交友》,刊载于《文学杂志》创刊号,1937 年 5 月 1 日出刊。

和以周作人为代表的"随想录"式随笔,也称为"美文"或小品,前者侧重于思想文化批判,后者侧重于个人的性灵抒写。鲁迅后来曾论及随笔体的散文小品崛起于"五四"的文学史意义云——

> 到了五四运动的时候,才又来了一个展开,散文小品的成功,几乎在小说戏曲和诗歌之上。这之中,自然含着挣扎和战斗,但因为常常取法于英国的随笔(Essay),所以也带一点幽默和雍容;写法也有漂亮和缜密的,这是为了对于旧文学的示威,在表示旧文学之自以为特长者,白话文学也并非做不到。①

鲁迅这里所说的"散文小品"显然包含了"随感录"式的杂文随笔和"随想录"式的美文随笔两个类别。降及20年代后期直至30年代前期,现代散文基本上沿着这两个方向分途发展而且各臻极端。"随感录"式的杂文随笔从文化思想批评进一步走向社会政治批判,而难免过分的政治意识和过分的意气论事,尤好做刻深的有罪推定,常陷于攻其一点不及其余以取快于一时之偏颇;"随想录"式的美文随笔则在新老京派的主导下,日渐滑向唯美的趣味自娱而难免美的偏至。关于杂文的问题,学界已有所讨论,此处不赘。这里只说美文随笔的问题。按,京派的美文随笔又可分为周作人式的"随想录"和何其芳式的"画梦录"两种典型。周、何二人诚然都是文章作手,所以他们所代表的京派美文随笔在近二三十年来得到了学界的高度肯定,被誉为现代文章的最美收获,盖因前者的美文发抒性灵、老成低调、趣味低回,后者的美文感怀生命、清新优雅、富于诗意,但二人的问题也无可讳言:前者惯以唯美超然的距离美学掩饰颓废的历史—生命情怀、以散淡的性灵抒写修饰"苟全性命于乱世"的自私心态,后者更以"美丽的想着死却不能美丽的想着生"的诗化独语而孤芳自赏,两者的共同特点乃是唯美地融合西方抒情的美文随笔与中国古代名士—才子风雅自得的抒情小品传统于一体,表现出浓重的抒情主义以至趣味主义的新风雅作派,其美丽的文章里饱含着刻意清高的装腔之病或不厌其烦的感伤之气,读个三五篇还可以,再多就不免伤胃口了,当然,也难免偏嗜成瘾

---

① 鲁迅:《小品文的危机》,《南腔北调集》,《鲁迅全集》第4卷第576页,人民文学出版社,1981年。

者。其实,即就文章论文章,京派文人唯美自赏、文弱自怜的文章格调,不仅显然与积极为人生而文学的新文学旨趣相违,而且也使其美文碍难成为关怀深广、文质彬彬的大雅文章,而仅止于小雅怨悱之辞章,以至陷入装腔作态、顾影自怜的名士—才子文章之老套。何其芳后来自知枯窘,乃改弦更张,而周作人则自以为得计、乐此不疲。对此,左翼阵营当然很不满,所以掊击不遗余力,这些都已是人所共知的事了;而人们注意不够的,乃是同属于自由主义阵营的《现代评论》—《新月》派系文人,早在抗战前也同样对京派的美文小品颇有不满和批评。最早提出批评的是年轻的钱锺书,他在1932年即批评周作人刻意张扬"言志"、蓄意贬斥"载道"的散文史观之偏至①,又在1933年毫不客气地批评沈启无在周作人指导下编选的《近代散文抄》之标榜明人的闲情逸致乃是"没落"的"太古时之遗迹也!"②紧接着,杨振声就在1934年批评那种糅合了中国才士的"柔情文学"与近代西方的"耽乐派"文学于一体的柔性文弱之文学,这其实是对当年京派文人文弱自怜、趣味低回的新风雅作派之不点名的针砭,杨振声并有破有立地主张:"为挽救那种柔性文学,骚人习气,我们得提倡点勇敢的冒险的,不畏强御的,不怕牺牲的精神。……今日的文学得负起一部分责任来寻求中国的新生命。打破旧日一切的迷信,奸险与轻薄,创造一个勇敢,光明健壮的新国魂。"③再接着,便是前述梁实秋化名"絮如"批评京派"走入了魔道,故意作出那种只有极少数人,也许竟会没有人,能懂的诗与小品文"乃是误人子弟,而新文学的元老胡适则旗帜鲜明地支持梁实秋的批评。应该说,以往的学界并非全然不知这些批评——诸如钱锺书的批评、梁实秋和胡适的"双簧戏",学界倒是常常提及的,但几乎没有人把这些零散的批评聚集起来并与当时和此后的文坛实际联系起来看,所以也就没有意识到这些批评其实表达了他们对京派抒情主义的新风雅美文之反拨,从而也就成为他们在战时南渡的北方学院文坛上开展另一种散文新写作之先声。事实上,最早对京派随笔

---

① 中书君(钱锺书):《评周作人的新文学源流》,《新月》第4卷第4期,1932年11月1日出刊。
② 中书君(钱锺书):《〈近代散文抄〉》,《新月》第4卷第7期,1933年6月1日出刊。
③ 杨振声:《今日中国文学的责任》,《国闻周报》第11卷第1期,1934年1月1日出刊。

小品提出批评的杨振声、钱锺书和梁实秋三人,恰正是崛起于1939—1940年之际的散文写作新风气的三个先锋人物,他们以及随后而起的刘英士、陈西滢等,也都属于《现代评论》—《新月》派系。

那么,崛起于战时学院文坛的这类散文究竟有何独特性呢?我曾在别处有所论析——

> 有人注意到此类散文中的智慧、学问和书卷气,并追索到其作者从而称之为"学者散文",也有"文化散文"以至"哲理散文"之称。这诚然于此类散文的独特品性有所感知,但距离准确的定性似乎尚有一间未达。揆诸实际,称之为"知性散文"或许更为切当些。所谓"知性",当然有相对于理性和感性而言之意,但无须特别强调它的哲学意义如老黑格尔所言。其实这类散文的"知性"品格,乃指融会其中的一种不离经验而又深化了经验的感受力、理解力,因为它既不同于理论论述的理性化、抒情叙事的感性化,也与激情意气有余而常常欠缺理性的节制及"有同情的理解"的论战性杂文迥然有别,所以不妨借用现代诗学中的知性概念而称这类散文为"知性散文"。如果说杂文着重表现的是批判性的激情和社会意识,抒情叙事散文着重表现的是感性的经验与情感而且一切常被"诗化"了,那么知性散文表达的则是经过反省和玩味、获得理解和深化的人生经验与生命体验。正因为所表达的不离经验和体验,所以知性散文仍保持着生动可感的魅力,又因为所表达的经验与体验业已经过了作者的反复玩味和深化开掘,所以知性散文往往富有思想的深度和智慧的风度。诚然,写作这类散文的多是学者型的作家,知性散文其实就是他们所"历"、所"阅"与所"思"的艺术结晶。作为生活的有心人,他们当然也不乏直接的生活经验并且注意观察人生,但较之一般散文家,他们从广泛阅读所得的间接经验及其人文素养无疑更为丰厚,而由此养成的对人生、人性、人情以至于历史与风俗等等的理解力和分析能力,也较其他散文家更为健全些或者深刻些。此所以在他们的散文中不仅多了一般散文所没有的博雅之知与浓厚的书卷气,而且对人生较少执一不通的偏见,而更富于有同情的理解与豁达的态度。或许正因为如此,知性散文往往以睿智开明而富美感的

人生——人文漫谈见长。①

在此我想补充的是,"知性散文"是一个定性的概念,从文体上看则"知性散文"也可称为"随谈录",恰与"随感录"式的战斗性杂文、"随想录"式的情调美文鼎足而三,构成现代随笔的三个分支。倘就文章的渊源谱系而论,则中国现代的散文其实都导源于西方的随笔,进而分别与中国固有的杂文、小品和论议文章相结合,于是分流为三,其中"随感录"式的战斗性杂文、"随想录"式的情调美文先出,"随谈录"式的知性散文则直到40年代才成规模地崛起于南渡的学院文坛,却长期被学界所忽视。毫无疑问,"随谈录"式的知性散文之崛起乃是一个很重要的现代散文运动。对它的文学史意义,我在此前亦曾有所论说——

> 从现代散文的发展史来看,知性散文在上世纪40年代的崛起意义重大:它有力地矫正了被杂文的刻毒褊急、情调散文的感伤煽情和趣味小品的轻薄玩世所左右了的30年代文风,恢复了中外散文艺术之纯正博雅的传统,不仅拓展了现代散文的艺术天地,而且深化了现代散文的思想境界。而今回顾中国现代知性散文的历史,或许也有助于当前的散文写作走出狭小的美文和浅薄的小品之牢笼,进而从"抒情主义"的作茧自缚中解放出来,开拓出更为广博精深的境界、获致更为耐人寻味的美感。②

我得老实承认,当我在五六年前说这些话的时候,尚未完全找到杨振声这几篇随笔的原始出处,所以只能把他算作知性散文运动中的一家而论列;现在终于找到这些随笔的原发刊物,再联系他在抗战前的若干言论,则可以断定杨振声就是知性散文运动的开创者之一。当然,杨振声并不据守于知性散文,他在40年代末纪念朱自清的一篇文章里,就纠正了自京派以来把散文缩小为小品的误解,从中可以看出他的现代散文概念的开放性和包容性——

> 我们叫这种散文是小品文,意思若是说另有一种大品文或雅

---

① 解志熙:《别有文章出心裁——中国现代"知性散文"漫论》,《考文叙事录——中国现代文学文献校读论丛》第340页,中华书局,2009年。
② 同上书,第346页。

文,专供大人先生之用,这误会还小;若是认为小品文其品不庄,只供文人游戏笔墨,以是不敢当散文之正统,只能自居于散文之旁支小道,这误会可就大了。直截了当的说,现代散文就是这个样子。随便你怎么叫,叫它身边随笔(personal essay)也好,叫它小品文也好,它虽不完全接受散文的传统,却自然而然的成为散文的正宗。它可以写身边琐事,也可以讨论国家大事;它可以说理,也可以抒情;它可以诙谐,也可以庄重。它只是把一切问题,那怕是哲学的与科学的,说得更自然,更亲切,"就近取譬"罢了。……现代散文可以让孔子"莞尔而笑",这并不失为圣人之徒,只不是假道学罢了。①

与此同时,杨振声也严肃批评了传统才子风流自赏的游戏文学观和现代文人为艺术而艺术的唯美文学观,重新强调文与行、作人与作文的紧密关系云——

  让我们想想看,是不是文人就容易无行,或是必须无行?假使我们把文人与文章给他们分开,中间让他有点距离,这结论就可以恰恰相反。不必说古今中外多少好文章偏不是文人作的。就专讲文人吧,好文章也是生出来的,不是写出来的。生出来的文章就好比生出来的花果一样,清新而实在。因为这是一种生命力自然的表现。写出来的文章,顶多只是些纸花吧,看来未尝不美,可是它缺乏清新,更不实在。因是(为)这不是生命力的表现,只是些假模假样的玩意儿。尽管有人喜欢这个,但这个却不能算是文章。

  假使文人不甘扎纸花的话,顶好连那个文人的头衔都不要,先从作个"人"起码。干干净净的一个人,没有一点假借,一丝掩护,只是赤条条的一身,立起脚跟对人,对宇宙。在人生无穷尽的挣扎中,备尝生命的痛苦与欢欣,阅尽连珠式的成功与失败,在火的洗礼中涤除自身的罪恶,在鬼魔的世界里领取整个人类的不幸。

  ……

---

① 杨振声:《朱自清先生与现代散文》,《文讯》第9卷第3期,1948年9月15日出刊。

> 这样,他的生活与工作,都是艰苦的。他被称为文人,是他的不幸。他写文章,是他的不得已。
>
> 就像文同所说,画竹是他的病一样。那就与要作文人便写文章、写了文章便成文人的一种典型大大不同了。①

这确是立身为文的根本之论。不难想象,抗战后重返北平的杨振声之所以发出这样掷地有声的诤言,当是有感于一些京派文人在抗战时期作人之堕落不堪、为文之徒托空言的教训吧!而在流行虚拟、伪装自我、众声喧哗的今天,杨振声的诤言更具有耐人寻味的意义。

2014 年 2—3 月初稿、8—9 月修订。

---

① 杨振声:《文人与文章》,《新路周刊》第 1 卷第 12 期,1948 年 7 月 31 日出刊。

杨振声随笔复原拾遗录

关于民族复兴的一个问题①

记得那是十七年的夏天吧？中山大学放了暑假,我同一位德国朋友从广州北返。他要去游那"六代兴亡国"的南京,这当然是他受了中国诗的鼓动。我那时也未去过,自然就同意了。② 我们住在当时顶时髦的西成旅社。白天出去吊古,晚上回来喂蚊子。一直住了四天,他可再也不住下去了。③ 原因不过为此:河沟的水他不敢喝,旅馆的饭他不敢吃,而最没有办法的是,旅馆的毛厕他不能用。这不免使我笑他们的近代文化把人弄的不济了。但等着吧,他会使你惊奇。一天下大雨,因为几日就想洗澡,他于是乎站在檐溜底下,来个天然的冷水浴。这虽未栉风,而实在沐雨了。他虽习惯于近代卫生的设备,难得的是,他并未失掉初民时代的强健与精神。比之我们先失掉初民的蛮劲儿,生活尚未进到近代化的何如？ 也算是难得了吧!④

晚上坐在只有尿臊并无清风的天井中,我们谈起中国诗,他给了一个最后的批评,是读中国诗总觉得"夕阳无限好,只是近黄昏"！我当时真真的惊了一跳,至今这印象还顶深。不错,中国的一切一切,都

---

① 本篇初刊于《独立评论》第65号,1933年8月27日出刊,作者署名"希声","希声"是杨振声的笔名,后来又重刊于《中国新论》第3卷第6期,1937年7月1日出刊,作者署名"杨振声"。此处以《独立评论》本(以下简称《独立》本)为底本,与《中国新论》本(以下简称《新论》本)对校。

② 从"他要游那"至此句,《新论》本改为:"他要去游南京,我那时也未去过,自然就同意了。"

③ 此句《新论》本改为:"他再也不能住下去了。"

④ 此处"！"号《新论》本改为"？"号。

带着衰老的气息——风①烛残年的衰老！

这里引起一个严重问题：那就是现在大家所希望的民族复兴，到底可能不可能。② 在生物学上讲，一种有机体到③衰老了，是不会还童的。民族呢？虽在它的生育与发展上，有些类似有机体；但它到底只是有机体的集体，而本身不是有机体。况它生命的延续，全在新生物与旧生物的代谢。假使我们相信环境对于生物④影响的重要，则每一期新陈代谢之间，都有一个复兴的希望。那就是说：以新环境来造成新生命。如是则问题也就不在民族复兴的可能与不可能，而在于能不能造成民族复兴的新环境了。⑤

假使这个民族，在物质环境方面，弄的它营养不足，它的身体就会日趋于衰老。⑥ 而在精神环境方面，又多束缚于不适于生物发展的，⑦种种初民时代道德观念的遗蜕，当然也会把它的有新生命的后嗣，弄的少年老成。于是人未长成，而精神已先衰老了。在这般环境中生生相授，总使⑧民族复兴的口号呐喊得再响，而民族复兴的希望也去得更远。

物质环境的改造，无疑的得由经济改造作⑨起，这不能不有赖于政治之努力，而精神环境的改造，却大部份是思想界与文学艺术的责任。诚然，在一个"穷斯滥矣"⑩的物质环境中，还讲不到精神环境，更何有于改造。也如一个衰弱的身体讲不到精神的健康是一样。不过，话又说回来，人民在精神⑪长此的颓唐衰弱下去，他根本就没有信念与志愿去战胜天然及外侮，那里还讲得到物质的建设！总使⑫其饱食终日，也

---

① "风"字《独立》本误排在"气息"后，《新论》本已改正，此处径为改正。
② 《新论》本在"民族复兴，到底可能不可能"下加排了着重号。
③ 《新论》本删去了"到"字。
④ 《新论》本于此处增加了"的"字。
⑤ 《新论》本在"能不能造成民族复兴的新环境了"下加排了着重号。
⑥ 此处"。"号《新论》本改为"，"号。
⑦ 此处","号《新论》本删去了。
⑧ 此处"总(總)使"是"纵(縱)使"的意思，这是杨振声的习惯用法——《新论》本已改为"纵使"。
⑨ "作"《新论》本改为"做"。
⑩ 《独立》本此处有"。"号，显为误排，《新论》本已删去，此处亦删而不存。
⑪ 此处似漏写或漏排"上"字，《新论》本同缺。
⑫ "总(總)是"《新论》本改为"纵使"。

不过养得胖胖的像个填鸭,晃①不到三步就蹲在地上不动了,噪什么民族复兴呢!

所谓精神环境,并没有什么深高的义意②。只不过去掉那些妨碍人生发展的古生物遗蜕,把人生看得平常点,让它在不违背生物原理的道路上,必然的向前生长。简单的说,也就是个较健全的人生观念。

记得幼时有一次放学回家,在路上碰到另一群小朋友拦住了去路,一个紫黑脸,生力充足的小子挺身出来挑战,其余的在后面呐喊。我记起家训与校训,只好低下头绕路向前走。谁知不行,他们呐喊赶上来,还杂以笑骂。怒,也许是生物可贵的性能吧?我一怒就把一切的"训"都给忘掉了,记起来我那时读了最得意的武松鸳鸯脚。于是我撒步作个跑势,那紫黑脸小子一头撞过来,我回身享③他一脚。那知再抬第二脚时踢个空,我就摔在平地,那小子也蹲在那里捧了肚子叫妈妈。而那一般乌眼鸡似的观众可满了意,也就一哄而散了。这事本来就算完结,谁晓得竟会有人报告我的父亲,说我在外打架。这打架二字的罪状,会气得我的父亲不问理由就要惩罚。幸而那次又是祖母保驾,我藏在祖母背后半天不敢探头。不过奇怪的是,我记得很清楚,在吃晚饭时,我的父亲酒吃到有些陶然之后,他自己笑了。他笑着对我的母亲说,"这孩子不弱,只那一跤跌的丢脸。"

是的,我相信人不会为有自卫能力得罪父亲的。高兴的是本性,不高兴的是这衰老民族积弱的一种习惯,这习惯要你斯文,要你少年老成。要你戒之在斗。这习惯会积渐养成个唾面自干的民族,对外不抵抗的民族,就使会生气,也是无精打彩的不得不生,而且又健忘。一般衰老的象征!

不,这还不算是民族的致命伤。与此相类而更根本使民族衰弱的,是一般的才子佳人观念。这观念的根柢④太深,至今还不能斩除净尽。

---

① 此处一字由左"𧾷"右"晃"合成,查各种辞书并无此字,似应同"晃",此处即以"晃"代替。《新论》本同。

② "义意"当作"意义",原刊误排,《新论》本已改正。

③ "享"《新论》本改为"償(偿)"。

④ "根柢"《新论》本改作"根底"。

提起才子,便会使人想到脸白得没有血色,腰弓得像只青①虾,活是一幅多愁多病身。最好是能写几句白话诗表示多愁,会吐几口血表示多病。这样才得到佳人的爱怜。佳人呢?不用说是娇小玲珑,弱不胜衣了。还得加上点病态,譬如说,不为什么就会发愁;一阵心酸就会掉泪。这样也才得到才子的倾倒。这些在旧戏中的小生小旦,旧小说里的公子小姐,还正在给社会不少的榜样!

大家以为这种观念已经过去了吗②?我有点怀疑,我认识几位朋友,他们择配很严,但是择来择去,最后爱上的总是痨病胎子!恐怕在下意识中这种民族性太深了吧?连自己都不知道。

这问题看去似不重要,其实它根本能影响一个民族的强弱。就因为:③没有一个女子不愿意作男子理想中的女人,也没有一个男子不愿意作女子理想中的男人,无论是意识的或无意识的,也不管肯承认与不肯承认,事实只是如此,至少是在年青的时候。

如果女子喜欢才子,则国家必多病夫;男子喜欢佳人,则国家必多病女。如此多病的民族,复兴的希望也就微乎其微了。

讲到复兴,中国民族在古时,却是有点蛮劲的。只看古人称赞男子,不曰"有④力如虎",便曰"孔武有力"。即称赞女子,也是不曰"硕人其颀",便曰"辰彼硕女"。子南戎服超乘,可得美妇;曹交九尺四寸,自惭食粟。直到汉魏时候,东方朔上书,自夸长⑤九尺三寸。魏文帝在他的《典论》里也自诩八岁能骑射及与邓展比剑一事,可见那时的才子也还不是病夫。及至何晏顾影,沈约多病,琼树玉山,南朝风雅,这风气方转变了。而这民族从此也就衰弱下去,对外族侵略毫没抵抗能力,只伸着好头颈让旁人来砍罢了,其唯一征服外族的方法,是让他们入居中土,同受腐化⑥。及至他们中聪明点的都变成才子佳人,他们也就完事一桩,不足有为了。

---

① "青"《新论》本改为"长",据此则《独立》本很可能是将"长(長)"误排作"青"了。
② "吗"《新论》本改为"么"。
③ 《新论》本删去了此处的";"号。
④ "有"《新论》本改为"其",似是编者误改。按,《诗·邶风·简兮》:"有力如虎,执辔如组。"
⑤ 《新论》本漏排"长"字。
⑥ 《新论》本在"入居中土,同受腐化"下加排了着重号。

要民族复兴,虽①得有点生劲②,这盘大机器才发动起来。男子虽不能上马杀贼,下马草檄,也不要弄的翩翩然像深秋黄叶一般,经不起一阵风霜,那里还讲得到执干戈以卫社稷?女子总③不能投杼从征④,也不要弄成个病西施。那也许好看点,但如此江山,谁又有多少工夫看。⑤

我们并不要什么军国民主义,只不要病国民主义就算得。大家本不妨弄的健全点,只是一念之差,吃了才子佳人的亏。我想一个粗大的男子,不应当在女子跟前自惭形秽,女子也不应当见了他便吓一大跳。同样的一个健壮的女子,不应当在男子跟前感觉踧踖不安,男子也不应当见了她便向后转。男子并不是专生给女子看的,女子自然也不是专生给男子玩的。色虽是天性,但美丑只是人下的定义。病态也许有一种美,但那只是病态的嗜好。况且生物的责任,第一得先能自保⑥,第二才是传种。种且不保⑦,传于何有?其实,人生在男女之间,本可成立一种健全的美感;男女之外,也还有更要的生存问题。这只是一个顶自然的人生观念。而环境移人,小孩子是无成见的。

今后粗男壮女,会不会代替了将来的才子佳人?那全在社会的观念改不改。而民族复兴中的一个问题,就在这一念上头。

拜　　访⑧

拜访变为虚文时,人生又加上了一种无聊!

---

① 此处用"虽(雖)"语气不顺,似应作"确(確)",疑原刊因两字字形近似而误排。《新论》本则改"虽"为"必"。

② 《新论》本在"有点生劲"下加排了着重号。

③ 此处"总(總)"意同"纵(縱)",《新论》本已改为"纵"。

④ "从征"《新论》本改为"从军"。

⑤ 此处"。"号《新论》本改为"!"号。

⑥ "保"《新论》本改为"存"。

⑦ "保"《新论》本改为"存"。

⑧ 本文初刊于昆明《今日评论》第3期,1939年1月18日出刊,作者署名"希声",重刊于北平《经世日报·文艺周刊》第1期,1946年8月18日出版,作者署名"杨振声"。《杨振声选集》(孙昌熙、张华编,人民文学出版社,1987年)等选本均据《经世日报·文艺周刊》收录此文。此处以《今日评论》本为底本(以下简称《今日》本),与《经世日报》本(以下简称《经世》本)对校。另按,此文还曾改题为《谈拜访》,作者署名"杨振声",发表于《读书通讯》第120期,上海,1946年11月10日出刊,并被《现代文丛》第1卷第3期转载,山东济南,1946年12月16日出刊——这两个刊本与《经世》本略同,此处不入校。

它也如许多的礼节一样,跛脚在时代后面①,给近代洋装革履的人戴上一顶红缨帽。

在民至老死不相往来之后,当是舟车的方便增进了人世的往来。然适百里者宿舂粮,适千里者三月聚粮,到底远道相访,不是一件容易事情。惟其不容易,非是人情之所不能已或事实之所不能免②,总不会老远跑到朋友家里专③为说一句"今天天气好"。

事实之所不能免④,无话可讲。若夫人情之所不能已者,或友好久别,思如饥渴;月夜⑤风清,扁舟相访;相悲问年,欢若平生。如是杀鸡为黍,作十日饮可也⑥。乘兴而来、兴尽而返亦可也。或彼此闻名,神交已久,一旦心动,欲见其人,如是绿树村边,叩门相访,一见如故,莫逆于心可也,语不投机、拂袖而去亦可也。总之这种访问是有些意思的。

到了近代,工商业把城市变成了生活的中心,交通的方便又把人流交汇于几个大城市里。于是一个城居⑦交游不必甚广的人,亲戚故旧,萍水相识,总有上百个。即使⑧你每天拜访一个,风雨无阻,一季⑨之中,平均每人你访不过四次,人家已经说你疏阔了。何况拜访之不已,加以送往迎来;送迎之不足,加以饯别洗尘。其他吊死问疾,贺婚祝寿,一年也有不少次。你看人,人要回拜,你请人,人要还席。请问一生有多少精力,多少时间,消耗在这些无聊的虚文上!

本有一些无聊的人,既已无聊矣,不妨专讲究这些。因为除了这些,他⑩会更无聊。他并不在乎老远跑到你家里,问你"今天你⑪没出

---

① "跛脚在时代后面",《经世》本改为"时代的沉渣"并与下句连续为一句。
② "不能免",《经世》本改为"不得已"。
③ 《经世》本此处添一"只"字。
④ "不能免",《经世》本改为"不得已"。
⑤ "月夜",《经世》本改为"月白"。
⑥ 《史记·范雎蔡泽列传》:"(秦昭王)乃详为好书遗平原君曰:'寡人闻君之高义,愿与君为布衣之友,君幸过寡人,寡人愿与君为十日之饮'"。后来"十日饮"遂成为朋友连日欢聚的代名词。
⑦ 《经世》本于此处增加一"而"字。
⑧ "即使"《经世》本改为"即便"。
⑨ 此处"季"当作"年",下文"一年"可证,原刊可能因两字形似而误排——《经世》本已改正为"年"。
⑩ "他"《经世》本作"他们",显然与下文单称"他"不相符合。
⑪ 《经世》本删掉了此处的"你"。

门吧?"他也并不在乎请一座各不相识的客人,让你们乌眼相对,反正他认为他很有礼貌的来拜访过你,又很有礼貌的请过你吃饭,就坐在家里静候你去回拜,心里盘算着你几时可以还席。

对于这般人,我无话可讲,不过不懂的是:为什么我们把拜访人看成了礼节? 不等人家请,不问人家方便不方便,也不管有事没事,随便闯到人家里搅扰一阵,耽误人家的事情①不算,还要人家应酬上一堆无聊的话,这便是礼节。

我想认此为礼节的只有几种人:一种是贤人,人家去看他,他认为是访贤;一种是阔人,他要一大群无聊的人替他去摆阔;还有一种是闲人,要人替他去消闲。再有,便是一般②莫名其妙的无聊之人,一生专以无聊为聊。

我恳切的希望请那般无聊的人都到贤人阔人闲人家里去。让真能享受朋友的人在读书作事之暇,一壶清茶,三五知己,相约于小院瓜棚之下,或并不考究而舒服的小客厅里,随便谈天。说随便一字不虚。先是你身体的随便放,任何姿态都可以,这里没有礼节,你想站着,决没有人强迫你坐。再是你说话的随便,没有人强迫你说,也没有人阻止你说。你可以把心放在唇边上让它③自由宣泄其悲哀,愤懑与快乐。它是被禁锢的④太闷了,这事⑤是它唯一⑥可以露面的地方。它最痛快的是用不着再说假话,而且它⑦好久没说真话了! 还有听话的随便,你不必听你不愿听的话,尤其用不到假装在听。因为这里都是孩子气的天真,你用不着装假。就是装也必⑧立刻被发觉。最后是来去的随便,来时没人招待你,去时也没人挽留你。反正你来不是为拜访谁,所以谁也不必同⑨你讲客气。

让我们尊重旁人的家,尊重旁人的时间。我们没有权利随便闯进

---

① "事情"《经世》本改作"正事"。
② "便是一般",《经世》本改作"就是一种"。
③ "它"《经世》本改为"他",与下文仍作"它"不合。
④ "的"《经世》本改为"得"。
⑤ 此处"事"当作"里",原刊误排,《经世》本改正为"里"。
⑥ "唯一"《经世》本改为"惟一"。
⑦ "它"《经世》本改为"他"。
⑧ 《经世》本删掉了"必"字。
⑨ "同"《经世》本改为"对"。

朋友的家里去拜访,自己且以为礼①!再让我们尊重旁人②的自由,尊重旁人的情感,我们没有权利希望朋友来看我或是希望朋友来回拜。真是③朋友的话,聚散自有友谊上的自然④节奏,你想加上一点人工也未尝不可。打扫干净你瓜棚下那一方土地,预备好你能供献给你的朋友的⑤一点乐趣,那怕渺小到一句知心话。发几张小柬邀他们来。至于来不来,是每一个人的兴趣与自由。如此还不失其为自然。

凡不自然的皆是无聊。

被 批 评⑥

"举世而誉之而不加劝,举世而非之而不加阻",那是至人。常人之情,总不免为批评所动。不但为批评所动,且从批评之中,认识他⑦自己;又从批评之后,勉励他自己。⑧

婴儿学步,晃晃荡荡的喊"妈妈!看!"⑨妈妈若不看,便扑在地上,放声大哭。⑩自此以后,他便入了批评的羁绊⑪,受着批评的鞭策了,而又偏偏不觉其为羁绊与鞭策。⑫他说话要听旁人的反响,他作事要看旁人的反应。他从旁人的话中认识自己的话,从旁人的行为中认

---

① "礼"《经世》本改为"有礼"。
② "旁人"《经世》本改为"别人"。
③ "真是"《经世》本改为"真正"。
④ "自然"《经世》本改为"天然","天然"显然与下文几处连用"自然"不合。
⑤ "的"《经世》本误作"得"。
⑥ 本文初刊于昆明《今日评论》第1卷第22期,1939年5月28日出刊,作者署名"希声";重刊于北平《经世日报·文艺周刊》第4期,1946年9月8日出版,作者署名"杨振声"。《杨振声选集》等选本均据《经世日报·文艺周刊》收录此文。此处以《今日评论》本为底本(以下简称《今日》本),与《经世日报》本(以下简称《经世》本)对校。
⑦ "他"《经世》本删去。
⑧ 以上两句《经世》本改为:"又不但从批评之中认识自己,还从批评之后,勉励自己。"
⑨ 此句《经世》本改为:"居然晃晃荡荡迈上两脚,'妈妈……看!'"另按,此句中的"晃"字,在原报乃由左"𧾷"右"晃"合成,查各种辞书均无此字,当是"晃"的异体,此处即以"晃"代替。
⑩ 以上三句《经世》本改为:"妈妈若不看或看了不加称赞,他便扑在地上打滚,嘤嘤啜泣。"
⑪ "羁绊"《经世》本改为"羁缰"。
⑫ 此句《经世》本改为:"偏又不觉其为羁缰,为鞭策。"

识自己的行为;又从自己的话与行为的总和中①找到了他自己。换言之,他所以能找到②他自己,是以旁人为③镜子。不过他自少至老,并不只用一面或一种镜子:④幼时在家庭,父母是他的镜子;少时入⑤学校,先生是他的镜子;长时入社会,朋友又是他的镜子。他的镜子,可以放大到一乡一国,到世界,到往古,到今⑥。所谓"考诸三王而不缪,……百世以俟圣人而不惑"者是。⑦他的镜子随着他的人格放大而放大,可以到"至大无外"⑧,然而,他总是有一面镜子。"藏之名山,传之其人",也还有其理想中之其人⑨是他的镜子。

他既是需要这面镜子,但他又偏不要这面镜子太清澈。合乎他心眼儿的镜子最好是模糊点,不,最妙是一面阿谀的镜子,照出影子来比自己好看十倍。这种镜子是有的,但涂满了青蝇之粪,后来用作毛厕的脚石了。于是虚荣心更大的人,还在四处找批评。⑩作一件事,说一句话,满腹盛情的⑪希望人家批评他——其实他希望的是称赞,无奈其事其话之与其希望又恰相反⑫,于是乎而碰壁。碰壁不止一次,事后揉着满头的疙疸而伤情,这疙疸,把心一横,就变成一种虚矫的自封。⑬凡事怕人家批评了。一遇批评,便面红耳赤的辩护;辩护不胜,又从而躲避;躲避不了,再把心一横,就变成一种自暴自弃的自是心。⑭他明

---

① 此句《经世》本改为"又从认识自己的话与行为之总和中"。
② "找到"《经世》本改为"认识"。
③ "为"《经世》本改为"作个"。
④ 此句《经世》本改为"所照的并不只是一面镜子"。
⑤ "入"《经世》本改为"在"。
⑥ "到今"《经世》本改为"到来今"。
⑦ 《经世》本删掉了此句。
⑧ "可以到'至大无外'",《经世》本删掉了。
⑨ "其人"二字《经世》本加了引号。
⑩ 从"他既是需要这面镜子"至此一段,《经世》本改为:"批评既为他人对于同一事或物之另一种看法,则批评总是'他山之石,可以攻玉'的。然而常人之情,对于是我者则易于接受,对于非我者则易于拒绝。夫接受其是我者而拒绝其非我者,批评对于我便无益而有损——'满招损'也。有的人虚荣心既很大,自身批评的能力又很小。"
⑪ "满腹盛情的",《经世》本改为"满心满意"。
⑫ 此句《经世》本改为"无奈其话其事又恰恰与其希望相反"。
⑬ 自"事后"至此,《经世》本改为:"到处求批评,到处碰钉子之后,他便养成一种虚矫的自封。"
⑭ "凡事怕人家批评了"至此数句,《经世》本改为:"凡事又怕人批评,一遇批评就面红耳赤的辩护。辩护不胜,又从而躲避批评,凡有批评,一概不理。最后他且养成一种自暴自弃的自是心。"

知他未必是,偏要①自己说是……人家并未批评他,他先就自己辩护。这种②倒是批评害了他也。③

所以,假使批评人需要一种态度,被批评更需要一种风度。所谓风度,不只是雅量,④能容纳⑤不同的意见是雅量,能使人⑥尽言的是风度。有风度才能超脱,能超脱才真能接受批评。⑦ 固执自己的意见是不超脱,拘泥于旁人的批评也是不超脱。把自己的事一定看作不是⑧旁人的事是不超脱;把旁人的话一定看作不是⑨自己的话也是不超脱。就事论事,总有合不合,不管是自己的或是旁人的!⑩ 就话论话,也⑪总有对不对,不管是旁人的或是自己的。⑫ 事有以不合为合,合为不合;话有以不对为对,对为不对者,并非事与话容易混淆,使之混淆的还是感情。⑬ 感情起于爱护自己。爱护自己的话,便不能静气听旁人的话;爱护自己的事,便不能平心论旁人的事。我爱护我的话与事,旁人也爱护他的事与话。于是感情相激,分量加重,只有感情的比武,并无批评可言了。这全由于不超脱。⑭

本来事多为人,为人则人应该有个愿意不愿意;话说给人听,人也应该有个爱听不爱听。⑮ 若拿自己看旁人之事听旁人之话的态度来看自己之事听自己之话,必可原谅旁人看自己之事听自己⑯的态度了。

---

① "偏要"《经世》本改作"却偏要"。
② 此处"这种"语气不完,疑当作"这种人",《经世》本即作"这种人"。
③ 此句《经世》本改为"碰到这种人,你一句招惹不得,批评反是害了他也。"
④ 自"所以"至此几句,《经世》本删掉了。
⑤ 《经世》本此处增加"旁人"二字。
⑥ "人"《经世》本改为"旁人"。
⑦ 以上两句《经世》本改为"至于取人之长补己之短的那简直是超脱,超脱才真能接受批评。"
⑧ "不是"《经世》本改为"不比"。
⑨ "不是"《经世》本改为"不如"。
⑩ 此句《经世》本改作"不管是自己的事或是旁人的事"。
⑪ 《经世》本删去了"也"字。
⑫ 此句《经世》本改为"也不管是自己的话或是旁人的话"。
⑬ 以上两句《经世》本改为"并不是事与话的本身容易混淆,使之混淆的是感情"。
⑭ 自"我爱护我的话与事"至此句,《经世》本改为:"我爱护我的事与话,旁人又何尝不爱护他的事与话?感情引起感情,分量增加分量。事的合不合,话的对不对,全不是那末一回事。感情吞噬了是非,湮没了批评。如是而真的批评,遂不为人间所有。"
⑮ "本来事多为人"至此句,《经世》本改为:"本来事不必与己,既为人,则人家应该有批评;话说给旁人听,旁人也应该有个爱听不爱听。"
⑯ 从上下文义看,此处漏写或漏排了"之话",《经世》本补上了"之话"二字。

若拿自己看自己之事听自己之话的态度①看旁人之事听旁人之话,也必可原谅旁人之事与旁人的话了。② 自己的话与事,过后想起来,不免好笑者正有,③是今天的自己可以非笑昨天的自己;明天的自己又可以非笑今天的自己。④ 这全在其间的一点距离。倘使我们能把自己的事自己的话,⑤与自己中间隔上一点距离,这便是超脱,这便是接受批评的⑥态度。

批评的艺术与风度⑦

批评是一件太普遍⑧的事了,普遍到使我们相忘于无形。其实呢,我们无日无时不在批评着人,也无日无时不在被人家批评着。假使偶然⑨相遇,无话可说,我们就批评天说,⑩"今天天气好"。一切形容字都是批评。

我们在互相批评之中,改善自己的行为,自己的语言,甚至自己的衣服。⑪

社会也在被批评之下,改善它的制度,它的法律,它的道德观念。批评,它不独⑫是人们的畏友,也是社会的诤臣。⑬ 批评,它不限于一切形容词的笔之于书或出之于口,所有感叹词,⑭更是情不自禁的批评。

---

① 《经世》本于此处增一"去"字。
② 此句《经世》本改为"也必能原谅旁人之事与旁人之话了"。
③ 以上三句《经世》本改为"自己的事与话,过后想起来,好笑的正多"。
④ 以上两句中的四个"天"字,《经世》本均改为"日"。
⑤ 此句《经世》本改为"假使我们能把自己的事与话"。
⑥ 《经世》本于此处增加"一种"二字。
⑦ 本文初刊于重庆《中国青年》第 7 卷第 4—5 期合刊,1942 年 11 月 1 日出刊,作者署名"杨振声",后改题为《批评》,重刊于北平《经世日报·文艺周刊》第 2 期,1946 年 8 月 25 日出版,作者署名"杨振声"。《杨振声选集》等选本均据《经世日报·文艺周刊》收录此文。此处以《中国青年》本为底本(以下简称《青年》本),与《经世日报》本(以下简称《经世》本)等对校。
⑧ 此处"普遍"是"普通"的意思——现代文人常常在"普通"的意义上用"普遍"。
⑨ "偶然"《经世》本改为"乍然"。
⑩ 《经世》本把","号改在"天"字后。
⑪ 《经世》本此段与上段合为一段。
⑫ "不独"《经世》本改为"不但"。
⑬ 《经世》本此下一长句另起一段。
⑭ 《经世》本删掉了 此处的","号。

批评,它也不是①限于声音与文字,一耸肩,一皱眉,或白眼相加,或侧目而视,也都是有形的批评。②至于"腹诽"或"心许",又③更是无形的批评了。

批评既是如此普遍而平常,我们却偏偏忽略它的存在与发展。人们只知道考究自己的衣服而不知道考究自己的批评。批评改善了人生与社会,而不知发展自身的艺术与风度。④

无遮拦的信口雌黄,引起了对面的反唇相稽⑤,于是批评流为攻讦。⑥

一般老实人⑦看到口祸之可戒,变成了金人,三缄其口,⑧于是批评被禁锢为"皮里春秋"⑨!

巧言令色者,⑩不但"面从",而且"面谀",于是批评之道,扫地以尽。⑪

随着批评以亡者是我们处世的良友! 它之亡并不因为缺乏意见与一些话说,⑫所缺乏者是处理这般意见的风度与发表一些话说⑬的艺术。

当我们批评人家的事情时,很少能像批评自家的事情那样宽恕。这并不是⑭因为我们厚爱自己,只为我们知道自家的事情比知道人家的事情更清楚些。我们知道自己作某一件事时⑮的不得已,却不能原

---

① 《经世》本删掉了此处的"是"字。
② 此处的"。"号《经世》本改为","号。
③ 《经世》本删掉了此处的"又"字。
④ "而不知发展自身的艺术与风度",《经世》本改为"而不知改善它的自身"。
⑤ "稽"《杨振声选集》改为"讥"。按,"反唇相稽"不误,《汉书·贾谊传》:"妇姑不相说,则反唇而相稽。"
⑥ 此处"。"号《经世》本改为"!"号。
⑦ 《经世》本此处加","号。
⑧ 此处","号《经世》本改为"。"号。
⑨ "皮里春秋"《经世》本改为"皮里阳秋"。这可能是报纸编辑所改。按,"皮里春秋"当是修辞上的仿词,"春秋"暗含"春秋笔法"之意,改为"皮里阳秋"看似更通,但批评性的"春秋笔法"之意却失去了。
⑩ 《经世》本删掉了此处的","号。
⑪ 此处"。"号《经世》本改为"!"号。
⑫ 此处","号《经世》本改为"。"号。
⑬ "话说"《杨振声选集》误改为"说话"——《青年》本和《经世》本以上两句均作"话说"。
⑭ 《经世》本删掉了此处的"是"字。
⑮ 《经世》本删掉了此处的"时"字。

谅旁人作事的苦衷。当我们自身被批评时,我们始深知其然,①可是到了自己批评人家②时,我们又忘其所以然。及至得意忘形之际,我们且责人以自己所不能,这是对人过爱了!③

假使我们能设身处地去批评旁人,一如希望旁人之批评我者,④则批评才有所谓"恕"。"恕"的起码限度,⑤在批评时仅有对事的意见之不同,⑥不能涉及对人的情感之好恶。

即此意见之不同,⑦本由于人与我⑧是非标准之不一。庄子所谓"此亦一是非,彼亦一是非"也。可是,假若人与我是非一致,标准不异,则又会无有批评,⑨有批评也等于无批评。假若我与人是非不一,标准无定,则今日据一标准以为是者,明日又据一标准以为非。是彼与此各一是非之外,彼又是非不一,此亦是非不一,混淆错杂,亦不能有批评,⑩有批评亦必定⑪无结果。

如此看来,所谓批评者,⑫不过拿自己的标准去衡量旁人的标准,或者⑬旁人拿着他的所谓是非来比较我的所谓是非罢了。既如此,便无绝对的标准亦无绝对的是非可言。既无绝对的标准与是非,我们又何取乎有批评?既无绝对的标准与是非,我们又何可以无批评!批评,它的目的本非在求绝对的是,或绝对的非,⑭只在求一事一物之各种看法与各面的⑮关系,取其一时一地的相对的是非,如此而已。⑯

---

① 此处","号《经世》本改为"。"号。
② "人家"《经世》本改为"旁人"。
③ "这是对人过爱了!"《经世》本改为"这真是爱人甚于爱己了。"
④ 此处","号《经世》本改为"。"号。
⑤ 此处","号《经世》本误排为"。"号。
⑥ 此处","号,《青年》本和《经世》本均误排为"。"号,在些径为更正。
⑦ 此句《经世》本改为"但即此意见之不同"。
⑧ "人与我"《经世》本改为"我与人"。
⑨ "则又会无有批评,"《经世》本改为"则又不会有批评。"
⑩ 此处","号《经世》本误排为"。"号。
⑪ 《经世》本漏排了"定"字。
⑫ 此处","号《经世》本误排为"。"号。
⑬ "或者"《经世》本改为"或是"。
⑭ 此句《经世》本改为"它的目的,本非在求绝对是或绝对非"。
⑮ 《经世》本删掉了此处的"的"字。
⑯ 这两句《经世》本删改为一句——"取其一时一地的相对的是非而已。"

我们若承认此,批评人时便不犯着①盛气凌人,因为人家并不是绝对的非;②被批评时也犯不着刚愎自负,因为自己并非绝对的是,③如此方可言批评的风度。

至于批评的艺术,④它本为顾全自己的身分与体贴旁人的情感而有。骂人固然失身分,誉⑤人又何尝不?挨骂诚然难堪,被誉⑥又何尝好受?《诗经》的美刺,所以多用比兴者,正为了不便直言,故委婉以达其情。"不学诗,无以言",⑦并非无话可说,正是有话不会说也。不会说⑧者,不是说了自己失身分,就是听了使人忍受不得。酬酢应对之间,尚须艺术,何况批评?批评总要说人家的是或非,间接又是说自家一定是。说人是,易流于誉人,说人非,易流于毁人;说自家是,又最易惹人反感。⑨

是人而人不以为誉,非人而人不以为毁,这要艺术。自是而人不以为忤,这要风度。所以说,我们并不缺乏批评,缺乏的是批评的艺术与风度。

邻　　居⑩

"风送幽香隔院花",那的确是芳邻。

"绿杨楼外出秋千",该是艳邻了吧。

---

① "不犯着"疑有误排,似应作"犯不着",下文"被批评时也犯不着刚愎自负"可证,《经世》本已改正。
② 此处";"号《经世》本改为"。"号。
③ 此处","号《经世》本改为"。"号。
④ 此处","号《经世》本漏排,《杨振声选集》酌增","号。
⑤ "誉"《经世》本改为"称赞"。
⑥ "誉"《经世》本改为"称赞"。
⑦ 《青年》本引此句后加"。"号,当属误排,此处径为改正。
⑧ "说"《经世》本改为"说话"。
⑨ 以上数句,《经世》本改为:"说人是易流于誉人,说人非易流于毁人;说自家一定是,可最易惹人反感。"
⑩ 本文初刊于昆明《生活导报》第51期,1944年1月1日出刊,作者署名"杨振声";重刊于北平《经世日报·文艺周刊》第12期,1946年11月3日出版,作者署名"杨振声"。《杨振声选集》等选本均据《经世日报·文艺周刊》收录此文。此处以《生活导报》本为底本(以下简称《生活》本),与《经世日报》本(以下简称《经世》本)对校。

然都还太着迹相。至于郎士元的"凤吹声如隔彩霞,不知墙外是谁家。重门深锁无寻处①,疑有②碧桃千树花。"那就有点近乎仙邻了。

近代城市的发展,聚居者尽是东西南北之人。东邻西舍,不相闻问,也就说不到择邻;小孩子的朋友是学校里的同学③,不是邻居,所以也说不到里仁为美。

然而,既是邻居,到底不同路人。虽平素不相闻问④,却⑤时时声气相通。东邻的太太与老妈子吵架,你听到;西舍的太太骂孩子,你也听到。日里邻居的孩子们闹,夜里邻居的孩子们哭,你都不得安静。鸡鸣狗叫,打电话,刷马桶,都像在你自己的院子里。至于邻家爆炒羊肉,你闻到葱香与羊腥;晒铺盖,你闻到汗臭;掏毛房,你闻到……。⑥说是"声气相通",的确一字不假⑦。

⑧近代的发明,增进了人类的幸福,同时也添加了世界的声音。一切新的声音中,无线电最能影响邻居的治安。这传播整个世界的声音的铁舌,它开拓⑨了人类的听域也方便了谎语⑩的流传;它宣达了美妙的音乐也放射了噪杂的烦⑪音。怎样能使它老放音乐也好!可是你能管制你自己的无线电⑫,却不能管制邻居的嗜好。这使我想起几次择邻的问题。

六年前住在北平——那座饱经忧患,听惯了一切声音的老城,我希望它还保存着它本来的面目。⑬ 我卜居在⑭一个僻静的胡同。我喜

---

① "无寻处",《经世》本误改为"无人到"。
② 查原诗,此处"有"当作"是",《经世》本并误。
③ "同学"《经世》本改为"同班或同学"。
④ "闻问"《经世》本改为"往来"。
⑤ 《经世》本此处增加"不免"二字。
⑥ 自"鸡鸣狗叫"至此几句,《经世》本删去。
⑦ "假"《经世》本改为"虚"。
⑧ 《经世》本在上段与此段之间增加了这样一段话:"北平到底是个大城,广大的院落,粉白的高墙,确可以把每一家都隔成一个王国。然而它能隔开人,却隔不开声音,尤其是那越墙入户的无线电。"
⑨ "开拓"《经世》本误排为"拓开"。
⑩ "谎语"《经世》本改为"谎话"。
⑪ "烦"《经世》本改为"繁"。
⑫ "无线电"《经世》本改为"趣味"。
⑬ 自"六年前住在北平"至此句,《经世》本改为:"抗战前我住在北平——这座饱经忧患,听惯了一切声音的老城,"。
⑭ "我卜居在"《经世》本改为"卜居"。

欢那热闹城市中的冷静,繁华生活中的淡泊。所以房子倒在其次,僻静确是第一。得,我心满意足的住在人家都不肯住的一所荒老的古宅里,惹得朋友们担心慰问,说那房子闹鬼。不管它,反正我喜欢那几堆古石,一院荒冷。可是,你再也想不到,正当一个寂寞的黄昏,隔街传来卖麦芽糖的小铜锣的声音,那正是向晚人归的时候。而那当当的小锣声,传达来街市的寂静,行人的倦意,孩子们的欢欣。忽而,突然凌然,从西邻人家飞来一种吱吱哑哑的金属声,那是北平十几元一架①的无线电。从此我就再无宁日了!那人家是北平的土著,自早至晚他们都沉醉在各种的"京调"中:早晨太阳刚上窗,他们放蹦蹦戏;下午夕阳半墙,他们放梆子腔;晚上放完北平的京戏再接上天津的大鼓。那吱哑的金属声日夜像在②脑子里磨,直磨得我搬了家。

这声音直把我从西城赶到北城。这次可好了,前院住的是朋友,西院边③是几亩荒园,后边是疯人院。除了有一次从后墙跳进一个疯子外,我管领着这一方的清静④。

一次生了病,在这寂静的环境中,就使生病也生的清闲,生的自在。⑤ 我虽没有那幸福,藉着生病从太太骗几样好菜吃,可也得几日休闲。特别在下午,睡一小觉醒来,斜阳穿窗,满屋静静的浮着药香,斜倚床头,悄然的看那药铫子喷着缕缕白气,在一线金色日光中幻成虹彩,一种说不出的恬淡与沉静。

忽而,突然凌然,隔邻的无线电开⑥了,这次是来自东邻,又是那十几元一架⑦的贱货!那杂音充满了我的屋子,驱走了药香,赶走了沉静,涨塞了我的全身。我登时烦躁起来,翻来伏⑧去都不是,勉强抓本⑨书看也不成。我跳下地来,满屋乱转,好像被魔鬼追逐着一般。最后我真忍不住了,扑过去想一脚踢碎那药铫子,好像这样一来,就会踢

---

① "十几元一架",《经世》本改为"廉价出售"。
② 《经世》本于此处增加了"你"字。
③ 《经世》本改"院"为"园",并删去了"边"字。
④ "静"《经世》本改为"幽"。
⑤ 这两处"生的",《经世》本改为"生得"。
⑥ "开"《经世》本改为"开放"。
⑦ "十几元一架",《经世》本改为"北平"。
⑧ "伏"《经世》本改为"覆"。
⑨ "本"《经世》本改为"起"。

碎了①那魔声的专制似的。正在此时,忽然门外驴子大叫。先生,你听过那叫驴"嘠……嘠……嘠……"的骄鸣吧?它竟能压倒那无线电的声音呢,到底是有血有肉,有生命的声音!就是这声音救了我的药铳子,我从来不知道驴子叫起来这般雄壮而知趣。

几年来②萍踪浪迹的生涯,天南地北的流寓,尝尽邻居的酸甜苦辣。于今是③只有房子择人,更讲不到人择邻居了。而且与邻居不是比屋,而是同院,有时是楼上楼下,有时是东房西房,不独同院,而且同屋,一层薄薄的地板,几双硬硬的皮鞋,地上没有毯子,下没有橡胶皮鞋跟,终日在头上或身边得得的响。④ 人家的⑤孩子吵闹是在你自己的院子里,人家的笑语⑥是在你自己的屋子里。一切分不开,声音尤其是一家。你终日在杂音中游泳,在不断的声浪中挣扎着拯救你那将溺的抽思⑦!

记不清在那里看到一篇小说,写一位探险家漂流到一个海岛上。岛上的人招待他在一所公共宾馆里,那里住着科学家文学家与艺术家。在他发现许多奇异的事物之上⑧,他发现那里有一种惊人的肃静。不独在那所建筑中听不到一点声音,就是在这建筑的周围几里之内也全是肃静。这是一种制度也是一种法令。肃静,它确是人生至上的尊严。在肃静⑨中我们才能发现自己,才能认识宇宙⑩。它是一切思想的源头,一切发明与创造的基调⑪。

---

① 《经世》本删去了"了"字。
② "几年来"《经世》本改为"抗战中"。
③ "于今是"《经世》本改为"那处"。
④ 自"有时是楼上楼下"至此一段,《经世》本改为:"抗战后回到北平,满想租所房子,安静工作。可是稍为可住的房子,都被强有力者占领了,你只能住学校的公同宿舍。"另按,"下没有橡胶皮鞋跟"疑当作"脚下没有橡胶皮鞋跟"。
⑤ 《经世》本删去了"的"字。
⑥ "笑语"《经世》本改为"笑话"。按,邻里"笑语"不同于"笑话",《经世》本可能误认误排了。
⑦ "思"《经世》本改为"想",疑似误认误排——"抽思"来源于楚辞,而"抽想"则不辞。
⑧ "上"《经世》本改为"外"。
⑨ 《经世》本此处衍一"静"字。
⑩ "宇宙"《经世》本改为"人生"。
⑪ "基调"《经世》本改为"基本条件"。

我们普通人不敢希望那种理想的环境,也不能像 M. PROST① 为求安静,把门窗都用软绒塞紧,不让一点声音进②到屋里;更不能象尼采那样痛恨声音,想惩罚窗外作声③的行人。不过,我们要求在社会行为上,每人都少来点扰乱旁人的声音,不为无理吧? 我独奇怪我们那些"讲道德,说仁义"的书一大堆,从不曾注意到这个人生最基本最需要的道德。对一个朋友说话竟像对大众演说,慢慢讨论一个问题却像吵架,一般的说起话来总是旁若无人的样子,更想不到声音会妨碍邻居的安宁,不,他从来就没想这问题! 如是,不论你在家在外,在饭馆,在戏园,远邻近邻,到处是一片烦④声的世界,它使人生恶俗化与浮浅化,因为它不容你沉思。以后的无线电会更发达,而邻居的问题也更严重。我希望电台除了正当的宣传外,多放点美丽的音乐;而维持治安的警察也应当限卖那种贱货收音机,住宅区收音的时刻也似乎应当加以规定,这才真是警察的职务。

我们不敢希望什么"芳邻"或"艳邻",只希望能有不扰害我们工作的"静邻"就够了。

书房的窗子⑤

飘零的生活,不,我不想用"飘零"这美丽的字眼,我没有那么悲哀,也不想乞求同情,那只好让给落花或飞絮吧。苏东坡有"此生流浪随沧溟"之句,我喜欢那"随"字倒还自然,虽无砥柱之志,亦无推波之嫌。好,就说是流浪的生活也罢。在这流浪的生活中,卧房都不准有,那里还讲得到书房? 没有书房,又何从说起书房的窗子?

理想却永是事实的对照,有时是反比。正如由于腹饥,梦遇佳肴;

---

① 此处"M. PROST"有误,《经世》本同误。按,M. PROST 应作 M. PROUST,即写作长篇巨著《追忆似水年华》的法国现代作家马塞尔·普鲁斯特(Marcel Proust),据说他怕光怕风怕噪音、居家常年门窗紧闭。
② "进"《经世》本改为"钻"。
③ 《经世》本改为删去了"作声"。
④ "烦"《经世》本改为"繁"。
⑤ 本文初刊于昆明《生活导报》第 60 期,1944 年 3 月 19 日出刊,作者署名"杨振声";重刊于北平《经世日报·文艺周刊》第 5 期,1946 年 9 月 15 日出版,作者署名"希声"。《杨振声选集》等选本均据《经世日报·文艺周刊》收录此文。此处以《生活导报》本为底本(以下简称《生活》本),与《经世日报》本(以下简称《经世》本)对校。

于是没有书房,偏又想到书房的窗子。①

说起窗子,那真是人类穴居之后一点灵机的闪耀②。它给你清风与明月,它给你日光③与碧空,它给你山光与水色,它使④你安安静静的坐在窗前,欣赏着宇宙的一切,一句话,它打通了你与天然的界限。

但窗子的功用,虽是到处一样,而窗子的方向,却有各人的嗜好不同。陆放翁的"一窗晴日写黄庭",大概指的是南窗。我不反对南窗的光明⑤与健康。特别在北方的冬天,南窗放进满屋的晴日,你随便拿一本书坐在窗下取暖,书页上的诗句全浸润在金色的光浪中。你书桌旁若有一盆腊梅那就更好——以前在北平只值几毛钱一盆,高三四尺者亦不过一两元,腊梅比红梅色雅而香⑥清,价钱并不比红梅贵多少。那末,就算有一盆腊梅吧。腊梅在阳光的照耀中荡漾着芬芳,把几枝疏脱的影子漫画在新洒扫的蓝砖地上如淡⑦墨画。天知道,那是一种清居的享受。

东窗在初红里迎着朝曦,你起来开了格扇,放进一屋的清新。朝气洗涤了昨宵一梦的荒唐,使人精神清振,与宇宙万物一体更新。假使你窗外有一株古梅或是海棠,你可以看"朝日红妆";有海,你可以看"海日生残夜";一无所有,看朝霞的艳红,再不然,看想象中的邺宫,"晓日靓装千骑女,白樱桃下紫纶巾"。⑧

"挂起西窗浪按天"⑨,这样的西窗,不独坡翁喜欢,我们谁都喜欢。然而西窗的风趣,正不止此。压山的红日徘徊于西窗之际,照出书房里一种透明的宁静。苍蝇的搓脚,微尘的轻游,都带些倦意了。

---

① 自开头至此的两段文字,在《经世》本中被置换为这样两段话——
　　说也可怜,八年抗战归来,卧房都租不到一间,何言书房?既无书房,又何从说到书房的窗子!
　　唉!先生,你别见笑,叫化子连作梦都在想肉吃,正为没得,才想得厉害,我不但想到书房,连书房里每一角落,我都布置好了。今天又想到了我那书房的窗子。

② 《经世》本此处增加了"才发明了它"五字。

③ "日光"《经世》本改为"晴日"。

④ "使"《经世》本改为"给"。

⑤ "明"《经世》本改为"朗"。

⑥ "香"《经世》本改为"秀",原报可能因"香""秀"两字字形近似而误排。

⑦ "淡"《经世》本改为"漆",原报可能因"淡""漆"两字字形近似而误排。

⑧ 这两句出自陆龟蒙的诗《邺宫词二首》之二,"装"原诗作"妆"。

⑨ 此句出自苏轼的诗《南堂五首》之五,"按"原诗作"接",《生活》本或因误认而误排,《经世》本并误。

人在一日的劳动后,带着微疲放下工作,舒泰的坐下来吃一杯暖茶①。开窗西望,太阳已隐到山后了。田间小径上疏落的走着荷锄归来的农夫,隐约听到母牛哞哞的在唤着小犊同归。山色此时已由深紫而变为黝蓝,②苍然暮色也渐渐笼上山脚的树林,西天上独有一缕镶着黄边的白云冉冉而行。

然而我独喜欢北窗。那就全是光的问题了。

说到光,我有一致的偏向,就是,不喜欢强烈的光而喜欢清淡的光,不喜欢厰③开的光而喜欢隐约的光,不喜欢直接的光而喜欢返射的光。就拿日光来说吧,我不爱中午的骄阳,而爱"晨光之熹微"与夫落日的古红。总使亮度一样④,也觉得一片平原的光海,总不及山阴水曲间光线的隐翳,或枝叶扶疏的树荫下光波的流动。至于返光更比直光来得委婉。"残夜水明楼"是那般的清虚可爱;而"明月⑤照积雪"使你感到满目清晖。

不错,特别是雪的返光,在太阳下是那样霸道,而在月光下却又这般温柔。其实,雪光在阴阴天宇下,也满有风趣。特别是新雪的早晨,你一醒来,全不知道昨宵降了一夜的雪,只看从纸窗透进满室的虚白,便与平时不同,那白中透出银色⑥清晖,温润而匀净,使屋子里平添一番恬静的滋味。披衣起床,且不看雪,先掏开那尚未睡醒的炉子,屋里顿然煦暖,然后再从容的揭开窗帘一看⑦,呵,满目皓洁,庭前的树枝都压垂到地面上了。望望天,还是阴阴的,那就准知道这一天你的屋子会比平常更幽静。

至于拿月光与日光比,我当然更喜欢月光。在月光下,人是那般的隐藏,天宇是那般的素净,现实的世界退缩了,想像的世界放大了。我们想像的放大,不也就是我们人格的放大?放大到感染一切时,整

---

① 此句文字,《经世》本改"泰"为"适"、改"暖"为"热"。
② 此句《经世》本改为:"山色此时已由微红而深紫,而黝蓝。"
③ "厰"通作"敞",《经世》本已改为"敞"。
④ "总使"通"纵使",这是杨振声的习惯用法。另,此句中的"亮度",《经世》本改为"光度"。
⑤ "月"《经世》本作"清"。按,"明月照积雪"出自谢灵运的《岁暮》诗,《经世》本误改。
⑥ 《经世》本于此处添一"的"字。
⑦ "看"《经世》本误排为"着"。

个的世界也因而富有情思了。"疏影横斜水清浅,暗香浮动月黄昏",比之"晴雪梅花"更为空灵,更为生动;"无情有恨何人见,月晓风清欲坠时①",比之"枝头春意"更富深情与幽思;而"宿妆残粉未明天,每立昭阳花树边",也比"水晶帘下看梳头"更动人怜惜之情。

这里不止是光度的问题,而是光度影响了态度。强烈的光使我们一切看得清楚,却不必使我们想得明透;使我们有行动的愉悦,却不必使我们有沉思的因缘;使我们像春草一般的向外发展,却不能使我们像夜合一般的向内收敛。强光太使我们与外物接近了,留不得一分想像的距离。而一切的②文艺的创造,决不是一些外界事物的堆③拢,而是事物经过个性的镕冶,范铸出来的作物。强烈的光与一切强有力的东西一样,它压迫我们的个性。

以此,我便爱上了北窗。南窗的光强,固不必说;就是东窗或西窗也不如北窗。北窗放进的光是那般清淡而隐约,反射而不直接。说到返光,当然便到了"窗子以外"了,我不敢想像窗外有什么明湖或青山的返光,那太奢望了。我只希望北窗外有一带古老的粉墙。你说古老的粉墙?一点不错。最低限度也要老到透出点微黄的颜色;假如可能,古墙上生几片青④翠的石斑。这墙不要去窗太近,太近则逼窄,使人心狭;也不要太远,太远便不成为窗子的屏风;去窗一丈五尺左右便好。如此古墙上的光辉返射在窗下的书桌上,润泽而淡泊,不带一分逼人的霸气。这种清光绝不会侵陵你的幽静,也不会扰乱你的运思。它与清晨太阳未出以前的天光,及太阳初下,夕雾未兴⑤,湖面上的水光,同是一样的清幽。

假如,你嫌这样的光太朴素了些,那你就在墙边种上一行疏竹。有风,你可以欣赏它婆娑的舞容;有月,窗上迷离的竹影;有雨,它给你平添一番清凄;有雪,那素洁,那清劲,确是你清寂中的佳友。即使无

---

① 这两句出自陆龟蒙《和袭美木兰后池三咏白莲》诗,"坠"在原诗里作"堕",而《生活》本及《经世》本引此诗句均将"堕"误为"坠",这显然是因为"堕""坠"形近而误排。附按,由于苏轼《东坡题跋·评诗人写物》谓:"皮日休《白莲》诗云'无情有恨何人见,月晓风清欲堕时',决非红梅诗",所以人们长期以来一直误把这两句诗当作皮日休的诗句了。

② 《经世》本删去了这个"的"字。

③ "堆"《经世》本误排为"推"。

④ "青"《经世》本改作"清"。

⑤ "夕雾未兴",《经世》本改作"夕露未滋"。

月无风,无雨无雪,红日半墙,竹荫微动,掩映于你书桌上的清晖,泛出一片青翠,几纹波痕,那般的生动而空灵,你书桌上满写着清新的诗句。你坐在那儿,总使①不读书也"要得"。

三十三年三月,昆明。

节 约 时 间②

日月忽其不淹兮,春与秋其代序;
惟草木之零落兮,恐美人之迟暮。

——《离骚》

近来节约的法令,可算是无微不入了。节约是千应该、万应该,谁都没话说;可是几张法令,便可以做到节约,谁也不敢相信。节约是一种社会的德性,不是单靠法令所能奏效的。我尝那么想:美国人有钱而奢侈,英国人有钱而节俭,中国人既无钱又奢侈。英国人在战时为了省水,要大家洗澡的时候少放水,他们在洗澡盆里只放六寸水。请问中国人关上了浴室的门,他肯不肯严守法令?英国人直至现在,把自己精美的工业品如 Cashmere 的毛织物,Yardley 的香料品,Dunhill 的烟斗等,自己都不舍得用,卖到美国去换外汇。可是我见过中国的朋友,穿着从美国辗转买来的 Cashmere 的毛衣,吸着 Dunhill 烟斗,手里还擎着 Yardley 香水去送女朋友。

我们的公益道德已经堕落到一种奇怪的程度。人家以违背法令、破坏秩序为羞耻,我们却以这些行为相夸耀!这其中诚多由于政治低能,法令失效;但大都由于社会一般的道德堕落,或根本就未养成近代社会所需要的种种德性。

我想举时间节约为例,因为时间节约是一切节约中最基本的观念

---

① "总使"通"纵使",这是杨振声的习惯用法。
② 本文原载南京《新运导报》第 14 年第 6 期(总第 120 期),1947 年 12 月 31 日出刊,作者署名"杨振声"。

而又是法令所最无能力的。一切惜寸阴分阴的人,他绝对不会浪费东西。夏禹墨翟都是好例:"三过其门而不入"的夏禹,自然会"卑宫室"而"节饮食";"突不及黔"的墨翟,也自然会尚俭与"薄葬"。就只因为你爱惜时间,也必爱惜时间所产生的一切。况且时间节约下来,积少成多,一个人可作两个人三个人的事,生产增加更重于物质节约,所以说它是最基本。一个人浪费了时间,可以终身无成,但他并未犯法;千万人浪费了时间,可以使国家塌台,但是他们也未犯法,所以说法令无能为力。

  法令既无能为力,而时间节约又确是一切节约中最基本的观念,这个责任就落在个人及社会的道德范围以内。我感觉在近来,我们一切落后,而时间观念的落后,尤为一切落后基本原因之一。所谓道德,本是因时制宜的。我们过去许多道德观念,起于农业社会。在农业社会中,除了春秋农忙时,"日出而作,日入而息"之外,几乎就没有时间观念。"山中无历日,寒尽不如年"①。在农业社会中,这些生活实在是"优哉游哉,以永终日"。可是在近代社会中就要误事。

  也难怪,过去的农村里,并无钟表,可以告诉他们几点几刻,也没有什么铜壶滴漏,去享受"水滴铜龙昼漏长"。所以他们的时间观念,纵使有,也不过②是以一日廿四小时计算,而是以一年廿四个节气计算。这个习惯遗传到近代社会,便无从谈到信守时间。况且,乡村在农忙之外,各人手中一大把时间,正苦于无法排遣。一个要猴子戏的,可以轰动几村几镇;一个生客过路,也可以倾村聚观。这就说明前些日子报上小新闻一则,说一个外籍女画家在北平午门写生,聚而观者数十人。一人作画,几十人跟着浪费时间,外国人以为怪,中国人司空见惯,正是农业社会习惯的残骸。这残骸到处暴露,妨碍社会的进步。

  乡人在闲暇时访亲问友,正是一种美德,也是一种消遣,时间既不计算就不妨朝出暮归。若隔村相访,主人留茶留饭,流连终日。这习惯本再自然不过。可是遗传到近代的城市生活,就变成一种很大的时间消耗了。那就是所谓拜访。他不问你有事无事,也不管在上午下

---

  ① 句出自唐太上隐者《答人》诗,"寒尽不如年"当作"寒尽不知年",原刊或因"知""如"形似而误排。

  ② 从上下文义看,此处"过"字当是衍文。

午,来了就一坐大半天,他认为时间短了不恭敬,就使无从找话说,也就坐上点把钟。你若一天有三四位客人,就别想能作什么事。事情在你心里一件一件的催促,客人的话头却在东拉西扯,直至他尽礼而后去,你的事情便完全耽误了。又如乡人出门走远路本是稀有的事情,有之,亲友饯行惜别,情所难已。或远客归来,古旧无恙,于是杀鸡为黍,斗酒相劳。这机会本甚难得,你就觉其可乐。近代城市人,东西南北,月月有行。亲朋往返,几无虚日,走时就送行,来时要接风。其实又何尝有此闲情逸致?送行的人与被送的人相对无聊,心里都盼望飞机和火车快开吧,好割断这一番"窘劲"!外宾到了中国,没有不感觉宴会的痛苦。在农村社会里这是真情,在近代社会里便是假意,而这些假意代价可甚大。常见报上载着某要人到某处,亲至机场迎接者几十人至百余人。想见机场外汽车近百辆,一时气象颇为喧赫,可是这些外汇换来的汽油与几十人半日的时间都化在这些虚假上了!其他吊死有送三、送殡、阴寿;拜寿有暖寿、大庆;贺喜有嫁娶、小孩满月、过百岁。在乡村中这不独是友谊乡情,而实是单调生活中所必须的调节与表现。可怜近代城市中人他没这许多闲工夫,假若他的交游广而对自己的工作又不敢苟且的话。

　　总之,我们已生在现代社会中,而习惯还是中古的;城市已入工商业阶段,而道德观念还是农业社会的。于是发生了许多不调协以至虚伪;消耗许多有用时间以至使社会瘫痪。十个人开会,一个人晚到一点钟,其余九个人便消耗九点钟,九点钟者,一人一日之工作时间,这正是乡村习惯之显而易见者。其他无形中时间之消耗,真是"一日一钱,千日千钱,绳锯不断,水滴石穿",而社会焉得不麻痹,不瘫痪!

　　抑有进者,所谓时间消耗,在消极方面"饱食终日,无所用心"是消耗;在积极方面"群居终日,言不及义"也是消耗。我们姑不说那游堕满街,乞讨成群,是如此消磨国力,浪费人生;也不说那无聊聚会、不健康的娱乐是如何"可怜无益卖①精神"。单就那一般社会事业说,——有些是法令可能做到的,也不知有多少宝贵时间白白消耗了。中小学课程之重,可说全世界无与伦比。而中小学教科书,又请一些博而不精的人来编辑。大学毕业生编中学教科书,就把他所学的都编在中学

---

① 此处"卖"似应作"费",原刊可能因两字繁体相似而误排,但作"卖"也可通。

课程里,中学毕业生编小学教科书也同样要卖弄家当,不如此怕旁人说他们学识不够。可怜的是中小学生,他们消磨三分之一至一半可贵的光阴硬去记忆他们所不必须的教材。中小学生以千万计,请问时间总计,这消耗有多大?

政府及各机关,每开会便是十几人至数十人,不说他们会而不议,议而不决,决而不行,就使能够"坐而言,起而行"吧,而会议时各出席人不能作事,与出席人机关各部份又有多少人不肯作。并且人多口杂,一会半日无成,一个人一天开两次会,开得头昏眼花,什么事也作不好或竟作不成。其实有许多问题,专家三五人可以讨论解决了,何必牺牲十几人至几十人的时间呢;至于机关重复,事权不一,推诿或争执,都足徒耗时间。而每一机关人浮于事,责任不专,纠纷屡起,又使时间多耗,事功少就。甚至各机关之间,一个电话可以解决的事,而公文往返,积日累月,犹不能决,误事失机,虚掷岁月。我们不讲节约便罢,若讲节约,这些都是最至①命的消耗。

我们已经比人家落后一百年,若至今还用农业社会的时间观念以与人家工业社会的时间观念相比赛,那就真有牛车与飞机之别了。反之,若以我国人口之众,人人节约时间去增加工作效率及生产,不独不患人满,反可变入超为出超,变贫弱为富强。

文人与文章②

笑话! 文人与文章,天经地义的黏在一起,压根儿分不开! 这难道还有什么问题吗? 也当个题目来讨论!

一点也不错,就是为了文人与文章,太那么黏在一起了,问题就发生在这儿。文人作文章,就像女人擦粉一样,谁也不能说她不应该擦。可是,什么都不管,一天到晚尽擦粉,并不能就把她变成美人呀!

休怪我比拟不伦,一般所谓作文章,无非是把一样的话写得美一点,动人一点,那么与女人擦粉有何不同? 专从美与动人的地方下工夫,那与成天价擦脂抹粉又有何不同? 不但如此,男角唱小旦,唱的太

---

① 此处"至"当作"致",原刊排印有误。
② 本文原载《新路周刊》第 1 卷第 12 期,1948 年 7 月 31 日出刊,作者署名"杨振声"。

久了,下台也那么娇滴滴。文人专以美与动人取媚于读者,久而久之,他会不会也变成那么娇滴滴?过去多少文人,多数像戏台上的小旦,什么"粉白不去手"啦,"腰弱不能湾①弓"啦,"多愁多病身"啦,还有什么"潘郎""檀郎"啦,那简直就是小旦。小数则行为不检,好色贪财,打诨取笑,自命滑稽。那又像戏台上的丑角!这类文人,难怪有人摇头叹气道:"一为文人,便不足观!"

这都是"文人与文章"的关系害了他们。能写几句文章,便昂然自居为文人。一自居为文人,便一切与众不同了:旁人纵酒,叫作市井无赖;旁人好色,叫作登徒子。文人纵酒好色,却叫作"文士风流"。旁人为非作歹,叫作"小人而无忌惮",在文人却叫作"不拘小节"。旁人的痹气②怪,就叫作痹气怪,在文人却叫作"特立独行"。真的我认识一位朋友,他同太太离了婚,一点都不是太太的过错,而他却写了几首诗分送朋友,恕我记不得那些诗句了,仿佛是说太太不能欣赏他的文艺天才,因此也不能欣赏他许多与众不同的行为。如是他感到悲哀,感到曲高和寡,不得已而离了婚。文章一作,他便认为他的离婚完全对了,他的朋友也都认为他的离婚完全对了。看到吧,这文章的魔力,文人的特权!

其实呢,最为这种魔力所蛊惑的是他自己,最受这种特权损害的也是他自己。因为他就此忘记了作人,甚至忘记了怎样才能作文人。他流为轻薄,狂妄,孤僻。于是又有人摇头叹气道:"文人无行!"

让我们想想看,是不是文人就容易无行,或是必须无行?假使我们把文人与文章给他们分开,中间让他有点距离,这结论就可以恰恰相反。不必说古今中外多少好文章偏不是文人作的。就专讲文人吧,好文章也是生出来的,不是写出来的。生出来的文章就好比生出来的花果一样,清新而实在。因为这是一种生命力自然的表现。写出来的文章,顶多只是些纸花吧,看来未尝不美,可是它缺乏清新,更不实在。因是③这不是生命力的表现,只是些假模假样的玩意儿。尽管有人喜欢这个,但这个却不能算是文章。

---

① "湾"今通作"弯"。
② "痹气"通作"脾气",下同不另出校。
③ 从上下文义看,此处"是"当作"为",可能是作者笔误或原刊排印之误。

假使文人不甘扎纸花的话,顶好连那个文人的头衔都不要,先从作个"人"起码。干干净净的一个人,没有一点假借,一丝掩护,只是赤条条的一身,立起脚跟对人,对宇宙。在人生无穷尽的挣扎中,备尝生命的痛苦与欢欣,阅尽连珠式的成功与失败,在火的洗礼中涤除自身的罪恶,在鬼魔的世界里领取整个人类的不幸。

　　这样,他就不敢狂妄,何从轻薄?假使他不能和光同尘的话,那也不是由于孤僻,是他在自修的过程中——永远是过程——不能不忍受的寂寞罢了。

　　这样,也许他对人生感觉无话可说,那文人的花冠根本不会溅污①他的头颅。但是,他若不甘寂寞,还认为有要说话②,他也必从自己的经验中锻炼自己的语言。他无法从纸堆里去搜寻语言。因为那些语言是古人用来写他们自身的经验的。他的经验,只有他的语言才能表现,借来的等于张冠李戴。

　　这样,他的生活与工作,都是艰苦的。他被称为文人,是他的不幸。他写文章,是他的不得已。就像文同所说,画竹是他的病一样。那就与要作文人便写文章、写了文章便成文人的一种典型大大不同了。

---

① 此处"溅污"疑当作"玷污",可能是作者笔误。
② "有要说话"显有排印错误,当作"有话要说"。

"灵魂里的山川"之写照

——且说冯至对中国散文的贡献

"卓然成家"的冯至散文：
季羡林的高评价及其问题

冯至先生一生所写散文并不少，但谦抑的他可能自觉"岂有文章惊海内"，所以也便"不求闻达于文坛"了。或许，冯先生一直不以"文家"自居，正是其"文名"长期不彰的原因之一。直到1990年金秋冯先生迎来85华诞之际，季羡林先生发表了热情洋溢的贺文《诗人兼学者的冯至先生》，其中尤为推崇冯先生的散文成就及其对中国散文传统的继承云——

> 冯至先生的散文，同中国近代许多优秀的散文大家的作品一样——诸如鲁迅、郁达夫、冰心、朱自清、茅盾、巴金、叶圣陶、巴金、杨朔等的散文，是继承了中国优秀散文传统的。里面当然也有西方散文的影响，在欧风美雨剧烈的震动下，不这样也是不可能的。但其基调以及神情韵味等，则是中国的。恐怕没有人能够完全否认这一点。在这一点上，中国近代的散文，同诗歌、小说、戏剧完全不一样，其中国味是颇为浓烈的。……
> ……
> 冯至先生的散文，我觉得，就是继承了中国优秀传统的。不能说其中没有一点西方的影响，但是根底却是中国传统。我每读他的散文，上面说的那些特点都能感觉到，含蓄、飘逸、简明、生动，而且诗意盎然，读之如食橄榄，余味无穷，三日口香。……
> 总之，我认为冯先生的散文实际上就是抒情诗，是同他的抒

情诗一脉相通的。中国诗坛的情况,我不清楚;从下面向上瞥了一眼,不甚了了。散文坛上的情况,多少知道一点。在这座坛上,冯先生卓然成家,同他比肩的散文作家没有几个,他也是我最喜欢的近代散文作家之一。可惜的是,像我现在这样来衡量他的散文的文章,还没有读到过,不能不说是一件憾事了。①

应该说,到上世纪90年代,冯至先生的新诗、小说以及学术与翻译成就,都得到了高度一致的肯定,唯一尚未得到文坛和学界公认的,乃是他的散文成就,此所以季羡林先生要说:"可惜的是,像我现在这样来衡量他的散文的文章,还没有读到过,不能不说是一件憾事了。"在这种情况下,德高望重的学界耆宿兼散文名家季羡林先生断言:"冯先生(散文)卓然成家,同他比肩的散文作家没有几个",这论断可谓"一言九鼎",给当时的我留下非常深刻的印象。因为,那时我的毕业论文也涉及冯先生的散文,心里很喜欢,但限于论题,散文只是作为资料而未能就文论文,所以看到季羡林先生的评价,真所谓"于我心有戚戚焉"。

不过,我也要坦率地说,虽然很赞同季羡林先生的评价——"冯先生(散文)卓然成家,同他比肩的散文作家没有几个"——但季先生其余的判断,比如他说冯至先生主要继承了中国古代散文的传统,冯至的散文就是诗意盎然的抒情诗等等,却与我的阅读体会不很相合。我的体会是,冯至先生的散文,尤其是他在上世纪三四十年代的散文写作,虽不能说一点不受中国古典散文的影响,但其思想艺术的渊源显然更多地来自中欧的德语文学以及北欧文学,尤其是克尔克郭尔和里尔克两人思深文庄的随笔;诚然,季羡林先生称赞冯至散文有"含蓄、飘逸、简明、生动"等优点,这乍一看是不错的,但诸如此类的优点也可说是古今中外所有好散文的共性,所以它们并不能说明冯至散文的独特性;至于季羡林先生所谓"抒情诗"般的散文美感,却很难说是中国古代优秀散文的总体特质,冯至成熟期的散文也没有刻意追求此种质素。实际上,把散文视为与"抒情诗"一样富于诗性的抒情文体,乃是"五四"以来"浪漫主义—个性主义—性灵主义—抒情主义"的新文

---

① 季羡林:《诗人兼学者的冯至先生》,《外国文学评论》1990年第3期。

学思潮所建构的纯文学散文观,这个观念确实推动了抒情散文在现代中国的一支独大并复活了明清性灵小品,但也大大窄化了中国现代散文的视野、局限了现代散文写作的思路。当季羡林先生不自觉地袭用这种狭窄的现代散文观念来返照中国古代散文时,他由此获得的也就是一个片面的中国散文传统,而一个不可否认的事实是,先秦两汉的诸子散文、史传散文,通脱明辨的魏晋文章,唐宋直至清代古文中大量的"论议"散文,都与所谓"抒情诗"的散文传统相去甚远。总之,窃以为季先生用这样一些概念和观念来评论冯至的散文,并不能准确把握它的真特点和真优点,虽然我相信季羡林先生的确是真心喜欢冯至的散文。我甚至有一个感想:不少人都喜欢冯至的散文却又对之不敢赞一词,很可能就因为冯至的散文与所谓"抒情诗"的中国散文传统及其现代流脉不同,颇给人"陌生化"之感,此所以长期难以论定也。换言之,冯至与并世的著名散文家之不同,或许就因为他的散文不那么"中国化",而他的贡献也可能就在于此——冯至先生正是以不很"中国化"的散文书写丰富和发展了汉语散文的传统。

自季羡林先生的文章之后,学界对冯至散文的研究显然加强了,但或者别有旨趣而意不在文,或者局限于具体篇章的赏析,而迄未见对冯至散文之就文论文的整体性探究。然则,冯至散文的独特特点、卓越成就及其对中国散文的贡献究竟何在,仍是一个有待探讨的问题。今值冯至先生一百一十年诞辰之际,在此略述自己的一些体会,聊表纪念之意。我推测,季羡林先生的评价可能主要依据的是冯先生晚年的散文,我的讨论将集中于冯先生三四十年代的散文——那是他的散文写作的黄金时期,主要作品有《山水》集和"鼎室随笔"系列。

谦虚体察自然以及人事的朴素意义:
反"山水诗文"抒情传统的《山水》

无可讳言,冯至也写过"抒情诗"般的散文——就在他开始发表诗作的1923年,类似的散文也随之问世了,此后亦与诗俱进、新作不断,到了1930—1931年之际,冯至已发表此类散文三十余篇,数量颇不少,而所有这些早年的散文一例体现出与他早年的诗作同样的特点——都是浪漫中略带唯美的"抒情诗"格调。看得出来,冯至早年

"抒情诗"般的散文,一方面借鉴了西方浪漫—抒情诗文的传统,尤其深受最近的西方世纪末唯美—颓废派等后浪漫主义文学的感染,另一方面则继承了自魏晋到明清的名士—才子抒情诗文的传统,同时自觉不自觉地受到当年流行的郁达夫借景抒情的情调散文、徐志摩的诗意抒情散文以及周作人的小品化抒情美文之影响,换言之,年轻的冯至也走了一条借山水风物、田园故居等发抒幽情别绪的"抒情诗"散文之路,所不同的只是新诗人冯至的散文中多了一点他所谓"早岁感慨恕中晚"①(指中晚唐以来抒情寄怀的婉约诗词——引者按)的幽婉风致而已,而缺点也随之而来——由于散文的自由随意可以尽情抒发,所以冯至的这些"抒情诗"般的散文,往往失去了他在其"幽婉的"②抒情诗里的恳切、节制和含蓄,而给人感慨浮浅、感伤过甚之感,既缺乏鲁迅散文之洞达人性与人心的深度,也欠缺周作人散文之抒情的低调与冲淡。当然,拿年轻的冯至与周氏兄弟这样的文章老手相比显然是不公平的,此处只是想说明冯至早期散文也属于那个盛行的"抒情散文"新潮,并且"不幸"地湮没在这个"抒情散文"新潮中不为人知。而真正值得反省的,乃正是这个曾经盛行的现代"抒情散文"新潮之得与失。

对"五四"以来的"抒情散文"新潮之"得",新文学的先驱者们早就有言在先、肯定有加。如胡适在1923年2月发表的《五十年来中国之文学》,即以确信不疑的口气断言:"这几年来,散文最可注意的发展乃是周作人等提倡的'小品散文'。这一类的小品,用平淡的谈话,包含着深刻的意味;有时很像笨拙,其实却是滑稽。这一类作品的成功,就可彻底打破那'美文不能用白话'的迷信了。"③1933年8月,鲁迅在回顾初期新文学的成就时,也不胜欣慰地说:"到五四运动的时候,才又来了一个展开,散文小品的成功,几乎在小说戏曲和诗歌之上。这之中,自然含着挣扎和战斗,但因为常常取法于英国的随笔(Essay),

---

① 冯至:《杂诗九首》之一《自遣》,《冯至全集》第2卷第206页,河北教育出版社,1999年。
② "幽婉的"是鲁迅在30年代对冯至20年代诗作的评语,见鲁迅:《〈中国新文学大系〉小说二集序》,《鲁迅全集》第6卷第243页,人民文学出版社,1981年。
③ 胡适:《五十年来中国之文学》,此文初载于1923年2月《申报》五十周年纪念刊《最近之五十年》,此据《胡适学术文集·新文学运动》第160页,中华书局1993年。

所以也带一点幽默和雍容;写法也有漂亮和缜密的,这是为了对于旧文学的示威,在表示旧文学之自以为特长者,白话文学也并非做不到。"①这些著名论断后来成为主导中国现代文学史研究的权威判断。于是所谓新散文之成功更在新小说、新诗、新戏剧之上,也便成了无可置疑的文学史定论。就我所知,似乎唯一提出异议的是李健吾。那是在1936年2月,李健吾在一篇诗评中顺便质疑新散文的现代性之不足:"通常以为新文学运动,诗的成效不如散文,但是就'现代'一名词而观,散文恐怕要落后多了。"②记得三十年前初读李健吾此论,让我非常惊佩,只是他语焉不详,我也很纳闷他的判断理据何在。

现在看来,胡适、鲁迅的话和李健吾的话,各自说对了这个抒情散文新潮之一面。

可以理解,作为新文学先驱的胡适和鲁迅为了肯定新文学,自然会更看重新散文显然成功的一面——在各种新文体中,新散文的确以鲜明有个性的抒情叙事和漂亮有味的语言文体率先获得了文学上的成功,显示了白话的新文学也可以做到旧文学所自以为特长者,此所以胡适和鲁迅都乐于肯定它。而作为新锐批评家的李健吾则看到了事情的另一面,那就是新散文其实是中外对接、新旧妥协而半新半旧之产物——"五四"以后,来自西方的以浪漫主义、个性主义为基础的个性化抒情随笔,和源于中国名士才子之性灵主义、抒情主义的性灵小品,合和而成现代中国的抒情散文,其所抒写往往在外来的新面目之下表现着中国固有的名士趣味和才子情趣,这些趣味和情趣要在新诗里表达得恰切是一时难以见工的,但当把它们移位到格式自由因而更便于自我表现、尽可以任情挥洒的新散文中,就轻车熟路、顺理成章地早成和早熟了,显得像模像样、颇有味道和美感。可人们却很少看到这早成和早熟是得中有失的,而李健吾则洞见到了它的"失",认为那不过是熟门旧路之翻修,其现代性远比不上真正从头做起的新诗,所以他才质疑说:"但是就'现代'一名词而观,散文恐怕要落后多了。"

---

① 鲁迅:《南腔北调集·小品文的危机》,《鲁迅全集》第4卷第576页。
② 刘西渭(李健吾):《〈鱼目集〉》(该文写于1935年7月—1936年2月间),《咀华集》第133页,文化生活出版社,1936年。

这个迅速崛起的散文新潮，显然更偏爱和偏重抒情一路，用另一个散文家梁遇春的话来说，便是"国人因为厌恶策论文章，做小品文时常是偏于情调"①，而其抒情模式其实袭用了传统名士与才子文章最偏爱的"借景抒情、托物言志"之套路。这是一条早已被证明了富有诗意抒情效果和中国文章格调的路，所以喜欢抒情的新散文家们纷纷拥上了这条路。但到了 30 年代，这条借景抒情、托物言志的路日渐显现出其狭窄性和浮浅性：它的一目了然的寄托、"卒章显其志"的造作、沾沾自喜的情调、夸张过甚的感伤、拿腔拿调的修辞，都说明这条轻车熟路其实是一条似深实浅的林间小径，并非可致深广的文章大道，可许多新散文家却被它牢牢地束缚住了。当然，我无意全盘否定这个"抒情散文"新潮的艺术成就，只是那成就人们已说了很多，无须我再来重复述说，所以此处只说说它的未被人言说的局限和弊病。

冯至的散文集《山水》，就是他反思此种抒情套路之弊而独自探索、深造自得之结晶。

按，《山水》出过两版，第一版由重庆的国民出版社于 1943 年 9 月出版，此版收文过少，并且出版仓促，连作者的跋语都漏排了，所以抗战胜利后，冯至又在上海的文化生活出版社刊行《山水》第二版，此版增收了四篇文章，其篇目如后：《蒙古的歌》《赤塔以西》《赛纳河畔的无名少女》《两句诗》《怀爱西卡卜》《罗迦诺的乡村》《在赣江上》《一棵老树》《一个消失了的山村》《人的高歌》《山村的墓碣》《动物园》《忆平乐》。显然，《山水》第二版更为完善，但收文也不算多，不过十三篇文章，写作时间则跨越了 1930 年到 1944 年整整十四个年头，平均每年还不到一篇，足见作者写作态度之严肃和认真。

《山水》此名很容易让人想到古代文人别有感怀的山水诗文和现代文人寄情山水的抒情散文如《钓台的春昼》《桨声灯影里的秦淮河》等，其实《山水》恰是反"山水诗文"抒情传统的，而展现出一种回归自然的原始朴素、体察普通人事之本真的山水观、存在观和美学观。

第一篇《蒙古的歌》就显示出从浪漫好奇到严肃朴素的转变之端倪。冯至说，年轻时的他曾经从一篇苏联小说里读到关于蒙古的浪漫传说——"蒙古是一个野兽，是无愉快的，石头是野兽，河水是野兽，就

---

① 梁遇春：《〈小品文续选〉序》，《梁遇春散文全编》第 555 页，浙江文艺出版社，1992 年。

是那蝴蝶也想来咬人。"所以他一直对蒙古的自然与人抱着一种浪漫的奇情异想。可是后来听到一个接近过蒙古人的俄国人唱了一首蒙古民歌,那歌曲——

> 催眠歌似的,没有抑扬高下,使人如置身于黄土的路上,看不见山,看不见水,看不见树木,只有过了一程又一程的黄土。是的,在这歌里,霞都不会红,天也不会青,——是一个迟钝的人在叙说他迟钝的身世。歌中自然也有转折,无论往哪边转也转不出它那昏黄的天地。
>
> 唱歌人的态度却是严肃的。
>
> 这样的歌,在那"大漠孤烟直,长河落日圆"的境界里,似乎太不生色了。但如果是白日无光,冷风凄凄地吹着的下午,从一个孤孤单单的帐篷里发出来这个声音,也未必不相称吧。①

于是,冯至向那个俄国人询问这首蒙古歌词的意义,二人遂有了这样几段对话——

> "意义是很悲哀的,他们的马死了,他们在荒原里埋葬这匹马,围着死马哭泣;老人说,亲爱的儿子,你不等我你就死去了;壮年说,弟弟呀你再也不同我一起打猎了;小孩子叫声叔叔,几时才能驮我上库伦呢;最后来了一个妙龄的女子,她哭它像是哭她的爱人。"
>
> "就意义说,这是一首很好的哀歌呀,真想不到他们也有这样好的歌。但是声调怎么这样沉闷呢?我只觉得蒙古是一个野兽,无愉快的。就是蝴蝶也想咬人呢。像你们的一位作家所说的一样。"
>
> 俄国人似乎是在笑我幼稚,他说:
>
> "那不过是片面的观察罢了。什么地方没有好的歌呢。无论什么地方的人都有少男少女的心呀。不过我们文明人总爱用感情来传染人,像一种病似的。至于那鲁钝而又朴质的蒙古人,他们把他们的爱情与悲哀害羞似地紧紧地抱着,从生抱到死,我们

---

① 冯至:《蒙古的歌》,此据《冯至全集》第3卷第11页。

是不大容易了解,不大容易发现的。"①

所谓"文明人总爱用感情来传染人,像一种病似的",就含蓄地表达了冯至对"借景抒情、托物言志"这个古今一脉相承的抒情传统之反省。所以紧接着在第二篇《赤塔以西——一段通信》里,冯至就记述了自己赴德留学途径新俄的赤塔市,看到淳朴健康的人民和新鲜到近乎原始的自然,觉得再也不能像传统士人文人"停车坐爱枫林晚"那样移情自高了——

> 今天,已经不是昨天。白杨、赤杨、榆树、各样松柏一类的长青树,有的很高,有的小学生一般排成队依附在大树的旁边。血红的,阴绿的,焦黄的,色彩斑斓的叶子,没有风也是响着,飞舞着。很少行人,也少牲畜,令人想到原始的世界。色彩太鲜艳了,停车坐爱枫林晚,在这里车却无须停,因为这伟大的,很少经人道破的,美丽的树林是一望无有边涯的。②

写过这两篇文章之后,冯至就来到德国就读于海德堡大学。不久——1931 年春天,冯至即深深地被里尔克所吸引,于是购买了他的全集,开始学习和翻译。从冯至这一时期所翻译的里尔克《给一个青年诗人的十封信》《马尔特·劳利兹·布里格随笔》(选译)以及文论《山水》,和冯至后来所写纪念里尔克的文章《里尔克——为十周年祭日作》《工作而等待》以及《给一个青年诗人的十封信》"译者后记"和《山水》集"后记"里,可以看出里尔克独特的存在观、创作观和山水观多么及时而且深刻地影响了冯至此后的为人与为文。

即如里尔克反复倡言人要谦虚朴素地接近自然、严肃诚恳地承担万物。他说:"你接近自然,你要像一个原人似地练习去说你所见、所体验、所爱,以及所遗失的事物。"③又谓:"啊,人们要更谦虚地去接受、更严肃地负担这充满大地一直到极小的物体的神秘,并且去承受和感觉,它是怎样重大地艰难。"④因为,在里尔克看来,"自然是较为恒久而伟大,其中的一切运动更为宽广,一切静息也更为单纯而寂

---

① 冯至:《蒙古的歌》,此据《冯至全集》第 3 卷第 12 页。
② 冯至:《赤塔以西——一段通信》,此据《冯至全集》第 3 卷第 14 页。
③ 里尔克:《给一个青年诗人的十封信·第一封信》,《冯至全集》第 11 卷第 288 页。
④ 里尔克:《给一个青年诗人的十封信·第四封信》,《冯至全集》第 11 卷第 300 页。

窦。……人沉潜在万物的伟大的静息中,他感到,它们的存在是怎样在规律中消隐,没有期待,没有急躁。并且在它们中间有动物静默地行走,同它们一样担负着日夜的轮替,都合乎规律。"①由此,里尔克发展出了一种独特的"山水观",它与中国从古到今相沿不衰的"山水之人化""山水之诗化"的传统迥然有别,而主张还山水以质本自然的本来面目,进而主张人的世界也应该"山水化"——

> 在这"山水艺术"生长为一种缓慢的"世界的山水化"的过程中,有一个辽远的人的发展。这不知不觉从观看与工作中发生的绘画内容告诉我们,在我们时代的中间一个"未来"已经开始了:人不再是在他的同类中保持平衡的伙伴,也不再是那样的人,为了他而有晨昏和远近。他有如一个物置身于万物之中,无限地单独,一切物与人的结合都退至共同的深处,那里浸润着一切生长者的根。②

冯至显然深受里尔克的这种"山水观"的启发,此所以他在其散文集《山水》的"后记"里如此慨乎言之——

> 对于山水,我们还给它们本来的面目吧。我们不应该把些人事掺杂在自然里面:宋、元以来的山水画家就很理解这种态度。在人事里,我们尽可以怀念过去;在自然里,我们却愿意万古长新。最使人不能忍耐的是杭州的西湖,人们既不顾虑到适宜不适宜,也不顾虑这有限的一湖湖水能有多少容量,把些历史的糟粕尽其可能地堆在湖的周围,一片完美的湖山变得支离破碎,成为一堆东拼西凑的杂景。——我是怎样爱慕那些还没有被人类的历史所点染过的自然:带有原始气氛的树林,只有樵夫和猎人所攀登的山坡,船渐渐远离了剩下的一片湖水,这里,自然才在我们面前矗立起来,我们同时也会感到我们应该怎样生长。③

同样感人至深的,是里尔克那种关怀世间万物、体验一切存在的存在观和诗学主张,在这种大关怀的存在观及其诗学视野里,不再有

---

① 里尔克:《山水》,《冯至全集》第 11 卷第 330 页。
② 里尔克:《山水》,《冯至全集》第 11 卷第 330 页。
③ 冯至:《山水·后记》,《冯至全集》第 3 卷第 72—73 页。

人与物、主与客的分别,而对一切都一视同仁、达到浑融无间之境界,如他在《布里格随笔》里所恳切申说的——

> 我们必须观看许多城市,观看人和物,我们必须认识动物,我们必须去感觉鸟怎么飞翔,知道小小的花朵在早晨开放时的姿态。我们必须能够回想:异乡的路途,不期的相遇,逐渐临近的分离;——回想那还不清楚的童年岁月;想到父母……想到儿童的疾病,病状离奇地发作,这么多深沉的变化;想到寂静、沉闷的小屋内的白昼和海滨的早晨,想到海的一般,想到许多的海,想到旅途之夜,在这些夜里万籁齐鸣,群星飞舞,——可是这还不够,如果这一切都能想得到。我们必须回忆许多爱情的夜,一夜与一夜不同。要记住分娩者痛苦的呼喊和轻轻睡眠着、翕止了的白衣产妇。但是我们还要陪伴过临死的人,坐在死者的身边,在窗子开着的小屋里有些突如其来的声息。我们有回忆,也还不够。如果回忆很多,我们必须能够忘记,我们要有大的忍耐力等着它们再来。因为只是回忆还不算数。等到它们成为我们身内的血、我们的目光和姿态,无名地和我们自己再也不能区分,那才能以实现,在一个很稀有的时刻有一行诗的第一个字在它们的中心形成,脱颖而出。①

冯至1932年就翻译发表了里尔克的这段名言,1936年又在《里尔克——为十周年祭日作》一文里作了充分的阐发,肯认"这是里尔克诗的告白,同时他也这样生活着"②。并强调在里尔克的关怀诗学里,深广地关怀万事万物的经验和体验取代了浪漫诗学的情感中心论。

应该说,来自里尔克的启示正适合于冯至本人谦虚朴实的性格,所以对冯至的创作产生了非常显著的推动作用——不仅深刻地启发了他此后的诗歌创作,也深刻地校正了他正在进行中的散文写作路向——事实上,里尔克也深深地影响到冯至此后的生活态度。即就散文写作而言,只要稍为留心研读即不难发现,冯至正是在虚心吸纳和

---

① 里尔克:《马尔特·劳利兹·布里格随笔》,冯至摘译,《冯至全集》第11卷第331—332页。
② 冯至:《里尔克——为十周年祭日作》,《新诗》第1卷第3期,1936年12月10日出刊。

认真消化里尔克的山水观和存在观的营养之后,才赋予了他的"山水"系列散文这样三个迥异于人的特点和优点。

其一,与中国的山水诗文传统及其一脉相承的现代山水散文之瞩目于名山胜水不同,冯至的"山水"系列散文力戒那种相沿成习的夸张好奇、别有寄托的山水抒情态度,而将着眼点放在那些无名的自然风物上,努力还原它们朴素自然的本来面目,着力抒写它们无形中给予自己的感动和启示。这种观察和写作的姿态恰正是反"山水抒情"传统的,在中国山水诗文史上可说是破天荒的创举。对此,冯至在《山水》"后记"里有恳切的说明——

> 十几年来,走过许多地方,自己留下的纪念却是疏疏落落的几篇散文。或无心,或有意,在一些地方停留下来,停留的时间不管是长到几年或是短到几点钟,可是我一离开它们,它们便一粒种子似地种在我的身内了:有的仿佛发了芽,有的则长久地沉埋着,静默无形,使人觉得更是一个沉重的负担。我最难忘怀的,譬如某某古寺里的一棵千年的玫瑰,某某僻静的乡村礼拜堂里的一幅名画,某某海滨的一次散步,某某水上的一次夜航……这些地方虽然不在这小册子里出现,但它们和我在这里所写的几个地方一样,都交织在记忆里,成为我灵魂里的山川。我爱惜它们,无异于爱惜自己的生命。
>
> 至于这小册子里所写的,都不是世人所谓的名胜。地壳构成时,因为偶然的遇合,产生出不寻常的现象,如某处的山洞,某处的石林,只能使我们一新眼界,却不能使我们惊讶造物的神奇。真实的造化之工却在平凡的原野上,一棵树的姿态,一株草的生长,一只鸟的飞翔,这里边含有无限的永恒的美。所谓探奇访胜,不过是人的一种好奇心,正如菜蔬之外还想尝一尝山珍海味;可是给我们的生命滋养最多的并不是那些石林山洞,而是碧绿的原野。自然本身不晓得夸张,人又何必把夸张传染给自然呢。我爱树下水滨明心见性的思想者,却不爱访奇探胜的奇士。因为自然里无所谓奇,无所谓胜,纵使有些异乎寻常的现象,但在永恒的美

中并不能显出什么特殊的意义。①

其二,在冯至的这些"山水"系列散文中,当然不会忽视人的存在,但他们不再是指点江山的英雄名士,也不再是寄情山水的才子才女,而是如同自然一样朴素生存着的农民、市民、樵夫或猎人等等小人物,显示出作者对平凡的普通人的关怀和尊重,这是殊为难得的——在一向被名士才子所啸傲独占的中国山水诗文中,冯至如此这般的独特书写,也同样是首创。然则冯至为什么要这样关怀这些小人物呢?他在《山水》"后记"里也有诚恳的说明:"山水越是无名,给我们的影响也越大;因此这些风景里出现的少数的人物也多半是无名的:但愿他们都谦虚,山上也好,水边也好,一个大都会附近的新村里也好,他们的生与死都像一棵树似的,不曾沾污了或是破坏了自然。"②也因此,当我们读到"山水"系列散文里小人物之朴素自然的为人与处事,往往会生出由衷的感动和尊敬,获得朴素而深切的人生启示。

随便举一个例子吧,比如《忆平乐》里那个无名裁缝的故事。那是在1938年11月的一天,冯至和生病的妻子随着内迁的同济大学辗转路过广西的平乐,他想给妻子做一件夹衣,但因为第二天一早就要出发,裁缝们怕时间来不及,都不敢接忙;冯至恳求帮忙,并说愿意付加倍的工钱,终于有一个裁缝同意帮忙赶做、但表示工钱无须增加。于是——

> 我们把旅馆的地址留给他,继续到街上料理其他的琐事。晚饭后,一切都已收拾停当,我们决定早一点睡,至于那件夹衣,第二天清早去取,想不会有什么耽搁。想不到睡得正熟的时候,忽然有茶房敲门,说楼下有人来找。我睡眼朦胧地走到楼下,白天的那个裁缝正捧着一件叠得好好的夹衣在旅馆的柜台旁立着。他说,这件夹衣做好了,在十二点以前。
>
> 我当时很感动,我对于我的早睡觉得十分惭愧。我接过来那件夹衣,它在我的手里好像比它本来的分量沉重得多。我拿出一张一元的纸币交给那个裁缝,他找回我两角钱,说一声"一件夹袍

---

① 冯至:《山水·后记》,《冯至全集》第3卷第71—72页。
② 冯至:《山水·后记》,《冯至全集》第3卷第73页。

八角钱",回头就走了。我走上楼,把夹袍放在箱子里,又躺在床上,听着楼下的钟正打十二点。

　　六年了,在这六年内听说广西省也有许多变化,过去的事在脑里一天比一天模糊。入秋以来,敌人侵入广西,不但桂林、柳州那样的大地名天天在报纸上出现,就是平乐也曾经一再地在报纸上读到。当我读到"平乐"二字时,不知怎么,漓江两岸的风光以及平乐的那晚的经验都引起我乡愁一般的思念。如今平乐已经沦陷,漓江一带的山水想必还是和六年前没有两样,可是那个裁缝,我不知道他会流亡到什么地方,我怀念他,像是怀念一个旧日的友人。——朋友们常常因为对于自己的民族期望过殷,转爱为憎,而怨恨这个民族太没有出息。但我每逢听到一个地方沦陷了,而那地方又曾经和我发生过一些关系,我便对那里的山水人物感到痛切的爱恋。①

这样一个无名的小人物、这样一件普通的小事,却像广西的佳山水一样清正可爱;这样的散文朴素无华,却委实是上佳的好文章,它让人读了自然而然地增进对民族和人类的信心。

　　其三,与山水的自然和人物的朴质相一致,冯至的"山水"系列散文力避"山水抒情"诗文惯有的夸张渲染、刻意煽情之笔墨,凡所叙事都以严肃朴素的笔法表出之、凡所抒情皆以谦虚诚恳的笔调节制之,真所谓"行于所当行、止于所当止",给人凝重简练而又朴厚深远之美感。冯至散文的这种艺术境界,此前也只有周氏兄弟时或近之,但纵使能文如二周兄弟,可臻此境的文章也不多,至于同时或后辈诸子,则或者渲染过甚、或者煽情无度,几乎无人能企及冯至散文的艺术境界。这里不妨转录比较简短的《山村的墓碣》一篇,以概其余吧——

　　德国和瑞士交界的一带是山谷和树林的世界,那里的居民多半是农民。虽然有铁路,有公路,伸到他们的村庄里来,但是他们的视线还依然被些山岭所限制,不必提巴黎和柏林,就是他们附近的几个都市,和他们的距离也好像有几万里远。他们各自保持住自己的服装,自己的方言,自己的习俗,自己的建筑方式。山上

---

① 冯至:《山水·忆平乐》,《冯至全集》第3卷第69页。

的松林有时稀疏,有时浓密,走进去,往往是几天也走不完。林径上行人稀少,但对面若是走来一个人,没有不向你点头致意的,仿佛是熟识的一般。每逢路径拐弯处,总少不了一块方方的指路碑,东西南北,指给你一些新鲜而又朴实的地名。有一次我正对着一块指路碑,踌躇着,不知应该望哪里走,在碑旁草丛中又见到另外一块方石,向前仔细一看,却是一座墓碣,上边刻着:

一个过路人,不知为什么,
走到这里就死了。
一切过路人,从这里经过,
请给他作个祈祷。

这四行简陋的诗句非常感动我,当时我真希望我是一个基督徒,能够给这个不知名的死者作一次祈祷。但是我不能。小时候读过王阳明的《瘗旅文》,为了那死在瘴疠之乡的主仆起过无穷的想像;这里并非瘴疠之乡,但既然同是过路人,便不自觉地起了无限的同情,觉得这个死者好像是自己的亲属,说得重一些,竟像是所有的行路人生命里的一部分。想到这里,这铭语中的后两行更语重情长了。

由于这块墓碣我便发生了一种从来不曾有过的兴趣:走路时总是常常注意路旁,会不会在这寂静的自然里再发现这一类的墓碣呢?人们说,事事不可强求,一强求,反倒遇不到了。但有时也有偶然的机会,在你一个愿望因为不能达到而放弃了以后,使你有一个意想不到的得获。我在那些山村和山林里自然没有再遇到第二座这样的墓碣,可是在我离开了那里又回到一个繁华的城市时,一天我在一个旧书店里乱翻,不知不觉,有一个二寸长的小册子落到我的手里了。封面上写着:"山村的墓碣。"打开一看,正是瑞士许多山村中的墓碣上的铭语,一个乡村牧师搜集的。

欧洲城市附近的墓园往往是很好的散步场所,那里有鲜花,有短树,墓碑上有美丽的石刻,人们尽量把死点缀得十分幽静,但墓铭多半是千篇一律的,无非是"愿你在上帝那里得到永息……"一类的话。可是这小册子里所搜集的则迥然不同了,里边到处流露出农人的朴实与幽默,他们看死的降临是无法抵制的,因此于无可奈何中也就把死写得潇洒而轻松。我很便宜地买到这本小册子,茶余饭罢,常常读给朋友们听,朋友们听了,没有一个不诧异地问:"这是真的吗?"——但是每个铭语下边都注明采集的地名。我现在还记得几段,其中有一段这样写着:

> 我生于波登湖畔,
> 我死于肚子痛。

还有一个小学教师的:

> 我是一个乡村教员,
> 鞭打了一辈子学童。

如今的人类正在大规模地死亡。在无数死者的坟墓前,有的刻上光荣的词句,有的被人说是可鄙的死亡,有的无人理会。可是瑞士的山中仍旧保持着昔日的平静,我想,那里的农民们也许还在继续着刻他们的别饶风趣的墓碣吧。有时我为了许多事,想到死的问题,在想得最严重时,很想再翻开那个小册子读一读。但它跟我许多心爱的书籍一样,尘埋在远远的北方的家乡……①

文章短短千余字,写得极为凝练节制,绝无显山露水之态——既克制了借题发挥的议论、也省去了借景乘势的抒情,而语短情长、意味无穷,却绝非中国抒情诗文惯有的蓄意拿捏之含蓄风或有意为之的言外意。这样的文章无疑是地道的汉语好文章,可在从古至今的中国文章中从未之见,它们乃是冯至虚心观照、深造自得的艺术结晶。所以,《山水》集的确丰富和发展了汉语散文的传统,就其独特贡献而言,也只有此前鲁迅的《朝花夕拾》集堪与比肩。

严肃思考国人的实存状态与存在之道: 作为现代"知性散文"的"鼎室随笔"

很可惜,如此沉静粹美的"山水"系列散文,冯至后来未能继续写下去,那是因为"抗日战争时期中国的社会不容许我长此不变地写这

---

① 冯至:《山水·山村的墓碣》,《冯至全集》第3卷第57—59页。

样的散文"①——冯至如此说。当然,冯至的散文书写并没有因此停笔,而是因应着现实的要求转变了方向。据冯至晚年的回忆——

> 从1943年起,昆明涌现出几种小型周刊,先有《生活导报》、《春秋导报》,后有《自由论坛》、《独立周报》等,很受读者欢迎。这些周刊的编者都善于组稿,他们也找我给他们写点东西,我答应下来,就一发不可收拾,我在报纸上看到什么奇闻,在街头遇见什么怪事,翻开书本有点什么心得,朋友交谈得到什么启发……我都信笔把这些写成短小的杂文。热心的编辑把文章取去,三五天后就模模糊糊地在黄色的、粉红的、浅绿的(很少是洁白的)土纸上印了出来。拿到手里也是一种快乐。有时不愿自己的名字在小报上出现的次数过多,我曾在1944年用"鼎室随笔"四个字代替署名。有人问,鼎室这个名称是怎么来的。我说,外边的道路坎坷,室内也不平坦,到底是古人聪明,他们的容器不用四条腿而用三条腿,地上无论如何不平都能站得稳。②

晚年的冯至称这些文章为"杂文",当是勉遵当代文坛与学界习惯的随俗之言,其实冯至当年写它们的时候是自称为"鼎室随笔"的。现在看来,还是称之为"随笔"更为恰切。然则,冯至的"鼎室随笔"与司空见惯的"杂文"区别何在?而作为"随笔",它与人们比较熟知的英语随笔又有什么差异?……或许通过辨析这些差异,正可以说明冯至随笔的特色。

诚然,冯至的"鼎室随笔"与一般所见杂文似乎颇有相似之处。从这些写于战时的随笔文字中,读者不难发现随处都有批判现实、议论时事以至驳难时论的内容。在这方面冯至未尝不受他很赞赏的两个欧洲论战家尼采、克尔凯郭尔以及伟大的中国论战家鲁迅的影响,但冯至生性不是一个好斗和好胜的人,而严肃诚恳的为人为文态度,也使他无意把自己的批评性随笔写成尼采和鲁迅那样常常自信满满、所向披靡的论战性杂文,更无论等而下之的"骂人"杂文了,毋宁说冯至所要力戒的,乃正是从《语丝》派到左翼的杂文家引以为傲的嬉笑怒骂

---

① 冯至:《诗文自选琐记》,《冯至全集》第2卷第182页。
② 冯至:《诗文自选琐记》,《冯至全集》第2卷第182—183页。

之流气、道德自高之霸气和文化政治上的诛心之论,此所以他在其"鼎室随笔"中对时事和时论的批评,始终坚持着诚恳商榷的论议态度、对事不对人的严肃界限和就事论事的说理伦理,这恰与西方近现代批评性随笔在伦理和论理上所持守的严肃性是一致的。

比如1944年的3月和5月,冯至就两度为文批评过大名鼎鼎的陈寅恪和梁漱溟的言论。

按,抗战时期的陈寅恪已是学界公认的史学泰斗,可是坦率地说,这位史学大家同样也难免盲点和缺点,除了在学术上时有钻牛角尖的执拗外,过重的旧世家子弟之积习使他颇多自矜自怜的遗少气,而历史的博学在他往往成了沉重的历史包袱,反而使他看不清抗战的前途,以至于作出以古例今甚或以古乱今的悲观预言,所以冯至给予了严肃恳切的批评——

> 什么是以古乱今呢?一个现象的演成有种种复杂的因素,政治的、经济的、社会的,自然也短不了历史的。过去的一件事与现在的一件事,无论如何类似,可是彼此组成的因素绝不能完全相同。若是把两件事只就表面的相似并论,而不顾及它们组成的因素,则很容易使人戴上历史的眼镜观看现在,模糊了现在的本来面目。一位著名的史学家,他"读史早疑今日事",由于东晋与南宋都没有能够恢复中原,便写出"南渡自应思往事,北归端恐待来生"这样没有希望的诗句。这位史学家,在当前的史学界是有杰出的贡献的,但是这两句诗所表达的看法却很不妥切。我们对于现在的种种现象,最好就事论事,才不至失之支离。援引古事以推论现在,与复古主义者援引古事以支持一个日趋腐朽的势力,不管二者的出发点是怎样不同,却都是同样容易犯张冠李戴的时代错误。①

文中所说的那位慨叹"读史早疑今日事"的史学家就是陈寅恪。而冯至主张"我们对于现在的种种现象,最好就事论事,才不至失之支离。援引古事以推论现在,与复古主义者援引古事以支持一个日趋腐朽的

---

① 冯至:《论历史的教训》,《冯至全集》第4卷第103页。按,该段所引陈寅恪的几句诗分别出自其《残春》和《蒙自南湖 戊寅夏作》,两诗都作于1938年。

势力，不管二者的出发点是怎样不同，却都是同样容易犯张冠李戴的时代错误。"这无疑是中肯之论。冯至在文末更援引小学时读过的一则故事，对那些执迷于以古例今的人发出了恰切而且恳切的提醒——

  一个商人坐在一只海船上，商人问船上的水手，你的父亲是怎样死的呢？水手回答，父亲是水手，在水里淹死了。商人又问，你的祖父是怎样死的呢？水手又回答，祖父也是水手，在水里淹死了。商人惊讶地说，那么你为什么还当水手呢？水手不回答，只是反过来问商人，你的祖父与父亲是在什么地方死的呢？商人回答，都是在床上。水手也同样惊讶地说，那么你为什么还敢在床上睡眠呢？

  祖父与父亲都在水里淹死了，在这商人的眼里可以说是历史的教训。但是这教训并不能阻止他们的子孙充当水手继续在海上奋斗。一个民族也应该像这个勇敢的水手似地看待过去的历史的教训。①

至于梁漱溟，青年时代的冯至对他很尊敬，但也有疑议——"我在大学时，听过他的讲演，那时觉得他态度诚恳，言行一致，使人钦佩。但是他谈到西洋的文化或西洋人的人生态度时，却给人以一种'强不知以为知'的印象。"②梁漱溟的这种"强不知以为知"的习气后来有加无已，引起冯至质疑的乃是梁漱溟后来的又一篇文化比较谈《三种人生态度》——

  二十余年后的今日，无意中又见到梁先生的一本小书《朝话》。里边有一篇短文叫做《三种人生态度》。他把人生态度分为三种：逐求、厌离、郑重。第一种是西洋人的，第二种是印度人的，第三种是中国人的。关于印度的和中国的思想，梁先生深有研究，我不敢妄加雌黄；惟有关于第一种，我真不敢苟同。他这样说：

  第一种人生态度，可用逐求二字以表示之。此意即谓人于现实生活中逐求不已：如饮食、宴安、名誉、声、色、货、利

---

① 冯至：《论历史的教训》，《冯至全集》第 4 卷第 104—105 页。
② 冯至：《逐求》，《冯至全集》第 4 卷第 42 页。

> 等,一面受趣味引诱,一面受问题刺激,颠倒迷离于苦乐中,与其他生物亦无所异;此第一种人生态度(逐求),能够彻底做到家,发挥至最高点者,即为近代之西洋人……
>
> 我读到这里,不觉发生了疑问:这真是西洋人的吗?广泛言之,可以说一切人都是这样,但是一比较,却更是中国人的。……
>
> 可是,我也不否认西洋人的人生态度是逐求的,不过跟梁先生所列的那些项目有些不同。他们逐求的是什么呢?我们在他们历史上看得清楚:真理、人权,他们为了这些不惜牺牲生命,而我们这里却有不少人为了吃,为了色,为了金钱,不惜牺牲生命。①

这是批评性随笔所应有的恳切说理之风度,而非论战性杂文所常见的嬉笑怒骂之做派。顺便说一下,1947年12月冯至曾为文专论"批评"与"论战"之区别,最后的结论是——

> "平理若衡,照辞如镜",是批评家应有的风度,"予岂好辩哉,予不得已也",是论战家在自身内感到的不能推脱的职责;批评家辨别是非得失,论战家则争取胜利;前者多虚怀若谷,后者则自信坚强;前者并不一定要树立敌人,后者往往要寻找敌人;前者需要智力的修养,后者则于此之外更需要一个牢不可破的道德:正直;批评如果失当,只显露出批评者的浮浅与不称职,若是一个论战家在他良心前无法回答那些问题,他便会从崇高的地位翻一个筋斗落下来,成为一个无聊而丑恶的人。②

这辨析切中肯綮,尤其是对论战杂文的危险之警告——若一心克敌制胜因而道德自高、师心自用、无所不为、任性而作,往往会走向反面、跌入丑恶——是值得杂文家深长思索的。

至于冯至的"鼎室随笔"与英语里的批评性随笔之异同,则需要略作解释。按,自18世纪初斯梯尔和艾迪生主编《闲话者》和《旁观者》以来,致力于社会道德和文化政治批评的报章文字,就成为英语随笔的主要趋向,中国"五四"以来报刊上所兴发的随感录杂文,其直接的文化渊源就是英语报刊里的批评性随笔,而并非什么子虚乌有的中国

---

① 冯至:《逐求》,《冯至全集》第4卷第42—44页。
② 冯至:《批评与论战》,《冯至全集》第4卷第128页。

古代"杂文"①之复兴。只是"五四"以来中国报刊上盛行的随感录杂文，往往有激于现实的恶劣和传统的沉重而偏多愤懑极端之论，故此大多偏离了英语批评性随笔的温和、节制与善意态度。冯至的"鼎室随笔"之批评却态度诚恳、分寸严谨，这看来倒是与英语随笔的批评态度比较相近，但推究起来，冯至的诚恳与严谨首先根源于他的性格和修养，而并非来自英语随笔的启发。真正给冯至以启发的，乃是克尔凯郭尔、雅斯贝斯和里尔克的思想与文章，所以"鼎室随笔"虽然缺少了英语里批评性随笔的幽默风趣之风度，但冯至于随笔书写中深入反思国人实存状态并进而提点在世为人的存在之道，这种思想深度却是英语里的批评性随笔所欠缺的。

诚如晚年的冯至所坦承的，他的这些战时随笔"也是我个人当时的思想记录，其中有不少主观的不切实际的议论，西方资产阶级文学哲学的影响随处可见，但也不能完全否定，个别地方不无可取之处"②。所谓"主观的不切实际的议论"自然是谦词，所谓"资产阶级文学哲学的影响"，主要就是存在主义和现代派文学的影响，尤其是来自尼采、克尔凯郭尔、雅斯贝斯和里尔克等存在主义哲人及诗人的影响，不仅深刻而且也很积极——正是在他们的启发下，冯至对国人的消极不健康的实存状态有了深刻的洞见，于是著文予以严肃恳切的纠正。

即如在《忘形》和《自慰》二文中，冯至对国人实存状况的两种人格类型——"忘形者"（包括"得意忘形者"和"失意忘形者"）和"自慰者"作了通俗的存在分析。不论是"忘形者"还是"自慰者"都在逃避自我承担的存在责任、让自己陷于自欺妄为的存在状态里不能自拔。尤其是"忘形的失意者"，可说是冯至对国人实存状态的过人发现，他精辟地指出："忘形的失意者爱把自己当作一个世上最不幸的人，可以例外看待，一般人行为里的节制他也无须遵守；同时他并不自省，他的失意是否这样深，纵使这样深，他更不了解应该怎样担当这样的失意。

---

① 按，在古代中国，杂文乃是一个分类名称而非文类概念——古人往往把一些无法归类的文章归入"杂文"，如《文心雕龙》将"七""对问""连珠"等总名曰"杂文"，后来文章样式日益繁多，无法归类者日盛，纳入"杂文"者也就日益芜杂。至于所谓古代"杂文"或"小品"之典范如皮日休的《皮子文薮》、陆龟蒙的《甫里集》《笠泽丛书》、罗隐的《谗书》等，那不过是现代人追加的不虞之誉，其实皮日休、陆龟蒙和罗隐的文集都属集部，它们在文章体制上追随的乃是诸子文系统论说的传统，与现代杂文或小品并不相同。

② 冯至：《诗文自选琐记》，《冯至全集》第2卷第183页。

因此自己的不幸就被看作是人间最大的不幸,在这最大的不幸的笼罩下,他就为所欲为了。"①这种自欺妄为的生活做派自古以来就相传不绝,尤其是士人—知识分子中有不少人都习惯以"失意"为由而"忘形"到任性妄为。有鉴于此,冯至转而倡导一种自我担当的存在之道:"人之可贵,不在于任情地哭笑,而在于怎样能加深自己的快乐,担当自己的痛苦,那些临死时还能保持优越姿态的人,犹如嵇叔夜最后一曲的《广陵散》,我们只有景仰赞叹。"②至于冯至所批评的"自慰者",其可悲之处乃在于"看见人家有什么长处,便说自己曾经有过","看见自己有什么短处,便说人家也有"。③ 这大略相当于鲁迅所揭示的"精神胜利法",乃是国人最不长进的精神痼疾和实存状态,所以冯至既严肃地痛下针砭,同时也恳切地提出救济之道云:"消极的自慰只能使人苟且偷生,积极的自责却能使人活得更像样子。在'民族复兴'成为盛极一时的口号的时代中,我希望大家自责能多于自慰。"④

应该说,冯至的"鼎室随笔"之过人的思想深度确实缘于存在主义哲学的启发,但由于冯至运用随笔这种平易近人的文体予以亲切感人的发挥,所以它们与议论滔滔的杂文以至于抽象推论的议论文判然有别,显示出深入浅出的文章艺术。如在《认真》一文中,冯至先从不认真的日常现象谈起,接着是对在中国很普遍的不认真习惯之批判,态度严肃而诚恳——

> 一个人对他自己的工作漫不经心,该是多么大的一个罪恶。没有一只鸟搭它的巢,没有一群蜂建筑它们的窝,不是用尽它们所能尽的心力,认真去做;而人的不认真如今却成为普遍的现象。做桌子的木匠并不感觉不安,反而说:"长短差几分有什么关系,一张桌子上的一条腿总不免要用一块木屑垫一垫的。"陶工也仿佛在说:"茶壶嘴倒不出茶水来,不会揪起壶盖来倒吗;罐子没有盖,用罐子的人在必要时总会找个东西把它盖上的。"他们言外之意像是为了生活,不得不制作,至于怎样运用这些用具,是用者的

---

① 冯至:《忘形》,《冯至全集》第 4 卷第 15 页。
② 冯至:《忘形》,《冯至全集》第 4 卷第 15—16 页。
③ 冯至:《自慰》,《冯至全集》第 4 卷第 32 页。
④ 冯至:《自慰》,《冯至全集》第 4 卷第 32 页。

事,与制作者不相干。他们把他们的作品推出门去,只换一些生活上的用资,有如一个悖乎常情的残忍的母亲,把她的女儿卖给人家,一生不愿再见女儿的面。①

最后水到渠成,提倡一种认真负责的生存态度,这种态度其实带有存在主义的意味——

> 科学教给我们,事事不容有一点含糊(好像数学里的"四舍五入"都是一种万不得已的办法),我们为什么不把那点科学精神运用在我们的生活上边呢?我爱慕那些认真的人。据说王羲之写字时,若是发现有一笔放的位置不妥当,他当时所感到的痛苦便像是瞎掉一只眼,失却一只胳臂似的,感到生命有一部分残缺了。《檀弓》里曾子易箦的故事是很感动人的,这故事常常使我联想到一个法国诗人临死时的一件事:那是 Felix Arvers,他卧在医院里的床上,他正在平静地死着,看护他的修女以为他已经死去了,便大声向外边叫喊,寻找一些东西;但她不是受过教育的女子,有些字音说不准确,把 corridor(走廊),说成 collidor 了。这诗人于是把他的死亡往后推迟了片刻,他认为是必要的,就是向那个修女讲明,并且纠正她,说这个字中间有两个字母是两个"r",而不是两个"l"。里尔克在他的小说《布里格随笔》里记载了这段故事,他说:"他是一个诗人,他憎恨'差不多';或者这事对于他只是真理攸关,或者这使他不安,最后带走这个印象,世界是这样继续着敷衍下去。"……现代哲学家雅斯丕斯曾对此说过这样的话:"任其自然,觉得事体不关重要,是走向虚无、走向世界从内心里破碎的道路。"——在事事不求认真的社会,真使人担心要走向这条可怕的道路。②

作者就这样由浅入深地将"认真"提到了存在哲学的高度(所引雅斯丕斯通译雅斯贝斯,他和里尔克就是存在主义哲人或诗人),但又没有一点玄虚,对"认真"的生存态度给予了深入浅出的解说。

批评性的随笔当然也是有破有立的,但与论战性杂文之断然破

---

① 冯至:《认真》,《冯至全集》第 4 卷第 4—5 页。
② 冯至:《认真》,《冯至全集》第 4 卷第 6—7 页。

立、不容稍让的凌厉态度不同,冯至的"鼎室随笔"之破立则诉诸人的感性经验和知性的理解力,所以立意虽然严肃,而在表达上则力求通过生动的事例之启示,让读者自然而然地达致存在意识之自觉。比如,在《"这中间"》一文中,冯至所要破除的乃是那种企望仙境、自足自了的存在幻念,旨在张扬一种分担共在、相互关情的生存态度,但冯至并不从说理入,而是着重叙述了这样一个故事:在18世纪中叶瑞士的法隆,有一位青年矿工因事故而被压在矿井之中,五十多年后人们无意中发现了他的尸体,由于一种防腐性矿水的浸润,这矿工的尸体保存完好,宛然如生。有人很歆羡这位青年沉睡了五十年,幸免了多少人间的苦难,可问题是免去了这一切,这位青年的五十年间岂不是个大空白!所以在叙述了这个故事之后,冯至深为感慨地说——

> 死者无知,万一他有知,万一他的精神和身体一样完好地被保存了这么久,那么他一旦醒来,看见有这么多事迹从他身边滑过,他不曾有过一分一厘的分担,他或者会感到无限的惆怅罢。由于这段故事,我不知怎么总联想到道教里烂柯山上一局棋世上已是百年和"山中方七日,世上已千年"……一类的传说。我不知这类的传说含有什么意义?我不知道亲临其境的人会觉得是幸呢还是不幸?人生的意义在乎多多经历,多多体验,为人的可贵在乎多多分担同时同地的人们的苦乐。假如有意或无意地躲开了许多人间的苦乐,而在所谓"仙境"里同些没有人性的仙童仙女们混了一些时候,纵使是又带着意识和感情回到人间,这又与那个法隆青年矿工的尸体有什么分别?①

在这里冯至触及了个体存在的充实与人类的"共在"之关系这个重大问题。他想强调的是,个人要想获得充实的生命和真实的存在,只有在"在世"中、在与他人的"共在"中才能实现,而非自私自了的互不关情就可达成。但冯至对这个"存在之道"之揭示并不是通过雄辩的议论来表达,而是借助于一个生动有味的故事委婉提点的,因此更为亲切而感人。这个例子表明,冯至的"鼎室随笔"虽以深切的存在之思取胜,但仍然葆有足够的散文艺术。

---

① 冯至:《"这中间"》,《冯至全集》第4卷第55—56页。

与深切的存在之思相契合,冯至的"鼎室随笔"等一系列批评性随笔之语言,力戒华美,不求洒脱,没有幽默,而一例表现出平和恳切而又凝重深厚以至庄重肃穆之美。这种语言特点,除了冯至沉静内向的性格使然,也与他长期从事中欧与北欧文学的译介和研究有关,尤其与来自克尔凯郭尔、雅斯贝斯和里尔克等人思深文庄的随笔之熏陶,有很大的关系。这里不妨举一篇比较长的文章《决断》为例。此文先从决断的历史先例如画家米勒在困苦的生活与艺术的坚守之间做出决断、王羲之和陶渊明毅然解印去官的决断说起,接着引出存在主义哲人克尔凯郭尔(冯至旧译为"基尔克戛尔特"——引者按)关于决断的名言——

  我在从先的一封信里说:爱,给一个人的本质一种谐合,这谐和是永久不会完全失却的。现在我要说,选择赋予一个人的本质一种庄严,一种永久不会完全失却的寂静的尊荣。有些人把一个非常的价值放在这上边,即是有一次面对面看见过一个伟大的人物。他们永久忘不了这个印象,这印象给他们的灵魂一个理想的图像,使他们的本质高贵化;然而就是看见伟大人物的那瞬间,不管它怎样富有意义,但比起在选择的瞬间还是毫无意义的。如果在人的四围一切都是寂静的,庄严的,像一个星光历历的夜,如果这灵魂在全世界中单独地与自己为伴,这时迎面而来的不是一个杰出的人,却是那永久的力,这好像天敞开了,并且这个自我选择他自己,或者说,这个自我在迎接他自己。这时灵魂看见了最上的崇高,绝不是庸俗的眼睛所能看见的,却也是永久不会被忘却的,这时这个人格接受了骑士受勋礼,使他永久高贵化。①

然后冯至发挥道——

  基尔克戛尔特在这里描绘出人在选择——也就是决断——时可能感到的崇高的境界。我每逢读到这里,没有一次不被这莹洁而有力的文字所感动,没有一次不联想到米勒那样的坚持与王羲之陶渊明那样的一跃。——但是另一方面,世界文学中许多伟

---

① 转引自冯至:《决断》,原载1947年8月出版的《文学杂志》第2卷第3期,收入《冯至选集》,《冯至全集》第4卷据《冯至选集》编入,但"选集"和"全集"本有删改。此据《文学杂志》第2卷第3期引录。

大的作品却更善于述说歧路徬徨,难于决断的苦恼。莎士比亚在丹麦王子的独白里提出"生,还是不生——这个问题",成为千古的绝唱;屈原在《卜居》里一口气说出他放逐后不知取什么生活态度才好的矛盾的心情;浮士德内心里两个灵魂的冲突——一个要执著尘世,一个要摆脱尘世——主宰着全悲剧的进程。谁读到这些地方,对于这种可此可彼、何去何从的徬徨的心情不感到深切的同情呢?但如果我们不滞留在只是同情上边,便立刻在那两部悲剧的幕后会听到一个雄浑的呼声:"你要决断!"在《卜居》里则更为明显,太卜郑詹尹把"用君之心,行君之意"作为对于犹豫不决者的回答,这句话语调虽然很温和,但在意义上却和决断的呼声没有两样。这呼声也许使懦者不敢向前,使强者凛然生畏,可是在凛然生畏中含有沉重的、真实的人生意义。在这呼声中我们看见浮士德由于不断的追求与努力得免于成为魔鬼的俘虏,但哈姆雷特和屈原则归终不免于死亡。

生,需要决断,不生,也需要决断。一个人从事一个事业,一个民族从事一个战争,若是走到最艰难的段落上,便会发生一个严重的问题:继续奋斗呢,还是断念?继续奋斗需要决断,断念也需要决断。前者的决断固然是坚毅的,后者的决断也未必完全是怯懦的。决断前或许会使人有一度陷入难以担当的苦恼,但生命往往非经过这个苦恼不能得到新的发展。——孟轲曾经以他伦理家的口吻用鱼与熊掌的取舍比喻生与义的取舍,事实上这个比喻是不很恰当的,因为生与义的取舍绝没有鱼与熊掌的取舍那样轻易;换句话说,越是艰难的决断,其中含有的意义也越重大。①

看得出来,冯至的散文语言显然受到他所敬仰的克尔凯郭尔的熏陶,却没有令人讨厌的欧化气,而成功地转生为朴素而优雅、凝重且庄重的汉语,与文章的内容相得益彰。这样的语言造诣,在从古至今的汉语散文中是很少见的,既给人亲切恳切之感,又让人肃然起敬。

---

① 冯至:《决断》,据1947年8月出版的《文学杂志》第2卷第3期所刊文本引录。

正如《决断》所表明的,冯至写于抗战及40年代的随笔文章,往往从不显著处反思国人的实存状态、提点积极健康的"存在之道"。这样的文学行为绝非无所谓的"纯文学"笔墨,它们其实都包含着一个严肃崇高的志愿,即通过对我们民族的存在方式之批判,唤醒个人的生命活力和存在的自觉,并经由由个人的自觉达到"民族的自觉"和"民族的复兴"。

从中国现代散文史的角度看,冯至的"鼎室随笔"系列,显然属于在抗战及40年代艰难时世中崛起的评论短刊所催生的"知性散文"之列。此前,我曾在一部现代文学史著里概述过中国现代知性散文作家群——

> 直至四十年代,这类散文才获得了显著的发展,就中颇为杰出的便是梁实秋的《雅舍小品》、钱锺书的《写在人生边上》、冯至的《决断》、《认真》诸文、李霁野的《给少男少女》以及杨振声的《拜访》、《被批评》等。他们都形成了自己独特的风格。梁实秋漫谈人情世态,简劲通脱;冯至分析实存状态,严肃深沉;钱锺书俯察人生诸相,机智超迈;李霁野指点人生迷津,风趣通达;杨振声批点礼俗虚文,谑而不虐:凡此皆卓然不群,独步一时,并且都保有文章之美而不陷人于理障。①

也是在那里,我曾简略地论及冯至的知性散文的独特性——

> 冯至的知性散文颇富生命—存在哲学的意蕴,却并不表现为抽象的说理,而始终不离日常生活的经验,谈说具体恳切,没有一点玄虚,给读者的是生动可感的印象和深入浅出的启发,其引人入胜之美与耐人咀嚼之味,远非装模做样的"哲理散文"可比,也与驳难论战的杂文及纯然论事说理的议论文有别。②

在此想略作补充的是:"论议"在中国古典文章中一直绵延不绝、号为大宗;而自庄、孟以来,此类文章便很尚气,到曹丕乃自觉"文以气

---

① 严家炎主编:《二十世纪中国文学史》中册第312—313页,高等教育出版社,2010年。
② 同上书,第314页。

为主"(《典论·论文》),后来韩愈更有"气盛言宜"(《答李翊书》)之论。然而,正唯"气盛",古人的论议便往往难免过甚之词以至过情之论。冯至的"鼎室随笔"则因为秉持谦虚的知性态度,所以旨趣严肃、不为意气之论,立言恳切、力戒过甚之词,为中国的论议文章开拓了一个平心静气、就事论事、论析恳深的新境界。

2015年8月29日—9月13日草于清华园之聊寄堂。

感时忧国有"狂论"

——《战国策》派时期的沈从文及其杂文

评论短刊的崛起和随笔杂文的繁荣：
一个被忽视了的战时文坛景观

大约从1938年开始，评论性的小刊物相继崛起于大后方的昆明、重庆等地。诸如《新动向》(昆明,1938年6月创刊)、《今日评论》(昆明,1939年1月创刊)、《战国策》(昆明,1940年4月创刊)、《星期评论》(重庆,1940年11月创刊)、《当代评论》(昆明,1941年7月创刊)等都在此列。这些刊物的篇幅皆为十六开，多在三十页左右，一周、半月或一月一出，可称为评论短刊，它们所刊发的多是关于时事政经的评论分析和感怀时事的随笔杂文等比较简短的文字，而支撑它们的编者、作者大都是学院知识分子。显然，在战时的艰苦环境里，这些评论短刊既为学者们提供了发抒议论的阵地，也为文人们提供了发表艺文的园地，而由于它们篇幅较小而出版快捷，尤其适合随笔杂文的刊布，遂直接推动了战时散文写作的繁荣。这境况甚至让一些官办刊物也见猎心喜，比如国民党中宣部的《中央周刊》自1941年3月出版的第3卷第34期开始，就由陶百川接办而明显向学院文人倾斜，发表了不少文人学者的政论时论和随笔杂文。在1942年之后，此类评论短刊在大后方更如雨后春笋，层出不穷，单在昆明就有《生活导报》(1942年11月创刊)、《自由论坛》(1943年2月创刊)、《建国导报》(1943年12月创刊)、《民主周刊》(1944年11月创刊)、《自由导报》(1945年9月创刊)、《独立周报》(1945年11月创刊)等，可谓极一时之盛，成为辉耀大后方的一道亮丽的文化风景和文坛景观。

由于战时经济艰窘,这些评论短刊往往艰苦支撑、难以持久,但难得的是它们常常此起彼伏、前仆后继,只可惜它们的传播和影响类皆局限于西南一隅之地,而当战后文化中心重返北京和上海,这些曾经活跃一时的评论短刊也便随之夭折而渐渐淡出人们的视线,只有个别刊物如《战国策》因为特殊的原因才为人所知,更多的评论短刊则很少进入研究者的视野。其实,在这些评论短刊里保存了当年知识界大量的也很重要的战时言论和社会观感及人生感怀,委实值得学术界重视和珍视。随笔体散文的繁荣就得益于此——诸如梁实秋的"雅舍小品"、钱锺书的"冷斋随笔"、王了一(王力)的"龙虫并雕斋琐语"、冯至的"鼎室随笔"、冰心的"力构小窗随笔",以及朱自清和杨振声比较知性的散文等,都算得上是随笔体散文的重要收获,而它们其实都是这些评论短刊所直接催生的。事实上,一些评论短刊甚至如接力似地先后相接,接连连载了不少学院文人的随笔小品。同时,这些评论短刊也直接推动了学院文人的杂文写作,即如梁实秋、刘英士、潘光旦、费孝通等在这一时期就颇多为时为事而作的杂文。他们的杂文当然不乏针砭现实的内容,但其批判性不是那么意识形态化,并且在批判之余常常继之以学理性和建设性的讨论,从而在左翼的"野草—鲁迅风"等战斗杂文之外,别开学院派的温和杂文之一脉,丰富和拓展了现代杂文的内涵与外延。

感时忧国有"狂论":
作为"杂文家"的沈从文之一瞥

沈从文也是杂文家么?当然是的。事实上,纵观沈从文在整个40年代的写作,不难发现他在小说创作上用力渐少、作品寥寥,而显然把更多精力倾注于杂文的写作,连续不断地在一些评论短刊上慷慨陈词、发抒议论。就此而言,40年代的沈从文委实成了一个杂文家。这对曾经坚守文学的纯粹性、一度颇为反感杂文的京派文学重镇沈从文来说,可能是一个不自知的重要转变;但很可能也正因为30年代的"纯文学作家沈从文"给人的印象太深、太美好了,所以对40年代的"杂文家沈从文",迄今的研究者们似乎有意无意地含糊视之、淡然带过。这也可以理解——作家的某种文学形象一旦在研究者心中生根,往往牢不可破、改变甚难,此所以"纯文学作家沈从文"才能长期掩盖住"杂文家沈从文"而不被觉察也。

其实,杂文正未可轻视。即如沈从文这样敏感的作家,他在抗战中后期五六年间颇为复杂的感时忧国情怀,也主要不是在他的那些愉快抒情的小说中,而恰是在他这一时期的大量杂文中,得到了更为剀切和强烈的表达。可惜的是沈从文的这类杂文文字至今还有不少仍沉埋在当年的评论短刊中。此前我和两个研究生裴春芳、陈越曾经发掘过一些。今年前半年为了核对另一个作家的几篇随笔的初刊本,我特意去图书馆翻检昆明出版的一份小周刊《生活导报》原件,却出乎意料地在该刊上看到了沈从文的多篇文字,篇目及刊期如下——

  1.《〈长河〉题记》,《生活导报》第12期,1943年2月6日出刊,作者署名"沈从文"。

  2.《论投资》,《生活导报》第15期,1943年2月27日出刊,作者署名"沈从文"。

  3.《狂论知识阶级》,《生活导报》第18期,1943年3月27日出刊,作者署名"沈从文"。

  4.《都市的刺激》,《生活导报》第35期,1943年7月25日出刊,作者署名"上官碧"。

  5.《明天的"子曰"怎么办》,《生活导报》第39期,1943年8月22日出刊,作者署名"沈从文"。

  6.《中庸之道》,《生活导报》第41期,1943年9月19日出刊,作者署名"上官碧"。

  7.《统治责任与权力测验——平价中的小问题》,《生活导报》第47期,1943年10月31日出刊,作者署名"沈从文"。

  8.《黑魇》,《生活导报》第55期、第56期,1944年2月13日、2月20日出刊,作者署名"沈从文"。

按,《生活导报》原是西南联大学生编发的一份小周刊,创刊于1942年11月13日,作者自然多是西南联大及紧邻的云南大学师生,而以教师为主,两校的著名学者如雷海宗、王赣愚、王了一(王力)、冯至、费孝通、闻一多、孙毓棠、赵萝蕤等,校外作家如冰心等,就都是它的热心作者。查目前北京各图书馆所藏《生活导报》共有六十余期,至于此后是否续刊,则暂难断定——或许在昆明、重庆等地还有更多期存留于世,也未可知。沈从文也是《生活导报》的重要作者。就目前所见,他在该刊至少发表了上述八篇文字,其中《〈长河〉题记》和《黑魇》二篇因为在别处发表过而据以结集和编入《沈从文全集》(以下简称《全集》),《论投资》一篇曾经收入《云南看云集》因而据以编入《全集》,其余的五篇——《狂论知识阶级》《都市的刺激》《明天的"子曰"怎么办》《中庸之道》《统治责任与权力测验——平价中的小问题》——都不见于沈从文的别集、文集和《全集》,当属集外佚文。现在就把这五篇文章的校录稿公之于众、飨诸同好。同时附录的还有《由怀疑接近真理》一文,该文原载重庆《国民公报》副刊《国语》第 27 期,1943 年 9 月 23 日出刊,作者署名"沈从文"。此文原是北京大学的方锡德先生此前发现而未及整理者,前不久方先生看到我的这些校录稿后,遂将所拍该文的照片传给我,嘱咐我一并整理重刊之,而我在随后的校录中则发觉该文与沈从文此前发表的《谈保守》(载昆明《新动向》第 1 卷第 2 期,1938 年 7 月 1 日出刊,收入《沈从文全集》第 17 卷,北岳文艺出版社,2002 年)一文的后半篇很相似,仔细核对一过,确证该文其实是在《谈保守》后半篇的基础上重新删改而单独成篇者,所以将它附录于此,或可供研究者在为沈从文的著述编年时参考。

说起来,学院派文人的杂文写作其实自胡适、陈西滢"五四"以来的议论就别树一帜了,而"多研究些问题,少谈些'主义'"①——胡适当年所揭橥的这个发抒议论的原则,也一直为三四十年代的学院文人所遵循,所以他们的杂文议论虽然也会指陈时弊、批判现实,但比起《语丝》派及左翼的杂文来,就没有那么鲜明的文化政治色彩和刻意的上纲上线做派,而显现出就事论事、恳切批评、发言节制的特点——不论其所论之事是大是小,大都具体而言、适可而止,而少见过度深刻的发挥和个人意气的纠缠,而有时回避要害、含糊其辞以至议论迂阔、不切实际,也是在所难免的局限。这种特点和局限也体现在沈从文的战时杂文中。

《都市的刺激》和《统治责任与权力测验——平价中的小问题》两

---

① 胡适:《多研究些问题,少谈些"主义"》,《每周评论》第 31 号,1919 年 7 月 20 日出刊。

篇就是典型的例文。前一篇批评了战时在公共场合用流行的所谓"美术字"书写宣传标语的不妥当、不得体,这原是个小问题,但凡事认真的沈从文仍然恳切"希望另一时,在每个机关写标语的地方,都可以看到足以代表国民性的字体,这才真是宣传!"并提出了非常具体的书法建议。后一篇则批评了昆明市百物腾贵让人难以招架的现实,以为"这种招架不住的情形,直接使许多正当公务员,尤其是大学校教书的,军事机关作幕僚的,每天为吃住发愁,间接且在无形中鼓励社会各部门的贪污营私纳贿制度,国力消耗,实在严重不过"。这当然是个关系到国计民生、抗战前途的大问题,所以沈从文援引历史先例,郑重要求最高当局"来好好的管理一下",并建议"市民生活所必需的日用品价格,能否由政府管理调整,或重新设计用公卖方式定量分配,不仅仅与四十万人民营养安全有关,也与国际友人印象有关"。应该说,这两篇杂文所论之事,有大有小,而批评和建言的态度都真诚恳切,但同时也都难免迂阔的书生之见:沈从文爱好书法,对这一民族文化遗产的拳拳之心固然可感,可是战时条件有限,百事从权,用美术字书写标语其实是比较简单易行的办法,倘若像沈从文所建议的那样用各种正经书法字体书写并要求"如标语系从国防委员会或军委会制定的,最好把字样也一同发下,还得有个高等美术顾问,特为设计,并有一组受过训练的美术家,各处视察,这一来情形就不同了"——如此大费周折可行么?何况这又是多大的事呀!至于战时物价控制这个大问题,办理起来又哪里是沈从文所设想的那样知难行易——"如今谈地方性物价,事实上已近于'为长者折枝',不是能不能,而只看为不为了。所作事轻而易举近于折枝,其重要性则不啻一种统治责任与权力的测验。"这是很给统治当局面子的建言,但统治当局恐怕不会接受沈从文这个好意的激励,因为他们及其主导下的国统区不合理的社会制度,正是物价飞涨、贫富不均的问题之所在。

但沈从文的杂文也不都是这么中规中矩的,《狂论知识阶级》《明天的"子曰"怎么办》《中庸之道》三篇就颇有狂气。这三篇杂文集中表达了沈从文对知识分子精神状况的忧思和批评,而他所痛批的既非激进的左翼知识分子,也非极端的民族主义知识分子,倒恰恰是他所从属的学院知识分子。所谓学院知识分子大多是有留学背景、信仰自由主义的知识精英,他们长期居于民国知识界之主流,正是在他们的精心栽培下,沈从文从20年代的一个无名文学青年成长为30年代的京派文学重镇、自由主义文学思潮的代表人物。可是,此时的沈从文却对自己所从出和从属的这个知识精英群体颇多批评意见,这就很耐人寻味了。

然则,学院知识精英到底有什么毛病让沈从文看不过去?《狂论知识阶级》显示,沈从文最不满的是他们消极守常的生活态度,既缺乏个人的生命活力,也缺乏民族的责任感——

> 许多人表现到生活上与反映到文字上的都好像俨然别无希望与幻想,只是在承认事实的现状下,等待一件事情,即"胜利和平"。好像天下乱就用不着文人。必待天下太平,可以回老家那时一切照常,再来好好努力做人做事也不迟!……负军事责任的,常说只要有飞机大炮,即可望有把握打个大胜仗,可料不到一部分知识阶级的行为,恰恰就表示在民族精神上业已打了一个不大不小的败仗。
>
> ……
>
> 这种知识分子事实上对生命既无一较高的理想或目的,不必用刚正牺牲精神去求实现,生活越困难,自然越来越不济事。消极消极,竟如命里注定,他人好事热心,都是多余了。……
>
> ……
>
> 不凑巧就是他们活在当前的中国,在战前即显得有点不易适应。他们梦想"民治主义",可是却更适宜于活在一种"专制制度"中,只要这专制者不限制他们的言论并不断绝他们的供给。他们赞同改变一切不良现状的计划,可是到实行时,却又常常为新事实而厌恶,因此这些计划即使可逐渐达到真正的民主政治,他们还会用否定加以反对与怀疑。可是反对与怀疑尽管存在,一面又照例承认事实。在事实上任何形式的政治制度,只要不饿坏他们,总可望安于现状活下去。虽活得有点屈辱,要他们领导革命可办不到。所以过去稍有头脑的军阀、当前稍有手腕的政客官僚都明白,不必担心知识阶级不合作。这些人自然也有好处,即私人公民道德是无可疵议的,研究学问也能循绪(序)渐进慢慢见出成绩。虽间或有点自私,所梦想的好社会,好政治,都是不必自

己出力即可实现,而且不能将生活标准降低到某种程度。可是更大的好处,也许还是他们的可塑性,无所谓性,即以自我中心为出发点,发展自己稳定自己即满足的人生观。因此比较聪明的政治家,易于运用他们的知识和社会地位,用来点缀政治上的一切建设。……如运用得法,这些人到某一时无形中且会成为专制独裁的"拥护"者,甚至于"阿谀"者。正因为这些人在某一点上常常是真正"个人主义"者,对国家"关心"相当抽象,对个人"生活照常"却极其具体。书本知识虽多,人生知识实并无多大兴趣。至于牺牲地位,完成理想,或为实证理想,与社会有势力方面发生冲突,自然是不可能。话说回来,这些人又还可爱,可爱处也就在他那种坦白而明朗的唯实人生哲学,得过且过的人生观,老实性格,单纯生命,在温室中长大而又加以修整过的礼貌仪范。读的书虽常常是世界第一等脑子作的,过日子却是英美普通公民的生活打算。……

这个批评的矛头指向了学院知识分子中最大的一部分人——留学欧美尤其是留学英美的知识精英,他们乃是占据了民国各文教机关之要路因而最得实惠也最为体制化的知识分子,而其首领就是胡适。沈从文文中所谓"所以过去稍有头脑的军阀、当前稍有手腕的政客官僚都明白,不必担心知识阶级不合作。这些人自然也有好处,即私人公民道德是无可疵议的,研究学问也能循绪(序)渐进慢慢见出成绩。虽间或有点自私,所梦想的好社会,好政治,都是不必自己出力即可实现",所隐指的不就是与军阀政客有所合作、提倡过"好政府主义"、享有上佳道德声誉而做学问循序渐进有成绩的胡适吗!而如所周知,胡适乃是曾经栽培、提携过沈从文的恩师,如今沈从文居然如此发飙,难怪他要把自己的文章题为"狂论"了。

进而,沈从文又在《中庸之道》一文中痛批另一些知识分子自以为得计的生活之道——

历年来常常有人欢喜谈中庸之道。凡是"进不以道,取不以义,守不依法,行不符其所言",心中有所愧恧,有所恐惧的,似乎都对于这个道德名辞兴趣特别浓厚。初初看来,不免令人奇怪,这名辞出现不是时候。但详细注意注意,也就会觉得十分自然。

> 原来有些人表面上是在提倡恕人,实则求人恕既不可得,求自恕有时且难成功,因之都想托庇于中庸之道空气下,将日子混下去。中庸之道由这些人来谈,若把它译成俚语,求其与谈它的本意逼真吻合,意即为"包涵包涵"。所有文章内容,都近于一种不负责任,唯诺取容,软弱无能者的呼吁,即"大家包涵包涵,大家可混下去;大家不肯包涵,那就糟糕!"

这批评未必是泛论,其所针对的大概是以周作人为代表的另一类知识精英吧,这类人大都有留日背景,而最为大名鼎鼎的是周作人,他在30年代倡论中庸之道、刻意消极避世,抗战后终于附日从逆,而相率附逆的知识分子也多半有留日背景,此所以沈从文有此批评。观乎沈从文在紧接着的下文里直斥此类人为"国贼"与"国妖",就可以"思过半矣"——

> "国贼"与"国妖",可说是两个对人批评得最厉害的名辞。这名辞就是由谈礼乐尚仁恕的荀况所定下的。他说:"不恤君之荣辱,不恤国之臧否,偷合苟容以持禄养交而已耳,谓之国贼。""口言善,身行恶,国妖也。"可见仅个人小小过失,或天生愚昧低能,用得上一个恕字。凡对国家有责任,不能尽责,惟知安享尊爵厚禄,固宠取幸,不问国家前途,不辨事情是非,惟以偷合取容混饭吃的人,是不能依赖恕道上开脱,应称为"国贼"的。又或口言善,身行恶,言行不符的人,也不适用恕道,必称之为"国妖"的。国贼与国妖,当然是在老子("老子"当作"孔子"——引者按)恕道以外的。这种人从诗人的诅咒上来说,即当"投畀豺虎"、"投畀有北"。

在此沈从文虽然没有直点其名,但多少了解文坛背景的读者,自不难明白他所谓的"国贼""国妖"文人之所指,沈从文并诅咒说这类文人应该"投畀豺虎""投畀有北",可见其批评态度之激烈,并且该文曾被删削两处共计二百四十四字——不难想象,那些被删削的文字一定更为激烈。沈从文的杂文如此激烈,这和他此前给人的温柔敦厚形象真可谓大异其趣。事实上,沈从文曾是周作人的忠实崇拜者,他30年代的文学趣味以至人生态度就深受周氏的影响,所以当年的他在看到巴金讽喻周作人一类知识分子的小说《沉落》后,曾经很不以为然,遂于1935年12月发表了《给某作家》("某作家"指巴金)的信,批评巴金热情义愤太过而为周作人的平和淡漠辩护说:"一个伟大的人,必需使自己灵魂在人事中有种'调和',把哀乐爱憎看得清楚一些,能分析它,也能节制它。……他必柔和一点,宽容一点。"①甚至当周作人附逆之后的1940年9月,沈从文还发表了《从周作人鲁迅作品学习抒情》一文,对鲁迅的抒情之作和杂文可谓褒贬分明,而对周作人的抒情笔调及其人情思维仍然推崇有加、对其后来的日渐颓萎则委婉回护,于是引起了一些左翼作家如聂绀弩以及同样曾经崇拜过周作人的象征派诗人李金发的严厉批评。② 如今沈从文也终于走出了周作人式的"中庸""柔和"与"宽容",而义正词严地指斥周作人式的文人是"国贼"与"国妖",这在沈从文不能不说是一个重大的变化——如果我们不愿意用"进步"的话。

　　沈从文把最严厉的批评给予战时的"知识阶级",这反映了他对一个重大问题的敏感和焦虑,那就是战时知识分子的精神状态问题。盖自抗战进入相持阶段以后,战争日益长期化和日常化,生活越来越困苦和艰难,使知识界比较普遍地弥漫着一种消沉、苦闷和麻木的气氛,有些人甚至实利化地走向堕落和妥协,这不能不让一些忧国之士感到忧心,遂起而反思并寻求振刷之道。沈从文就是这样的感时忧国之士之一。正是带着这种强烈的危机感,沈从文提出了**"明天的'子曰'怎么办"**的问题——这也正是他的另一篇杂文的题目,而他所谓"子曰"指的就是知识阶级。追怀古典人文传统,沈从文不能不感慨:"'天将降大任于斯人也,必先苦其心志,饿其体肤,戕伐其……',只要读过几句子曰的,对人世事就常常有种理想,且为一些书本上的高尚而尊严的原则所控制,与在实际中受教育、实际中讨生活的人物完全不同,历来即不可免要在肉体和精神两方面遭受种种挫折。"而看看眼前的现状,沈从文发出了痛切的反问并提出了知识阶级应坚守人文理想、重

---

　　① 沈从文:《给某作家》,《沈从文全集》第17卷第221页,北岳文艺出版社,2002年。
　　② 沈从文:《从周作人鲁迅作品学习抒情》,载《国文月刊》第1卷第2期,1940年9月16日出版,见《沈从文全集》第16卷。又参阅绀弩(聂绀弩):《从沈从文笔下看鲁迅》,载《野草》月刊第1卷第4期,1940年12月1日出刊,及李金发:《从周作人谈到"文人无行"》,《异国情调》,重庆商务印书馆,1942年12月出版。

建"抽象精神"的主张——

> 我倒想问问在同一情况下"子曰",我们是继续读孟子或其他什么,还是得想想办法。很显然,许多"子曰"即期作原宪亦不可能。因为生活逼紧,已不容许在上漏下潮的房中弹琴养气。我们怎么办?若我们连抽象的打算也没有,我们和我们的国家,是不是还有个较好的明天可望?我们实在需要一点气概,即否认"实际主义"能支配一切。我们得从这个原则上重新建立些抽象,给今年还有机会入大学读子曰的知道中国当前子曰是什么,才可望饿死我们自己,救救我们儿子……

姑不论沈从文的批评和建言是否完全准确和正确,但他的这些批判性的反思和主张,的确凝注了他作为一个忧国之士的道德情操和不甘沉埋而思进取的"狂者"情怀,由此也显现出此时沈从文思想的某些重要变化:由于不满他曾经从属的正统自由主义阵营在战时的消极表现,沈从文多少有点偏离了这个自由主义阵营——此时的他纵使不说是与之"离心离德",也无疑地是"貌合神离"了。此所以他的这三篇杂文的语调都有点不同于一般学院派文人的"温和杂文"之正统,而格外表现出一种自负狂狷之气,给人超乎寻常的异样另类之感。

顺便说一下,这其间的问题也不全在思想的分歧,同时也多少折射出沈从文处在战时学院体制边缘之下的某种尴尬、不适和负气。究其实,战时的西南联大并不像现在许多人想当然地以为是一派自由和谐、学术繁荣、文采风流的美好风光,而据说沈从文在其中又是多么地如鱼得水、潇洒自如、广受欢迎云云。实情乃是,作为战时最高学府的西南联大举步维艰,三校间并不能合作无间,维持起来很不容易,而战时生活条件艰苦,师生求生之不暇,学术的繁荣也是有限的,至于教师之间自然也难免矛盾纷争。具体到沈从文的境况,毋宁说是很不如意。这大体有两方面的原因。一方面,按照所谓常规,高校是传道授业之地,讲究的是正途科班出身,重视的是学术造诣而非创作成就,这自然对沈从文非常不利。事实上,沈从文之进西南联大,本来就是不得已之事——当他追随杨振声到昆明结束中学教科书编辑事宜之后,就面临着失业的压力,杨振声不得不为他考虑,乃利用自己在西南联大的实权派地位,与朱自清再三商议,才在 1939 年 6 月聘任沈从文为该校师范学院国文学系的讲师(有人说是副教授,不确)。这对名作家沈从文来说当然是很委屈的事,可也无可奈何,朱自清曾经担心沈从文不愿受此委屈,但迫于生存压力的沈从文还是不迟疑地接受了。即使进入了西南联大,沈从文也是学院的边缘人,虽然他对一些青年作家的栽培、提携已成今人津津乐道之佳话,但当年并无学术可言的沈从文其实过得很压抑,在一些过分讲求学术的师生眼中,他的任教西南联大甚至被视为笑话。广为流传的刘文典讥笑沈从文不值几块钱之事,以及联大学生、诗人穆旦(查良铮)批评"沈从文这样的人到联大来教书,就是杨振声这样没有眼光的人引荐的",①就是典型的事例。尽管沈从文一忍再忍、似乎淡若无事,但其实他心里的压抑、委屈以至负气,还是在杂文里多所表现。即如这三篇杂文之所以那么酷评学院派、职业化的知识精英,就曲折反映了出身低微的沈从文长期被压抑的委屈与不平之气——

> 细想知识阶级的过去,竟忽有所悟。这类人大多中产家庭出身,或袭先人之荫,或因缘时会,不大费力即有当前地位。这些人环境背景,即等于业已注定为"守常",适宜于在常态社会中过日子。才智聪明,且可望在一有秩序上轨道的国家中作一有用公民。长处是维持现状,并在优良环境中好好发展。然而在人类历史大变故来临时,就自然得由国家来好好安排,不然就会出毛病的!
>
> ……
>
> 我幻想廿年后国家会有个新的制度,每个中国人不必花钱,都有机会由小学读到大学毕业。到那时,所谓"知识阶级"和"政客"一样已成为一个无多意义的名词,国家一切设计全由专门家负责,新的淘汰制度,却把一切真正优秀分子,从低微处提出来,成为专家的准备人才。到那时,对于知识阶级,将不是少说话却是无可说话,那是太好了。(《狂论知识阶级》)

另一方面,这一时期沈从文之"浪漫不守常"的感情生活,和他以

---

① 杨起、王荣禧:《淡泊名利 功成身退——杨振声先生在昆明》,《抗战时期文化名人在昆明》(二)第97页,昆明市政协文史学习委员会编,云南人民出版社,2002年。

此为基础而撰写的新爱欲传奇三部曲《看虹摘星录》,虽然在他自己看来正体现了一种"抽象"的生命活力、可为"人的重造"和"民族重造"之典范,但别的知识分子却未必都能够理解他,倒是不无传言以至批评的。这自然也让沈从文对"消极守常"的知识阶级更加不满,此所以在他的这些杂文中也便频频出现一些隐约其辞的自我担心和对"消极守常"者的旁敲侧击。一则曰——

"关于知识阶级,最好少说话。察渊鱼者不祥。"
……
或有人看不过意,要提出讨论讨论,或想法改善,结果终亦等于捕风,近于好事。好事过分或热心过分,说不定转而会被这些读书人指为有"神经病"。以为不看大处看小处,而且把小处放大,挑剔自家人。"小子何知,吾人以此自溷耳。"因之一切照常。(《狂论知识阶级》)

再则曰——

如今谈夫子之道的,既有想从夫子之道自脱或自存的人物,因之真正服膺夫子的正名精神,想来检视一下当前场面上的现状,把责任是非弄清楚一些的人,便应了古语"察渊鱼者不祥",反倒容易被称为矫激固持(执)有点神经病的人物。

近几年来楚辞的价值和作者地位,重新被人估得高高的,也可说便反映一种事实,即兰桂萧瑟而萧艾敷荣。今古情形不同处,即当时屈原带点失恋失宠意味,写来写去,越写越生气,终于被逼而发疯,向汨罗江中一跳,完事大吉。目前的人神经强韧一点,又不许说什么太放肆的话,只在沉默中忍受时代风气所带来的是非不明黑白不分……(《中庸之道》)

在这里,沈从文以直言敢谏的屈原自比,担心自己"好事"的批评和"放肆"的写作可能被一些读书人指为"神经病"。这担心倒并非过虑。事实上,不久就果然有人批评沈从文是"人格破裂,精神分家",甚至是"二重人格"呢。①

"德不孤,必有邻":
作为《战国策》派重要成员的沈从文

"德不孤,必有邻。"沈从文也并非孤独无助,他其实不乏同道者,那就是《战国策》派同人——事实上沈从文就是《战国策》派重要成员之一。此事在当年原本是清楚的,也并未构成什么问题,后来则长期被忽视,再后来有文坛前辈重提此事,学术界反倒莫名究竟了。

重提此事的是老作家施蛰存先生。1988 年 5 月沈从文去世,施蛰存于同年 8 月间撰文纪念,其中重提沈从文与《战国策》派的关系,并以为那是沈从文一生"最大的错误"——

> 从文一生最大的错误,我以为是他在四十年代初期和林同济一起办《战国策》。这个刊物,我只见到过两期,是重庆友人寄到福建来给我看的。我不知从文在这个刊物上写过些什么文章,有没有涉及政治议论? 不过当时大后方各地都有人提出严厉的批评,认为这是一个宣扬法西斯政治,为蒋介石制造独裁理论的刊物。这个刊物的后果不知如何,但从文的名誉却因此而大受损害。②

此时的沈从文先生虽已去世,但他在文学界和学术界的声名确已如日中天,而以"新感觉派"代表作家重返文坛的施蛰存先生自然也非比寻常,所以他的话立刻引起了学术界的重视。然而有意思的是,不少沈从文研究者在经过一番探索之后,几乎一致的结论是沈从文并非《战国策》派人,他只不过在该刊上发表了几篇文章而已,而其中一篇与陈铨商榷的文章《读〈英雄崇拜〉》,更成了他不是、甚至反对《战国策》派的理据。这种辩枉式的研究,一则受限于那时的文献史料之不足,二则也可能因为在那时的语境中,《战国策》派仍被视为有"政治

---

① 参阅许杰:《论沈从文的写作目的》——按,该文原题《沈从文论写作目的》,原载福建永安出版的《民主报》附刊《十日谈》第 7 期(1944 年 8 月 14 日出刊),后改题为《论沈从文的写作目的》,收入许杰的评论集《文艺,批评与人生》,江西上饶战地图书出版社,1945 年。

② 施蛰存:《滇云浦雨话从文》,《新文学史料》1988 年第 4 期。

问题"的少数学术"禁区"之一,所以研究者也便情不自禁地倾向于为沈从文摆脱干系。即使沈从文自己,也在 1980 年 6 月 21 日与其美国研究者金介甫的谈话中,"坚决否认编辑过该刊",而金介甫在随后撰写的《沈从文传》中,也认为"说他(指沈从文——引者按)是编辑的确也没有任何证明",①言下之意,沈从文自然不是《战国策》派中人。而当上世纪 90 年代后期《战国策》派终于得到重新评价,于是,错批《战国策》派、无辜株连沈从文,乃是当年左翼文人的又一罪过和沈从文的又一冤屈的说法,也便接着出现了。

直到最近几年,才有两位学者先后著文重新廓清了事实的真相。一篇是吴世勇的《为文学运动的重造寻找一个阵地——沈从文参与〈战国策〉编辑经历考辨》,发表在《淮南师范学院学报》2005 年第 1 期;另一篇是李扬的《沈从文与"战国策派"关系考辨》,发表在《北京师范大学学报》2012 年第 3 期。② 我此前在《爱欲抒写的诗与真——沈从文现代时期的文学行为叙论》一文里也曾涉及此事,只是那篇文章写得太长了,为免枝节,只用"沈从文等《战国策》派文人"一语带过不提;此次撰写这篇小文,本想补说此事,不意检阅文献,却发现吴世勇、李扬两文已经有言在先,所以下面就先摘要他们的考辨,然后再略为补说我的意见。

吴世勇的文章据《沈从文全集》中的一些新材料,仔细考证了沈从文与《战国策》派的关系:一是沈从文当年致施蛰存和他的大哥沈云麓的两封信。沈从文在 1941 年 2 月 3 日写给施蛰存的信里谈到自己近况时说:"刊物纯文学办不了,曾与林同济办一《战国策》,已到十五期,还不十分坏,希望重建一观念。因纸张太贵(将近三百元一令),印得不甚多,不够分配,因此老友也不赠送。"而在 1940 年 2 月 26 日——也就是《战国策》创刊之前一个多月,沈从文写给他大哥沈云麓的信中也说道:"近又同朋友办一杂志,每月必有一万字文章缴卷,一

---

① 金介甫:《沈从文传》(符家钦译)第 258 页及注释�73,国际文化出版公司,2005 年。
② 就我浏览所及,徐传礼的《历史的笔误和价值的重估——"重估战国策派"系列论文之一》(文载《东方丛刊》1996 年第 3 辑,总第 17 辑,广西师范大学出版社,1996 年),可能是较早断言沈从文为"战国策社的核心成员"的文章,只是缺乏考辨,而桑兵、关晓红主编的《先因后创与不破不立:近代中国学术流派研究》(三联书店,2007 年)第八章"战国策派与各方论争",则对《战国策》派成员有细致的界定——以林同济、雷海宗、陈铨三人为"战国策派的核心",而以沈从文、何永佶、陶云逵、谷春帆等九人为"战国策派的基本成员"。

年要万多印刷费,经费不困难,只是邮送极不便利,分配刊物到各处,恐不方便。"二是沈从文在上世纪50年代所写的两份上交存档的自述材料里,也都说明自己当年曾经同林同济等编过一个半月刊(一处直接说明是《战国策》)。当然,这些材料还有所不足,所以吴文接着分析了沈从文当年与陈铨、林同济等人在生活上以至思想感情上比较接近,在一些问题上颇有共识,尤其是他们共同的感时忧国情怀、想要警醒读书人的批判意识等等。"综合以上讨论,可以认为,施蛰存关于沈从文与林同济办《战国策》的说法并不是一种误解,他所说的沈从文因参与《战国策》的编辑而名誉大受损害也是实情。当然,对于沈从文是否应当归为战国策派的问题是可以讨论的。"这是吴世勇文章的谨慎结论,而事实其实已经很清楚了。

李扬的文章也认为"从事实层面来看,沈从文确实是'战国策派'中的一个比较引人注目的成员",而他据以考辨的材料事实大体不出吴世勇所援引的范围,兹不赘述。应该说,李扬文章的精彩出新之处,乃是他在事实考辨之后的进一步分析。他切中肯綮地指出,"不能将沈从文与陈铨在'英雄崇拜'和'五四'问题上的分歧作为判别沈从文不是'战国策派'的依据。因为'战国策派'本身就是一个比较松散的组织,其成员的思想观点,既有一致的地方,也有很多不同的地方,这一点他们自己有着明确的认识。……单纯从'异'的角度还不足以考量某人是不是'战国策派'成员,最重要的还是要看他们是否有'同'的一面,而这'同'的一面,又是否是这一流派的主要理论诉求。"对他们的"同",李扬的分析是:沈从文和"战国策派"主要成员都有强烈的"国家—民族"感情,而尤其重要的是他们有着相似的生命观念——"战国策派"学人受到叔本华、尼采的哲学思想的启悟,将意志和生命力的发扬看作关乎民族命运的关键所在,而在崇拜生命力这一点上,沈从文与林同济、陈铨等人的诉求别无二致,所以他们都对中华民族缺乏生命活力的历史和现状痛心疾首,而特别着意于在民族抗战背景下激发民族群体和个体的生命激情。这最后一点所"同",是一个发人之所未发的重要洞见。最后,李扬做出了这样的断言:"无论从事实层面,还是在思想、创作的相通性层面,将沈从文列为战国策派的一员,并没有什么不妥之处。"这个肯定无疑的判断,不仅有坚实的事实作支持,而且有深入的分析作支撑,所以是令人信服的。

就事实而言,我只有几点小小的补充。

其一,虽然《战国策》是1940年4月在昆明创刊的,但《战国策》派其实在此之前的1938年后半年就开始酝酿——从那时起,包括沈从文在内的几个主要成员相继在《新动向》(昆明,1938年6月创刊)、《今日评论》(昆明,1939年1月创刊)等评论短刊上发表议论,显示出共同的精神趋向。即如附录在此的《由怀疑接近真理》就出自沈从文此前刊于《新动向》第1卷第2期上的《谈保守》一文,其中援引尼采格言为民族生存设想,就正与该刊此前此后所载陈铨的有关论述相关联,也与《新动向》第1卷第2期所刊林同济文《论文人》相呼应。

其二,也还存在着当时知情人的证言,比如孙陵在上世纪60年代就回忆说——

> 二十九年春天,他(指沈从文——引者按)和几位教授计划出刊物,就是后来以小册子形式问世的《战国策》,他们几位教授似乎正对《战国策》(此指古典史著《战国策》——引者按)发生兴趣。当时世局的纵横诡诈,角力伐谋,风起云飞,瞬息万变,确予人以公理不彰、强权横行的战国时代历史重演之感。①

按,1939年国际国内形势危急,是年冬孙陵特意去昆明寻师访友问道,乃与沈从文及其他《战国策》成员结为相契的好友,所谓朝夕相处、熟悉内情,他的回忆应该是无可置疑的。

其三,沈从文作为主要成员参与编辑《战国策》,似乎还有一个小小的遗迹可为证明,那就是《战国策》半月刊的刊名题字,很可能出自沈从文的手笔——刊题"战国策"三字正是沈从文所擅长的章草体,而显然因为是刊名,所以书写较为工整,笔致酣畅而略带拗折,更富力度或所谓张力也。按,沈从文青少年时期就喜欢书法,尤好二王,乃从而入手,30年代则由二王而转攻章草,现存30年代书迹,王体行书和章草兼而有之,至40年代章草趋于熟练——当其时人到中年的沈从文正可谓笔力方健,所以"战国策"三字写得遒劲有力,而40年代后期以降,则渐趋于随意而松懈矣。不过,这只是我的一个推测,算不得确证。

---

① 孙陵:《沈从文看虹摘星》,《浮世小品》第53页,台湾正中书局,1961年。

其四，《战国策》半月刊和《大公报·战国》副刊虽然先后停刊，但"《战国策》派"的文化—文学活动并没有就此停顿，而是扩散到《当代评论》（雷海宗负责）、《民族文学》（陈铨主编）等刊物之中继续着，沈从文也与这些刊物保持了联系，时有呼应的文章或作品发表。迨至1943年春，欧洲战场和太平洋战场热火朝天，而中国战场却陷于低迷萎缩状态，于是《大公报》负责人王芸生约《战国策》派的林同济、谷春帆商量，决心发起一个振人心挽颓风的狂飙运动，并决定用"爱、恨、悔"三字为此运动的主题。这其实乃是《战国策》派运动的继续，而沈从文仍然给了积极的同情的回应。即如辑录在这里的沈从文杂文《中庸之道》（1943年9月19日发表），就积极呼应道——

> 《大公报》提倡爱悔恨，意思正是盼望中层负责分子得把一切责任是非弱点长处弄个清清楚楚，能爱其所当爱，恨其所当恨，而对于悠忽拖混罪过能真正有所愧悔，则一切重新起始，并不嫌迟。看大家空谈中庸，等于将所有问题用一个破旧布袋装上，抗（扛）这个布袋的虽若有人，抗来抗去，有何意义？……我们若真希望明日在这片土地上过日子的下一代的中国人，活得比当前幸福一点、尊贵一点，同时也自由一点，目前还不仅需要负责方面能爱恨悔，还要多数人敢向深处思索，敢将思索及的问题说出来。对人尽管中庸到承认"一切现状存在为必然"，可是问题也应当明白对事拖混敷衍的结果，将产生一种什么堕落现象，且将影响到将来民族命运有多大！

这是倍感痛切而亟思改良的忧国忧民之声！

总之，从1938年后半年直到1943年后半年的整整五年间，沈从文经历了《战国策》派从酝酿、崛起到延续直至消散的全过程。然则，这个作为《战国策》派主要成员的经历对沈从文到底意味着什么呢？在此也说说我的一点感想，并对一条相关的史料略作辨正。

应该说，学术界在过去——包括我自己此前——大都认为沈从文始终是个自由主义者，但现在明了上述情况之后，再要维持这个似乎不证自明的判断，恐怕就难了。譬如吴世勇的文章在揭示了沈从文与《战国策》派的密切关系之后，又特别强调降及40年代初文学和社会环境发生变化，使得以"京派"为代表的自由主义文学已由一支原来足以与左翼文学相抗衡的力量,沦落到了文坛的边缘位置,成了被冷落的一群,因此他认为沈从文之参与《战国策》编辑事务,就是试图寻找一个"文学运动的重造"的阵地以重新振作自由主义文学阵营的努力,并援引了沈从文1940年2月3日致施蛰存的那封信里表示"刊物少,不够运用"的话,以及沈从文1944年9月16日致远在美国的胡适的信里关于"自由主义作家,已到无单独刊物可供发表情形"的感叹,作为旁证材料。然而窃以为这个说法恐怕有些勉强。一则"刊物少,不够运用"原是战时的普遍情形,纯文学刊物自然难免受限,沈从文不过同此感慨而已,而就在他写给施蛰存的那封信里,他却欣然地报告自己参与编辑的《战国策》"还不十分坏,希望重建一观念",但《战国策》却并非纯文学刊物,可见他此时的兴趣别有所在。二则沈从文1944年9月致胡适的信未必能够代表他此前五年间的观点。一个耐人寻味的事实是,辑录在此的沈从文杂文《狂论知识阶级》就有隐射批评胡适的话,并且那个文章其实表达了沈从文对整个学院自由主义知识精英的不满。事实上,从1938年后半年到1943年后半年的五年间,沈从文就是带着这种不满而与自由主义渐行渐远,却与极端民族主义的、特别热心政治的《战国策》派走到一起的。如前所述,沈从文如此行事,既与他在西南联大(那是自由主义知识精英的大本营)不受体制化、职业化的自由主义知识分子待见的切身经历相关,也与他对学院自由主义知识精英在战时"消极守常"的痛切观感有关——正是有激于此,沈从文转而采取了"狂者进取"的激烈态度,并寻找到了志同道合的同志,那就是意欲掀起一个思想文化上的"狂飙运动"的《战国策》同人。当然,沈从文与一些《战国策》成员的观点也不尽一致,但诚如李扬所说,一个团体流派里面有所分歧原是很正常的事,不能据此就认为沈从文不是《战国策》派,不能因此就否认沈从文与《战国策》派核心成员有一些共同的思想文化诉求。倘若推而广之,进一步观察相关事实,则沈从文一生中比较特殊的一个阶段——那是一个显然偏离了自由主义而接近了民族主义的阶段,一个特别醉心生命—意志—本能的新浪漫主义阶段,一个不再拘守"纯文学"而走向"杂文学"的阶段——也就显现出来了。当然,沈从文并不是放弃了纯文学,而是不再以纯文学划地自限了,所以他此一时期也创作了少量小说如《看虹摘星录》等,而这些小说也同样体现出与《战国策》派同调的迹象,比如对知识阶级"阉寺性"的批判和对人的生命力尤其是爱欲活力的张扬,旨在由此达致"人的重造"进而达到"民族重造"。要之,沈从文未必像通常所认为的那样始终都是一个单纯坚定的自由主义者和一个谨守纯正的纯文学作家,实际情况恐怕要比人们惯常的想象复杂得多,所以我们的研究还是应该尽量地在具体中求深入,才可望抵达复杂的真实。

顺便辨正一下,尽管近二十年来许多学者都不相信沈从文是《战国策》派的重要成员,却都很喜欢引用记者李辉在上世纪90年代访问夏衍的三段谈话——

> 夏:解放以后,1949年第一次文代会没有沈从文,这个事情很奇怪吧。沈从文很有名气,为什么连代表都不是?当时我没有参加。大会是7月召开,上海5月刚解放,接管工作非常忙,我留在上海。后来文代会之后我到北京,有人同我谈到沈从文的问题。我问周扬,怎么沈从文没有参加文代会。周扬表情很奇怪,说:"说来话长,不谈不谈。"后来我辗转打听,原来是这么回事:沈从文在1943年或1944年的时候,给当时的《战国策》杂志写过文章,陈铨主编的,他写过《野玫瑰》。陈铨他们公开拥护希特勒的。这个时候,沈从文在那上面写文章,主要讲三K主义,这个你可以查出来。聂绀弩的杂文集、宋云彬、秦似的文章有批判他的。为《战国策》写文章,就是这个问题。我当时没有写文章,因为我和他不熟,我不晓得,没看他的东西。聂绀弩清楚。聂绀弩背景是有的。
>
> ……
>
> 夏:为什么周扬强调沈从文的这个问题呢?一是郭沫若在香港写文章痛骂沈从文。这篇文章当时我没有看,后来看了,觉得没有道理。
>
> ……
>
> 夏:……沈从文的问题主要是《战国策》,这就不是一个简单的问题了。那个时候,刊物宣扬法西斯,就不得了。再加上他自

杀,这就复杂了。这个问题,不但是郭沫若骂他的问题。①

之所以不惮烦琐地抄引这几段文字,是因为不少研究者对这几段话往往会做大幅度的却未必妥当的简化,于是得出了这样简单化的判断:沈从文本来不是《战国策》派,却被武断成《战国策》派,因而不能参加第一次文代会(也就是从此被打入另册或冷宫),而此事乃是周扬所说,所以这个冤案是无可置疑的。而现在,我们已经知道沈从文确是《战国策》派的重要成员,可是考定了这个事实的一些文章却仍然据此断言沈从文就是因了《战国策》问题而不能参加第一次文代会,并且依旧认为这是周扬说的,所以确有其事云。比如吴世勇的文章就据李辉的访谈说,关于沈从文为什么不能参加第一次文代会,"夏衍的回答是:当时他听周扬提到的主要原因是因沈从文和战国策派陈铨他们的关系,'沈从文的问题主要是《战国策》,这就不是一个简单的问题了。那个时候,刊物宣扬法西斯,就不得了。'"

其实,如此简化地节引夏衍的谈话是有问题的,并且连李辉所记夏衍的谈话本身,也颇为含糊而莫名究竟。我们看上面夏衍谈话的第一大段,"我问周扬,怎么沈从文没有参加文代会。周扬表情很奇怪,说:'说来话长,不谈不谈。'"这不是周扬明明没有说吗!而夏衍也说,他是"后来辗转打听"才知道有这么回事的,然则既然是"辗转打听",就不是直接从周扬那里来的,而"辗转打听"来的消息,也未必可以引为确据,因为那说不定乃是"被辗转打听"的人们的猜测也未可知啊。可是到了第二段,夏衍的口吻居然变成了确定的设问:"为什么周扬强调沈从文的这个问题呢?"而更奇怪的是他接着的回答:"一是郭沫若在香港写文章痛骂沈从文。"之所以让人奇怪,是因为夏衍既然要解说"为什么周扬强调沈从文的这个问题"——参加《战国策》的问题,则他下面的回答就应该是接着解释这个问题之由来,可是夏衍接着的回答,却是说郭沫若40年代后期批判沈从文的事了。如此一来,夏衍的这个前后紧紧相连的自问自答,不是有点——恕我用一句不雅的俗语——"牛头不对马嘴"么?而到了最后一段,所谓夏衍的回忆就更加确定不移了——"沈从文的问题主要是《战国策》"。可以理解,

---

① 李辉:《与夏衍谈周扬》,《往事苍老》第240—242页,花城出版社,1998年。

夏衍也许因为年老了吧,所以说话有点前言不搭后语,而他的回忆也未必可靠,一则他并没有参与第一次文代会的筹办,二则他也只是"辗转打听"而来,安见得那不是些模糊影响之谈呢?

说起来,包括沈从文在内的《战国策》派,在当年确是既受到过一些人的欢迎,也受到一些人的批评,包括来自左翼的《野草》杂文派的批评,这原是很正常的事。《战国策》派的一些人是否宣扬了法西斯主义呢?不能说一点嫌疑都没有,至少他们那种唯力是尚的"力"的哲学和"力"的历史观,显然混淆了侵略战争和反侵略战争的本质区别与重大是非,那无形中不也可以使日本帝国主义的侵略行径同样显得"理所当然"吗?所以左翼的批评和担心并非没有一点道理,而值得注意的是左翼的批评者其实对《战国策》派也有略迹原心的谅解之词——比如茅盾就肯定《战国策》派是些"忧国之士",表示对"论者的愤世嫉俗的热情,我毋宁是赞美的"。① 并且左翼的批评也是区别对待的,比如对沈从文的批评,就没有人说他是宣扬法西斯主义,而大多针对的是他的不无男权主义的妇女观及其唯生唯乐是求的性爱观(插说一句——我们千万不要把夏衍所谓"沈从文在那上面写文章,主要讲三K主义"之"三K主义",望文生义地理解成种族主义的"三K党"的主张,其实"三K主义"乃是关于女性的一种观点)。所以,沈从文与《战国策》派确是既有关系而又有所区别的,对此,左翼批评人士也不是不知道,何至于到了40年代末突然把他当成宣传法西斯主义的人呢?其实,第一次文代会召开前夕的沈从文若有什么忌讳的"问题",那无疑主要是他在40年代后期作为自由主义文艺阵营的代表与左翼相互攻战并瞩望于"第三种政治力量"的问题,尤其是他的自杀事件刚发生不久,而此一事件又涉及他私生活的私密,当时的文坛颇有传闻,这无疑是让他自己也让别人特别忌讳为难之事。或许正因为这两件事发生不久,主持筹办第一次文代会的周扬也就不能不考虑各方的感受和颜面——比如让郭沫若和沈从文在会上见面,那岂不是成心使双方都尴尬吗?而且让刚刚自杀未遂、精神仍很紧张的沈从文来与会,则叫他何以自处、何以面对文艺界的朋友?这大概才是夏衍问周扬"怎么沈从文没有参加文代会。周扬表情很奇怪,说:'说来话长,不谈不

---

① 茅盾:《谈"中国人真有办法"之类》,《全民抗战》第155期,1941年1月25日出刊。

谈'"的真正原因。倘若周扬只是个毫无人情的"政治棍子",则他与夏衍正是最要好的"革命同志",又有什么不好说的!

事实上,沈从文与《战国策》的关系,不仅在第一次文代会上没有成为什么大问题,而且此后也没有成为他的什么大问题——直到施蛰存先生在沈从文去世之后重提此事,人们才开始关注这个问题,而此时它的是有是无,其实对去世的沈从文已"毫无关系"了,只不过额外添加了一个可以大声控诉的大冤情而已。如今这个"冤情"的真相已经很清楚了,而值得琢磨的倒是思想开放的施蛰存老先生,为什么在1988年的时候仍然要说此事是"从文一生最大的错误"?施先生应该无意代表官方说话吧,然则倘若那是他的真实意思,其意思又该如何理解?对此,我委实有点琢磨不透,所以就把这个问题提在这儿,希望有人能够解答。

而倘若——我还是忍不住要"强作解人"在此姑且提出一种解释——施蛰存的意思是说沈从文参与《战国策》派之"错误",乃是背离了自由主义的正路,那么我想最后补充说明的是,沈从文也没有走得太远、耽误得太久,至迟到1944年后半年他就重回正路了,那证据就是他1944年9月16日写给远在美国的胡适的那封信。在这封信里沈从文重叙恩师胡适对自己的恩德,痛陈自己及其他自由主义文人所面临的困境,因而希望到美国去开拓自己的事业。这清楚地表明沈从文又回到自由主义的阵营里了。胡适似乎没有回答这封远方来信,但他无疑地关怀着自己最得意的弟子,所以当他在抗战胜利后荣任北京大学校长之际,很快公布沈从文为北京大学教授。这自然是很让沈从文扬眉吐气的提携。对老师的这份信任和重视,沈从文非常感激,于是公开发表文章表示决不辜负老师的期望——

> 现在又派到我来教书了。说真话,若书本只限于用文字写成的一种,我的职业实近于对尊严学术的嘲讽。因国家人才即再缺少,也不宜于让一个不学之人,用文字以外写成的书来胡说八道。然而到这里来我倒并不为亵渎学术而难受。因为第一次送我到学校去的,就是北大主持者胡适之先生。民十八年左右,他在中国公学作校长时,就给了我这种难得的机会。这个大胆的尝试,也可说是适之先生尝试的第二集,因为不特影响到我此后的工

作,更重要的还是影响我对工作的态度,以及这个态度推广到国内相熟或陌生师友同道方面去时,慢慢所引起的作用。这个作用便是"自由主义"在文学运动中的健康发展,及其成就。这一点如还必需扩大,值得扩大,让我来北大作个小事,必有其意义,个人得失实不足道,更新的尝试,还会从这个方式上有个好的未来。①

后来的事实证明,沈从文确实践行了自己的诺言,勇敢地率先站出来向左翼阵营挑战,努力保卫文学的自由发展——这些都是后话了,而且学术界也都很熟悉了,此处就勿用赘述了。

2013 年 8 月 17 日于清华园之聊寄堂。

附记:沈从文佚文辑校补正

在《中国现代文学研究丛刊》2010 年第 3 期上,发表了我和裴春芳、陈越合作辑校的一组《沈从文佚文废邮再拾》,以及我对这一组佚文的校读文章《遗文疑问待平章——新发现的沈从文佚文废邮考略》。以上两文后来都收入我的论文集《文学史的"诗与真"——中国现代文学文献校读论集》(北京大学出版社,2013 年)。

今年 8 月 5 日,我收到同济大学文学院祝宇红女士的电子邮件,说她翻阅《文学史的"诗与真"——中国现代文学文献校读论集》,"偶然发现书中有一条注释可能还需要再考究一下。第 117 页的注释③,涉及沈从文佚文《读书随笔》中的引语'洁净如同水壶',我猜测或许不是手民之误,此引语或出自法朗士《红百合》。我不懂法语,也没考证沈从文读的是哪个版本,只是查了吴岳添、赵家鹤译的《红百合花》(文化艺术出版社 2003 年)一书,书中第 329 页,有一段类似的形容女子的话:'她站在那儿,沐着阳光,像水瓮一样纯净,鲜花一样诱人。'不

---

① 《从现实学习》连载于 1946 年 11 月 3 日、10 日天津《大公报·星期文艺》第 4—5 期,该文也在上海《大公报》刊载,此处引文据《沈从文全集》第 13 卷第 394—395 页,北岳文艺出版社,2002 年。

知确否,提供给您参考。"按,《读书随笔》是《沈从文佚文废邮再拾》所收的一组沈从文佚文之一篇,而这一组佚文都是由我校注的。在校注过程中,我虽然也查阅了沈从文当年曾经读过的金满成译法郎士小说《红百合》(上海现代书局,1928年),但一则当时匆匆翻检、读得不很仔细,二则《读书随笔》中加引号的"洁净如同水壶"一句近似文言句式,于是误导我做了错误的校释,想当然地以为"水"可能是古代汉语中比喻人品的"冰"之误植。得到祝宇红女士的提醒,我意识到自己的校注很可能有误。于是立即重读金满成所译、1928年出版的《红百合》,果然发现在该书第77页有赞美一女子"洁净的如同水壶"之语,只是沈从文引用时简缩为"洁净如同水壶"。可以肯定,沈从文的引文就出自《红百合》而并非暗用中国的古典,我此前的校注无疑是误解了这句引文。

中国现代作家的作品里,常常包含着来自外国文化和文学的典故——或可简称为"外典"。这是中国现代文学与古典文学的一个显著区别,也是从比较文学的角度研读中国现代文学时应该特别注意之处,而问题在于,中国现代作家们在引用"外典"时往往不说明出处,我们今天校读起来也就碍难索解,稍不留心就会失误。上面我所作的这个错误的校注,就因想当然而致误,特为补正、附记于此,并感谢祝宇红女士阅读的细心和坦诚的提醒。

另,在《沈从文佚文废邮再拾》中还校录了我发现的一封沈从文佚简《给一个出国的朋友》,原刊于1945年10月20日昆明出版的《自由导报》周刊第3期,作者署名"章鬺",当是沈从文的笔名,收信人应是卞之琳,对此我在《遗文疑问待平章——新发现的沈从文佚文废邮考略》中有所考证。而当《沈从文佚文废邮再拾》和《遗文疑问待平章——新发现的沈从文佚文废邮考略》在《中国现代文学研究丛刊》2010年第3期发表后,我随后又于此年暑假中在1946年7月15日上海出版的《世界晨报》上发现了沈从文用本名刊发的《给一个出国的朋友》,证明了自己先前的考证无误,心里是很欣慰的。对照《给一个出国的朋友》的这两个刊本,并无大的不同,只有几点小区别——两个文本在刊发时都因为个人私密和政治忌讳而出现了打叉留空的情况,但打叉留空的多寡不同:《自由导报》本是五处打叉留空,《世界晨报》本是三处打叉留空,也就是说,后一个刊本其实补出了前一个刊本的两个打叉留空处。因为觉得只是小小出入,所以我在随后出版的论文集《文学史的"诗与真"——中国现代文学文献校读论集》里,仍依据《沈从文佚文废邮再拾》的校录本,而没有根据《世界晨报》本对《给一个出国的朋友》的那两处打叉留空处给予校补。

我很惭愧自己的偷懒,并且考虑到《给一个出国的朋友》的打叉留空处,或许会导致想当然的"补充",所以现在觉得还是补校一下为好。按,在《给一个出国的朋友》的两个刊本上,前三个打叉留空处是完全一致的——

> ××:
> 我因答应好家中人今天下乡,回去作火头军,所以来不及送你了。留下的×××,冲水吃,对你去国前极端疲劳的体力或许稍有帮助。你实在应该保重一下身体,为的是还有多少事要做!近年来看到你常常伤风,我真说不出的难受,这正看出一般熟人在长时间×××××× 下所受的摧残。

开头的"××"当然是收信人的姓名,则这个"××"当作"之琳"无疑;第二处"×××"可能是某种营养品或具有补养作用的药物之名吧,无须细究;第三处的"××××××"具体指什么则不易确定。但《自由导报》本后边的两处打叉留空处,则可依据《世界晨报》本校补出来。一是《自由导报》本里的这一句——

> 这一群,恰好也就是近八年战争由于统治××××××,所加于吾人的痛苦摧残象征所作成的文化标本!

此句在《世界晨报》本里是完整的,只是省去了一个逗号——

> 这一群,恰好也就是近八年战争由于统治的无知与无能所加于吾人的痛苦摧残象征所作成的文化标本!

二是在《自由导报》本的末尾几句里——

> 然而对个人,也许反而可从国外广泛的学来一些知识,成为一种坚强结实单纯的信念,准备明日为××××的愚顽势力与堕落风气而长久对峙!

这几句在《世界晨报》本里也是完整的——

然而对个人,也许反而可从国外广泛的学来一些知识,成为一种坚强结实单纯的信念,准备明日为强权统制的愚顽势力与堕落风气而长久对峙!

复按,沈从文以上两句话,都是批评当时"统治的无知与无能"或"强权统制"的,查1945年10月正是昆明学潮与统治当局严峻对峙之时,难怪那时昆明出版的《自由导报》要把这些违忌字眼打叉留空了。至于上海则由于大批文人群居于此,言论较为开放,加上租界的存在,统治当局的文化控制就不免畏首畏尾了,于是上述两处打叉留空处,在上海出版的《世界晨报》里就得以侥幸保全。依照补全了的这两句,则《给一个出国的朋友》首段里"这正看出一般熟人在长时间×××××××下所受的摧残"之所空,似乎也不难推想其究竟了。

2014年12月27日补记。

又,我辑校的《沈从文杂文拾遗》及我的校读札记《感时忧国有"狂论"——〈战国策〉派时期的沈从文及其杂文》,同刊于《现代中文学刊》2014年第2期。2015年12月3日裴春芳来电话说,她最近翻检《沈从文全集》第17卷,发现该卷《云南看云集》内第二组"新废邮存底"之第十六篇《读书人的赌博》,与我辑校的《沈从文杂文拾遗》中的《狂论知识阶级》一文似乎相同。我立即复核一遍,发现确是异题同文,我当日整理时查对不仔细,误把此篇当作佚文了,感谢裴春芳的提醒,纠正了我的错误。按,据沈从文在《读书人的赌博》文末附记"三十二年四月廿改"(这可能是《云南看云集》收文的最后时间),则该文乃是《狂论知识阶级》的改订本,但初刊本的题目《狂论知识阶级》显然更为醒目,并且两本之间也存在一些文字差异,所以,收入此集的《沈从文杂文拾遗》仍不删《狂论知识阶级》,俾使学界可以看到该文的本来面目,也便于为沈从文作品编年时参考;同样的,这篇校读文字《感时忧国有"狂论"——〈战国策〉派时期的沈从文及其杂文》也不作改正。

2015年12月4日又记。

沈从文杂文拾遗

狂论知识阶级[①]

"关于知识阶级,最好少说话。察渊鱼者不祥。"

"是的老师。不过这是我两年前记在一个小本子上的玩意儿,从没对人提起过!现在读书人变了。"

"你意思是他们进步了,还是更加堕落?"

"老师,我从不觉得他们堕落,因此也不希望他们进步。我只觉得他们是有头脑的人,以为不妨时常想一想。"

当我翻到"关于知识阶级"一段小文预备摘抄时,仿佛和骑青牛懂世故的老子,就有过那么一回短短的对话,作新烛虚一。

我想起战争,和别人想的稍有不同。我想战争四年还未结束,各个战区都凝固在原来地面,像有所等待的神气。在这种情形中,前方后方五百万兵卒将士,或可望用战场作教场,学习作战并学习做人,得到不少进步。国家负责方面是和我一样思索到这个问题,想到这五百万壮丁,将来回转他们乡村里的茅屋中时,即以爱清洁有条理的生活习惯而言,对于国家重造所能发生的影响,可能有多大。这样政府就一定要想出许多方法,来教育他们,训练他们,决不至轻轻放过这个好机会了。这自然是我这个书呆子的妄想!规规矩矩的读书人,是不会那么胡乱想的。

即以"教育"两字而言,目前似乎还是学有专长之读书人的专利。读书人常说"学术救国",可不相信壮丁复员后,除了耕田还有别的用

[①] 本文原载昆明《生活导报》周刊第18期,1943年3月27日出刊,作者署名"沈从文"。

处更能救国的,这也极平常,因为许多读书人对于自己的问题就不大思索。譬如说,吃教育饭的读书人,在目前战争情形中,是不是在教书以外,还想到如何教育自己?打了四年仗,世界地图都变了颜色,文化经济都有了变化,读书人的我们,有了多少进步?应不应进步?我们且试为注意注意,有些现象就不免使人吃惊。因为许多人表现到生活上与反映到文字上的都好像俨然别无希望与幻想,只是在承认事实的现状下,等待一件事情,即"胜利和平"。好像天下乱就用不着文人。必待天下太平,可以回老家那时一切照常,再来好好努力做人做事也不迟!战事结束既还早,个人生活日益逼紧,在一种新的不习惯的生活下,忍受不了战争带来的种种事情时,于是自然都不免有点神经衰弱。既神经衰弱便带点自暴自弃的态度,因之"集团自杀"方式的娱乐,竟成为到处可见的情形。这类人耗费生命的态度和习惯,幽默一点说来,简直都相当天真,有点返老还童的意味!正像是对国家负责人表示:"你不管我们生活,不尊重学术,好,我也不管!"所以照习惯风气,读书人不自重的行为,好像含有不合作反抗的精神,看不惯社会的不公正,才如此如彼。负军事责任的,常说只要有飞机大炮,即可望有把握打个大胜仗,可料不到一部分知识阶级的行为,恰恰就表示在民族精神上业已打了一个不大不小的败仗。

然而对于这个问题却似乎和目前许多别的问题一样不许人开口。触事多忌讳,不能说。用沉默阿谀事实,究是必要的。或有人看不过意,要提出讨论讨论,或想法改善,结果终亦等于捕风,近于好事。好事过分或热心过分,说不定转而会被这些读书人指为有"神经病"。以为不看大处看小处,而且把小处放大,挑剔自家人。"小子何知,吾人以此自涸耳。"因之一切照常。

这种知识分子事实上对生命既无一较高的理想或目的,不必用刚正牺牲精神去求实现,生活越困难,自然越来越不济事。消极消极,竟如命里注定,他人好事热心,都是多余了。不过我们若想起二十年前,五四前辈痛骂遗老官僚为何事,真不能不为一部分这种"神经衰弱"的知识阶级悲悯!

我于是妄想从病理学上去治疗这种人,由卫生署派出大批医生给这些读书人打打针;从心理学方面对付这种人,即简简单单,当顽童办理,用戒尺打手心。两个办法中也许后面一法还直截简单而且有效果,为的是活了三四十岁的读书人,不知尊重自己,耗费生命的方法,还一如顽童。不当顽童处治,是不会有作用的!

细想知识阶级的过去,竟忽有所悟。这类人大多中产家庭出身,或袭先人之荫,或因缘时会,不大费力即有当前地位。这些人环境背景,即等于业已注定为"守常",适宜于在常态社会中过日子。才智聪明,且可望在一有秩序上轨道的国家中作一有用公民。长处是维持现状,并在优良环境中好好发展。然而在人类历史大变故来临时,就自然得由国家来好好安排,不然就会出毛病的!

不凑巧就是他们活在当前的中国,在战前即显得有点不易适应。他们梦想"民治主义",可是却更适宜于活在一种"专制制度"中,只要这专制者不限制他们的言论并不断绝他们的供给。他们赞同改变一切不良现状的计划,可是到实行时,却又常常为新事实而厌恶,因此这些计划即使可逐渐达到真正的民主政治,他们还会用否定加以反对与怀疑。可是反对与怀疑尽管存在,一面又照例承认事实。在事实上任何形式的政治制度,只要不饿坏他们,总可望安于现状活下去。虽活得有点屈辱,要他们领导革命可办不到。所以过去稍有头脑的军阀、当前稍有手腕的政客官僚都明白,不必担心知识阶级不合作。这些人自然也有好处,即私人公民道德是无可疵议的,研究学问也能循绪①渐进慢慢见出成绩。虽间或有点自私,所梦想的好社会,好政治,都是不必自己出力即可实现,而且不能将生活标准降低到某种程度。可是更大的好处,也许还是他们的可塑性,无所谓性,即以自我中心为出发点,发展自己稳定自己即满足的人生观。因此比较聪明的政治家,易于运用他们的知识和社会地位,用来点缀政治上的一切建设。不必真正如何重视他们,但不妨作成事事请教的神气,一半客气用在开会上,一半客气用在津贴研究费上,即可以使他们感觉统治的贤明。如运用得法,这些人到某一时无形中且会成为专制独裁的"拥护"者,甚至于"阿谀"者。正因为这些人在某一点上常常是真正"个人主义"者,对国家"关心"相当抽象,对个人"生活照常"却极其具体。书本知识虽多,人生知识实并无多大兴趣。至于牺牲地位,完成理想,或为实证理想,与社会有势力方面发生冲突,自然是不可能。话说回来,这些人又

---

① 此处"绪"通作"序"。

还可爱,可爱处也就在他那种坦白而明朗的唯实人生哲学,得过且过的人生观,老实性格,单纯生命,在温室中长大而又加以修整过的礼貌仪范。读的书虽常常是世界第一等脑子作的,过日子却是英美普通公民的生活打算。……

我好像重新明白一个问题,即前面所说遇到这种人神经不大健康不自爱与自重时就打手心的办法了。因为这么一种人活到当前变动社会中,他们的工作和生活的幻想,完全毁了,完全给战争毁了,读书由于分工习惯,除了本行别的书又无多大兴味,他们不这么办,还作什么?我幻想廿年后国家会有个新的制度,每个中国人不必花钱,都有机会由小学读到大学毕业。到那时,所谓"知识阶级"和"政客"一样已成为一个无多意义的名词,国家一切设计全由专门家负责,新的淘汰制度,却把一切真正优秀分子,从低微处提出来,成为专家的准备人才。到那时,对于知识阶级,将不是少说话却是无可说话,那是太好了。

都市的刺激①

大都市是个刺激人神经的地方,乡下人进城,照例有点受不了。譬如说,你是个不折不扣的乡下人,从任何一个城门向城中钻吧,第一那个城门口的花花绿绿的玩意儿是那样?你就受不了。到了城中马路上后,一家家店铺里摆的挂的,和阁在什么看不见高处吱吱喳喳发声的是那样?你也受不了。还有什么铺子门楣上"一乐也"的大匾,字体说不定还是名人写的,门窗上布帘子垂得严严的,你许会想起几句俚谚:"人生有三乐,××,搔痒,掏耳朵。"看到男男女女笑迷迷的进出不绝,将疑心"这是搔痒,还是掏耳朵?"若为好奇心的驱使,居然冒险大胆闯进去试试,被人按捺到有机关的椅子上,用一个不知名法宝在脸上谷谷谷谷的只是烫熨,到时虽知道是"电",你想想,神经当不当得住?

再若走到什么银行大楼前面,会不会担心到万一恰在此时,屋顶

---

① 本文原载昆明《生活导报》周刊第 35 期,1943 年 7 月 25 日出刊,作者署名"上官碧",沈从文的笔名。

一下子压到头上来？汽车来来往往，你想弄清楚坐在这些各式各样机器匣子里的人，一天究竟做些什么事。然而你除了知道他们有钱，此外还可希望明白什么没有？还有邮政局，什么公司；若你路上犯了规，警士会不会把你带进去罚款？……总而言之，说老实话，你受了刺激，三斤六两脑子一定是乱乱的。你一定想"还是家里好"。俗语说："近怕鬼，远怕水"，但即或家里毛房厢房当真有个大头鬼或毛手鬼，一到晚上朦朦月亮下就出来，你也将觉得究竟比在这个陌生而又乱烘烘的大城市住下来好得多，并且也安全得多。远处的水虽不知深浅，你不涉水就不用怕。至于城市中的一切，实在太难测，太可怕了。

　　我和几个朋友，住在一个离昆明四十里远近的乡下。朋友有个女佣人，长大到二十四岁，还不曾上过昆明府。因为有点"摩登"情绪，那朋友的太太就特意带她进城玩了两天，逛了一天大街，看了一回电影，且还在某旅馆白瓷盆中洗了一个澡，像刘老老进大观园一样，把鸽蛋当成长得俊的小鸡下的蛋，宾主一齐开心后，便回乡下了。回到乡下我问她感想和印象，便觉得人多太可怕，电影戏只是洋人打架，打过后又亲嘴，还不如花灯中的梁山伯祝英台故事好。街两旁开铺子卖东西的，坐在柜台里不动，不吃消食散，也不怕积食，很奇怪。许多大学生在茶馆不读书，只玩牌，怎么对得起国家和父母？……真有趣味的，倒是吊在床边的电灯开关，比吹火媒和擦自来火方便得多。这个真正乡下人的乡巴佬气息，你们可不用笑。因为说"摩登"，她恐怕在另外一方面比住在昆明市的任何人都强得多。原来人物画家司徒乔先生，从新加坡回来时，第一回动手就是在我住处为她画一张水彩相，第二回动手是在巫家坝为美志愿队长画的速写相，这个女人虽不敢再上昆明府，这两张美丽画相，可同时到美国英国旅行去多日了。

　　自从城乡公共汽车增多后，附城几十里的乡下人，到城里来逛的机会必然较多，所以戴莲花帽兜的山里人，进长城、南屏①看影戏，已不算稀奇事情。虽然同样还是受刺激，很可能有些乡下人，竟因为想要受受刺激，还特意上城来化钱的！

　　我自己常自称"乡下人"，大意指的是精神性情方面而言。事实上

---

① 此处"长城""南屏"是1940年代昆明的两家电影院，《生活导报》上常有它们的放映广告。

却曾在中国最大两个都市里上海和北京住了许久,已能够在上海地方跳下这辆电车,换上那辆汽车,不会把路线弄错。在汽车川流不息的南京路,从从容容穿过马路,也从不出乱子。在北京则逛故宫从不迷路,什么宝物放在那间房子角落也分分明明。可是每礼拜从乡下进昆明时,却依然要受一样东西刺激,弄得怪不舒服。并且走到任何一处都要碰着它,一碰着它时,我就仿佛要不打自招的告饶说:"噫,你驾在这里。我只好自认是乡下人了",因此赶忙走开不敢见面。也不是特别害怕它,只是怪难受。我不说,你们猜想不出这个"你驾"是什么;我说了,你们又会不大相信。为的是见怪不怪,你们都是城里人。

我说的刺激、我神经受不了的东西,原来叫做"美术字"。当时取名的用意,大致是美术家专用的。最先见于一般日用工业品的五彩商标上,其次见于照相馆理发馆电影院一类招牌上,抗战以后见于一般宣传标语上,最近却已应用到大衙门前面墙壁的装饰上。货物商标因为字体小而不甚打眼,还不怎么成问题。美容娱乐代表工业化,用来点缀都市,也不觉得特刺眼睛,用到一般宣传标语,这标语在都市中使用时,还不甚要紧,用到乡村中时,就成了问题。用到军事机关,主管军官看来,发生什么感觉,我不大明白,至于我个人,总觉得这种字体似乎破坏了军中应有的"庄严"。能用"美"代替"庄严",犹可说失于彼者尚可望得于此。作拿破仑传记的人就常把他称为有艺术天才的伟人。然而我们却不合把当前的美术字体,来写象征民族精神的格言,到万人瞩目的墙上去。说真话,就是这种字体有些实在写得太丑陋,从发公文出告示眼光来说,也不大好看啊!

这种字体能在政治军事两方面成为应用工具,与"宣传"有点关系。大小机关宣传组织有个绘画演剧的班子,班子中照例又要些美术学校出身的人,这种人,照例又都会写点图案①字,一学这种字又照例不懂中国传统的各体字,因此一来,美术字当然就成为到处训练人神经抵抗性的玩意儿了。我特别尊重从事宣传工作者的热忱,因为我知道他们大都很年青,很吃苦能干。然而对于他们使用这个工具时所缺少的综合知识,却以为值得讨论。

在昆明公家方面的美术字,最瞩目的应数市政府刷印在街头墙上

---

① 原刊"会写点图案"五字漫漶不清,姑录待考。

的一行"培养卫生"横字,不大容易认识,然而整整齐齐带点装饰意味,还算不难看。话语系劝告性,也和字体相合。可是用来放在大街墙上,如辐照街旁那个大衙门,就完全不济事了,即用来放在小规模公家机关墙壁上,如外交署,我们也就会觉得还是原来那几个虞世南夫子庙堂碑体字,见得温雅而庄重多了。

美术字体用到公众地方,比较富于装饰美的,应数中央宪兵团在滇越车站的工作。然而装饰性一多,城里人就不大能认识,何况卖豆腐青菜的呈贡乡下人?所以工作费力而难期应得效果,倒不如颜体字相宜。美术字用得不大庄严不美观的,就个人所见,似应数×××× ×××门前墙上柱上的一些字,使人一见即起"你驾"感,有点招架不住。若墙上必需写字,重在装饰,似乎用秦刻石或天发神谶碑①体,方能与房子体积相称。若重在醒目惊心,最好用杨大眼造像,或就近取法,用云南大学至公堂与衡鉴堂字样。若求兼顾并及,最好用泰山经石峪字体,宽博而谨严,又好看,又落实。柱子上可绝对不要字。我希望这点意见能得当事的同意,把墙柱粉刷后重新再来。

口号标语固然要有刺激性,还容许在字体典重庄严上增加一点分量。若处理不合法,很可能给人相反印象,倒近于多此一举了。旧式衙门大堂或私人二门,四扇黑漆门上,常常只贴上一尺见方的"严肃整齐"四个金字,反而从视觉上产生庄严作用。如今却常常见到方桌大的美术字,分量轻飘飘的,与国民性也不大相合。如像××街某衙门照墙上的几个字,就可作例。如用经谷峪金刚经②字体,或孔庙碑字体,分量就一定沉重多了。那衙门两辕砖柱上的字,最好还是去掉,因为留下来实在不美观。我们常说"发扬民族精神,表现民族气派",我希望另一时,在每个机关写标语的地方,都可以看到足以代表国民性的字体,这才真是宣传! 我这种乡下人的理想实现应当不甚困难,因为行政与军事机关,还有的是会写字的秘书参谋,这是他们的工作,并不是艺术股的工作! 如标语系从国防委员会或军委会制定的,最好把字样也一同发下,还得有个高等美术顾问,特为设计,并有一组受过训练的美术家,各处视察,这一来情形就不同了。

---

① 原刊"天发神谶碑"五字漫漶不清,或即著名的《天发神谶碑》,录以待考。
② 此处"经谷峪"当作"经石峪",原刊误排。按,泰山经石峪所刻正是隶书《金刚经》。

史称蔡邕写经,石置鸿都门,观者车马络绎。为证明我是有资格的现代观众,下次我要谈谈昆明的招牌给我视觉上的刺激。

明天的"子曰"怎么办①

宋太祖不大看得起读书人,常称之为"子曰",意思以为天下事复杂而变化多,读过几句子曰的人,是不足语天下事的。虽"子曰"中有"治国平天下"语,不过这句话是个潦倒终生的孔子或其门徒说的,当然也只可为后来的"子曰"满足空洞的抱负,从实际家出身的伟人看来,就完全是一句空话,从不认真注意过的。

当前虽是民主国,白话文运动实现也已经有了二十年(从民九教部指定语体文为初级教育工具算起),可是在初中二国文选本上,年青中学生大致都还有机会读一课两千年来"子曰"所必读的短短文章。那文章上有几句话,差不多每个新的"子曰"都熟习。

"天将降大任于斯人也,必先苦其心志,饿其体肤,戕伐其……",只要读过几句子曰的,对人世事就常常有种理想,且为一些书本上的高尚而尊严的原则所控制,与在实际中受教育、实际中讨生活的人物完全不同,历来即不可免要在肉体和精神两方面遭受种种挫折。孟子从过去推测未来,明白此后社会发展终脱不了如此现象,为将来的"子曰"增加一点抵抗力和容忍力,所以特意来哄哄"子曰",那么说了几句漂亮话。几句话既流传下来,因之到明白"天将降大任"只是一句空话后,依然还不断有"子曰"产生,这倒是孟子所不及料了。

照过去事实说来,真正规矩的"子曰",在"苦其心志,饿其体肤"之外,还可望得到一种"高尚"的抽象的尊敬,然而已不大济事,所以原宪故事②,方特别为人传诵。至于当前的"子曰",却不免被人谥为"潦

---

① 本文原载昆明《生活导报》周刊第 39 期,1943 年 8 月 22 日出刊,作者署名"沈从文"。

② 原宪,字子思,孔门七十二贤之一。《论语·宪问》载:"宪问耻。子曰:'邦有道,谷;邦无道,谷,耻也。'"原宪一生坚守师教,安贫乐道,不贪财,不求仕。《论语·雍也》篇载:"原思为之宰,与之粟九百,辞。"孔子死后,原宪隐居卫国,《史记·仲尼弟子列传》载:"子贡相卫,而结驷连骑,排藜藿入穷阎,过谢原宪。宪摄敝衣冠见子贡,子贡耻之,曰:'夫子岂病乎?'原宪曰:'吾闻之,无财者谓之贫,学道而不能行者谓之病,若宪,贫也,非病也。'子贡惭,不择而去,终身耻其言之过也。"

倒半生,一事无成",而事有所成,成王封爵,煊煊赫赫,作威作福,不可一世的,倒多数是无所谓的人物。这种人或袭先人之余荫,不劳而获尊爵厚禄;或攀藤缘葛,连亲带眷,一同升天;或貌作志士仁人,始则用名词诒事群众,终则用事实诒事公卿,或且更直接更卑鄙用一种不可想象的方式,取得目前所有特权与财富。

"直如弦,死道边,曲如钩,反封侯。"这个谣谚虽是两千年前人说的,何尝不像是现代报纸的简单警辟的社论?今古不同处或在彼而不在此;即两千年前社会上的病态,还容许人从谣谚方式上形容讽刺;当前的社会病态,一说即犯忌讳,还是少说为妙。何以故?因为现代政治的特点,即完全抛弃"子曰"的理想,一切唯以能在事实的泥淖中支持,对一切现象加以默许,为最聪明办法。

也就因此,最近相熟人中一位"子曰",在国内最好大学教了十五年书,却把十五岁的大儿子(刚从初中毕业),送去一个机关作书记,希望能自救外还可每月得点钱贴补家用。事实上这个"子曰"已到了日夜读孟子,相信孟子,也无从活下去的情形。还有更不像样的,是儿子太小,不能作事,即将工作决不能离开手边的一些旧书卖去,勉强对付一时的。这事情竟像既不是国家的耻辱,又不是学校当前能力所可注意的问题。

我倒想问问在同一情况下"子曰",我们是继续读孟子或其他什么,还是得想想办法。很显然,许多"子曰"即期作原宪亦不可能。因为生活逼紧,已不容许在上漏下潮的房中弹琴养气。我们怎么办?若我们连抽象的打算也没有,我们和我们的国家,是不是还有个较好的明天可望?我们实在需要一点气概,即否认"实际主义"能支配一切。我们得从这个原则上重新建立些抽象,给今年还有机会入大学读子曰的知道中国当前子曰是什么,才可望饿死我们自己,救救我们儿子;教人读了十五年子曰的,也还可望将自己十五岁的儿子送入学校里读读书!

中 庸 之 道[①]

历年来常常有人欢喜谈中庸之道。凡是"进不以道,取不以义,守

---

① 本文原载昆明《生活导报》周刊第 41 期,1943 年 9 月 19 日出刊,作者署名"上官碧",沈从文的笔名。

不依法,行不符其所言",心中有所愧恶,有所恐惧的,似乎都对于这个道德名辞兴趣特别浓厚。初初看来,不免令人奇怪,这名辞出现不是时候。但详细注意注意,也就会觉得十分自然。原来有些人表面上是在提倡恕人,实则求人恕既不可得,求自恕有时且难成功,因之都想托庇于中庸之道空气下,将日子混下去。中庸之道由这些人来谈,若把它译成俚语,求其与谈它的本意逼真吻合,意即为"包涵包涵"。所有文章内容,都近于一种不负责任,唯诺取容,软弱无能者的呼吁,即"大家包涵包涵,大家可混下去;大家不肯包涵,那就糟糕!"(被删一百七十三字)。①

中庸之道这个名辞出自儒家,老子的"己所不欲,弗施于人",②正可为这个名辞本意作注解。推己及人谓之恕,中庸之道即由恕字出发。可是恕字含义,当时使用是有个限制的,似只适宜于应用到对己律人取得一个平衡,属于私的一方面。即退而省其私的结果,并非对事不问是非不分好坏之谓。更不能用到国家大事问题支吾上。所以支持儒家正宗思想的荀况,在论人事的是非时,对于人的好坏,即分析得十分严肃,决不含混妈虎③。

"国贼"与"国妖",可说是两个对人批评得最厉害的名辞。这名辞就是由谈礼乐尚仁恕的荀况所定下的。他说:"不恤君之荣辱,不恤国之臧否,偷合苟容以持禄养交而已耳,谓之国贼。""口言善,身行恶,国妖也。"可见仅个人小小过失,或天生愚昧低能,用得上一个恕字。凡对国家有责任,不能尽责,惟知安享尊爵厚禄,固宠取幸,不问国家前途,不辨事情是非,惟以偷合取容混饭吃的人,是不能依赖恕道上开

---

① 这是原刊编者的夹注,原文此处有一段文字被检查部门检为违碍,刊物于此特开天窗并夹注说明情况。

② 此处"老子"当作"孔子",作者可能记忆有误,也可能是刊物误排,下文并重复此误。按,近似"己所不欲,弗施于人"的话,孔子说过多次。如《论语·颜渊》:"仲弓问仁。子曰:'出门如见大宾,使民如承大祭。己所不欲,勿施于人。在邦无怨,在家无怨。'"《论语·卫灵公》:"子贡问曰:'有一言而可以终身行之者乎?子曰:'其恕乎!己所不欲,勿施于人。'"《论语·雍也》:"夫仁者,己欲立而立人,己欲达而达人,能近取譬,可谓仁之方也已。"邢昺于此疏云:"'方'犹道也,言夫仁者己欲立身进达,而先立达他人,又能近取譬于己,皆恕己所欲而施之于人,己所不欲,弗施于人,可谓仁道也。"据此则"己所不欲,弗施于人"乃是邢昺对《论语》的义疏语。当然,在邢昺之前已有人说过类似的话,如相传为子思所作的《中庸》即有"施之己而不愿,亦弗施于人"之论。

③ "妈虎"今通作"马虎"。

脱,应称为"国贼"的。又或口言善,身行恶,言行不符的人,也不适用恕道,必称之为"国妖"的。国贼与国妖,当然是在老子①恕道以外的。这种人从诗人的诅咒上来说,即当"投畀豺虎"、"投畀有北"。

试用荀况所描写的两种人当作范本,来测验测验目下社会,我们将不免大吃一惊。(以下被删七十一字②)《笑林广记》上有个捉贼故事,说某贼被人发现时,人喊捉贼,他穷极智生,也跟随大喊捉贼,因之逃脱,平安无事。如今谈夫子之道的,既有想从夫子之道自脱或自存的人物,因之真正服膺夫子的正名精神,想来检视一下当前场面上的现状,把责任是非弄清楚一些的人,便应了古语"察渊鱼者不祥",反倒容易被称为矫激固持③有点神经病的人物。

近几年来楚辞的价值和作者地位,重新被人估得高高的,也可说便反映一种事实,即兰桂萧瑟而萧艾敷荣④。今古情形不同处,即当时屈原带点失恋失宠意味,写来写去,越写越生气,终于被逼而发疯,向汨罗江中一跳,完事大吉。目前的人神经强韧一点,又不许说什么太放肆的话,只在沉默中忍受时代风气所带来的是非不明黑白不分,……。这一切都若在测验读书人的神经容忍力或适应力,也就是在测验读书人的做人良心。近来有一部份人,或热中于出路,或太不甘寂寞,丧失了个人做人的自尊心和用工作有以自立自见的信心,起始来用阿谀支持"混"的局面,且图从这个局面下得到一点唾余好处,中庸之道于是也就从读书人中得到点微弱的应声。

其实说来,对于这种种,我们或许还用得着一种悲悯心情去看待,只是对于整个国家前途却不免令人怀抱隐忧!因为国家民族的未来,是决定于当前人的打算与安排的,能为将来打算安排的,必先有勇气正视当前弱点所在,困难所在,来有所处理。对责任所在的当前事不敢悠忽,方可望对未来能作远大计划。眼前所有大问题,若各部分负责方面,都只用一个"混"字应付,明日各事,就当真近于听凭"命运"处理了。

---

① 此处"老子"于义当作"孔子",参阅前注。
② 这是原刊编者夹注。
③ "持"疑为"执"之笔误或误排,不过作"固持"也可通——"固持"义近"固执"。
④ 原刊"兰桂""萧艾"四字漫漶不清,此处参考沈从文《绿魇》中"兰桂未必齐芳,萧艾转易敷荣"录之。

《大公报》提倡爱悔恨①,意思正是盼望中层负责分子得把一切责任是非弱点长处弄个清清楚楚,能爱其所当爱,恨其所当恨,而对于悠忽拖混罪过能真正有所愧悔,则一切重新起始,并不嫌迟。看大家空谈中庸,等于将所有问题用一个破旧布袋装上,抗②这个布袋的虽若有人,抗来抗去,有何意义?是否即可以解决一切的问题?又能抗多久?也值得想想!值得一些脑子还不曾为势利所麻木、而情感又还能关心着明日国家种种的年青朋友想想!我们若真希望明日在这片土地上过日子的下一代的中国人,活得比当前幸福一点、尊贵一点,同时也自由一点,目前还不仅需要负责方面能爱恨悔,还要多数人敢向深处思索,敢将思索及的问题说出来。对人尽管中庸到承认"一切现状存在为必然",可是问题也应当明白对事拖混敷衍的结果,将产生一种什么堕落现象,且将影响到将来民族命运有多大!

统治责任与权力测验
——平价中的小问题③

本市物价常被人称为中国第一,世界第一。公私各方面钞票过多,无可运用,一齐来在市场争夺商品,物价比其他后方都市变动性来得大,因之有些日用品,也就比别地方高得多,实自然不过的现象。这

---

① 1943年春,欧洲战场和太平洋战场热火朝天,而中国战场却陷于低迷萎缩状态。于是《大公报》负责人王芸生约谷春帆和林同济商量,决心发起一个振人心挽颓风的狂飙运动,并决定用"爱、恨、悔"三字为此运动的主题。他们认为,耶稣济世是由于爱,马克思倡社会革命是由于恨,佛陀普度是由于悔,是以爱、恨、悔都可产生改造社会的精神力量。3月29日、3月31日、4月7日,《大公报》接连发表了王芸生的三篇社评——《我们还需要加点劲!》《提高人的素质》《提供一个行为基准》,呼吁:"我们要爱,爱国,爱族,爱人,爱事,爱理;凡我所爱,生死以之,爱护到底!我们要恨,恨敌人,恨汉奸,恨一切口是心非,损人利己,对人无情,对国无热爱,贪赃枉法,以及做事不尽职的人!我们要悔,要忏悔自己,上自各位领袖,下至庶民,人人都要低首于自己的良心面前,忏悔三天!省察自己的言行,检查自己的内心,痛切忏悔自己的大小一切过失!"(3月29日社评)这场运动一时颇为引人注目,不料却引起了国民党当局的疑虑,如吴稚晖就指责:"《大公报》宣传爱恨悔,有些形迹可疑。因为孙中山先生的学说只讲仁爱,从不讲恨。恨是马克思的理论,《大公报》恐怕是替共产党做宣传。"遂即命令停止"爱恨悔"的宣传。

② 此处"抗"通作"扛",下同,不另出校。

③ 本文原载昆明《生活导报》周刊第47期,1943年10月31日出刊,作者署名"沈从文"。

也可说是一种"锦标",如果它不大影响于一般民生,保持纪录且可增加商场中活动人物少许虚荣,听它下①去未尝不好。可是事实上这种锦标已弄得许多人生活过于紧张,需要有个办法来调整调整,早是有识者所共见的!

　　支持这种"物价第一锦标"原因的,有的说是少数人,有的说是多数钞票,以少数人运用多数钞票,来在市场上掠夺商品,②看定一二十样重要商品,作"有赢无输"的赌注投资,结果当然是弄得个市场不成样子。因此对限价抱悲观的负责人便以为一切努力实无可望。因为能运用钞票的在心理上不特乐意保持纪录,还希望打破纪录,平价事自无可望。然而对限价抱乐观的专家,却又说,既是人在运用钞票,一定有办法。只要能想法转移钞票活动的方向,并因之减少钞票活动的数目,全国物价都有办法,何况区区昆明市。近一月以来,我们试向正义路走走,必可得到一个新鲜印象,即大多数铺门窗柱间都贴了些减价八折的红绿字条,吸引过路人注意。再试走进任何一家铺子随便问问,也就会相信这种减价的真实性。一月前多数人的心理,还以为货物比钞票可靠,怎么现在会用大减价来推销货物?未免觉得不可解。原来政府综合悲观与乐观两种观察,已开始执行一个计划,将钞票重新加以处理。处理方法就是用具体的金子收回些钞票,用抽象的国外债券(虽抽象却似乎更稳定可靠)又收回些钞票和金子,再来对那个少数有力者用……,大家既需要钞票作别的用途,于是市场上货物自然就多起来了,贱起来了。九折八折招徕主顾的字条到处可见。其实一个足当眼捷手快的商店老板,若企图赶紧转移资本,在所有货物上来个七折对折的大减价,也是必然应有的现象!(尤其是开新书店的,不趁此讲求脱手方法,资本呆定在一堆内容恶劣无人过问的新书上,可说是命定了的)。

　　不过如此一来,我们所谓昆明市物价问题,是不是就得到了解决?若当前平价问题,只限于正义路洋货杂货的购买上,可说暂时已得到解决。现有货品不至于继续上涨,至少市民恐慌性就少些。有钱人钞

---

　　① 从上下文义看,此处"下"疑当作"上"即"上涨"之义,可能是原刊排印时铅字上下误置所致。

　　② 以上四句疑有错简,原稿大意或许是批评"少数人运用多数钞票,来在市场上掠夺商品"的不合理现象。

票找出了新的用途,用钞票争取商品的投机性也少些。若四十万市民对于物价问题,不尽在正义路,实在城厢内外各菜市、炭市、米店、油盐杂货店,以及昆明市每一条街每一个巷每一栋房子中,换言之,即问题在薪水阶级作主妇的"开门七件事"应付上,外加那个"房租",我们便可说政府新的计划,还并未在人民生活上发生作用。(解决了大问题,可不曾触着小问题,事情说来物价问题倒又恰恰给①贴近这些小小事情上。)这只要问问每个家的当家人即明白。

近来物价下跌与生活必需日用品无关。正义路的热水瓶和牙粉牙膏尽管大减价,七件事可稳定不动,一部分且在暗中上涨。全市各处房租更多加价,而且增加比例都大得怕人。有些租金一跃到原来五倍二十倍,有些且在加租外还来个大数目押租,(政府两年前虽即有个法令加以限制,可是一遇到闹房租问题时,当事人谁都知道用"不租自住"和"出卖"作理由,即可不受拘束。)住房子的若是个公务编制,还可从预算上添笔账目,实报实销,不甚为难。若系私人,简直是不知如何是好!这些事很显然都不是政府平定物价的新的设计可以有作用的。并且正相反,卖肉卖七件事的,有房子出租的,竟可说这个新经济政策一来,反而刺激了贪欲本性,使他们发生用钞票换金子和美金债券的浓厚兴趣,各照习惯所许可方式,来设法增加手中钞票数量,因此弄得一个靠固定薪水收入过日子的公务员,只是更加招架不住。这种招架不住的情形,直接使许多正当公务员,尤其是大学校教书的,军事机关作幕僚的,每天为吃住发愁,间接且在无形中鼓励社会各部门的贪污营私纳贿制度,国力消耗,实在严重不过。

私意目前这类问题,若不是最高当局所能注意得到,就该是地方当局负点责任来想想办法的时候了。《春渚纪闻》记宗泽作开封府尹时,因物价上涨,影响人民生计和作战士气,于是把个高抬市价卖面饼的借来杀头示众,并把个监官酒的叫来,给他一种警告,以为暂时寄头到颈上,若不减价,便和卖面饼的照样处治。如此一来,不到几天,所有物价一律稳定。如今昆明一般社会所感到的困难,比南宋时开封府的面饼和酒问题实在严重得多,当局目前可运用的权力,又似乎比当

---

① 此处"给"字疑是"恰"字之误排,而前面已有"恰恰",则这个误排的"给"字当属衍文。

时作府尹的大得多。把卖烧饼的或卖牛肉的提来杀头,不是如今必要的方式,因为杀来杀去,也只会增加站在街头看热闹的闲人一些漠然残忍性,事实上无多意义。可是个人却赞同政府来好好的管理一下这个都市。如果有个什么办法来解决,我相信在专家方面,在舆论方面,在各有关机关,以及一切公正薪水阶级人员个人,都必然完全拥护。正因为这个都市的四十万人民,虽只有一部份人直接和军事有关,这个都市的稳定性,却与向外发展的军事有关。市民生活所必需的日用品价格,能否由政府管理调整,或重新设计用公卖方式定量分配,不仅仅与四十万人民营养安全有关,也与国际友人印象有关。我们感于最高当局说的"军事第一"的真实意义,以及"求军事胜利必严格管制一切"的重要性,如今既有的是需要合理管制的对象,且不缺少管理的机构,等待的实只是一种具体办法,以及执行这个办法时的热忱和决心!若负责方面不缺少这种热忱和决心,即在试验中发生些不可免的困难与麻烦,也会用毅力与勇气来克服,从各方面将这个都会过去弱点加以修正的。

提到这问题时,也许有人从商业观点上,会觉得过去这方面的放任,与本市年来繁荣不无关系。自由竞争不仅诱引吸收了大量物资的集中,也扩大了本省钞票的流通量与流通性质。可是从政治观点说来,这种繁荣实包含一点堕落趋势,为有识者所共见,已必需想办法补救。继续的放任,是会使所有住在这个美丽城市中的市民(除商人与阔老之外),或直接遭受生活上更大的艰难,对工作难以为继,或间接在精神上接受"缺少管理计划与能力"的谤议,统治信用或尊严,都必然将发生影响的。过去谈全国性物价,负责方面或有"挟太山①超北海"感觉,以为即有心为之,亦力所不逮。如今谈地方性物价,事实上已近于"为长者折枝",不是能不能,而只看为不为了。所作事轻而易举近于折枝,其重要性则不啻一种统治责任与权力的测验。所以问题说来虽小,实值得有远见的负责当局,给予一点新的注意与关心!

---

① "太山"通作"泰山"。

由怀疑接近真理①

昔人说,"我们怀疑而生问题,从事搜②求则可得真理"。当前有些人追求真理毫无兴趣,对"真理"两字,似乎已看得十分平淡,无希望可以兴奋其神经,大多数人对眼③边事从不怀疑,少数人更不敢怀疑,"疑"既不能在生命上成为一种动力,"信"亦不能为生命上一种动力。这种麻木自私表现于公务人员则纳贿贪赃,用消极方式出现,表现于知识分子则独善其身,苟全乱世性命。所以由怀疑而获现真理,求人类理知抬头,对迷信和惰性作战,取得胜利,把这类事希望于这一种人,无可希望。

五四运动之起,可说是少数读书人,对"顺天委命"行为之抗议,以及"重新做人"之觉醒。

人事既有新陈代谢,当前二十岁上下的青年,就是此后二十年社会负责者。一个文学作者若自觉为教育青年而写作,对于真理正义十分爱重,与其在作品上空作预言,有信仰即可走近天堂,取得其"信",不如注入较多理性,指明社会上此可怀疑,彼可怀疑,养成其"疑"。因疑则问题齐来,因搜求问题分析问题即接近真理。我们所需要的真理无它,即全个民族应当好好的活下去,去掉不可靠的原人迷信,充实以一切合理的知识与技术,支配自然,处置人事,力求进步,使这个民族在任何忧④患艰难之中,还能够站得住,不至于堕落灭亡罢了。认识这种真理需要理性比热情多,实现这种真理需要韧性比勇敢多。

尼采说:"证明一事实不够的,应当将人们向之引诱下去,或启迪上来,因此一个知识份子应该学着将他的智慧说出来,不碍其好像愚

---

① 本文原载重庆《国民公报》副刊《国语》第27期,1943年9月23日出刊,作者署名"沈从文"。按,本文与沈从文此前发表的《谈保守》(载昆明《新动向》第1卷第2期,1938年7月1日出刊,收入《沈从文全集》第17卷,北岳文艺出版社,2002年)一文的后半篇近似,当是据以有所删节后单独成篇。
② 原报此处一字漫漶不清,参考《谈保守》一文,则作"搜"字。
③ 原报此处一字漫漶不清,参考《谈保守》一文,则作"眼"字。
④ 原报此处一字漫漶不清,此据《谈保守》录入。另,此句末尾"之中",《谈保守》作"情形中"。

蠢。"实证真理很容易邻于愚蠢,知识阶级对于各事之沉默,即类乎对于"愚蠢"之趋避。然而时间却将为这种不甘沉默者重作注解,即:社会需要这种人用勒①性来支持他的意见,人类方能进步,有人敢对传统怀疑,且能引起多数人疑其所当疑,将保守与迷信分离(与自私和愚昧分离),这人即为明日之先知。

---

① 原报此字误排,参考上文"实现这种真理需要韧性比勇敢多"及《谈保守》一文,"勒"当作"韧"。

与革命相向而行

——《丁玲传》及革命文艺的现代性序论

丁玲去世十多年之后,文坛学界仍有不止一人为她的"不简单"或"复杂性"而感叹。即如作家王蒙1997年在一篇专论丁玲复杂性的文章之末就感慨地说:"她并非像某些人说的那样简单。我早已说过写过,在全国掀起张爱玲热的时候,我深深地为了人们没有纪念和谈论丁玲而悲伤而不平。我愿意愚蠢地和冒昧地以一个后辈作家和曾经是丁玲忠实读者的身份,怀着对天人相隔的一个大作家的难以释然的怀念和敬意,为丁玲长歌当哭。"①而在紧接着的1998年,批评家李陀甚至径直以"丁玲不简单"为题作论,历数丁玲大半生不平凡的传奇经历,力求深入地解读革命话语生产中的丁玲其人、其文及其思想的复杂性。② 王蒙和李陀对丁玲的具体分析及其论断,人们自然可能赞成或不赞成,但他们关注和解读丁玲的复杂性之努力,还是值得后来的研究者注意的。

事实上,这种致力于"不简单"或"复杂性"的解读,在此后的丁玲研究里显然颇有反响。近十五年来丁玲研究的最重要进展,就在于此。然而令人遗憾的是,这种本来应该渐趋深入复杂实际的研究趋向,其主导性的创新观点却仍然难免于新的简单化——研究者要么满怀同情地把丁玲的遭际描述成一个天才作家不可抗拒地迭遭政治迫害和扭曲的悲剧过程,要么过分深刻地把丁玲二分为文学的丁玲和政治的丁玲的二元对立,等等。而推原这种复杂化研究趋向之所以终归

---

① 王蒙:《我心目中的丁玲》,《读书》1997年第2期。
② 李陀:《丁玲不简单——革命时期知识分子在话语生产中的复杂角色》,《北京文学》1998年第7期。

难免新的简单化,很可能导源于研究者的某种学术的和政治的感情意气——在过分意气论事的态度下,丁玲其人其文的复杂性,不是被慷慨激昂的学术正确兼政治正确的议论所取代,就是被矛盾冲突大起大落的传奇化叙述所掩盖,仿佛丁玲大半生只是被动的"被政治化",或者不自觉地纠结于艺术与政治的分裂对立,而无论哪种观点,乍看似乎都不无深刻的洞见,但其实都不免把丁玲及其与现代中国革命的复杂关系简单化了。

然则,究竟怎样才能深入揭示一个"不简单"的著名作家的复杂性呢?这无疑是一个很难的课题,未必有什么妙法魔方,窃以为研究者首先需要去除或警惕的,倒是某种情不自禁的感情意气和一味好奇的传奇叙事,而不妨采取张爱玲在其反传奇的《传奇》扉页上的题词——"在传奇里面寻找普通人,在普通人里寻找传奇"之态度,才庶几有望接近那"不简单"的复杂实际。老实说,作为一个现代文学研究者,我曾拜读过不少现代作家的传记,惜乎大多都弥漫着推崇备至的感情、慷慨雄辩的论说和刻意传奇的叙事,反让人难以亲近,甚至不免心生疑议,而真正平实且平情的撰作,乃稀见如凤毛麟角,就我眼目所及,只有吴福辉先生多年前所撰之《沙汀传》和王增如女士、李向东先生最近所撰之《丁玲传》,可谓近之矣。私意以为,这两部前后相继的传记,不约而同地把中国现代作家研究和传记写作,从传奇意气的浪漫主义套路推进到实事求是的写实主义路径,这种求真务实的学术追求是很难得的。

这部《丁玲传》无疑是二位著者多年心力和心血的结晶。事实上,就撰写丁玲传记而言,也没有比增如女士和向东先生更"得天独厚"而又特别认真用心的人了。他们在丁玲生前就与她有多年的亲密接触,所以拥有一般研究者所不具备的切身感受,而在丁玲去世之后,他们又一直参与其著作的编辑出版并努力开展其生平研究,因而拥有充分的文献准备和独到的研究心得。在这部传记之前,增如女士和向东先生已撰写出版了好几种关于丁玲的研究论著,如《无奈的涅槃——丁玲最后的日子》(王增如著,上海书店出版社,2003年)、《丁玲年谱长编》(王增如、李向东合著,天津人民出版社,2006年)、《丁陈反党集团冤案始末》(王增如、李向东合著,湖北人民出版社,2006年)、《丁玲办〈中国〉》(王增如著,人民文学出版社,2011年)等等。由此,增如女士和向东先生相当成功地完成了自己的身份和态度之转换——从密切接触丁玲的特别亲近者,转变成了认真探索丁玲其人其文的严肃研究者——这个转换其实是很不容易的。而他们的上述著述,尤其是《丁玲年谱长编》,委实是广搜博采、精心编撰,篇幅长达八百多页、字数多达六十余万言,洵属近年出版的现代作家年谱中最出色也最本色者。这一切当然为这部丁玲新传的写作提供了坚实的基础。正因为如此,这部新的丁玲传在史料的翔实完备性和事实的准确可靠性上,确然大大超越了既往已有之作,而堪称集其大成并且取精用宏的研究性传记。应该说,此书在这方面的成绩,是任凭读者随便翻开任一小节,都跃然目前、显然可见的,所以也就无须在此例举了。

就我的阅读感受,这部《丁玲传》最为显著的特点和优点,乃在其叙述事迹的平实道来和分析问题的平情而论。也许有人会说,平实、平情,不过平平而已;殊不知唯其如此,才有助于叙事的求真务实和论事的实事求是——此书与那些煽情好奇的传记之不同,正在于此。

恕我直言,关于现代作家的生平研究和传记写作,多年来实在深受浪漫主义态度和作派的影响。这一方面表现为浪漫传奇的叙事作派,另一方面则表现为感情主义的论事态度。随便翻开一些作家传记或作家研究论著看其题名或主题,就可知此种态度和作派是多么地流行了。比如,仿佛成了惯例似的,这些传记或论著对有关作家,要么美之曰"现代中国的第一才女""中国的最后一个贵族",要么抬举为"现代中国的文化昆仑""中国最后一个士大夫文人"以至于"文化中国的守夜人"等等,几乎满篇皆是极力传奇的叙事和五体投地的颂赞,诚所谓作者说得天花乱坠、读者看得眼花缭乱,其实除了喋喋不休连篇累牍地颂赞女作家浪漫美丽高雅得人间少有或男作家伟大潇洒深刻得并世无二外,并不能让读者真有所得。

与此类浪漫高调的传记迥然不同,这部《丁玲传》可谓低调朴实之至。其实,无论怎么说,丁玲都算是现代中国文学史上或 20 世纪中国文学史上的风云人物,不仅其创作曾数次引领文坛风骚,而且其人生也曾几度坎坷、备受磨难,并且个性倔强、感情丰富,爱情婚姻生活颇富浪漫性和戏剧性,这一切原本是可以大书特书的浪漫传奇之事。然而,本书的两位作者增如女士和向东先生,却没有在这些地方大做文章,全书几乎摈弃了一切浪漫渲染的笔墨——既没有什么光彩夺目的华彩篇章,也不见什么奇峰突起的传奇笔法,而一本平实朴素的态度,将丁玲一生据实断制为十大部分和一百〇一个小节,而恰是这种朴实的叙述结构和平实的叙述语调,才更为本真地勾画出丁玲坎坷一生的生命历程和一以贯之的性格本色。

即如丁玲初登文坛就一鸣惊人的故事,委实近乎传奇了,可是本书只在第一部分之末安排了"梦珂与莎菲"一小节,给予了朴实无华的克制陈述,然而唯其平实道来、克制叙述,才真实地写出了丁玲走向文学的偶然性和必然性,同时也写出了丁玲看似虚心谦默而其实极富才气和傲气的性格特点。的确,丁玲并不像当时一般文学青年那样醉心文学,她的两篇成名作之出现确乎近于偶然,乃是她痛感苦闷无可排遣而不得不借文学聊为抒发的产物,仿佛无心插柳、得之偶然耳,可是当我们再回头寻绎第一部分前面各节的铺叙时,才发现它们其实已不动声色地铺垫出丁玲之成为一个作家乃是其来有自的:丁玲出生于一个没落的官僚家庭,幼逢家道中落,稍后甚至不得不寄人篱下,这自然促成了她的早熟,使她养成了谦抑又高傲的性格和对世态人情敏锐早慧的感应,并且她也从父亲那里继承了文艺的趣味和天分,从母亲那里学到了自尊与独立——应该说,丁玲在这样的环境里养成的个性,自是敏感、早熟、孤傲而近于文艺的,鲁迅、路翎、张爱玲等现代作家不都是如此么?并且丁玲幼年和少女时期的喜欢作文和对文学的广泛阅读,在上海求学时期与一些极富艺术才情的共产党人的交往,使其文学修养稳步提高,其后她又作为一个追求个性解放的时代女性,为寻求理想和出路而南北奔波,却饱尝彷徨失路的苦闷——这一切都使丁玲对文学虽非醉心以求,却是有备而来、有感而发的,此所以当丁玲在1927—1928年之际的那个特定时刻,虽已过了文学爱好者的年龄却别无选择地走向创作时,她几乎必然地一鸣惊人、一举成名。也正因为如此,丁玲的创作起步虽然比胡也频、沈从文晚好几年,但她却一提笔就非同凡响而后来居上也。

再举丁玲创办《中国》一事为例吧。诚如两位作者所说,"创办《中国》,是丁玲晚年做的最后一件大事。她为《中国》操碎了心,耗尽了力,翱翔的飞蛾在砰然腾起的《中国》之火中油尽灯灭,燃尽了自己。没有《中国》,丁玲不会死得那么早那么快,但没有《中国》,1985年的中国文坛就少了许多曲折复杂的故事,这本只有两年寿命的大型文学期刊多次惊扰中央书记处甚至党中央总书记,折射出那两年中国思想文化界的斗争风波。"正唯如此,所以才有当年终刊时编辑部同人的情绪化反应,和后来的文学史论著自觉不自觉地把此事悲壮化。这些情绪化和悲壮化的反应当然都可理解,但无可讳言,它们也将事情的复杂性大大简化了。本书的两位作者显然也很重视丁玲最后的这段经历,所以全书的最后一部分即以"办《中国》"为题,并以"三把火""'民办公助'行不通""祸起萧墙"和"情系《中国》"四节的篇幅专述此事。但难得的是,两位作者超越了情绪化和悲壮化的反应,而力求在平实的叙述中深入揭示导致《中国》夭折和丁玲累死的诸多因素——文艺管理体制的束缚、文艺界根深蒂固的派性作祟以及"祸起"《中国》编辑部内部的矛盾纠葛,凡此都与丁玲的一腔热情、团结意愿相违,一件大好事终于半途而废,热情投入的丁玲终于被自己的投入拖累而病逝。而整个事件可悲到近乎荒诞之处在于,所有相关人等未见得谁是坏人——事实上不论丁玲的团队,还是当时作协的管理层,大都可说是思想开明、热忱负责而且富有才华的好人,可是却都身不由己卷入矛盾和内耗,并且没有谁是最后的赢家。然则这种让所有的人都难得好过的文艺管理体制,还不该寿终正寝吗?这正是这部《丁玲传》所要揭示的问题之要害。

与叙事的平实道来相比,本书对待问题人物和问题事件能够平情而论,更其值得赞赏。

大概而言,专研某一现当代作家的人,往往和这个作家有一些直接的交往,这固然能得到一般人难以获得的第一印象和难以知晓的内情史料,但同时也难免与之产生比较亲近的感情,于是研究和作传的时候,情不自禁地感情论事、回护作家,也就在所难免了;即使相互之间没有直接交往,但一个研究者长期专注于某个作家,其实也难免"日久生情",于是在研究和作传时意气论事、片面维护,甚至曲意奉承和刻意掩饰,也时或有之。这种"感受的谬误"在现当代作家的传记写作中之最可笑的表现,就是喜欢把传主打扮得"像花儿一样美",以至在政治和文学上一贯地"伟大、光荣、正确",而对与之相关的问题人物和问题事件,则常以政治上和学术上的后见之明任情评说、任意褒贬,力求做出对传主有利的论说,因而失真之论与失态之辞,亦所在多有。按说,本书的两位作者与丁玲亲密接触多年,对这位饱经磨难的老作家自然感情很深，可是，他们在本书中对一些问题人物和问题事件却能发为平情之论，既不随时风任意褒贬其他人，也不随情分为丁玲自己掩饰，此所以格外难能可贵也。

比如，当丁玲辛苦写出《太阳照在桑干河上》、送给周扬审阅，而周扬看后认为地主女儿黑妮写得有问题，因而一时态度慎重，未敢即允出版，丁玲转而通过别的高层人士找毛泽东审阅之际，本书于此就如实记叙了江青对《太阳照在桑干河上》出版的推动作用，并引了陈明1948年8月18日给丁玲的信，此信详细报告了江青前两天到石家庄跟陈明起谈起对《太阳照在桑干河上》的看法，其中既有热情的肯定，也有坦诚的修改建议，那建议其实与周扬不谋而合。然后，两位作者写了这样一段评论："(当时)江青并无职务，但身份特殊，她的意见自然会得到重视。毛泽东曾经向丁玲表示要看她的小说，但当时正是解放战争紧要关头，他无暇阅读，所以江青接了下来。这大概是江青重视这本书的原因。"这无疑是平情如实之论，而两位作者能如此持论，其实是很不容易的。因为在近三十年来的社会和学界，江青的一生几乎完全被妖魔化了，仿佛她始终都是个坏透了的"坏女人"，本书当然也可以不必多事而略过江青不提的，但是两位作者还是如实地记述了这段史实。这既体现出对历史真实的尊重，更需要一点不跟风的勇气的。其实，上世纪三四十年代的江青，也是一个热心革命文艺的知识女性，与丁玲有很多相似之处，只是未能成为作家罢了，从她对《太阳照在桑干河上》的意见来看，她当真是真懂文艺的，故其所谈意见谦虚而中肯，态度亲切而热忱，很珍重作家的心血，然则又何必忌讳呢！

再如丁玲与陈明的婚恋，诚如两位作者所说，"两个人的年龄、经历与地位，都存在巨大差距……陈明明显弱于丁玲。这样，即便在民主觉悟程度较高的延安，这场婚姻也招来响亮的非议之声。"并且事情也别有曲折——陈明起初只把丁玲视为一个可敬的大姐，对她的爱情攻势则退避三舍，事实上他稍后也别有所爱，那便是年轻的席平，到1940年秋他们在陇东结了婚。这对丁玲打击很大。丁玲的小姐妹罗兰找到陈明，严厉斥责席平，把陈明带回延安，逼他离婚，而据说此时的陈明也发现，"丁玲在他心中的分量重于席平。……他说：'我找不出别的理由来跟席平离婚，就说她不自立，依赖性太强，总想依靠男同志。另外结婚前我提出条件，要她必须对丁玲好，可是后来她对丁玲态度不好。席平当然不同意离婚,但是我的态度很坚决。'"这自然是陈明事后维护丁玲的说法,而被离婚的席平后来默默养大了她和陈明的孩子,从未抱怨陈明、非难丁玲。陈明晚年回忆说:"我与丁玲结婚后,内心常责备自己为与席平分开所找的那样一个借口,当时我的确没有办法解除三个人的痛苦,而与丁玲结合,只是把痛苦都给了席平,这对她是不公平的。对席平,我始终怀有负疚的心情。"这是真心话了。丁玲深爱陈明,后来的事也证明她的选择正确,但为此不惜拆散一对夫妻,也真够强势了。据说"爱情都是自私的",所以丁玲的作为也可以理解,而最让人尊敬和同情的则是不那么自私的席平。本书作者与丁玲关系亲近,却能不为尊者讳,平情述论此事,并委婉地写出其中之曲折,让读者认识到丁玲性格的复杂性,这才是叙史作传者应有之态度。

有些特别敏感、对丁玲造成极大创伤的问题,本书既努力还原事实之经过,又有政治组织的文件可据,却也能兼听兼采不同意见,力求引导读者历史地理解问题的复杂性和严肃性。

比如丁玲30年代被捕后的表现问题,就是一个长期的遗留问题而让她备受折磨大半生,直到1984年8月中组部9号文件才为她彻底平了反。然则,此事是否就像当今一个作家进了一趟拘留所、写了个认错的条骗骗警察、出来了也就全然无事了,因此一切的审查,都是多此一举、无事生非、蓄意陷害?否则,为什么那么无情苛求、揪住不放、没完没了地折腾人呢?本书的两位作者虽然深切同情丁玲的遭遇,又有中共中央最后的平反文件为据,可是他们还是尽可能写出了此事之所以成为问题的严肃性和复杂性。其实,从中共作为一个革命党的组织纪律和道德规范来看,既然一个党员疑有问题,就不可能不审查,审查就不能徇私情、讲人情——中共作为一个真正的革命党之严正和有力也就在于此;并且不能忽视的是,三四十年代的中共作为一个革命党,从秘密工作到建立根据地开展武装斗争,再到形成解放区、坚持艰苦抗战,继之以解放战争,这样一直到1947年,中共事实上都处在不稳固状态,而随时面临着被各个击破以至土崩瓦解的危殆局势,而新中国之初又面临着朝鲜战争、东西冷战直至中苏对抗,局势也很不容乐观,凡此等等,都使严肃地以至严厉地纯洁革命队伍,成为巩固革命政权之应有和必有的举措;而对一个党员来说,为此备受审查以至蒙受误解和委屈,也就在所难免了,甚至可以说是其生命中不得不承受之"重"或必有的"试炼"(这似是胡风的造语),国民党不就是做不到这一点,才不断有人变节、泄密、出走等等,并导致了最终的失败么?所以,本书在记述丁玲的委屈的同时,也本着历史的态度兼顾了中共的组织原则和革命纪律。如写丁玲在延安时曾去找毛泽东申诉,毛泽东虽然很喜欢丁玲,但还是说"这是个组织问题,你应该去找陈云,还可以去找康生谈谈"。接着又记述了1940年10月4日中共中央组织部做出的《审查丁玲同志被捕被禁经过的结论》:"根据现有材料看来,说丁玲同志曾经自首没有具体证明,因此自首的传说不能凭信,但丁玲同志没有利用可能(虽然也有顾虑)及早离开南京(应该估计到住在南京对外影响是不好的),这种处置是不适当的。""虽然如此,但因对丁玲同志自首传说并无根据,这种传说即不能成立,因此应该认为丁玲同志仍然是一个对党对革命忠实的共产党员。"1941年1月1日,中组部长陈云把这个审查结论通知丁玲并特意告诉她,结论的最后一句"应该认为丁玲同志仍然是一个对党对革命忠实的共产党员",是毛主席亲自加上去的。可见毛泽东过问并关注了此事,既坚持了组织原则也给丁玲以鼓励。而使问题复杂化的,乃是丁玲在1943年延安审干时交代了过去隐瞒的一个细节——她给国民党写过一个"小条子",这一下加重了丁玲问题的严重度和复杂性。丁玲的历史问题长期难以解决,与此关系至大,因为这个小条子确实不好解释,丁玲一时也难以自证清白,于是就留下了尾巴。此所以到了50年代中期批评丁陈集团时,中宣部长陆定一给中央写信,提出进一步审查丁玲的历史,在当时严厉肃反的情况下,那自然是疑罪重罚。而据80年代曾任中共组织部副部长的李锐回忆,新时期重新讨论丁玲的这个问题,"在中组部也是有阻力的,第一个是陆定一反对,此外还有两位大姐,这两位大姐都是非常好的人,但是在这个事情上反对"。据本书所述,那两位革命老大姐都曾在上世纪30年代初被国民党逮捕、遭受酷刑而坚定不屈,"她们的态度,应与她们的经历有关"。难得的是两位作者不是仅仅根据丁玲的"一面之词",而同时也写出了陆定一和两位革命老大姐的不同意见,并且承认他们都是好人,所以并非刻意与丁玲过不去,乃是坚持着比较严格的组织原则。我很赞赏两位作者在这个敏感问题上能够兼顾不同的观点,而非一味感情意气地为丁玲"鸣冤叫屈",也没有把问题简单归咎于某一个人。而丁玲的可贵之处在于,她虽然备受审查的磨难并且几度落难,却始终不堕其志、不减信仰,以实际行动证明了自己是一个忠实的党员。这在今天的一些"先进"之士看来,可能会觉得匪夷所思、难以理解,可在丁玲确是九死其犹未悔的真感情。本书特意引用了丁玲逝世后李锐悼念文中的一段话:"这个通知(指中共中央《为丁玲同志恢复名誉的通知》——引者按)经过一年多的调查落实,几次慎重讨论,最后由中央批准。通知高度评价了她为党做的工作,赞扬她是一个忠诚的共产党员。是的,比起她半个多世纪对党的执著的爱,即使她有过什么过失,又何足计较呢。"这话很值得玩味——从丁玲大半生忍辱负重、矢志不移的表现来说,"通知"对她的高度肯定和赞扬,她是当之无愧的;而所谓"比起她半个多世纪对党的执著的爱,即使她有过什么过失,又何足计较呢",则含蓄地暗示出中共一向特别严格的组织纪律原则在新形势下与时俱进的宽容,因此给予丁玲老人一个迟到的肯定和宽解,让这位老党员从此安心安度晚年,这于理于情都是应该的。是的,就丁玲与现代中国革命的复杂关系而论,这委实是极为严肃也极耐人寻味的事。

本书的两位作者用"飞蛾扑火"来形容丁玲对革命事业的热情和热忱,这是很形象也很准确的,然而既是革命之火就难免激烈以至暴烈,而既近于火者也就难免"惹火烧身"也。丁玲与中国革命的复杂关系就在于此——这是一种既相向而行、生死与共而又不无矛盾和抵触甚至必有抵触和磨折的复杂关系。而之所以如此复杂,则既关乎现代中国革命的特性及其对革命文艺的规定性,也关乎丁玲自己的革命性和个性。

就中共领导的现代中国革命而言,它力图通过人民大众的反帝反封建斗争,对中国社会的政治经济结构进行彻底的改造,从而实现人民的解放、民族的独立和国家的重建,因而极具正义性和感召力;但也正因为是在半殖民地半封建的落后社会里进行一场彻底触动中国社会根本问题的真革命,所以这个革命要取得成功,也就不可能由个人的自发行为自然汇集而成,甚至不能不抑制个人自由主义、个人英雄主义的冲动,而必得是一种高度组织化的集体革命行为——诚如当年的一句常谈所谓"组织就是力量",它也必须走群众路线而非精英自由主义的路线——这从现代经济学的角度看,也恰是集中发挥中国社会人力资源之比较优势的举措；并且，也正由于这个革命可资运用的现代资源非常匮乏，所以它也就特别看重思想文化"战线"，而不能不把文艺作为革命斗争的重要工具。正因为如此，作为革命之一翼的革命文艺就显然不再是一般比较单纯的文艺活动和个人行为，而是革命的特定形势下组织化的文艺行为。革命文艺的长处和短板都在这里——就它对现代中国革命的贡献、对中国的社会改造所起的巨大作用而论，几乎可以说古今中外无与伦比，而它加诸文艺的规范、限制、磨折以至伤害，也可以说是前无先例后无过者。

再就丁玲自身而言，一方面，她对中共领导的这场大革命之热忱和忠忱无可怀疑，并且她的热忱和忠忱是自觉自愿的。这是因为她从自己的个人经历和社会阅历中，深切地体认到这个革命的正义性和必要性，此所以她才那么满腔热情、心向往之，也正因为如此，她才能毫不可惜地很快超越自己那个非常耀眼的最初成功——莎菲女士的个人苦闷之抒写，而义无反顾地转向革命文艺的创造、走向劳苦大众形象的塑造。其实，以丁玲的高才气和高起点，她原本完全可以继续沿着莎菲的路子写下去，那自不难达到甚至超越后来的新感觉派以至张爱玲的成就，可是她却毫不犹豫地"方向转换"了。当今的先进之士常常纳闷丁玲为什么要这样、何必要这样？他们不理解这其实反映出丁玲有着超越一般现代才子才女只为个性解放、个人欲望而纠结的深广社会关怀和社会改造理想，所以她才那么认同中共领导的革命事业、坚定不移地投身于革命文艺运动之中，而参加革命和革命文艺运动，也确实推动了丁玲社会视野的拓展和创作的进一步开展。然而也必须看到另一面——丁玲也是一个心高才高、极富感情也极具个性、善于独立思考而且有点桀骜不驯的人，并且当其投身革命和革命文艺运动的时候，她已是一个成名作家，对生活和文艺都有自己独特的兴趣和趣味，这就有可能使她与革命组织及组织化的革命文艺运动产生不合榫、不协调的情况，甚至难免抵触和矛盾。当然，丁玲也一直努力地要跟上革命的步伐、积极适应和配合着革命文艺运动的要求，可她还是免不了犯这样那样的"自由主义"——此处所谓"自由主义"，不是现代政治学上的"自由主义"，而特指中共内部的一些违背党的组织纪律原则的自由散漫言行。毛泽东1937年9月7日发表《反对自由主义》的讲演，就严厉批评说："革命的集体组织中的自由主义是十分有害的。……它使革命队伍失掉严密的组织和纪律,政策不能贯彻到底,党的组织和党所领导的群众发生隔离。这是一种严重的恶劣倾向。自由主义的来源,在于小资产阶级的自私自利性,以个人利益放在第一位,革命利益放在第二位,因此产生思想上、政治上、组织上的自由主义。"按这个严格要求,身为党员作家的丁玲确乎不无"自由主义"及"个人主义",从而也就难免和革命组织、革命文艺的指导思想及其组织管理体制产生抵触、发生矛盾,以至遭到严厉处理,身心陷入一次次磨折了。

本书对丁玲因"自由主义"所遭之磨难,有相当翔实的记述。即如延安文艺座谈会召开前两三年间丁玲以及萧军、王实味等人的文学行为及其遭遇,就是典型的事例。看得出来,这一时期的丁玲正因"南京"问题接受着审查,不免情绪低落且心生委屈,适逢个人英雄主义的萧军,丁玲的思想和情绪显然受到了一些感染,所以她虽不以萧军的"扫荡文坛"之举为然,却也事不关己地默认了,随后她自己也写了《三八节有感》等作品,并签发了王实味的《野百合花》。由此而来的一股暴露性的文学小浪潮,在今天被某些人认为是延安文艺里的革命启蒙主义思潮,得到高度肯定。然而回首当年,当时的中共高层恐怕也并非拒绝一切批评,他们只是觉得这股暴露性文学思潮立论片面、态度偏激,且不够善意、不利于团结,也无助于纠正错误,反倒会激化矛盾,甚至把革命事业和革命文艺引向无政府主义之路,那只会坏了革命的大事,所以就不能容忍和放任,而做出了严厉的处理。今天的先进之士指斥这种处理完全错了,并且倾向于把中共之错误深刻地追根溯源到封建主义的政治意识形态。如此以今日之是非论史是容易的,但窃以为即使中共高层当年全错了,他们还是"必然"会那样处理的,并且他们之所以那样处理此事,也未必就是为了维护个人的既得利益和权力,倒是为了对他们所追求的革命事业负责,至于他们严厉处理此事的思想之根源,其实也不是什么封建主义的政治意识形态或小生产者意识在作祟,而是出自现代中国革命的特性及其对革命文艺必有的规定性。倘若革命只限于知识分子书斋中或沙龙里的革命清谈和清议,则这一切也不过吵吵闹闹而已,又有什么关系呢,何须如此严厉以对,而且也不会有人如此严肃和严厉处理啊!可是,在那时还很脆弱的解放区里艰难进行着的乃是一场真革命,则张扬极端的个人自由、个人利益之言行的消极影响就比较严重而不能淡然了。正是在此意义上，我才说，极富才气和个性的丁玲"飞蛾扑火"般地投身革命和革命文艺运动，却几乎必然会"惹火烧身"的。然而即使磨折如此，丁玲的遭遇也不是什么可笑的讽刺喜剧，更不是什么煽情的浪漫悲剧，而乃现代中国革命的正剧里必有的事情。所以，轻佻地讥笑丁玲自找罪受，固然是轻薄为文，慈悲地怜悯丁玲无辜遭罪，其实也大可不必。

毫无疑问，就现代中国革命的艰巨、严峻、复杂却居然能够成功而言，委实是中外历史上空前绝后、无与伦比的事情，而就革命文艺对现代中国革命的贡献和作用及其所受的规范和磨折而言，也同样是中外文学史上空前绝后、无以复加的事情。当然，古代与现代不无历史的关联，但窃以为现代的大事变毕竟是现代自身的产物。因此，把革命政治及其对革命文学的规范追溯到中国古代的封建政治意识形态，也正如把它的革命性追溯到某些传统精神之遗传一样，此种貌似深刻的追讨，其实解释不了任何问题，反倒陷入形式主义的迷思。譬如乍一看，革命政治对革命文学的规范，显然和所谓"文以载道"的封建文学传统相似，但实际上"文以载道"只是唐宋几个古文家的为文旨趣，并且他们也没有把"文以载道"看成教条，更无意让古文沦为政治斗争的工具，至于整个中国古代文学史上，则何曾有什么一以贯之的"文以载道"传统——究其实，所谓宰制性的"文以载道"传统，原本是新文学阵营为了批判古典文学而有意建构起来的，而历史的实情是，在大多数时候或朝代，中国古代作家的写作都是相当自由的，并没有什么统一规范的指导思想，更别提有什么文艺政策和文艺组织了。可是，纵使没有"文以载道"的传统，现代中国革命仍然会动用文艺为它服务的，因为那是它可以运用的为数不多的现代资源之一，它不重用才怪呢。历史的真实是，革命和革命文学都是现代中国的现实逼出来的。所以归根结底，**现代的问题就是现代自身的问题**，现代中国革命及其对革命文艺的规范，也都是现代中国的"现代性"自有之物——正因为现代中国革命是在非常特殊和极为严峻的国际国内情势下发生的，所以才必然地集革命的正当性与革命的专制性于一体，其历史必然性同时也就包含着历史的局限性，其巨大的力量同时也就暗含着重大的隐患，而这一切实乃老大中国走向现代化的途中必有和特有的现代性。看得出来，中国革命和革命文学的现代性颇近似于悖论性的存在，内含着非同寻常的复杂和矛盾,并不完美也不可能完美。此所以拥有后见之明的当今先进之士对之很失望甚至很愤怒,然而殊不知一切现代性都不完美。可是,也就因为革命和革命文学不合一些人心目中完美的现代性之标准,所以自上世纪80年代中期以来,它就逐渐被排斥于现代性之外,以至被贬斥为完全封建的政治意识形态之翻版。这种新教条主义的现代性标准论,既遮蔽了中国革命和革命文学的真成就,也无助于认识其问题之症结。

我曾经在一个场合指出现代中国革命和革命文艺运动的不完美性——

> 其实,既没有完美无缺的历史人物,也没有圆满无误的历史运动。尤其是那些旨在进行社会改造、民族独立、国家重建以至人类自由解放的革命历史运动,总是因其崇高的历史目标而拥有巨大的历史正义性和感召力,然而惟其是非常的历史大事变,所以革命运动也就不可避免带有非同寻常的历史局限性和极端化的偏颇。如此这般的历史必然性和历史局限性乃是革命历史运动之集于一体的两面,它们在实践上既难以分别去取、在认识上也不可分而观之。而这样的革命运动一旦发动起来、推行开去,就会形成巨大的运动惯性(所谓势所必至不可阻挡之"势"是也),直至彻底发挥出其历史必然性的势能、完全暴露尽其历史局限性的偏颇而后止(所谓走向"极端"直至"反面"是也)。法国大革命、俄国大革命,和发生在20世纪中国的大革命,就是这样非同寻常、真正革命的历史运动……许多历史研究者都很感慨于这些大革命运动的走向反面,却很少有人意识到真正的革命运动既具有争自由解放的历史正义,同时也不可或缺地具有注重集中、统一以至专制的基因,可倘若没有后面这些强有力因素的作用,再合理美好的革命理想都只是一纸空谈,而不可能真正付诸历史的实践、真正落实成历史的实际。由于同样的原因,从事革命和革命文艺运动的人多少都会拥有某些共同的革命品格,譬如真理在握的理论霸气、坚定不移的斗争精神和毫不宽容的思想态度。这些近似的品格未必纯属个人气质,而更可能是革命的需要所感召出来的精神品质。即以那种自以为掌握了绝对真理的理论霸

气而言,就正如西方学者霍布豪斯所说:"(那些实行一场革命的人)他们需要一种社会理论……理论来自他们感觉到的实际需要,故而容易赋予仅仅有暂时性价值的思想以永恒真理的性质"。(霍布豪斯著、朱曾汶译:《自由主义》第25页,商务印书馆,1996年)正因为都程度不同地拥有这些充满"正气"和"豪情"而又不无"霸气"以至"杀气"的品格,所以革命者才能够坚定不移地把革命斗争进行到底;但也同样因为有这些品格,他们都不可能真正宽容政治上和文艺上异己派别的存在,即使在革命阵营内部,也往往纷争不已,甚至闹到互不相容、自相残杀的地步。此所以杰出的革命者之充满"正气"和"豪情"而又不无"霸气"以至"杀气"的品格,往往是集非同寻常的力量与非常偏执的极端于一身。惟其如此,革命的过程和革命的结果,都不可能是革命理想的完美无误的实践和丝毫不差的落实,而几乎必然地带有不容异己、行事专断以至专制残酷的并发症,至于诊治和消解这些并发症及其后遗症,却只能是每一场大革命彻底耗尽其势能之后的"后革命"以至"反革命"时代的任务了。①

在革命者和革命文艺运动中,丁玲并不算很极端的人物,然而她既投身革命和革命文艺运动之中,也就不大可能"洁身自好""全身而退"——事实上,真正的革命者是难免受委屈也难免犯错误的,而这恐怕也是势所必至、理有固然的事。今天的中国已经迈进到一个"后革命"以至"反革命"的时代了,所以对革命和革命文艺运动多所反思以至于反感,这其实倒是很合乎"后见史学的规律"的——当人们能够抽身退步反观最近的历史时,总难免事后诸葛亮般的求全责备,因此也就否定多于肯定,而依我的粗浅观察,被后人冷落以至咒骂的历史人事,其实大都是成功的历史,被后人同情以至赞誉的历史人事,则差不多都是失败的历史,而同情失败者和讥笑成功者原都是人之常情,拥有了话语权的知识人尤好此道。此所以最近二十年来对革命和革命文艺运动的反感和否斥颇为流行,是并不值得惊诧的,至于连带而及

---

① 解志熙:《胡风的问题及左翼的分歧之反思——从"胡风与鲁迅的精神传统"说开去》,见《文学史的"诗与真"——中国现代文学文献校读论集》第448—449页,北京大学出版社,2013年。

地对于丁玲及其文学的冷落,亦不过惯常的人情冷暖而已,所以也无须像王蒙那样悲伤不平到"长歌当哭"的。我倒想借此机会强调:现代中国的革命和革命文艺之被当今的一些先进之士所否斥,这反倒证明当年的革命和革命文艺是真正的并且是成功的革命和革命文艺,而被他们交口称赞的另一些革命者、革命思想家和文艺家,如葛兰西、卢森堡、本雅明及"西马""新左"之流,则都是失败的革命者或书斋里的革命者,所以他们也就只好或在狱中深刻地思想着革命或在书斋里诗意地想象着革命,而如今称扬他们,诚然是既深刻悲壮也浪漫诗意而又很安全之举,因为那本来就是些美妙博辩的革命精神胜利法,说来好听好玩而已,并不当真的,也不能当真的。

对本书的两位作者王增如女士和李向东先生,我实在是深感抱歉而又心怀感激的。虽然早就购读过他们编撰的《丁玲年谱长编》,但直到前年暑假参加"萧红·丁玲文学之旅"去东北才得以认识,由此得知他们正在写《丁玲传》,我是很期待的,但完全没有想到增如大姐和向东老兄会约我来写序,其实我对丁玲毫无研究,所以坚辞再三,似乎颇让二位失望,这是我深感抱歉的。而辞不获已,只好从命,于是反复拜读本书,委实收获良多,并且二位也极宽容地容我刺刺不休地说了一些很可能不中听也不着调儿的话,这又让我深为惭愧和感激。而我之所以最终同意勉为其难地写这个序,则或许是隐约感到自己与丁玲老人也似有某种缘分吧。记得 1971 年正读小学三年级的时候,因为做骨质增生切除手术,我在县医院的大病房里与邻床的一位大病友交换小说看,我给他的是《吕梁英雄传》和《在大革命的洪流中》,他换给我的则是一本既没有封面、也不知作者的书,翻开一看,《梦珂》啊,《莎菲女士的日记》啊,让小小年纪的我完全蒙了,直到上了大学后,才知道那本书就是 1951 年开明版的《丁玲选集》。后来又进而知道丁玲这个大作家原来和我的家乡还颇有关系,因为我的家乡——陇东的庆阳地区环县,就属于陕甘宁边区。丁玲初到边区所写文章,比较著名的乃是《记左权同志话山城堡之战》,而山城堡就在环县,并且那场战斗就是毛泽东等在我的老家环县洪德乡河连湾村指挥的,那里乃是当时的中共陕甘宁省委所在地;而毛泽东写给丁玲的那首《临江仙》词用电报发出,丁玲就是在庆阳前线收到的,以至陈明与席平的结婚之地,也在庆阳。今年春节前夕我回乡探亲,向晚路过山城堡,高耸的山城堡战斗纪念碑映入眼帘，骤然间想起丁玲的文章，不禁感慨系之而浮想联翩——像丁玲这样一个出身名门的娇小姐，竟然义无反顾地参加了革命，而在亲人牺牲、身被羁縻的情况下，日思夜想着脱出牢笼，一旦出逃成功之后，即急不可待地奔向穷乡僻壤的陕甘宁边区，那究竟是为了什么呀？而又是什么精神在支持着和激励着她百折不挠地奔向革命呢？她为什么不像自己的老同学施蛰存那样，只因入团被拘，就幡然顿悟到自己是独子，所以革不起命，于是安分守己于书斋？也不像乱世才女张爱玲那样，因为洞察到时代在解体，所以一心只寻求个人自由、真实而安稳的人生呢？这些比较容易的也比较安全的路，她为什么就不走，而偏要舍易求难、自讨苦吃呢？……想起这些，就不能不对丁玲刮目相看、肃然起敬了。

　　这本《丁玲传》如实地记述了丁玲的生命历程，也诚实地回答了这些关于丁玲的重要问题，所以我尽管对丁玲所知无多，没有研究，还是勉力写了这些话以为介绍，相信每个读者都会从这本出色的传记里有所获益，得到人生的和文学的启示。

2014 年 7 月 18 日草成于清华园之聊寄堂。

芦焚的"一二·九"三部曲及其他
——师陀作品补遗札记

小引：缄默的师陀不再寂寞

在中国现代文学史上，河南至少贡献出四个具有全国影响的重要作家：两个诗人，即徐玉诺和于赓虞；两位小说家，即师陀和姚雪垠。解放后比较活跃的则只有姚雪垠——由于《李自成》的巨大影响，也带动了他早年作品的重版和全集的出版；其他三人就无此幸运了。

即以师陀而论，这位出生在"忧天"之地（一说杞地在今山东潍坊）的河南人，20年代后期在开封的河南一高上学，30年代初到北平以"芦焚"之名开始尝试创作，很快就脱颖而出，成为活跃在新文坛上的知名小说家，以至抗战期间上海沦陷区有好几个无聊文人盗用芦焚之名在伪刊上发表作品，而芦焚本人则坚韧守望、绝不苟且，抗战胜利后他公开宣布弃用"芦焚"之名，而改署"师陀"，推出了系列小说《果园城记》和长篇小说《结婚》等，被誉为凤毛麟角、得未曾有的杰作。但在解放后，师陀却不大赶趟而缄默自守，始终不凑任何热闹，直至1988年悄然辞世，只有三四部集子出版，学术界对他也就关注甚少。可在海外，却有人不忘师陀，例如著名美籍华裔学者夏志清在其名著《中国现代小说史》里，就为师陀单辟一章，给予高度评价；这也反过来刺激了国内的学者，渐渐有人注意到了师陀的人与文，如刘增杰、刘纳、杨义、钱理群诸先生就先后为文表彰师陀的成就。只是由于师陀大多数作品长期不得重印，人们很难读到，这自然迟滞和制约了对师陀的学术研究之开展。

真正改变了这种状况的是《师陀全集》（以下简称《全集》）的出

版。这套《全集》由刘增杰先生编校,于 2004 年在河南大学出版社出版。《全集》皇皇八大巨册、约计三百五十万字,收集了当时能够找到的所有的师陀文字,并且严格按照文献学的规范,采用初版本或初刊本为底本,参考作者后来的修订本或修订稿,做了特别精心的异文校勘和文字校正,从而为广大读者和学术研究者提供了最为可靠的读本和文献。这在整个现代作家文集、全集的出版史上是开风气之举。所以,这套《全集》出版后,受到读者和研究者的欢迎,赢得了学术界、出版界的好评,有力地推动了师陀研究的深入开展和文学史地位的重新评定——近七八年来学术界研讨师陀文学成就的论文倍增,尤其是以师陀及其作品为题的硕士、博士论文明显增多,呈现出纵深开掘的良好态势,这些无疑都借助了《全集》出版的东风。

　　自然,编全集是很难毕其功于一役的,这套《全集》也难免有不完备处,所以拾遗补充,亦势在必行。就在不久前,增杰师来示说,他正着手《全集》的补遗工作,这是让人颇感欣慰的好消息;增杰师也希望我把手头的佚文整理一下编入集中,这在我自是非常乐意的事。说起来,我对师陀作品的爱好,正是受了增杰师的直接影响。1983 年秋,我考入河南大学中文系,跟随任访秋、刘增杰、赵明三先生攻读现代文学,其时增杰师正致力于师陀研究,次年即有《师陀研究资料》出版,曾经赐我一本;1985 年夏师陀先生回访故乡,又是增杰师邀请他来河南大学讲学,记得是在 5 月的一天,就在十号楼一层的现代文学教研室,师陀先生给我们这些初出茅庐的学子讲学,他的谦逊朴实的形象和谈吐,我至今记忆犹新,而他的讲稿即是收入《全集》第五卷的《我的风格》一文……正因为这些因缘,我一直比较关心与师陀相关的文献,而在《全集》出版之后,每当翻读旧报刊,常有师陀先生的文字出现,有些看似《全集》未收的文字,便顺手存留。如今应增杰师之命,把这些积存下来的文献略作整理以供补遗。长篇小说《争斗》由裴春芳同学校勘,另一部长篇和三个短篇,由清华研究生黄艺红、李雪莲同学录入,她们也提供了初步的校勘意见,我补录其余并校订了全部文稿。校订过程中也有些考辨与随想,在此略为述说,算是献给母校河南大学百年诞辰的一点小小礼物吧。

"一二·九"三部曲之聚合：
《争斗》的发现与《雪原》的补遗

在这些辑录的文字中，最重要的无疑是长篇小说《争斗》的发现和《雪原》的补遗。

《争斗》的两个部分，是裴春芳同学和我分别发现的——大概是在2007年的冬天吧，裴春芳同学在阅读1940年的香港《大公报》时，发现了连载的芦焚长篇小说《争斗》七章，觉得可能是散佚集外之作，于是录呈给我看，而我稍前些时候也偶然发现了芦焚在1941年7月15日"孤岛"上海出版的《新文丛之二·破晓》上发表的小说《无题》，乃是一部长篇小说的两章。稍读这两个部分，即不难发现它们在主题上和情节上颇多关联，很可能是同一部长篇小说的两个部分，因此我嘱咐裴春芳同学抽空一并过录，仔细看看是不是同一部小说。随后，裴春芳对《争斗》和《无题》的校读，确证《无题》就是《争斗》的另外两章。现在就将这两部分接续起来，统一以《争斗》为题。

另一部收入《全集》的长篇小说《雪原》只有九节，也是未完稿。不过，我在2010年7月的一天偶然翻阅《学生月刊》，发现该刊竟有11期之多，而从第1期到第11期都有《雪原》在连载，并且最后的第11期明确标示《雪原》连载已完。这使我不禁有点怀疑《全集》所收《雪原》或者有所遗漏也未可知。于是核对一番，果然《全集》只收录了第1期至第6期连载的前九节，而遗漏了第7期至第11期连载的后九节。为什么会发生如此之大的遗漏呢？这当然不是刘增杰先生粗心或偷懒，问题可能出在馆藏的局限上——该刊在北京的国家图书馆里藏有前6期，而在它的出版地上海的上海图书馆则并无藏存，刘先生显然是据国家图书馆复制过录的，自然只能录出前6期连载的前九节了，而他限于条件无法找到其他各期，甚至有可能以为此后未必续出了。其实，保存该刊最完整的是北京师范大学图书馆，共有11期，而中美合作的"大学数字图书馆合作计划"数据库即所谓"百万册图书"网上，也完整地收录了这11期杂志的扫描件，我就是通过这个数据库看到《学生月刊》的。但河南大学没有购买这个数据库，刘先生无法看到，这实在是令人遗憾的事；所以在这里我也建议河南大学领导能够下决心购买这个数据库,那对现代人文历史研究将会提供极大的便利。

回头再来看《争斗》和《雪原》,它们之间存在着紧密的关联——事实上它们乃是师陀计划创作的旨在反映"一二·九"运动的长篇小说三部曲中的两部,而由于这两部长篇小说一直未出单行本,《全集》也只收录了半部《雪原》,研究者大都是第一次看见,也就不免疏忽了师陀当年的这一雄心勃勃的创作计划。其实,晚年的师陀对此有不止一次的说明。比如在他所写的两份自传里,就一再说及。一则曰:"《雪原》(这是应香港《大公报》副刊主编杨刚之约,以北平'一二·九'学生运动为题材的三部曲,后因香港沦陷于日寇之手,《大公报》停刊,仅写成一部半)"①,再则曰:"上海沦陷其间……应香港《大公报》副刊主编杨刚之约,写过以'一二·九'北京学生运动为题材的三部曲《雪原》(后因日寇发动太平洋战争,香港沦陷,《大公报》停刊,仅写完一部半)。"②……由于年月过久,关于这个三部曲各部的题目和完成情况,师陀晚年的记忆不甚准确,但他计划创作关于"一二·九"运动的长篇小说三部曲,并且至少已写出了这个三部曲的一部半,现在看来确是不争的事实。

《雪原》完稿较早,并从1940年1月起在上海出版的《学生月刊》杂志第1期上开始发表,至第11期全部连载完毕。《争斗》似乎创作稍晚,前七章连载于1940年11—12月间香港《大公报》"文艺"栏及"学生界"栏,但随后香港《大公报》却停止了这部小说的连载,其原因据该刊编者杨刚在该报《文艺》第1002期(1941年1月4日)刊发的一则《启事》云:"《争斗》作者现在病中,续稿未到,此文暂停发表,敬希 读者见谅 编者。"所谓"在病中"可能是皮里阳秋的说法,窃疑真正的原因可能是《争斗》的抗日内容不能见容于港英殖民当局的对日绥靖政策,所以不容许继续刊发,后续的两章便在1941年7月"孤岛"上海出版的《新文丛之二·破晓》上以《无题》之名发表,而不久太平洋战争的爆发和沪港的全部沦陷,则使师陀的这个三部曲无法续写和续

---

① 师陀:《师陀(自传)》,见《中国现代作家传略》第3辑,徐州师范学院编辑,1979年6月印行。

② 师陀:《师陀》,《师陀全集》第5卷第235页,河南大学出版社,2004年。

刊。此后,师陀蛰居上海,坚韧度日,守望待旦,只能写些"无关抗日"的作品,时间久了,连已经写出的存稿和曾经刊载过的刊物也丢失了。但师陀并没有忘记他的这个未完成的"一二·九"三部曲。抗战胜利后,他在1947年3月9日出版的上海《文汇报·笔会》第190期发表了这样一则启事:"师陀启事 长篇小说《雪原》(刊于上海出版之《学生月刊》),《争斗》(刊于香港《大公报》),及短篇《噩耗》(亦刊于香港《大公报》)存稿遗失,如有愿移让者,请函示条件,寄笔会编辑部"。然而,40年代后期的动荡时局加上师陀创作兴趣的转移,所以他的这个"一二·九"运动三部曲并未得到续写,这是非常可惜的事。而由于师陀手头既无这个三部曲的存稿、也没了曾经发表过一些章节的刊物,以致多年之后他自己也记忆模糊,连第二部《争斗》的题目也忘记了。至于已经写作的两部,到底完成了多少,师陀有时说是一部半——此说已见前,有时说是两部,此说是他晚年接受访谈时说的,因为涉及这个三部曲的真正完成情况以及现存的《雪原》与《争斗》的先后,所以援引如下——

> 另外还有一个三部曲,我写了二部,第三部没写完。这是在杨刚接《大公报》副刊时写的。当时我用钢笔复写,很难复得清楚,所以后来叫什么题目我也记不得了。第二部快结尾时,日本人占领了香港,《大公报》因此停刊,我也就没写下去。①

仔细校读过这两部小说文本,我比较认同师陀这次的说法,因为这个说法比较合乎现存作品的实际情况——《雪原》已找到完整的文本,自无庸议,《争斗》虽然只存九章,但它的"章"的篇幅显然比《雪原》的"节"的篇幅要大一些,并且从情节发展的角度看,现有九章业已大体上将学生在北平城里的示威活动完整地写出了,而这其实也就是《争斗》的基本内容,所缺的可能只是关于董瑞莲牺牲的叙述。上述《文汇报·笔会》所发《师陀启事》,在《雪原》《争斗》后接着说"短篇《噩耗》(亦刊于香港《大公报》)",则《噩耗》所叙或者就是董瑞莲牺牲的噩耗,然而查40年代香港《大公报》却不见有《噩耗》——或许师陀当年曾经寄去却未能发表,但《噩耗》也有可能是《恶梦》(此篇原载

---

① 《师陀谈他的生平和作品》,《师陀全集》第5卷第399页。

香港《大公报》"文艺"第824期,1940年4月25日出版)的误记。而仔细推究起来,不论《噩耗》是否发表,其实都不一定与《争斗》相关。一则,当年的师陀其实没有必要把董瑞莲牺牲的噩耗单另写成《噩耗》发表,也不需要在《争斗》里对之做专门的叙写,他只要在适当的地方交代一下此事就可以了——这个交代在《雪原》第二节所写杜若兰给杜仲武的信里业已表达了;二则,当师陀晚年回忆说他的这个"一二·九"三部曲第二部(即《争斗》)没有写完时,他这话乃是针对《争斗》在1940年香港《大公报》上的连载而言,却忘记了他自己次年在"孤岛"上海出版的《新文丛之二·破晓》上以《无题》之名发表的《争斗》两章,而这两章乃正是《大公报》未能续载的那个"结尾"。换言之,如果算上后来发表的《无题》两章,《争斗》本来已经完成并且全部发表过了。至于第三部的题目是什么,师陀没有说,我们也无法猜测。总而言之,师陀的这部反映"一二·九"学生抗日爱国运动的长篇小说三部曲业已成了两部,也就是说成了原计划的三分之二,关于第三部,作者说是"没写完",实际情况恐怕是刚刚着笔,没有发表过,至今片纸无存了。这不能不说是师陀创作的、也是中国现代文学的一大损失。幸好师陀已成的这两部,现在得以完整地收集起来,也算是不幸中的幸事了。

据师陀的回忆,已完成的《雪原》是这个三部曲的第一部,则《争斗》自然是第二部了。对此,我多少有点疑议。因为《争斗》描写北平学生眼看华北岌岌可危,愤然掀起了声势浩大的抗日爱国救亡运动,却遭到军警的残酷镇压等情况,这其实是"一二·九"运动的第一阶段,所以《争斗》作为这个长篇小说三部曲的第一部显然更为合情合理;而较早发表的《雪原》则描写这些爱国的学生走出城市,到乡下宣传抗日、扩大救亡运动的悲壮经历,这正是"一二·九"运动的进一步发展,所以《雪原》似乎该是这个三部曲的第二部。我们从《争斗》和《雪原》的情节关联,也可以推知它们的前后关系。比如《雪原》第一节描写一群来自北平的学生救国宣传队,在茫茫雪原上寻找他们要去的杜家冈,紧接着的第二节就写杜家冈的主人杜仲武先生,正在读他的侄女杜兰若从北平写来的信,其中既说到此前北平学生运动的一些情节,也报告了这个学生救国宣传队即将到达杜家冈的消息——

"叔父,"他的侄女杜兰若写道,"首先我向你禀告我们最近发现了一件不幸的事情,董小姐——我记得我曾经跟你说过,她是很有做你未来的侄媳的可能的,但是我们是这样的不幸,她上一个礼拜被人家用刺刀刺伤并且第二天就死在医院里了。这事情很使我们悲痛,虽然你还没有见过她,你可以相信她是一个很好的女孩子。关于这事我们以后有了机会再谈。所幸这事情并没有引起别的变故,渊若自然比我更痛苦,但是我说服了他,我想让他在家里做一个短期的修(休)养,你跟婶母一定会很好的照料他。此外是我有几个朋友,其中有一部分自然我也并不认识,我相信他们都是很难得的青年人,他们这一次出来是作救国运动的,并且顺便想过家里来拜访你,希望他们不会给你带来什么麻烦,假如有什么困难,请你帮助他们……"

这里杜兰若所报告的董小姐上一个礼拜被人家用刺刀刺伤的消息,就正是《争斗》里的情节,只是还没有来得及写她的死,而学生救国宣传队到杜家冈去宣传抗日,乃正是紧接着展开的情节。所以,窃疑师陀或许由于是先写《雪原》的,对它的记忆自然比较深切,也就有可能把先写的第二部误记为这个三部曲叙事结构的第一部了,实际上《争斗》该是第一部。但当然了,倒叙在现代叙事艺术上也是屡见不鲜的,所以《雪原》作为第一部也不是没有可能,好在无论如何两部小说终于重新聚首了,至于它们之间的座次究竟怎么排,那其实并不是多么要紧的事——真正重要的乃是这两部小说的历史意义和文学意义。

　　按,自"九·一八"以来,中国的社会矛盾和民族危机日甚一日,至1935年华北危机,中国当真到了民不聊生、国将不国的地步,这不能不激起了广大知识青年强烈的社会关怀和民族感情,可是国民党当局却不作为,而自由主义知识精英亦颇冷静,这反过来促使知识青年的思想比较普遍地并且相当迅速地向左转,从而掀起了集民族救亡、个性解放与社会改造为一体的"一二·九"运动,而在这场运动中成长起来的一代知识分子,也自称为"一二·九的一代"。这一代人的崛起对随后的抗日战争和解放战争,是至关重要的预备。[①] 所以,"一二·九"

[①] 参阅陈越、解志熙:《人与诗的成长——穆旦集外诗文校读札记》一文的第三节"从'慕旦'到'穆旦':'一二·九'运动与左翼文化的影响",《励耘学刊》(文学卷)2008年第1辑,学苑出版社,2008年8月。

标志着中国现代思想运动和革命运动的重大分化与转折,因而影响深远。当年的一些作家很快就敏感到"一二·九"运动的重大意义,而迅速地在文学上予以表现,最著名的就是齐同(高滔)的长篇小说《新生代》(第一部:"一二·九")于1939年9月出版,得到茅盾的高度评价。再如上世纪50年代杨沫推出的长篇小说《青春之歌》,也着力描写了"一二·九"运动和知识分子的分化。这些都是人们耳熟能详的事情。不过,《新生代》只完成了一部,篇幅比较简短,未能将这场运动充分展开,艺术上也比较粗糙;而杨沫的《青春之歌》则过于讲求政治正确而不无压抑自我感受之处;相比较而言,师陀的这两部长篇小说不论从艺术经营的规模、贴近历史的真实还是开掘人物思想心理的深度而言,都令人刮目相看。

"一二·九"运动爆发的时候,师陀正在北平,他积极投身其中,对这场运动留下了极为深刻的记忆。而凑巧的是,师陀与《新生代》的作者齐同(高滔)也是老朋友。据师陀晚年回忆,他当年在北平的时候就与高滔熟悉。"在《文学季刊》编辑部,我还遇到过沈从文和高滔两位。"关于前者,师陀的印象是,"从文当时年轻,身穿蟹青湖绉夹袍,真是潇洒倜傥,春风得意,当时他正在主编天津《大公报》文艺周刊,我一九三三年下半年曾投过稿。"在随后的京海论战中,师陀也写了文章,但他的文章却被巴金认为是"反对'京派'的"。至于高滔,师陀说"他给我的印象是:讲话爽快,谈笑风生,完全没有'文人'常有的习气。他用高滔名字在《文学季刊》发表陀思妥耶夫斯基的长篇小说《白痴》,同时用齐同的名字发表长篇创作。他翻译的《白痴》也是连载,我是每期必读的。"①顺便说一句,高滔在二三十年代之交的北方文坛上曾经率先为文讨论革命文学,是一个关怀现实、带有左翼倾向的作家和翻译家,同时他也对欧洲文学和社会科学怀有广泛的兴趣,并不是唯我独尊、心胸狭隘的左派文人。这或者正是师陀比较欣赏他的原因。因此,抗战爆发后,高滔(齐同)和师陀几乎同时致力于创作关于"一二·九"运动的长篇小说,就并非偶然的巧合,而是同样的关注、相近的思想之结果。至于他们俩到底是不约而同的着笔还是一个启发了另一个,现在已经难以考索而且也不必仔细考索了。要之,在生活经

---

① 以上引文并见师陀:《两次去北平》,《师陀全集》第5卷第379—380页。

验、思想修养和政治态度上,高滔和师陀都不相伯仲,只是高滔长期从事文学翻译和理论工作,《新生代》乃是他的处女作,所以他的创作还处在比较生涩的初步阶段,而三四十年代之交的师陀,已是颇为成熟的小说家了,其艺术经验和驾驭能力自然要胜于高滔。

  此前的学界由于不知有《争斗》的存在,因而对《雪原》也往往孤立地看,很少有人注意到师陀还有个描写"一二·九"运动的长篇小说三部曲的宏大创作计划。事实上,作为"一二·九"运动的参加者,师陀对这场运动既有着切身的体验,更对其意义与局限有深切的体认和反思,而用文学的方式反映这一运动,在他可能早就念念在心了。抗战的爆发,显然激发了师陀的创作热情,促使他回顾不久前的这场运动,从而开始酝酿构思,逐渐形成了三部曲的写作计划,乃于1939—1941年蛰居"孤岛"期间,集中精力于这个三部曲的创作。这对创作态度一向严谨、作品数量并不很大的师陀来说,无疑是少见的雄心勃勃的巨大创作工程。虽然这个"一二·九"运动三部曲的全部计划,因为日军的占领租界而被迫中途停止,但现存的《争斗》和《雪原》,不论在师陀的创作生涯中还是在现代文学史上,都可谓非同小可的存在。从现存的《争斗》和《雪原》两部来看,师陀创作这个三部曲,确实下了功夫。他显然不满足于历史真实的记述,而在艺术上苦心经营,在思想上深入开掘,达到了相当高的水准。作者努力融抗日救亡、社会改造的宏大叙事与个性解放、人性关怀的日常叙事于一体,的确是别具匠心,手眼不凡。作品一方面写出了"一二·九"运动从爱国救亡运动向发动民众的社会改造运动扩展的过程,另一方面则始终围绕具体的人物来写,尤其对青年学生形象的刻画,可谓多侧面的细致着笔而又循序渐进的逐步深入——他们的爱国情操固然可爱可敬,他们个人的个性解放的情怀和苦闷也让人同情,而当他们一腔热情地深入农村、宣传抗日,却不仅经历了自然的考验和生活的磨炼,并且常常发生与农民群众格格不入、与农村社会实际脱节的问题,完全出乎他们当初自以为是"播种者"而农民群众"正是等着他们播种的没有开垦过的良好土地"的预想之外,双方的距离竟是那样巨大……这正是反帝反封建的中国社会革命的难题之一。而作者在冷静地审视着这些年轻"播种者"的缺点的同时,也饱含同情地描写着他们的情感隐秘和相互之间的感情纠结,细腻的抒情笔墨始终伴随着宏大的历史叙事,历史运动的复杂性和人物心性的复杂性,都已渐露端倪。并且,这个三部曲在结构安排上也相当自然妥帖,叙事转换颇为从容自如,不像《马兰》以及《结婚》那么因为过求紧凑而给人促迫之感。如今遥想师陀当年心怀亡国奴之牢愁、蛰居"孤岛"上海悉心创作这部"一二·九"三部曲的苦心孤诣,仍然令人感动和敬佩,而不能不叹惋他的功败垂成。应该说,"一二·九"运动与中国现代文学以至中国现代革命之关系,是一个特别值得关注的大问题,却至今被现代文学研究界所忽视;而师陀的这个三部曲无疑是"一二·九"运动最重要的文学见证和文化反思,故此在这里略为申说,希望能够引起研究者们的进一步关注。

别样的灾年叙事及其他:《渔家》《守缺》等小说与杂文

回头再看师陀早年的短篇小说和杂文。抗战前的五六年间,师陀创作了数十篇短篇小说,接连推出《谷》《里门拾记》和《落日光》三部出色的短篇小说集,《谷》并荣获《大公报》文艺奖,使小说家"芦焚"(即师陀)成为与剧作家曹禺、散文家何其芳齐名的战前文坛新秀。事实上,出版于1938年8月的《野鸟集》各篇也都作于抗战爆发之前。当然,这一时期师陀创作的短篇小说并不止此数,散佚在外的还有一些。我顺手搜集到的《渔家》《人在风霜里》及《筏》三篇,和别人发现的《奈河桥》一篇,也都是抗战爆发前的短篇创作。这四篇小说的重现,加上作于同一时期的三篇杂文《守缺》《故事》《也是国粹》的发现,无疑有助于学界重新认识师陀当年社会关怀的广度、文化反思的深度及其艺术的独特性。

《渔家》和《筏》两篇如题所示,都与渔家生活和水上生涯有关,但并非对江南鱼米之乡的想象,而是对北方中原地区渔民丰收成灾的悲惨遭遇及农民与水灾的悲壮抗争之写实。看得出来,师陀的这些早年之作接续着鲁迅、台静农的乡土社会写实的文学传统,呼应着茅盾、丁玲等左翼"新小说"作家的农村社会分析的创作动向。其中特别值得注意的是《渔家》。

按,二三十年代之交,西方的经济危机传入中国,不仅直接殃及中国脆弱的民族工业的命运,而且危及中国广大的乡村农民与渔民的生计。农民丰收成灾,就是一个突出的社会现象,敏感的左翼新小说家茅盾、叶紫、夏征农以及接近左翼的资深作家叶圣陶等等,因此撰写了一批表现农民"丰收成灾"的小说。这些小说大都以南方农村为背景,描写了那里的农民辛苦种稻养蚕喜获丰收,却不幸丰收成灾而致破产的遭遇,及其走向抗争的艰难历程。但这些灾年叙事却有一个空缺,那就是渔民的遭遇几乎无人涉及。师陀的短篇小说《渔家》正好弥补了这个空缺。这篇小说的背景当然是中原地区,而那里除了广大的农民,也还有一些世代打鱼为生的渔民,他们的生计同样受到影响而当真陷入水深火热之中。作品一开始写老渔民玄伯沉浸在喜悦之中,这不仅因为打鱼顺利、收获颇丰,更因为他的儿媳生下一个"小儿",他做爷爷了——"小儿哪。——老玄的福!"邻居们这样祝贺他。可是当玄伯第二天一大早兴冲冲挑鱼赶集时,他不仅发现谷贱伤农,而且也亲身领受了好鱼卖不出去的困境,只好让儿子远挑六七十里到城里去碰运气,然而运气更糟。于是,玄伯家渐渐到了断炊的地步,坐月子的儿媳饿病了,可爱的小孙子终于饿死了,所谓"老玄的福"成了残酷的反讽。

——几代的祖宗都是这样过下来的哪,这辈要丢掉了,河上的日子。

玄伯本想说,但又咽住了。望着高高挂着的北斗星,泪珠在胡子上闪动……

夜的冷风顺着河床吹过来。

这是《渔家》的结尾,所谓"篇终接混茫"(杜甫《寄彭州高三十五使君适、虢州岑二十七长史》),真是此时无声胜有声。当师陀写这篇小说时,他才二十出头,却不仅显示出对生活独到的观察,而且展现出节制抒情的艺术自控力,这在一个年轻作家是很难得的素质。

《渔家》之后,师陀又贡献出了《决堤》和《筏》两篇描写黄河之患和河民积愤的小说。《决堤》发表于1933年12月出版的《文艺》杂志第1卷第3期,该刊前面两期也都是按月出版于该年10月和11月,所以《决堤》发表较为快捷,它的写作时间当在《渔家》(写于1933年9月22日)之后。《决堤》也是集外之作,现在已收入《全集》第一卷(下)。《筏》原载1937年1月16日上海出版的《时代文艺》杂志创刊号,《全集》第一卷(下)也收录了这篇小说,但有所修改并缺失了三页、遗漏了原作的注释。据此推测,则《师陀全集》所收的《筏》,可能依据的是作者晚年提供的刊发本残件的修改稿,所以此处校录了整篇小说的刊发本。由于《渔家》《决堤》和《筏》都是长期散佚之作,所以一般研究者似乎尚未注意到这几篇小说的某种连续性,以及它们与丁玲的"新小说"代表作《水》之间的关联。如所周知,师陀最初的文学起步就得益于丁玲的扶助,所以他自然很关注丁玲的创作动向,尤其是被誉为"新的小说的一点萌芽"的《水》,描写1931年席卷十六省的大水灾下群众被迫抗争的洪流,这篇小说肯定触发了师陀对频仍的黄河之患的深刻记忆,于是他后来便有了《决堤》和《筏》两篇描写河灾的小说。当然,师陀并不是简单模仿丁玲,即如《筏》就不仅颇富中原的泥土气息,而且力透纸背地刻画出了中原人民的性格——他们对土地的深切眷恋,对官府的愤懑情绪,和不屈反抗天灾人祸的强悍性格,这些都给人深切的感动和深刻的印象。

对"九·一八"后沦于敌手的东四省(其中含有包括了内蒙部分地区的热河省),师陀一直念念不忘。虽然他并不熟悉那里的生活,但在抗战爆发前几年间,他还是尽可能体贴想象,写出了表现东北义勇军的短篇小说《人在风霜里》、《哑歌》(收入《谷》)、《牧歌》(编入《落日光》,《牧歌》可能是以热河省的蒙区为背景)以及中篇小说《边沿上》(已收入《全集》),而就中写作最早的《人在风霜里》一篇,迄今仍然散佚在外。《人在风霜里》写于1933年10月,虽然笔墨近乎速写,还是画出了义勇军战士不屈的面影。倘若把这些关于东四省和义勇军的作品,以及相关的诗歌、散文联系起来,则师陀个人的抗日爱国之心灼然可见。

此外,还有《奈河桥》一篇,马俊江在《〈师陀著作年表〉勘误补遗及其他》①一文里首次指出了这篇作品,江红后来在《关于师陀的一篇佚文〈奈何桥〉》②一文里给予考证,马俊江和江红的文章都将小说题目误作《奈何桥》,《创作评谭》也未附载这篇作品的原文,所以此次一并校录,以便编入《全集》的补遗卷。按,《奈河桥》原载天津出版的

---

① 马俊江文载《南京师范大学文学院学报》2004年第4期。
② 江红文载《创作评谭》2008年第1期。

《当代文学》杂志第 1 卷第 4 期,1934 年 10 月 1 日出刊,原刊将它列为小说,但其实它写的乃是师陀 1932 年 9 月随赵伊坪到山东济南闹革命而中途困留泰安的经历,所以更近于纪实抒情的散文。

三四十年代,师陀在创作上以小说和散文为主攻,于杂文则用力不多,收入《全集》的,也只有寥寥数篇。此所以新发现的几篇杂文,就颇给人意外的欣喜了。其中,《守缺》《故事》《也是国粹》三篇,是在 1934 年 8—10 月间上海出版的左翼杂文刊物《新语林》半月刊第 4 期、第 5 期和第 6 期上连续发表的。这三篇杂文着力揭露了国粹文化遗留给国人的文化病——自大、保守、自私和中庸,以及奴颜婢膝、先安内后攘外的反动政治思维。《八尺楼随笔》,原载 1941 年 11 月 1 日"孤岛"上海出版的《萧萧》半月刊第 1 期,作者署名"君西",乃是师陀的笔名之一。按,《全集》第三卷(下)已收录了两则《八尺楼随笔》,为示区别,所以此处将这三则《八尺楼随笔》改题为《八尺楼随笔三则》。这三则随笔,当然是杂文。其时师陀蛰居"孤岛"而心怀国家,他不畏强权,尖锐地嘲讽了汪伪政权所谓"外交"的狐假虎威、日本帝国主义宣传机器的所谓"消息正确"的漏洞,同时也直指国民党的贪官污吏继承了"'国宝'之一的贪污"。这些杂文都有感而发、写得深入浅出,可谓寄沉痛于幽默、寓讽刺于随谈的好文章。而写于抗战胜利之初的《胜利到来》一文,则在致敬于中国人民八年来坚韧忍耐的精神、终获自由的胜利之余,不忘警告当局"立即实现民主,建立为一个现代国家",否则"决不能保持战胜之果"。这无疑是非常清醒而且及时的警示之言。

此行不为看山来:
"太行山"系列散文及《牧笛》的别样情怀

师陀是很出色的散文家,而我读他早年的一些散文以及小说,常觉其中的风景人事与他家乡的大平原有所不同,因为它们描写的乃是非常偏僻落后的山区,所以师陀笔下的乡土世界实际上内含着"山""原"之异,不可一例以"平原"目之。对此,作者是有所提示的,可惜一直被学界忽视了。比如,晚年的师陀在编选自己的散文选集时,就特意把《轿车》《山店》《过岭》《宿处》(又题《夜间》)《劫余》《风土画》

《记所见》(即《假巡按》)等散文放在一块、统名之曰《山行杂记》。然则,这些作品里的"山"到底是泛写还是特指?这些散文究竟是单纯的山水游记,还是别有意味的文章?它们和作者同一时期的散文《行脚人》《夜之谷》以及短篇小说《过岭记》等,又是什么关系呢?这些小问题也是值得研究的。

略作校读便不难发现,《山行杂记》诸篇所写的"山"乃是太行山区。即如《假巡按》一篇在《申报周刊》第1卷第13期(1936年4月5日出刊)初刊时,就题作《太行山上》,后来在收入《黄花苔》集时才改题为《假巡按》。所以这些作品其实构成了一组"太行山"系列散文,但问题是出生于平原地区的师陀为什么会对太行山区格外瞩目呢?这理应有个解释。按,晚年的师陀在编选《芦焚散文选集》时曾说:"散文部分还有几篇须加解释,今天的读者才能更清楚的了解它们的意义。"其中的一篇就是《行脚人》,对此,他的解释是——

> 《行脚人》是写一个共产党员,当时在国民党反动统治下,我不便公开写明,只好称为"调查家"。这"调查家"在深山里研究人民的生活,看地形,准备打游击。①

这里的共产党员大概是指其好友、革命烈士赵伊坪吧,但实际上当年是师陀本人自告奋勇代替赵伊坪深入山区去调查的。师陀是个谦逊的人,在这个序言里不好直说是自己,或许是觉得有自吹自擂之嫌吧。而在不太引人注目的回忆文章里,师陀还是据实说明了情况的。比如,师陀在晚年所写的《怀念赵伊坪同志》一文里,就详细说明了这次调查的经过,文长不录,而收集在此的师陀为赵伊坪烈士遗书所写的附言里,则有简明的交代——

> 1932年春天,我有一位初中时的朋友在辉县太行山里区公所做小职员。便写信问他(指赵伊坪——引者按),可否先由我前去摸摸情况,供他日后拉游击队做根据地。他同意了。我了解的结果,那里的枪相当多,全抓在地主手里,要么抓在地主办的毒品公司保安队手里,那个地方很落后,一个外地人,没有和当地十分密

---

① 师陀:《〈芦焚散文选集〉序言》,见《师陀全集》第3卷(下)第483页。

切的关系,极难站得住脚。我向他写了汇报……①

　　应该说,当地的国民党官员的嗅觉并不迟钝——据师陀回忆,那个区的"区长就向我的初中同学说:某某人肯定是共产党,否则他来这里干什么?区长原来是国民党的辉县县党部的书记,嗅觉毕竟灵"②。这些情况都说明,那个深入山区"研究人民的生活,看地形,准备打游击"的准共产党员,实际上就是师陀自己,而他后来写作的"太行山"系列散文以及《行脚人》《夜之谷》等散文,还有小说《过岭记》等,也都是以他此次的太行山之行为基础的。不言而喻,师陀的太行山之行原本不是为了看风景,他是带着一个有志于改造中国社会的革命者的心和眼来调查、观察和研究的,所以他看到的乃是穷山恶水和黑暗不公的社会实际,形诸笔墨便隐含着悲悯、愤懑和革命改造的情怀,而与沈从文从浪漫的乡土视野所看到的自然美、人性美的世外桃源迥然有别了。以往的研究者由于不怎么注意师陀行为的特定背景及其社会改造情怀,所以往往只是叹赏他的乡土散文和小说之奇崛不群的风格,却对这种风格之所由来莫名究竟,职此之故,略为发覆,免得以后的研究者仍然不明就里地笼统观赏之。

　　此外,这次还搜集到师陀的一组抒情小品《牧笛》,原载上海出版的《文艺画报》杂志第1卷第3期,1935年2月15日出刊。《牧笛》题下包括三篇小品:《家书——与兰夜》《最后的晚餐》和《山楂的华盖》,其中《家书——与兰夜》曾有修改、删节并改题为《盂兰夜》,收入《黄花苔》集,现已编入《全集》第三卷(上),其余两篇则未收集。关于《盂兰夜》,师陀晚年曾补注其写作时间为"一九三三年",这大概是不错的。因为师陀的父亲是1932年7月去世的,师陀曾回家奔丧,然后便放弃家产,独自在外飘零,到了次年的盂兰盆节,已无家可归的师陀不免思念父亲,所以在《家书——与兰夜》里有感伤的悼念和自悼——

　　　　父亲死已逾年了,想来您也照例的,说着闲话,然后默默的烧

---

① 师陀:《〈赵伊坪致王长简的信〉附记》,这则附记原附载于《世纪的追思——缅怀赵伊坪烈士》(人民出版社,2000年出版)一书所收《赵伊坪致王长简的信》(十一封)之后,原题《师陀对信的附记》,此处改为《〈赵伊坪致王长简的信〉附记》,以便收入《〈师陀全集〉补遗》。

② 师陀:《怀念赵伊坪同志》,见《师陀全集》第5卷第454页。

纸钱或箔在他墓前。但,用不着超渡的。这个,自然您也明白。

人死了,家族不会不哭的。另外也有人解劝:

"哭就会哭活吗?"

泪终于落下来了。

还都在青春,然而已经青春死了那么些人,被安置在紫檀色的匣子里,未必是舒服的;祖父和祖母的尸脸都见过,也没见哪儿痛苦。父亲还是为那不痛苦的脸痛苦。

"能叫志(老)哩活一百吗?"别人劝了他。

父亲死了,只刚刚一百的一半。没有看见他的死脸,是痛苦还是安静;奔回去的时候,只给了我们一个紫檀色的匣子。于是也和父亲一样的痛苦着了。

"人死了,还是把他忘了吧——日子总还得过。"别人又劝慰了。

为着管理不惯的家,总也许把他忘掉了。那是好的而且是应该的。人死了,已再不会给生者以甚么。

父亲死了,我怎么也忘不下,那虽然未必是好的,而却是应该的。人死了,已再不会给我甚么。

如此看来,《家书——与兰夜》原是一篇情怀复杂的伤逝散文,可惜的是,上引文字在改为《盂兰夜》之后全部被删了,剩下的文字除"超渡抗敌战死的亡魂"几句外,其余颇为朦胧晦涩,仿佛一个人在盂兰夜梦游梦呓似的,让人看得云天雾地、莫名其妙。所以,这种修改其实是损害了原文的。而师陀之所以如此修改,大概是不想让他的哥哥们看见自己的孤独吧——这折射出师陀的性格特点,他是个不大愿意自我表露、非常克制感情的人,有时克制不住,表露了一星半点,随后就会后悔,于是便动手修改、删节,甚至索性撇弃此类文字。

这很可能也是师陀不把《牧笛》的后两篇《最后的晚餐》和《山楂的华盖》收入集中的原因。事实上,《牧笛》题下的三篇抒情小品应该是师陀同时写作的,所以它们才能在同一大题下同时发表在同一刊物上,而当师陀在1937年初出版散文集《黄花苔》时,既将《盂兰夜》一篇修订、收入,则可以推知他手头一定也会有《最后的晚餐》和《山楂的华盖》的刊发本,可是为什么他不把这两篇抒情小品一并收入《黄花苔》集,而一任其散佚呢?这或许与这两篇抒情小品的内容有关。看得出来,《最后的晚餐》和《山楂的华盖》两篇的情景是相关的,都关乎太行山——《最后的晚餐》里就点明背景是"太行山",那么它们也与师陀1932年春的太行山之行有关了,不过这两篇所写却不再是"在深山里研究人民的生活",而似乎是某种个人感情的纠结,引发了纠结的则是"我"与一对老同学夫妇在那里的聚会。从这两篇作品里隐约可以看出,那位抑郁寡欢并且即将赴北平的客人"我",其实就是师陀的化身,而那里的一对同学夫妇招待了"我",年轻的妻子甚至陪"我"骑马游山散心,然而最后终有一别,于是有了"最后的晚宴"。在这次晚宴上,那个长着猪眉毛的丈夫和他的妻子,与即将北去的"我"默默相对,三人之间的态度很微妙,"我"的心情尤为复杂——

> 猪眉毛的眼又落冷冷的落在我脸上了,这使我沉下去的心泛上来。感觉着对他不起,同时也以为他对薇君不起。肚里责备自己,委实不大当:责备了女的,同时又责备了她的丈夫,然而薇君又责备谁呢?因为不愿看她,掇了枝烟在暗影蹀躞着。扶着柱子,摘了串葡萄,同时掐了枝杜鹃。
>
> "……干么要欺自己的妻呢……"
>
> 想着,心战栗了。不清楚受了甚么诿(委)屈,如果在深山总要哭他这么一场,薇君——
>
> "明年……"
>
> "干哪,最后的杯!"
>
> 在宴会上,无论与(是)否有生客,笑脸总需要一直保持着。这是明白的。但是,浮胀的面皮下,运命的悲悼正盘旋着。偷偷地看了她的脸,她却把嘴唇角撇了撇,想笑吧,但那是比哭还来得苦痛的脸哟。于是又偷偷地抹了眼睛:
>
> "预备怎样?"
>
> 她是甚么都知道的。
>
> "回北京。"
>
> 浓烈的汾酒,让把喉烧破吧,把肠烤干吧,让心的花朵晒谢——人生的园荒芜了,一只可怕的手摧残了它,让它丑吧,荒废了吧——

"您呢?"

薇君——她看了丈夫一眼,低垂着头,默默的避开了。

布谷鸟,唱着夜的曲;狗在小山脚下哗哗的吠,夜的风在葡萄架上盘旋,戏弄着醉了的头颅。

"Y!我的绿蒂哟!"

如所周知,绿蒂是歌德小说《少年维特之烦恼》里的女主角,她和阿尔贝特结婚,可是这对年轻夫妇的朋友维特却爱上了绿蒂。所以这个借喻实际上近乎说破了这两篇散文中的"我"的感情隐秘。不难看出,"我"对女同学乃是由同情而生爱怜,然而她已是朋友之妻,所以"我"的心里也便有了这样的感叹:"Y!我的绿蒂哟!"由于《最后的晚餐》和《山楂的华盖》带有明显的自叙性,因此,说它们所表达的微妙感情暗示出师陀自己早年的某种青春情怀,或者不算是捕风捉影之谈吧。虽然那只是隐秘的暗恋,并且发乎情止乎礼,没有进一步的发展,但对师陀来说,这仍然是少见的情感表现。到1937年结集《黄花苔》时,这段隐秘的感情可能已经淡化,所以为文比较"非个人化"的师陀遂将它们抛撇在集外,也在情理之中。在此略为发覆,当然并不是要揭露什么个人隐秘,而意在引起研究者对师陀个人性情及其抒情方式的关注。事实上,师陀在感情生活上是一个非常严谨的人,甚至有些过于严肃和拘谨了,所以尽管他在长期的生活中不可能一点感情的遇合和系恋都没有,并且在创作上也很善于描写男女间复杂的感情纠葛及其心理隐衷,但师陀自己却长期独身,那无疑与他拘谨内向、感情克制的性格有关。

似而不同的异文本:
以《夜之谷》和师陀晚年的自述文字为例

校理师陀佚文,让我深切体会到现代文学文献有两个需要特别耐心与细心处理的问题。

一是对名异而实同的作品之甄录。现代作家在发表和出版作品时,改换作品题目的事是常常发生的。即以师陀而论,前边所说他在1941年7月15日"孤岛"上海出版的《新文丛之二·破晓》上所刊小说《无题》,虽然原刊有编者按云,"本篇为芦焚先生长篇小说中有独立性之两章,今应编者之请,在此发表",但到底是哪部长篇小说中的两章,这就需要仔细校读,才能给予妥善的处理。事实上,师陀三四十年代的不少作品,尤其是系列散文《上海手札》和《夏侯杞》诸篇,最后结集的题目与当初在香港和内地的刊物上发表时的题目多有不同,后来作者编选时也有再次改题的情况,这就要求我们特别仔细地辨认,否则是很容易误认而重收的。我此次就差点犯了一个重收的错误:当我在1936年4月5日上海出版的《申报周刊》第1卷第13期上发现一篇署名芦焚的散文《太行山上》后,便翻查《全集》,看到并无如此命题的作品,遂误以为这是师陀的散佚之作,可是后来读《黄花苔》里的《假巡按》一篇,才发现它就是《太行山上》的改题之作,并且该篇在收入《芦焚散文选集》(江苏人民出版社,1981年)时,又改题为《记所见》,作为系列散文《山行杂记》里的一小篇。如此等等名异实同的情况,真是所在多有,粗心大意是难免会误认重收的。近年出版的不少作家全集都出现过这类问题,而《师陀全集》迄无误认重收者,是做得很好的。

与此看来似而不同的,乃是异文本问题。同一作品因反复修改和多次发表所造成的差异,乃是异版本之不同,其间的差异可以通过采用某一版本作为底本而借助校勘来解决文字差异。但异文本却不能用这种办法来解决,这是因为异文本乃是同一个作家对同一素材、事实的不同书写,由此造成的乃是表现同一素材或事实的不同文本,尽管这些文本之间确有近似的因素,但那近似的是内容而非文本,所以也就无法确定以哪个版本为底本来校勘文字差异了,而只能把它们作为不同的文本来处理,即让这些不同的文本同时并存。举例来说吧,师陀在1935年6月北平出刊的《水星》杂志第2卷第3期上发表过一篇散文《谷之夜》,先后收入散文集《黄花苔》(上海良友图书公司,1937年3月出版)和《江湖集》(开明书店,1938年11月出版),《黄花苔》根据原刊的文本排印,《江湖集》则对该篇结尾略有修改,由此造成的差异,乃是同一文本的不同版本差异,如果差异不大,事实上也可以略去校勘。《全集》按照较早的《黄花苔》集收入,略去了《江湖集》对该篇结尾的细小修改,这并无不妥。但值得注意的是,就在发表《谷之夜》不久,师陀又在1935年12月上海出版的《文艺月报》创刊号上发表了一篇题为《夜之谷》的散文,把这篇《夜之谷》和稍前的《谷之夜》相校读,不难发现它们所写的内容有一半是相同的,但也有近一半是很不同的,这种不同是艺术处理的不同,也因此这两个文本就不能相互代替,不宜用版本校勘来解决,而只能把它们作为似而不同的异文本并存。这也就是在此录存《夜之谷》的原因。读者和研究者把《夜之谷》与《全集》里的《谷之夜》对比一下,可以领略作者对近似题材内容的不同艺术处理。

像许多老作家一样,师陀在晚年也写了不少自述、回忆文字,对我们理解他的生平行谊和创作历程,具有重要意义,而由于这些文章是在不同时候应不同的要求而写,彼此之间固然大体近似,却也存在着行文体例以至细节多寡的差异,所以尽管颇多近似之处,只能视为重复叙述的异文,而不能视为同一文本的不同版本来择录其一、弃置其余。《全集》在这方面的处理,似乎不尽妥当。比如,前面说过,师陀先生1985年5月回故乡时曾来河大讲学,一次是专给我们一帮研究生谈他的文学风格问题,其讲稿已收入《全集》,而同样在这次行程中,师陀还给河大中文系全体师生做过一次讲演,其讲演稿随后整理为《我的创作道路》一文,发表在同年出版的《河南大学学报》第5期上。这篇《我的创作道路》很可能也是通过增杰师之手交给河大学报的,按理说增杰师不会不知道,我当年读过,印象颇为深刻,因为它是师陀最早系统回顾自己创作经历的文章,而我也一直以为它已被收入《全集》了,可是这次重翻《全集》,却找不到这篇文章。推究起来,增杰师可能以为该篇所讲的内容,师陀在后来的长篇自述《我如何从事写作》及访谈稿《师陀谈他的生平和作品》里有更为详细的回忆,它们在内容上完全可以取代《我的创作道路》,所以便不再收录它了。当然,这只是我的一些推测,也不能排除另一种情况的发生,那就是所谓"灯下黑"——因为开封的文献资料比较匮乏,增杰师一直尽可能地到北京、上海等地搜寻师陀的文献,而不免疏忽或忘记了近在跟前的河南大学刊物上也有师陀的文字。

应该说明的是,"异文"这个概念在传统文献学上原是指同一文本的不同版本差异,而我在这里其实将它扩大、改造为"异文本",用来专指内容近似的不同文本,鉴于这种情况在现代文献学上是相当多的,所以这个改造过的异文本概念可能比较有用。不妨再举一个师陀文本的异文之例。按,师陀先生自上世纪70年代末复出文坛之后,先后应各种刊物、辞书之需,写过不止一篇自传,内容大致相同,篇幅也相差无多。因此,对这些"自传"不可能也无必要一一收录,择要录其一二可矣。《全集》择录的一篇自传《师陀(自述)》,原载《中国现代文学研究丛刊》1980年第2期,这是一本严肃的学术刊物,所以发表在它上面的《师陀(自述)》,自然较为全面和准确,理应收入《全集》。不过,这个《师陀(自述)》也不无问题,因为它里面有一大段对师陀创作的评论文字,用的是第三人称,这其实不合师陀自述的语气和他谦虚谨慎的性格,而显然出于编者或代笔者的修改添加,并且它也比较简略,对师陀创作历程的叙述远逊于当时的另一份《师陀(自传)》,可惜的是那份《师陀(自传)》却未能收入《全集》。这里我指的是徐州师范学院1979年6月编印的《中国现代作家传略》第三辑里的《师陀(自传)》。徐州师范学院中文系是新时期以来最早注意收集现代作家生平资料的系科,它广邀健在的现当代作家撰写自传,先后结集印行了好几辑《中国现代作家传略》,只是因为是内部资料,没有公开发行,所以增杰师可能没有注意到,但对当时我们这些在读的现当代文学研究生来说,那几本内部印行的《中国现代作家传略》,几乎是人人必备的参考书,至今还保存在我的手头。这里面的《师陀(自传)》是真正的自传,后面署有具体的写作时地:"1979.5.21.上海",书前并有师陀的近照,所以这份《师陀(自传)》无疑出自师陀本人之手。事实上,这可能是师陀新时期以来最早写作的自传,它也成为此后一切此类传略的祖本。那时,像师陀这样的老作家都刚刚获得解放,重新走上文坛,所以人人热情高涨、跃跃欲试,也因此,他们对来自这么一个地方院校的约稿,并没有随便打发、草率应付,而是严肃对待、认真应答,故此收录在这几辑《中国现代作家传略》里的作家自传,都写得严肃认真、翔实可靠。师陀的这份《师陀(自传)》就是如此,虽然它在详赡上不及后来的回忆录、访谈记,但作为一篇简明扼要、属词得当的"自传",无疑是值得珍视、甚至无可代替的文本,所以我把它也辑录在此,作为与《全集》里的《师陀(自述)》似而不同的异文本,而它的独特价值就在于道出了重获解放的师陀之心声。

类似的还有《听说书及其他》一文,该文是师陀应河南《中学生阅读》的编辑何宝民之约而写,就发表在该刊1986年第6期,文章颇为生动地记述了作者幼年听说书接受民间艺术熏陶等情形,是一篇朴素亲切的回忆性散文,尽管它与收入《全集》里的回忆录《我如何从事创作》的部分内容有重合,但毕竟是不同的另一篇文章,所以似应补录进去为是。

似京派还是准左翼:《忧郁的怀念》里的两封佚简和一个问题

这里的两封佚简和一个问题,都与青苗1943年所写的一篇怀念芦焚的文章有关。

青苗(1915—2005)原名姚玉祥,山西临晋人,1932年在太原读高中时加入山西"左联""社联",后辗转各地致力于新文艺,1939年回山西从事文化工作,直至抗战胜利。① 青苗在30年代初就注意到芦焚(即师陀)的文字,1937年春到上海后与芦焚有了直接交往,对他的为文和为人很是景慕。抗战爆发后,青苗很惦念蛰居上海的芦焚,然而1943年的某一天,他却从一家报纸副刊上看到有人说芦焚附逆了,一时疑莫能明而不免忧心,于是写了《忧郁的怀念》(文载枫林文艺丛刊第1辑《辽阔的歌》,1943年7月7日出刊)这篇深情的回忆文章,希望芦焚能够看到而"千万珍重"。其实,芦焚附逆的消息乃是误传,其原因是当时的上海有人盗用芦焚之名在伪刊上发表文章,所以抗战胜利后,芦焚写了《致"芦焚"先生们》,指斥他们欺世盗名的行径,公开宣布弃用芦焚之名而改以师陀为笔名。

芦焚(即师陀)在"孤岛"上海给青苗的两封信,就是从青苗的这篇《忧郁的怀念》里辑录出来的。从青苗的文章里可以推知,芦焚的这两封信写于1940年7月24日和10月21日。虽然因为日伪的检查,芦焚在信中不便多说上海的境况,但还是曲折透露出上海文坛处境的艰难和个人在艰难中坚守的心志。同时,可能因为青苗在去信中自叹笨拙、创作艰难吧,所以芦焚在回信中鼓励他道:"世间没有不变的愚笨,聪明是学来的,或是经验来的,相信自己聪明的人大半都没有希

---

① 参阅青苗晚年的回忆录《观我生赋》,文见《山西文史资料全编》第10卷第109辑—第120辑合订本中的117—118合辑,《山西文史资料》编辑部,2000年印行。按,《观我生赋》的这个刊本将芦焚误作"卢梦"了。

望。我曾经看见无数这种蠢人。你能不倦的努力,在目前很难得。学习写文章,要跟每一个作家,跟每一个你接触的人,跟你自己学习,不要跟某一个作家,不要跟现在活着的中国作家。"这其实也是师陀自己学习创作的经验之谈,从中可以见出他转益多师而独立不羁的个性。不难想象,芦焚在上世纪的三四十年代肯定写过不少书信,可惜存世无多,收入《全集》的只有寥寥三两封,所以这两封新发现的佚简,还是很珍贵的,应该感谢青苗先生在当年的文章里完整地录存了它们,才使之不致失传也。

如今回头看青苗先生的这篇怀念文章,不仅情深意切、风仪可感,而且认真思考、中肯辨析了一个由来已久的问题,那个问题就是芦焚(即师陀)与沈从文在创作上的异同。

说起来,这个问题在抗战前就颇有议论,而大多强调其同——由于看到芦焚的创作多取材于乡土而其小说又比较散文化和抒情化、散文又比较小说化和诗化吧,加上芦焚也曾在京派的刊物如《大公报》文艺副刊和《水星》等刊物上发表过作品,与一些京派文人有交往,并且还得过京派文人主持的《大公报》文艺奖,所以便有了芦焚的创作受过沈从文的影响因而他属于京派圈子的说法。其实,这种看法是似是而非的一偏之见,而独持异议的倒是京派批评家李健吾。在芦焚的小说集《里门拾记》问世不久,李健吾就撰文比较了芦焚与沈从文的乡土抒写之异同,得出的结论乃是似而不同、南辕北辙。他认为这二人的相似处在于:"沈从文和芦焚先生都从事于织绘。他们明了文章的效果,他们用心追求表现的美好"。但李健吾显然更注意二人的差异:"沈从文先生做得那样轻轻松松……他卖了老大的力气,修下了一条绿荫扶疏的大道,走路的人不会想起下面原本是坎坷的崎岖。我有时奇怪沈从文先生在做什么。……沈从文先生的底子是一个诗人。"而芦焚的《里门拾记》则在不无诗意的抒情笔墨之下表达了几乎完全相反的乡土中国性相,令人感到那个乡里村落世界的"一切只是一种不谐和的拼凑:自然的美好,人事的丑陋",以至于李健吾如此感叹:"读完了之后,一个象我这样的城市人,觉得仿佛上了当,跌进一个大泥坑,没有法子举步。……这象一场噩梦。但是这不是梦,老天爷!这是活脱脱的现实,那样真实。"所以李健吾比较的结论是:"芦焚先生和沈从文的碰头是偶然的。如若他们有一时会在一起碰头,碰头之后却会分手,各自南辕北辙,不相谋面的。"①这个辨析切中肯綮、判断明敏精到,至今读来仍令人心折。

可是,一种看法一旦形成,就容易成为一种习见而不大容易改变,直到青苗撰写此文的1943年,还有人抱着芦焚的创作很像沈从文、属于京派的看法。这让深爱芦焚作品并且与芦焚交往颇深的青苗觉得不能不辨,所以他在《忧郁的怀念》里特意加了这样一段话——

> 这里还有一件事情要补充一下的,就是有许多人都说他(指芦焚——引者按)是受了沈从文的影响的。在我未和他会见以前,我似乎也曾有这样的感想,但是后来自己又推翻了这种意见。我曾把他和沈从文作长期的比较,我觉得他无论在那方面都没有受过沈从文的影响。他并没有写过《萧萧》那样无聊的作品,从《里门拾记》来看,他的艺术的修养却还在沈从文以上的。但无论如何,人们总觉得他和沈从文的气质是有些相近的。我曾当面和他谈起这个问题,他则微笑不答,不致(置)可否。沈从文是一个多产作家,他虽然有过许多无聊作品,但他却有许多很优秀很出色的短篇的,比如《顾问官》、《柏子》……等等。《边城》则是一幅古朴而完美的抒情的诗篇。②

这个比较品评虽然简短,但不论对芦焚还是沈从文,都可谓实事求是、中肯惬当之论。

然而,且不说青苗的意见被长期埋没了,就连被公认为最杰出的现代批评家李健吾的中肯辨析,学界也一直是熟视无睹的,倒是那种似是而非的皮相之见流行不衰。事实上,新时期以来的现代文学研究论著说及师陀时,几乎总要强调他与沈从文的关系,而屡次被不加思索地选入"京派"文学选集、写入文学史著,更成了师陀无奈到无法逃避的"光荣"遭遇。

当然,也有人注意了师陀与沈从文的差别。比如,范培松先生在其编选的《师陀散文选集》序言里,就敏锐地指出,"欣赏师陀的散文首先必须解决的一个难题,是要弄清师陀对故乡——即对农村的态

---

① 刘西渭(李健吾):《读〈里门拾记〉》,《文学杂志》第1卷第2期,1937年6月1日出刊。

② 青苗:《忧郁的怀念》,载枫林文艺丛刊第1辑《辽阔的歌》,1943年7月7日出刊。

度",而"要了解师陀对故乡农村的态度,就必须引进一个参照系——沈从文"。应该说,范培松先生相当准确地抓住了师陀和沈从文对农村的态度之差异——

> 从总体上看,师陀对故乡农村的态度是一种"失乐园"的感受。他的《失乐园》一锤定音——"失"。这和沈从文到("到"疑当作"对"——引者按)故乡农村的态度形成一个鲜明对比,他在湘西神游是完全沉醉在"得乐园"的梦一般的境界中,他处处为湘西的水手和妓女的强有力的生命脉搏的跳动所鼓舞,"得乐园"成了《湘行散记》的基调。这种"失"与"得"的不同,具体表现在以下两方面:
>
> 1. 师陀目光注视故乡农村的"今"与"昔"之异……他的散文是为苦难的中国农村唱挽歌。这是他理智参与生活的必然。而沈从文恰恰相反,他的目光恰恰是注视在故乡农村的"今"与"昔"的"同"上。……这种"今""昔"之"同",使沈从文在故乡整天陶醉在一种原始生命力的昂扬之中。他回故乡捡回了生命的活力。这种参与,是一种感情的参与,虽则带有盲目性,但富有浪漫色彩。因此,可以归结到这样一个简单结论,师陀对待故乡农村比较现实,沈从文对待故乡农村比较浪漫。
>
> 2. 在表现手法上,师陀对故乡农村采取了有分寸的有限度的暴露。……相比之下,沈从文就要潇洒多了,他在描写湘西农村时,采用"强盗一样好大胆的手笔"。

但是"话说回来",尽管意识到这些差异,范培松先生还是把师陀纳入到以沈从文为"当然盟主"的"京派散文"中,却把他看到的师陀与沈从文乡村散文的差异(这种差异当然也表现在他们的乡土小说中,只是范培松先生编选的是散文,所以只能就散文而论),勉强归结为"两人的艺术气质的差异"以及"他们所出生的空间地域"的差别而不计。这样一种意识到差异而又有意淡化差异的评论是很有趣的,而值得反思的是为什么会有如此矛盾的评论?

说来,范培松先生把师陀纳入京派的首要理由,也就是所谓"师陀在踏上文坛前,曾得益于沈从文的帮助",这是一个长期流行而实属想当然的说法。事实上,我们并不能找到多少"师陀在踏上文坛前"或登上文坛后得到沈从文特别帮助的事实。当然,师陀曾经在沈从文主编的《大公报》文艺副刊上发表过几篇作品,但那只是一个投稿者与编者的普通关系,而稍前和稍后师陀在非京派的刊物如左翼刊物、海派刊物上发表的作品更多。要说真正扶助师陀走上文坛的人,那无疑是左翼作家丁玲,而在师陀登上文坛之后,给予他大力帮助的则是热情的巴金。至于师陀平素交往较多的作家,十有八九都是严肃地关怀社会改造的左翼作家,以及具有进步倾向的写实主义作家,唯一成为他的好友的京派作家,乃是由于给他送稿费而结识的卞之琳,但师陀对卞之琳最大的批评,就是嫌他沾染了较重的京派趣味。可是奇怪的是,所谓师陀和沈从文"以相近的审美趣味和人生目标相吸引"①,却成了范培松先生等判断师陀文学归属的最重要理据。其实,无论从社会意识、人生取向还是审美趣味来看,师陀和沈从文都几乎南辕北辙,与其说师陀像似京派,毋宁说他更近于左翼。事实上,师陀就是一个准左翼作家,或者说没有加入组织的自由左翼作家。即就乡土抒写的文学渊源而论,师陀也与沈从文没多少关系,他所秉承的乃是鲁迅、台静农为代表的乡土写实兼抒情的新文学传统,并借鉴了契诃夫的忧郁婉讽的艺术格调和陀思妥耶夫斯基描写穷人的深度写实思路,又呼应着左翼的农村社会分析的新动向,也因此,他的乡土抒写即使不说是针对着沈从文的浪漫抒写而发,也肯定包含着对沈从文的不满和反拨。此所以师陀曾严厉批评一种很受西方人好评的"东方情调小说",以为在这种小说里读者只能得到这样一个暗示或启发——

> 人们是为了生命尽着力,将来也许有什么不测,但那是命运;命运如果要将人怎样,人就只好由它,反正人是已经为生命尽过力了。你曾见过比这更使人痛苦的现象吗?然而好奇的外国人如获珍宝,他们不住的把玩着,赞叹着,他们就以"尽人事听天命"这种中国古哲学作为标准材料,把它当作一种不变的人生观写成小说。至于近数十年来的中国实际状况怎样,他们不喜欢知道,他们觉得不大可爱,这不合他们的胃口,而且使他们感到恐惧。他们希望中国人最好能够永远在这种没有希望的所谓东方情调

---

① 以上所引范培松先生语,见《师陀散文选集》的"序言"之第4—9页,百花文艺出版社,1992年。

中生活,永远不死不活地供他们"同情"。①

这个批评表面上针对的可能是赛珍珠的"中国小说",但实际上是否暗含着对沈从文的乡土中国抒写以及林语堂的老中国叙事的某种不以为然呢?我以为是有的,只不过师陀比较厚道,所以没有明说罢了。这也就是范培松先生所发现的师陀与沈从文乡土抒写之不同的真正原因,至于气质的差异倒在其次——此类差异任何两个作家都有,何限于师陀和沈从文呢!

诸如此类的事实其实都不难辨别和判断,可是新时期以来的学界人士大都顽固地视而不见,却一再不厌其烦地重弹师陀受沈从文影响、属于京派作家的老调。那原因追究起来,说复杂也复杂,说简单也简单。盖自新时期以至所谓后新时期,左翼日渐成为一个贬抑人的贬义词,而京派则从一个文学流派概念,日渐演变成一种具有高端价值的高雅文学标准的代名词。师陀曾经与左翼文学非常接近的事实,人们未必不知,可无论谁又都不能也不愿因为他曾经左翼而否定他的文学成就,然则,怎么办、怎么说才好呢?好在师陀也与京派有那么一点点关系,于是顺水推舟、乘风而进地把他尽量往京派上面拉扯,也就成为文学史写作上的善举了。说句不客气的话吧,这种善举其实暗含着学术上的趋时与势利,而于师陀则可谓不虞之誉,并且也非他所愿。于此,我想起自己多年前对一位学界朋友说过的玩笑话:一个人迷恋海派犹可救药、也不难清醒;一个人迷恋上京派,那几乎是无可救药、难得清醒,因为京派文学既富于浪漫的新风骚,又富含古典的旧风雅,如此趣味当然最符合学院知识分子的口胃,所以极易浸渐成瘾也。可是,始终坚持社会改造理想和批判现实旨趣的师陀,对此并不以为然。此所以人们把他抬举为京派作家,他却很不识抬举。那么,究竟该怎么办呢?我想,还是让师陀从他所不愿住的京派文学大观园里出来吧,恢复他的准左翼作家或者说自由左翼作家的自由身为是——他是不会嫌弃这个称呼的,对他,这才是实至名归的光荣归位。

2009年10月20日草成第二节,2012年3月14日补成其余各节。

---

① 师陀:《上海手札·三·行旅》,《师陀全集》第3卷(下)第189页。

附记：

本文发表在《河南大学学报》2012 年第 5 期。撰文前未能到上海亲自查寻，而仅从网上检索了上海各图书馆的藏存情况，发现并无刊登师陀长篇小说《雪原》的《学生月刊》之藏存记录，于是我便依据当时"百万册图书网"的收录，说《学生月刊》"在它的出版地上海的上海图书馆则并无藏存……保存该刊最完整的是北京师范大学图书馆，共有 11 期"。文章发表后，南通大学的胡斌君乃于 2012 年 11 月 28 日来函说："我正是在上海图书馆看到《学生月刊》的，从 1940 年 1 月出版，直到上海沦陷前夕 1941 年 11 期停刊，全套共有 23 期。上海图书馆查询近现代报刊文献，都需要查询卡片的，在网站查不到相关信息。"感谢胡斌君的纠正，为此，本文在收入《师陀全集续编·研究篇》（河南大学出版社，2013 年 5 月）及本书时，都没有改正上述误断，以便使胡斌君的指正不致落空。

2016 年 2 月 2 日重校附笔。

"穆时英的最后"

——关于他的附逆或牺牲问题之考辨

附逆的汉奸还是冤死的英雄：
关于"穆时英的最后"的两种说法

1940年6月28日下午6时许,穆时英被枪杀于上海。自那以后的相当长一个时期,一般都认定穆时英乃是作为追随汪伪的汉奸,而被潜伏的国民党特工所杀,几乎可说是向无异词。

但三十多年后的香港却有一位"康裔"先生,自称是前"中统"特工,在1972年香港《掌故》月刊第10期上发表《邻笛山阳——悼念一位三十年代新感觉派作家穆时英先生》一文,说自己与穆时英本是老朋友,1939年10月曾亲赴香港动员穆时英打入汪伪组织——"此后,我帮他安排好一切,使他可以安安稳稳的去上海,去出任汪政府的职务"。然而不幸的是,1940年5—6月间康裔赴重庆公干之际,穆时英却被"军统"特工狙击于上海,康裔闻讯悲愤不已而又无可奈何——"人家已经邀了功,我们又如何去补救？一种无法的内疚,只有牺牲了穆时英,也只有让穆时英死不瞑目,他是成为双重特务制下的牺牲者了"。① 怀着深深的内疚与悲愤,康裔在三十多年后写了这篇文章,说明了事情的原委,为冤死的穆时英鸣不平。

康裔先生的文章在社会上似乎反响不大,后来却引起了香港的新

---

① 康裔:《邻笛山阳——悼念一位三十年代新感觉派作家穆时英先生》,香港《掌故》月刊1972年第10期,但司马长风的《中国新文学史》下卷注解却说康裔此文发表在《掌故》月刊1973年10月号,我未见原刊,不知孰是,此据《穆时英全集》第3卷第487—491页,北京十月文艺出版社,2008年。

文学史家司马长风先生的注意。为此,司马长风在1976年7—8月间曾与康裔先生多次通信、通话以至晤谈,从而确信康裔所述确凿无疑,乃在其所著《中国新文学史》的下卷里郑重为穆时英翻案云——

> 新感觉派小说家穆时英,一九四〇年六月,在《国民新闻》(汪伪政府机关报之一)社长任上被重庆特工刺杀,一般史书指骂为汉奸,三十年来已成牢不可破的定论,但据笔者所获最新资料发现,穆时英不但并非汉奸,实为国民党的地下工作人员。他是由"中统"(中国国民党中央调查统计局)人员,一九三九年十一月在香港安排他回上海,出任伪职——伪汪国民党宣传部新闻宣传处处长。刺杀他的是"军统"(国民政府军事委员会调查统计局)的特工人员。大概当时"中统"与"军统"在上海的特工人员,没有横的联系,上层领导未能充分及时的交换情报。(,)致造成这一可悲的错误。①

自上世纪80年代初以来,司马长风先生的《中国新文学史》在大陆流传甚广,正在研究新感觉派的严家炎先生,乃在《新感觉派小说选》的序言里和《中国现代小说流派史》的有关章节里率先采纳了司马长风的说法,从此此说广为流传,很少有人公开订正和质疑。

似乎唯一公开表达了疑虑的是李今女士撰写的《穆时英年谱简编》,刊于2005年最末一期的《中国现代文学研究丛刊》上。《穆时英年谱简编》自然不能不涉及穆时英的"附逆"及其死亡的是非问题,李今乃在谱末引述了康裔的说法后,慎重地加了这样一段按语——

> 按,康裔的说法近年流传甚广,但其实疑点甚多:一则"康裔"既能安排著名文化人去做特工,则"康裔"自己就不是个小人物,但这个"康裔"却声名不彰,其真实身份难以确证,他的证言只是来路不明的孤证。二则穆时英虽然算是著名作家,但说到底不过一介软弱书生,很难想象他去冒死犯难做什么"卧底",而

---

① 司马长风:《中国新文学史》下卷第11页,香港,昭明出版社有限公司,1978年。在这段文字后面,司马长风加了一个比较长的注解说明他的依据——康裔的《邻笛山阳——悼念一位三十年代新感觉派作家穆时英先生》一文,司马长风先生并说自己在1976年7—8月间与康裔先生有信函问答、电话采访和约会晤谈等情况,还透露说"康裔"先生本姓"嵇",见《中国新文学史》下卷第47—48页注解①。

且他也不大能接近汪伪核心人物,所以也难以设想他会获得有多大价值的情报,然则中统要他去卧底有何用处?三则即使当年军统、中统有矛盾,但按"康裔"的说法,穆时英之死只是误杀,问题出在双方协调不好,事后自然不难沟通、重新甄别,为穆时英平反,何况穆时英又不是什么了不得的大人物,军统又能邀多大的功而拒不给一个冤死的"党方同志"平反?四则即使当年只能将错就错,但在事隔多年之后,就没有理由不平反,尤其在军统早已失势的情况下,如果有老同志呼吁,国民党中央是理应而且不难给穆时英平反的,然而竟然毫无反应。这该作何解释?五则"康裔"为什么不向国民党中央呼吁而却只在香港的报(刊)上把他的说法当作"掌故"发表?综合以上疑点,康裔的说法就难以作为确切的证言采信——或许这只是好事者"为掌故而掌故",也未可知。①

可是,李今的这个谨慎的存疑也并没有维持多久,两三个月后,她就在《中国现代文学研究丛刊》2006 年第 2 期上,发表了这样一则《关于〈穆时英年谱简编〉的更正》——

> 本人在写作《穆时英年谱简编》的过程中,曾经因找不到有关嵇康裔的背景材料,而对他为穆时英翻案的说法有所疑虑,并在文章结尾,以"按"的形式将这种疑虑表述了出来。后来就此问题请教严家炎先生,他为我提供了司马长风所掌握的嵇康裔的生平身份材料,尽管嵇康裔的说法还是孤证,对于穆时英是否是汉奸做出定论还有所欠缺,但以司马长风所知嵇康裔的身份,还有合乎情理之处。所以,我对《年谱》的结尾作了修改,以嵇康裔和司马长风的话结尾,而避免用叙述者的口吻做出定论,并将"按"的一段去掉。非常抱歉的是,在投稿时发错了电子版。现将修改后的结尾登录如下:
>
> > 1978 年 12 月香港昭明出版社出版了司马长风的《中国新文学史》,作者采用了康裔的说法,标志着为穆时英汉奸罪名的平反得到社会的认同。为慎重起见,司马长风曾经与康

---

① 李今:《穆时英年谱简编》,《中国现代文学研究丛刊》2005 年第 6 期第 268 页。

> 裔多次通话和约晤,详询有关人物和事件,宣称"所有疑虑之点均告澄清"。据讲,嵇康裔先生浙江湖州人,为陈立夫亲戚。当时安排穆时英回上海时,中统局长为朱家骅,负实际责任者为徐恩曾。战后,徐氏因过错被南京最高当局解职,批示:"永不录用"。在中统负责人失势的情况下,穆时英的冤案遂难以翻案。(见《中国新文学史》下卷第五编第二十五章注释①)) ①

李今的"更正"是将近十年前的事了,而我则一直欠着李今一个"更正"——其实,李今当年既没写错稿子,也没发错电子版,她的"更正"乃是出于"包庇"我的善意而不得不撒的一个小谎。事实是,李今所谓"修改后的结尾"原本是最初的结尾,而所刊年谱末尾关于嵇康裔的按语,则是她传初稿给我看、我顺手写下的一点意见,她在征得我的同意后采纳入定稿的。所以,李今的那点过错,实际上是我导致的,她不便说明,只得自己承担。这是我一直深感抱歉的,现在终于有机会说明,我也感到轻松了。至于司马长风所掌握的"嵇康裔"生平材料,应该就是嵇氏自己提供的,而司马长风又为什么语焉不详?可能也是应嵇氏的要求吧。严家炎先生和司马长风先生都是志诚君子,而君子可欺以方,所以我还是疑虑未消。

正由于对李今深感歉疚而又对"嵇康裔"疑虑未消,我在此后对有关问题留心了一点,六七年前陆续发现了一些文献,但最大的疑难还是因文献有阙而碍难弄清——所谓"嵇康裔"者究竟是什么来头、他的证言孰真孰假?直到今年暑假回乡路过兰州小驻,偶然在一位亲戚的书架上看到一本关于"中统"的书,心想或许会有"嵇康裔"的蛛丝马迹也未可知,一翻之下果有所获,连带想起以前收集的资料,隐约觉得这个惑人多年的问题似乎可以澄清了。

下面,就把我的一些小考释和小辨证写下来,聊供穆时英的爱好者和研究者参考吧。

---

① 李今:《关于〈穆时英年谱简编〉的更正》,《中国现代文学研究丛刊》2006 年第 2 期第 129 页。

"嵇康裔"及其真身"嵇希琮"：
他的自述和对穆时英的回忆之真伪

如其通过"嵇康裔"的文章,能够平反穆时英的冤屈,还这位"新感觉派圣手"一个清白,那当然是一件好事,但前提是"嵇康裔"及其文章必须可靠,而为此,仅有"嵇康裔"及其文章本身之自证是不够的。因为"嵇康裔"的真实身份尚不清楚,他的文章也只是一面之词,究竟有多少可信度,也还有待考辨。虽然司马长风说他曾与"嵇康裔"有来往,终于使"所有疑虑之点均告澄清",但他在著述里却语焉不详,那或许是"嵇康裔"有意保留吧,然则他究竟忌讳什么？这就是我读了《穆时英年谱简编》之引叙后,仍有所献疑的原因。

应该说,司马长风先生也提供了一些有价值的、可资进一步探寻的线索：一、"康裔"本姓"嵇"；二、"嵇××先生"也即"嵇康裔"先生自称是亲自"代表国民党'中统局'安排穆时英回上海"或"回南京"的——这也就是说,"嵇康裔"先生乃是潜伏上海的国民党"中统"特工；三、"嵇先生浙江湖州人为陈立夫的亲戚"。① 也因此,近十年来我也曾沿着这些线索,数度查询过中国大陆和台湾地区、香港地区有关"嵇康裔"的材料,可惜却一无所获。

现在看来,我(也可能还有别的研究者)之所以长期没有收获,恰恰源于"嵇康裔"这个姓名的误导——依此名去查寻,除了反复回到"嵇康裔"以及他的那篇文章之外,几乎注定了别无所获。这是因为"嵇康裔"是个化名,司马长风在其著述里于"嵇康裔"之外也用了"嵇××",这已暗示"嵇康裔"并非真名,我们却一直疏忽了。实际上,"嵇康裔"的真姓名应该是"嵇希琮"或"嵇希宗"——关于此人,文献记载并不少,而比较可靠的是《亲历者讲述中统内幕》一书。该书虽迟到 2009 年始由中国文史出版社出版,但所收文字多写于上世纪 60 以及 80 年代,作者全是羁留大陆的前"中统"高级特工,他们的文章原是作为"文史资料"来写的,所以较为信实可靠,而有别于也优于坊间流行的一般通俗猎奇之作。

---

① 司马长风：《中国新文学史》下卷第 47—48 页注解①。

在《亲历者讲述中统内幕》一书中较多提及"嵇希琮"或"嵇希宗"的文章有两篇,一是牧子("牧子"即李约勒,曾在中统局本部长期做内勤)所写《中统和日伪的勾结》,一是陶蔚然(陶氏曾经任中统局本部专员,抗战胜利后出任中统局驻沪办事处及中统上海办事处秘书)所写《中统特务在上海》。据牧子的文章所述——

> 嵇希琮,中统特务,浙江吴兴人。陈宝骅的表亲。原任中统上海特区情报股外勤。1940年投敌为汪伪特工总部工作,1941年受命秘密到达重庆,由中统提升为局本部党派调查处总干事。同年又由中统派回上海,抗日胜利后,他被中统任命为上海区副区长。①

按牧子文前述,陈宝骅也是"浙江吴兴人,陈立夫的堂兄弟,原任中统上海特区情报股长、中央党部驻沪调查专员"②。陈宝骅既然是陈立夫的堂兄弟,则作为其表亲的嵇希琮也应是陈立夫的亲戚。陶蔚然的文章说得更清楚:"在上海区这百余人(指'中统'驻上海区特工——引者按)中,有陈立夫的堂兄弟陈宝骅、表兄弟嵇希宗。"③这个"嵇希宗"与牧子文所说的"嵇希琮"显然是同一个人,所以下面就统一用"嵇希琮"。应该说,"嵇希琮"就是"嵇康裔"的本名真身。这不难判断:"嵇希琮"和"嵇康裔"同姓且同籍浙江吴兴(司马长风说"嵇康裔先生浙江湖州人",这与吴兴并不矛盾,因为湖州古称吴兴,现在湖州市还有吴兴区),并同属抗战时驻沪的"中统"特工,也同是陈立夫的亲戚,然则非一人而何? 当然,陈立夫也可能还有另一个嵇姓表兄弟,但若要他与嵇希琮年龄相当且也是"中统"特工,那可能性就微乎其微了。因此,说"嵇康裔"即"嵇希琮",乃是近乎确定无疑的判断。而当我们明白了"嵇康裔"的真身其实即是"嵇希琮"之后,则所谓"嵇康裔"的自述和他所谓穆时英附逆与牺牲之真伪,也就可以参考有关"嵇希琮"的文献史料来判断和辨正了。

按,嵇氏的年纪比穆时英小一点,据有关文献,他在1939—1940

---

① 牧子:《中统和日伪的勾结》,《亲历者讲述中统内幕》第280页,中国文史出版社,2009年。
② 同上书,第280页。
③ 陶蔚然:《中统特务在上海》,《亲历者讲述中统内幕》第288页。

之际还是上海法政大学的二三年级学生,同时担任"中统"上海特区情报股外勤,不过,嵇氏也可能是以所谓"专职学生"的身份掩护特工活动的。不待说,作为大学生而又身为情报人员的嵇氏,由于喜欢文学、追逐时尚且又熟悉情报,则他在抗战前就知道穆时英并与之有所交往,这是很有可能的;至于嵇氏在上海沦陷后又见到重回上海、投奔汪伪的穆时英,这也是有机会的;迨至上世纪40年代末,嵇氏隐居香港,对抗战时期内地文人尤其是上海文人集聚香港的流风余韵,也应该有所耳闻,他自己也说去凭吊过薄扶林道的"学士台"等遗迹,此所以晚年的嵇康裔在《邻笛山阳——悼念一位三十年代新感觉派作家穆时英先生》一文中所说抗战时期文人在香港的情况,也有部分的真实依据。但这位善于捕风逐影的前特工也有一些想当然的妄谈。比如嵇康裔在其文中转述穆时英说自己曾被左翼安排与鲁迅相见、被鲁迅大大教训一顿,这就近乎瞎编乱造、哗众取宠了。① 只是诸如此类的瞎编乱造也都无关紧要,且略过不谈吧。

至关重要而不可轻忽的,乃是嵇康裔文章的核心内容——他自己如何在抗战最艰难之时冒险犯难亲赴香港、动员和安排穆时英到汪伪阵营做卧底的英雄事迹——是否当真发生过?

按照嵇康裔文章的说法,"一九三九年十月,我到了香港,我找到了薄扶林道的学士台(也即见到了穆时英——引者按),一别三年,备感亲切",于是他动员穆时英到汪伪政府去做卧底,两人一拍即合。然后,"我们在十一月初,同乘美国总统轮,'克利扶兰'号回到了上海。次年三月间,汪伪筹组伪政府,穆时英便"出任了汪伪宣传部的新闻宣传处处长",与嵇康裔时相过从。随后刘呐鸥被杀,穆时英"辞去了新闻宣传处处长职,而来沪担任国民新闻社社长"。至于嵇康裔自己呢?他说:"一九四〇年五月,我动程去重庆",到了"六月下旬的一个上午,我在办公室里看到了上海来的电报,穆时英已伏尸南京路新雅

---

① 我估计,嵇康裔所说穆时英与鲁迅的这个"故事",很可能是他从当时的小报消息上受到启发而再发挥的。即如当年《奋报》第452号(1940年7月2日出刊)的头条,就是署名"海风"的短文《被刺殒命之穆时英小史》,其中就有这样的说法:"穆苍头突起,时势英雄,'天皇老子'鲁迅,特垂青眼,亟图拉拢,穆斯时凛于赤色作家之不幸遭遇,爰惶惶然去之,勿敢皈依门下,领'卢布'津贴也。"

门口"。①

这个英勇而又悲情的故事,乍一看严丝合缝,其实漏洞不少。一个最明显的漏洞,即所谓刘呐鸥被杀后穆时英接任其职务的说法,乃是后来相沿甚久的误传,可自称是当年在上海操控穆时英的提线人物且又兼为其好友的嵇康裔先生,是怎么也不该说错的。一个潜在的漏洞是,嵇康裔言之凿凿地说自己与穆时英"在十一月初,同乘美国总统轮,'克利扶兰'号"回归上海的,可是穆时英的文友萧雯却在写于沦陷时期的回忆文章里对此另有说法。据萧雯说,他当年在香港的时候因业务上的便利,所以穆时英乃专门来托他安排回上海的船——

> 有一天,他来看我,说要上海去一趟,这时候港沪间船只很拥挤,我因业务上的便利,所以他来托我找只较好的船只与舱座,记得是皇后号船载他出鲤鱼门的。就是这一次,他走了,他去了,他不再还香港,他改变他的文艺的作风,他强调他的和平文化的报道,他也丧失了他的生命,他流血了,他尽责于自己的岗位而牺牲了。②

按,萧雯也是一个小有才的附逆文人,当年的他并不隐瞒自己的"和平"立场——其所谓穆时英之"牺牲"即为日伪的"和平运动"而牺牲也,所以他在文章里把自己与穆时英的交往以及自己的来历与心路历程详尽道出,并在穆时英被刺四周年前夕特意发表于重要伪刊《新东方》杂志上以为纪念的,显见得既无顾虑也不想掩饰什么,所以他的记述应该是可信的。而倘若萧雯40年代的记述是可信的,则嵇康裔三十多年后所说的"故事"就有了大破绽。

其实,实情乃是"嵇康裔"即"嵇希琮"在当年根本就没时间也没心思专程去香港策动穆时英回上海做"中统"卧底的。因为,恰在1939年冬到1940年夏这半年间,"中统"上海区摊上了三件连环套式的大事变,而嵇氏则是其中的骨干人物,他不可能有机会去香港的。

按,据《亲历者讲述中统内幕》一书中的《中统和日伪的勾结》和《中统特务在上海》两文所述,1939年冬到1940年夏半年间,恰是"中

---

① 康裔:《邻笛山阳——悼念一位三十年代新感觉派作家穆时英先生》,《穆时英全集》第3卷第489—491页。
② 萧雯:《记穆时英》,上海《新东方》杂志第9卷第6期,1944年6月15日出刊。

统"与汪伪特务机关从激烈对抗到携手合作的大转折期,其间先后发生了三件连环套式的大事,皆与嵇氏有关。首先是在1939年的初冬,由嵇希琮的表亲——"中统"上海特区情报股长、中央党部调查专员陈宝骅,倾力发动了用美色诱杀逆方大特务头子丁默邨的行动,作为其可靠亲戚和得力"外勤"的嵇氏当然不能不参与此次行动,只可惜行动功败垂成,并导致了双方更加激烈的对抗;而强龙压不住地头蛇,所以接着就是逆方对"中统"特工的大逮捕,几乎把"中统"上海区的势力一网打尽,而所有被捕的"中统"特工几乎都投降了逆方,这其中就包括嵇希琮——他也于"1940年投敌为汪伪特工总部工作"[①];可没过多久,被捕附逆的"中统"特工们却都被放了出来,那是因为这些人与汪伪特工们大都是战前的"中统"同志,并且逆方也在前面的对抗中受到强烈震撼,不得不考虑自己的后路,所以双方决定握手言和,嵇氏也因此得以释放;于是,也便有了最后的一出:"中统"上海区的两员得力干部黄刚和嵇希琮"到一九四〇春,两人先后不约而同地到了重庆",向"中统"头子徐恩曾汇报请示,得到了徐的认可后,当年秋嵇、黄二人衔命重回上海,重建"中统"上海区组织,并与汪伪特工总部展开合作,其共同的斗争目标则转向了中共和新四军。

显然,"嵇希琮"乃是上述三件大事变的关键人物之一,他在如此紧张的连续事变之中,当然不可能再抽身去香港策反穆时英了;而"嵇康裔"在其文章中对这三件大事变只字不提,仿佛他根本不知道"嵇希琮"的存在。可是"嵇康裔"还是难免露了一点马脚:他在文章里禁不住提到作为"中统"特工的自己曾在1940年5月"起程去重庆",这个时间点虽然改后了一点,还是暴露了他就是那个在1940年春天专程去重庆向"中统"大老板徐恩曾汇报请示的"嵇希琮"——难不成还有第二个姓嵇的"中统"特工在1940年从上海去了重庆?!

顺便说一下,在这一系列大事变中转危为安的嵇希琮也颇有后福:抗战胜利后他又摇身一变成了"抗日英雄",迅速成立了"中统局驻沪专员办事处",乃是当时上海最有权力也最为疯狂的"劫收"大王,曾为此而大肆包庇汉奸,因而一时声势烜赫也声名狼藉。只是好景不长,随着其大老板徐恩曾因贪污倒台,嵇希琮大概也跟着倒霉了。

---

① 牧子:《中统和日伪的勾结》,《亲历者讲述中统内幕》第280页。

到上世纪40年代末,大陆当然不能容他住,就连台湾恐怕也难以让他安居,于是他逃到香港,化名"嵇康裔"于焉隐遁。

然则,作为"嵇希琮"的"嵇康裔",为什么要在三十多年后精心编造出这样一个子虚乌有的悲情故事来耸动视听呢?厚道点说,其初衷恐怕不是要让文学史家上当,而很可能是出于一种不甘寂寞的自我补偿心理——想想看,他那么一个人物,却被迫隐姓埋名那么多年,能不寂寞、能不愤懑吗?!他的化名"嵇康裔",就透露出了其愤懑不平的心曲,但他当然也明白,自己当年作为"嵇希琮"在上海的那两段不光彩历史,是不能见光的,于是便有了化名写文章,刻意编造自己在抗战最为艰难之时冒险犯难亲赴香港,动员和安排穆时英到汪伪阵营做卧底的英雄壮举,却长期得不到公正对待这一出。换言之,作为"嵇希琮"的"嵇康裔"之所以写这篇《邻笛山阳——悼念一位三十年代新感觉派作家穆时英先生》,真正的主旨并不在为穆时英翻案,而更在意于"自我表现"——把自己表现得像嵇康一样慷慨敢担当、像向秀一样非常有情义,穆时英则不过是他借以自我表现的道具,恰好他也曾与穆时英熟识,所以便借穆时英来发声,并发挥自己的特工之特长,对之下了一番调查功夫,翻案文章也写得细密周详、跌宕起伏、声情并茂,而穆时英则只能任他谬托知己,反正死无对证。①

不能不承认,这个老特工,真够有才的。

穆时英怎样走向"最后":
他的蜕变过程及妥协思想之逻辑

既然嵇康裔所说关于穆时英的悲情故事,乃是他精心编造而子虚

---

① 从情报来源看,嵇康裔的谎言也有所"本"。按,日人松崎启次在1940年后半年的一篇纪念穆时英的文章章里,就曾援引张资平的话说,"据说他(指穆时英——引者按)离开香港来到上海时,曾向重庆方面有过一个特殊的口头承诺,即'将上海的情报送到重庆。'然而,他逐渐表现出对汪精卫理论的热情,想与重庆方面断绝往来。在得知了他两次赴日之后,重庆方面要求他逃回香港,在那里散播关于汪精卫派和日本内情的谣言,他的拒绝被视为叛逆而遭射杀。"(松崎启次:《穆时英先生》,收入氏著《上海文人记》,高山书院,1940年10月出版,此据《穆时英全集》第3卷第460—461页)这个说法已暗示投汪的穆时英同时与重庆方面有联系,只是后来因为背叛而被重庆方面暗杀,但松崎启次也觉得这个说法不大可信,称之为"不可思议的流言",并有"重庆方面会收买这样的人吗"之疑问(出处同上)。嵇康裔可能知道这个流言并受到启发,从而在多年后对之作了精心的重构。

乌有的谎言,则就目前可见史料证据而言,"穆时英的最后"也就并非一个冤死的抗日英雄,而仍是一个附逆的汉奸文人。这当然无意否定其文学成就,可是就事论事,我们也只能接受这个令人遗憾的事实。而真正值得探讨的问题是,像穆时英这样一个聪明人,是怎样走向汪伪阵营的,其心路历程又如何?

显然,嵇康裔也即嵇希琮对穆时英的附逆并无"功劳"。因为1939—1940年之际的嵇氏先是被捕并叛投为汪伪特工服务,随后被放出来,便衔汪伪特工之命,急着去重庆向徐恩曾汇报、请示与汪伪特工合作事宜,此诚所谓妾身未明、自顾不暇,哪里有时间和资格去策动穆时英来给"中统"作卧底?而从穆时英方面来看,他其实也并不需要嵇氏的敦劝和策动,因为穆时英自己就是一个聪明的识时务者——正如当年的一份小报所说,"时英洵'时'哉'时'哉,少年'英'俊,天资聪明"①,他自会审时度势、把握时机的;并且那时在香港的穆时英身边也不缺乏先进的"和运"分子,他们自会鼓动其如簧之舌劝诱穆时英,积极推动他"识时务"地投奔日伪的。

不能不承认,以往把穆时英仅仅视为一个凭着"新感觉"来写作的小说家,很可能把他看简单了。事实上,自幼生长于十里洋场的穆时英也是个有心人,对洋场内外的中国社会自有敏锐的观察和想象,稍长又感染到当年流行的左翼社会科学思潮之影响,使他对半封建半殖民地的中国之现状和命运形成了自己的分析和判断。此所以在他那些看似浮光掠影的新感觉派小说中,其实相当自觉地表达了他对中国的观感和判断,那观感和判断就事实的"真实"之认知而言,与左翼的中国社会分析并无不同,但在如何应对这"真实"、如何看待中国之前途上,则与左翼大异其趣。其中最能反映穆时英之观感的,无疑是其小说创作的里程碑之作——长篇小说《中国行进》。这部小说初名《中国一九三一》,穆时英从1932年就开始着笔,至1935年底完成,交付出版并打出了纸型,1936年初的《良友》图画杂志就曾经刊出其即将出版的广告,可惜全书未能刊印,幸好各章节基本上都在当年的报刊上发表过,到了新世纪以后则陆续被发现和重刊。对这部小说,当今学者们一般都比较看重其显然与茅盾的《子夜》争胜的艺术雄心,而

---

① 海风:《被刺殒命之穆时英小史》,《奋报》第452号,1940年7月2日出刊。

尚未注意到其中反映了穆时英在抗战前对"中国行进"的一种很不乐观的、颇为低落的看法,甚至可以说是一种失败主义的民族命运观。直到穆时英在1939年底追随汪伪之后,他才和盘托出了自己对"中国行进"的"落后"观感和悲观看法——

> 中国的行进是跳跃的行进。旧的社会秩序已经在崩溃和变质的过程中,新的社会秩序却还没有建立起来。封建制度,资本主义,殖民地掠夺,金融独裁,农民暴动,什么都混在一起。社会是百货店社会,时代是未成熟的时代,所以我们的民族独立解放运动始终以古怪的步法走着离奇曲折的道路。然而这古怪的步法和离奇的道路并不是一种偶然,而是被历史所规定的必然的发展轨迹。①

这种在抗战前就有的"中国"观感,使穆时英认定"中国的行进"必然步履维艰,反帝反封建的革命没有什么前途,而这也正是他在抗战爆发后并不乐观的原因。按,1936年4月,穆时英追随太太来到香港,试图挽回夫妻关系,然后返回上海过自己的小生活,不料随后抗战爆发,他只得暂时苦住于香港。在这里,穆时英先是醉心于电影和戏剧艺术,随后参与编辑了国际关系刊物《世界展望》和《星岛日报》的娱乐版等。此时的穆时英一边热情应酬着各方朋友,甚至应时写过一些抗战文章,但另一方面则悄然把结交的重心转向来自国民党"低调俱乐部"的汪派人士,悄悄考虑着自己的退路和出路,而把他最亲爱的老朋友戴望舒等都蒙在鼓里。就此而言,穆时英性格里是颇有一些不为人知的复杂性的——就像他的小说所醉心描写的二重人格一样,平时的穆时英看似随和无主见,其实却可能暗度陈仓,甚至像他笔下的都市流氓一样,断然作出"有奶便是娘"的决断,然后便"义无反顾"地行进。比如,穆时英1938年前半年在香港就参与了《世界展望》杂志的编辑,并在创刊号扉页上发表了慷慨激昂的抗日短文,可是,此刊却有着汪派的"低调俱乐部"所主持的"艺文研究会"及其在香港的派出机构"国际编译社"的潜在背景,汪精卫的心腹林柏生就是"国际编译

---

① 龙七(穆时英):《一年来之中国文化界》,上海《中华日报》1940年1月1日"元旦特刊"。

社"的负责人,所以该刊的抗日宣传乃是装潢门面的,实际工作则是为汪派搜集情报、搞"和运"打前站的,也因此,不久《世界展望》的政治立场就受到质疑,另一个汪派人士杜衡不得不出来"辟谣"。[①] 而正是通过这个机构,穆时英与汪派拉上了关系——汪派的核心干将林柏生和热狂的"和运"策士胡兰成成了他的知心朋友。这些来自汪派的新朋友对穆时英的蜕变起了重要的推动作用,比如巧舌如簧的胡兰成就是"有他的一套的"且最善于鼓惑,而据当年也在香港的一个知情人卜少夫之证言,"穆时英的附逆,和胡兰成的关系最大"[②]。

当然,"苍蝇不叮无缝的蛋"。按卜少夫的观察,"穆时英是聪明的,且他自以为自己是聪明的",所以他和同样自以为特聪明的胡兰成走在了一起,而自恃聪明的人往往会被自己的聪明所误:1938年末汪精卫主张"和平"的"艳电"由林柏生在香港公开发表,这让聪明的穆时英终于"看清了方向",乃认定抗战无前途,"和平运动"是大势所趋,自己不能不作出最后的抉择了。于是,穆时英开始了悄悄的准备。可以说,此时的穆时英已表现出一种无师自通的特工式聪明:一方面,他埋头学习,读政治书、温习英文且自修日文,作出很用功的样子;而另一方面则放出风声,说是要为一张法国色情片在上海的开映回去一趟。也因此,在港的那些单纯的文友们没人怀疑他,只有比较见多识广的新闻人卜少夫感到异样——

> 我怀疑到他,令我发生"此人或将把他的生命一切作孤注一掷"的,一方面是由于我注意他过去的结果,最重要的还是在他临行前半个月内他陆续地邀请了不少研究国际问题和研究国内政治的朋友所举行的个别谈话。(我是其中之一其余大都是在各报各杂志写这类文字的朋友。)就他向我提出的几个问题来说,他的问题的中心,不在研究政治而在热衷于名利,个人投机的倾向极浓厚。

> 再有一星期,他的留港的母亲,妻子和弟弟,不声不响悄悄地

---

① 杜衡:《本社启事》,《世界展望》第3期,1938年4月5日出刊。按,杜衡1938在香港的蔚蓝书店——汪派"艺文研究会"驻港机构"国际编译社"的对外招牌——工作,并与穆时英同为《世界展望》的编辑。

② 卜少夫:《穆时英之死》,载重庆《时事新报》,1940年7月23日,此据《穆时英全集》第3卷第485页。

举家去沪了。①

穆时英则是此前一个星期就悄然返沪的,而在返回上海的第二天,他就与日本人相见甚欢,②不到一周就出任了不像样子的维新政府的文艺科长、随电影界人士首访日本,给人饥不择食、慌不择人之感。稍后的1940年3月,装模作样的汪伪政府成立了,穆时英担任了多项伪职,其风头之健可谓一时无两,对"和运"宣传他也确实热诚负责,不遑稍让。也正因为风头太健,招摇过甚,所谓"枪打出头鸟"吧,穆时英才成了潜伏的"军统"特工之目标。

自然,穆时英并不认为自己是投敌附逆,所以值得琢磨的倒是他在那些不大说得出口的个人考虑之外,是否还有更为堂皇的理由和说辞?据说,穆时英在报刊上面发表过不少积极宣传"和平运动"的文章,只是均为匿名,如今大都难睹究竟了。但值得庆幸的是,穆时英初回上海的亮相文章,还可以打捞出来,那就是前面引用过的《一年来之中国文化界》一文。

按,《一年来之中国文化界》发表在上海《中华日报》1940年1月1日的"元旦特刊"上,作者署名"龙七"。当穆时英被杀之初,他的一位"和运"同志在悼念文章里就特意指出,"龙七"此文即穆时英所为,并充分肯定了穆时英在当时汉奸群中的独特地位云——

> 在上海时,从他为《中华日报》元旦特刊以龙七的笔名写《一年来的中国文化界》,我确切地知道他已从香港来参加和平运动了。和平运动中的文化队伍,并不散漫,但是以一个青年所爱戴的文艺作家像穆时英者,在这队伍还并不多,他之所以被人注意乃是必然的事,也是使文化人最期待的事。③

一个"和运"同志在那样悲痛的时刻写这样深情的悼念文章,是不可能也没必要作伪的,所以六七年前的某天初读这篇悼念文章,我觉

---

① 卜少夫:《穆时英之死》,载重庆《时事新报》,1940年7月23日,此据《穆时英全集》第3卷第485页。
② 参阅松崎启次:《穆时英先生》,收入氏著《上海文人记》,此据《穆时英全集》第3卷第456页。
③ 云生:《穆时英不死》,南京《新命月刊》第2卷第3期"追悼穆时英先生专辑",1940年7月20日出刊。

得有理由相信它说的情况是可信的,并推测"龙七"即穆时英的《一年来的中国文化界》很可能发表在1940年1月1日的《中华日报》"元旦特刊"上。于是立刻托人在香港查找,而一查就着,只是题目有一字之差——报纸上的题目作《一年来之中国文化界》。这个误差自然情有可原,谁也不能苛求别人记得一字不差啊!

拿到"龙七"即穆时英的《一年来之中国文化界》一看,果然是一篇非同寻常的奇文。按,穆时英之所谓"一年"乃是1939年,这一年不论对汪伪政府的出台还是穆时英的出走,都确乎是备受煎熬、辛苦异常的一年——除了如何组织筹划的艰辛之外,最大的苦恼便是如何从理论上论证"和平运动"的合情合理,以便给国人也给他们自己一个过得去的说法了。

穆时英此文的价值和贡献正在于此。这是穆时英1939年"一年来"艰苦思索的思想结晶,而又是他准备初回上海要发表的亮相表态文章,所以他委实下了功夫,终于把"和平运动"的必然性和合理性解说得逻辑严密、头头是道。应该承认,穆时英不愧是在30年代左翼思潮中混过来的新文人,很有些马克思主义的理论修养,所以他的文章首先站在历史唯物主义的高度,纵览"近百年来"中国社会之大势,以为"民族独立解放运动"乃是中国思想之主潮,而这个"主潮"是不能不受"社会环境"制约的,甚至是被其决定的——糟糕透顶的"社会环境"(前已援引过他对中国社会之认知,此处从略),决定了中国的"民族独立解放"运动不可能平坦的行进,而必然要经历跳跃的、曲折的历程。然后,穆时英诚恳地肯认,"抗战"也是"民族独立解放运动"的一种必要形式和一个必然阶段,只是由于"社会环境"的限制,如英美和苏联的压制及其在中国的代理人之无能,所以"抗战"只能失败且业已失败;于是,穆时英的结论便是,中国的"民族独立解放运动"迎来了它的曲折的辨证的发展的新阶段、获得了新形式,即"和平运动"是也,这是历史发展的必然轨迹,而汪精卫的"艳电"发表以来的1939年,则被穆时英视为这个历史新阶段、运动新形式的转折之年——

> 一九三九年在民族解放运动上划一新阶段。在一九三九年的开始,民族解放运动从抗战的形式转变到和平运动的形式,从抗战阶段,进展到和平运动阶段。和平运动不是屈复(屈服)运

动,也不是妥协运动,与抗战同样是斗争运动。它是抗战的继续,是百年民族解放运动的继续。它是对英美代理人和苏联代理人的斗争,同时也是对日本资本主义的抗争。

这就是穆时英的思想逻辑。看得出来,经过他这一番"唯物辩证法"的深刻分析,"和平运动"不仅不是屈服运动、妥协运动,反而"与抗战同样是斗争运动","是抗战的继续,是百年民族解放运动的继续",并且那斗争的矛头不仅指向英美资本主义和苏联新官僚独裁政权及其在中国的代理人,而且还包括"对日本资本主义的抗争"!这不论对内对外、对人对己,都是很能交代过去的正当理由和很能说得过去的堂皇说辞,比那些质木无文的汉奸可强多了。人才难得,难怪穆时英被刺后,"据称汪精卫和林柏生闻讯'极为悲愤'"①。我过去读到穆时英对人说自己"能直接见汪精卫,极司菲尔路的汪公馆直进直出"②,还以为他是瞎吹,并断言他"不大能接近汪伪核心人物"。现在看来,我真是低估了穆时英的才华和地位。③

可以理解,由于汪伪在政治上、经济上和军事上除了接受和配合日本帝国主义的操控,再不可能有什么作为,所以进行所谓文化思想上的"斗争",几乎成了他们唯一可以"积极"努力、"独立"开展的工作,并藉此以自我修饰、装潢门面、自欺欺人,这对他们自身也确是当务之急。也因此,汪精卫在"日理万机"中才把"礼贤下士"、拉拢文人的事放在优先位置。追随汪伪的文人也很能体会汪精卫的苦心,并且

---

① 李今:《穆时英年谱简编》,此据《穆时英全集》第 3 卷第 571 页。

② 卜少夫:《穆时英之死》,载重庆《时事新报》,1940 年 7 月 23 日,此据《穆时英全集》第 3 卷第 486 页。

③ 有一份文献可证穆时英的理论贡献确曾让他在汪伪阵营里特别引人注目:1942 年初,一个署名"王予"的人在一篇纪念文章里说,"穆时英从香港回来,形式上还是那样丰度翩翩的一个少年的文学者,出言吐语却常常要发关于政治的理论。当时一部份投身政治的人是没有理论的,到投身政治以后才找寻理论的出路,穆时英却是带了他的理论才毅然投身政治,这一点是使虽不喜欢听他的理论的朋友们也不得不对他的认真的态度表示敬意的"(王予:《穆时英和刘呐鸥》,《作家》第 2 卷第 3 期,南京,1942 年 3 月出刊。按,王予本名王玉,浙江绍兴人,常用笔名"何其外")。复按,汪精卫签发的《国府明令褒扬穆时英》令也褒扬说,"当和平运动发轫之际,该员(指穆时英——引者按)倾心翊赞,创办国民新闻社,戮力宣传工作。言论忠诚,颇资感召。逮本府还都,复充任宣传部特派员,驻沪工作,勇于负责,不避艰险,始终靡渝。随节东渡,参列交际,并著勤能。卒以刚毅坚贞,致被奸徒狙击,以身殉职。追怀往绩,轸悼良深,亟应特予褒扬"(《更生》第 7 卷第 1 号,南京,1940 年 7 月 15 日刊印)。

他们即使为了把自己的妥协行为合理化,也会积极投身于思想文化上的"斗争"的。而在这方面,所谓来自苏联的并为中共大力宣传的"战斗的唯物论",则因其"战斗性"而为中国抗日的人民战争提供了思想理论基础,也便成了汪伪文人开展文化思想"斗争"的首要目标。此所以当穆时英回到上海的第二天,和刘呐鸥一起与一个日本人餐叙时,刘呐鸥就提出了日伪合作对抗"战斗的唯物论"之建议——

  苏联为了使这个国家(中国——译者注)与其合作,就让全中国的知识分子去散播战斗的唯物论。我们必须认识到,这在中国的苏化上起了多大的作用!日本若希望中国成为它的好伙伴,首先就应该确立自己的理论,并勇敢地与中国的知识分子共同探讨。
  ——这是刘君的一贯主张。①

刘呐鸥率先提出了这个战斗目标,的确显示出了足够敏锐的"问题意识",可是他却心有余而力不足,同样有心而又有力的乃是他的好友穆时英。还在30年代前期,年轻的穆时英就于"新感觉"的艺术才华之外,表现出相当新锐的理论批评才思,对唯物辩证法的思想套路,他也颇有操练;迨至滞留香港的1938—1939年间,渐趋妥协的穆时英更潜心于理论的学习和思考,对国际国内局势很下了一番调查研究功夫。正唯如此,穆时英投奔汪伪的首秀文章《一年来之中国文化界》才能反转过来,很机巧地对投降主义—妥协主义的"和平运动"进行了"唯物辩证法"的包装,理论论说很有现代性,明显比刘呐鸥高出一筹,其他汪伪文人也望尘莫及。很可能正是这一点让汪精卫印象深刻吧,所以尽管穆时英投奔汪伪比刘呐鸥晚,却能先于刘呐鸥获得好位置;但也很可能就是为此吧,穆时英的"牺牲"也才先于刘呐鸥。

当代学界一贯看重思想,以为一个文人,哪怕是附逆的汉奸文人,"有思想"总比"没思想"强——除了汉奸可另当别论外,"思想"总是有其独立价值的。这种不因人废言、肯认"思想"独立性的研究立场自有道理。就此而言,穆时英的理论贡献却被忽视了,而他自己则很自信和珍惜,可谓坚定不移、誓死捍卫。当其殒身之初,一位"和运"同志

---

  ① 松崎启次:《穆时英先生》,收入氏著《上海文人记》,此据《穆时英全集》第3卷第456页。

就曾透露说——

> 对于他(指穆时英——引者按)从事和平运动的态度,在他多少次的谈话中,已流露着真挚与热诚。他说:"我们都是知识分子,来参加和平运动决不是遭受了威胁和利诱,我们是在理论中的确领悟到是有挽救中国危亡的路径。我以身许和平,对于一切外来的威胁早已置之度外。过去我是个文人,现在还是以笔工作,所以绝无顾忌。"①

日本作家片冈铁兵则在其最初的悼念文章里憾恨地说——

> 为什么他(指穆时英——引者按)不能不把抗日意志抛弃尽净,而参加日本的东亚新秩序建设,倘若把他的必然性和心理过程艺术化,而给与中国民众,也许会成了对和平的伟大的魅力,强化了把中国的知识阶级拉到汪政府影响下的精神根据无疑。仅仅这一点,他的死已经可惜。②

这真可惜了。的确,穆时英委实是个很有才华和思想的小说家,倘使天假以年,他一定会用出色的小说创作有以自见的,孰料却那么突然地殒身于途中,让片冈铁兵只能徒然怅想了。

2015 年 8 月 10—16 日草于清华园之聊寄堂。

---

① 雨人(周雨人):《悼壮志未酬的穆时英》,南京《新命月刊》第 2 卷第 3 期"追悼穆时英先生专辑"。

② 片冈铁兵:《悼穆时英》,原载东京《日日新闻》,《新命月刊》第 2 卷第 3 期"追悼穆时英先生专辑"转载。

当"亲日作家"遭遇"抗日的恐怖份子"

——"穆时英的最后"文献特辑

前　　记

这里辑录了穆时英"最后"半年及其相关文献六篇：第一篇是穆时英化名"龙七"鼓吹"和平运动"的文章《一年来之中国文化界》。据穆时英的一位"和运""同志"在当年悼念文章里指证，"龙七"即穆时英。这样的文章，穆时英写了不少，但都是匿名发表，现在大都难睹其究竟了，此篇是目前唯一可以确认者，从中可以看出穆时英走向妥协附逆的思想逻辑，而这对"和平运动"确是很有"思想意义"的贡献。第二篇是周雨人追记的《与穆时英对谈中国报业改进问题》。按，汪伪政府在1940年3月成立时，日本曾派出阿部特使率领的国民使节团来贺，汪伪政府乃于1940年5月16日派出由陈公博、林柏生率领的"答礼使节团"赴日答礼。周雨人和穆时英都参加了这个团赴日访问，到日本箱根后，他们俩曾有一场参照日本报纸、改造汪伪报业的对谈，表达了他们作为汪伪在南京和上海的主要新闻报纸负责人的职业关怀。当"答礼团"返回南京后，周雨人于1940年6月11日追记了他和穆时英的对谈，6月20日发表，而次日——据周化人的悼念文章说，"本月二十一日在沪上友人的晚餐席上，得与穆同志漫谈了两个钟头，关于他个人所得的感想，实在难能可贵，当时便促其写出来披露于《国民新闻》，以供同志参考"（周化人：《悼穆时英同志》）。只是穆时英尚未写出其访日感想，就在一周之后被刺身亡了，所以这篇《与穆时英对谈中国报业改进问题》乃是穆时英留下的最后之发声。第三篇是雨人的《悼壮志未酬的穆时英》，第四篇是菊池宽的《穆时英君之死》，第五是片冈铁兵的《悼穆时英》，以上三篇都选自南京《新命月刊》第 2 卷第 3 期的"追悼穆时英先生专辑"。这个专辑收文 12 篇，依次是周化人的《悼穆时英同志》、果庵的《由穆时英遇狙说起》、《中华日报》的《哀悼穆时英先生》、建之的《悼穆时英并勖执笔战士》、荀时的《哭穆时英先生》、涵之的《惜时英》、涵美的《痛天才损失》、雨人的《悼壮志未酬的穆时英》、重绿的《穆时英之死》、云生的《穆时英不死》、菊池宽的《穆时英君之死》、片冈铁兵的《悼穆时英》，前有《新命月刊》的编者按、中间有涵美和马午的插画。这些文章是日本文人与汪伪文人对穆时英之死的最初反映。《穆时英全集》虽已收录了不少评论、纪念穆时英的文章，但对这个悼念专辑的文章，则均未涉及，所以此处选录雨人、菊池宽、片冈铁兵的三篇短文。第六篇是萧雯的纪念文章《记穆时英》，此文写得拿腔拿调、复沓枝蔓，此处节录了比较具体的部分。从上述日本文人与汪伪文人（他们是穆时英最后的亲密接触者）的文章里，可以看出他们究竟是怎样看穆时英及其死亡的，以及他们所了解的穆时英生平信息等等，所以足资参考。比如，《新命月刊》加在"追悼穆时英先生专辑"前的编者按，就在简述穆时英的生平时，说他"十八岁时因不满家庭，遂只身出走，漂流各处"，这是我们此前不甚了解的情况，可以解释穆时英为什么会写出一些事关下层社会、流氓人物的小说。雨人的《悼壮志未酬的穆时英》则记录了穆时英对"和平运动"坚定不移的态度。最耐人寻味的乃是菊池宽初闻穆时英之死的反应——"读到了中国之亲日作家穆时英君，被抗日的恐怖份子所暗杀，我黯然深悼"。这位备受尊敬的日本文坛前辈竟然立刻发明了"抗日的恐怖份子"这个说法，让孤陋寡闻的我初看之后，比他初闻穆时英之死还要震惊和黯然。

另据萧雯文章披露，穆时英也曾在《辛报》（姚苏凤办）和《大晚报》副刊"火炬"（崔万秋主编）上发过文章，时在 30 年代中期而散佚至今，希望有人能去找一找，或有收获焉。

一年来之中国文化界[①]

龙 七

作者附志：文中种种观点，均系作者个人观点，并不代表任何集团，也不代表任何其他个人，如有不正确的地方，概由作者个人负责。

无论是整个文化界，或是单独的一个文化人，其活动的方向与内容总是被当时的思想主潮所决定，而在某一时间空间界限内的思想主潮的方向与内容则又被其社会环境所决定。当然，文化活动有种种不同的样式，但这种种样式的活动总是以当时的思想主潮为核心而旋转。与当时的思想主潮没有内在的联系的、孤独的文化活动是没有的。

我们必需把各个个别的文化活动和当时的思想主潮及社会环境联系起来看，才能理解其真正的意义。否则，对于文化活动认识仅是起居注的认识，年谱的认识。

统治着中国的思想主潮是什么呢？是要求民族独立解放的思想。鸦片战争摧毁了传统的中国，带来了资本主义，揭开了中国现代史的第一页。从这时候起，直到现在为止，统治着中国的思想便是民族独立解放思想。近百年来，一切历史性的变革和运动都只是这一思想的或种表现形式。在一九三七年，民族独立解放运动以抗战的形式出现，在一九三九年则以和平运动为形式而出现，而一九三九年度的文化界便以和平运动为核心而呈现着各种各样的活动姿态。

文化活动怎样以和平运动为核心而旋转着呢？要理解这一点，我们必需先理解作为民族独立解放思想之一表现形式的，和平运动本身的性质。

中国的行进是跳跃的行进。旧的社会秩序已经在崩溃和变质的

[①] 本文原载上海《中央日报》1940年1月1日"元旦特刊"，作者署名"龙七"。按，穆时英被杀之初，他的一位"和运"同志在悼念文章里特意指出，"在上海时，从他为《中华日报》元旦特刊以龙七的笔名写《一年来的中国文化界》，我确切地知道他已从香港来参加和平运动了"（云生：《穆时英不死》，南京《新命月刊》第2卷第3期"追悼穆时英先生专辑"，1940年7月20日出刊）。据此，则"龙七"就是穆时英。

过程中，新的社会秩序却还没有建立起来。封建制度，资本主义，殖民地掠夺，金融独裁，农民暴动，什么都混在一起。社会是百货店社会，时代是未成熟的时代，所以我们的民族独立解放运动始终以古怪的步法走着离奇曲折的道路。然而这古怪的步法和离奇的道路并不是一种偶然，而是被历史所规定的必然的发展轨迹。

中国的民族独立解放运动一开始就没有具备完整，成熟的内容。最初仅仅是纯粹的民族革命；它的政治，社会及经济的内容是在斗争的展开过程中，才陆续地，慢慢地产生出来的。这也就是第一次民族革命以后，又发生了无数次大大小小的变动的缘故；也就是民族独立解放运动要以种种不同的形式出现的缘故。

正像我们在上面说过的一样，八一三以后，这一运动是以抗战为形式而展开的。可是，抗战这一形式里边所包涵的却不单是民族独立解放运动这一内容，它还包含有英美资本主义及其经济上、政治上代理①对日本资本主义的斗争，和苏联新官僚独裁政权及其代理人对反苏阵线的斗争这两个内容。正确地说是英美资本主义代理人联合了苏联新官僚独裁政权代理人领导中国人民对日抗战。如果这次战争是由中国人民大众所领导，所参加，所支持，并且是为了人民大众的利益而斗争的抗战，它是没有失败的理由。然而，事实却不是这样。抗战的本质规定了它失败的命运。抗战一开始就失败，一失败，它的本质就越加明显地暴露出来，于是就越加没有胜利的可能。到一九三九年，它就完全失去了民族革命的意义，正像重庆政府发言人所说一样，中国不是为中国而战，是为保卫英美利益而战，为巩固"苏联祖国"的安全而战。中国人民怎么样呢？他们成为战争的牺牲者，战争的旁观者。两年来抗战的社会内容是民族资本的毁灭，民族利益的断送，和民族生活的低降。可是，这对于英美资本主义经济上政治上代理人的地位和特权是没有影响的。他们趁经济破产的机会发外汇财，因军火购买而发回佣财，借贸易统制而发桐油财，藉焦土政策而发运输财……对于苏联新官僚独裁政权代理人也是没有损害的，他们解除"苏联祖国"在东方所受的威胁，他们使自己濒于绝境的独裁政权复活……

---

① 此处"代理"似应作"代理人"，原报可能漏排了"人"字，下文多次用"代理人"可证。

历史证明了英美资本主义代理人不能领导中国民族革命,苏联新官僚独裁政权①也不能领导民族革命,唯一能领导中国的民族独立解放运动者只有中国人民大众的真正代表人,中国国民党。

一九三九年在民族解放运动上划一新阶段。在一九三九年的开始,民族解放运动从抗战的形式转变到和平运动的形式,从抗战阶段,进展到和平运动阶段。和平运动不是屈复②运动,也不是妥协运动,与抗战同样是斗争运动。它是抗战的继续,是百年民族解放运动的继续。它是对英美代理人和苏联代理人的斗争,同时也是对日本资本主义的抗争。

和平运动不是纯粹技术的运动,而是一般的,结合的③,代表统治中国的思想主潮的,一种文化运动。它要求政治上,经济上,社会上,文学上,艺术上,科学上的独立、自由与解放。

具体地说来,一九三九年度文化活动的主要内容是民族思想对买办意识的斗争,民主思想对独裁主义的斗争,科学精神对青年会④意识和私塾意识的斗争,创造精神对等因奉此传统的斗争。

理解了一九三九年度文化活动的本质以后,现在我们所以⑤来看一下各个的文化人和文化集团怎样参加了这一斗争,怎样参加了民族独立解放运动。

中国文化界,从思想系统来分类,大致可以归属于三个系统,三民主义系统、马克思主义系统和自由主义系统。

三民主义系统里边,亦即和平运动的系统里边,在思想上是没有派别的区分的,其言论机关当中,以上海《中华日报》及香港《南华日报》的历史为最久,艳电以来,还有许多新起的报纸刊物。

马克思主义系统里边可以分为三派:干部派或史大林派,托洛斯

---

① 据上下文义,此处似应有"代理人"三字,可能是作者下笔漏写或原报漏排。
② 此处"屈复"当作"屈服",作者笔误或原报误排。
③ 此处"结合的"疑当作"综合的",原报可能误排。
④ "青年会"可能是"中华基督教青年会"的简称。
⑤ 此处"所以"疑当作"可以",作者笔误或原报误排。

基派和准共派,准共派里边又可以分为第三厅①系,生活②系,人民政府③系。

自由主义系统可以分为两派:学院派和无所属派。

三民主义系统文化人是作为民族革命之一表现形式的和平运动的创始者、领导者及执行者,所以他们的全部活动集中于理论的建立这一点上。这一运动必需展开到文化的全领域,否则便有从文化运动变质到政党运动的危险,它的内容也会有被歪曲的可能:这一点是应该且需要十分警惕。所以,要和平运动的成功获得保证,必需争取一点:这次战争不许发生殖民地争夺战的后果。

马克思主义系统史大林派的文化活动是《新华日报》集团及左翼作家联盟集团来执行的。这一派的主要理论家是王明、潘梓年、博古等。他们的理论,与其说是理论,还不如说是指令的解释,而他们的活动也就在于史大林政策的辩护和声明而已。他们不是中国的,而是苏联的;不是歌手,而是唱片,他们对国际形势的判断就从来没有正确过一次。他们使文化界为巩固"苏联祖国"的安全而服务。他们牺牲中国农民大众的利益。他们曲解马克思主义。他们做得最努力的工作是艺术活动。然而从他们的艺术作品里边,我们能看到什么呢?没有热情没有真诚,只有空洞的呐喊及片段的报告。丁玲所率领的战地服务团的团员作品里边,除了歌咏第八路军的英勇以外,还有些什么?有民族革命斗④的澎湃热烈的情绪么?有战争中发生于农村中的种种农民痛苦的插写⑤么?有关于官僚的贪污的刻划么?没有。不是他们看不见,他们不敢说出来。

托洛斯基派是一向被关在十八层地狱里的;人民阵线谁都可以参加,就是托派不行。为什么呢?因为他们还有批评精神。抗战以来,他们的文化活动的范围,虽然相当狭窄,但在批判英美和苏联代理人对民众的欺诈这一点上颇尽了些力。他们主张百年战争,企图领导现

---

① 指抗战时期国民政府军事委员会政治部的第三厅,该厅负责文化宣传工作,厅长是郭沫若。
② 指生活书店。
③ 指在1933年11月抗日反蒋的"福建事变"中成立的"中华共和国人民革命政府"。
④ 此处"斗"当作"斗争",原报漏排了"争"字。
⑤ 此处"插写"似应作"描写",原报可能因为"描""插"二字手写近似而误排。

阶段的民族解放运动。然而,由于主观力量的过于薄弱,他们是领导不起来。他们没有认识和平运动的本质,不理解现阶段民族解放运动的步法和方向。

在准共派里边最活跃的是第三厅集团。这集团的主要文化活动,正像左翼作家联盟集团一样,是表现在艺术活动上。漫画宣传队,中国制片厂,《救亡日报》,以及种种文学杂志便是它所领导的文化团体。干部是郭沫若、阳翰笙、夏衍、田汉等。在他们的工作里边能看到什么呢?"起来,不愿做奴隶的人们……前进,前进,前进!"没有具体的内容。为什么没有具体的内容?因为现实的暴露就是英美及苏联代理人的罪恶的暴露,而他们是把英美及苏联的代理人误认为民族解放运动的领导者的。

生活集团在战后,反而没有战前活跃了。战前的领导份子邹韬奋、章乃器等做了官,现在的主要干部是金仲华和刘思慕。这一集团的全部工作是史大林指令的通俗化和常识化。他们组织了一个中国青年记者学会来进行舆论垄断。属于这一集团的文艺作家群如巴金、张天翼等,则有的沉默,有的变成了冷嘲的作家。文学是没有欺骗的,因为感情可以浅薄,却不能虚伪。如果不愿成为唱片,便只能沉默或冷嘲了。

人民政府集团的文化人是抗战开始后,才被允许从地下层里跑出来的。但跑出来以后也没有什么地方可以活动,而王礼锡的病殁尤其是一个大打击。

史大林派和准共派对和平运动的态度是抹杀和侮蔑,因为民族解放对于史大林是不利的;他们不敢在理论上进行斗争会把真理显露出来。

自由主义系统的学院派在战前反对用抗战形式来展开民族解放运动,在战后则是完全的沉默。这一派的代表是胡适之,学者的胡适之,不是大使的胡适之。一九三九年和平运动起来后,学院派里边有一部份人认识了和平运动的真意义,便陆续地参加了这一运动。其余的人则还多少保持着怀疑的沉默。

思想上属于自由主义,但又并不归属于任何文化集团的这一批文化人,我们暂时称他们为无所属派。在战后,这一派差不多全部是个别地、孤独地作着文化活动的;在一九三九年还是这样。他们的活动最多方面,也最复杂。有两位孤独而英勇的战士应该在这里提出一下,那是乔冠华和罗吟圃。前者的主要活动是香港《时事晚报》的社论的写作,后者则是香港《星报》社论的写作。虽然他们还没有把握和平运动的本质,但对中国的民族解放运动的方向他们是能理解的。他们有勇气去撇开事物的表面现象而透视其内部,有勇气接受真理。他们的泼辣的论文对于史大林派和准共派的虚伪宣传实在是一把锐利的指挥刀。

从上面,我们可以得出这样一个结论:一九三九年的文化界,除了极少数自愿做史大林的唱片的人们以外,都是在参加各种形式的民族解放运动;至少在主观上他们都是这样企图,虽然也许在客观上,他们或多或少地变成了英美及苏联代理人的宣传者。如果他们能理解和平运动的本质,他们便会走到和平运动的阵营里去。

一九四零年和平运动者最大任务是把这一运动更深入,更扩大到全文化领域,同时防止运动本身的变质为一种政党运动。

与穆时英对谈中国报业改进问题[①]

周雨人

随着国府答礼使节团在东京耽搁了六天。在这六天中没有一天不是东跑西走、忙着参观和会谈,其间曾一口气参观了七个报馆和一个通讯社,几乎每个人都感到无可形容的疲乏。直到抵箱根后,才算松了一口气,获得了充分的休养时间。

箱根是日本的风景区,山色秀丽,晚上洗了一个温泉浴,披襟当风,真可说不出的舒适。作者和同团的穆时英兄躺在沙发上披览由东京带来的报纸,随口东拉西扯,从日本的报纸谈到中国的报纸,更谈起中国报纸的改良问题,话说虽无系统,而范围并未逾越,特地摘录下来,并不是算作正确的见解。

本文是用对话式写出。因为是事后追记,文字上难免稍有出入,

---

① 本文原载南京《新命月刊》第 2 卷第 2 期,1940 年 6 月 20 日出刊,乃是该期《欢迎访日新闻代表返国座谈会》的附录,追记者周雨人曾任汪伪政府机关报《南京新报》(从维新政府接收而来,后改名为《民国日报》)负责人。

关于穆君的谈话，文责当由作者负责。

穆：（抽着烟，手里拿着当天的报纸）今天虽没有重要新闻，而编排的形式依旧很匀称而美观。

周：日本报纸的编辑技巧，是令人着实满意了。

穆：而中国报纸呢，大多数还是墨守旧法，天天老腔调，版面绝少变化。我现在所主持的报，就绝对运用编排技巧，内容固然要精彩，而形式更不能不讲究。

周：这也许因为你是社长的缘故，你可以随意变化贵报版面，编辑先生也会遵从你的意思去努力实现你的理想。中国有许多编辑先生，并不是不知道应该怎样改革报纸的版面，而是缺少胆量，这原因是多数缺少学理的探讨，所有的只有丰富的经验，而这经验又是从旧式的编辑先生那里学习得来的，偶有新发现，也没有打破经验中学习得来的旧方法而一试新方法的毅力和决心。即使你有决心，对于自己所编的一版有一个具体的改良方案，也不见得会容易实现，因为总编辑和编辑主任是否赞同你的改良方策是个很大的问题，有是①获得同意，得以实现，单单你这一版的改良，却破坏了整个报纸的风格，弄得凌乱不堪。

穆：照你所说，要是总编辑能有改革的决心，便可以实现新的编辑方式了。殊不知其中也有困难，因为多数的新闻编辑并没有受过训练，单靠自己的经验来工作，这经验已造成了他牢不可破的习惯，所以上行未必能下效，而新方法要是实行，当然要比旧时的编辑方法麻烦得多，避轻就重，也许不是他们心里愿意干的事，许多人的工作愿望都是不求有功，但求无过。

周：其实要改革一种东西的形容②总比改革内容要容易得多，只要在工作之余多把自己编的报纸和旁的比较比较，常常翻阅外国几张进步的报纸，就会感觉到自己仅仅点点句子和套套标题的工作是淡而无味了。

穆：话是这么说，但是要他们有这种"自觉"，似乎还不大容易。日本的新闻记者对于他们的工作虽然繁重，而不感觉痛苦，反而感到

---

① 此处"是"应作"时"，原报误排。
② 此处"形容"似应作"形式"，原报可能误排。

浓厚的兴趣,这一点是值得宝贵的。

周:我在东京参观《读卖新闻》的时候,对于他们的报纸在五年内销路的激增,感到很大的惊奇。我曾问他们的招待者,《读卖》销路激增的主要原因是什么,他回答说,原因是很多,各方面协力合作才有今日的成绩,而在报纸上的特色,便是形式明朗化,文字大众化,一张报纸到读者之手,便可一目了然,而文字的简明,使稍受教育者都会阅读。关于这一点,固然日本教育的普及是帮助报纸的进展不少力量,而能够彻底做到大众化这一点也是我们应该效法的。

穆:这毛病就出在所谓"经验"身上,一个新闻记者从他过去的经验上所知道的是用这样文字去写新闻,是用这样格式去写新闻,因此,我们在报纸上所见到的就老是这么一套文字,老是这么一套格式,每天如此,每月如此,每年如此,试想还有什么新鲜的花样?

周:我以前说过一句笑话,来编一部书,叫《新闻记者三日通》,把各种新闻列成几种格式,你只要熟读几种格式,等到新闻发生后,再把人物、事实、时间、地点等等逐一填入,就可以成为一篇在一般报纸上所常见的新闻。购买一册,熟读三日,再加溶汇贯通,举一反三,包你可以大通特通,成为一个新闻记者。

穆:事虽滑稽,不无真理,也由此可见中国报纸上所谓的新闻,原来就是这样的东西了。说实在话,中国报纸上新闻的咬文嚼字,滥用典故,着实使一般商店小店员们的读者看得头昏脑胀了,何况又是墨守旧法一仍不变呢。

周:我有一个理想,撇开电讯不谈,单说本埠新闻,因为中国报馆派员在国内外各处密布新闻网的话,目前还谈不到,本埠新闻发生地点离报馆,近在咫尺,着实可能加以改良,至少限度要做到把通讯社和各机关所发的新闻,仅作为参考的资料,而每家报纸都有独特的记载,重要新闻不厌求详,不重要新闻力求其简。多量加插生动的照相,必能获得读者的爱好。可惜报馆中的采访部一定要大加扩充,经费也要大加增厚了。

穆:采访员和经费增加一层,倒可以不必顾虑,因为有决心把报馆作为一桩事业去办理的人,决不会吝啬这几个钱的。退一步说,即使这一点的愿望也不能如愿以偿,那也可以从小处做起。譬如说,一个报馆有三个采访员,同时可以应付三件新闻的采访,返馆撰写专稿,明天报上至少就有三条新闻较别家专门选用通讯社的新闻生色多了。甚至新闻太大,线索太多,可以把三个采访员对同一新闻分三路采访,把采访所得,再集中一处,明天报上虽说旁的新闻未见精彩,而这一件新闻却是美不胜收了。我有一次做过一个大胆的尝试,我曾把全版面的四分之三专载一件新闻,把和这新闻有关的照相都插在里面,结束①,各方面的批评都很好。

周:新闻中间多插照相原是个好方法,有时甚至读者可以不必读新闻,一看照相和标题就可以明白内容了。可惜中国报馆的印刷设备还不怎样好,照相印出来,有时竟一塌糊涂,莫名其妙。

穆:这一点,中国报馆应该积极的加以改良。目前报纸编制已倾向于杂志化和画报化,这种倾向是读者自然的要求,倘若报馆不能满足读者的要求,无疑的将遭受到失败。

周:中国的摄影记者的取材和技术远赶不上我国②的摄影记者。

穆:这又不能不怪他们的修养太差了,他们所持以为业就不过是一点不合时代的旧经验,此外还有什么呢?

周:总之,中国报纸还期待好好地努力,以中国人的智能,决不会没有成绩的。时候太晚了,睡吧,再会!

穆:好,明天见!

六月十一日追记于首都

悼壮志未酬的穆时英③

雨 人

穆时英君在沪被暴徒袭击殒命的消息传到南京后,对于在同志之外兼有深厚友谊的我们,除震惊外更有无限的悲愤;特别在一月前我

---

① 从上下文义看,此处"结束"当作"结果",原报排印有误。
② 从上下文义看,此处"我国"当作"外国",原报排印有误。
③ 本文原载南京《新命月刊》第 2 卷第 3 期"追悼穆时英先生专辑",1940 年 7 月 20 日出刊,作者"雨人"当即与穆时英在 1940 年 5—6 月间同赴日本"答礼"的周雨人。

曾和他作一次旅行，朝夕相聚几达半月，在这期间，对于他近来服务的毅力、信念的坚决和见解的深邃更获得一个新的了解，私心增加无限敬佩和感动。

对于他从事和平运动的态度，在他多少次的谈话中，已流露着真挚与热诚。他说："我们都是知识分子，来参加和平运动决不是遭受了威胁和利诱，我们是在理论中的确领悟到是有挽救中国危亡的路径。我以身许和平，对于一切外来的威胁早已置之度外。过去我是个文人，现在还是以笔工作，所以绝无顾忌。"我们听了他的这段话，知道他纯以坦白的态度来对付一切，不想还遭暴徒之忌，对于手无寸铁的一个文化人竟施这样的毒手。

时英在过去中国文坛的成就，早已有口皆碑，这里不再多说。不过他天赋的颖慧和研究的深湛，在近代中国作家中是不可多得的。近年来他的作品的少见，便是他深感学力不足再求研讨的表示，他平时手不释卷，从未和文艺作片刻分离。在他这次的旅行中，同行者以他所带的书籍为最多，书籍中包括欧美名家作品和和平运动理论约有二十余册。在日本时，一有余暇，便涉猎书铺，购买名家册籍，他治学的精神，由此可见一斑。尤其是使我悲戚不已的是临别时赠我书籍好多册，我因琐事碌栗，至今还没有翻阅。

时英在日本时，和日本文坛祭酒菊池宽、林房雄辈有极密切的往还，并有组织中日文艺作家协会，来开拓东亚文艺的新园地的计划，不料壮志未酬，身先殉国，这是使中日两国文艺界同人悲痛欲绝的。

对于时英君的殉难，我们文艺界同人更应感到自身责任的重大，他的未竟之志怎样去完成，这是我们当前的大任，愿我们能稍慰穆君于九泉之下。

穆时英君之死①

菊池宽

在六月二十九日的报纸上，读到了中国之亲日作家穆时英君，被

---

① 本文原载1940年7月2日东京《日日新闻》，南京《新命月刊》第2卷第3期"追悼穆时英先生专辑"转载。

抗日的恐怖份子所暗杀,我黯然深悼。

因为穆君是我最近所交中国友人中最亲近之一人,彼于本年二月为上海电影界之代表到日本时,这个中国青年作家第一次与我见面。

他是一个近似于日本人的长脸潇洒的青年,出有短篇创作集,中有描写上海事变中空闲少佐的一个短篇,在中国文坛上是有相当地位的作家,他不会说日本话,也许能看懂日本文,我们是用英语交谈的。

我在四月到中国时,于上海和他再会而握手交驩了,觉得他是一个温和可亲的青年。那时我劝他到日本来住个一年半载,他也很愿意的样子。五月,国民政府答礼使节团名单中,看见了他的名字,我很高兴。

到东京后,他就有信通知我,说拟谋一面。我们会见了几次。有一次在帝国饭店的茶间中,林柏生和他同我三人,一同吃饭,他嚼着牛皮饴糖,我说我喜欢吃这东西,他说他还有一包,便回到相隔总有半里的他的卧室中去取来给我。

他的作品,我全未读过,所以他的作家的技俩和倾向我不能说,但因为都是作家,而互相感到亲热了。

我想结成中日文艺家联盟作为中日文化提携之一策,而对于这一个计划是想备仗穆君之力的。我一向以为穆君身边有危险,但在上海面会时,是意外的平静,可是,接到了这个哀讣,便知我不是杞忧。

因为友人被杀,对于抗日恐怖份子,非常憎恨,须要明示穆君所取路线是救中国之大道,使彼等凶手惭死,才是真的哀吊穆君之意。

(载七月二日东京《日日新闻》)

悼穆时英①

片冈铁兵

昨日(二十八日)上海电报说,年青的中国的知识阶级作家,热情的亲日作家穆时英氏,在公共租界被暗杀了。作为汪政府下最优秀的

---

① 本文原载 1940 年 6 月 30 日东京《朝日新闻》,南京《新命月刊》第 2 卷第 3 期"追悼穆时英先生专辑"转载。

文化战士,其对新秩序的贡献,本来在我们是极大的希望,那知遇了这样的最容易有的横死。谁使他遇到这样的横死的呢?责任是在什么地方呢?真有不胜痛愤者。

他直至最近,在重庆曾是相当尖锐的抗日左翼作家。后来突然参加亲日阵营,开始活跃,也曾两度来日,和我们相见。为什么他不能不把抗日意志抛弃尽净,而参加日本的东亚新秩序建设,倘若把他的必然性和心理过程艺术化,而给与中国民众,也许会成了对和平的伟大的魅力,强化了把中国的知识阶级拉到汪政府影响下的精神根据无疑。仅仅这一点,他的死已经可惜。

给中国人以"要想亲日,但是怕被重庆方面暗杀"的印象,是如何成为事变处理的障碍呢?设法处置公共租界的我们的要求,便在文化的意义上,也实是切实的。(一士译)①

记穆时英②(节录)

萧 雯

篋中遗草尽琅玕,旧日门人洒泪看。
三径宛然寻句踏,数签犹是记书残。
晨光不借泉门晓,暝色惟添陇树寒。
欲问皇天天正远,有才无命说应难。
　　唐　护国《伤蔡处士》③

……

大概是民国二十三四年间,我在上海,时常替《大晚报》崔万秋君主编的"火炬",及徐怀沙君主编的"剪影"两副刊写稿,同时也旁及别的报章及什志写点文字,其时穆时英在《晨报》编辑"晨曦"副刊,由作

---

① 片冈铁兵为日本名小说家,本篇原文,载六月三十日东京《朝日新闻》。——原译者注。

② 本文原载上海《新东方》杂志第9卷第6期,1944年6月15日出刊。

③ 唐护国的《伤蔡处士》诗前四句是"篋中遗草是琅玕,对此空令洒泪看。三径尚余行迹在,数萤犹是映书残",本文作者可能是凭记忆引录,所以前四句与原诗有所不同。另,第七句"正"字原诗作"更"字。

者与编者的关系,由文交而相识。

时英的容貌,似乎是无需加以自描①的,十足一个乔治第六;十足一个法兰支通,这些是我们太熟悉的了。若是更说得近时一点,则银幕上的小生刘琼型的,这就是我所说起的穆时英了。当时时英离学校不久,举止各方面还带份上海人所称的大学生气度呢。用前人的说法可以用"英俊"或"倜傥"来描说的。

他的笔迹非常纤细而婉弱,不知道的怕会疑心是女子的手痕,还有他的行次整齐与拘谨,到不很像他的潇洒的。可惜我十多年来朋友的信件,都在六年前广州的大火里付之一炬,这件事使我有一个长时候的不欢,许多朋友的手迹都不再在我身边,而时英的更其不可再得。

在《晨报》、《小晨报》、《辛报》的联系中,我不仅认识了穆时英,还认识了姚苏凤、叶灵凤、高明、黑婴、丁聪……一些他们周围的人群,原因很简单,我同时也经常有些稿件在这里发表,也时时出入在《晨报》馆古旧的楼梯上。

其后,时英创办"晨曦文艺社",也拉我加入,虽则这个文艺社到底不曾表现出什么来,我也记不得有否工作的演出,却又认识了一些朋友像庄瑞源君等,这算是唯一的收获。

最遗憾的,为了我与时英之往还,却引起崔万秋、徐怀沙君等的误会,据说他们在文艺的源流上有其不同的立场,虽则时英也和我一样替"火炬"上写稿的。也许他们认做是我的文艺性上的转变,其实我在文艺是个客串者,纵然我是爱好文学者,投写稿件也不过是种业余的癖好,何从知道派别是什么东西呢。

……

在上海,除了稿件上的商讨晚上到报馆里去谈谈外,与时英是很少接触,一半当然是我的业务上的限制,还有如他的跳舞的嗜好,夜生活的嗜好,都和我背道的。记得一同吃过一次饭,在董敬斋、周寒梅雨②两君的请宴上。他请我跳过一次舞在"大沪",我还有他带酒性的在舞场里活跃跃写小条子点唱舞曲的喜悦的印象。在文友中,漫画作者胡考的风流倜傥与时英的举止英俊,在海派中无疑是两个尤物,可

---

① 此处"自描"疑当作"白描",原刊可能因两字近似而误排。
② 从上下文看,此处"雨"当作"两",而下文有"两",所以这个"雨"字应是衍文。

是胡考远在边地,而时英更其飘零在虚缈之境了。

　　民国二十七年五月,我为了业务上的冒险,纵然广州是个南蛮之乡,也甘愿漂浮而去。同年在广州,偶然一个机缘里,碰到了时英,茶话之间,我知道他是先我而离开上海的,他的离开上海当然也是业务上的冒险,在上海文化界中他似乎不很得意,据说有家影片公司有意招致,于是他便在港粤间奔走了。在广州我们的会见不很多,也许因为广州的文艺气息很薄弱的缘故,也许因为他不再在文字上转圈子的缘故。而我在广州的二年中,也只认识了一个杨邨人君,这时他在编《民族日报》(?)的副刊,我也是经常写稿的一员。

　　民国二十七年间,因广州之大火,我赴柳桂转广州湾到港,香港实在是个热闹的所在,地理上的限制,她是袖珍式的,这小圈子里,不能不使我们不会面。这时候他在《星岛日报》主编"娱乐版",我是多年不写稿了,为了他再燃起这写作的冷灰,我用"韦拉"的另一笔名,经常替他写一点娱乐性的文字。写起了头,也曾在当地《大公报》、《国民日报》等写点散文之流的东西,认识了李驰、陈福愉、路易士诸君。若是在香港不碰到时英,也许我不再想到写作,因为经商多年,我的市侩习气是很深的了,自己也无望于文艺,至多是个文艺的读者而已。

　　翻阅旧稿,在"星岛"发表的稿件,竟有数十篇之多,这些稿底①多该经他翻阅过的,也该有他的手泽,可是时英已作古人了,思之不免神往者久之。还上海后,我曾将《晨报》、《小晨报》、《辛报》上他的未曾刊行单本的散篇,粘贴在一小手册上,可以便来看读,仅是这一点是最后的留念吧。

　　在香港的交谊,我和时英也不过是在咖啡卷烟之中,我的业务上相近的一家"加拿大咖啡室"大都是我们会晤之处。虽则我们的家都在香港,我们从不曾拜谒过一次,原因是很单纯的,时英真是我一个文字上的朋友,除了文字之外我们似乎不曾谈过什么。是的,他的文艺之外的嗜好,都和我不同的:他爱跳舞,我不爱;他爱桥牌,可是当时我还不懂;我爱爬山,也许不是他的喜欢;我爱摇船,也许也不是他的喜欢。但是有一份相同的,不过是我们多是年轻而爱弄笔墨爱抽烟而已。

---

　　① 此处"稿底"似应作"底稿",原刊排印有误。

有一次,我在抽着 Carven "A"①,他说你也爱抽烟吗?是呵,我之爱抽黑猫牌烟,真是为了他一篇 Carven "A" 的小说呢。这虽不是他的小说感动,也该是他的小说的引诱。时英的前期的小说,是很多年轻人爱好的,我也不例外。可是我还不曾写出过一篇小说,这些无聊的散文,却给一位小说作者认做有其风格的。在新诗的商磋上,我们曾有好几次信里谈过,可惜在这点上,后来都不曾有所进取。

　　我与时英的往还,以在香港为最热络,然而可以说是文艺气息的,我们从不关切各人的事业、家室和私人的事,似乎我们多是很忙的样子,有所约会,所谈的只是些文化消息与朋友间的新闻。记得有一回,他告诉我说,黑婴君曾由沪到港,为了他的棕色的皮肤,粗健的体格,方阔的脸庞,荷兰领事错认做他是本土人,硬要送他上荷兰去。黑婴现在南洋,可是很少电讯。自从乱变后,更少人留意他,我却关心他的康健,可是无从探知他的近况。然而现在替朋友们谈起的,也许却是时英的生前和死亡,和他的遗属而已,那仿佛还是不久的事,可是却永久是过去,而不再还来了。

　　虽则可以查考而得的,我记不得是那一年,有一天,他来看我,说要上海去一趟,这时候港沪间船只很拥挤,我因业务上的便利,所以他来托我找只较好的船只与舱座,记得是皇后号船载他出鲤鱼门的。就是这一次,他走了,他去了,他不再还香港,他改变他的文艺的作风,他强调他的和平文化的报道,他也丧失了他的生命,他流血了,他尽责于自己的岗位而牺牲了。

　　当我还到上海的时候,他早已埋葬在黄泥土堆下,而且是很久很久的了。他流血的地方也不更留有什么痕迹。这几年来文友的悼亡,除了时英外,还有个鲁尼秋君,他们多是年轻,太年轻地走离了人间,安得不使人格外地伤悼呢!

　　时英上海来后,香港的文化界,对他自然有着非议,我虽然得到他出走的许多传说,可也无从辨明真正的主因,事前事后又不曾接到他的信札,是非常沉闷而惘然的。可是当他死讯传到的一霎,不禁份有凄怆,对于他对事业的毅力,与工作的严厉,态度的诚恳,是值得人们崇慕的。那一辈当时唾骂过他的,现在却在继续他的工作,我虽是个

---

① Carven "A" 当作 Craven "A",英国名牌香烟,俗称"黑猫牌"。下同,不另出校。

局外者,也不免有份歉歉呢。古人说盖棺论定,时间真是个刻毒的东西,时英的过功,我原说且留待后人去评论吧。我现在不敢说什么的呢。

我手里拿着二十支装 Carven"A"卷烟的铁盒,在黑猫的眼瞳里似乎显出个瘦长个子的年轻人,穿着挺直的西装,含着板烟斗,伏在案头,疾笔而书。突然间,鲜血四射,流了一地,年轻人的影子也消失,我手中还是拿着只红色的 Carven"A"的铁烟盒。

每当我拿到这铁盒时,不禁想起我的已经逃亡了朋友,他是已经去了,留在人间的,仅有他的姓名,还有我案头几册他的早期的帕丽的新感觉派小说而已。

用什么来悼念他呢,我拉什写来,何尝说出些什么? 到又仿佛是我自己的文艺回顾的片段了。就借前人的一首七律,列在卷首,算是我一点惓惓之心。

解诗录

出色的民俗风情诗及其他
——徐玉诺在"明天社"时期的创作再爆发

"血与泪"的文学典型：
诗人徐玉诺的创作之开端

徐玉诺是1920年的岁末才开始发表作品的，比第一批尝试新文学创作的新青年——新潮社社员等——晚了一步，但他很快就后来居上，成为新成立的第一个纯文学社团文学研究会诸作家中最为引人注目的诗人。这其实是很不容易的。因为，徐玉诺既非当时名牌大学的学生，也不是北上北京的文学新青年，而不过是一个僻处河南开封的默默无闻的师范生而已。从1916年到1921年的五年间，徐玉诺在开封的河南省立第一师范学校读书，头几年这个学校还是比较保守的，只是到了"五四"新文化运动以后，进步教师嵇文甫等人开始宣传新文化，学校才渐有起色。受此影响，徐玉诺接受新文化，成为当地的学生运动领袖，同时也喜欢上了新文学，但也只是年轻的尝试者之一，与那时的新文学中心北京相距甚远。推原其所以能够很快进入新文坛的主流并独树一帜，有两个值得注意的内外因素起了重要作用。

显然，徐玉诺在1920年恰逢其时地与稍后成为文学研究会主要成员的叶绍钧、郭绍虞等人书信交流，进而及于郑振铎，这些外缘为他的创作提供了至关重要的发表平台，所以他稍后创作的新诗、小说，大都是在郭绍虞编辑的《晨报副刊》和郑振铎、叶绍钧参与编辑的文学研究会刊物《文学旬刊》《小说月报》、《诗》月刊上发表，并由郑振铎介绍加入文学研究会。进而，徐玉诺又得到周作人的赏识，并帮助周氏兄弟护送俄国盲诗人爱罗先珂回国，此后《语丝》又成为徐玉诺发表创作的另一个主要刊物。诸如此类来自文学研究会主要成员的激赏、帮助和提携,把徐玉诺及时推向了新文学创作的前台,从一开始就走上了新文坛的主流媒体。应该说,正是上述这些外部因缘,使徐玉诺的创作获得了一个比较显著的位置,从而很快赢得了广大读者的普遍关注,成为20年代前期新文坛上最受欢迎的青年作家。

当然,徐玉诺的生活经验和创作才能乃是重要的内因。生于1894年的徐玉诺比大多数"五四"文学新青年大了七八岁,生活经验丰富得多,他又来自社会底层,很早以来就备尝"生活的苦味",对中原大地上的兵匪之害和民生艰窘有痛切的亲身感受,新文化和新文学运动的勃起,则适时地激发了他的创作才能和表现冲动,因此他一提笔抒写,就以痛切的"血与泪"之控诉震动了新文坛,而与大多数文学新青年之醉心于"爱与美"的歌颂判然有别。看得出来,徐玉诺的那些充满血泪的诗作和极具乡土气息的短篇小说,在20年代前期接连不断地揭载于《晨报副刊》《文学旬刊》《小说月报》《诗》月刊,并入选文学研究会的诗合集《雪朝》(商务印书馆,1922年6月)、《眷顾》(商务印书馆,1925年4月),还出版了个人诗集《将来之花园》(商务印书馆,1922年8月),其一帆风顺可谓一时无两。

如所周知,文学研究会的主导倾向乃是为人生而文学的写实主义,而徐玉诺这一时期独具特色的并且极富生活实感的创作,无疑是最为符合文学研究会的创作旨趣的,所以立即赢得了文学研究会主导成员的激赏。即如1922年5月间徐玉诺的诗集《将来之花园》即将出版的时候,西谛(郑振铎)和叶绍钧就分别为它写了《卷头语》和专论《玉诺的诗》,给予了高度的肯定,另一位年轻的文学研究会会员王任叔则投书《文学旬刊》,对徐玉诺的诗和小说推崇备至,称誉他"有绝大的天才"、是一位"大诗人"。[①] 就连德高望重的资深作家周氏兄弟,也对徐玉诺刮目相看——鲁迅曾嘱咐孙伏园给徐玉诺写信,要他把自己已发表的小说结集出版并自愿为之作序[②];周作人则对徐玉诺爱护

---

① 王任叔:《对于一个散文诗作者表一些敬意!》,《文学旬刊》第37期,1922年5月11日出刊。
② 参阅徐玉诺:《怎样学习鲁迅先生》,见《徐玉诺诗文辑存》第601页,河南大学出版社,2008年。

有加,写有散文诗《寻路的人——赠徐玉诺君》①,除了在创作上给徐玉诺以亲切鼓励外,还在生活上给他不少帮助。

应该说明的是,那时的文学研究会在为人生而文学的共同理念之下,也有不同的取向以至分歧:一些人侧重表现"爱与美"的人生理想,以指导和鼓舞时代青年的人生实践;另一些人则侧重表现"血与泪"的人生现实,以推动对不合理的社会之改造。文学研究会的台柱子郑振铎是"血与泪"的文学的倡导者,支持他的有沈雁冰、严慎予、李之常、费觉天、李开中等人,而刘延陵、劳人以及社外的宗白华等,则是"爱与美"的文学的倡导者,双方为此曾经在1921年后半年到1922年前半年有过热烈争论,周作人和朱自清等则持折中调和态度。而论争的结果是,大家都确认"爱与美"的文学与"血与泪"的文学不可偏废,但也都承认"血与泪"的文学才是当务之急,所以其实还是"血与泪"的文学主张占了上风。② 这是文学研究会内部的一次重大的文学论争,意味着一个指标性的创作导向。就创作而论,徐玉诺的作品无疑代表了"血与泪"的文学之实绩,此所以他的诗与小说几乎得到了当年文学研究会主导成员的一致首肯,被视为"血与泪"的文学之典型——这或者就是徐玉诺作品的文学史意义吧。同时,徐玉诺也在文学研究会之外赢得了好评。比如那时眼界颇高、正雄心勃勃想在文学上有所作为的文学青年闻一多,在致同学梁实秋的一封信里,虽然对文学研究会和创造社的一些骨干作家少所许可,却对徐玉诺另眼相看,肯认"徐玉诺是个诗人",热情赞扬徐玉诺的一些诗作是"佳品""上等作品""超等作品",甚至誉为"绝唱"。③ 事实上,徐玉诺当年的文学影响也不限于大陆的新文坛,而远及于台湾新文学的奠基人赖和。④

---

① 《寻路的人——赠徐玉诺君》写于1923年7月30日,收入周作人的诗集《过去的生命》,第109—112页,北新书局,1929年11月初版。
② 关于"爱与美"的文学和"血与泪"的文学之论争,可参看刘涛的《"为人生的艺术"观念的再探讨——关于它的缘起、演变及内部分歧》的第三章,河南大学硕士论文,1997年5月。这是一篇很优秀的硕士学位论文,可惜一直未能公开发表。
③ 闻一多:致梁实秋(1922年12月27日),《闻一多全集》第12卷第125页,湖北人民出版社,1993年。
④ 查日本学者秋吉收有《"台湾の魯迅"赖和にみる大陸新文学の影響》(《中国文学評論》第30号,1—18页,2005.05.)一文,对赖和与徐玉诺的文学关系有所考证,可惜笔者未见原文和中译文,此处不能引录。

并非昙花一现:"明天社"时期的徐玉诺

虽然徐玉诺的创作在20年代前期确实有了一个非常不错的开端,可是此后的他似乎从文坛上消失了。直到新中国成立后他才重回文坛,但所作寥寥,并且不久就去世了,所以在现代文学研究者的视野里,徐玉诺几乎只是一个在20年代前期新文坛上昙花一现的作家。

对这样一个看似"昙花一现"的作家,学术界的兴趣并不大。从上世纪80年代到新世纪之初,学术界不过偶尔有人提提徐玉诺的名字。真正挂念他的还是家乡人,如王予民、谢照明为他写了传记《诗人徐玉诺》,郑州大学的刘济献先生则致力于徐玉诺诗文的整理。1983年河南人民出版社出版了刘济献先生编选的《徐玉诺诗选》,所选作品集中于20年代前期,最晚只及于1927年的作品,虽然该书由新文学的元老郭绍虞先生题签、新文学研究的元老王瑶先生作序,但反响似乎不大。稍后,刘济献先生又编选出版了《徐玉诺诗文选》(人民文学出版社,1987年),仍以徐氏20年代前期的诗文为主,此外只增收了1927年至1936年间的诗文3篇、50年代的小说2篇,聊备一格而已。不过,我们还是应该感谢当地研究者的开创之功,尤其是刘济献先生对徐玉诺作品的搜集整理,虽然受限于那时的学术条件,还不很完备,但毕竟为徐玉诺研究奠定了基础。事实上,从《徐玉诺诗文选》所附《徐玉诺年谱》来看,徐玉诺一生为文的大多数线索,刘济献先生都已发现了,包括徐玉诺1928年之后的几年间在《明天》和《骆驼草》上发表诗文的线索,也多有著录——估计刘济献先生当时(《徐玉诺年谱》是1984年9月完成的)很可能看不到刊物原件,所以也就无法在《徐玉诺诗文选》里选录有关诗文了。此后刘济献先生南迁海南,再未能继续对徐玉诺的研究。

进入新世纪以来,现代文学研究之理论先行的"众声喧哗"热潮渐趋冷静,而努力追寻原始文献从而尽可能对现代文学进行实事求是的研究之取向则逐渐抬头,于是对现代文学报刊的研究、对现代文学原始文献的搜集、对一些久被忽视的现代作家作品的整理和出版,都提上了研究议程。其中的一个重要学术成果,就是秦方奇先生编校的《徐玉诺诗文辑存》,于2008年由河南大学出版社出版。全书辑存了徐玉诺近四十年间约六十五万言文字,委实是集大成的成果,大大有助于徐玉诺文学遗产的保存,有力地推进了徐玉诺研究之开展。比如,1928年10月至1930年9月间,徐玉诺在"明天社"刊物《明天》上发表的以及在同一时期其他刊物如《骆驼草》上发表的诸多作品,就被悉数打捞出来,重见天日。由此,徐玉诺创作的一个重要阶段,甚至可说是第二个创作高峰,也就进入了研究者的视野。

这里首先涉及"明天社":它是一个什么样的社团?学术界一向不甚注意,秦方奇先生可能限于《徐玉诺诗文辑存》的体例,也未予交代。我在十多年前搜集另一个河南籍诗人于赓虞的作品时,曾浏览过明天社的刊物《明天》,从而略知一二。这里且就所知,略为介绍。

按,"明天社"是上世纪20年代后期活跃在北京文坛上的一个文学社团,其成员以在京的河南籍文人学者和文学青年为主,创办人是罗绳武(1903—1995)先生。罗绳武是河南新野人,其父罗飞声(又作罗飞生)是同盟会会员,"二次革命"时担任同盟会报纸《民立报》编辑部主任,因为鼓吹反袁,1913年9月被袁世凯在河南的爪牙——河南督军张镇芳杀害于开封。罗绳武自幼发愤努力,1917年考入开封的河南省立第一师范,1923年又考入北京师范大学国文系,受教于钱玄同、李大钊和鲁迅诸先生,后来转入教育系。在亲历了"三·一八"惨案后,他奔赴广东参加北伐。1929年春重返北京师范大学继续学业,次年毕业后在北京的中学任教,因思想激进被解聘,于是返回开封的北仓女中(今河南大学附中的前身)任教。抗战时期曾任教于复旦大学,抗战胜利后重返河南,任教于北仓女中与河南大学。解放后担任过开封师范学校和郑州师范学校校长,后调任郑州大学工作直至终老。在晚年口述自述《历经沧桑话生平》里,罗绳武先生回忆了他当年与好友创办"明天社"的情况——

> 北师大毕业后,我在北京一中任教至1932年。这几年里,我前后还在孔德中学、北师大附中兼课,并在郁文学院讲世界史。
>
> 这个阶段,我和北大、北师大友人魏华豹、魏辉廷组成明天社,创办《明天》杂志,我任主编。该杂志一直办到1931年,共出刊了两卷12期,一些进步作者如我的老师嵇文甫、同学徐玉诺、鲁子惠常投稿,刊物上还刊登一些进步译作。河南信阳省立女二

师的校刊《申女》在北京印行,我参加了该刑(刊)的编辑、校对工作,有时请朱子深、徐缵武、画灼帮忙。①

《明天》是"明天社"的社刊,创刊于1928年10月,终刊于1930年7月。罗绳武先生回忆说该刊"共出两卷12期",这显然是误记——现存该刊至3卷3期,至少出版了27期。该刊作者除刘绍苍是辽宁辽阳人(时在北京大学哲学系就读)、另一位作者"禹亭"暂时无法查核外,其他比较重要的作者几乎都是河南籍的文人学者或者爱好文艺的学生——

杨丙辰(1891—1960年代中期)河南南阳人,曾留学德国,时任北京大学德语系主任。

嵇文甫(1895—1963),河南汲县(今卫辉市)人,哲学家,时在北京大学哲学系任教。

赵荫棠(1893—1970),河南巩县人,北京大学研究生、音韵学家,时任教于北京大学。

鲁子惠(1899—2000),河南开封人,时在北京大学师从汪敬熙攻读生理—心理学研究生。

罗绳武(1903—1995),河南新野人,时在北京师范大学学习,稍后任教于北京一中等处。

徐玉诺(1894—1958),河南鲁山人,时在河南省立淮阳第二师范、信阳第二女师任教。

这些作者大都是学有所成的在京文人学者,队伍相当整齐。其社团活动和刊物出版也都在京开展,达到了相当不错的水准,而又能坚持两年之久,在刊物之外还拟推出"明天社丛书"15种,其中《风格与表现》(西方文论选译,赵荫棠译,华严书店,1929年)、《小说十讲》(文论集,禹亭著,明天社,1930年)等数种业已出版。应该说,在上世纪20年代后期的北方文坛上,"明天社"的确是一个相当重要、颇有成绩的文学社团。而身在河南却参与了"明天社"活动的只有徐玉诺,并且他是始终参与,发表了不少作品,迎来了创作的又一个爆发期。这一方面与"明天社"及《明天》杂志的主持人罗绳武有很大的关系——

---

① 罗绳武口述、罗达整理:《历经沧桑话生平》,中国人民政治协商会议河南省委员会文史资料研究委员会编:《河南文史资料》第34辑第63—64页,1990年。

原来,罗绳武 1917—1923 年间也在开封的河南省立第一师范学校读书,与徐玉诺曾经是同学和好友,对 20 年代前期徐玉诺所表现出的创作才华及其文学成就是很了解的,后来目睹他在 20 年代中期逐渐与新文学疏离,自然也很感可惜,所以当罗绳武在 20 年代后期的北京组建"明天社"、创办《明天》杂志时,也就有意拉上极富文学才华的老同学徐玉诺加入;从徐玉诺一面看,他这一时期任教于河南省立淮阳第二师范学校、省立信阳第二女子师范学校,这在其大半生漂泊不定的生涯中,相对而言是工作比较称心、生活比较安定的一个阶段,恰好有余力和心情从事写作。同时,新文学元老周作人也关心着徐玉诺,打探他的消息并与他取得了联系,随即很可能也邀约他给《语丝》和新创办的《骆驼草》写稿。如此多方面的机缘凑合,便促成了徐玉诺在创作上的再爆发——我们不妨概称之为徐玉诺的"明天社"时期吧。

粗略统计一下,"明天社"时期(1928 年 10 月—1931 年 9 月)的三年间,徐玉诺单是在《明天》上就发表诗文 19 题、18 篇,同时在《语丝》上发表 2 篇、在《骆驼草》上发表 6 篇、在《华严》上发表 1 篇,倘算上已知在《申女》上发表而尚未找到原文的 3 篇,则徐玉诺在短短三年间至少发表了 30 篇作品,这个创作量算得上是一个不大不小的爆发。当然,若与徐玉诺在 20 年代前期的高产相比,那显然少了一些,但若与 20 年代中期的创作稀少和 30 年代以后多年的几乎停笔相比,"明天社"时期的写作无疑是徐玉诺创作生涯中另一个比较显著的亮点。而检点徐玉诺这一时期的写作,有两个值得注意的新拓展。

其一,此时徐玉诺的写作重心转向了散文,并且成就不俗。上述作品中的一大部分就是散文,内容相当丰富,其中既有批判现实的杂感,也有纪实抒情之作,还有一些学术随笔,相比较而言,杂感和随笔更为耐读。系列杂感《墙角夜话》大抵随兴而发,以简短有力的文字传达批判现实的旨趣,颇有力度和味道。如《墙角夜话之三——你能跑到那里呢?》——

> 两个锅口上的人赶着一只小羊,那小羊"妈……妈……"叫着,在街上直撞乱折地跑。尽力的跑呀……尽力地跑呀……但是你跑到那里去呢?
>
> 右见冰蚕老人所抄书中。玉诺注云:因为它是羊,除非它跑

>   出人底世界,到处都是一样。

文字虽然简约而言外之意无穷,很有点鲁迅的"随感录"之风味。至其学术随笔,则随手札记对乡前辈、《歧路灯》的作者李绿园的实地调研所得,对冯小青与《红楼梦》女主角林黛玉的比较研究,对清代俗曲总集《霓裳续谱》的研究心得等等,至今仍具有参考价值。

其二,此时徐玉诺的诗作虽然不多,但由于受民俗学和民间俗曲的启发,他不再满足于个人所尝"生活的苦味"之倾诉,而转向了对社会底层的乡土民俗风情之抒写,由此贡献出几篇特别出色的民俗风情诗,作者自谦为"闲情之什",其实绝非知识者的闲情逸致,而蕴含着特别深切的民族风味和格外感人的质朴之美。如《撒花女郎——闲情之什之一》——

>   赵姨妈明知我和毓哥儿
>   　　有那综情意;
>   　　　　为毓哥儿娶亲,
>   偏偏请我作撒花女。
>
>   这个——少年女郎所朳补的,①
>   不去,又怕人猜疑;
>   　　去——又如何去?
>
>   怠拂铅粉,
>   　　懒插花枝,
>   　　　　故意把云鬓揉得鬅鬙鬙地;
>   揽镜照来——
>   　　独自惋惜。
>
>   呀,她俩是:
>   　　那样风光,
>   　　那样意密;

---

① 按,此诗的两个刊发本——《明天》第 1 卷第 10 期之初刊本(1929 年 1 月 11 日出刊)和《文艺世纪》第 1 卷第 2 期之重刊本(1945 年 2 月 1 日出刊),此处都作"朳补的","朳补的"通作"巴不的"或"巴不得",北方方言,急切盼望之意,但徐玉诺写作时生造了一个"朳"字,《徐玉诺诗文辑存》则误录为"肥"。

　　　　——恨将起来,
　　摸把煤糁撒上去。

徐玉诺在此诗题下加注说:"河南旧式婚姻,男家择亲串(选)妙龄少女为撒花女,左手执茶盘,中置马草,盖取牧人之意;中杂以制钱,名为喜钱;故撒花女,又称'撒喜钱的'。间有杂以碎糁者,或出于忌恨之私。新妇入门,照头撒去,直至拜过华堂,入洞房,为止。"所以此诗抒写的乃是典型的河南民俗——诗中的撒花女恰正是新郎的旧情人,却偏巧被选为喜宴上的撒花女郎,她不免旧爱新恨涌上心头,即今所谓"羡慕嫉妒恨"之五味杂陈也,于是便借机撒煤渣以泄"忌恨之私"。诗作以撒花女郎的口吻出之,将她的一腔不甘失落之情抒写得非常生动风趣,同时,一出乡村儿女的婚恋悲喜剧,也被描摹得历历如在目前。

　　更为感人的诗篇乃是《最后咱两个换了换裤子——闲情之什之二》。① 这是一首颇长的乡土风俗人情诗,抒叙的主人公仍然是一位失意的乡村女性,但不再是少女,而是一个"弃妇"——她与丈夫本是五六年前的情人,后来有幸结为夫妇,而今不幸遇上大旱灾,无能的丈夫被迫将她卖给别人,直到别人来拉她走时,她才知道实情。诗作所描摹的就是这个特别的"弃妇"在上路前与丈夫的一段诀别辞。她一边悲愤地埋怨着丈夫的无能,一边深情地回忆着二人的旧情。其实,这个"弃妇"也明白丈夫把她卖给别人,并非真的无情无义,倒是想给她一条生路,所以感人至深的最后一幕乃是她对丈夫爱恨交加的临别叮咛。此时,她呼唤丈夫来和自己互换裤子,因为她觉得自己的裤子比较好,丈夫以后可以拿去换馍吃、度饥荒——

　　　　来,徐套,无义的丈夫,
　　　　　我那亲爱的人儿!
　　　　你白②伤心,我也不慭愿③你!

---

① 按,或疑"红蜓"是否徐玉诺。查《最后咱两个换了换裤子》在《明天》第2卷第7期封面目录上作者署名"玉诺",正文后附署笔名"红蜓"。《撒花女郎》在《明天》第1卷第10期初刊时封面目录上作者署名"红蜓",但在《文艺世纪》第1卷第2期重刊时作者署名"徐玉诺"。这些都可证"红蜓"就是徐玉诺。

② 据《徐玉诺诗文辑存》的校注,"白"通作"甭",窃疑"白"是"别"的方言发音。

③ 据《徐玉诺诗文辑存》的校注,"慭愿"通作"埋怨"。

你也白害臊,
遍天下都是生离死别,
　　谁还顾看笑话呢!
来,最后咱两个换了换裤子。

来,我告你说,我底傻子!
　　绣房里镜匣底下还有二百钱,
　　西屋窗户框上还挂着
　　　　一对鞋帮,
　　两拐子染好丝,
我底人儿,你记着
　　　　饿的时候,你拿出去换块馍吃!
　　这条松黄绸子裤子,
提起来我才伤心呢!
　　　那年我还是十三四岁
　　　　　不曾出过二门的闺女,
年迈的妈妈为我养了蚕,
　　结了茧,缲成丝;
大姐姐纺线,二姐姐上机织。
　　还是自己用柘榴皮染成的。
妈妈不到我出嫁就没有了,
　　二姐姐出门一月死了,
大姐姐嫁给做生意的也不知道搬到那里;
　　想起他们
　　更是教我伤心,
　　更是教我悲凄。

无能的徐套,我那可爱的人儿!
把你那破蓝布裤子脱给我,我这松黄绸裤脱给你。
　　真是没有世界了,我的人,你记着,
　　　你脱下来也去换块馍吃;
要是有世界了,
　　你把这裤子染成黑色的,

穿起来它,

你也应该想为妻。

这首长诗既没有"五四"及20年代启蒙文人那种高高在上悲天悯人的人道主义语调,也没有30年代左翼文人那种刻意高看工人农民的阶级革命腔口,而一本最朴实最本色的农民语言和方言,力透纸背地传写出了一个农村下层妇女最无奈的悲和最深切的爱,诚所谓"字字血、声声泪",令读者感同身受,过目难忘。在它面前,一切高深的思想文化阐释和经济阶级分析,都显得苍白和多余。不待说,这样的诗上承古代的国风和乐府民歌以及元明清民间俗曲的传统而又有新的发展,其民俗本色之深厚和人本情怀之深切,超越了古典杰作《氓》《上山采蘼芜》《白头吟》等,纵使与《焦仲卿妻》相比也未见逊色,相形之下,唐宋以来的士人们在尚未发达或失意潦倒时之所谓"贫贱夫妻百事哀"的惋叹,都近乎无病呻吟了;至于新诗史上堪与此诗比肩之诗作,则大概只有后来艾青的杰作《大堰河——我的保姆》吧。

拾遗补阙:《人食与人屎——墙角夜话之八》

搜集整理一个现代作家的作品,尤其是像徐玉诺这样长期被冷落的作家之遗文,由于可资利用的先行研究无多,任谁也难以毕其功于一役,所以尽管两大册《徐玉诺诗文辑存》搜罗宏富,但其实不可能一次就做到完备无缺、尽善尽美,而不免有所遗漏。秦方奇君对此有清楚的自觉,所以他把一些已有线索而尚未觅得原文的徐玉诺作品,特意编为《徐玉诺佚文存目》,作为《徐玉诺诗文辑存》的附录,这就为进一步的辑佚保留了线索,足见用心之细。

《徐玉诺佚文存目》所列第七篇是《墙角夜话之八》,秦方奇君并在题下加按语说——

> 据《中国现代文学期刊目录汇编》该文发表于1929年《华严》月刊1卷7期。但在1929年10月16日出版的《明天》2卷10期刊登的《华严》月刊1卷7期的广告目录中,并没有徐玉诺的这篇文章的标题,找遍京、沪多所图书馆,均没有收藏《华严》1

卷 7 期,故该文尚未查到。①

恰好十多年前我也曾翻查过《华严》月刊,至今记忆难忘。按,《华严》杂志乃是于赓虞和黄庐隐联合主编的,于赓虞出力实多,并在该刊上发表了多篇诗文。徐玉诺也确曾在该刊发表过一篇《墙角夜话之八》,但秦方奇君的上述按语却有所失察和失误。其实,北京的国家图书馆就有《华严》的 1—7 期,《中国现代文学期刊目录汇编》所著录的发表《墙角夜话之八》的那期《华严》月刊,则并非第 7 期,乃是最后的第 8 期,而最难寻找的就是这个第 8 期。记得十多年前我与王文金先生搜集于赓虞的作品时,遍查京沪宁各大图书馆,都无藏存,复检《全国中文期刊联合目录(1833—1949)》(北京图书馆出版,1961 年)的藏存记录,只有吉林大学图书馆藏有第 8 期,于是立即托人借阅,可是吉大图书馆却说找不到了。正当绝望之际,中国现代文学馆邀我参加"唐弢文库"和《唐弢藏书目录》的发布会,因想"唐弢文库"里也许会有吧,于是赶去参加,拿到散发着墨香的《唐弢藏书目录》一查,果然有之。由于有这点记忆,最近便抽空去了一趟中国现代文学馆,找到《华严》第 8 期(1929 年 8 月 20 日出刊),徐玉诺此文赫然在焉。该文全名《人食与人屙——墙角夜话之八》,文后还有作者徐玉诺的附记以及编者于赓虞的附记各一则,现在一并过录如下——

人食与人屙
——墙角夜话之八

先掩住鼻子。先总理《民生主义》里头很讲究人食,而不一及人屙;盖食是进口货屙是出口货,出口货不关紧要进口货却有非常重大关系。岂明先生在《闲话拾遗》里吃力研究喝酒吃饭艺术,也不一及屙屎艺术;意以为屙得好不好不要紧,吃喝却很值得注意。大家平心而论:人三天不吃食就要受饿,七天不吃食就要饿死;殊不知一天不屙屎就要受憋②,三天不屙屎就要憋死。粗嚼急咽,活剥生吞实会得病;殊不知屙得不好,也极难过。

实地说:屙屎但求不憋,吃食但求不饿罢了;素米清水也好白

---

① 秦方奇编校:《徐玉诺诗文辑存》第 613 页,河南大学出版社,2008 年。
② 此处"憋"通作"憋",下同,不另出校。

馍蔬菜也好,每天一顿也好两顿也好,意在心神清爽,不饿不彆;要一定每日三餐,吃必海参鱼肉,那心神就要吃闷,肠子就要受彆了。人家食堂都很讲究,通常都拾掇得很清洁,放着几盆应时花木;而厕所都不讲究,我素来很生气,不知道人类为什么昧于屙食①如此之甚呢!

依我的意思,厕所比食堂要更讲究才是。有几次过上海下关汉口等处,(有一年在开封租民房住,厕所很小很难看很难闻)每以屙屎大苦,常常几天不屙;(有一次我②南京患肚子痛泄痢)真是彆到万不得已,破③个老命进去,哎呀,出来面目耳朵彤红,头痛半天,几乎要死;我尝因此废了终身大事,不顾一切牺牲一切的跑开了。顶好把厕所建得宽大,透光,通空气;平时一点人屎也不要留,再时时洒以香水,燃起名香,再放上几盆香草和应时香花,四壁挂起王铎的长条,倪云林黄子久山水横卷,黄皆令花卉小副;再请初中学生寸半行书王季秀闻启祥钱谦益残笺小品文字;临屙蹲踞其中,舒舒地呼吸,随心的流览④,尽量消磨了应尽的时间;人生乐事,无过于此。

为甚么要这样讲究呢?——这正同女子解放一样,好久不解了,实在也不大容易解放——因为屙屎本身是不讲究的。说起来它与人食人生活都有密切关系。福州仓前山的屎简直可以说香喷喷的(别取笑);因为那里,吃的都是上等白米,人胃多不壮健,米过肠胃元精并不减少;大家试闻酒糟就知道而且相信了。那些毛楼⑤都在山半坳⑥向海洋建着;在那里可以远望白马翻腾的海浪,和远远帆影;海风带松烟,茉莉,樟树的香气缓缓地吹来;(别见笑)我一进去就不相⑦出来。其余信阳的公共厕所——因为那下边白蛆太多,蛆似乎是专吃那难闻的东西哩,只剩下一种炭阳和多水汽的化合物,一种热热的香气——尚可以闻! 开封那满筐

---

① 从上下义义看,此处"食"当作"屎",可能是作者笔误或原刊排印有误。
② 此处似漏写或漏排一"在"字。
③ 此处"破"义同"拼"。
④ 此处"流览"通作"浏览"。
⑤ "毛楼"通作"茅庐"。
⑥ "坳"通作"坳"。
⑦ 此处"相"当作"想",原刊排印有误。

枣泥的屎车是最难闻;老年人多害痔疮,青年男女都是病着痢疾。北京——哼,那更难闻!大概青年男子天天吃了臙脂,少女们天天吃些唾沫,到肠子里都成了不良的化合物;就那就是①木箱子里面那血脓一般的东西。

屙屎讲究到极致,到艺术化的地步,顶好是山居。每天吃些白桃,苹菓,栗子,喝些山泉;到有屎的时候,随便走到山涧幽邃,丛林茂密,败叶残瓣堆积的处所;那是没有重复的地方同样的景致,——每回屙屎都有一种异味的。

华严社赠寄《华严》月刊并要文稿;我寄这篇塞责,未免有些亵渎…………要不然就领个空头情吧!转给明天社,那里几个朋友,以为凡是我的文字都是香的。

一九二九,一〇,二九,玉诺附记

玉诺这篇情趣隽永的文章,在不是明天社的人我看来,也是很香的。他寄这篇稿子来,以为《华严》不一定刊,这是一般人对《华严》的误解。《华严》的编者都没有绅士的臭意味,对于什么情意的好文章都一样欢迎。我们收到这篇稿子并没觉着奇怪的地方。

赓虞

文章既追摹着周作人讲究生活趣味的唯美小品,却又对之构成了某种反仿,写得从容不迫,庄谐并出,让人读来忍俊不禁。找到这篇小品,在我也算是一次补过——我得老实承认,多年前我好不容易找到这期《华严》,却一心只盯着其中的于赓虞文字,对徐玉诺的文章则无心细看,反而错失了徐文后面的于赓虞附记;不料现在却因为找徐玉诺的文章,连带着也找到了于赓虞的附记,这真是一个意外收获。最后,还有一个小问题:据徐玉诺在文后的附记,此文写于 1929 年 10 月 29 日,但发表它的《华严》第 8 期却在 1929 年 8 月 20 日就出刊了——

---

① 我曾经怀疑"就那就是"有衍文,承平顶山学院文学院的赵焕亭女士见告,"就那就是"在河南方言里乃是常见的重复语气,意在强调,并非衍文——2014 年 11 月 3 日补注,并感谢赵焕亭女士的提示。

这是怎么回事呢？问题其实并不复杂：很可能是刊物出版延期了，但版权页上却照旧填写了预定的出版时间，这在那时的出版物中并非仅有的特例，倒是比较常见的事情。

为"首届全国徐玉诺文化学术研讨会"作，
2014年10月27日晚草成、11月3日订正。

风云气壮　菩萨心长
——关于40年代的冰心佚诗及其他

这两年翻阅旧报刊，又看到冰心40年代的几篇诗文和讲辞，它们或于民族抗战的艰难岁月里慷慨高歌，显示出迥然有别于往日温柔抒写小儿女情怀的悲壮之气，令人刮目相看；或在抗战胜利后旅日期间就近观察日本社会问题，深入思考中日关系的未来，展现出以爱化仇的博爱情怀和以德报怨的菩萨心肠，更令人肃然起敬。这些文字皆未入集，故此特为校录以广知闻；此处顺手札记若干感想，则不妨从冰心30年代的创作苦恼及其转型讲起。

"天限"的限度与突破：
冰心创作的苦恼与转型

30年代的一个时期，冰心在创作上处于苦闷阶段，此种苦闷她在1936年3月致史天行的一封信中有剀切的告白——

> 你知道我的身体本来不大好，而且我的零零碎碎的事情也特别多，其实这还不是写作很少的最大理由；我有一个很坏的习惯，就是我的写作，必须在一种心境之下。若是这种心境抓不到，有时我能整夜的伸着纸，拿着笔，数小时之久，写不出一个字来，真是痛苦极了！这种心境的来到，是很突然的，像一阵风，像一线闪光，有一个人物，一件事情，一种情感，在寂静中，烦闷中，惆怅中，忧郁中，忽然来袭，我心里就忽然清醒，忽然喜悦，这时心思会通畅得像一股急流的水，即或时在夜半，我也能赶紧披衣起坐，在深夜的万静中来引导这思潮的奔涌。年来只这样的守着这"须其自

来,不以力构"的原则,写作便越来越少。有时为着朋友的敦促,随便写些"塞责"的东西,胡乱的寄了出去,等到排印了出来,自己重看一遍时,往往引起无穷的追悔。……自然越不写越涩,越涩越不写,这种情形,是互为因果的,可是我总得不到相当解决的方法。前几天夜里,我夜半醒来,忽然想到"凤凰",它是一种神鸟,会从自己的灰烬里高举飞翔,——也许我把自己的一切,烧成灰,一堆纤细洁白的灰,然后让我的心的心魂,从这一堆灰上高举凌空,……我想把这段意思写成诗,可怜,对于诗,此调久已不弹了!话说回来,我如今不打算老是等候着这"不可必期"的心境,我要多多的看书,看到好的,也要翻译,藉以活泼我的这支笔,然后,也要不意的,从别人的意境里,抓到了灵感,那时我才写。我对于自己还未灰心,虽然有时着急,我知道我的"天限",同时也知道这"天限"的限度。……

按,此函辑自天行的文章《记老大姐谢冰心》,文载1946年12月1日出版的《上海文化》第11期。天行即史天行,又名史济行,浙江宁波人,是混迹于三四十年代文坛上的一个无聊文人,常常化名写信给文坛名人,以创办刊物需要支持为由,骗取文坛名家的稿子或信件,鲁迅就曾经被骗写稿。从天行的文章里可知,冰心的这封信是对他的"约稿信"的回复。此信的完整稿曾经刊登于1936年前半年史天行在汉口筹办的所谓"汉版"《人间世》(后改名为《西北风》)第2期上,现以《一封公开信》为题,收入《冰心全集》(以下简称《全集》)第3卷,注明写作时地是"三月八夜于燕大",这"三月八夜"当是1936年的3月8日。只是《全集》篇末附注"本篇最初发表于1936年4月1日《人间世》第2期",未说明这个《人间世》不是林语堂主编的《人间世》而是史天行盗续的"汉版《人间世》",并且《全集》于收信人"史先生"也未加注说明指的是史天行。此处之所以从《记老大姐谢冰心》里引录这个片段,乃是因为它可以纠正《全集》本的一些文字之误,如《全集》本里有这样一句"我知道我的'无限',同时也知道这'无限'的限度",此中"无限"颇难理解,而据《记老大姐谢冰心》里引录的这个片段,则"无限"当作"天限",即天才的限度之谓也,这就能够说得通了。

的确,此时冰心在创作上正面临着苦闷和转折:她自觉先前那种基于灵感的创作难以为继——"年来只这样的守着这'须其自来,不以力构'的原则,写作便越来越少。"于是她开始调整,比如,"我如今不打算老是等候着这'不可必期'的心境,我要多多的看书,看到好的,也要翻译,藉以活泼我的这支笔,然后,也要不意的,从别人的意境里,抓到了灵感,那时我才写"。这是许多人到中年的作家所必有的创作转型——从基于青春灵感的抒写,转到基于直接和间接经验的抒写,甚至是转向"力构"的写作。冰心在这方面经过了相当长的一个调整期,直到1939年岁末的《默庐试笔》,才基本上实现了从基于灵感的写作到基于经验的力构之转型。她写于战时的系列散文《关于女人》就是基于经验的"力构"之作,1943年她甚至还专门写了以《力构小窗随笔》名篇的三篇散文,这些作品都堪称现代散文的精品。至此,冰心已经成功地突破了她的"天限"——天才灵感的限制,而开拓了一个基于经验而写作的"无限"可能的空间。

"诗境何妨壮甲兵":风云气壮的《送迎曲》

20年代的冰心诗作,多咏赞母爱、童真、自然,温柔清丽有余而力度不足,是典型的"女新青年"笔触;30年代人到中年的冰心诗作减少,诚可谓"对于诗,此调久已不弹了",而偶然弄笔之作,或婉转微讽京派摩登女性的美丽风雅作派如《我劝你》(1931年),或浅斟低唱着爱的错失如《一句话》(1936年),婉转清丽中复增沧桑之感。此后,冰心的诗笔便基本上停顿了,而转向了基于日常生活经验的"力构"散文创作。

然而,对于女诗人的辍笔不作,友朋们是引以为憾的。譬如老舍在1941年8月就借祝贺冰心移居歌乐山之机,敦劝她"茅庐况足遮风雨,诗境何妨壮甲兵"[①]。可能正是因了这个敦劝,冰心又提起了久辍的诗笔,写下了《献辞》等诗作。尤其是1941年将逝、1942年将来之际,冰心更创作了《迎送曲》二首,一矫先前的温柔清丽诗风,而呈现出

---

① 老舍:《贺冰心先生移寓歌乐山》,见张桂兴编注的《老舍旧体诗辑注》第85页,中国国际广播出版社,2000年。

风云气壮之概,不仅开了冰心自己诗歌创作的新境界,而且当之无愧地称得上抗战诗歌的精品。可惜的是,这两首诗因为刊载于报纸上,人们不免随意看过,而作者自己也未加收集,所以散佚至今。

按,《迎送曲》初载1942年1月1日重庆《中央日报》第八版"元旦增刊",随即又被1942年1月重庆出版的《妇女新运》第4卷第1期转载。此处即以《中央日报》本为底本,与《妇女新运》本对校。可以看出,这两首诗一送一迎,对应互文,完整地表现了诗人辞旧迎新之际慨当以慷、保家卫国的壮怀——

> 我本是军人的儿子,
> 我要挣赴奋斗与自由!
> 远远的战旗在招,
> 　战鼓在敲,
> 　战场上站满了
> 　英勇的同仇。
> 看九天的风云在峨眉山峰上聚首,
> 碧绿的嘉陵江水也奔涌着向东流。

如此发自衷心、壮怀激烈的诗歌,真令人刮目相看。而值得注意的是,这两首诗不仅意境壮美,而且格律谨严,节奏韵脚非常讲究,洵属精心之作。说来,自进入30年代,冰心的诗歌创作即由自由体的创造转向新格律体的创制,在这过程中她参酌旧韵书,转成新格律,苦心吟哦,造诣匪浅。据沈从文回忆,当他1931年夏日的一天代丁玲到冰心家取她应约而写的《我劝你》一诗时,"冷眼一瞥,那时桌上还放有一部石印的《诗韵集成》,可想见那种苦吟的情形"[①]。《送迎曲》可谓诗情沉郁顿挫而又严守音韵格律之佳作,即如《别一九四一年》多押有、宥、尤韵,多属幽部字,似乎唯一出韵的是"黄昏的横笛寂寥"一句之末的"寥"字,其实按诸旧韵书,"寥"正属于幽部字,所以并不算出韵的。虽说自抗战以来,冰心的新诗创作并不算多,但能够贡献出像《送迎曲》这样壮怀激烈、慷慨歌吟而又气韵生动、格律浑成的佳作,亦难能可贵矣。

---

① 沈从文:《谈朗诵诗》,《沈从文全集》第17卷第244页,北岳文艺出版社,2002年。

从"舌锋尖锐"到"菩萨心肠":
冰心抗战前后的对日态度之区别

1946年11月13日,冰心作为战胜国中国驻日代表团成员吴文藻的"眷属"赴日,半年之后的1947年5月20日,她又回国参加在南京召开的第四届国民参政会。作为这一时期能够直接观察日本现状的唯一中国文化人,冰心虽然屈驾为"眷属",但身为名作家的她旅日6个月来,还是尽可能地接受采访、参与座谈、发表文章,致力于恢复中日之间的文化沟通工作。而当冰心因参加参政会而回国的三个多月里,她也受到急于了解日本近况的国人之关注,不断接受采访、参与座谈、发表文章,几乎成了那时沟通中日民间交流的唯一桥梁。

此前我在《补遗与复原:冰心四十年代佚文辑校录》[①]里曾采撷了冰心当年回国的两篇讲演录,此处又辑录了《冰心女士讲旅日生活与日本问题》《日本观感》两篇讲辞。大体上说,新辑录的这两篇之所讲仍不出过去辑录的那两篇之范围,而冰心战后的对日态度之特点则愈讲愈加显明,那便是一面善意地批判日本缺乏民主、妇女地位特别低下等积弊,另一面则是不念旧恶、非常宽容地主张对日应该"先伸出同情的手"。比如她1947年5月29日在青年团中央团部的演讲《日本观感》里,就劝谕中国青年:"其实东亚人应当共谋东亚所应走的路。假如有一天,能将中日的青年学生,会在一起,同携共进,那样东亚才有和平,才可免除危险!我们要铲去仇恨的心里(理),关心日本可爱的青年。伟大的人,总是先伸出同情的手的。他(我)们两国青年应共同努力谋取东亚所应走的路。"这个讲演记录稿,可能删去了一些内容。其实,据当时的一位听众张满帆的记录,冰心在这次讲演中还讲了一些更为宽容到近乎"菩萨心肠"的话,所以张满帆在听了冰心的这次讲演以后,曾颇为不满而提出了异议——

> 上月底,冰心女士被中央团部请去演讲,对青年团团员大讲其"旅日观感"。笔者有幸,忝列末座,得以敬聆高论!觉得冰心

[①] 此文载《鲁迅研究月刊》2009年第12期。

> 女士的演讲有些地方颇近于"汉奸理论"！（恕我借用这个不太恭敬的名词！）为举例起见择志一段，公布如下："……我认为日本之所以到现在这般地步，是因为没有一个有为的领袖。而我们呢？现在要由'爱'的力量来爱护他们，就好像原谅一个做错了事的小弟弟一样的原谅他们。他们现在稍有一点头脑的人，对中国都很仰慕，很感激！……"
>
> 冰心女士的这段宏论，简直令人不敢苟同！这样的话，使我们觉得非常奇怪！关过"拘留"、对于日本的"做人"和"用心"一定有相当的了解，对于日本人的"欺诈"更不会不明白。而现在随外子赴日以后，归国时竟以一种"寄小读者"的态度，对青年团团员不但赞扬日本人，反教我们要像原谅"小弟弟"一样的原谅日本人！是何居心？令人不解！①

张满帆的话当然是有激之言，他以为冰心对战败的日本太"菩萨心肠"了，而并不是当真以为冰心的言论是"汉奸理论"。事实上，冰心不仅如上所述，在抗战时期是一个立场坚定、风云气壮的爱国者，而且在抗战前就曾经"舌锋颇尖锐"地当面戳穿了日本在中国的卑劣行径。按，1936年8月吴文藻、冰心夫妇旅欧途中路过日本，当年在日本东京的一位燕大同学曾在通讯里记载了他们的言行——

> 吴文藻先生和冰心女士到东京来，亦替燕京大学放极大异彩的。……事前我们曾约了帝大人类学及考古学教授原田淑人等十数位学者及神津近子等六七位女流作家，由日华学会招待，要和吴先生夫妇见面的。茶话中吴先生及冰心女士都有演说。尤以冰心女士的演说倜傥潇洒，舌锋颇尖锐，极博听众喝呼。她把在华的日本人譬为使用人，把这班知识阶级譬为日本的主人，希望这班主人要花点工夫去检查他们使用人在中国干些甚么？她说到利害的一句话，"阎君易见，小鬼难防"，尤觉肯切。现在论中日时事者很多，论中日调整者，亦大有其人，他（但）能说得这样倜傥俏皮，则甚少。②

---

① 张满帆：《冰心女士的"菩萨心肠"》，《大地周报》第61期，1947年6月8日出刊。
② 《萧正谊君自东京来函》，《燕大友声》第3卷第2期，1936年10月31日出刊。

回头来看,冰心从抗战前夕的"舌锋颇尖锐"到抗战后的"菩萨心肠",都是情不自禁而理由固然的事:前者反映了她在大敌当前作为一个国民的感情态度,后者则反映了她的宽厚博爱、以德报怨的仁爱胸怀,这其实也是大多数中国人民的态度,只是战后的日本朝野似乎并不怎么珍惜中国人民的这种仁厚的胸怀。从当年的一篇报道《冰心女士一夕话》里,倒也可以看出冰心其实是不无隐忧的:"不民主的日本是不是埋伏下将来再侵略的祸根,则谁也不敢断言。"[①]今日的日本据说已经民主化了,然而所谓"民主化"是否就能够保证日本不再侵略,那其实仍然是个难以断言的问题。

2010 年 12 月 7 日于清华园之聊寄堂。

[①] 《冰心女士一夕话》,《燕大双周刊》第 41 期(1947 年 6 月 21 日出刊)、第 42 期(1947 年 7 月 12 日出刊)。

"诗境何妨壮甲兵"①

——冰心佚诗《送迎曲》及两篇讲辞

送迎曲②

别一九四一年

你站住,我走
让我们再握一次手,
这已是山路的尽头——
你莫在晚风中挥袖,
斜阳下我也不停留。

我走,朋友,
撇下了生命③最冷酷的温柔,
我走,朋友,
带去了生命里最甜蜜的忧愁。

这忧愁,这温柔,
一年来也够人禁受:

---

① 题目借自老舍诗句——1941年8月23日重庆《新蜀报》副刊"蜀道"第476期刊载了老舍的四首旧体诗,其第四首《贺冰心先生移寓歌乐山》有句云:"茅庐况足遮风雨,诗境何妨壮甲兵",此据张桂兴编注《老舍旧体诗辑注》第85页,中国国际广播出版社,2000年。

② 这两首诗初载1942年1月1日重庆《中央日报》第八版"元旦增刊",随即被1942年1月重庆出版的《妇女新运》第4卷第1期转载。此据《中央日报》本校录,并与《妇女新运》本对校。

③ 原报此处可能漏排了"中"字。按,冰心此诗在格律和句法上是很讲究的,全诗不仅音韵铿锵,而且颇多对应句式,"撇下了生命中最冷酷的温柔"恰与下面的"带去了生命里最甜蜜的忧愁"构成铢两悉称的对句。

有窗外的轻风弹指,
　簷前的细雨微讴;
有破晓的木鱼凄切,
　黄昏的横笛寂寥;
有山半的泾云①沉郁②,
　松间的新月娇羞;
……
……

受不了,我走,
我本是军人的儿子,
我要挣赴奋斗与自由!
远远的战旗在招,
　战鼓在敲,
　战场上站满了
　英勇的同仇。
看九天的风云在峨眉山峰上聚首,
碧绿的嘉陵江水也奔涌着向东流。

迎一九四二年

朋友,我来了,
请你拉一下手,
　这山头好陡!
你看我这一身血垢——
我提着心,噤着口,
　闭着气,低着首;
　踏过荆棘,

---

① 《妇女新运》本此处也作"泾云"。按,"泾云"在汉语里是个不大常用、用了也颇让人不知所云的词,窃疑此处"泾云"或当作"湿云",原报可能因为"湿""泾"的繁体"溼"(俗体作"濕")、"泾"手写近似而致误认误排。复按,冰心早期的诗作中也曾用过"湿云",如《繁星·一五〇》即有句云:"山下湿云起了",其中的"湿"字在当年的某些选本里也曾被误排为"泾",这也可以佐证此处的"泾云"当作"湿云"。

② "郁"在《妇女新运》本中误作"寥"。

跳过田沟，
满天烽火红影摇摇，
满山风雪黄叶萧萧——
为赶上进行的队伍，
我拼着血汗双流。

朝阳下看大家精神奋发，
我形容消瘦，自己含羞！
我没有刀枪献朋友，
我只有罪恶求赦宥，
　请莫问缘由，
　请将我收留，
我不能冲锋陷阵，
也还会牧马牵牛。
我本是军人的儿子，
我要挣赴奋斗与自由，
看九天的风云在峨眉山峰上聚首，
碧绿的嘉陵江水也奔涌着向东流。

三十年十二月二十四夜，歌乐山。

冰心女士讲
旅日生活与日本问题[①]

　　校友谢冰心女士（吴文藻夫人）于十四日来校，下榻南大地五七号。冰心女士随吴文藻先生驻日，此次返国，探视在平市求学之子女，顺便回燕园小住。一九三一班在校级友于十四晚欢送级友郑林庄方觊予出国，因冰心女士系该级导师，特邀请参加。连日校当局及各团体纷纷邀宴、茶会、讲演，极为忙碌。十七日晚冰心女士特应教职员会邀临湖轩讲旅日生活，并领导讨论日本问题，兹简志所谈大意于下。又冰心女士已于十九日上午进城，预定三四日后返校，再飞京沪、转

---

① 此篇载1947年6月21日出版的《燕大双周刊》第41期。

日。据云吴文藻先生可能于明年春季后返校,冰心亦将同来。

冰心女士首自谦谓:驻日六个月,系以中国代表团职员"眷属"(Chinese Mission Dependent)身份随吴文藻先生前往,故不敢讲日本问题,只可报告在日生活情形。

代表团共分四组(军事,政治,经济,文化教育),两处(秘书,侨务)。其中以第三组最忙,因负交涉赔偿等责任。团员全体,连同眷属及工友,约二百人。在东京占一整条街。衣,食,住,行中,以食物最差,因总部规定占领日本之盟国人士均由各国自行供给,我国因交通运输不便,很难充分供应。吴文藻先生已减七磅,余人亦均变瘦。衣由我国带去,虽破烂尚较日本人为佳。住行均好。在日精神尚好,一因总算是战胜国,处处均有胜利者意味。一因远居国外,代表国家对外,立场一致,易于团结合作。

日本人中除亲美、亲英、亲法、亲苏派外,确亦有亲华派。惟代表团不能与日人直接来往,因一切交涉必须通过盟军总部。有人称此种私下接触为"黑市来往"。

目前日本人民生活极苦,因主要生产物资均由国家集中控制,鼓励出口:一、美国,二、菲律宾,三、高丽,四、中国,日本国内反而有钱买不到东西。日本距真正的民主化尚远,美国报纸常赞美日本人的"合作",其实这种"合作"是"顺民"式的合作,不是真"合作"。例如去年提倡民主,允许罢工,他们就天天罢工。今年,忽又禁止罢工,而他们也就立刻不罢。日本妇女极悲惨,妇女杂志等都由男人代办。一次日本女议员来访,也由一男议员作陪,一切问答竟全由此男议员代言。冰心女士某次在日本一大学讲演,谓日本过去不尊重女权,等于一个人只用一只脚走路,所以既不快,又不稳。今后要想民主,要想发展得好,非治好另一只腿,用两只腿一齐走路不可。冰心观测日本在目前为大势所迫,还谈不到再侵略,只不过要求复兴建设,自给自足,将来是否再侵略,要看将来情势如何。在东京有六七位校友,吴文藻先生家是他们连络中心,彼此相待颇亲密。看见双周刊①,如逢至宝。冰心不喜欢樱花,因为太单薄,颜色暗淡,悲观②,快开快落,而且不结果。

---

① "双周刊"当指《燕大双周刊》。
② "悲观"前似有缺漏,或当作"令人悲观"。

有一种八重花瓣的"俊喜樱"还好,但日本人不喜欢它。

日本观感①

> 冰心女士乃本刊编辑顾问,去秋偕其夫吴文藻先生赴日。吴先生系驻日代表团文化组组长。最近冰心女士回国参加参政会议,发表对日言论,极具心得。本文是她五月二十九日在青年团中央团部的演讲辞——编者②

战后的日本给我的印象太深了,在日本的时候,我常常想什么时候,有机会将战后的日本告诉我国青年,今天,实现了我多时的希望了。

去年十一月十三日,由上海乘飞机到东京羽田机场。到的时候,不过是晚上八点钟,可是路上除了美军和美军车之外,看不见一个人,也碰不到一辆车。冷静得很。第二天坐了一辆车子到东京各处看看,觉得东京受到战争的破坏,可以说远在重庆以上。美国对东京的轰炸,非常有计划,非常彻底。凡是可以利用的建筑,都没有破坏,否则,都炸的炸,烧的烧了。这么大的一个东京,只剩下几十所大建筑物和文化区及国会。

第一先说说日本的衣食住行。现在这些都成了大问题。住的方面:因为房子都炸毁烧光了。我有一个朋友,他一家八口,只能挤在六条席子的房间里,连烧剩的银行保险柜里也都要住人。因此,大多数的人住在郊外。行的方面:也成问题。人多住在郊外,日夕往来郊外城中,车中的拥挤,在车停了的时候,人挤出来多,你简直不相信那车子竟能载这许多人。所以地下铁道常常有挤死人的事情。食的方面:更是可怜。当天不一定能买到你需要的东西,常常在有卖的时候便要贮藏起来,以应急需。衣的方面:可以说人人都是衣衫褛褴。就是五月三日,日本天皇接受民众欢呼时所穿的衣服,也很陈旧。至于教授学生们,都是穿的破旧衣服,稍为有一双像样的鞋子,都要留待见贵宾

---

① 此篇载1947年6月30日南京出版的《妇女文化》第2卷第4期,题下署名"谢冰心",末尾附注"宜文记","宜文"当是这篇讲辞的记录者。

② 以上是《妇女文化》的编者按。

了。这是日本城里的一般生活。

日本的农村，比较城里好一点。那里有米，有生产，人们的生活比较稍为舒服，城里人常常用他们的东西到农村去换取农产品，所以农人对于奢侈品也有机会用到了。

其次说到日本的人物，在邦交没有恢复以前，没有外国人可以自由到日本去，我是以中国驻日代表眷属资格去的，因此我是头一个文化人和他们见面。

日本妇女——日本妇女非常可爱，可是也非常可怜，她们在家庭中没有地位，致于①社会政治方面，更是如此。纵使有，也等于装饰品！试举几个例子：东京的妇女刊物，如《主妇之友》和《妇人公论》等主编者都是男人，我问他们，妇女的刊物为什么不让妇女自己编，再问他们怎么知道妇女所要说的是什么？所想的是什么？所要做的是什么？所要求的是什么？他们都笑而不答，我在这静默当中意味到他们的意思——男人要妇女想什么她们就想什么，男人要她们做什么，她们就做什么，的确，连缝纫服装，烹调饮食，都给男人控制了！

有一天，有两位女议员来看我，她们由男议员领来。她们献花献果之后，便很恭敬地坐下，默然不语，我便先发问，可是都由男议员代答，我很惊奇，我想也许她们也是男议员带她们来的。

还有一个例子，我认识一个家庭，太太是美国留学生，她告诉我：结婚这么多年来她和她丈央不曾谈过一句关于知识的语②，问她原故，她说，日本丈夫和妻子只谈柴米油盐，从不谈关于知识学问的。日本自在盟军管制之上③，教育制度改成了六六四制。那就是小学六年，中学六年，大学四年。同时开放大学，招收女生。可是男生竟不热心。这和我国五四运动的情形相反。我在日本，常常为妇女说话。我说：日本军国主义把国家弄到今天这个地步，都是因为妇女没有地位，不能说话。男人只是孤意独行的往前撞④。多少年来，日本像一个人，只用一条腿往前跳，所以有今日的结果。此后，日本人应当改变妇女地

---

① "致于"当作"至于"。
② 原刊此句排印有误，"丈央"当作"丈夫"，句末的"语"当作"话"。
③ 从上下文义看，此处"上"当作"下"，原刊排印时或许颠倒了铅字而致误，下文"现在盟国管制下"可证。
④ 原刊此处一字漫漶不清，疑似"撞"字，录以待考。

位,相辅而行,像一个健全的人,用双足一步一步向前迈进。是的,我替日本妇女说出了她们不敢说的话。

日本学生——日本学生很可爱,和普天下的青年学生一样,脸上流露着可爱的天真诚恳。这是一张文化脸。我常常和他们说,我不能否认是曾恨过日本的,因为在中国我所见过的日本人,都是野蛮横暴的军人。到今日,我才真正的看见日本人,见到日本的文化人。其实东亚人应当共谋东亚所应走的路。假如有一天,能将中日的青年学生,会在一起,同携共进,那样东亚才有和平,才可免除危险!我们不应抱复仇心里①,因为这样,倒反迫日本青年踏上另一条路了。我们应多多供给他们各种出版物,俾得大家了解。现在英美青年都在和日本青年公开通信,我们也应有这种联络。

日本教授——来访我的多是懂中文或英文的。后来也有不懂中英文的教授来谈。他们确是日本的国粹,有礼貌,谦虚,肯静听别人说话。他们对中国文化的研究很有心得。西京大学东方文化研究所的图书馆很大,单是中国书就有十五万册。我看见这样,一方面很高兴,同时也很难过。高兴的是还有这么一块干净土,能够保存这些图书。难过的是我们自己,②中国许多的图书馆都被破坏了。他们也表示难过抱歉。希望中国人能了解他们。我对他们解释说:中国人恨的是日本帝国主义,并不是恨日本人啊。

第三谈谈日本的山水。日本山水具体而微。它的好处是在人工。日本每一个国民都知道如何培养树木花草,没有人糟塌③它。他们喜爱郊游,野食。他们走的时候,必是将果皮饼屑纸片收拾带走。而且秩序很好,处处安静,并无嘈杂喧攘的烦扰。所以一切风景特别显得雅致,幽静。说到日本人喜欢的颜色,也是暗淡的,什么都是灰白黑三色。绝不见大红。纵有红色,也是朱红,十分刺目。日本最有名的樱花,色淡白,速开易谢又不结果。这是不适合我们中国人之爱好的。

第四说到华侨。华侨的④地位比战前高多了。待遇比较日本人

---

① 此处"心里"当作"心理"。
② 原刊此处无标点,逗号为辑校者酌加。
③ "糟塌"通"糟蹋"或"糟踏"。
④ 以上九字原刊作"第四说到华侨华侨的。"显然标点有误,此处据上下文义酌改了标点。

好,实物配给也较多。中国驻日代表团为盟国管制委员会中集体之一。办公人员有一百多人,连眷属有二百多人,大家都很紧张快乐。因为工作都是对外——对美对苏对英对日——所以都极小心。工作分为四组:军事组,政治组,经济组,教育文化组。团中的青年军官,他们是受美国军事训练的。他们的工作和一切的表现,都受着盟国人的敬重。

总之,日本是战败了,他们正在徬徨。现在盟国管制下,渐渐趋向民主了。可惜我们战后还在打仗。要不然,日本人还要加倍①敬慕我国,有人怕日本复兴,要提防她。我觉得不然。日本复兴不可怕,所可怕的是我们不复兴!我们要铲去仇恨的心里②,关心日本可爱的青年。伟大的人,总是先伸出同情的手的。他们③两国青年应共同努力谋取东亚所应走的路。

附录:

冰心女士一夕话④

辟谣脸上的麻子
讲了两打多笑话

十六日晚南大地有人请冰心女士吃饭,在座都是她的老友,老学生,记者侥幸参加,收听了不少珍贵的材料。

冰心女士,听来名头高大,事实上她的光临,的确曾引起燕园一阵骚动,城里不断有人来访,南大地孩子们也成群结队闯来看冰心。但冰心女士待人谈话,却和蔼可亲,且随便得很。灵巧的谈锋,随着智珠轻快运转,片刻不停。

不知怎一来,谈到冰心女士的麻脸,冰心大为震怒,请大家作亲眼见证替她辟谣,据她说这个谣言完全是无根之谈,不但她本人不是

---

① 原刊此处有句号,显系排印错误,辑校者酌删。
② 此处"心里"当作"心理"。
③ 从上下文义看,此处"他们"显系误排,当作"我们"。
④ 此篇连载于《燕大双周刊》第41期(1947年6月21日出版)、第42期(1947年7月12日出版),记者未署名。

麻子,谢冰莹也不是,全中国女作家也没有一个麻子。

紧跟着她又辟一下近日报纸关于她健康的谣传。她说可能由上海新闻报起的头,记者团赴日时眼见中国代表团伙食太差,可能故意藉冰心健康问题来呼吁改善。不过,冰心的男孩子吴宗昇曾说:"妈妈是精神总动员,物质总崩溃。"这个谣言多少总有点影子。

吃饭时冰心女士坐在中央,她的金童玉女——赵承信先生夫妇——两边作陪,赵先生是吴文藻先生弟子,赵夫人林培志女士又是冰心高足,谈得极为融洽,冰心仍然是一贯作风,开起口来滔滔不绝,谈日本的民主讲了很多笑话,结论是日本距离真正民主,还远得很。目前关于日本的再侵略,要琉球、台湾这些消息,当然还不见得可靠,但不民主的日本是不是埋伏下将来再侵略的祸根,则谁也不敢断言。

谈到参政会,冰心有点激动的样子,她说,参政会一年不如一年,而以今年的最糟。开会时感觉无从讲话,闷坐在那里,倒写了不少打油诗。女参政员们,却有些热心过度,一有人提和平,她们一个个站了起来,大同小异地每人述说一段所谓事实,然后大声疾呼,主张下讨伐令。有一次,一个女参政员站到冰心旁边,双手扶桌,问冰心:你赞成和平吗?冰心回答:你这是什么话,岂有中国人不赞成和平之理!那位女参政员就说:要和平得双方进行,光是我们这边要求停战,也和平不了……冰心赶紧告诉她:"请你先回去,这个样子站在这里不好看。"对于政治大家都不想多谈,当然也没有人想到拿中国的民主和日本的比较比较。话题就此转入京沪的学潮,冰心说:在南京,曾参加一次十几个作家的茶会,有巴金、靳以等人,也谈起学潮,大家都认为政府对待学生还不如对待汉奸。汉奸在监狱里,病了,把他们挪出来,送到医院;但学生受伤了,却从医院里抓进监牢。在南京,军警对付学生游行请愿,极其粗野,对女学生尤多侮辱,许多旁观的外国记者都为之愤愤不平。在上海,学校里的特务们一清早闯进女生宿舍捕人,女生们穿着小衣服就被人从被窝里抓起来。还有,上海校友麦女士被捕时受侮辱的经过,冰心讲着讲着,脸上就严肃起来。她的话给每人心中投下一块愤怒的岩石。

和老友们回忆往事时,冰心女士才又变得愉快了,她给大家讲"冷雨打窗,吴教授(文藻)愁眉不展,油布包顶,郑编辑(振铎)笑口大开",讲在参观云冈石佛归来的火车中,冰心为了开罐头和吴文藻先生吵嘴,急得顾颉刚先生在旁两手发抖。大家都笑了。

　　参拜冰心女士的小孩子们一批一批来了,又走了,夜渐渐深了,外面落着微雨。大家劝冰心在南大地住下。但冰心女士执意要走,因为她已应允今晚去海淀军机处包贵思女士(Miss Boynton)家师生对床夜话,主人们只好穿上雨衣,拿着手电筒送她走。替冰心想,珍惜这次机会原也有道理,因为,现在冰心女士的老师们已是一天天地稀少了。

　　最惭愧的是记者请冰心给双周刊写点通讯,冰心答应回到日本就写。这时才有人提醒记者,吴文藻先生处还没有双周刊呢。亏得冰心女士解围,说在校友刘子健处可以看到,东京校友们都很喜欢它。记者因此想起一个笑话:从前有一只国际轮船遭风飘流到一个荒岛。船上英、美、法、德、俄各国船客各一人,船一拢岸,大家都上去开发,美国人立刻组织了大托拉斯,法国人开跳舞场,德国人开工厂,俄国人训练了政治宣传队。过了一年,大家回到船上去庆祝他们登陆周年纪念日,才发现那个英国人仍然站在船上观望,等人来给介绍呢。双周刊的态度有点像这位英国老绅士,过去对各地校友联络太少,记者愿藉此机会道歉,但也希望校友们赶紧伸出手来,介绍自己给这位老绅士,不要让他等得着急。

艾青诗文拾零

2010年的3月27日,是诗人艾青的百年诞辰。诗人的家乡金华的父老乡亲们,没有忘记他们骄傲的诗人,正在筹办"艾青诞辰100周年学术研讨会"。或许是因为我曾经写过半篇论艾青的文章(《精深的冯至与博大的艾青——中国现代诗两大家叙论》)吧,会议的组织者也给我发来了征稿函。其实,我对艾青并无研究,几年前的那半篇文章,原是应老师之命为一部现代文学史教材匆匆赶写的,不过略述粗浅的感想而已,现在也没有什么新见要说。当然,艾青确是我最喜欢的现代诗人,间尝翻阅现代报刊,不时碰到他的诗文,有一些似乎未被收入《艾青全集》中,此处仅就记忆所及,聊为补遗数篇,以纪念这位伟大诗人的百年诞辰。不过,孤陋寡闻的我对艾青研究的情况实在近乎无知,匆促之间也来不及仔细检核文献,所以此处所谓的佚诗佚文,只能暂以《艾青全集》未收者为准,它们或者早已被明眼人发掘出来了也未可知。倘如是,则我的这篇小文自属多此一举,作废可矣。

艾青集外的两首"献诗"

40年代的艾青写过两首"献诗"。此类诗作一般都带有应景以至应酬的意味,而并非作者的精心之作,并且唯其是应景应酬,诗情、诗思也就不免拘束而难得出色。但艾青的这两首献诗都超越了应景应酬的俗套,而写得情真意切、不失水准,足见艾青写作态度的严肃。

《献给〈天地间〉的读者》

没有道路比理想所铺的更平坦,
没有脚步比信仰所驱策的更坚定;

> 不怀疑历史给予我们的昭示，
> 我们从黑暗走向光明！
>
> 把握住自己的日子——
> 不犹豫，不畏缩，不逃避；
> 拔起我们年轻壮健的双腿，
> 向新的时代奔驰前进！

这首诗发表在1940年8月1日上海出版的《天地间》月刊第2期上，作者署名"艾青"。按，那时的上海大部分已经沦陷，爱国的作家文人撤退到成为"孤岛"的英法租界继续坚持抗战宣传，《天地间》就是"孤岛"上的刊物，版权页上注明是在"英法租界登记"的，就是一种掩护，本期就发表了萧红的散文《长安寺》等作品，所以这是一个坚持抗战立场、编辑态度严肃的文艺刊物。应该说明的是，在那时的上海还有另一个"艾青"，他偶尔写点诗文，但与诗人"艾青"无关——诗人艾青那时也不在上海而转徙在大后方的湖南和重庆等地。从《天地间》的严肃性而言，所刊的这首诗的"艾青"当是著名诗人艾青无疑。情况不难推知："孤岛"新创刊的《天地间》编者可能向名诗人艾青约稿，艾青便写了这首"献诗"给《天地间》的读者，鼓励那些滞留在上海的读者大众坚守理想和信仰、在黑暗中"把握住自己"、努力迈向民族抗战的光明未来。这确是爱国的左翼诗人艾青的声音，诗作饱含着激昂的热情、坚定的信念和恳切的鼓励——这些也正是"孤岛"的读者最需要的。由于《天地间》是"孤岛"刊物，远在大后方的艾青未必能够看到，所以艾青40年代自编的诗集没有收这首诗，《艾青全集》也很可能因此而漏收了这首诗。

《献给内蒙古人民》

《献给内蒙古人民》一诗，发表在1946年3月17日张家口出版的《内蒙古周报》第1期上，作者"艾青"肯定是诗人艾青无疑——只要看看艾青签名的手迹就知道错不了。按，那时的张家口是解放区所拥有的最大城市，地位特别重要，被称为仅次于延安的第二个"红都"。内蒙古自治运动联合会就是在张家口成立的，这份蒙汉双语刊《内蒙古周报》也于此创办，由内蒙古报社编印发行。其时，艾青、萧三、萧军等文化人云集张家口，他们都为《内蒙古周报》的创刊撰写了祝贺的诗文。这为该刊增色不少,所以编者在编后记中特别表示感谢云:"创刊号承艾青、萧三、萧军诸先生于百忙中赐文,这里表示谢意。"不久,国民党占领了张家口,正式拉开了第二次国共内战,这份《内蒙古周报》也就湮没在炮火之中了,匆匆撤离的艾青自然难以保留这份刊物,日后大概也渐渐忘记了自己曾经有这么一首诗。新中国成立后《内蒙古周报》虽有遗存,但由于它以蒙文为主,现代文学研究者很少注意,遂使这首诗作长期散佚在集外——《艾青全集》也没有收录。这首诗可以和艾青同时同地的诗作《人民的城》参读。长诗《人民的城》写于1946年2月28日,它是诗人艾青献给晋察冀解放区首府张家口的颂歌,其中的一些段落也涉及蒙疆人民的苦难与革命历程——因为那时的蒙疆解放区也包括在晋察冀解放区中。不久之后的3月4日,艾青又写了这首《献给内蒙古人民》的诗。诗作回顾了内蒙古人民辉煌的历史、黑暗的岁月,同时也表达了蒙汉人民团结奋斗、反对内战、走向自由民主的殷切期盼。《献给内蒙古人民》可能是艾青诗作中最早翻译成蒙文发表者,所以殊为珍贵,而又难得一见,故此将该诗的原刊影印件附录如下——

献给内蒙古人民 艾青

向英雄的民族致敬!
向成吉思汗的子孙致敬!
你们从古为自由平等斗争!
你们的勇敢世界闻名;

广阔的土地培育宽大的心胸,
忠实,淳厚成了你们的德性,
从沙滩到沙漠,从草原到草原,
你们勤劳地过活,与世无争。

一天,灾难从东方来临,
在地平线上出现了敌人,
沉重的马蹄踏破了静寂,
紧密的枪声惊散了羊群……

你们的房屋被烧,牲口被杀,
你们的粮食被撤运,土地被占领,
你们的父母被鞭打,兄弟被捆,
你们的姊妹被捉,在沙地上蹂躏。

最可恨的是那些漢奸和蒙奸，
是德穆楚克，李守信，于品卿，
他們勾結敵人，出賣國士，殘迫人民
他們的罪惡比山更頂，比海更深！

仇恨憤怒燃燒著內蒙古人民，
凡是有血性的人都來起來抗爭，
打擊侵略者，消滅賣國賊！
你們騎著駿馬在草原上馳騁……

歷盡了黑暗恐怖的年月，
苦難的人民緊緊地靠到眼身，
我們感激偉大的蘇聯紅軍，
在我們的土地上消滅了敵人；

但是親愛的內蒙古人民，
千萬要警惕，千萬要小心-
德穆楚克，李守信還在暗處
逃遙法外成了親日派的上賓；

中國法西斯還想利用他們，
利用他們進行內戰，反對蘇聯，
這些人想從新的戰爭裡爬起來，
想拿內蒙古人民當作犧牲；

我們要反對內戰，保衛和平！
反對「大漢族主義」把我們併吞！
願你們團結在雲澤主席週圍，
向自由民主的大路奔步前進……
　　　　　　　　一九四六年三月四日

按，倒数第二句"愿你们团结在云泽主席周围"里的"云泽主席"即乌兰夫。1945 年 11 月内蒙古自治运动联合会在张家口成立，乌兰夫任主席，从此内蒙古人民自治运动在中国共产党领导下蓬勃发展，至 1947 年 5 月 1 日又成立了以乌兰夫为主席的内蒙古自治政府。

《文化人在晋察冀》：
艾青的一封佚简之考释

"烽火连三月,家书抵万金。"在抗战及 40 年代,由于战争接连着战争,故此不论是亲人间报平安的家书,还是友朋间通音问的书简,都很不容易传递;并且同样因为战乱不断和迁徙不定,所以战时书简也很难得到妥善的保存,大多都随风而逝了,能够留存到今天的更弥足珍贵。此所以艾青三四十年代的书简,收存在《艾青全集》里的不过五六封而已。所幸由于现代报刊常常发表一些作家的书简,这就给我们的搜寻和辑佚留下了不少余地。

《文化人在晋察冀》就是艾青的一封佚简,全文如下——

××：

知你早已抵沪,听说仍在负责文联社工作,不知近来生活怎样？住在那(哪)里？上海的情形如何？敌人占领了八年,一定有很大的改变。

我从去年十月间抵张后,一直在搞教育行政工作,这工作真不合我的口胃,我已几次请求换工作。自己是想专心搞创作,最近想编一些诗选：五四以来的中国诗选、抗战时期的中国诗选、边区诗选三种。不知能有书店出版否？这些工作我曾进行了一阵,如有出版处,当继续编选。《文哨》在上海出版了么？得其芳信,闻诸刊已出联合版,惜未见到。韦婪迟我一月来张,现住在一起。丁玲、江丰、厂民、陈企霞、舒强、凌飞、张仃均在这里,这信托而复带平寄你。

祝健康。

艾青　二月十九日

这里供给标准不如从前,如有可能盼为我寄点版税来。

按,这封书简发表在 1946 年 4 月 14 日上海出版的《消息》半周刊第 3 期上,目录页题目作《文化人在塞北》,正文则作《文化人在晋察冀——作家书简之四》,此从正文,但略去了副题——因为那是连着该刊此前两期所刊三封作家书简一同计数的。艾青此函写于"二月十九日",发表的时间"1946 年 4 月 14 日"应与写信的时间相去不远,准此，则"二月十九"很可能就是 1946 年的 2 月 19 日。另按，艾青在信中说收信人"××"其时"仍在负责文联社工作"，此所谓"文联社"当是"中外文艺联络社"之简称，该社创始于抗战胜利后的重庆，负责人是茅盾和叶以群，他们同时是该社刊物《文联》的联合主编。据此，则艾青此函的接受者"××"就可能在茅盾和叶以群二人之间，而叶以群的可能性更大些。因为，一则这封信的口气显然是写给平辈人的，所以随意写来、率性直言，要求对方代办版税等事，一点也不客气——倘若是写给文坛前辈茅盾的，则语气当会更为尊敬，并且大概也不会有托办版税那样的要求；二则艾青在信中还询问对方："《文哨》在上海出版了么？"这意味着《文哨》与收信人有密切关系，查《文哨》月刊 1945 年 5 月创刊于重庆，叶以群正是其编辑者兼发行人。并且如所周知，叶以群自抗战以来，一直在茅盾的指导下从事抗日—左翼文艺的编辑出版工作，抗战后回到上海，仍一如既往地继续致力于此，在出版界广有人脉，为人亦热情厚道，所以艾青此函多向他打问编辑出版方面的事情。艾青在此函中也报告了自己在张家口的生活与工作情况，如住在一起的"韦嫈"（"嫈"字原作草字头，这可能是因为艾青原函用了简化的写法、刊物据以造字排印，其实汉字正体中并没有草字头的"嫈"字，此处径改为正体）即是艾青的妻子（1955 年离异），又自谓"一直在搞教育行政工作"——据《消息》第 4 期所载《文化之窗》，艾青其时担任设在张家口的华北联大文艺学院院长。该函还涉及当时云集张家口的其他文化人，如所谓"其芳"当指何其芳，"而复"当指周而复。关于艾青 40 年代后期在解放区的工作与生活情况，学界了解不多，此函虽简略，还是提供了难得的第一手资料。

"写真实"的尴尬处境：
艾青的文艺短论《文艺与政治》之校读

在 1946 年 3 月 15 日北平出版的《人民文艺》第 3 期上，有一篇艾青的文艺短论，题作《文艺与政治》，原文不长，却耐人寻味，所以校录如下——

《文艺与政治》

假如政治家的工作是经常的用一定的术语和口号，来概括一定时期的人民大众的利害和要求,从而根据那些术语和口号去组织人民大众,并且促使它(他)们向一定的目的去行动,那么,文艺工作者的工作是用具体的描写(如,人物在事件当中的活动,和人对于周围环境的情感、思想、感觉以及日常生活,或者整个时代所引起的憎、爱、悲、喜……等等),即形象地来表现一定时期的人民大众的利害和要求,从而激励他们把这种要求变成行动(在没落的阶级里则相反,诗人们常常用不是出于自愿的颓废的歌唱,促使他的阶级走向崩溃与毁灭),去为人民大众谋福利,为大多数的劳苦的人类而奋斗的,这崇高的目的上,文艺和政治,是殊途同归的。

在为同一的目的而进行艰苦斗争的时代,文艺应该(有时甚至必需)服从政治,因为后者必须具备了组织和汇集一切力量的努力,才能最后战胜敌人,但文艺并不就是政治的附庸物,或者是政治的留声机和播音器。文艺和政治的高度的结合,表现在文艺作品的高度的真实性上,愈是具有高度的真实性的文艺作品,愈是和一定时代的进步的政治方向一致。因为愈是具有高度的真实性的文艺作品,就愈是明显地反映了一定时代的阶级与阶级之间的矛盾,各个阶级的本质,合理与不合理之间的严重的对立,以及改革制度的普遍和迫切的需要,和一定的行动之不可避免……等等。

我们对于文艺作品要求尽职的是,忠实地反映现实(不是现象),客观的(即根据唯物辩证法)描写现实。

我们对于文艺作者要求尽职的是,永远忠实于现实,用自己全部智能去和现实结合,随着在发展和变化的现实一同发展和变化。

文艺作者认识现实的程度,决定了文艺作品反映现实的忠实的程度。所谓作品的价值高低,就是从那作品反映现实的真实与否所下的估价。

根据进步的世界观,文艺作品在忠实地反映现实之外,必须同时具有指导的精神,必须引导到美好的、科学的理想。

文艺的特殊性,就是它必须是形象的去表现事物的这一点上。文艺作者塑造形象、产生形象的过程,就是文艺作品("品"

当作"者")更深刻的认识现实的努力。真实的形象,只能产生于文艺作者对于客观世界紧密的观照中。所谓艺术价值,即是指那作品所包含的形象的丰富与真实——这是每一个真正的艺术家所曾经使自己痛苦和快乐的基本的东西,也是它(他)用来使自己效忠于他的政治理论的东西。

反之,我不欢迎那些粗制滥造的东西,那些代制品或者半制品,那些复写着政治口号和政治术语的东西。那些东西常常是那些作者没有把从外界接收来的素材,通过自己的内心的变化,通过自己的思想的锻炼,没有把人民大众的愿望和自己的情感融解而且凝结在一起的结果,那只是对于政治概念的粗心的应和。

我赞成现代英国诗人路易士的话:

> 对于政治的观念和事件的一个的("的"字衍)深刻的情感,不必相同于那些仅仅产生辞藻的"跟别人的争论",不成功的宣传的韵文,便是这种辞藻的一个例子。这种诗人不先自己经验到动摇或是信仰,就想使人相信的结果,或者不然便是他不是一个诗人的结果。

所以,当我们评价一个作品时,必须根据他是否达到了真实,它所含的思想是否和作者本身的情感结合在一起——这是一切艺术的生命——以及它的政治目的和艺术的辛苦是否相合一致这个准则,而下高低的评判。

查《艾青全集》第5卷里也有一篇文论《文艺与政治》,文后有作者的附记云:"这是今年春天我在北平艺专、辅仁大学文、美两系讲演的稿子,八月廿五日修改。"该文随后发表于1949年8月29日《光明日报》。不过这篇《文艺与政治》是一篇比较长的论文,与上述短论《文艺与政治》虽然同题,文章内容显然有别。然则,短论《文艺与政治》是不是艾青的一篇集外文字呢? 略作检核,我们发现刊载于《人民文艺》上的这则文艺短论《文艺与政治》,其实是艾青1942年4月23日在延安所作、5月15日发表在《解放日报》上的《我对于目前文艺上几个问题的意见》的第一部分,这部分的小标题也作《文艺与政治》,对校一过,除了个别文字讹误,内容完全相同。

按,《我对于目前文艺上几个问题的意见》代表了艾青在延安文艺座谈会之前的文艺观。其打头第一节"文艺与政治"虽然也说"文艺应该(有时甚至必需)服从政治",但也坚持了文艺的特殊性,以为"文艺并不就是政治的附庸物,或者是政治的留声机和播音器"。进而强调"文艺和政治的高度的结合,表现在文艺作品的高度的真实性上,愈是具有高度的真实性的文艺作品,愈是和一定时代的进步的政治方向一致。因为愈是具有高度的真实性的文艺作品,就愈是明显地反映了一定时代的阶级与阶级之间的矛盾,各个阶级的本质,合理与不合理之间的严重的对立,以及改革制度的普遍和迫切的需要,和一定的行动之不可避免……等等。"这和艾青在新中国之初的讲演《文艺与政治》所宣讲的完全服从政治乃至政策的文艺观,还有相当的距离。然则在毛泽东《在延安文艺座谈会上的讲话》业已发表多年之后的1946年,艾青的这段颇有些另类的关于"文艺与政治"的文字却在《人民文艺》上重新发表,这意味着什么呢?查北平出版的《人民文艺》其实是一份以解放区作家周扬等为主导的刊物,即如第3期开篇就是这些解放区作家组织的"人民文艺社"关于"人民文艺问题"的座谈会纪要,目录上标明的发言人都是来自解放区的作家,打头的就是周扬,在正文里换成了"沈一帆",而无论"沈一帆"是否周扬,都可以肯定在这期刊物上重刊的艾青的文艺短论《文艺与政治》,仍是被认可的文章。那时的周扬是设在张家口的华北联大副校长,有时也到北平来参与文艺活动,艾青正在他领导下担任华北联大的文艺学院院长。在这种情况下,艾青的《文艺与政治》被郑重地安排重刊,不仅没有被批判的意思,而且应该说是被认为正确的言论。这表明自1942年5月延安文艺座谈会召开以来,关于文艺与政治关系的看法,并不像我们今天所想象的那样严格地定于一尊、不给他人的自主性发挥留下丝毫余地。当然,作者自主发挥的余地也不会很大。这只要看看在艾青的短论中,"写真实"被夹在文艺的政治性与文艺的特殊性之间的尴尬处境——他既高度肯定了文艺的真实性和文艺工作者对现实的忠实,又反复强调先进的政治科学和政治理想对真实和现实的规范,这就使得作家反映真实的现实之自由不能不打折扣——就一目了然了。

2010年3月18日匆草于清华园之聊寄堂。

"现代"及"现代派诗"的双重超克

——鸥外鸥与"反抒情"诗派的另类现代性

"反抒情"诗派概观：
诗学主张与创作实践

前几年，我被拽进一部《二十世纪中国文学史》的编写工作中去，受命编写抗战及40年代这一段。这自然是一件吃力不讨好的工作，但也有一样好处，就是多少可以利用这个机会，为一些有特色而长期不被注意的作家作品说几句话。比如，在讲到抗战以来左翼诗潮的新面目这个问题时，除了人所共知的"七月"诗派外，我也乘机介绍了另一个左翼诗派，并将其命名为"反抒情"诗派。由于该诗派迄今仍然不大为学界所知，所以在此似乎有必要做一点概括的介绍。为省事起见，就恕我先照抄那部文学史里的相关文字吧——

另一支左翼诗人先后以《广州诗坛》、《诗群众》(广州)和《诗》杂志(桂林)等为阵地，其主持人和骨干作者主要来自岭南地区，如胡明树、鸥外鸥、柳木下、婴子、周为等都是两广人士。他们在坚持为抗战而歌的同时，"热心地探求着新形式"(艾青评语)，从抗战初期到抗战中后期，一直坚持不懈，特别自觉地追求一种"反抒情"的知性诗风，成为战时左翼诗潮中独特的一支，可称之为"反抒情"诗派。其代表性的诗人就是鸥外鸥、胡明树和柳木下。

鸥外鸥(1911—1995，广东东莞人，原名李宗大，笔名又曾作欧外鸥)，他是现代中国最具艺术个性和前卫意识的诗人之一。少年时期就读于香港，20年代积极投身进步学生运动；大革命失败后，转而从事文学，30年代前期在上海曾与现代派诗人交往，诗作兼有唯美颓废的风味和知性讽刺的意趣。稍后他不满现代派诗人的脱离实际,诗风有所转变而接近左翼的立场。抗战爆发后在广州与胡明树、柳木下等组织"少壮诗人会",主编《诗群众》。广州沦陷后,流亡至香港;1941年底香港陷落后,来到桂林,与胡明树等编辑《诗》月刊杂志。1944年出版《鸥外诗集》,收1931年至1943年的诗作,而以战时在香港和桂林所作为多而且也最有特色,分别构成"香港的照相册"和"桂林的裸体画"两个系列的组诗。前一系列其实也可以包括关于广州的诗篇,它们颇富反帝爱国精神,如《和平的础石》《文明人的天职》《用刷铜膏刷你们的名字》等,末一首用在租界里为外国资本家住宅刷门牌的中国人口吻,斥责外国资本家是"一群贪婪可憎的苍蝇满伏在中国"。后一系列则展示了战时文化城桂林的文明危机:由于香港沦陷,大批香港的资本家与市民涌入桂林,不仅使桂林百物腾贵,而且用摩登都市的生活方式污染着这座纯朴的山城,这让诗人忧心忡忡。《被开垦的处女地》一首就展现了原本自然的桂林与"外来的现代文物"的对立。诗人别出心裁地运用象形的汉字,对诗形与诗行的安排颇为讲究。如开头一段(按原文竖排):

```
山  山  又  都  山     山  山  山     山  山  山     山
呵  呵  是  是  北面   南面        西面        东面
        山  山  望一   望一        望一        望一
                望     望          望          望
                       山     山   一    山   一    山
                              带        带
```

这并非故弄玄虚的文字游戏,而是为了形象地凸现自然与现代的冲突:"狼犬的齿的尖锐的山呵/**这自然的墙**/展开了环形之阵/绕住了**未开垦的处女地**/**原始的城**/向外来的现代的一切陌生的来客/**四方八面举起了一双双的手挡住**/但举起的一个个的手指的山/也有指隙的啦/无隙不入的外来的现代的文物/都在不知觉的隙缝中闪身进来了。"所以诗人在最后提醒人们:"**注意呵**/看彼等埋下来的是**现代文明的善抑或恶吧**。"(引者按:诗中黑体字在原诗中是用较大的字号排印的) 所以,鸥外鸥的新形式实验是为了表达他的现代性感受服务的。但与一般现代派之质疑现代文明而不关心社会现实的态度不同,此时作为左翼诗人的鸥外鸥对文明的现代性批判同时也是对国统区不合理的社会现实的批判——他不仅讽刺那些带着殖民地崇洋迷外生活作风的人是"一群传染病人呵"(《传染病乘了急列车》),更指斥那些发国难财的贪官奸商们是"食纸币而肥的人",辛辣地嘲讽"他们吸收着纸币的维他命 ABCDE"(《食纸币而肥的人》)。对那些辛苦挣扎的升斗小民,鸥外鸥也不像一般左翼诗人那样情绪化地为其作不平之鸣以至愤怒的呐喊,而是将他们的可悲处境做了反抒情的冷处理,转化为超越了情绪反应的反讽。如《肠胃消化的原理》如此表现食不果腹的穷人——

> 我蹲伏在厕所上竟日
> **一无所出**
> **大便闭结,小便不流通**
> **我消化不良了**
> 医生也诊断为**"消化不良"要我服泻盐三十瓦,**……
> ……
> **我的胃肠内一无所有**
> 既无所入焉有所出
> 既无存款即无款可提
> **泻无可泻**
> **泻无可泻**
> 我这个往来存款的户口
> **从何透支**

如此富于知性的反抒情诗风,既不乏批判的力度,又让人读了别有一番滋味在心头。所以艾青曾赞誉"鸥外的诗有创造性、有战斗性、有革命性"①。那创造性就突出地表现在善用知性的反抒情风格,来表达对社会现实和现代文明的批判性反思。

这种知性的反抒情诗风也是柳木下和胡明树的主导风格。胡明树在当年的一篇诗论中对此有所申论:

> 数年前,鸥外鸥的《情绪的否斥》和徐迟的《抒情的放逐》,虽曾惹起不少人的反对,但作为反"抒情主义"这一点来看,我还是赞同的。

---

① 转引自《鸥外鸥之诗·自序》,花城出版社,1985年。

> 抒情诗不可无抒情成分,但叙事诗已减低其成分,讽刺诗,寓言诗也就更少。那么,会不会有一种完全脱离了抒情的诗呢?可能有的,将会有的,而且已经有的。那样的诗一定是偏于理智底、智慧底、想像底、感觉底、历史地理底、风俗习惯底、政治底、社会底、科学观底、世界观底。
>
> 总结一句:抒情仍是存在的,因为人仍存在,而抒情是天赋(赋)的本能。但抒情之外当仍有诗存在,因为抒情可以不是诗的决定因素。
>
> 抒情以外的诗表面看来是毫无"感情"的,殊不知那感情是早就经过了极高温度的燃烧而冷却下来了的利铁。①

这表明"反抒情"确是该派诗人的自觉追求。在这方面他们的执着程度既超越了提倡"抒情的放逐"而实践不力的同代诗人徐迟,也与主张"逃避感情"而张扬知性的西方现代派诗人不同,因为他们的"反抒情"还包含着"政治底、社会底、科学观底、世界观底"的鲜明指向。当然,他们所谓"反抒情"并非不要情感,而是用知性深化诗情。

柳木下(1916—,原名刘慕霞,另一笔名为马御风,广东人)曾写给艾青一首短诗:"静静地冥想罢,/激昂地和着海的韵律高歌罢,/脆弱的,知性的/风中的芦苇。"②柳木下自己的诗《无题》就是这种融合了激昂的情绪和知性的思考的典型诗篇。这首诗从充满青春热情的想象开始:"假若/将所有的煤/都掘出来//假若/将所有的树子/都伐下来//于是/把树子和煤/堆成一个大堆//于是/燃上了火//于是/所有的少年们/所有的少女们//拉着手/围着火/唱着歌/跳一个回旋舞//你说/会怎么样呢",然后转向知性的考问和革命的启发——"假若/山是可以移动的/将大的/小的/所有的山/都移填在海里//你说/会怎么样呢//假若/有一天/所有的穷人们/都明白了/富是由他们造出来的//而且/起来抗议//你说/会怎么样呢"——到这里激情的确已经通

---

① 胡明树:《诗之创作上的诸问题》,《诗》杂志第3卷第2期,1942年6月出刊。
② 柳木下:《芦苇——遥赠笛吹芦的诗人》,诗见胡明树编《若干人集》,《诗》社1942年版。按,"笛吹芦的诗人"应作"吹芦笛的诗人",指的是艾青,艾青与这个"反抒情"的左翼诗派的关系颇为密切,以至于"读者到'《诗》社'找'总编辑艾青'的事也发生过'"——见《诗》编者在该刊第3卷第2期(1942年6月出刊)上所载艾青来信《退居衡山时》后面写的附记。该派的诗合集《若干人集》也以艾青的诗打头。

过思想的冷却而转化成锐利的政治锋芒。诚如胡明树所指出的那样，"抒情成分愈少的诗也愈难写。所以抒情以外的诗也就更难写"。这是因为"抒情以外的诗表面看来是毫无'感情'的"①，而一般认为"感情"是"诗意"之源。所以写"反抒情"的诗是要冒着失去"诗意"的危险的。而该派诗人之所以执意"反抒情"，是因为他们从二十多年来新诗的"抒情主义"之流行看到了问题的另一面，那就是"滥用感情"也会败坏诗意。正是这个发现促使他们走上了知性的"反抒情"的诗路。

胡明树（1914—1977，原名徐善沅，广西桂平人）在这方面不仅有理论，而且在创作上也躬行实践，不遑多让，表现出几个突出的特点：一是在描写下层人民的苦难境遇时，感情特别克制，甚至格外冷峻。如战时的某一天他路过漓江桥头，看到一些乞丐冒着寒冷向路人寻求一点剩余的温暖——一角、二角的镍币，于是写了一首《觅温暖于寒冷地带》的诗，但他在诗中并未大表同情，结尾更是冷峻异常。作者曾解释说他之所以对苦难与不公做冷处理，就是"想用这些事情对那些'滥用感情'的'抒情主义者'诗人下很恰当的一针"②。二是写到自己作为一个战时知识分子的窘困时，有意运用幽默自嘲的口吻，而力戒自伤自悼。如组诗《二百立方尺间》之一《将被免本兼各职的寝房》，在"宽阔的宇宙"的比较下，租住的小小寝室已"兼职了／我的会客厅／读书间与厨房……"，又因为"租金像细菌的繁殖之快"而不得不退租，但诗人却模仿官样文章自寻开心地宣告"该房另有任用／着免本兼各职"。三是用科学知识来解构传统的神话思维和浪漫想象，如《宇宙观三章》就亦庄亦谐，别出心裁，实践了他自己的诗学主张——诗人"不独要从审美的目光去认识自然，而且要从智力的目光去认识自然"③。

凡此等等，都显示出"反抒情"诗派诸诗人独树一帜的创造性，他们的探索不仅显著地拓展了左翼诗歌的诗意境界，而且在革新中国现代诗的感受力方面也作出了独特的贡献。

---

① 胡明树：《诗之创作上的诸问题》，《诗》杂志第3卷第2期，1942年6月出刊。
② 胡明树：《〈觅温暖于寒冷地带〉的写作经过》，《胡明树作品选》第555页，漓江出版社，1985年。
③ 胡明树：《论"诗与自然"》，《文学批评》创刊号，1942年9月桂林出刊。

"戴望舒派"现代诗之超克：
鸥外鸥的"另类"现代性书写

由于那部文学史在篇幅上的限制，加上我负责的是抗战及 40 年代部分，所以未能追溯"反抒情"诗派在 30 年代的活动，且对其诗歌艺术的讨论也只限于反讽的风格学的范畴。究其实，"反抒情"诗派的诗学主张和创作实践，乃是现代诗潮诸流派中最为先锋者，鲜明地标志着现代诗之现代性的一次重大转向——事实上，其"毫不留情"的另类现代性书写，既是对现代实存的颠覆性反讽，也是对"戴望舒派"现代诗之抒情迷思的着意超克。

这里就以鸥外鸥的创作为例再略作一点补充。

显然，鸥外鸥是这个"反抒情"诗派的核心人物，而他的"反抒情"的诗歌写作其实在 30 年代就有不俗的表现了。虽然那时的他与戴望舒、徐迟等现代派诗人交往，但与戴、徐等"现代派"诗人其实仍然坚守着古典加浪漫的"抒情主义"的诗学宗旨不同，鸥外鸥的写作完全没有优美抒情的雅兴，面对赤裸裸地物化了的现代实存，他的反应乃是一种"毫不留情"的真正现代性的质疑。例如他发表于 1934 年初的两首诗——

《锁的社会学》[①]

锁是什么时候的发明
在日常用品发明年岁表上
没有**锁的发明年岁的**一笔纪事的

心理学的地
锁的发明的年岁
还划在**人类有了盗窃之心萌起**
而徬徨于急需防御方法的以后

[①] 此诗初刊《矛盾》第 2 卷第 5 期，1934 年 1 月 1 日出刊，后收入诗集《鸥外诗集》，桂林新大地出版社 1944 年 1 月出版，又收入《鸥外鸥之诗》，花城出版社 1985 年出版，入后集时有很大修改。

盗窃之心萌起于人心上
又成为**什么时候呢**的问题了
定决不是**春情发动月经出勤**之类
可以在**生理学**上取出了人体生长到某年岁乃见的
　　答案来作答的
怕还是个社会学的答案问题吧

当**私有财产**制度之起源
法律的地建立之顷

锁的发明的年岁
就徘徊在这个**社会学的 心理学的**
二个方面的演绎结果的年岁之间了吧

《论爱情乘了 BUS》①

爱情乘了 BUS
彼此皆是幸福的

爱情乘了 BUS
合理的恋爱哲学

轻驮载的仅驮载着**相对论的**
一夫一妇的小型 CHEVROLET②
明日的道路上
不时代的人与物之鬼魂
彼此携了爱情去乘 BUS 吧

呵呵爱情乘了 BUS
妳是妳的呢
我是我的呢

---

① 此诗初刊《矛盾》第 2 卷第 5 期,1934 年 1 月 1 日出刊,后改题《爱情乘了 BUS》收入诗集《鸥外鸥之诗》,花城出版社 1985 年出版,入集时有很大修改。
② "CHEVROLET"指雪佛兰汽车。

女性之妳
男性之我
我们是性的呢
不是我的你了呢 **妳**
不是妳的我了呢 **我**
爱情是生理的呢
不是礼义道德的了

没有保护驮载一夫一妇的小型 CHEVROLET **的法律了**
爱情**私有** 异性**独占**
都收入了人类两性关系演进的**历史馆**
代表过去时代的**一历史制度了**

CHEVROLET 则阵列①在**古物院**中
不合理的啊
驮载二个人而已的**狭窄的** CHEVROLET **的肚腹**
徒然被**明日的**人笑斥的阵列着

不难看出，与鸥外鸥的这些"毫不留情"的反讽现代、揶揄浪漫的诗作相比，戴望舒所苦心抒写的"希望逢着一个丁香一样的结着愁怨的姑娘"呀、"绛色的沉哀"呀、"蔷薇色的梦"呀，以及"林下的小语""恋爱中的村姑"等等现代的诗情诗意诗境，委实是太古典的浪漫抒情了，其间的距离真不可以道里计。

如所周知，戴望舒乃是 30 年代"现代派诗"的领袖，而人们可能有所不知的是，戴望舒式的"现代派诗"其实是现代其表、浪漫其内以至于古典其里的。对此，戴望舒的同时代人倒是有所感知的。比如，当戴望舒的代表性诗集《望舒草》在 1933 年 8 月出版之时，他的好友杜衡在序言中曾转述一位北京诗友的评论，并从而肯定道——

> 他底诗，曾经有一位远在北京(现在当然该说是北平)的朋友说，是象征派的形式，古典派的内容。这样的说法固然容有太过，然而细阅望舒底作品，很少架空的感情，铺张而不虚伪，华美而有

---

① "阵列"或当作"陈列"，但也可能是诗人的特殊用法，下同，不另注。

法度,倒的确走的诗歌底正路。①

无独有偶,那时北平的一些"现代派"诗人如废名、何其芳、林庚、金克木等,走的也是这样一种"象征派的形式,古典派的内容"的"正路"。这"正路"说穿了,也就是在西方象征诗学的映照下重建古典的抒情诗意。不难理解,读者是很容易被"现代派诗"的形式现代性所迷惑的,因此也就往往忽视了"现代派"诗人所醉心歌咏的,其实乃是被旧诗词歌吟了成千上万遍的两种基本情调——传统士大夫所矜赏的"人与自然相和谐"的田园闲适之感,和人在感情人事上欲说还休的"一片无可宁奈之情",而成功地表现了这两种"千古浪漫"情调的古典诗歌,当然是晚唐五代两宋的婉约诗词,尤其是晚唐温李的情诗,所以他们也就理所当然地成了30年代南北"现代派"诗人共同心仪的抒情典范,于是在彼时的中国新诗坛上,便出现了南北"现代派"诗人纷纷用现代诗语来重构"晚唐的美丽"的美丽景观。

应该承认,30年代"现代派"诗人借鉴象征、绍述古典、重建抒情的努力是很可贵也很成功的,由此我们有了颇富抒情诗意、堪与古典媲美的现代抒情诗。但话说回来,这一努力也潜存着很大的危险——稍不留意而用力过度,就会走向用现代白话翻写古典诗情诗意的境地。现代派诗人林庚之仿古典的四行诗就是如此臻于极端的典型。如他的《爱之曲》:

> 都市里的黄昏斜落到朱门
> 应有着行人们惜怜着行人
> 小巷的独轮车无风轻走过
> 冬天来的梦意天蓝过高城
> 街头的人影子夜长不多久
> 红墙上的幻灭何处再相逢
> 回头时满眼的青山与白水
> 已记下了惆怅一日的行程

由于林庚不仅非常沉迷于这种翻写,并且颇为自得地多次为文张

---

① 杜衡:《〈望舒草〉序》,见《戴望舒诗全编》第62页,浙江文艺出版社,1989年。

扬自己的作法,所以终于引起了另一些"现代派"诗人的警觉①,促使他们重新思考现代诗的"现代性"问题。即如当林庚的四行诗集《北平情歌》在1936年3月出版后,就引起了钱献之(很可能是戴望舒的化名,但也有人说是徐迟的笔名)、戴望舒的批评。戴望舒失望地发现林庚的这些现代诗似新实旧,即如《爱之曲》这首诗,戴望舒就很容易地将之回译为旧诗,而它的古典化的抒情韵致也于焉暴露无遗——

> 黄昏斜落到朱门,
> 应有行人惜旅人。
> 车去无风经小巷,
> 冬来有梦过高城。
> 街头人影知难久,
> 墙上消痕不再逢。
> 回首青山与白水,
> 载将一日倦行程。

由此,戴望舒对林庚的四行诗产生了很大的怀疑。他以为——

> 从林庚先生的"四行诗"中所放射出来的,是一种古诗的雰围气,而这种古诗的雰围气,又绝对没有被"人力车"、"马路"等现在的骚音所破坏了。约半世纪以前持扯新名词以自表异的诗人们夏曾佑、谭嗣同、黄公度等辈,仍然是旧诗人;林庚先生是比他们更进一步,他并不只持扯一些现代的字眼,却持扯一些古已有之的境界,衣之以有韵律的现代语。所以,从表面上看来,林庚先生的四行诗是崭新的新诗,但到它的深处去探测,我们就可以看出它的古旧的基础了。现代的诗歌之所以与旧诗词不同者,是在于它们的形式,更在于它们的内容。结构、字汇、表现方式、语法等等是属于前者的;题材、情感、思想等等是属于后者的:这两者和时代之完全的调和之下的诗才是新诗。而林庚的"四行诗"却

---

① 当然,并非"现代派"的新文学人士,也对林庚的"四行诗"的复古倾向不满,如一个署名"庭棕"的人,即写了《读〈北平情歌〉》一文,认为林庚四行诗"这样的感觉,这样的修辞,不仅陈旧,多少读过一点古诗词的人,简直会立刻闻见一股腐烂味来,新鲜云乎哉? 然而,除掉这些,一部《北平情歌》,便几乎别无所有。"庭棕文载1937年1月31日《大公报》"文艺"第293期(该期为"诗歌特刊")。

并不如此,他只是拿白话写着古诗而已。林庚先生在他的《关于〈北平情歌〉》(引者按,即《关于〈北平情歌〉——答钱献之先生》)中自己也说:"至于何以我们今日不即写七言五言,则纯是白话的关系,因为白话不适合于七言五言。"从这话看来,林庚先生原也不过想用白话去发表一点古意而已。①

说来,戴望舒的为人一向温文尔雅、不好争论,如今却不厌其烦地质疑林庚之所为。这究竟是为什么呢?我曾经在一篇札记中讨论过这个问题,窃以为——

> 就戴望舒个人而言,他的发表于1928年的成名作《雨巷》,不是被叶圣陶称许为"替新诗底音节开了一个新的纪元"么?的确,《雨巷》在"音节"即林庚所说的韵律上的造诣,不仅当时堪称独步,而且也比多年后林庚的新格律诗远为完美。然而就在这个空前的成功之后,戴望舒却没有乘胜前进,反倒并不珍惜、甚至"不喜欢《雨巷》,"而不喜欢的原因,据杜衡说是因为戴望舒"在写成《雨巷》的时候,已经开始对诗歌底他所谓'音乐的成分'勇敢地反叛了"。这个解释显然有些倒果为因。事实或许是《雨巷》太像用"有韵律的现代语"重构出的旧诗词,其中充满了酷似晚唐五代婉约诗词的氛围、情调、意象和意境,甚至连它的"音乐的成分"也宛如婉约词的格调。如此驾轻就熟的成功恐怕让戴望舒觉得有些不值得、甚至自觉到有被旧诗词俘虏的危险。这或者正是戴望舒断然走出《雨巷》之"成功"的真正原因,而也许正是有过这样的前车之鉴,他才对林庚"拿白话写着古诗"期期之不以为然吧。②

的确,从戴望舒的《雨巷》到林庚的四行诗,在"拿白话写着古诗"这一点上,不过是五十步笑百步而已。或许正是有感于此,戴望舒才警觉到由他所开启的那个新诗写作的"正路"很可能是一条美丽而不免狭窄的路,甚至是一条很容易就走到尽头的美丽死胡同,所以他便借批

---

① 戴望舒:《谈林庚的诗见和"四行诗"》,《新诗》第2期,1936年11月出刊。
② 解志熙:《林庚的洞见与执迷——林庚集外诗文校读札记》,《考文叙事录——中国现代文学文献校读论丛》第146页,中华书局,2009年。

评林庚而重新强调了新诗的现代性:"现代的诗歌之所以与旧诗词不同者,是在于它们的形式,更在于它们的内容。结构,字汇,表现方式,语法等等是属于前者的;题材,情感,思想等等是属于后者的:这两者和时代之完全的调和之下的诗才是新诗。"

对当日诗名正如日中天的戴望舒来说,能觉悟到美丽摩登的"现代派诗"似新实旧的问题,这是很不容易的。不过,那时的戴望舒的觉悟仍然有其限度。事实上在他心目中,那个由古典的、浪漫的再加上象征的诗学所积淀起来的"抒情诗"传统,仍然是一个美丽优雅得不可须臾离之的纯诗理想,此所以当他在抗战爆发的前夕看到一些左翼诗人提倡"国防诗歌"的时候,他由衷地大感不解,以为"在有识之士看来,这真是不值一笑"①,仿佛诗一跟国防这样的现实事务扯上关系,就玷污了其纯美似的。前面说过,戴望舒等"现代派"诗人借助西方浪漫—象征诗学与中国古典诗学,以构建中国现代抒情诗的范型并使白话达致诗化的努力,是功不可没的,可惜的是他们竟因此掉进了非美丽高蹈的抒情不足言诗的诗学牢笼,而回避了现代诗如何面对不美丽的现代实存而诗这个真正的现代诗歌难题。

与戴望舒、林庚这样的执着纯粹理想、心怀古典典范的"现代派"诗人不同,在当日的诗坛上还存在着另一些现代派诗人,一些"左翼的现代主义诗人",艾青和鸥外鸥就是其杰出的代表。艾青开启了深情拥抱现实、热情歌咏光明的"新的抒情"之路,成为中国诗歌史上继杜甫之后最为杰出的大诗人;而鸥外鸥则走上了一条冷峻地解剖现代实存、知性地颠覆抒情诗意的现代诗路,成为中国诗歌史上第一个敢于"反抒情""不优美"地写诗的卓越诗人。

艾青是大家熟悉的,无庸多谈,此处单说鸥外鸥。

鸥外鸥虽然厕身于30年代的"现代派"诗人之列,但其实他的感兴和趣味与"现代派"诗人那种既心仪古典情趣复爱好浪漫摩登的姿态迥然有别。在鸥外鸥那里,是完全没有诗要优雅美丽地抒情之兴致,也不存在什么能够入诗什么不能入诗的纯诗学语言之禁忌,毋宁说把诗写得不那么优美典雅、不那么浪漫感伤,却富于直指现代实存的穿透分析力和毫不留情的社会批判性,才是他的现代诗的诗学理

---

① 戴望舒:《关于国防诗歌》,《新中华》第5卷第7期,1937年4月10日出刊。

想。此所以当他看到戴望舒对"国防诗歌"的非议之后,便立即不留情面地撰文要"搬戴望舒们进殓房"——

> 最近在《新中华》月刊上诗人戴望舒公然侮辱了"社会诗"、"国防诗"。对于自取殒灭的所谓望舒派实有大检阅之必要;解剖这腐尸之死因(之)必要。……
>
> ……
>
> 戴望舒派之出来,一方面是传统底生殖,一方面是革命顿挫底幻灭的反动,甚至对社会变革底逃避,恐怖责任。所以产生了出来的戴望舒派它是代表着一时代的某一隅的,某一意识的。然而此一派现下到了使观众嘖有烦言的讨厌的程度了。……它们的时代过去了!①

这是迄今可见的对戴望舒为首的"现代派"诗人最激烈的批评。我们今日重读这样的批评,也不要大惊小怪地以为大逆不合诗道。其实,激烈的文艺批评,乃是现代文学中的寻常事,并且唯其是如此尖锐不留情面的批评,才会对被批评者发生足够的警醒作用——戴望舒后来奔赴香港,参加组建香港文艺界抗敌协会,与穆时英等妥协主义者决裂,直至写出《元日祝福》《我用残损的手掌》等朴素浑成、寄托博大的杰作,鸥外鸥的批评未始没有功劳。

至迟到抗战前一年,鸥外鸥就已转向为一个"左翼现代主义诗人",其诗作成功地实现了左翼的政治洞察力和艺术的先锋性之非同凡响的结合。如他写于1936年的诗《军港星加坡的墙》《第三帝国国防的牛油》,写于1937年的诗《欧罗巴的狼鼠窝》《第二回世界讣闻》,以及写于1938年的诗《和平的础石》等,就具有广阔的国际视野和敏锐的政治洞察,所以相当准确地预言了抗战、欧战和太平洋战争的爆发,而在艺术上尤其在诗歌语言上,则真正做到了不落抒情诗化之成规、大胆地将凡俗鄙野的生活话语和科学机械术语引入诗中,而又确乎经过了一番点石成金的陶炼功夫和别出心裁的巧妙安排,常常以匪夷所思的冷幽默和引人深思的反抒情取胜,给人脱略不羁、刚健泼峭的美感。即以《和平的础石》为例,全诗如下——

---

① 鸥外鸥:《搬戴望舒们进殓房》,《广州诗坛》1937年第3期。

东方国境的最前线的交界碑!
太平山的巅上树立了最初欧罗巴的旗

SIR FRANCE HENRY MAY①
从此以手支住了腮了。
香港总督的一人。
思虑着什么呢?
忧愁着什么的样子。
向住了远方
不敢说出他的名字,
金属了的总督。
是否怀疑巍巍高耸在亚洲风云下的
　休战纪念坊呢。
奠和平的础石于此地吗?
那样想着而不瞑目的总督,
日夕踞坐在花岗石上永久地支着腮
腮与指之间
生上了铜绿的苔藓了——
在他的面前的港内,
下碇着大不列颠的鹰号母舰和潜艇母舰美德威号
生了根的树一样的。
肺病的海空上
夜夜交错着探照灯的 X 光
纵横着假想敌的飞行机,
银的翅膀
白金的翅膀。

手永远支住了腮的总督,
何时可把手放下来呢?
那只金属了的手。

---

① Sir Francis Henry May(梅含理爵士)1912 年 7 月 24 日—1919 年 9 月 30 日任香港总督,此处指他的雕像。

战时的朱自清先生读到这首诗后,立即敏感到它在语言上的创造性,以为"'金属了的他'、'金属了手'里的'金属'这个名词用作动词,便创出了新的词汇,可以注意。这二语跟第六七行原都是描写事实,但是全诗将那僵冷的铜像灌上活泼的情思,前二语便见得如何动不了,动不了手,第三语也便见得如何'永久的支着腮'在'怀疑'。这就都带上了隐喻的意味"①。应该说,朱自清先生的评论还囿于修辞学的层面,其实该诗在语言上的最大特点,乃是其不动声色、不带感情的反抒情语调,看似淡然随意、有问无答的诗句里含蕴着一种异常冷峻、启人思索的诗意深度,较诸一般慷慨陈词的批判性诗作,具有格外耐人寻味的意味。

其实,鸥外鸥并非不善抒情。从他的一些诗来看,他是颇能驾轻就熟地运用优美轻俏的抒情语言来营造温柔优雅的抒情诗意的,然而"抒情主义"的爱与美之咏叹不是他的目的,倒成了他的锐利讽刺的艺术化妆。比如他的一首"政治抒情诗"《无人岛先占论——进军无人岛事件》,就巧妙借用抒情的爱情咏叹作为化妆,颠覆性地构拟出法西斯的强盗逻辑——

无人岛。

独身身的无人岛,
处女地的无人岛:
无所属的待字的无人岛。

既未婚嫁又无许人。
南海之南
盐味的空气中。

无昼无夜
做着思慕的美梦。

许配了我吧。
热带地的无人岛。

---

① 朱自清:《新诗杂话·朗诵与诗》,《朱自清全集》第 2 卷第 395 页,江苏教育出版社,1988 年。

我有南欧人的热情。

在妳的身上竖了我
占据妳的进军之旗。
在妳的身上立了
永为我有的碑。

于是婚后的岁月,
三色旗的热情怀抱中,
无人岛的无昼无夜的无人的梦碎了灭了。

无人岛先占论:
无人岛。
无人岛的无人岛。
岛无人的无人岛。

无人岛。
明快的土地!

此诗刊于1937年1月出版的《诗志》第1卷第2期,乃是讽刺意大利法西斯的(三色旗就是意大利的国旗),诗人戏用恋爱争先以喻法西斯的强占逻辑,真正是别出心裁、善为喻也。

对于古典和浪漫诗歌的一个永恒主题——爱情,鸥外鸥常常做反浪漫的处理,入木三分地揭示出"现代爱情"的欲望主义真相。这使他的"恋爱诗"具有了反思现代的深度——

《妳的选手》①

我的语言
一砖砖的立体方糖
抛放进妳听觉的杯里
立即发出ＳＳＳＳ的甜声甜汽的溶解
你饮着这样的糖质的语言

---

① 此诗夹刊于鸥外鸥的诗论《诗的制造》中,该文载《诗》月刊第3卷第4期,1942年11月桂林出刊。

美目盼兮巧笑倩兮的
逐渐支持不住
而且脸红了
体温骤增　有高度的热　脉搏加速　跳跃作声

我的语言
不只是糖质的了
而且混合着酒精
妳看……
妳挽住了我的臂膀了
依偎着我的肩膊了
与我离座而去了
——去我望妳去妳又有些怕去的地方
我是不是一个骗子
妳的恋爱选手入选了一个骗子

至于现代的婚姻制度,在鸥外鸥的笔下则呈现出这样一幅令人哭笑不得的自由光景——

《婚姻制度的床》[①]

坐在椅子上
　左边的是我
　中间是你
　右边的是他

世间
有可以容纳得三个人的椅子
可没有容纳得三个人的床呵

我不能奉陪了
我要离座而去
去找可以容纳我的床啦
晚安！晚安！

[①] 此诗初收《鸥外诗集》,桂林新大地出版社,1944年1月。

诸如此类的另类现代性书写,可谓鸥外鸥的拿手好戏,它们往往以"自我"戏剧化的形式,直接介入现代人的实存状态,给予反讽的观照和"无情"的揭示,为读者提供了迥然不同于"戴望舒派"现代诗的另一种美感经验和生活认识。而或许正因为其独特的现代性显得非同寻常的"另类",完全难以纳入我们已经读惯了且习惯了的那种抒写美丽、意境朦胧的"现代派"抒情诗范畴,所以它们也就长期地被学界有意无意地弃置不道了。

诗人何为:诗的现代困局与"反抒情"诗派的历史经验

此次会议在南开大学召开,这让我想起了曾为南开大学教授兼诗人的罗大冈先生,在1948年5—6月间发表于《文学杂志》上的一篇长文《街与提琴——现代诗的荣辱》①。这是一篇具有重要的总结意义的现代诗论,作者从广阔的国际视野观照整个现代诗潮的来龙去脉,着意总结其荣辱得失,而最打动人处则是对现代诗所面临的困局之淋漓尽致的揭示。当然,在此之前早就有人不断指出现代诗的危机(按,罗大冈所谓"现代诗"指的就是现代主义的诗或者说现代派的诗),特别是它的愈来愈个人化的抒情趋向与公众社会的矛盾。对此种矛盾,罗大冈在文章的开篇就径直点明了——

> 诗在现代,乍看似乎是本身满含着矛盾的一件事实。可以说在这极度动乱苦难的世界,诗始终是,比在任何其他历史阶段中,更急切地被需要着,更深刻地被重视着;可是同时,到处有人抱怨现代诗愈走愈陷入个人的寂寞小天地中去,以至于你可以说从来没有见过诗人和他的艺术与群众如此疏远,与实际生活如此隔膜。

但出人意料的是,罗大冈认为此种矛盾乃是"由于观察者仅用社会的立场为出发点"的偏见,而他自己则对现代诗的光荣和困境别有

---

① 罗大冈:《街与提琴——现代诗的荣辱》,连载于《文学杂志》第2卷第12期(1948年5月出刊)和第3卷第1期(1948年6月出刊)。下引该文文字不再一一出注。

所见,那见解就是非常鲜明地站在纯诗的立场上为现代诗的孤独自吟、孤芳自赏做辩护。

对现代诗的曲高和寡以至落寞固穷,罗大冈并不讳言。他形象地把现代诗人比作在扰攘的十字街头孤独演奏、无人关注的提琴师,同情地描写了其凄凉自弹、寂寞潦倒的窘状——

> 孤傲的诗人,一跨出书房或斗室,立刻显得焦卒(引者按,当作"憔悴")狼狈和踌躇。我在街头瞥见现代诗,它用几乎等于乞丐的身分出现。在某一相当长的时期,我的大部分日子,都消磨在公立图书馆和旧书摊上。从恬静幽黯的精神生活的领域出来,一脚跨进了街,眼睛突然感受到现代生活的艳阳猛照,半天张不开。使我直接意识到的,不但是现代的物质生活与精神生活极度不调和,而且大城市的街衢,尤其是最热闹的,确实具体化了现代生活最丑的一面。就在这样热闹的街上,常常我遇见一位衣衫褴褛的乐人。……
>
> 每次我碰见这位朋友……我的心不由自主轻轻一震。它仿佛对我喊道:"瞧这可怜的朋友,这就是现代诗,现代诗的显形,现代诗在街头的窘状。"

当然,罗大冈也注意到现代诗在战争年代引人注目的辉煌,不过他认为那只是一个例外情况,与那个例外相比,此种面对现代都市大街的不适应症才是现代诗更基本的困局,甚至是现代诗之不可抗拒的宿命,所以他不但没有批评现代诗的脱离现代实际,反而首肯现代诗走上脱离现实和大众的孤独高蹈之路,虽说是不得已之举,其实倒也是诗的正路,也因此他激励现代诗人"抓住感情的真髓,不做肤泛的外世界的抄袭",努力追求"纯诗"的理想——"表现'不可言传之隐'"、创造出生活中不常见的"幸福的幻觉"。如此孤傲的遗世独立,当然是不大容易的事情,所以罗大冈乃以未来的荣光作为预定的补偿,说是等到"具体化了现代生活最丑的一面"的"街"不复丑恶了,而"物质文明合理化,人道化,物质生活与精神生活健全调和,平均发展的明日,我想没有人再能藉任何托词,不让众人平心静气去欣赏提琴渗人心坎的低吟"。

作为诗人的罗大冈曾经写过数量不多却很不错的现代诗,而作为一个对西方现代诗确有专深研究的学者,他的这篇现代诗论对现代诗的困局之揭示,也可谓淋漓尽致、穷性极相,以至我自二十多年前第一次读到它之后,至今难以忘怀。可是恕我直言,我也很早就有一个疑议,那就是这篇现代诗论给现代诗所开出的解脱困局之方,实在是太浪漫主义、太抒情主义了,以至于几乎给人一种诗的精神胜利法之感,因而与其说它准确地阐释了西方现代诗的真精神(我们只要回想一下从波德莱尔到艾略特再到奥登的那些直面现代实存的现代诗,就明白罗大冈的片面性了),倒不如说它更像是30年代以来的中国现代派诗人之"纯诗"理想的一个最后的告白。我之所以不嫌辞费地在此转述它,其实就是因为它如此爽直明快地亮明了一些中国现代派诗人的为诗之道——沉湎于纯粹的高蹈的美丽抒情,却在现代的实存面前闭了眼哑了声。

  现代社会也许确如罗大冈所说,是一个缺乏诗意甚至根本就反诗的存在吧,诗在日益现代化的当代中国之寂寥无闻、没有"市场"之困局,就再次验证了罗大冈的断言。问题是,现代诗当真能像罗大冈所宣称的那样离开或超脱现代实存而诗而在吗?想来即使能,恐怕也是高处不胜寒吧,归终还得滴落在人间世。这样的人间世诚然不足以令诗人感发兴起出高雅优美的情思,可是纵使抒情之难为,诗却未必就没有出路。究其实,抒情未必像许多人所认定的那样是诗的千古不变的本质属性。说穿了,诗也像宇宙万物一样并无自性,一切不过因缘和合而生而变而已。因缘当然有好有坏,现代于诗或许就是坏因缘吧,但因缘如是,诗自不能不与现代结缘而生而在,这是它的真正宿命。所以作为现代人的现代诗人,也只有直面现代才有可能迫近它的实相,介入现世才可望深入地超克它,而真正具有现代性的现代诗也就孕育在、产生于这不离亦不迷的遇合共在过程中,至于它是否能"诗"地足够抒情和优美,其实并不怎么重要,又何须恋恋焉?

  鸥外鸥的"反抒情"的现代诗所给予我们的经验和启示,就在于此。毫无疑问,正是由于深切地洞察到现代实存的非诗之真相,鸥外鸥才自觉地放弃"抒情主义"的诗情、诗意、诗语之营造,转而采取了一种直面现代实存的反浪漫主义的人生态度、反抒情主义的艺术姿态和颠覆惯常诗语的语言策略,而他的所作所为又显著地影响了一些诗人如胡明树等,从而形成了一个独树一帜的"反抒情"诗派。从中国现代诗歌史来看,鸥外鸥和"反抒情"诗派的崛起,标志着现代诗的创作之道与语言艺术的重大转向,具有不可轻忽的文学史意义,值得深入总结和汲取,而在所谓"诗意地栖居"的抒情诗学精神胜利法再次高唱入云的今天,鸥外鸥及其同志们的诗学观念和创作实践亦具有发人深省的警醒意味。本文所谈不过略为发覆而已,但愿有人能作更进一步的搜求和更深一层的探讨。

为南开"中国现代诗歌语言"学术研讨会作,
2011年6月16—18日匆草,23—24日改定。

言近旨远　寄托遥深

——《断章》《尺八》的象征意蕴与历史沉思

艺术是艺术家对宇宙人生感知与思考的表现,而表现总要借助于一定的媒介和手段。因此,如何通过特定的媒介或手段将自己的感知与思考完美地表现出来,是艺术家终生的磨难和痛苦。此所以16世纪意大利批评家卡斯特维特罗曾说:"欣赏艺术,就是欣赏困难的克服。"① 这话深得艺术创造与欣赏之三昧。对于作为语言艺术的文学而言,如何运用有局限的语言尽善尽美地传达作家的"意"(对宇宙人生的感知与思考),这是摆在每个作家面前的终生难题。而真正卓特不凡,具有巨大创造力的作家,经过苦心孤诣的努力,总会克服苦难,战胜局限,创造出伟大不朽的杰作。那途径之一,即是用最具体朴素、形象生动的语言,客观化地陈述或描绘可经验的世界或人生图景,虽不明言其题旨,但作品语言所再现的客观图景和人生场景完全融合在一起,使作品成为一个独立自足的有机体,具有审美的自足性。用中国古代文论术语来说,就是达到"言近旨远""言有尽而意无穷""象外之象""韵外之致"的美学境界。达到这种自足而又能自我超越的作品,我们称之为具有本体象征之作。当然,只有少数作家才能达到这个境界。

现代著名诗人卞之琳正是这样一个杰出的作家。卞之琳广泛学习借鉴中西诗学技艺,尤其是中国古典诗歌意象含蓄和西方现代诗歌暗示象征的特点,化为自己的血肉,使自己的诗艺精深博湛,许多优秀诗作自然浑成,含蓄蕴藉,言近旨远,寄托遥深,具有深广的哲理象征

---

① 转引自杨绛:《艺术与克服困难——读〈红楼梦〉偶记》,《春泥集》第105页,上海文艺出版社,1979年。

意蕴。他的最著名的哲理抒情诗无疑应数《断章》。这首诗只有短短四句——

> 你站在桥上看风景，
> 看风景人在楼上看你。
>
> 明月装饰了你的窗子，
> 你装饰了别人的梦。

这首诗以非常朴素形象而又极其精炼概括的语言和推衍的结构方式，对照性地再现了日常生活中一个饶有戏剧性的场景，然而作者对题旨却不加明确的揭示，作品表面上也不见有强烈的主观抒情色彩，乍一看只是客观地展示了一个形象的人生场景或片段，了无深意。然而正是这种"非个人化"或客观化的笔法，却使《断章》"外枯而中膏，似澹而实美"①，促使其内在意蕴超越其自身之具体的经验与情感层次而达到具有普遍意义的哲理象征层次，即具有本体象征性。这样，《断章》的内容与形式就融合为一，不可分割，内容就是形式，而感情形式则是积淀了丰富的理性内容的符号。这就是说，《断章》所再现的具有相对关系的人生场景，与复杂丰富的宇宙人生的形形色色，具有非常广泛的同构对应关系——不论物质实在世界还是精神心理世界中一切对立统一、因果递转的现象，都可以在《断章》里得到象征性的表现和印证。这就为读者的创造性想象和开放性填充，留下了多种可能性和无限丰富的余地。这就是卞之琳诗艺的精审博大之处。当年这首诗发表后，曾有人写过万言长文来阐释它，但仍然觉得言不尽意。确实，这种具有本体象征特点的诗作，其意蕴之丰富、寄托之遥深，是难以穷尽的，具有常读常新的艺术生命力。

当然，卞之琳意趣微妙的诗艺并不是轻易达到的，"成如容易却艰辛"，诗人在学习前人、潜心创新中付出了巨大的劳动。即以《断章》而论，也是诗人借鉴19世纪最杰出的浪漫主义诗人拜伦一首长诗的片段，再加以创造性的发挥而成。拜伦二百多行的长诗《梦》中有这样四句诗——

> 年轻的两个人站在丘岗上，

---

① 苏轼:《东坡题跋·评韩柳诗》。

> 凝眸注视着——
> 少女望着脚下和她同样秀丽的景物，
> 少年望着站在身边的她。

只要和《断章》对照一下，就可以看出二者之间存在着明显的渊源影响关系。但是卞之琳绝不是简单的模拟，而是加以创造性的发挥。上引拜伦的诗句在其全诗中只是一般化的抒情—叙事片段，理解只能局限于男女青年情爱的范畴，而不能超越具体的经验情感自身而达到对更普遍的人生现象的哲理概括，了无深意，韵味就欠醇厚。而卞之琳的创造性发挥则以少胜多，赋予《断章》以普遍的哲理意义和无穷尽的象征意蕴，在极简短的文字里获得了拜伦数百行长诗所不曾具有的审美价值和美感效应。卞之琳不愧为一个善于学习与创造而又具有现代意识和现代派诗风的诗人，重暗示象征的现代诗作之于19世纪浪漫主义直抒胸臆之作的进步，由此可见一斑。大概由于拜伦原诗迄今未有中译文，加上《梦》在拜伦诗作中也不是最有名之作，人们一向注意甚少，所以迄今为止，人们尽管一再叹赏《断章》的精致与浑成，但却不知其渊源所自，由此也可反证出卞之琳在借鉴前人上达到了何等精深入化的地步，只有"脱胎换骨"可以为喻。

卞之琳是一个沉思人生哲理的诗人，同时也是一位具有深刻历史意识的诗人，他既注重从广泛的人生现象中挖掘深刻的人生哲理，赋予诗作以普遍性的哲理象征意蕴，也把触角伸向复杂深广的历史文化现象，力图透视古今中外文化历史现象的发展流变、兴衰更替的轨迹，及其难以言说的规律和复杂的多重因果关系，从而使他的诗作也富有一种深沉的历史感。关于这后一点，《尺八》一诗比较典型。

《尺八》一诗作于1935年，曾被人誉为卞之琳成熟期的最好作品。[①] 所谓"尺八"是一种古管乐器，亦称"箫管"，相传产于印度，至迟在隋唐间已传入中国，唐时有吕才定制为一尺八寸，故有是名，成为汉民族一种常见的乐器，但到宋以后已失传不用，而约在七八世纪时传入日本，现在仍流行于日本，称"普化尺八"。可以说，一支小小的尺八，象征性地反映着几个民族机运的兴替与文化的流转。1935年春，

---

① 王佐良：《中国新诗中的现代主义——一个回顾》，《文艺研究》1983年第4期。

正当日本帝国主义加紧对中国的军事入侵之际,卞之琳因事客居日本。5月的一个夜里,他听到流传到日本的中国古代乐器尺八吹奏出犹有唐音遗韵的曲调,感到这"单纯的尺八象一条钥匙",无意中为自己"开启了一个忘却的故乡",又仿佛是一个文化的"象征"物,一面"历史的风尘满面的镜子",①引起作者对人类文化流传变迁和各民族盛衰兴替的深深思索,不久,诗人遂构思创作了《尺八》这首具有深刻历史意识和广泛象征意蕴的抒情诗。全诗如下——

> 像候鸟衔来了异方的种子,
> 三桅船载来了一枝尺八,
> 从夕阳里,从海西头。
> 长安丸载来的海西客
> 夜半听楼下醉汉的尺八,
> 想一个孤馆寄居的番客
> 听了雁声,动了乡愁,
> 得了慰藉于邻家的尺八,
> 次朝在长安市的繁华里
> 独访取一枝凄凉的竹管……
> (为什么年红灯的万花间,
> 还飘着一缕凄凉的古香?)
> 归去也,归去也,归去也——
> 像候鸟衔来了异方的种子,
> 三桅船载来了一枝尺八,
> 尺八乃成了三岛的花草。
> (为什么年红灯的万花间,
> 还飘着一缕凄凉的古香?)
> 归去也,归去也,归去也——
> 海西人想带回失去的悲哀吗?

由于卞之琳一贯精炼简约、注重含蓄暗示、追求言外之意、弦外之音的风格,加上作者在这首诗里又使用了现代派诗的主体分层、多声

---

① 卞之琳:《尺八夜》,《沧桑集》第4—5页,江苏人民出版社,1982年。

部合唱以及省略跳跃等技巧,因此《尺八》是比较艰深的,易于产生误解。最近,湖南人民出版社出版的比较文学论集《走向世界文学——中国现代作家与外国文学》一书中,收有赵毅衡、张文江二同志合写的《卞之琳:中西诗学的融合》一文,对《尺八》一诗就有明显的误解和"错觉"。二位论者指出,诗中的"海西客"、叙述人与诗人三者是卞之琳这个主体的一部分,他们在诗中的声音是不同的。然后,他们这样分析《尺八》的情理线索:"海西客"沿尺八东传的老路来到日本,夜半时"孤馆寄居",听到尺八的吹奏,既"动了乡愁",又"得了慰藉",第二天他到东京市上想买支尺八留作纪念,却在霓虹灯耀眼的城市闻到"一缕古香"。并且,他们认为,叙述者在讲出"海西客"这个故事时,加入了他自己的观感,这就使他的叙述出现了曲折:"海西客"东来乘的日本船有个中国名字,而当他寻访尺八却不在东京而在"长安",——这在二位论者看来是一个"错觉",其由来是因为"尺八乃成了三岛的花草"之故云云。①

  赵毅衡、张文江的阐释,把历史与现实不加区分,将历史人物"番客"与今人"海西客"混为一谈,误把"海西客"想象中的历史场景——"番客"在中国古都长安的遭遇,当作"海西客"在日本东京的行为,把"海西客"的幻觉当作叙述者的"错觉"。这种阐释与原作的情理线索是不符的,不能不说是赵、张二位论者的一个"错觉"。这个"错觉"使二位论者对"海西客"的"悲哀"语焉不详,也未能发掘出作者在诗中所寄托的深广的象征意蕴和历史意识,这是令人遗憾的。

  实际上,《尺八》一诗虽然比较艰深,但其情理结构仍然是有迹可寻的。作者在1936年5月8日所写的散文《尺八夜》里,曾追忆了他的旅日经历与构思创作此诗的经过,其中就谈到,他觉得尺八像一条"钥匙"、一面"镜子"、一个历史与文化的"象征",而他创作《尺八》,就是"设想一个中土人在三岛夜听尺八,而想象多少年前一个三岛客在长安市夜闻尺八而动乡思,象自鉴于历史的风尘满面的镜子",因此,诗"虽然名为《尺八》,而意不在咏物",乃是别有寄托,借写尺八传达

---

① 赵毅衡、张文江:《卞之琳:中西诗学的融合》,《走向世界文学——中国现代作家与外国文学》第518—519页,湖南人民出版社,1985年。

一种"历史意识"。① 我们参考历史事实、时代背景和卞之琳的自述，再来读《尺八》，则诗的内在情理结构就比较明朗化了。大致说来，《尺八》一诗的情理结构线索是这样的："海西客"，一个现代中国人（有卞之琳的影子），从日本之西的中国乘坐一艘日本船"长安丸"来到日本东京，时当日本帝国主义加紧了对中国的侵略、中华民族危机加重之日，因此"海西客"在日本夜半听到"尺八"，不仅起了乡愁，而且引起了更为深沉复杂的思绪，而"长安丸"这个以中国古都命名的日本船名也激发了他的想象。于是他不禁更进一步追溯起尺八的起源与流播史（尺八的流传史又关联着文化的得失与民族机运的兴衰），脑子里遂涌现出这样一幅历史画面——大概在大唐盛世，时当汉民族文化昌盛、国势强大之时，尺八这种异域乐器已在中土生根开花，当时有一个来自番邦日本的"番客"，在中国都城长安孤馆寄居，既仰慕泱泱大唐帝国文化的发达，又伤感于自己祖国的落后，当他听了雁声，动力乡愁时，幸得邻家的尺八声给了他慰藉，第二天遂在繁华的长安市里寻访一支尺八（这是对发达文化的学习与追求的象征性表现），并且终于在随一艘三桅船东渡回国时把尺八带回到三岛落户。"海西客"回溯、追想起这一幕，再想到千余年后的今天，自己作为一个炎黄子孙、汉唐苗裔，在日本东京看到在自己的祖国已失传的古代文化却还"健全地活在异域"，而且也看到昔日落后的"番邦"，如今却崛起成为近代化了的强国，"现在他们的世界，不管中如何干，外总是强……比较上总算是一个升平的世界，至少是一个有精神的世界"②，而回观一向以文明古国自居的祖国却落后了，文化失落了，人民麻木不自觉（括号中的两行诗隐约暗示了"海西客"曾在日本现代都市的霓虹灯间寻觅尺八，也就是寻觅已失传的民族文化，这一层被作者省略了）。于是，抚今追昔，历史与现实相联系、相对照，遂使"海西客"心底如昔日的"番客"一样涌起了"不如归去"的呼声（不过其中感慨应有不同），并进一步引起他深沉的历史哀痛与历史沉思：既悲哀于祖国的落后与民族文化的失落，更悲哀于国人对于落后与危机的麻木与不自觉，所以诗人才有"海西客想带回失去的悲哀吗"的反问，以反问来启发人们思

---

① 卞之琳：《尺八夜》，《沧桑集》第5—7页，江苏人民出版社，1982年。
② 同上书第4—5页。

考如何继承民族文化、振兴古老祖国的问题。这就是《尺八》一诗的情理结构线索。当然,《尺八》一诗的内在意蕴不限于此,而是非常丰富的。其中既有故国乡邦之思,也有怀古念远之情,既暗叹于日本民族的善于学习、不断上进,又悲哀于民族文化的失落与祖国的衰微,同时也寄托了人民觉醒起来、继承和发扬民族文化、振兴祖国机运的热望,恐怕还暗寓有对各民族互相学习、互相促进、和平相处的前景的思索。这样,从纵的层次上,有怀古、写今和对未来的暗示,从横的层次上,又有文化、风土、心理等各个层面。这些不同层面都被作者以"尺八"为辐射核心或者说联系线索,交织叠合成一个有机整体。因而,从更高更广泛的意义上看,《尺八》具体而又象征性地凝聚了诗人对人类文明流传变迁和各民族机运盛衰兴替的深沉思索,在阔大的时空上寄托了诗人对人类未来的潜在希望。这正是卞之琳历史沉思的深刻与博大之处。因为真正的"历史意识虽不必是死骨的迷恋",也不能单纯地"只看前方"①,亦不能局限于一个国度、一个民族,而应是辩证地广阔地透视古往今来,环顾中外四海,才能达到。由《尺八》可以看出,诗人真如陆机所说,"观古今于须臾,抚四海于一瞬"②,或如刘勰所说,"寂然凝虑,思接千载,悄然动容,视通万里"③,其思想的博通和想象的灵动自不必说,而在艺术上又克服了多大的困难啊。

《尺八》一诗在艺术上还有两个突出的特点。其一,诗作虽是多层面交织叠合起来的网络结构,但各层面又清晰逼真、特色鲜明,有的层面给人一种如造型艺术的质感和可视性,如古代的"番客"夜听尺八,仿佛一幅春夜听箫图。而不同的主体(我主要指的是"番客"和"海西客")发出同音不同调的"归去也,归去也,归去也"的慨叹恰如二重唱一般;不同诗句有规律地回环复唱,亦使全诗如同回旋曲式一样具有一种回环往复、回肠荡气的韵致;全诗不同层面有规律地交替出现,又如若干旋律此起彼伏交替进行而构成一个有机整体的复调音乐,而凄切悲凉的基调又使《尺八》恰如一首尺八独奏曲一样真切动人。由此可以看出卞之琳苦心的艺术经营和高超的艺术手腕,他力图打破语言

---

① 卞之琳:《尺八夜》,《沧桑集》第7页,江苏人民出版社,1982年。
② 陆机:《文赋》。
③ 刘勰:《文心雕龙·神思》。

的局限而终于取得了成功,不但深化了诗的意蕴,而且也使诗歌这种语言艺术兼有了造型艺术和音乐艺术的效果。其二,《尺八》少直接的主观抒情而注重含蓄暗示,多以非个人化的笔法描述生活意象或客观图景,甚至有幻觉与潜意识的流动,加上行文叙事间的省略与跳跃,遂使诗的意象飞动,时空大幅度急剧跳跃。这增加了诗作的历史纵深感、时空的阔大复杂感和表现的含蓄暗示性,同时也增加了读者欣赏理解的难度。然而,作者的创作既是克服困难的过程,则读者欣赏精深的作品同样也应是一个积极主动克服困难的过程。当我们继作者之后,经过努力探索,终于对作品的意蕴和艺术有所领悟时,不也感到更大的审美愉悦么?

1985 年 12 月于开封河南大学。

人与诗的成长

——穆旦集外诗文校读札记

2006年,两卷本的《穆旦诗文集》出版了,加上此前出版的八卷本《穆旦译文集》,迄今为止最为完整的穆旦著译集就都问世了。这给喜爱穆旦作品的读者提供了一个比较完备的读本,也为穆旦研究的深入开展创造了良好的条件,尤其是诗文集中不少文字如书信、日记等都是第一次和读者见面,对更进一步理解穆旦很有帮助。自然,百密一疏也在所难免。我们在翻阅旧期刊时,偶然发现了三篇署名"慕旦"的诗文和两篇署名"良铮"的诗作,就可能是穆旦的作品,而均不见于《穆旦诗文集》。在此略加考释,并附录原文,公诸同好。

"慕旦"的三篇诗文

学术界对40年代的现代派诗人穆旦显然更为关注和爱好,谈起他来,多从其"西南联大"时期说起,更多强调他接受艾略特、叶芝、奥登等西方诗人的影响而形成的现代派诗风及其成就,而对此前的穆旦则相对谈论较少。所以当笔者在清华的学生刊物《清华副刊》1936年卷上看到署名"慕旦"的一篇诗歌、两篇散文时,颇感惊讶,因为它们和后来的现代派诗人穆旦的格调明显不同。发表在《清华副刊》上的这三篇诗文均署名"慕旦",而"慕旦"作为穆旦早期的笔名,已经确定无疑。① 推算起来,这三篇"慕旦"诗文,应该是穆旦在清华大学读大二

---

① 李方在《穆旦(查良铮)年谱》中称,关于该诗(《玫瑰的故事》)及"慕旦"笔名问题,王佐良(著名诗人、翻译家、北京外国语大学教授,与查是清华外文系同班同学)证实:"'慕旦'两诗是查良铮所作无疑。《更夫》是他的,《玫瑰的故事》也是他的。——1989年(接下页)

时发表的。它们在1996年出版的《穆旦诗全集》(中国文学出版社,李方编)和2006年出版的《穆旦诗文集》中均未收录,可以确认是穆旦的集外诗文。

然则这三篇诗文为什么会失收呢?这可能和《清华副刊》(周刊)的不大知名、不受重视有关。按,《清华副刊》与《清华周刊》同为清华周刊社主办,据曾担任《清华周刊》第45卷总编辑①的王瑶称,《清华周刊》"形式分周刊、副刊两种,周刊的内容都是学术性质的文章,是一种综合式的杂志。副刊专登载关于学校生活的讨论和建议,小品文艺,和园内的新闻,文章比较轻松一点"②,据笔者翻阅《清华周刊》和《清华副刊》所见,王瑶所说的《清华副刊》的情况大抵不差,但有关《清华周刊》的则并不完全准确,《清华周刊》确是"综合式的",但并不都是学术性质的文章,也有诗歌、散文等文艺作品。《清华周刊》显然更为知名、更有影响,因而研究者也更为关注,而《清华副刊》则因留存的期数较少知名度相对小些,学术界几乎不见有人提及。诚如王瑶所说,《清华副刊》内容以言论、文艺、校园新闻等为主,比较轻松,其中不少有关清华师生的内容,如校内外学者的演讲信息、园内作家访问记等,由此可以略窥当年清华校园生活的情况,也可以得到不少与现代文学有关的史实、趣闻逸事等。在《清华副刊》上发表诗文的作者有朱自清、冯友兰、潘光旦、吴宓、陈铨、王力、李长之、穆旦、王佐良、曹京平(端木蕻良)、杨联陞、盛澄华、孙作云等,还有不少陌生的笔名,究竟是谁,尚不清楚。

散文《山道上的夜》发表于《清华副刊》第45卷第1期(1936年11月2日出刊)③"散文随笔"栏,正文有小标题"九月十日记游"。从该文可以得知,这是穆旦1936年9月10日和朋友一起爬山夜游的经

(接上页)11月2日致李方函",见《穆旦诗文集》第2卷(人民文学出版社,2006年)。除本文所提到的三篇诗文以外,署名"慕旦"的诗作的基本情况如下:《更夫》发表于《清华周刊》第45卷第4期(1936年11月22日出刊,该诗中"期望日出如同期望无尽的路"一句则可以视为"慕旦"之名的由来)、《玫瑰的故事》发表于《清华周刊》第45卷第12期(1937年1月25日出刊)、《古墙》发表于《文学》(月刊)第8卷第1期(1937年1月出刊)。

① 见《王瑶年谱》,《王瑶全集》第8卷第366页,河北教育出版社,2000年。
② 王瑶:《清华的出版事业》,原载1936年9月6日《清华暑期周刊》第11卷第7、8期合刊,收入《王瑶全集》第7卷,河北教育出版社,2000年。
③ 笔者所见该期《清华副刊》(第45卷第1期)无出版日期,而第45卷第2期的出版日期为1936年11月9日,据此推测,第45卷第1期的出版时间似应为1936年11月2日。

历。笔者推测,文中提到的"庶和柏"应该都是穆旦的清华同学,其中"庶"基本可以确定是董庶,他是穆旦在南开中学和清华大学的同窗好友,穆旦的第一部诗集《探险队》的扉页题有"献给友人董庶",而《穆旦诗集》中的《神魔之争》的副标题就是"赠董庶"。董庶后为云南大学的副教授,20世纪50年代病逝。[1] 另外穆旦在1976年致友人董言声的信中提到董庶:"你,我,董庶和竹年,咱们一起坐船到八里台及黑龙潭,船上撑起白布篷,闻着芦苇的香味,躺在船上听着橹声,谈着未来,归来已万家灯火。这是多么清清楚楚印在脑中的事情!"[2]。至于"柏"的情况则待考。此文记录几个年轻大学生夜游经历,文笔清新流畅,正所谓"恰同学少年,书生意气",情调昂扬乐观,而又不免有些稚气,如:"我的心跳动着,我想:'有什么可紧,自旁有庶和柏两人,是不必害怕的。'但当我们看到他们的面孔时,这种信心就马上消失了。"文章将几个未脱少年心性的年轻人初次在山中夜行的那种在所难免的胆怯和强作镇静的心情描绘得非常生动。作者所经历的从胆怯到激扬的心理变化也具有真情实感,甚至还带有某种具有象征性的哲理内涵,"夜风带来瑟缩的冷意侵进我的衣袖里,但随即为我的热力制服了,冒着无限的冲突,并且具有着沸腾的心,我意识到黑夜和山峰都已被我克服,我是带着疯狂的胜利迈进着的"。虽是记游之作,但作者在大自然中所产生的那种对宇宙、人生的感思,则显露出趋于思辨性的苗头。"我的心胸扩展到无限的辽远,但又好像因接受了广大的黑暗而觉得窒息。"而末尾的那句"为了期待次晨日出的奇景,我们想用愉快而傲健的步子把黑夜走完"则诗意昂然。此次的山行经历对于穆旦来说,是一次丰富其人生经历的愉快之行,和友人一起结伴夜游,获得了新的人生感悟,而六年后在野人山战役中历险鬼门关的经历则是惨痛而残酷的,以致他都不愿多说,只有从那篇事后三年才写的《森林之魅——祭胡康河谷上的白骨》中才可以略微想象诗人经历了怎样的磨难。

诗作《我们肃立,向国旗致敬》发表于《清华副刊》第45卷第3期(1936年11月16日出刊)。若将这首诗和穆旦在南开中学时期及联

---

[1] 《穆旦年谱》,见《穆旦诗文集》第2卷第373页,人民文学出版社,2006年。
[2] 穆旦1976年4月29日致董言声信,见《穆旦诗文集》第2卷第166页。

大时期的诗作对照阅读,不难体会它们在语言风格、思想内容上具有某种连贯性而又体现出不同的阶段性特征。随着年龄和阅历的增长,思想的日趋深刻,相比之前发表于《南开高中生》的《流浪人》《神秘》《哀国难》等诗作,《我们肃立,向国旗致敬》一诗虽然也延续了高中时期创作的一些特点,如周珏良在谈论穆旦在南开中学时期的诗作时所总结的,"他这时的诗内容是充实的,艺术上也有一定水平,已表现出自己的风格,他关心国家命运,关心人间的疾苦,也探求人生的哲理,可以看出一颗正直而敏感的心灵在痛苦、颤动、寻求"①,但《我们肃立,向国旗致敬》这首诗的抒怀显然更趋深沉,内容更充实一些,语言的力道更强一些,差不多创作于同一时期的那首《更夫》在风格上就与之比较接近,并且,《我们肃立,向国旗致敬》已经开始体现出年轻的诗人善于营造具有画面感和戏剧性的场面,融情于境,表现出内敛式的新抒情的特点,这种语言风格预示着后来穆旦"深沉雄健"②的诗歌语言特点。特别是末尾的那几行:

> 庄严的国旗要随着祖国,
> 屈辱地,向别处爬行
> 我们咬着一千斤沉重,
> 对她最后敬礼,含着泪心。

更是展现出穆旦独有的那种虚实结合、情景交融的奇崛深沉之气。《我们肃立,向国旗致敬》与穆旦写于1945年5月的《旗》③可谓是姐妹篇,两诗创作时间相隔九年,具有相似的主题思想和感情基调,都是对于旗帜作为民族国家的象征物所具备的特点、所具有的作用进行了诗意化的形象说明:在前者是"我们把目光向她凝注/虔诚浸进了心和心/一个力量系紧着万众/伟大揉合了微小的魂灵",在后者是"是写在天上的话,大家都认识/又简单明确,又博大无形/是英雄们的游魂活

---

① 周珏良:《穆旦的诗与译诗》,《一个民族已经起来——怀念诗人、翻译家穆旦》第19页,江苏人民出版社,1987年。
② 袁可嘉:《诗人穆旦的位置——纪念穆旦逝世十周年》,同上书第11页。
③ 关于《旗》的写作时间,《穆旦诗文集》第1卷注明《旗》"发表于《益世报·文学周刊》1947年6月7日",文末所署时间为"1945年5月",收有该诗的《穆旦诗集(1939—1945)》(人民文学出版社,2001年)中文末所署时间为"1945年4月"。

在今日/";①前者是"她的衫上洒着鲜红/那是祖先光荣的血迹/为了自由为了仁爱/一串火炬燃在我们心里",后者是"你最会说出自由的欢欣/四方的风暴,由你最先感受/是大家的方向,因你而胜利固定/我们爱慕你,如今属于人民"。②但也有差别——前者着重描写观者凝注国旗时的爱国热情以及对于旗帜所代表和提示的现实(伟大尊严之感/屈辱沉痛之感)之认知,显得比较单纯,后者则由于时代背景的变化而具备了新的思想要素,尤其是"太肯负责任,我们有时茫然/资本家和地主拉你来解释/用你来取得众人的和平"③的复杂意识;并且两首诗的语言风格也有不小的差异,《旗》篇幅较短,写得更为圆融紧凑一些,《我们肃立,向国旗致敬》更为具体实在一些,有着动作场景,而提炼不够。若以1937年7月清华大学因抗日战争全面爆发而被迫南迁长沙为穆旦诗歌创作生涯的分界点,则我们可以看到在这之前以"慕旦"为名发表的诗作和之后主要署名为"穆旦"的诗作有一个自然的发展过程,所谓学习英美现代诗所获得的启迪所接受的滋养等等影响也许并没有我们一般想象的那么早、那么大、那么深,尽管当时穆旦及其同学对以艾略特、叶芝、奥登等为代表的现代派诗人的作品确实比较热衷。依笔者浅见,穆旦的诗风的形成主要和他的早慧、敏锐、沉郁内敛等心理性格因素有关,他这样的一个青年人在当时的动荡不安的时代所生发的诗思必然会体现具有现代性的特点,没有必要把所谓"奥登风"对穆旦的影响提前来夸说。

散文《生活的一页》发表于《清华副刊》第45卷第10期(1936年12月28日出刊)。文中所提到的无名友人,可能指的是穆旦在南开中学的同学赵清华,他是浙江绍兴人,1935年毕业于天津南开中学。赵清华在《忆良铮》中提到"(高中)毕业后,良铮去了清华,我则一时蛰伏在浙绍乡间。不久,良铮的信不断从北平雪片似地飞来华舍('我故乡是浙江绍兴柯桥区华舍村,1935—1936年我曾蛰居在这里'——作者自注)"④,这与穆旦文中所提到的情况是吻合的。这篇文章是写于

---

① 穆旦:《旗》,《穆旦诗文集》第1卷第117页。
② 同上书第117—118页。
③ 同上书第117页。
④ 赵清华:《忆良铮》,《丰富和丰富的痛苦——穆旦逝世20周年纪念文集》第195页,北京师范大学出版社,1997年。

穆旦刚读大学二年级不久,一年前他刚参加了著名的"一二·九"运动,此时在国家内外交困的时代背景下他心忧不已,无法平静,感到深深的苦闷和彷徨。穆旦有着善良而敏感的内心,对国家、社会和时代怀有真诚的责任感和使命感,一直在认真思索着人生的意义,他对于相对与世隔绝的校园生活感到不满,"我的周遭是太死寂了,人们所做的,大多无非是到图书馆去死读书而已。我鄙视分数,但我的活动无一不是受了分数的束缚"。他为蛰居乡间的友人来信中所描绘的"潜伏着火花的图画"感到"愉快而且烦恼"①,他为自己脱离社会实际和广大民众感到不安,他渴望着如友人那般与粗野的人为伍,却从中看出真纯的人性的那种生活,而不要他所不能忍耐的那种"微温的""空洞的"生活。在后来的诗作中,我们也不难看到穆旦始终具有此文中所表现出来的那种内心的紧张和焦虑之感,那种自我拷问的"中国智识分子的受折磨而又折磨人的心情"所体现的"受难的品质"②。穆旦被认为是极具思辨性的诗人,但他始终具有很强的现实感,在此文中他写道"我不得不羡慕那个江南的朋友了,他自身接触现实,在现实中他磨练自己的性格和意志,他才是最有希望的",而在1944年已经历过野人山死亡之役的他在致友人的信中依然写道:"看你的信非常有现实性和戏剧性,一方面羡慕你的机遇,在这些被征同学中,你的变动该算最大,见闻最新。只要不死(好在你还能逃难)我想一得休息,你会写下点什么来的。"③这些想法并不是诗人的浪漫情怀使然,而是他对于现实生活的真实体悟,这里他并不把在校园安心读书以为干禄之具视作最有希望的追求,他渴望的是"赶到车站搭一九四〇年的车开向最炽热的熔炉里"(《玫瑰之歌》),而身处校园的他"站在现实和梦的桥梁上",无法决然离开校园的象牙塔(尽管不久象牙塔很快就倒塌了),他只能以"我们这样是不太坏了,因为我们都是在准备着生活,正在学习,并没有全部的生活呀"这样的理由来宽慰自己。他是真诚的人,他是这么说的,后来也是这么做的,勤奋的学习,为生活做着准备,面对生活,他坚毅而勇敢,他参加赴缅甸的远征军,差点献出自己年轻

---

① 慕旦:《生活的一页》,《清华副刊》第45卷第10期,1936年12月28日出刊。
② 王佐良:《一个中国新诗人》,《文学杂志》第2卷第2期,1947年7月1日出刊。
③ 穆旦1944年11月16日致唐振湘信,见《穆旦诗文集》第2卷第127页。

的生命。从这篇早期的文章中我们能够得知青年穆旦的思想动态,由此对后来作为诗人之穆旦的"由来"也能有更清楚的把握。(**以上陈越执笔**)

"良铮"的两首诗作

1939 年初,昆明西南联大的几个教授编刊了《今日评论》周刊,到 1941 年初出至第 5 卷 12 期终刊。这是一份以政治文教评论为主的刊物,但也刊发了一些联大师生的文学作品。其中就有署名"良铮"的四首诗作。第一首《玫瑰之歌》,发表在 1940 年 4 月 7 日出版的《今日评论》第 3 卷第 14 期,另三首是《写在郁闷的时候》《失去的乐声》《X 光》,它们都发表在 1940 年 6 月 16 日出版的《今日评论》第 3 卷第 24 期上。这四首诗应该是穆旦的作品,这不仅因为"良铮"是穆旦的本名,而且还因为《玫瑰之歌》一诗已被穆旦收入其第一本诗集《探险队》中,既然《玫瑰之歌》是穆旦的诗作,则同刊发表的其余三首"良铮"的诗也必属穆旦无疑了,并且,据友人易彬先生最近的核对,《写在郁闷的时候》与收入《探险队》中的《童年》为同一诗,只是标题不同。①剩下的《失去的乐声》《X 光》二首则未收入穆旦的诗集中,那可能是穆旦结集时疏忽了或刊物一时不凑手吧;新近出版的《穆旦诗文集》也没有收录这二首诗,那显然不是故意摈弃不录,而可能是编者没有注意到《今日评论》上有穆旦的诗作。当然,《穆旦诗文集》也收录了《玫瑰之歌》,但从《穆旦诗文集》末所附《穆旦(查良铮)年谱》著录《玫瑰之歌》的写作年月为 1940 年 3 月来看,则编者依据的显然是《探险队》而非《今日评论》发表该诗时作者自注的写作时间"一九三九——一九四〇年";而《失去的乐声》《X 光》二首的写作、发表情况,在《穆旦(查良铮)年谱》中则不见任何著录,所以这二首诗应该是散

---

① 本文初稿误将《写在郁闷的时候》定为佚诗,友人易彬君 2007 年 12 月 7 日函示:"将《写在郁闷的时候》归入佚诗似不恰当,它与收入《穆旦诗文集》的《童年》为同一诗,只是标题不同。……事实上,这首诗还有另外一个题目,1940 年 1 月穆旦将它抄赠给友人杨苡时,曾题为《怀念》。而在穆旦诗歌中,《写在郁闷的时候》这一类直接蕴涵主观情绪的题目很少,穆旦最初用了这样一个充满主观情绪的诗题,之后又两次修改题目,可见它对早年穆旦而言是很重要的。"感谢易彬君的纠正——2008 年 1 月 12 日补注。

落集外的穆旦佚诗。

从诗后附注的时间看,穆旦发表在《今日评论》上的四首诗写于1939年岁末至1940年4月之间。其时乃是穆旦在西南联大外文系的最后一学期。① 按穆旦的同窗好友王佐良先生的说法,穆旦在清华园时期写的是"雪莱式的浪漫派的抒情诗,有着强烈的抒情气质,但也发泄着对现实的不满",而"后来到了昆明,我发现良铮的诗风变了",据说那变化则"肇源于燕卜荪"——由于他的影响,"穆旦和他的年轻的诗友是将西欧的现代主义同中国的现实和中国的诗歌传统结合起来了的"。② 这个判断当然不错,但我们应该注意的是,穆旦诗风的蜕变不可能一蹴而就,肯定有一个从过渡到基本实现的过程。如果说1941年11月所作《我》一诗显示穆旦诗风的蜕变正处在一个突破的临界点上,而1942年2月的《诗八首》标志着穆旦诗风蜕变的基本实现,那么作于1939年岁末至1940年4月之间的这四首诗,则显示出从浪漫诗风到现代派诗风转变而又尚未完成转变的过渡性迹象。

要体会这种过渡性特征,可以把这几首诗与穆旦后来比较典型的现代派诗作略作比较。例如《失去的乐声》和《诗八首》虽然同样写的是爱情,但其间的差别是不容忽视的。《诗八首》不仅在语言风格上是反浪漫的,而且所传达的爱情感受也一反浪漫主义热情与忘我的激情传统,而着力揭示爱情关系中的双方难以克服的人本距离和抒情主体对爱的永恒性的冷峻怀疑:"你底眼睛看见这一场火灾,/你看不见我,虽然我为你点燃;/唉,那燃烧着的不过是成熟的年代,/你底,我底。我们相隔如重山。//从这自然底蜕变底程序里,/我却爱了一个暂时的你。/即使我哭泣,变灰,变灰又新生,/姑娘,那只是上帝玩弄他自己。"晚年的诗人曾说,"我的那《诗八首》,那是写在我二十三四岁的时候,那里也充满了爱情的绝望之感",并解释说他之所以绝望,是因

---

① 此从《穆旦(查良铮)年谱》,但有个疑问:穆旦1935年入学清华,与王佐良先生同班;我1990年9月26日访问王佐良先生,他亲口告诉我,他是1939年在西南联大毕业并留校任助教,曾经教过袁可嘉、郑敏等人大一英文,那么与王佐良先生同班的穆旦也应该是1939年毕业。但《穆旦(查良铮)年谱》却在1940年下记载说:"8月,毕业于西南联大外文系,留校任助教",这就比王佐良先生晚毕业一年,年谱的编者肯定有其根据,但不知为什么没有在年谱中交代清楚。

② 王佐良:《穆旦的由来和归宿》,《翻译:思考与试笔》第58—60页,外语教学与研究出版社,1989年。

为自觉到"爱情的关系,生于两个性格的交锋,死于'太亲热、太含糊的'俯顺。这是一种辩正关系,太近则疏远,应该在两个性格的相同与不同之间找到不断的平衡,这才能维持有活力的爱情"。① 然而当人一旦自觉到爱情关系终难克服人本的矛盾,再要维持平衡与和谐就很难了。知性的质疑就是如此啃咬着现代人心,使他们再难忘我地投入爱情了。这样一种现代的爱情体验是以前的中国诗歌从未触及的。穆旦的同学和诗友王佐良之所以盛赞"这个将肉体与形而上的玄思混合的作品是现代中国最好的情诗之一"②,就因为它表达了现代人面对爱情既冲动又怀疑的矛盾心态——冲动是难免的本能,怀疑却不是针对具体对象的疑虑,而是对爱情本身的根本性质疑,这就有点形而上的意味,并且颇富现代主义的反讽格调了。反观《失去的乐声》,它以"当我以臂膊拥抱你的时候,/我就慢慢贴近了大地的心胸"开篇,展开了对原始人类生活的浪漫想象,给人极为壮阔的感受,诗的后段则转向了对个人当下爱情的冷静观照——

> 然而当我深深低头的时候,
> 我吻着又吻着一个苍白的梦,
> 我一次又一次失眠在时流里,
> 无论是拥抱你,或是踯躅在黄昏的街头,
> 我总听见了那凯旋的乐声,
> 隆盛地,从大地的远方响去,
> 而留下了我的古老得可怕的身体。③

从前段过渡到后段,也正是从浪漫过渡到现代,但如此"从浪漫到现代的转折"并没有真正完成,全诗仍只是一个浪漫和现代的混合体,其间的"过渡"也显得比较生硬,如果说前后两段构成了某种反讽的话,也还是一种近乎夸张和感伤的浪漫性反讽。同样的特点也表现在《写在郁闷的时候》一诗中——

---

① 这是晚年的穆旦致郭保卫信中语,见郭保卫:《书信今犹在 诗人何处寻——怀念查良铮叔叔》,《一个民族已经起来——怀念诗人、翻译家穆旦》第177—178页,江苏人民出版社,1987年。
② 王佐良:《一个中国新诗人》,《文学杂志》第2卷第2期,1947年7月1日出刊。
③ 良铮:《失去的乐声》,《今日评论》第3卷第24期,1940年6月16日出刊。

> 秋晚灯火,我翻阅一页历史。……
> 窗外是今夜的月,今夜的人间。
> 一丛蔷薇花路伸向无尽远,
> 色彩缤纷,珍异的浓香扑散,
> 于是有奔程的旅人以手,脚
> 贪婪地摸抚这毒恶的花朵,
> (呵,他的鲜血在每步上滴落!)

这是该诗开篇的几行诗,急速地从浪漫的诗意意象(明月、蔷薇)转向现代性的意象——所谓"毒恶的花朵"显然来自波德莱尔的"恶之花";然而随后却继之以一大段关于"荒莽的年代"和"原始的人类"的浪漫想象,而结尾一段则以痛苦的渲染和难言的沉默作结,力图深化诗的情思——

> 灯下,有谁听见在周身起伏着的
> 那痛苦,呻吟,人世的喧声?
> 被冲激在今夜的隅落里,而我
> 望着等待我的蔷薇花路,沉默。

在这里,作为后来穆旦诗作特色的个人"痛苦"之沉吟已然露头,可是那"痛苦"仍以浪漫的"郁闷"居多,虽然作者着力渲染,却并不能给人深刻的印象。看来,即使才华杰出如穆旦者,要完成从浪漫到现代的蜕变,也并不是一件容易的事。比较有特色的是稍后创作的《X光》一首。这首诗仍有浪漫的元素如"在X光里,/O,年青的精灵永远欢跳!"但不复有过于理想的幻想,而显著地增加了对社会现实的关怀,其怀想从"中国饥饿的人群"到"不断的流血的革命"直至"欧洲弱小的国家",同时,无情的现代科技产物如幽暗的X光室被引入诗中,以表达其现代性的社会透视和自我感受——"而在紧闭的诊断室里,/我们觉得窒息。"全诗化热情为冷峻,意象具体而关怀深广,已经接近穆旦1942年以后诗作的格调了。

从"慕旦"到"穆旦":
"一二·九"运动与左翼文化的影响

辑录在这里的穆旦五首诗文,都是他大学期间的习作,自然不足以代表其创作的最佳成就,但它们也显示了穆旦人生与创作进展途中的一些重要元素。其中特别值得注意的是抗战前的民族救亡运动与左翼文化思潮对穆旦人生与创作的影响。对此,很早就有人注意到了:"一开头,自然,人家把他('他'指穆旦——引者按)看作左派,正同每一个有为的中国作家多少总是一个左派。"说这话的是穆旦的同窗诗友王佐良,虽然他紧接着就补充说,穆旦"已经超越过这个阶段"。[①] 王佐良的话是1946年说的,他的补充当然是可以凭信的,但也包含着由于内战在即而不得不刻意保护穆旦兼以自保的色调。而无论如何,穆旦毕竟有过一个接近左翼文化的阶段,而那个阶段最初可以追溯到抗战爆发前两年穆旦在清华读书时期,那正是学生爱国运动高涨之时。其时,日本继"九·一八"和"一·二八"之后,又将侵略的魔爪伸向华北,日军的飞机即时常在穆旦就读的清华园上空盘旋,偌大的校园已经安不下一张平静的课桌,而国民党政权却对日本帝国主义的侵略行径一让再让。这让一腔热血的青年学子们忧愤难耐,于是在1935年后半年掀起了声势浩大的学生爱国救亡活动,至该年年末,终于爆发为"一二·九"爱国学生运动。这些都是人们耳熟能详的事情。但时至今日,学术界似乎很少意识到"一二·九"运动和左翼文化的传播构成了互动的关系,共同对年轻的一代大学生产生了不可磨灭的影响。对这种互动关系,当年华北爱国学生运动的领袖、后来的著名学者吴世昌有切身的体会和观察。吴世昌并不是左翼分子,而是曾经被胡适看好的学术新星。还在燕京大学二年级的时候,他就因发表学术论文《释〈诗〉〈书〉之"诞"》而赢得学界领袖胡适的赞誉。然而令吴世昌极度失望的是,胡适等主持舆论的自由主义知识分子以及丁文江等参政的知识精英,面对日本帝国主义的步步紧逼却一味主和而反战,并替国民党的不抵抗政策辩护。如"一二·九"运动爆发的前半个

---

① 王佐良:《一个中国新诗人》,《文学杂志》第2卷第2期,1947年7月1日出刊。

月,胡适还在《大公报》发表星期论文《用统一的力量守卫国家》,对日本帝国主义的进攻只强调一个"守"字而反对抵抗,这让年轻的吴世昌再也看不下去。所以他致函胡适,痛责执政的国民党和主持舆论的知识精英已经失去民心,尤其是青年之心,并有感于共产党和左翼文化的力量而发出了这样的警告:

> 我默察近年一般知识分子的心理,大概都是"现状下苟安,思想上躲懒"。……在过去四年中,既未做防御自卫的工作,又不曾唤起垂死的北地民众,以致促成这个局面,这是知识分子所应当痛切自责,百身莫赎的!
>
> 国民党执政以后,尤其是国难("国难"指"九·一八"事变——引者按)以后,一个最不可恕的过失,便是他们天天在嘴里念着的"唤起民众",绝对没有做。李朴生先生还说国民党是锦标队,举了许多政绩;我只要举一个反证,便可使他惭愧无地。我只请问:国民党组织民众、训练民众的能力,能比得上被他所痛剿毒咒的共"匪"的十分之一吗?①

当时还是大学一年级学生的穆旦正是在这种时代与文化背景下投身"一二·九"学生爱国运动并接受左翼文化影响的,虽然他上的是一个培养未来知识精英的大学,但他毕竟是一个热血青年,他热爱自己的国家、不满社会现实、愤慨于日本帝国主义的侵略和国民党的不抵抗政策,在这种情况下自然对主张改造中国社会、关注人民大众利益和反对帝国主义侵略的左翼思潮有同情,并自觉不自觉地受到感染。尽管穆旦并没有因此而走上真正的革命道路,但他参与民族救亡的切身经历和接受左翼文化的感染,还是对他早年的思想和创作产生了积极的影响,这里辑录的六首诗文就是那影响的结晶;事实上,那影响一直延续到他后来的人生抉择——从美国回到新中国。

有这种经历的并非穆旦一人,而是一代知识青年。穆旦的同窗好友王佐良曾有深刻的记忆和证言。记得1990年9月26日晚,我曾经为了王佐良及其诗友穆旦等人的一些诗和事,到王佐良先生在清华照

---

① 吴世昌1935年11月18日致胡适函,原件藏中国社会科学院近代史研究所民国史室胡适档案里,初载《胡适来往书信选》,此处引文据吴世昌《文史杂谈》第384页,北京出版社,2000年。

澜园的寓所求教。今天翻检当日的访问笔记,发现自己在王佐良先生的两句话下加了横线,那显然是当时印象深刻而作的标记。一句是在谈到自己和穆旦等同代诗人的成长时,王佐良先生曾经特别强调说他们1935年上大学、亲身经历了"一二·九"运动,所以他称自己和穆旦等是**"一二·九的一代"**。另一句是他在提及自己这一代学院现代派诗人与左翼文化的复杂关系时,曾举穆旦为例说,**"如穆旦,一开始接近左派,但不能长久待在革命里面,因为他还有个人的东西"**。至今犹记王佐良先生说这两句话时神态温文而恳切,既没有老知识分子高自标置的骄傲或自我菲薄的矫情,也没有新知识精英讥嘲革命的轻薄语调,所以当时的我印象特别深刻,但同时我也有些纳闷。因为那时的我只知道穆旦是一个学院里的现代派诗人,而我不知怎么的就简单认定"现代派"与左翼是势不两立的,加上历史知识的贫乏,所以我很纳闷像穆旦这样一个典型的现代派诗人能够参加学生爱国运动已经算是破格的事了,怎么还会与"左派"发生关系?几年之后,我才认识到30年代的两大世界性文艺思潮——现代主义与左翼文艺,其实是多有交叉和兼容的,如对穆旦有过较大影响的英国诗人奥登,在其早期就是一个现代派的左翼诗人;而直到新世纪初读到上述吴世昌先生在"一二·九"运动前夕致胡适的信,我才比较亲切地体会到抗战爆发前后几年间,抗日救亡运动如何与左翼文化构成了互动关系,而多少明白了王佐良先生所谓"每一个有为的中国作家多少总是一个左派"是什么意思,进而确信王先生所强调的"如穆旦,一开始接近左派,但不能长久待在革命里面,因为他还有个人的东西"也确是实在话,因此,"超越过这个阶段",对穆旦这样一个诗人来说也是迟早会发生的事。

但话说回来,作为40年代现代主义"新生代"诗人杰出代表的穆旦,毕竟有过这样一个经受爱国救亡运动洗礼、接受左翼文化感染的阶段。我们固然不必夸大这个阶段的意义,但也不要刻意淡化或漠视这个阶段的意义。在我看来,以穆旦为代表的这群现代主义"新生代"诗人与他们的前辈——30年代的现代派诗人——并不是一脉相承的关系。毋宁说,他们已经"超克"了30年代现代派诗人之孤芳自赏、轻飘迷离的纯诗之梦,而属意于内外现实的深入开掘并自觉承起对国家民族社会的责任,所以他们的诗作不仅更具艺术的现代性,而且葆有现代主义的思想深度、富有社会现实关怀的广度。这种新变应该说是中国现代主义诗潮的一个可喜的进步。而这群年轻的"新生代"诗人之所以能够超越他们的前辈,乃是因为他们是在"一二·九"运动的洗礼下和左翼文化的感染下走上诗坛的。尽管他们在40年代后期很少继续走向政治革命,没有变成党派化的左翼,而大多成为政治和艺术上的自由主义者,但"一二·九"运动的洗礼和左翼文化的感染所赋予他们的民族情怀和社会关怀,一直是他们人生和艺术的驱动力。(**以上解志熙执笔**)

2008年1月28日于清华园。

穆旦集外诗文拾遗

我们肃立,向国旗致敬[①]

(一)

当军号悠然振鸣的时候,
我们肃立,向国旗致敬;
晨曦里她在天空飘展,
俯视祖国的大地,放射着光明。

我们把目光向她凝注,
虔诚浸进了心和心;
一个力量系紧着万众,
伟大揉合了微小的魂灵。

她的衫上洒着鲜红,
那是祖先光荣的血迹;
为了自由为了仁爱,
一串火炬燃在我们心里。

(二)

当军号奏起了庄严的歌声,
我们肃立,向国旗致敬;
在耻辱里她低垂了头,
我们心中唤着哀痛的声音。

[①] 此诗载《清华副刊》第45卷第3期,1936年11月16日出刊,作者署名"慕旦"。

和平的一隅爆起了烽火，
正义已然扬成灰烬；
敌人的炮火吼在远方，
祖国的孩子们丧失了生命。

在烟火和血腥里我们沉思，
一切的麻痹应该振醒；
广大的土地向国旗告别，
她的面上卷着凶残的暴风。

（三）

当军号叫出了悲壮的挽曲，
我们肃立，向国旗致敬；
这是光明最后的一瞥，
我们脚下已蹚来敌人的阴影。

祖先的血汗任凭践踏，
死寂中充满了苦痛的呻吟，
平原上裂出新的血痕
一只铁手扑杀了光明。

庄严的国旗要随着祖国，
屈辱地，向别处爬行
我们咬着一千斤沉重，
对她最后敬礼，含着泪心。

廿五年十一月初。

山道上的夜——九月十日记游[①]

没有月光，是满天繁星的秋夜。

[①] 此文载《清华副刊》第45卷第1期，无出版日期，但第45卷第2期的出版日期为1936年11月9日，据此推测，则第45卷第1期的出版时间似应为1936年11月2日，作者署名"慕旦"。

我提议到外面走走,庶和柏赞同了。于是我们每人多穿了一点衣服御寒,拿着一只电捧①,就从昏黄的屋子投进黑忽忽的草地里,穿过了小小的树林和山石。四周是黑漆的一片,什么也看不到;我们只凭脚前的一圈圆光辨识路径,仔细地放下脚步,虽然如此,也还是不得不跄跄似地前进着。

我们起初都闭了嘴,谁也不说一句话。在走过小树林以后,忽要②柏嚷道:

"看,那是什么呀?"

我顺着他手指的那洞黑的空间看去,只见有三四个豆大的青光,非常晶莹,在半空轻轻地奔流着。它们忽而穿进树林中,不见了,忽而又流线似的飘到草地上,把青钢似的光辉散放在草里,成为一个融融的光明的小世界。庶嚷道:

"啊,萤火虫,萤火虫!"连跑带跳地追了过去。

我也随了在草间奔跑着,在树林间,黑忽忽的,就像捉迷藏一样地好玩。结果,三个萤火虫落到我们的手里,但是这显然的没有什么意趣,我们又把它们——这三个可怜的小虫放回到大自然里。

过一会儿,和那河南人借了一个纸灯笼,我们开始向山中走。

我们是第一次在山中夜行,都胆怯得很。道路上堆着大大小小的碎石头,是非常难走。庶的右腿在白日折了一下,所以他拿了一只粗粗的手杖,那可以说是很好的防身武器了,有了它,我们才多少放胆一些。柏的手中提着那盏纸灯笼,闪闪的光亮照出了前面的道路。我本来空着两只手,终于也折了路旁一根较大的树枝,当做想象中的武器,挥动着向山中走去。

我们虽然谈笑着,像平常一样,但是显然的谁也没有能够把自己心中的那份"冒险"的泼剌情绪压服下去。我们害怕的事物太多了;现在,——如果有一阵什么响动,在这黑暗的神秘的路旁发生,那该是怎样怪异的事情?山狼啊?鬼吧?或者是,强盗吧?如果背后也走来一两个人,竟而是老头或女子一类的人,则定是精灵无疑。在山中,这一

---

① 此处疑为排印之误,"捧"似应为"棒";"电棒"即手电筒。

② "要"似应作"而"或"然",可能是原刊排印之误,下文中就有"忽而"的用法,"而"字与"要"字的上半较为相近,致使误排为"而"的可能性较大。

切还少得了吗？我的心跳动着,我想:"有什么打紧,自旁有庶和柏两人,是不必害怕的。"但当我们看到他们的面孔时,这种信心就马上消失了。

在没有办法中,谁都不说一句话,我们硬着心肠,仍旧向前走着。这时,脚下已是上山的道路;想起胡适"前进啊,少年!"的上山歌时,我有了十足的勇气。我们向前倾着身躯,迅速地进行。纸灯被吹熄了;一些静静的树木和山石,在黑暗中现出了种种奇怪狰狞的样子,当我们一闪视时就迅速地向我们的身后退去。夜风带来瑟缩的冷意侵进我的衣袖里,但随即为我的热力制服了,冒着无限的冲突,并且具有着沸腾的心,我意识到黑夜和山峰都已被我克服,我是带着疯狂的胜利迈进着的。……一会儿,

"我都出汗了。"柏说。

没有疲乏,我却都出汗了。到山顶上,我们择了一块方石坐下,暂时的沉默着。

我仰头数着天空的繁星;这无数灿烂的星光美丽地闪烁着,辽阔而且平静。远远的城市是低低地在我们脚下了,黑暗和死寂弥漫了整个的平原。

在这峰顶的一嵎①,我们坐下,边休息边谈着。我们用了低而缓的声调对话,像在一个另外的新奇的世界里,离开了人间似的。我的心胸扩展到无限的辽远,但又好像因接受了广大的黑暗而觉得窒息。

对面的山峰中有几十盏灯光上下罗列着,像是黑石板上钉的铜钉。在我们谈话时,有一阵当当的声音从山中嘹亮地振鸣起来,使我们不得不静静地倾听着。这是寺钟的音响。啊,悠然的,孤静而虔诚的灵魂,你们深深地潜入黑暗中而徘徊去吧!

"夜深了,我们回去吧。"我说。

沿着来路,我们下山了。三个人的步伐是整齐的,"踏踏踏"的步足声在半空中充满了回响。我们一点畏缩心也没有了。为了期待次晨日出的奇景,我们想用愉快而傲健的步子把黑夜走完。

十月二十一夜改稿。

---

① "嵎"通作"隅"。

生活的一页①

几天来阴郁的情绪仍在包围着我,虽然今天的天空是晴朗的,温和而且无风,非常适宜于一种轻快的心境。而至于我,却相反的觉到加倍的烦燥了。

下午把书本向桌上沉重地掷去时,一个熟悉的想念又回到我的脑中来:"半天的时光又过去了,你得到些什么呢?是的,你念了几卷赞美自然的诗,认了几个外国字,知道一个上古作家有几本作品,再往好处说一些,你还多记下几个名词;但是,这一切,你有什么意义呢?你在图书馆中这样坐上一天,会给你的一生添上一种意义么?"

这样,我的心中纷乱了,我不能再静静坐下来看一页书,这对我是很平常的事情。于是我依照习惯,倒在床上,开始无头绪地想着。

我的脑中流过了无数的影子。首先是那位江南的朋友,前几天曾接到过他的信,现在,他由信中跳进我的脑子里了。他的话是有力的,那些有力的话句时常刻在我的心上,并且给我展开了一幅潜伏着火花的图画,使我愉快而且烦恼。

"我住在一条衖堂的顶楼上,这房子约摸有三百年的光景了"这些话又活在我的脑中,于是我想下去。——他说:"我的屋子没有窗户,如果想要得到一些光亮,就必须把那唯一的木门打开。实际上,这门是时常打开的,冷风吹了进来,于是我坐下看书,或是写下我所要写的东西。我的身体一直冻僵着,到吃饭时才能恢复一些儿温暖。……

"我的邻居们都是一些被称为'粗野'的人,有些早上五时就出去作工去了,到晚上七点钟才回到屋里:吃、喝、赌,或者打架。他们是被文化所遗弃的,是为社会吐出的滓液。但我却在他们当中看出了真纯的人性来;我和他们混在一起,我看到许许多多感动人的事情,那是使人不得不眼泪的。……

"前些天,我在镇里闲走:看到一个狂奔的妇人,她的唯一的儿子被土匪杀死了,她那哭号的疯样便②我永远不能忘记。另外,一个工人因被厂主开除而投井了,他的母亲老婆和三个孩子却还是活下去,但

---

① 此文载《清华副刊》第45卷第10期,1936年12月28日出刊,作者署名"慕旦"。
② "便"似应作"使",可能因形近而致误排。

谁知道究竟是怎样活着的呢?"

"在现在的世界上,生命就是这样的低微而又那样可贵。朋友,这就全在你是怎样的活法了。……"

一种生活的景象燃烧在心里,为了这种缘故,我得到了不安。我用尽我的脑力使想①我自己在现在的环境里得到一种有意义的生活方法;或者说:我要一种充实的兴奋的生活。我的周遭是太死寂了,人们所做的,大多无非是到图书馆去死读书而已。我鄙视分数,但我的活动无一不是受了分数的束缚。

我想到了一个活的青年的使命,那是多么重大啊!而我们却是整日地怎样子过活呢?

我是陷进浓厚的忧郁里了,我不能摆脱开境境②所加于我的窒闷;我愿意看到光明和黑暗交界的地方,我愿意时时张大我的视野,这种微温的生活是我所不能忍耐的。

我躺在床上,心胸上如压了一块沉重的铁,窒息了我的呼吸。我的头脑在经过长时的斗争后,也似乎已经纷碎了。

天色渐渐黑了下来,枯秃的树尖在我的窗前摇曳着。一切显得非常的阴暗。

当我走出房间时,外面的空气冰冷地透进了我的身体,我像突然惊醒了似的,脑中顿然清爽了许多。一刹间我想到了一位讲演者所说的话,那是非常有力的:

"不要松懈,奋斗下去!"

"是,奋斗下去。"我咬紧了牙低低地自语着。

但我的周遭却对我显得非常的平静。许多人不是很明显地只向分数奋斗了吗?我不得不羡慕那个江南的朋友了,他自身接触现实,在现实中他磨练自己的性格和意志,他才是最有希望的。

也许我是一个弱者吧?否则,为什么我不为自己打通一条更好的路呢?我的生活是太空洞了,是的,已经空洞到可怕的程度。

但是,许多人,或者说,至少有一部分人不都是和我似的同样生活着吗?我们不都是似乎满意了么?于是我解释道:

"是的,我们这样是不太坏了,因为我们都是在准备着生活,正在

---

① 从上下文看,此处"使想"当作"想使",原刊误排。
② 此处"境境"疑当作"环境"。

学习,并没有全部的生活呀!"

　　这样安慰着自己,虽然明知这解答是不会有长久效力,的①但心中已经较为快些了。当我再回转到屋中时,心中所想的,已经完全是关于一个好朋友的事情。

廿五年十一月十一夜。

失去的乐声②

　　当我以臂膊拥抱你的时候,
　　我就慢慢贴近了大地的心胸,
　　我的血流出在时间的长流里,
　　我倒了,而在我的心里飘扬着
　　从远古向我奏来的凯旋的乐声
　　(永恒的丰满里那生命的欢乐,)
　　在原始的森林里,当燧人氏
　　忽然睡醒了,从地穴里走出来,
　　靠在枯木上一钻,跳出了火;
　　当黄帝徘徊于桑干河的原野上,
　　忘怀在宇宙里,感到了磁力,
　　一刹那注定了蚩尤的败亡;
　　还有多少世代的航海的人们,
　　在辉煌的日出和日落之间,
　　歌唱着,驾驶着汹涌的海浪,
　　而梦见了海水拍击着他们的家乡。
　　多少凯旋的乐声留在大地里,
　　在我们拥抱时就缓缓地涌出,
　　摇撼着,逼醒了年幼的精灵,
　　而让时流冲去我们丰满的尸体。

---

　　① 此处原刊排印有误,据上下文义,"的"字当属上句;另,下句也似有漏排,或当作"但心中已经较为愉快(或'轻快')些了"。
　　② 此诗载昆明《今日评论》第 3 卷第 24 期,1940 年 6 月 16 日出刊,作者署名"良铮"。

然而当我深深低头的时候,
我吻着又吻着一个苍白的梦,
我一次又一次失眠在时流里,
无论是拥抱你,或是踯躅在黄昏的街头,
我总听见了那凯旋的乐声,
隆盛地,从大地的远方响去,
而留下了我的古老得可怕的身体。

一九四〇年四月。

X　　光①

太阳是昨夜的
光明的实体,
我们朝着它歌唱又舞蹈。
——想想中国饥饿的人群。

而光明是人们的想像,
光明是不存在的。
只有探海灯似的 X 光线,
穿过一切实体而放射。
——想想不断的流血的革命。

在 X 光里,
O,年青的精灵永远欢跳!

如果太阳沉进海波里,
我们要放出探海灯似的 X 光来,
而在紧闭的诊断室里,
我们觉得窒息。
——想想欧洲弱小的国家。

一九四〇,四月

---

① 此诗载昆明《今日评论》第 3 卷第 24 期,1940 年 6 月 16 日出刊,作者署名"良铮"。

一首不寻常的长诗之短长

——《隐现》的版本与穆旦的寄托

长诗得来不寻常：
《隐现》的创作始末

关于穆旦作品的搜集、整理和出版,近十多年来可谓成绩显著,尤其是《穆旦诗全编》(李方编,中国文学出版社,1996年)、《蛇的诱惑》(曹元勇编,珠海出版社,1997年)和《穆旦诗文集》(李方编,人民文学出版社,2006年,以下简称《诗文集》)三个集子的接连推出,不论对穆旦文学遗产的推广,还是对穆旦研究的推进,都功不可没。

自然,若"求全责备",这三部集子也都不无瑕疵。最近一位研究者李章斌就指出——

> 尤其需要注意的是,穆旦40年代的不少诗作均被多次修改并刊载于不同的刊物和诗集上,有些诗作修改幅度非常大,形成了同一诗作的多个版本。然而,以上三书中有部分诗作没有注明其内容是依据何种来源和版本,对于有多个修改本的某些诗作缺乏必要的说明。这些错误有些并不显著,对一般读者而言可以说是无足轻重的,但是对于诗歌研究者而言,则有重要的影响。[①]

信哉斯言。当然,"求全责备"乃是一个理想的要求,而拾遗补阙、订正讹误,则需要学界共同的努力,相信通过大家一点一滴的积累,穆旦诗文的整理总会有臻于完善的一天。

[①] 李章斌:《现行几种穆旦作品集的出处与版本问题》,《中山大学学报》(社会科学版)2009年第5期。

穆旦的长诗《隐现》，就正是反复推敲修改而版本源流却迄今不明的一首。

《隐现》是目前可见的穆旦诗作中最长也最重要的一首。一般所见此诗，原刊于1947年10月26日天津《大公报》（注明的写作时间是1947年8月），这个文本又重刊于次年5月出版的《文学杂志》第2卷第12期；而目前比较通行的此诗版本则是《诗文集》的整理本，据编者在该诗的题注中交代，《诗文集》所收《隐现》一诗是"据家属提供作者生前所做的修订稿编入"的。把以上三个《隐现》的文本略作校读即可发现，其间只有小修订，并无大差别，所以它们其实可以归约为同一个版本系统。正是有鉴于此，研究者们向来都把《隐现》视为穆旦1947年创作、次年略有修订并写定的一首诗，对相关的三个文本间的些小差异则往往忽略不计，而几乎没有人想到此外还存在着另一个更早的《隐现》版本。直到近年，始有研究者从各种蛛丝马迹推断此诗的创作或许历经了一个更为漫长和复杂的过程——

> 应该注意到，《隐现》不仅是穆旦1949年前写的最长的诗歌，而且其创作和修改过程也持续了相当长的时间。《隐现》的初稿载于1947年10月26日天津《大公报》，标明的写作日期是"1947年8月"，定稿载于1948年5月北京《文学杂志》（第2卷第12期）。但是应该注意的是，该诗的第二部分"祈祷"的"合唱"部分与写于1943年的《祈神二章》一诗完全相同，这里存在两种可能性：第一，《隐现》在1943年就写好了，但作者只选取了一部分，即《祈神二章》刊入《穆旦诗集（1939—1945）》出版；第二，作者在后来写《隐现》时直接挪用《祈神二章》的内容。究竟属于哪种情况还不好断定，而最近面世的"穆旦自选诗集存目"（该目录系穆旦本人于1948年编定，该诗集没有得到出版）中则把《隐现》一诗编入"第二部：隐现（1941—1945）"这个部分下，这告诉我们《隐现》一诗的大体内容最晚在1945年就已经写好，而且诗人对它相当重视，并把它的题目定为诗集第二部分的名字。可见，不管该诗写成于哪一年，可以确定的是，从1943年到1948年，穆旦不断地在创作和修改这首长诗，它不是一时兴起的产物，其创作时间几乎贯穿了穆旦20世纪40年代创作的高峰时期，我们不能草率地

把它当做一个例外而忽略掉。①

虽然论者尚未找到足以为证的早期版本,但他的这个推断不能不说是非常明敏的。

事实上,《隐现》确如诗人手订的"穆旦自选诗集存目"所述,是1941—1945年间所作,准确点说是始作于1943年3月,并且这个1943年的文本还存在于世——全诗初刊于《华声》半月刊第1卷第5—6期合刊号,1945年1月重庆出版,②作者署名"穆旦",诗后附注创作时间为"一九四三年三月",并有"编者"后按云:"穆旦先生,最近有《探险队》(诗集)出版(昆明,文聚社)"。按,《华声》半月刊是一份综合性刊物,1944年11月创刊于重庆,由翟桓、顾樑编辑,王书林任发行,发表过梁实秋的政论、冰心的小说和老舍的散文,大概在第1卷第5—6期合刊号出版后不久就停刊了,1946年11月又在长春复刊,编者改为梅汝璇等。这个刊物与穆旦的关系是比较亲近的,因为它是由穆旦的清华同学所办的刊物,并且从刊物颇有介绍中国赴印缅远征军及其后身如新一军的文字来看,则编者或许不仅是穆旦的同学,更有可能是曾与他同进退的战友。所以,穆旦是把《华声》当作"自己"阵营的刊物的,曾经向别的同学兼战友推荐过它。例如,现存最早的一份穆旦遗简,就是写给担任过美军译员的清华同学唐振湘的,时在1944年11月。由于唐振湘也喜欢写作,所以穆旦在信中既说及生活情况,更坦承创作的苦衷,并特地向唐振湘推荐了刚刚创刊的《华声》——

> 我的生活如常,每日工作不多,看看书,玩玩,很应了人们劝我"安定一下"的话。这里有《华声》半月刊是清华同学办的,你如有稿,可寄我转去。③

其时,已经退伍的穆旦正在重庆的中华航空公司任职。根据这

---

① 李章斌:《从〈隐现〉看穆旦诗歌的宗教意识》,《名作欣赏》2008年第3期。
② 我看到的《华声》第1卷第5—6期合刊号无版权页,此处出版时间据《中文期刊大辞典》第660页的著录,北京大学出版社,2000年。查《华声》半月刊自1944年11月创刊至12月计出4期,从第5—6期起改为两期合刊、月出一次,时在1945年1月——见该期"本刊启事",该启事和该期文章多注明写于1945年1月。
③ 穆旦:《致唐振湘一封》,《穆旦诗文集》第2卷第128页,人民文学出版社,2006年。

些情况来看,刊载于《华声》半月刊上的《隐现》当为穆旦此诗的初稿和初刊,是可以肯定无疑的。可能由于该刊不是纯文学刊物,并且时断时续、流布不广,因而《隐现》的这个初刊本也就长期湮没无闻了。

后来的事情则众所周知——1947年8月穆旦对此诗作了修改,于当年和次年两次在报刊上重刊,稍后又对重刊的文本有所修订。这三个修订的文本其实属于同一个版本系统,可简称为修订本。要之,《隐现》一诗确实经过了一个不断而且不短的创作历程,前后两个版本的修改幅度也委实不小。而在诗人1948年出国前自编的《穆旦自选诗集》的目录里,《隐现》不仅被收入其中而且被作为诗集第二部的题名,也足见穆旦本人对这首诗是相当看重的。

为一首诗这样大费周章、五年间反复修改,洵属非常之举;而穆旦之所以如此煞费苦心、如此看重这首诗,更暗示出他倾注其中的感兴和寄托之非同寻常。这就不能不追溯此诗的创作缘起及其初刊形态了。因为,"作品年代问题绝非无足轻重的书刊编辑问题,它直接涉及到我们对作者和作品的认识"①。《隐现》初刊本的价值正在于此,所以特为校录、重刊于此,以广知闻。在校读的过程中,也不免有些感想,亦在此顺便说说,聊供读者和研究者参考吧。

《隐现》缘何且为何而作: 诗人穆旦的感兴与寄托

说来有点奇怪:从上世纪80年代初到90年代初,穆旦的诗名越来越大,以至被抬举为现代诗坛的第一人,可就在这不算太短的时期里,长诗《隐现》却一直被忽视。虽然1947年的《隐现》修订本两次刊出、并不难见,但一些重要的选本如《九叶集》(江苏人民出版社,1981年)、《穆旦诗选》(人民文学出版社,1986年)、《九叶派诗选》(人民文学出版社,1992年)都没有选录它,众多的评论者也几乎未置一词。这或许是因为在那时的学术语境下,研究者们最感兴趣的乃是《诗八首》等现代主义特色鲜明的抒情短章及抗战爱国的名篇如《赞美》等,

---

① 李章斌:《关于〈穆旦诗文集〉的纰缪和疏漏》,《博览群书》2007年第12期。

所以竞相议论、好评如潮,至于《隐现》这样宗教气息和玄学味道特别浓厚的长诗,则委实给人过于另类的感觉,似乎让研究者们一时不知如何是好也不知如何说好了。

打破这种岑寂的是谢冕先生,他是较早认识到《隐现》重要意义的著名诗评家。谢先生真不愧为老法眼,1995 年他写了《一颗星亮在天边——纪念穆旦》一文,虽然随例地对穆旦诗歌的现代性和书卷气等表示赞赏,但其实他特别推重的乃是穆旦的长诗《隐现》——

> 写于 1947 年的《隐现》是迄今为止很少被人谈论的穆旦最重要的一首长诗。整首诗吁呼的是不能"看见"的痛苦,"因为我们认为真的,现在已经变假,我们曾经哭泣过的,现在已被遗忘。"他的诗表现当代人的缺失和疑惑,他诅咒那使世界变得僵硬和窒息的"偏见"和"狭窄"。这首诗以超然于表象的巨大的概括力,把生当现代的种种矛盾、冲突、愿望目标的确立而又违反的痛苦涂上一层哲理的光晕。这对于四十年代非常流行的"反映现实"的潮流而言是一种逆向而进的奇兀:他在这里继续着对于心灵自由的追寻以及对于精神压迫的谴责:
> ……我们站在这个荒凉的世界上
> 我们是廿世纪的众生骚动在它的黑暗里,
> 我们有机器和制度却没有文明
> 我们有复杂的感情却无处归依
> 我们有很多的声音却没有真理
> 我们来自一个良心却各自藏起……
> 这种对于秩序化控制的恐惧和抵制,诱导了随后发生的一系列悲剧,一颗自由不羁的诗魂很难屈从在一律化的框架中。①

看得出来,谢冕先生特别感念穆旦此诗处,是其"对于心灵自由的追寻以及对于精神压迫的谴责",而谢先生之所以能够如此强调这一点,则无疑是因为他从穆旦这首诗作于"1947 年"那个特定时刻获得了批评的联想,也即获得了解释的历史针对性。自那之后,学术界和批评界

---

① 谢冕:《一颗星亮在天边——纪念穆旦》,此据《穆旦诗全编》(李方编,中国文学出版社,1996 年);《穆旦诗文集》第 2 卷也附录了谢先生的这篇文章,却是节选,并且没有注明写作时间。

对《隐现》显然是越来越重视,而不断涌现的评论和阐释,无论是强调《隐现》的哲学意味,还是推崇其宗教关怀,几乎都不言而喻地认定此诗乃是穆旦在国共内战的背景下有感而发者,所以其批判矛头也就被顺理成章地推定为指向40年代后期及其之后的政治现实了。应该说,这样一种阐释思路并非全然无据,因为《隐现》的1947年修订本里确有不少可以引发此类历史想象的内容,并且不难理解,上世纪90年代的评论者之所以愿意强调这一点,大概也不无借穆旦过去的文本来浇自己当前之块垒的意味吧。

可是就诗论诗,这样一种解读并不准确,至少是以偏概全的,并且也有些得不偿失:一首具有"超然于表象的巨大的概括力"的长诗经过这样的解读,仅仅成了一首披着哲理或宗教外衣的政治抗议诗或政治寓言诗,这不能不说是大大削减了《隐现》意蕴的广度与深度。

其实,《隐现》的创作和穆旦1942年的一段非同寻常的经历——参加赴印缅远征军而后大撤退的遭遇和观感——有着深刻的关系。

大学时代的穆旦就是一个爱国绝不后人的热血青年。1935年秋季入学清华之后,华北危机加剧,年轻的穆旦积极投身学生爱国运动,并接受了左翼文化的影响。所以,他的同学王佐良曾称自己和穆旦这一代知识青年为"一二·九的一代",并确认"如穆旦,一开始接近左派"。① 如今我们重读新近发现的穆旦当年在清华校园所写的几篇诗文,如新诗《我们肃立,向国旗致敬》和散文《生活的一页》,②仍可感受到他炽热的爱国情怀以及关怀城市社会下层的左翼思想倾向。抗战爆发后,穆旦的爱国热情更为高涨而其社会关怀也更趋广阔,写下了《赞美》和《在寒冷的腊月的夜里》等感人的名篇,与此同时,身在西南联大外语系的穆旦显然受到了当时流行于学院的现代主义文学风尚

---

① 这是王佐良先生1990年9月26日晚在清华大学照澜园寓所接受笔者访问时的谈话,引文见陈越、解志熙:《人与诗的成长——穆旦集外诗文校读札记》,《励耘学刊》(文学卷)2008年第1辑(总第7辑),北京师范大学文学院编,学苑出版社,2008年。

② 陈越、解志熙辑校:《穆旦集外诗文六篇》,《励耘学刊》(文学卷)2008年第1辑(总第7辑),北京师范大学文学院编,学苑出版社,2008年。顺便说明一下,这六篇穆旦集外诗文辑校稿交付该刊不久,承蒙友人易彬君2007年12月7日函示:"将《写在郁闷的时候》归入佚作似不恰当,它与收入《穆旦诗文集》的《童年》为同一诗,只是标题不同。"我因此删去了《写在郁闷的时候》一诗,但忘记更正辑校题目中的数字,所以《励耘学刊》(文学卷)2008年第1辑所刊该辑校稿题目仍误作《穆旦集外诗文六篇》,在此特为说明,并感谢易彬君的提醒。

和自由主义政治思想的影响。1940年8月穆旦毕业并留校任教。1941年末太平洋战争爆发,中国的抗战正式汇入了第二次世界大战的洪流。为与现代化的美英盟军合作开辟印缅战场,中国需要组建高素质的远征军,这就对兵源有了更高的要求。于是在大后方掀起了青年学生从军运动。此时的穆旦虽然已经不再是学生了,但他还是投笔从戎,于1942年2月参加了开赴印缅的中国远征军,成为远征军第一路军副司令兼第五军军长杜聿明的随军翻译。然而此次远征极不顺利,由于盟军协作不好且指挥失误,给予日军可乘之机,在一段悲壮的对抗之后,联军面临崩溃的危局,各支部队被迫仓皇撤退,更导致了大灾难。而穆旦所属一部则在5月至9月间撤退到缅北的胡康河谷(边民称之为"野人山"),遭遇最为惨痛——胡康河谷一带崇山峻岭、森林蔽天、瘴疠横行,加之淫雨连绵、给养困难,撤退的将士们涉难犯险、九死一生,胡康河谷成了尸骨遍野的人间地狱。是年秋冬之际,侥幸逃生的穆旦至印度养病,11月返回云南昆明……

这一远征的经历和体验,对穆旦的人生和创作产生了极为深刻和深远的影响。最早注意到这一影响的是穆旦的同窗好友王佐良。在写于1946年4月的一篇评论文章《中国的一个新诗人》[①]里,王佐良对穆旦的这段"最痛苦的经验"有所转述——

> 那是一九四二年的缅甸撤退,他从事自杀性的殿后战。日本人穷追。他的马倒了地。传令兵死了。不知多少天,他给死去战友的直瞪的眼睛追赶着,在热带的豪雨里,他的腿肿了。疲倦得从来没有想到人能够这样疲倦,放逐在时间——几乎还在空间——之外,阿萨密的森林的阴暗和寂静一天比一天沉重了,更不能支持了,带着一种致命性的痢疾,让蚂蟥和大得可怕的蚊子咬着,而在这一切之上,是叫人发疯的饥饿。但是这个廿三岁的年青人结果是拖了他的身体到达印度。虽然他从此变了一个人,以后在印度三个月的休养里又几乎因为饥饿之后的过饱而死去,

---

① 王佐良此文最初用英文写成、发表于伦敦的 *Life and Letters* 杂志1946年6月号,中文本初题《一个中国诗人》,附录于穆旦1947年5月在沈阳自费出版的《穆旦诗集(1939—1945)》,又以《一个中国新诗人》为题刊于1947年7月1日出版的《文学杂志》第2卷第2期,文字略有不同,下面的引文即据《文学杂志》。

> 这个瘦长的,外表脆弱的诗人却有意想不到的坚韧。他活了下来,来说他的故事。
>
> 但是不! 他并没有说。因为如果我的叙述泄露了一种虚假的英雄主义的坏趣味,他本人对于这一切觉得淡漠而又随便,或者便连这样也觉得不好意思。只有一次,被朋友们逼得没有办法了,他才说了一点,而就是那次,他也只说到他对于大地的惧怕,原始的雨,森林里奇异的,看了使人害病的草木怒长,而在繁茂的绿叶之间却是那些走在他前面的人的骷髅,也许就是他的朋友们的。
>
> 他的名字是穆旦,现在是一个军队里的中校,而且主持着一份常常惹是非的报纸。他已经印了二个诗集,第三个快要出来。……

按,王佐良所谓"已经印了"的二个诗集,当包括1947年5月出版的《穆旦诗集(1939—1945)》,而在该集中最能表现穆旦上述经验的诗篇,则显然非《森林之魅》莫属了。自上世纪80年代中期以来,研究者们都注意到了王佐良转述的穆旦经历与他的一些诗作如《森林之魅》的关系,纷纷把该诗视为穆旦表现其1942年惨痛经验的典型诗篇,而论证精审者则首推日本的中国诗歌翻译与研究专家秋吉久纪夫——在他编译的《穆旦诗集》(土曜美术社出版,1994年)里收录有一篇长文《缅甸战线上的穆旦——诗歌〈森林之魅〉的主题》,①搜罗了相当完备的文献资料,对该诗题旨做出了翔实的考释,中国学者迄今难以超越。

可是,从王佐良到秋吉久纪夫直至当今的研究者,好像都没有注意到穆旦那段非同寻常的经验在《隐现》中的表达。这在王佐良先生来说并非失察,因为几乎可以肯定的是,他写《一个中国新诗人》之时,可能既不知道《隐现》的初刊本也未看到《隐现》的修订本,当然也就无从判断穆旦那段"最痛苦的经验"还有比《森林之魅》更具深度的表

---

① 我看不懂也看不到秋吉久纪夫的日文版《穆旦(ムーダン)詩集》,我所见《缅甸战线上的穆旦——诗歌〈森林之魅〉的主题》中译文,附于张松建的《评秋吉久纪夫〈缅甸战线上的穆旦——《森林之魅》的主题〉》后,见 http://www.fgu.edu.tw/~wclrc/drafts/Singapore/zhang-s/zhang-s-04.htm,2003-11-15,但不知出自谁的译笔。

现。至于秋吉久纪夫以后的研究者,则一来似乎过于简单地相信王佐良转述的即是穆旦最为深刻的经验,并从而断定最明显地表达了这经验的诗乃是《森林之魅》,于是便据王佐良所谓"他对于大地的惧怕"来解读《森林之魅》,二来或许过于老实地以为《隐现》作于1947年因而与穆旦1942年的痛苦经验无关——的确,乍一看《隐现》修订本并无直接点明那场战争的笔墨呀。

然则,《隐现》究竟与穆旦1942年的"最痛苦的经验"有没有关系呢?当然有。事实上,在《隐现》的初刊本里,诗人就有一段化身为"情人的自白"——

> 那一切都在战争,亲爱的,
> 那以真换来的假,以假换来的真,
> 我和无我,那一切血液的流注
> 都已和时间同归消隐。
> 那每一伫足的胜利的光辉
> 虽然照耀,当我终于从战争归来,
> 当我把心的深处呈献你,亲爱的,
> 为什么那一切发光的领我来到绝顶的黑暗,
> 坐在山岗上让我静静地哭泣。

现在已知《隐现》初创于1943年3月,则"我终于从战争归来"之"战争",应即是令穆旦"最痛苦"的1942年缅甸之役,而《隐现》乃正是穆旦战场归来后痛定思痛的长吟。

不过,即使都长歌当哭地表现了对那场战争的痛苦经验,《隐现》与《森林之魅》两诗仍存在着不容忽视的差别。这差别既关乎经验及情感的深浅,也涉及诗体及格调的区分。

如其副题所示,《森林之魅》是为纪念死去的战友而作的祭歌,题旨是比较单纯的,所以也相应地出之以比较浅显的表现:全诗只着力描绘了原始森林的荒蛮不仁和陷入其中的兵士们的迷幻与绝望,最后以"英灵化入树干而滋生"的悲惨死亡作结。读者只要对照王佐良转述的穆旦"说到他对于大地的惧怕,原始的雨,森林里奇异的,看了使人害病的草木怒长,而在繁茂的绿叶之间却是那些走在他前面的人的骸髅",就不难明白《森林之魅》中那看似张皇恐怖的描写其实都是实实在在的写实,力透纸背的笔触传达的乃是单纯的悲悯之情,并无深意也无须深求——全面表现对战争的复杂感怀和深入反思,并不是一首祭歌的职分。

《隐现》就复杂而且深刻多了。这是一首带有宏大叙事和深广寄托的抒情长诗。如上所说,就其创作的感兴缘起而论,这首长诗同样基于穆旦1942年远征缅甸的痛苦经验,但它不是诗人战地经验的简单反映,而是痛定思痛的深长咏思和推而广之的历史反思。按,晚年的穆旦曾援据英国现代诗人奥登,认为诗歌创作是诗人切身的历史经验的抒写——"奥登说他要写他那一代人的历史经验,就是前人所未遇到过的独特经验。……我由此引申一下,就是,诗应该写出'发现的惊异'。你对生活有特别的发现,这发现使你大吃一惊……所以,在搜求诗的内容时,必须追究自己的生活,看其中有什么特别尖锐的感觉,一吐为快的。"进而穆旦又强调诗歌创作也不能以生活经验的一吐为快为足止,还必须深化经验,因为可以为诗的经验中"一瞬即逝的内容很多;可是奥登写的中国抗战时期的某些诗(如一个士兵的死),也是有时间性的,但由于除了表面一层意思外,还有深一层的内容,这深一层的内容至今还能感动我们,所以超过了题材的时间局限性"。① 这也可说是穆旦的夫子自道——那时尚未"平反"的穆旦只能借对他人的评论来言说自己过去的创作体会。② 回头来看抗战时期的穆旦,他亲身经历的"前人所未遇到过的独特经验",自然莫过于1942年参加赴缅远征军的惨痛遭遇,而当他"终于从战争归来"之后,经过了一段痛定思痛的回味和反思,确乎有了远比"对于大地的惧怕"更为深广的"发现"和感怀,遂将一切倾注于长诗《隐现》之中。该诗令人印象深刻地感受到,从战场归来的穆旦显然已无复"英雄主义的坏(?)趣味",也不再是一个单纯站在国族立场上讴歌民族抗战、欢呼民族复兴的诗人,而已成长为一个超越了民族国家界限、能够站在全人类的立

---

① 穆旦1978年9月6日致郭保卫信,引文见《穆旦诗文集》第2卷第184页,人民文学出版社,2006年。

② 1940年代的穆旦可能也受到他的老师冯至所倡导的诗是经验之深化的深度抒情诗学的影响。冯至的深度抒情诗学主张,首见于他1936年纪念里尔克的文章《里尔克——为十周年祭日作》,载1936年12月10日出版的《新诗》杂志第3期,但对其后辈如穆旦等产生影响,则应在冯至1941年成功创作了十四行诗之后。

场上来质疑战争的诗人,这使他发现——

> 我们拥护战争与和平,为了固守我们的生活原则和美德,
> 可是在战争与和平中,它们就把它们的清白卖给我们的
> 　　敌人,
> 那曾经有过的将会再有,那曾经失去的再被失去。
> 我们的心永远扩张,我们心永远退缩,
> 我们要承受我们施出的恶果。

并且难能可贵的是,穆旦在沉痛的反思中也没有回避自我的反省。他坦承:"当我回顾的时候,我看见另外一个我自己",他痛苦地发现即使身在正义的抗战阵营中的"自己",其实也并非问心无愧、清白无辜——

> 我曾经生活过,我曾经燃烧过,
> 我曾经被割裂
> 在愤怒,悔恨,和间歇的冷热里。
> 我曾经憎恶一个人,把他推去,
> 他有高颧骨,小眼睛,枯干的耳朵,
> 他用嘶哑的声音喝喊他的同族,
> 他用辛劳,鞭子,苦笑,来增加自己的一点积蓄。
> 　　他在黄金里看见什么呢?他的一切为了什么呢?
> 　　宽恕他,为了追寻他所认为最美的,
> 　　他已变得那样可厌,和憔悴。
>
> 我曾经把他推去,把我的兄弟推去,
> 我曾经自立在偏见里,而我没有快乐,
> 我从一个家系出来,看见他们都是弟兄,
> 看见这一个欺骗,那一个用口舌
> 完成一切他的能力所不能完成的。
> 　　他活着为什么呢?他不断的虚空有什么安慰呢?
> 　　宽恕他,因为他觉得他是看见了
> 　　真实,虽然包容在流动的语言里。

在这些诗句背后,无疑隐含着身为军官的穆旦对自己的社会偏见

的反省,更折射着他在胡康河谷眼见战士悲惨地送死殒命而自己无力援手的惨痛经验和人性挣扎。的确,由于战争席卷了一切,人性也在自我战争中,所以穆旦才极为沉痛地感叹"那一切都在战争",总而言之,现代战争使人类所自诩的文明、良知和人性等一切价值都被摧毁殆尽了。由此,穆旦在《隐现》中进而展开了对人类文明尤其是现代文明的深入反思。他发现——

> 我们站在这荒凉的悬崖上,
> 我们是廿世纪的众生骚动在黑暗里,
> 我们有机器和制度却没有幸福
> 我们有复杂的感情却无处归依
> 我们有很多声音而没有真理
> 我们有良心我们永无法表露
> 而我们已经看见过了
> 那使我们沉迷彩色只能使人厌倦
> 那煽感(惑)的言语只能燃烧我们的半生
> 那使我们疯狂的
> 是我们生活里堆积的,无可发泄的感情
> 被我们所窥见的半真理利用

他发现现代人从内在的精神到外在的行为都失去了可以追依的价值和意义之源——

> 而我们生活着们(却)没有中心
> 我航(们)有很多中心
> 我们的很多中心不断地冲突,
> 或者我们放弃
> 无尽的丰富枯死在种子里
> ……
> 每日每夜,我们计算增加一点钱财
> 每日每夜,我们度量这人或那人对我们的态度
> 每日每夜,我们发明一些社会给我们安排的前途
> ……
> 等我们哭泣时已经没有眼泪

>等我们欢笑时已经没有声音
>等我们热爱时已经一无所有……

于是,就像经历了第一次世界大战的T. S. 艾略特发出"荒原"的悲叹一样,身经第二次世界大战的中国诗人穆旦也发出了"我们像荒原一样"的悲鸣。就此而言,穆旦的同窗诗友王佐良在当年评论穆旦时特别强调"这些联大的年青诗人们并没有白读了他们的艾里奥脱与奥登"①,实在是明敏而且坦诚的判断,尽管那时的王佐良尚未看到《隐现》。事实上,不仅艾略特"荒原"式的历史文化观感及其现代主义的诗艺,还有他因有感于人类文明之"荒原"从而倡导复兴宗教的救赎之道(这在《四个四重奏》里有集中的表现),都对40年代的穆旦产生了显著的影响和启发。当然,所谓影响和启发乃是在艺术表现和思想路径上,所以自不同于照猫画虎的模仿——归根结底,《隐现》植根于穆旦参加赴缅远征军而九死一生的经验和推而广之的反思,这经验和反思之深刻的个性化烙印,是无法也无须模仿的。

不难理解,亲历了现代战争的残酷,目睹了现代文明的荒凉,洞察到人类行为的愚妄,穆旦的确满怀着深刻的痛苦和绝望的情绪,这促使他去寻求精神的寄托和神性的救赎。由此,痛苦的穆旦找到了"主"或者说"上帝",一个形而上的超越性存在——

>在寻求你的时候,主呵,让我们忍耐而且快乐,
>因为谁能无视呢?每个挫折带我们更近你一步,
>我们失败了才能愈感到你的坚真和完整,
>我们绕过一个圈子才能在每个方向里和你溶合。
>
>让我们和耶稣一样,给我们你给他的快乐,
>因为我们已经畏惧了
>在相反的人中扩大我自己,
>让我们体味朝你的飞扬,在无尽连续的事物里
>让我们违反自己,拥抱一片广大的面积。
>
>……
>让我们和穆罕莫德一样,在他沙漠的岁月里

---

① 王佐良:《一个中国新诗人》,《文学杂志》第2卷第2期,1947年7月1日北平出刊。

>让我们在说这些假话做这些假事时
>想到你
>
>……
>
>如果我们像荒原一样,不得到你的雨露的降临;
>如果我们仍在聪明的愚昧里,不再苏醒;
>主呵,因为我们看见了,我们已经有太多的战争,
>太多的不满足,太多的生中之死,死中之生
>我们有太多的分裂,阴谋,冷酷,陷害,报复,
>这一切把我们推到相反的极端,我们应该
>忽然转身,看见你
>
>这是时候了,这里是我们被曲解的生命
>请你引导,这里是我们碎裂的众心
>请你揉合,
>主呵,你来到最低把我们提到最高的……

这是《隐现》最后一章《祈神》的片段,绝望的穆旦最终向上帝发出了救赎的祷告。当年的王佐良曾从穆旦的其他诗作里得出过一个敏锐的判断:"穆旦对于中国新写作的最大贡献,照我看,还是他创造了一个上帝。他自然并不为任何普通的宗教或教会而打神学上的仗,但诗人的皮肉和精神有着那样的一种饥饿,以至喊叫着要求一点人身以外的东西来支持和安慰。"[①]王佐良的话既揭示了穆旦诗作之非同寻常的宗教情结,也提醒读者不要把穆旦简单地视为一个宗教诗人。换言之,"祈神"的穆旦并不一定像皈依英国国教的艾略特那样祈向于某一种宗教,他诗中的"主"或"上帝"乃是其超越性追求(神学的也是玄学的)的象征和返归仁慈的大爱之寄托,此所以"耶稣"和"穆罕莫德"才能在他笔下不加轩轾地作为神的使徒而并存共在,这在虔诚的英国国教徒艾略特那里就不大可能了。

话说至此,《隐现》的题旨也就约略可见了。贯穿于全诗的咏思有两条线索,一是人类世界之显然的表象及隐蔽其后的真相,二是超验的神性之对人类的隐藏与显现。这两条线索是交织在一起的——芸

---

① 王佐良:《一个中国新诗人》,《文学杂志》第 2 卷第 2 期,1947 年 7 月 1 日出版。

芸众生总是执迷于世界的表象和世俗的价值,不论群体还是个人、是在战争还是和平中,都自以为是在追求真善美的永恒价值,往往盲目不知其存在的历史性、有限性及其行为的愚昧和价值的虚无,而亲身体验了战争之浩劫、亲眼见证了人类之愚行的诗人,则在痛定思痛的反思之后幡然觉悟,"发现"了超越性的存在之全与美、神性的真理之普遍与永恒,于是"忽然转身"祈求神的显现和引导。这或许就是穆旦把这首长诗命名为《隐现》的初衷吧。应该说,把人类痛定思痛从而寻求身外寄托的悲怀、祈求精神救赎的愿心表现得如此深切感人的诗篇,在西方诗歌史上是并不鲜见的,即如现代诗三大师艾略特、瓦雷利和里尔克就莫不再三致意焉,而在中国现代诗史上《隐现》则几乎是仅见者,索诸既往的中国诗史,则屈原的《离骚》《天问》庶几近之。太史公曾叙论屈原的诗作之所以为作云:"人穷则反本,故劳苦倦极未尝不呼天地也;疾痛惨怛未尝不呼父母也。"(《史记·屈原贾生列传》)这是就《离骚》而言的,其实更近于人穷反本、呼天唤地的屈原长诗乃是《天问》,但不论是眷恋宗国的"离忧"还是疑愤难释的"问天",屈原的悲怀始终局限于世俗的世界而缺乏超越性救赎的祈向。穆旦的《隐现》则恰因祈求神对人的救赎而与屈原的人间长恨之歌似而不同。在古希伯来文学里,倒是不无近似者,如《旧约·诗歌·智慧书》里的《约伯记》。饱经人间磨难的约伯尽管也曾抱怨至高的主宰对自己的不公与不顾,然而终竟虔诚不移所以也就终于否极泰来、得享福报。不过,从《隐现》所谓"在寻求你的时候,主呵,让我们忍耐而且快乐,/因为谁能无视呢?每个挫折带我们更近你一步,/我们失败了才能愈感到你的坚真和完整,/我们绕过一个圈子才能在每个方向里和你溶合"来看,穆旦撇开一己的福祸而为人类寻求救赎的愿心之宏大,显然超过了一人得道、全家得福的约伯。记得存在主义哲学家列夫·舍斯托夫也曾以约伯的遭遇为例,深入探讨了苦难中的人如何认识当下的局限、挣脱自我的束缚、从忍苦的悲悯中获得救赎的问题。①穆旦的《隐现》在苦难的救赎问题上,与舍斯托夫的"约伯论"颇有相近

---

① 参阅列夫·舍斯托夫著,董友等译:《在约伯的天平上》,三联书店,1989 年。

之处。①

《隐现》无疑是中国现代诗中最为重要的一首长诗,其感兴的广度和寄托的深度都首屈一指。在这里,我有意借用了"感兴"与"寄托"这两个中国古典诗学术语来解读这首很西化也很现代的长诗。所谓"感兴"即诗人的创作所由感发兴起的人生经验,经验的丰赡是一首诗的感性基础;所谓"寄托"则指诗人从经验中进一步开掘、升华和生发出来的那些更具普遍性的意蕴,它标志着一首诗的知性深度。可以说,这两个诗学概念既标示了古今中外一切好诗创作的两个阶段,也概括了一切好诗意境的两个层次,然而它们也只是一首好诗之所以为好诗的必要条件,却不足为充分条件。因为,一首好诗既要有超越感性的知性深度,在艺术抒写上却又始终不可脱离经验的可感性。就此而言,《隐现》的"过失"也无庸讳言。

这个"过失"自非一言所可明,还需从《隐现》的两个版本的校读入手做进一步的探究。

诗的隐显或寄托辩证法:《隐现》的艺术得失片谈

校读《隐现》的两个版本,可以发现和澄清不少问题。

比如,从初刊本到修订本,《隐现》到底有多大变化、还能算是同一首诗么?这个不免让人起疑的问题,其实不难澄清。不错,乍一看《隐现》从初刊本到修订本确乎修改多多:不仅许多诗句的字词用语多有细密的修改,而且有整段整节的较大面积的次序调整,以至于我在校勘的过程中曾经担心逐字逐句地出校,会使校勘稿烦琐累赘到无法读下去,因而只好采取折中之法,即在校记里附录那些修改较多的诗节

---

① 已有研究者指出这一时期的穆旦"内心显然已然发生了一种重要的变化",并援引舍斯托夫的《在约伯的天平上》对陀思妥耶夫斯基的评论来言说穆旦的变化——见易彬:《从"野人山"到"森林之魅"——穆旦精神历程(1942—1945)考察》,载《中国现代文学研究丛刊》2005年第3期。按,易彬在文末强调:"1958年,政治风云突变,诗人被打为'历史反革命'。诸多'罪状'中,有一条就是1942年的经历。"在此我想顺便补充的是,穆旦在抗战胜利后重入"国军",奔赴东北,介入内战,更有可能成为其"不赦之罪",虽然此"罪"连同前"罪"在新中国初期都未被追究,但一旦"政治风云突变",自难免被追谴而数罪并罚了。

诗段以代替逐字逐句的校勘。如此细密而且大面积的改订和调整,还能说修改不大么?然而不然——修改多并不等于修改大。只要仔细校读两个版本,则不难发现修订本的所有修改几乎都是修辞性的,修辞性的修订当然体现了穆旦精益求精的艺术苦心,表明他对自己的这首长诗的重视,并且经过修订的《隐现》较诸初刊本也确是更为整饬了一些,但究其实,诸多的修辞性修改并未达到足以真正改变《隐现》的程度,读者即便读的是1947的《隐现》修订本,仍得说它基本上还是1943年创作的那首诗。所以说了归齐,后出的《隐现》修订本和原初的《隐现》初刊本并无大差别。

可是,一个令人遗憾的问题——《隐现》的艺术过失——也恰在两个版本的对勘中暴露无遗。不待说,穆旦切身的历史经验之复杂和痛切,他痛定思痛后的思想寄托之广大与深远,都无可置疑,但问题是这一切,尤其是诗人深广的思想寄托,在诗中却是以一种不仅相当直抒胸臆而且颇为抽象概括的方式表现出来的。如此倾情抒写、痛切告白诚然是酣畅淋漓,然而也显然地过于直接和直露了。事实上,过于直陈所怀的毛病在《隐现》初刊本里就已经比较重了,然而作者还嫌不够,修订本于是有加无减,遂使这个毛病引人注目地凸显出来了。

即以"爱情的发现"一小节为例,《隐现》初刊本叙写的是归来的诗人痛苦地回忆自己在战场上曾经将战友"推出去"、置兄弟于不顾的偏见与卑劣,具体而微地揭露了战争对人性的摧残和爱的普遍丧失,表现了诗人痛切的自我反省和可贵的人性复归。在总体上已经较为直露、颇嫌抽象的《隐现》初刊本里,这样一节诗算是难能地保留了一点比较具体的个人经验的抒写,所以读来颇为亲切。可是到了《隐现》修订本里,这一节诗的具体抒写荡然无存,取而代之的是诸如"活着是困难的,你必须打一扇门。/那为人讥笑的偏见,狭窄的灵魂/使世界成为僵硬,残酷,令人诅咒的,/无限的小,固执地和我们的理想战斗,/(在有路的地方,就有光的引导。)/挡住了我们,使历史停在这里受苦"等等抽象的抒情。当然,不必迷信诗的"形象思维"主义,诗并非绝然不能"抽象抒情",但那显然应该有个限度——一般只限于一些短诗如陈子昂的《登幽州台歌》就是直抒胸臆且抽象抒情的名篇,长诗中适当插入抽象抒情的片段,亦可收片言居要、警策全篇之效;可是一首长诗若连篇累牍几乎皆是宏大的历史感慨和玄远的抽象抒情,那就委实失之太过而不免让人在审美上感觉难过了。

把这个问题推而广之,也就涉及诗与历史、哲学(以及宗教)的关系这个老话题了。

"写诗这种活动比写历史更富于哲学意味,更被严肃的对待,因为诗所描述的事带有普遍性,历史则叙述个别的事。"① 亚里士多德的这段名言可谓人所共知,至今仍被人频频引来作为诗歌追求超越历史的普遍性即哲学意味的理据。诚然,诗,尤其是一首好诗,是不能也不应止于具体的特殊的历史经验之抒写,而必然也应该追求更大的抒情广度和深度,即更具普遍性和概括性的意义;但必须注意的是,亚里士多德所谓诗的普遍性只是就人类事务的可能性而言,而诗的普遍性却不能脱离具体的特殊的人间经验而出之,此所以诗又显然不同于抽象的哲学和超验的神学,反倒与历史相近了——不论大到人类族群的历史兴衰还是小到个人的生命历史,不都是具体的特殊的东西么?如此看来,即使高调地引哲学入诗学的亚里士多德也不能把历史性的因素斥逐于诗之外:不仅一切诗的感兴缘起都是人的具体的历史经验,而且诗的艺术抒写也应尽量如具体的历史那样具象些,方可与哲学思辨、宗教说教区别开来。总之,诗毕竟是诗而非哲学论文亦非宗教布道,所谓更具普遍概括性的深广度自有其艺术的限度,一旦超过了合理的限度——诗所应有的具体可感性——那可能就得不偿失了。

所以问题的关键在于,如何使诗之超越感性的知性深度如哲学意味和宗教关怀等等,在艺术抒写上始终不脱离具体可感的感性经验。在这方面,西方现代诗诸大家如艾略特、瓦雷利和里尔克等都有成功的创作经验并在理论上各有论说。与穆旦同时的"新生代"现代派诗人兼诗论家袁可嘉,也正是在借鉴了西方现代派诸大家(偏重于英美诗人)的基础上,提出了一套兼综现实、象征与玄学的诗学新思维:"现实表现于对当前世界人生的紧密把握,象征表现于暗示含蓄,玄学则

---

① 亚里士多德著、罗念生译:《诗学》第九章第29页,人民文学出版社,1984年。

表现于敏感多思、感情、意志的强烈结合及机智的不时流露。"①显然，袁可嘉所谓"对当前世界人生的紧密把握"的"现实"感，即穆旦所谓既具有个人的独特性而又足以代表一代人的"历史经验"，袁可嘉所谓的"玄学"也即穆旦所谓超越了现实表象的"深一层的内容"，而"象征"则是他们一致认可的艺术表现方法——为了反对浪漫主义的直抒胸臆和夸张修辞，他们主张用具体的情景描写构成象征性的艺术境界，间接地表现诗人的现实感怀，含蓄地暗示诗人的深度寄托。应该说，这种"新综合"的诗学思维表达了包括穆旦在内的"新生代"现代派诗人共同的诗学理想，即从现实的历史的感性经验入手而又超越感性经验的局限，力图达到更具普遍性的知性深度（玄学），但又深知过重的知性会伤害诗所应有的具体可感性，所以又强调一切"表现于暗示含蓄"的象征主义艺术。②

其实，类似于现代派诗人的新综合诗学理念，在中国古典诗学里早已得到了辩证中肯的揭示，那便是主张从"求有寄托"到"求无寄托"的寄托诗学辩证法。寄托诗学也可谓中国本土的象征诗学传统，它大体经历了三个发展阶段：最初肇端于屈原《离骚》拿"美人香草以喻君子"的艺术创格，嗣后经两汉的刘安、司马迁和王逸等人的先后表彰而成为艺术典范，这可称为寄托诗学的初级阶段；此后这个传统不绝如缕，到晚唐五代及两宋时期，一些诗人词人乃有意祖述屈骚，使这个艺术传统得以重振，这可说是寄托诗学的第二个阶段；其最后一个阶段则随着清代词学复兴而来，一些词学理论家如常州词派的周济等为提高词的品位乃取法于诗骚，从而对寄托诗学的历史经验做出了出色的理论总结。颇有意思的是，周济也首先强调作词要表达切身的历史经验并努力开掘经验的深度，以为"感慨所寄，不过盛衰，或绸缪未雨，或太息厝薪，或己溺己饥，或独清独醒，随其人之性情学问境地，莫

---

① 袁可嘉：《新诗现代化——新传统的寻求》，1947年3月30日天津《大公报·星期文艺》。
② "'新生代'现代派诗人"或"现代主义诗潮的'新生代'"，是笔者起用唐湜当年的说法推而广之，给予包括穆旦在内的崛起于战时的现代派诗人群的命名，关于该诗人群及穆旦的概述，可参阅严家炎先生主编的《二十世纪中国文学史》第十五章第五节（见该书中册第169—183页），高等教育出版社，2010年。

不有由衷之言。见事多,识理透,可为后人论事之资。诗有史,词亦有史,庶乎自树一帜矣"①。正是在此基础上,周济提出了他的寄托辩证法,一方面指出作词不应仅限于历史经验的表达,还应追求更为深广的思想寄托,另一方面又认为不能径直以"独深"的寄托代替具体的抒写,所以比较理想的进路乃是从有寄托入手而最终达到寄托之了无痕迹的浑涵之诣:"初学词求有寄托,有寄托则表里相宜,斐然成章。既成格调,求无寄托。无寄托,则指事类情,仁者见仁,知者见知。"②后来又补充说:"夫词非寄托不入,专寄托不出。一物一事,引而伸之,触类多通。……意感偶生,假类毕达,阅载千百,馨欬弗违,斯入矣。赋情独深,逐境必寤,酝酿日久,冥发妄中。虽铺叙平淡,摹绩浅近,而万感横集,五中无主。读其篇者,临渊窥鱼,意为鲂鲤,中宵惊电,罔识东西。赤子随母笑啼,乡人缘剧喜怒,抑可谓能出矣。"③应该说,周济揭示的寄托诗学(词学)辩证法与袁可嘉总结的"新综合"诗学理想是颇为相似的。

可以理解,由于青年诗人穆旦"最好的品质却全然是非中国的"以至于"穆旦的胜利却在他对于古代经典的彻底的无知",④所以不必苛求他一定熟悉中国古典诗学。但穆旦对艾略特的创作经验与诗学主张确实相当熟悉,他的长诗《隐现》以及《森林之魅》等等就显然沾溉于艾略特的《荒原》,也因此近来常有论者为文比照其间的相似性。这种比较品评亦可谓事出有因、理有固然。即以《隐现》与《荒原》相较,二诗所由感发的历史经验及由此生发而来的寄托之深广,也确有一比。然而窃以为其间的差别也不可忽视。这差别主要在艺术上。可是,或许是震于二人的盛名吧,一般的艺术比较往往流于简单的攀比,而常常模糊了差别。

比如,近年来就不断有人强调穆旦的《隐现》等长诗成功地学到了《荒原》等西方现代诗的"戏剧化"表现方法,而所谓"戏剧化"据说便

---

① 周济:《介存斋论词杂著》之"词亦有史"条,见唐圭璋编:《词话丛编》第1630页,中华书局,1986年。
② 周济:《介存斋论词杂著》之"学词途径"条,见唐圭璋编:《词话丛编》第1630页。
③ 周济:《宋四家词选目录序论》,见唐圭璋编:《词话丛编》第1643页。
④ 王佐良:《一个中国新诗人》,《文学杂志》第2卷第2期,1947年7月1日出刊。

是像诗剧一样在诗里分角色、多声部的抒叙云云。这恐怕有点似是而非，既高估了穆旦的艺术造诣也委屈了艾略特的艺术真谛。其实，《隐现》等长诗的分角色抒叙不过是抒情主体的分层而已，很难据此就说它们成了诗剧或戏剧体诗；而更重要的是，作为西方传统诗体的诗剧或戏剧体诗，与作为英美现代主义诗艺重要标志的"戏剧化"，是不能简单画等号的。当然，后来的艾略特也尝作诗剧，试图重现昔日诗剧的光荣，可是并不怎么成功，倒是"戏剧化"的表现方法的确因为他在《普鲁弗洛克的情歌》尤其是在《荒原》里的成功运用而大放异彩，产生了广泛深远的影响，几乎成了英美一系现代主义诗艺的"象征"。溯流追源，艾略特诗的"戏剧化"方法乃是从法国象征主义的诗法和英国维多利亚时期名诗人罗伯特·勃朗宁的"戏剧独白"发展而来，旨在追求抒情寄意的客观性、间接性，就像写实小说家那样尽量让倾向性通过客观具体的细节场面描写和人物的自我表演自然而然地流露出来，乃至如意识流小说那样通过人物自我戏剧化的内心独白来达到深层心理的揭示，所以现代主义诗艺的"戏剧化"也被称为"小说化"。倘若我们对西方现代派诗艺之核心的"象征"不作望文生义的理解，则应该明白艾略特诗的"戏剧化"或"小说化"，乃正是把"象征"从早期象征主义阶段大力推进到一个更为"现代主义"的新阶段。说起来，艾略特原本是学哲学出身，后来又虔诚皈依英国国教，甚至不无宗教神秘主义倾向，所以他的诗往往感兴阔大、关怀玄深，但令人折服的是他在艺术思维上却能够"极高明而道中庸"——不是径直把自己深广的思想关怀一股脑儿倾泻给读者，而是尽可能不着痕迹地寄寓在具体的历史人事情境或日常生活现象的客观描绘之中，力求用一系列具体而微而又颇富戏剧性张力甚至像小说一样生动具体的描写，构成一种仿佛自然而然而又含蓄暗示的艺术境界，间接地传达自己的现代经验和深度关怀。读者只要打开艾略特的诗篇，都不难感受到其寄托极深广之关怀于具体而微之境象的艺术魅力。如《普鲁弗洛克的情歌》通篇就是戏剧独白，通过一个小人物自我戏剧化的内心独白，亲切自然而又深切透彻地展现了现代人生的苍白与空虚。至于长诗《荒原》则诚然引证宏富、警句秀出、感怀深广，但大体上仍以戏剧化或者说小说化的客观描绘为主，具体而微地暗示出现代文明的荒凉、含蓄隐曲地传达出别求救赎的心声。如此精湛的艺术造诣,用中国诗学的寄托辩证法来说,正所谓从容出入于寄托而最终达到寄托之了无痕迹的"浑涵之诣"。穆旦纵使不熟悉中国的寄托诗学,但肯定"没有白读了他们的艾里奥脱与奥登",所以他对艾略特以具体而微的戏剧化或小说化抒写来含蓄暗示其深广关怀的象征诗艺,其实是心仪手追的,这在他创作的一些短诗里有颇为成功的表现。可是,穆旦的几首比较重要的长诗,尤其是感怀最为深广的《隐现》,却止于"专寄托不出"的境地:初刊本里本来就不多的一点具体而微的抒写,到修订本里差不多都被修改掉了,于是全诗充满了过于阔大的历史感慨和倾情告白的抽象抒情,读来虽然也不无感人的力量,但较诸《荒原》就颇有艺术的等差了——《荒原》的寄托之深广至少不输于《隐现》,但在艺术上始终坚持"表现于暗示含蓄"的象征,而《隐现》的寄托则和盘托出,在艺术上显然失之过显了。

如此看来,诗"无寄托"固然不好,"专寄托不出"也未必佳,此诚所谓过犹不及也。

2010 年 7 月 20—8 月 20 校写于清华园北之聊寄堂。

穆旦长诗《隐现》初刊本校录

辑校说明：1945年1月重庆《华声》半月刊第1卷第5—6期合刊号刊载了一首长诗《隐现》，作者署名"穆旦"，诗后附注创作于"一九四三年三月"，并有"编者"后按云："穆旦先生，最近有《探险队》(诗集)出版(昆明，文聚社)"。是为《隐现》的初刊本(以下简称《华声》本)。后来诗人对此诗作了较大修改，重刊于1947年10月26日天津《大公报》和1948年5月北平《文学杂志》第2卷第12期(以下分别简称《大公报》本和《文学杂志》本)，目前通行的此诗文本见2006年人民文学出版社版《穆旦诗文集》第1卷，乃是"据家属提供作者生前所做的修订稿编入"的(以下简称《诗文集》本)。鉴于此诗在穆旦创作中的重要性，而其初刊本长期湮没无闻，所以特为校录、重刊于此，以便研究者参考。校录以《华声》本为底本，与《文学杂志》本和《诗文集》本对校。至于《大公报》本则颇为漫漶，究其实与《文学杂志》本出入甚少，所以略过不计。凡有文字异同与标点订正均出校记：涉及某句者，校记简称"此句"；包含多个诗句的一个长诗行，校记简称"这一长行"；涉及数行者，校记简称"以上若干行"；大段的删改修订则集中出校。

隐　现①

一② 宣道

(时间的主宰)③

白日是我们看见的,黑夜是我们看见的,
我们看不见时间,
未曾存在的出现了,出现的又已隐没,
我们不知道歌颂这真实的主宰,
一年,一月,一分,一秒,
喔,我们不知道一秒无限的丰富
我们不知道我们面对的恐怖
时间的占有和放弃,
我们看见的都是它所占有的,
我们看见的是它的意向的满足,
是苍天之下唯一的欢快
当我们的脚下永远崩覆:
一会儿山峰,一会儿草原,
一会儿花开,一会儿死亡,
一会儿相聚,一会儿离散,
一会儿密雨,一会儿燥风,
一会儿憎恨,一会儿妥协,
一会儿拥抱,一会儿厌倦,
一会儿解脱,一会儿年青,

---

① 《文学杂志》本和《诗文集》本在诗题下均有这样一句题词:"让我们看见吧,我的救主。"
② 原刊(《华声》,下同不另说明)此处无"一"字,从下文"二 历程""三 祈神"及《文学杂志》本的"(一)宣道""(二)历程""(三)祈神"各章编序来看,此处显然漏排了"一"字,特此酌补。另,《诗文集》本将分章的汉字"一""二""三"改为阿拉伯字母"1""2""3"。下同不另出校。
③ 此处括号里的文字当是诗章下的诗节的标题,《文学杂志》本和《诗文集》本删去。

一会儿克服,一会儿腐烂。①

(一切摆动)②

我们摆动于时间的两极,
我们说,我们是向着前面进行,③
因为我们认为真的④现在已经变假,
我们曾经哭泣过的,现在已被遗忘。
一切在天空,地上,和水里存在着的⑤我们都看见过了,
我们看见在所有的变动⑥中只有这个不变,
无论你怎样求进⑦只有这个不变,
新奇的已经发生过了正在发生着或者将要发生,然而只有这
　　个不变:

---

① 以上(时间的主宰)一节诗《文学杂志》本和《诗文集》本修改如下——
　　现在,一天又一天,一夜又一夜,
　　我们来自一段完全失迷的路途上,
　　闪过一下星光或日光,就再也触摸不到了,
　　说不出名字,我们说我们是来自一段时间,
　　一串错综而零乱的,枯干的幻象,
　　使我们哭,使我们笑,使我们忧心
　　用同样错综而零乱的,血液里的纷争,
　　这一时的追求或那一时的满足,
　　但一切的诱惑不过诱惑我们远离;
　　远远的,在那一切僵死的名称的下面,
　　在我们从不能安排的方向,你
　　给我们有一时候山峰,有一时候草原,
　　　　有一时候相聚,有一时候离散,
　　　　有一时候欺人,有一时候被欺,
　　　　有一时候密雨,有一时候燥风,
　　　　有一时候拥抱,有一时候厌倦,
　　　　有一时候开始,有一时候完成,
　　　　有一时候相信,有一时候绝望。
② 此处括号里的文字当是诗章下的诗节之标题,《文学杂志》本和《诗文集》本删去。
③ 以上两行《文学杂志》本和《诗文集》本改为:"主呵,我们摆动于时间的两极,/但我们说,我们是向着前面进行"。
④ 《文学杂志》本和《诗文集》本此处有","号。
⑤ "和水里存在着的",《文学杂志》本和《诗文集》本改作"和水里的生命"。
⑥ "变动"《文学杂志》本和《诗文集》本改为"变"。
⑦ "无论你怎样求进",《文学杂志》本和《诗文集》本改为"无论你成功或失败"。

到处的①河水流向大海,但是大海永远没有溢满,海水又交还
　　河流,
一个世代过去了,一个世代来临了,是在旧有腐烂的地方一
　　个新的回转,②
在日光下我们筑屋,筑路,筑桥:我们所有的劳役不过是祖业
　　的重复。
或者我们使用大理石塑像,渴求清晰和准确,看它终竟归于
　　模糊③,
我们惋惜美丽的失去了,我们使用文字,照相机和留声机,④
我们一切的发明为了保留舒适,但是舒适并不永住。
我们和机器同在,可是我们厌倦了,我们追念自然,⑤
以色列之王所罗门曾经这样说:
一切皆虚有,一切令人厌倦。
我们拥护战争与和平,为了固守我们的生活原则和美德,
可是在战争与和平中,它们就把它们的清白卖给我们的
　　敌人,⑥
那曾经有过的将会再有,那曾经失去的⑦再被失去,
我们的心永远扩张,我们心永远退缩
我们要承受我们施出的恶果⑧

---

① "到处的"《文学杂志》本和《诗文集》本改为"无尽的"。
② 这一长行《文学杂志》本和《诗文集》本改为:"一世代的人们过去了,另一个世代来临,是在他们被毁的地方一个新的回转。"
③ "渴求清晰和准确,看它终竟归于模糊",《文学杂志》本和《诗文集》本改为:"崇拜我们的英雄与美人,看他终究归于模糊"。
④ 这一长行《文学杂志》本和《诗文集》本改为:"我们痛惜美丽的失去了,但失去的并不是它的火焰。"另按,《华声》本和《文学杂志》本此句与上句间不空行,《诗文集》本则空行另起一段。
⑤ 以上两行《华声》本连排为一行,显为误排,此处改为两行。按,此处《文学杂志》本和《诗文集》本正排两行,文字略有改动:"我们一切的发明不过为了——但我们从没有增加安适,也没有减少心伤。/ 我们和错误同在,可是我们厌倦了,我们追念自然。"
⑥ 以上两行《文学杂志》本和《诗文集》本删去。
⑦ 此处《文学杂志》本和《诗文集》本增加了"将"字。
⑧ 以上两行《文学杂志》本和《诗文集》本改为:"我们的心不断地扩张,我们的心不断地退缩,/我们将终止于我们的起始。"

(永恒的静止)①

所以我们说：
我们能给出什么呢？我们能承受②什么呢？
一切原因通过我们③，又从我们流走，
所以④古老的传统，所有的节日，所有的智慧和愚蠢，⑤所有的树木花草都在等待我们的降生，
有一个生命通过了这所有的让它们等待⑥
智者让智慧流过去，少年让热情流过去，先知者让忧患流过去，农人让田野的五谷流过去，画师让美的形象流过去，统治者让阴谋和残酷流过去，反抗者让新生的痛苦流过去，世俗让稳定的力量流过去⑦，
我们是我们的付与，在我们的付与中折磨，
一切完成它自己；一切奴役我们，流过我们使我们完成。
所以我们说
我们能给出什么呢？我们能承受⑧什么呢，
生从我们流过去，死从我们流过去，善和恶从我们流过去，精灵和物质从我们流过去⑨，
有一个生命这样的诱惑我们，又把我们这样的遗弃⑩，

---

① 此处括号里的文字当是诗章下的诗节的标题，《文学杂志》本和《诗文集》本删去。
② "承受"《文学杂志》本和《诗文集》本改为"得到"。另，此句句末《华声》本和《文学杂志》本都漏排了"？"，此处据上下文义并参考《诗文集》本补上"？"。
③ 此句《文学杂志》本和《诗文集》本改为："一切的原因直接我们"。
④ 参考下文，此处"所以"当是原刊排印错误，应作"所有"，《文学杂志》本和《诗文集》本已改为"所有"。
⑤ "所有的智慧和愚蠢"，《文学杂志》本和《诗文集》改为"所有的喜怒笑骂"。
⑥ 此句《文学杂志》本和《诗文集》本改为："有一个生命赋予了这所有的让他们等待"。另，此句句末原刊无"，"，此据上下文义并参考《文学杂志》本和《诗文集》本补上"，"。
⑦ 这一长行《文学杂志》本和《诗文集》本修订为："智者让智慧流过去，青年让热情流过去，先知者让忧患流过去，农人让田野的五谷流过去，少女让美的形象流过去，统治者让阴谋和残酷流过去，叛徒让新生的痛苦流过去，大多数人让无知的罪恶流过去"。
⑧ "承受"《文学杂志》本和《诗文集》本改为"得到"。另，此句句末《华声》本作"，"，《文学杂志》本无标点，《诗文集》本改作"？"，此据上下文义并参考《诗文集》本改为"？"。
⑨ 这一长行《文学杂志》本和《诗文集》本修订为："在一条永远漠然的河流中，生从我们流过去，死从我们流过去，血汗和眼泪从我们流过去，真理和谎言从我们流过去"。
⑩ 以上两句中的"的"，《文学杂志》本和《诗文集》本改为"地"。

如果我们举起一只手来①

如果因此我们变动了光和影,如果因此花前有一丝微风,或者我们影响了另外一个星球,②

我们说,这只是过去的行动朝着它自己的方向完成。③

二 历程

在自然里固定着人的命运

当人从自然的赤裸里④诞生

他的命运是不断的获得⑤

隔离了多的去获得那少的

当人从自然的赤裸里诞生

我要要⑥指出他的囚禁,他的回忆

成了他的快乐

(情人自白)⑦

全是可以触到的⑧

亲爱的,是我脚下的路程:

该来的都已准备了,每一块基石

都已摆稳。父母的辛劳

为了我成长,孩童的约束

---

① 此句《文学杂志》本和《诗文集》本改为:"如果我们摇起一只手来:它是静止的,"。

② 以上两句《文学杂志》本和《诗文集》本改为:"如果因此花朵儿开放,或者我们震动了另外一个星球"。

③ 此句《文学杂志》本和《诗文集》本改为:"主呵,这只是你的意图朝着它自己的方向完成。"

④ 《文学杂志》本漏排了"里",《诗文集》本已补。

⑤ 此句《文学杂志》本和《诗文集》本改为:"他的努力是不断地获得"。

⑥ 此处衍一"要"字,《文学杂志》本和《诗文集》本删去。

⑦ 《文学杂志》本和《诗文集》本删去了此节诗题外的括号,改在诗题后加冒号。下同不另出校。

⑧ 此句《文学杂志》本和《诗文集》本改为:"全是不能站稳的"。

为了自尊,自尊为了责任。①
可是当我爬过了这一切而来临,
亲爱的,坐在山岗上让我静静地哭泣。②

那一切都在战争,亲爱的,
那以真换来的假,以假换来的真,
我和无我,那一切血液的流注
都已和时间同归消隐。③
那每一伫④足的胜利的光辉
虽然照耀⑤,当我终于从战争归来,
当我把心的深处⑥呈献你,亲爱的,
为什么那一切发光的领我来到绝顶的黑暗,
坐在山岗上⑦让我静静地哭泣。

---

① 以上四行《文学杂志》本修改为如下——
　　接受一切温暖的吸引在岩石上,
　　而岩石突然不见了。孩童的完整
　　在父母的约束里使我们前行:
　　那新鲜的知识,初见的
　　欢快,世界向我们不断地扩充,
《诗文集》本照改,并将"那新鲜的知识"改订为"获取新鲜的知识"。
② 《文学杂志》本将此句中的"山岗"改为"崩溃",《诗文集》本照改,并将句末的"静静地"改为"静静的"。
③ 以上四行《文学杂志》本和《诗文集》本修改如下——
　　一切都在战争,亲爱的,
　　那以真战胜的假,以假战胜的真,
　　一的多和少,使我们超过而又不足,
　　没有喜的内心不败于悲,也没有悲
　　能使我们凝固,接受那样甜蜜的吻
　　不过是谋害使我们立即归于消隐。
④ "伫"《文学杂志》本误为"贮",《诗文集》本复正为"伫"。
⑤ "照耀"《文学杂志》本和《诗文集》本改为"胜利"。
⑥ "深处"《文学杂志》本和《诗文集》本改为"疲倦"。
⑦ "坐在山岗上",《文学杂志》本改为"坐在崩溃的峰顶",《诗文集》本照改,并将句末"静静地"改为"静静的"。

(合唱队①)

如果我们能够看见他
如果我们能够看见
不是这里或那里的苗生
也不是时间能够拿起或者放弃的②
如果我们能够给出我们的爱情
不是射在物质和物质上使它自己消损
如果我们能够看见③
我们小小的恐惧我们的惶惑和暗影
放在大的光明中

如果我们能够摆脱
欲望的暗室和习惯的硬壳
迎接他
如果我们能够尝到
不是一层甜皮下的经验的苦心
他是静止的生出虚妄④
他是众力的一端生出他的违反。
他给安排的歧路和错杂!⑤
为了我们知道⑥渴求
原来的地方。
所以,他是这样喜爱⑦
他让我们分离
他给我们一点权力等它自己变灰,
喔,⑧他正等我们以损耗的全热

---

① "合唱队"《文学杂志》本和《诗文集》本改为"合唱"。
② 《文学杂志》本此下空一行。
③ "看见"《文学杂志》本作"洗涤"。
④ "虚妄"《文学杂志》本作"动乱"。
⑤ 《文学杂志》本此行行首有"O"。
⑥ "知道"《文学杂志》本作"倦了以后"。
⑦ 此行《文学杂志》本作"他是这样地喜爱我们"。
⑧ "喔,"《文学杂志》本改为"O"并删去了","。

投回他慈爱的胸怀。①

(爱情的发见)

我曾经生活过,我曾经燃烧过,
我曾经被割裂
在愤怒,悔恨,和间歇的冷热里。
我曾经憎恶一个人,把他推去,
他有高颧骨,小眼睛,枯干的耳朵,
他用嘶哑的声音喝喊他的同族,

---

① 以上(合唱队)一节诗《诗文集》本修改如下——
如果我们能够看见他
如果我们能够看见
我们的童年所不意拥有的
而后远离了,却又是成年一切的辛劳
同所寻求失败的,

如果人世各样的尊贵和华丽
不过是我们片面的窥见所赋予,
如果我们能够看见他
在欢笑后面的哭泣哭泣后面的
最后一层欢笑里,

在虚假的真实底下
那真实的灵活的源泉,
如果我们不是自禁于
我们费力与半真理的蜜约里
期望那达不到的圆满的结合,
在我们的前面有一条道路
在道路的前面有一个目标
这条道路引导我们又隔离我们
走向那个目标,

在我们黑暗的孤独里有一线微光
这一线微光使我们留恋黑暗
这一线微光给我们幻象的骚扰
在黎明确定我们的虚无以前

如果我们能够看见他
如果我们能够看见……

　　　　他用辛劳,鞭子,苦笑,来增加自己的一点积蓄。①
　　　　　他在黄金里看见什么呢? 他的一切为了什么呢?②
　　　　　宽恕他,为了追寻他所认为最美的,
　　　　　他已变得那样可厌,和憔悴。③

　　　我曾经把他推去,把我的兄弟推去,
　　　我曾经自立在偏见里,而我没有快乐,
　　　我从一个家系出来,看见他们都是弟兄,
　　　看见这一个欺骗,那一个用口舌
　　　完成一切他的能力所不能完成的。
　　　　　他活着为什么呢? 他不断的虚空有什么安慰呢?
　　　　　宽恕他,因为他觉得他是看见了
　　　　　真实,虽然包容在流动的语言里。④

----

① 以上七行《文学杂志》本修改如下——
　　活着是困难的,你必须打一扇门。
　　这世界充满了生,却不能动转
　　挤在人和人的死寂之中,
　　看见金钱的闪亮,或者强权的自由,
　　伸出脏污的手来把障碍屏除,
　　(在有路的地方,就有光的引导。)
　　阴谋,欺诈,鞭子,都成了他的扶助。
《诗文集》本在《文学杂志》本的基础上,又将第一行改为"生活是困难的,哪里是你的一扇门?"、第二行里的"生"改为"生命"、第五行里的"屏"改为"摒"、第六行里的"路"改为"行为"。

② "他的一切为了什么呢?"《文学杂志》本和《诗文集》本改为:"他从暴虐里获得什么呢?"

③ 此句《文学杂志》本改为"他已变得这样丑恶,和孤独"、《诗文集》本改为"他已变得这样丑恶,和冷酷"。

④ 以上八行《文学杂志》本修改如下——
　　活着是困难的,你必须打一扇门。
　　那为人讥笑的偏见,狭窄的灵魂
　　使世界成为僵硬,残酷,令人诅咒的,
　　无限的小,固执地和我们的理想战斗,
　　(在有路的地方,就有光的引导。)
　　挡住了我们,使历史停在这里受苦。
　　他为什么不能理解呢? 他为什么甘冒我们的怨怒呢?
　　宽恕他,因为他觉得他是拥抱了
　　真和善,虽然已是这样腐烂。
《诗文集》本在《文学杂志》本的基础上,又将第一行改为"生活是困难的,哪里是你的一扇门?"、第五行里的"路"改为"行为"。另,在《诗文集》本里这八行诗与上面的诗句连排不另分段。

我们的家系是一个不幸的家系,
我们追求繁茂,反而因此分离。
我曾经爱过,我的眼睛却未曾明朗
当我回顾的时候,我看见另外一个我自己……
她曾经说,我永远爱你,永不分离。
虽然她的爱情限制在永变的环境里,
虽然她是走了,在快乐和快乐间隔着悲戚,①
  为什么责备呢?为什么不宽恕她的失败呢?
  宽恕②她,因为那与"永恒"③的结合
  她也是这样渴求却不能求得!

(合唱队)④

如果我们能够看见他
如果我们能够看见
我们的童年所不意角到⑤的

---

① 以上七行《文学杂志》本修改如下——
  爱着是困难的,你必须打一扇门。
  我们追求的是繁茂,反而因此分离。
  我曾经爱过,我的眼睛却未曾明朗,
  一句无所归宿的话,使我不断地悲伤:
  她曾经说,我永远爱你,永不分离。
  (在有路的地方,就有光的引导。)
  虽然她的爱情限制在永变的事物里,
  虽然她竟说了一句谎,重复过多少世纪,
《诗文集》本在《文学杂志》本的基础上,又将前两行改为"生活是困难的,哪里是你的一扇门?/我们追求繁茂,反而因此分离",并将第六行里的"路"改为"行为"。另按,末句里的"谎"《诗文集》本误排为"慌",但同样据诗人修订稿编印的《穆旦诗全编》不误。
② "宽恕"二字《文学杂志》本排在上行之末,显系误排,《诗文集》本已改正。
③ "永恒"二字《文学杂志》本和《诗文集》本删去了引号。
④ 原刊漏排了这节诗题外的括号,此据上下文例酌补,《文学杂志》本和《诗文集》本删去"队"后加冒号。
⑤ "角到"不词,显系原刊误排,参考《文学杂志》本和《诗文集》本上一节"合唱"里的相似诗句"我们的童年所不意拥有的",则此处"角到"似应作"拥有"。

而后远离了,却又是我们起伏的血液
同所流趋的

如果人世一切的尊贵和华丽
都是我们片面的窥见所致予
如果我们能够看见他
在欢笑后面的哭泣,哭泣后面的
最后一层欢笑里

在虚假的真实底下
那真实的灵活的源泉
如果我们不是囚禁于
我们劳心所获得的片面意识里
如果我们不把种子因①着
脱离种子树木才能长大……

在我们的前面有一条道路
在道路的前面有一个目标
这条道路隔离我们又引导我们
走向那个目标,
在我们黑暗的囚室里有一线微光
这一线微光使我们留恋黑暗
这一线微光给我们幻象的骚扰
在黎明透过我的囚室以前

如果我们能够看见他
如果我们能够看见②

---

① "因"字使此句及下句意思难通,原刊显有排印错误,从上下文看"因"当作"囚",上文"囚禁"可证。

② 以上(合唱队)一节诗《文学杂志》本修改如下——
　如果我们能够看见他
　如果我们能够看见(接下页)

三 祈神

在寻求你的时候,主呵,让我们忍耐而且快乐,
因为谁能无视呢?每个挫折带我们更近你一步,
我们失败了才能愈感到你的坚真和完整,
我们绕过一个圈子才能在每个方向里和你溶合。

让我们和耶稣一样,给我们你给他的快乐,
因为我们已经畏惧了
在相反的人中扩大我自己,
让我们体味朝你的飞扬,在无尽连续的事物里

(接上页)不是这里或那里的苗生
也不是时间能够占有或者放弃的,
如果我们能够给出我们的爱情
不是射在物质和物质间把它自己消损,
如果我们能够洗涤
我们小小的恐惧我们的惶惑和暗影
放在大的光明中,
如果我们能够挣脱
欲望的暗室和习惯的硬壳
迎接他,
如果我们能够尝到
不是一层甜皮下的经验的苦心,
他是静止的生出动乱
他是众力的一端生出他的违反。
O他给安排的歧路和错杂!
为了我们倦了以后渴求
原来的地方。
他是这样地喜爱我们
他让我们分离
他给我们一点权力等它自己变灰,
O他正等我们以损耗的全热
投回他慈爱的胸怀。

《诗文集》本完全照改,只是把后面两小节连排为一小节。复按,《隐现》第二章"历程"包含两支"合唱",《文学杂志》本及《诗文集》本把《华声》本里的两支"合唱"的前后位置互调,并在文字上略有修改。

让我们违反自己,拥抱一片广大的面积。

在来处和去处之间,主呵,
我们站在这荒凉的悬崖上,
我们是廿世纪的众生骚动在黑暗里,
我们有机器和制度却没有幸福
我们有复杂的感情却无处归依
我们有很多声音而没有真理
我们有良心我们永无法表露
而我们已经看见过了
那使我们沉迷彩色①只能使人厌倦
那煽感②的言语只能燃烧我们的半生
那使我们疯狂的
是我们生活里堆积的,无可发泄的感情
被我们所窥见的半真理利用
让我们和穆罕莫德一样,在他沙漠的岁月里
让我们在说这些假话做这些假事时
想到你③

---

① "沉迷彩色"中间似漏排了"的"字,《文学杂志》本和《诗文集》本改作"沉迷的"而省去了"彩色"。按,此处"彩色"即"色彩"之意,现代作家常在"色彩"的意义上用"彩色",如康白情在《新诗底我见》(《少年中国》第1卷第9期,1920年3月)里即说:"我们要让死气的世界都带了生气,都带了情底彩色"。
② 此处"感"似应作"惑",原刊可能因"惑""感"形似而误排。
③ 以上三小节诗,《文学杂志》本做了较大的修改并调整各小节顺序如下(原第三小节一分为二,成为这一大节的第一、第二小节,原第一、第二小节则被移后,变成了第三、第四小节)——

  在我们的来处和去处之间,
  在我们获得和丢失之间,
  主呵,那日光的永恒的照耀季候的遥远的轮转和山河的无尽的丰富
  枉然:我们站在这个荒凉的世界上,
  我们是廿世纪的众生骚动在它的黑暗里,
  我们有机器和制度却没有文明
  我们有复杂的感情却无处归依
  我们有很多的声音而没有真理
  我们来自一个良心却各自藏起,

  我们已经看见过了(接下页)

呵,那些使徒的欢乐,因为看见你

逆境又逆境,不能把他们征服

他们是这样欢乐

他们以清朗的心投在脏污里

一第①嬉笑的孩子们跳在河里撩水②

主呵,我们这样的精力③失散到哪里去了

而我们生活着们没有中心

我航有很多中心④

我们的很多中心不断地冲突,

(接上页)那使我们沉迷的只能使我们厌倦,
那使我们厌倦的挑拨我们一生,
那使我们疯狂的
是我们生活里堆积的,无可发泄的感情
为我们所窥见的半真理利用,
主呵,让我们和穆罕穆德一样,在他沙漠的岁月里
让我们在说这些假话做这些假事时
想到你,

在无法形容你的时候,让我们忍耐而且快乐,
让你的说不出的名字贴近我们焦灼的嘴唇,无所归宿的手和不稳的脚步,
因为我们已经忘记了
我们各自失败了才更接近你的博大和完整,
我们绕过无数圈子才能在每个方向里与你结合,

让我们和耶苏一样,给我们你给他的欢乐,
因为我们已经忘记了
在非我之中扩大我自己,
让我们体验我们朝你的飞扬,在不断连续的事物里,
让我们违反自己,拥抱一片广大的面积,
《诗文集》本除了把最后一小节首句里的"耶苏"改为"耶稣"外,其余皆同于《文学杂志》本。

① 此处"一第"不通,从上下文看"一第"似应作"一若",原刊或因"若""第"手写潦草近似而误排。
② 以上一小节,《文学杂志》本和《诗文集》本删去了。
③ "精力"《文学杂志》本和《诗文集》本改为"欢乐"。
④ 以上两行有排印错误,上行之中的"们"字应排在下行之首的"我"字之后,下行里的"航"字为衍文,《文学杂志》本和《诗文集》把这两句改为:"因为我们生活着却没有中心/我们有很多中心"。

或者我们放弃
无尽的丰富枯死在种子里①

主呵,我们衷心的痛惜失散到哪里去了

每日每夜,我们计算增加一点钱财
每日每夜,我们度量这人或那人对我们的态度
每日每夜,我们发明一些社会给我们安排的前途②

主呵,我们生来的自由失散到哪里去了

等我们哭泣时已经没有眼泪
等我们欢笑时已经没有声音
等我们热爱时已经一无所有
如果我们像荒原一样,不得到你的雨露的降临;
如果我们仍在聪明的愚昧里,不再苏醒;③
主呵,因为我们看见了,我们已经有太多的战争,
太多的不满足,太多的生中之死,死中之生④
我们有太多的分裂,阴谋,冷酷,陷害,报复,⑤
这一切把我们推到相反的极端,我们应该

忽然转身,看见你

这是时候了,这里是我们被曲解的生命

---

① 此行《文学杂志》本和《诗文集》本增订为两行:"生活变为争取生活,我们一生永远在准备而没有生活,/三千年的丰富枯死在种子里而我们是在继续……"

② 此行《文学杂志》本和《诗文集》本改为:"每日每夜,我们创造社会给我们划定的一些前途"。

③ 原刊将此行与上行连排为一长行,显系误排,此处拆开来另起行。

④ 以上四行《文学杂志》本和《诗文集》本有所改动,并把这四行拆开来分属于上下两小节——
　　一切已经晚了然而还没有太晚,当我们知道我们还不知道的时候,
　　主呵,因为我们看见了,在我们聪明的愚昧里,
　　我们已经有太多的战争,朝向别人和自己,
　　太多的不满,太多的生中之死,死中之生,

⑤ 此行《文学杂志》本和《诗文集》本改为:"我们有太多的利害,分裂阴谋,报复"。按,"分裂阴谋"当作"分裂,阴谋"。

请你引导,这里是我们碎裂的众心①

请你揉②合,

主呵,你来到最低把我们提到最高的……③

(一九四三年三月。)

---

① 此行《文学杂志》本和《诗文集》本改为:"请你舒平,这里是我们枯竭的众心"。
② 《文学杂志》本仍作"揉",《诗文集》本改为"糅"。
③ 此行《文学杂志》本和《诗文集》本改为:"主呵,生命的源泉,让我们听见你流动的声音。"

"默存"仍自有风骨

——钱锺书在上海沦陷时期的旧体诗考释

在近现代,旧体诗词的写作仍在继续。虽然诗人词人们即兴抒怀、纪事应酬的旧诗词写作行为,大多是积习使然、惯性而为,确乎新意无多且技艺陈旧,但在搁置了它们作为诗词的独创价值不论外,其历史的认识价值还是不容忽视的,而有助于文学史研究之"知人论世"也。钱锺书在上海沦陷时期的一些散佚诗作,就从或一个侧面反映了他在艰难时世下的为人风骨、处世原则和担当精神。在那样的时地做出这样的文学行为,是很不容易的,可惜这些诗作却长期不为人知。下面就先录钱诗本文,然后再略作考释——考察其关心之所在及其相关的人、事、诗之情伪,力求在具体的历史语境和人文关联中做出比较确切的解读。

蛰居诗言志:
钱锺书写于沦陷时期的旧体诗拾遗

夜　　坐①

试扪舌在尚成吟,野哭衔碑尽咽音。生未逢辰忧用老,夜难测底坐来深。忍饥直似三无语(东坡以毳饭戏刘恭父,谓饭菜盐三者皆无),偷活私存四不心(方密之削发为僧口号云"不臣不叛不降不辱")。林际春申流寓者,眼穿何望到如今?

---

① 此诗原刊《国力月刊》第2卷第9—10期合刊,1942年10月20日出刊,署名"默存"。

叔子来晤却寄①

斗室谈诗席尚温,堂堂交谊不磨存。是非莫问心终谅,悲喜相看语屡吞。志在全躯保妻子,事关孤注赌乾坤。思君梦入渔洋句,残照西风白下门。

重阳独登市楼有怀李拔翁病翁去岁曾招作重九②

新来筋力上楼慵,影抱孤高插午空。四望忽非吾土地,重阳曾是此霜风。肃清开眼输宾客,衰病缠身念秃翁。太息无期继佳会,借栏徙倚更谁同?

得龙丈书却寄③

缄泪书开未忍看,差堪丧乱告平安。尘嚣自惜缁衣化,日暮谁知翠袖寒!浩劫④声名随世没,危邦歌哭尽情难。哀思各蓄怀阙笔,和血题诗墨不干。

漫　兴⑤

诗书卷欲杜陵颠,耳语私闻捷讯传。再复黄河收黑水,重光白日见青天。雪仇也值乾坤赌,留命终看社稷全。且忍须臾安毋躁,钉灰脑髓待明年。

颂陀表文惠赠《黄山雁宕山纪游诗》《箫心剑气楼诗存》并以蒲石居未刻诗属定敬呈二律⑥

市朝大泽学湛冥,阅世推排验鬊星。得助江山诗笔敏,难浇垒块酒杯停(丈止酒有诗)。纫蒲转石徵心事,说剑修箫足性灵。

---

① 此诗原刊《国力月刊》第2卷第12期,1942年12月20日出刊,署名"钱默存"。
② 此诗原刊《国力月刊》第3卷第1期,1943年1月20日出刊,署名"钱默存"。
③ 此诗原刊《国力月刊》第3卷第1期,1943年1月20日出刊,署名"钱默存"。
④ 原刊"浩"后一字漫漶不清,下句开头是"危邦",从对偶的角度猜测,上句开首或是"浩劫",姑录待考。
⑤ 此诗原刊《国力月刊》第3卷第2期,1943年2月20日出刊,署名"钱默存"。
⑥ 此诗原刊《国力月刊》第3卷第7—8期合刊,1943年8月15日出刊,署名"钱默存"。另题首的"表文"当作"表丈"。

此日生涯惭故我,廿年辜负眼长青。

不屑酸吟饭颗山,自然真气出行间。纸穿用必狮全力,管测文曾豹一斑(丈以余未睹其已刊诗故悉举相赠)。换骨神方参药转,解尸仙术比丹还。语言眷属犹堪结,况许姻亲两世攀。

大梁刘季高汇所撰读史论兵之文为《斗室文存》乞点定赋赠①

吾乡老辈差能说,二士风流子得如。惠麓酒民托洴澼(袁宫桂《洴澼百金方》),宛溪居士纪方舆(顾祖禹《读史方舆纪要》)。千年赴笔论青史,万甲撑胸读素书。磊落伊予拼懒废,只供商略到虫鱼。②

病中得步曾文③书却寄之二④

博物从知君子宜,诗人况自爽天机。楚骚草木徵刘杳,毛传虫鱼疏陆机。山水友多词有托(宋王质《绍陶录》有山友水友诸则,皆咏鱼鸟草木,以慨身世),园田居近农余归(渊明有《归园田居》诗,丈返赣掌太学,因故乡阻兵,匡山读书而迄未返也)。待看演雅宗风继,鸥没江南事大非。

吴眉孙先生示卖书词赋此慰之⑤

寒江注目忘鸡虫,语借萧郎气自雄(原词有云:"自我得之,自我失之,何用慨然!")。欲喻武康山下鬼,世间无限楚人弓。

立方腹笥夙心师(毛西河仲兄云:"厚心堂藏书不过抵姚立方腹笥"),不假青箱作护持。留与他年增故实,藏书诗配卖书词。

四余把卷心空在,十陑摧薪语更哀。叹我穷无书可卖,吴侬

---

① 此诗原刊《国力月刊》第3卷第7—8期合刊,1943年8月15日出刊——按,该诗紧接着《颂陀表文(丈)惠赠〈黄山雁宕山纪游诗〉〈箫心剑气楼诗存〉并以蒲石居未刻诗属定敬呈二律》排印,署名"前人",则"前人"即"钱默存"。

② 检索旧刊,看到此诗的另一刊本《季高属定文稿皆论文谈兵之作》:"吾乡文献差能说,二老风流子得知。惠麓酒民托洴澼(袁宫桂《百金方》),宛溪居士纪方舆(顾祖禹《纪要》)。千年赴笔论青史,万甲撑胸读素书。磊落予今拼懒废,只供商略到虫鱼。"(《苏讯》月刊第91—92期合刊,1948年8月10日出刊,署名"槐聚")附记于此。

③ 此处"文"当作"丈",原刊误排。

④ 此诗原刊《国力月刊》第3卷第9期,1943年9月20日出刊,署名"默存"。

⑤ 此诗原刊《学海》第2卷第3期,1945年3月15日出刊,署名"默存"。

监本只痴呆(范石湖曰："我是苏州监本呆")。

以上九题十二首诗,只有《得龙丈书却寄》一首收入《槐聚诗存》,但诗题改为《得龙忍寒金陵书》,并且每句都有修改,其余十一首都不见于《槐聚诗存》,而学界似乎也未注意到这些诗,可以确定它们是钱锺书的集外佚诗,而又写在抗战时的沦陷区,其意义自然不容小视。

同时,还在蓝田国立师范学院主办的《国师季刊》第6期(1940年2月出刊)上找到钱锺书的另外八首诗,均署名"默存"——

得孝鲁书却寄

得书苦语短,寄书恨路长,争似不须书,日夕与子将。
前年携妇归,得子为同航。翩然肯来顾,英气挹有芒。
谓曾识名姓,睹我作旁行。对坐甲板上,各吐胸所藏。
子囊浩无底,我亦勉倾筐。相与为大言,海若惊汪洋。
哀时忽拊膺,此波看变桑。寻出诗卷示,鸷悍乌可当!
散原若映庵,批识烂丹黄。命我缀其后,如名附三王。
别子何太凤,子身落南荒。有子心目间,从兹不能忘。
寄诗勿遗远,笔辣似蘸姜。缘情出旨语,譬姜渍以糖。
耆旧都敛手,未老与争苍。独秀无诗敌,同声引我伧。
张号齐于韩,坡谓走且僵。才难姑备位,免子弦孤张。
隔岁归复晤,追欢若追亡。流连文字饮,谐谑抵鄱阳。
晒我旧刊诗,少游是女郎。乃引婵娟来,女弟比小仓。
我笑且骇汗,逊谢说荒唐。稍复商出处,憎命文相妨。
舍命以谋生,吾妇语悲凉。子曰食蛤蜊,沃之一巨觞。
南皮忆昔会,当日只寻常。秋风吹我去,各看天一方。
载愁而携影,来此涧阴乡。弥天四海人,一角闭山房。
惟幸亲可侍,不负日堂堂。君平岂弃世,被弃如剑伤。
赖子念幽独,不吝寄篇章。亦云寡欢绪,失我枯诗肠。
浪仙井欲废,子瞻泉不汪。袁先惊溘逝,言笑隔渺茫。
花落成恶谶,并无半面妆。推排老辈尽,子亦万夫望。
三十年匪少,斯言黄滔尝。已觉多后起,不见吾侪狂。
云龙虚有愿,何日随颉颃。寄书恐不达,作书恨不详。

安得不须书,羽翼飞子旁!

余与君遇于欧洲归舶。君言在俄时睹杂志有余所为英文,遂心识之。余舟中和君论诗,所谓"舟行苦寂寥,可人不期至。东涂西抹者,惭子知姓字"是也。

君有舟中与余谈两绝云:"莫向沧波谈世事,方忧此海亦生桑。"余题君诗二绝有谓:"气潜足继后山后,笔韧堪并双井双。"非溢美耳。

余在昆明,君寄示《还家》诗云:"妇靥犹堪看,儿啼那忍嗔?"余复书谓:"君诗甚辣,此则似蜜渍姜,别是风味。"

余二十四岁印诗集一小册,多绮靡之作,壮而悔之。君见石遗翁《诗话》采及,笑引诚斋语谓曰:"被渠谱入《旁观录》,五马如何挽得回。"又曰:"无伤也,如'干卿底事一池水,送我深情千尺潭'、'身无羽翼惭飞鸟,门有关防怯吠猧'等语,尚可见悦妇人女子。"遂相戏弄。

君来书附哭袁丈伯夔诗有云:"忍事早知生趣少,吞声犹有罪言存。"丈去春赋《落花》八章,遍征诗流和之。英尽枝空,遂成诗谶。

余蓄须而若渠书来云剃发作僧相戏作寄之

藏身人海心俱远,各居空谷无与俦(君长国立艺专迁晋宁)。跫然不闻足音至,搔头剃面何为哉?一任猬刺世都笑,窃喜鹫秃君可陪。圆顶现知尊者相,长髯看作老奴猜。薙发莫如草务尽,艺鬓愿比花能栽。纍纍勿失罗敷婿,握助苗长良所该。青青堪媚陆展室,胡竟图蔓除其荄。休教野火烧便绝,留待他日春风吹。相逢已恐不相识,彼此问客从何来。

镜渊寄示去年在滇所作中秋诗用韵酬之

入春三月快初晴,又遣微吟杂雨声。压屋天沉卑可问,荡胸愁乱莽无名。旧游觅梦高低枕,新计摊书长短檠。拈出山城孤馆句,应知类我此时情。

夜　坐

吟风丛竹有清音,如诉昏灯掩抑心。将欲梦谁今夜永,偏教囚我万山深。诗飞忽去生须捉,念远何来渺莫寻。便付酣眠容鼠啮,独醒自古最难任。

寓园树木

阅世长松下,读书秋树根。来看身独槁,归种地无存。
故物怀乔木,羁人赋小园。况逢摇落节,一叶与飘魂。

除　夕

别岁依依似别人,脱然临去忽情亲。此时方作千金惜,平日宁知尺璧珍。欲仗残灯驻今夜,终拚劫火了来春。明朝故我还相认,愧对风光百态新。

宗霍先生少著惊才比相见乃云二十年不为诗强之出数篇以两宋之格调用六朝之字法此散原真得力处俗人所不知也用前韵奉赠一首

达夫五十作诗人,况复才华子建亲。严卫真看同好女(全谢山《文说》二,谓善为文者,卫之如处女,养之如婴儿),深藏端识有奇珍。峰峦特起云生夏,纨縠文成水在春。戴笠相逢忍轻负,互期掉臂出清新。

叠前韵更答宗霍先生

名辈当时得几人,别裁风雅子能亲。已同蜜酿千花熟,岂作楼粧七宝珍。赠什小儿如获饼,温言寒谷欲回春。谁云诗到苏黄尽,不识旌旗待一新。

以上八首诗都是钱锺书任教蓝田国立师范学院时所作。其中四首收入《槐聚诗存》中——《寓园树木》即《槐聚诗存》集中系于1939年末的《山中寓园》,《除夕》即该集中系于1940年之首的《乙卯除夕》,《镜渊寄示去年在滇所作中秋诗用韵酬之》即该集中系于1940年的《山居阴雨得许景渊昆明寄诗》,《夜坐》即该集中系于 1940 年的《夜坐》,但这四首诗入集后,不仅诗题有改动而且诗句多所修改;至于其余《得孝鲁书却寄》《余蓄须而若渠书来云剃发作僧相戏作寄之》《宗霍先生少著惊才比相见乃云二十年不为诗强之出数篇以两宋之格调用六朝之字法此散原真得力处俗人所不知也用前韵奉赠一首》和《叠前韵更答宗霍先生》四首,则悉被《槐聚诗存》刊落。近年也有研究者偶尔涉及这四首诗,如《得孝鲁书却寄》已见录于范旭仑的《容安馆品藻录·冒景璠》①,而李洪岩的《钱锺书与近代学人》则提及钱锺书赠马宗霍的两首诗,并转引了《余蓄须而若渠书来云剃发作僧相戏作寄之》一诗。② 考虑到这八首诗作,在近年的正式出版物上似乎未见重刊,所以一并附录于此,以便关心钱氏旧诗的研究者和读者参阅。此外,还搜集到《题友人某君诗集两首》(转辑自署名"风"的《诗话一则》,见《京沪周刊》第 3 卷第 3 期,1949 年 1 月 23 日出刊),以及钱锺书的旧体诗小辑《且住楼诗十首》(刊于《京沪周刊》第 3 卷第 1 期,1949 年 1 月 9 日出刊)。但最近检索文献,发现《题友人某君诗集两首》已有人论及③,至于《且住楼诗十首》均已见收于《槐聚诗存》(有的诗题和诗句略有更动),所以此处也就不再收拾了。

这里只就钱锺书写于上海沦陷区的十二首诗略作考释,其余八首则只作参考而不具论。

世乱交有道:
钱锺书在沦陷时期的诗书酬应之讽劝

钱锺书写于上海沦陷区的十二首诗,除《吴眉孙先生示卖书词赋此慰之》三首外,其他九首都刊登在蓝田国立师范学院的刊物《国力月刊》上,那显然是他寄去发表的,其明心见性之寄托灼然可感。按,

---

① 范旭仑:《容安馆品藻录·冒景璠》(http://www.tianya.cn/publicforum/Content/books/1/94323.shtml,2007-5-18 10:34:00)。
② 李洪岩:《钱锺书与近代学人》第 84 页,百花文艺出版社,2007 年。
③ 刘铮:《"公真顽皮"——钱锺书近人诗评二则》,见《万象》2005 年 4 月号,收入氏之《始有集》,浙江大学出版社,2012 年;又,宫立:《钱锺书佚诗与潘伯鹰》,见 2013 年 07 月 24 日《中华读书报》第 7 版。

1939年11月钱锺书应其父之命,到蓝田师范学院工作了一年半,1941年暑期辗转回上海治病并与妻子杨绛团聚,年末太平洋战争爆发,日军进占租界,失去归路的钱锺书不得不滞留于上海沦陷区。这九首诗就作于1942—1943年之间的上海沦陷区。诚如钱锺书当时的一首诗所说,"危邦歌哭尽情难"(《得龙丈书却寄》),而旧体诗词这种既可隐约表现而又可以含糊其辞的文体,倒不失为聊且应酬、略抒所怀的形式——在彼时彼地,滞留文人的聚会晤谈以至诗酒交际,实乃苦中作乐、相濡以沫之举,而在这种场合,便于即兴言志、托词寄怀的旧体诗词也就派上用场了。

《重阳独登市楼有怀李拔翁病翁去岁曾招作重九》和《颂陀表文(丈)惠赠〈黄山雁宕山纪游诗〉〈箫心剑气楼诗存〉并以蒲石居未刻诗属定敬呈二律》,就反映了钱锺书与老辈文人的交往及其曲折的家国情怀。看得出来,钱锺书与李拔可、陈病树、孙颂陀这样的旧式文人交往,并不完全是因为共同的传统诗学趣味,更包含了对这些老辈文人在敌伪控制之地能够坚守民族气节、绝不随波逐流之风骨的敬佩。即如写给孙颂陀的二律中所谓"纫蒲转石微心事",就表达了对孙颂陀坚韧的民族意志之赞誉。那时诗酒聚会、相敬为国也不是容易的事,即如《重阳独登市楼有怀李拔翁病翁去岁曾招作重九》一诗当作于1942年的重阳,而查《槐聚诗存》1941年有《重九日李拔可丈招集犹太巨商别业》,即此处所谓"去岁曾招作重九"也,可是到了1942年的重九,却难以再聚首了,于是徘徊市街的钱锺书,亦如安史之乱中的杜工部之"花近高楼伤客心,万方多难此登临"一样,他独登市楼,"四望忽非吾土地,重阳曾是此霜风",暗含的感慨也就不止是说出来的"太息无期继佳会,借栏徙倚更谁同"之简单,作者对坚守气节的老辈之怀念和对国家兴亡之关怀,都尽在不言中。那时,一些老辈文人因为坚守志节,生活不免陷入困顿,以至到了卖书为生的境地。如著名藏书家吴眉孙在上海失守之初即是年届花甲的老人了,却坚贞自守,每年逢"八一三"或"七七"之日,都作词寄怀,而即使困顿到忍痛割爱、卖书为生,他仍然豁达以对,写了一首《沁园春》词,苦中作乐道:"自我得之,自我失之,何用慨然!况天荆地棘,时忧兵火;桂薪玉粒,屡损盘餐。炳烛微明,巾箱秘本,能得余生几度看?私自喜,喜未论斤称,不直文钱。 也知过眼云烟,只晨夕相依五十年。记小妻问价,肯抛簪珥;

骄儿开卷,解录丹铅。良友乖违,宫娥惨对,此别销魂最可怜。还自笑,笑珠飞椟在,旧目重编。"吴眉孙把这首词给钱锺书看,钱锺书当然明白其无奈的苦情和不屈的坚守,于是写了《吴眉孙先生示卖书词赋此慰之》,安慰老人"楚弓楚得"不必介怀,并赞扬老人腹笥胜过藏书,今日割爱卖书,不妨"留与他年增故实,藏书诗配卖书词",又以自己"穷无书可卖"的境况来衬托吴眉孙"有书可卖"之可羡。沦陷区文人如此苦中作乐、相濡以沫、相敬为国,今日读来仍让人感动不已。

《大梁刘季高汇所撰读史论兵之文为〈斗室文存〉乞点定赋赠》是写给同辈友人的诗作。按,刘季高(1911—2007,后任复旦大学教授)当年也羁留沪上,与钱锺书同任教于震旦女子文理学院,于是刘氏便将所撰读史论兵之文稿《斗室文存》呈请钱锺书点定。显然,刘季高是与钱锺书气类一致、志趣相投的文友,他的读史论兵之文,其实与钱氏之父钱基博所撰《孙子章句训义》、《德国兵家克劳塞维兹兵法精义》(与顾谷直合作)、《德国兵家之批判及中国抗战之前途》、《欧洲兵学演变史论序》一样,虽都是秀才的"纸上谈兵"之作,却也都不无借他人之酒杯浇自己之块垒之意,钱锺书答诗所谓"千年赴笔论青史,万甲撑胸读素书。磊落伊予拼懒废,只供商略到虫鱼",自然也是同其慷慨、相濡以沫的同情之论。

此外,钱锺书还与一些外地文人诗书往还。比如植物学家兼宋体诗人胡先骕,就是钱锺书的前辈诗友。《病中得步曾文(丈)书却寄》二首就是他写给胡先骕的诗函。《槐聚诗存》收录了第一首,但改题为《胡丈步曾远函论诗却寄》,其中声言"旧命维新岂陋邦",显然是与胡先骕的相慰相勉之词,从中不难感受到钱锺书深切的家国情怀和坚定的民族信念。可惜的是,《病中得步曾文(丈)书却寄》的第二首,却被《槐聚诗存》刊落了,所以拾遗于此。事实上,这第二首更切合胡先骕的身份与境况——他既是"博物君子"又是"古典诗人",他的植物学研究诚然发扬光大了刘杳《离骚草木虫鱼疏》和陆机《毛诗草木虫鱼疏》的传统,他的田野考察之有助诗兴也类似于陶渊明的田园劳作。据钱锺书诗中的夹注,其时执掌"太学"即身为中正大学校长的胡先骕,似有辞职归隐之意,所以钱锺书乃有末二句的劝慰:"待看演雅宗风继,鸥没江南事大非",上句当然是希望胡先骕继续作诗,下句则是劝阻他不要辞职退隐——该句其实橥栝了杜甫《奉赠韦左丞丈二十韵》诗句"白鸥没浩荡,万里谁能驯!"按,杜甫的这两句五言诗意原是从《列子·黄帝篇》所谓鸥鸟忘机的寓言故事引申而来,已经比较地晦涩了,钱锺书则受限于七言句式而不得不简缩为"鸥没江南事大非",这"显然"地更其晦涩了。旧体诗的语言形式对抒情诗意的束缚以致发生"以辞害意"之弊,于此可见一斑。至于胡先骕的心生退意,其实并非如钱诗字面上所说的那么简单。实情是1942年1月西南联大学生掀起倒孔(孔祥熙)运动,波及中正大学,引起当局的不满,要求严惩学生,胡先骕则坚持不作处理,因此受到教育部长陈立夫和江西省主席曹浩森的指责。胡先骕乃愤而三次提出辞呈,他的准备"鸥没江南"也正是为此,而最终胡先骕也确于1944年4月18日在全校师生的欢送中挂冠而去。

  同时,钱锺书也遭逢一些附逆文人的诗书倾诉或者说乞怜性的交际。在沦陷区那样的环境里,是不免要碰到此类人物的。然则钱锺书是如何应对这类佞朋的呢?这里不妨先看看《槐聚诗存》里最长也最重要的一首诗《剥啄行》。按,此诗作于1942年,那是抗战最艰难的年月,沦陷区里的一些汉奸文人们却弹冠相庆,觉得自己侥幸走对了路,有些佞朋甚至来拉钱锺书下水。《剥啄行》就是钱锺书如何应对这类佞朋的一份完整纪事。在那时写这样的诗,自不免多用典故而诗意隐晦,好在全篇以纪事为主,基本情节还是比较清楚的,主客的立场也泾渭分明。诗的前半记述一位"过客"造访、极力劝诱钱锺书下水——

> 到门剥啄过客谁,遽集于此何从来?
> 具陈薄海苦锋镝,大力者为苍生哀。
> 旧邦更始得新命,如龙虎起风云随。
> 因馀梁益独嵽嵲,恃天险敢天心违。
> 张铭谯论都勿省,却夸正统依边陲。
> 当年蛙怒螳螂勇,堪嗤无济尤堪悲。
> 私门出政贿为国,武都惜命文贪财。
> 行诸不义自当败,冰山倒塌非人推。
> 迂疏如子执应悟,太平兴国须英才。

看得出来,这位"过客"显然是所谓"云从龙、风从虎"的"识时务"者,一个附逆文人,他所追随的"大力者",应该就是声称为了拯救天下苍生于危难而不惜与日本侵略者讲"和平"的汪精卫氏。汪氏的"还都南京"、建立汪伪政权,被这位"识时务"的附逆文人推许为"旧邦更始得新命",即中兴了"中华民国"是也;至于西迁于重庆的国民政府,则被"过客"认为是"仗恃天险""负隅顽抗""行诸不义"的蒋记私门政权,因而必将失败,所以他力劝钱锺书不要迂疏固执,还是出来"咸与和运"为好——"太平兴国须人才"呀!那么,钱锺书是怎么回答这位"过客"之劝诱的呢?诗的后半这样写道——

> 我闻谢客蹶然起,罕譬而喻申吾怀。
> 东还昔岁道交趾,馀皇衔尾沧波湄。
> 楼船穹隆极西海,疏棂增槛高崔巍。
> 毳旄毡盖傅蜡板,颇黎窗翳流苏帷。
> 金渠玉鉴月烂挂,翠被锦茵云暖堆。
> 大庖珍错靡勿有,鼍胏鲸脍调龙醢。
> 临深载稳如浮宅,海童效命波蹊开。
> 吾舟逼仄不千斛,侍侧齐大殊非侪。
> 一舱压梦新妇闭,小孔通气天才窥。
> 海风吹臭杂人畜,有豕彭亨马虺隤。
> 每餐箸举下无处,饥犹喂虱嗟身羸。
> 船轻浪大一颠荡,六腑五脏相互回。
> 邻舫吕屠笔难状,以彼易此吾宁为。
> 彼舟鹢首方西指,而我激箭心东归。
> 择具代步乃其次,出门定向先无乖。
> 如登彼岸惟有筏,中流敢舍求他材。
> 要能达愿始身托,去取初非视安危。
> 颠沛造次依无失,细故薄物何嫌猜。
> 岂小不忍而忘大,吾言止此君其裁。
> 客闻作色拂袖去,如子诚亦冥顽哉!
> 闭门下帏记应对,彼利锥遇吾钝椎。
> 此身自断终不悔,七命七启徒相规。

在此,钱锺书以追叙自己当年回国的过程和心态,作为对那位"识时务"的"过客"之回答。按,钱锺书是1938年秋挈妇将雏、乘坐法国邮船 Athos II 号回国的,一路颠簸,艰苦备尝,有时甚至吃不饱饭;其实,那时钱锺书留欧的庚款奖学金还可延长一年,借此暂时苟安于异国也并无不可,并且那时钱锺书也已在欧洲汉学界崭露头角,即使留在欧洲也不难找到工作,可是钱锺书还是火急返国,而就在他回国的途中却看到有人乘着豪华客轮逃离邦国,远适异域——"彼舟鹢首方西指,而我激箭心东归"。然则钱锺书为什么要急着回国呢?因为他自觉对危难的祖国有责任,只有托身祖国才心安,所以也就不计个人的安危利钝了:"要能达愿始身托,去取初非视安危。"回顾了这番心路历程,钱锺书乃坚定地对"过客"表示:"颠沛造次依无失""此身自断终不悔",可谓掷地有声、断然不容纠缠。

"客闻作色拂袖去""闭门下帏记应对"——在企图诱劝的"过客"悻悻离去之后,钱锺书就写下了这首《剥啄行》,堪称为踵继杜工部即事名篇之歌行,其明心见性之旨趣、凛然不屈之节操,显然超越了韩愈《剥啄行》的谐谑风趣。或谓这样的诗作在《槐聚诗存》中是"仅见斯篇",因而叹赏有加。而由于此诗对"过客"并未指名道姓,后来颇有人孜孜考证,只因文献有阙、不过推想而已,近来也有人以为此诗或是钱氏拟想之词,未必属实。

其实,当钱锺书蛰居上海沦陷区期间,确有不止一个佞朋来访、来函纠缠,多是为其附逆行径"诉委屈"的,间或也不无拉钱锺书一同"下水"之意。比如李释勘、龙榆生和冒孝鲁之流,他们或曾是钱锺书的父执辈,或曾是钱锺书青年时期的诗友,后来因为这样那样的"苦衷"而附逆。这类人也略有等差。有的人如李释勘在附逆之后自知无趣,也就不再来叨扰钱锺书。但有的人如龙榆生和冒孝鲁则特能黏人,而钱锺书在与他们的诗函往来中,则直谅以待、委婉讽劝、克尽朋友之责。事过境迁之后,钱锺书对这些诗作大多未予保留,显示出得饶人处且饶人的宽厚,与一般所谓钱氏自恃聪明过人因而待人不免刻薄之传闻有所不同。即使个别收录在《槐聚诗存》中的诗作,如沦陷时期写给冒孝鲁、龙榆生的几首诗,也因为这样那样的改动,加之缺乏可资参证的相关文献,所以往往给人含糊其辞、不明所以之感。下面就以辑录在此的几首钱锺书佚诗为主,再参考相关文献,略为考校一下钱锺书到底是如何应对冒孝鲁、龙榆生的诗书纠缠的,目的是还原历史,并借此说明即使在相同的境遇下,文人们也会有不同的文学行为,显现出迥然有别的文格与人格。

直谅对佞朋:
以钱锺书与冒孝鲁、龙榆生的应对诗为例

先说冒孝鲁(原名景璠,又名效鲁)吧。此人自负诗才,尤为迷信陈散原一路的宋体诗,兼好李义山那一派哀感顽艳之诗,所作类皆浮泛应酬、张狂自喜而已,在旧体诗人中也不过三流角色,所以旧诗坛祭酒陈衍对他从来不屑置评。而让冒氏足以自慰的,是他及时地且持之以恒地攀附上了钱锺书,这终于使他获得了某种声名。事实上,冒孝鲁几乎可说是以大半生锲而不舍地攀附钱锺书而出名者。他的执着攀附固然满足了钱锺书的某种虚荣心,所以乐得送冒氏一些不用负责的"夸奖",但其实钱锺书之写宋体诗,不过随和一时风气、取便交际应酬而已,他对宋体诗并不像冒氏那样的执迷不悟,这只要看钱锺书在《围城》里以冒孝鲁为模特而刻画的那个宋诗迷"董斜川"的形象之可笑可悯,就知过半矣。

饶是如此,"君子爱人以德",钱锺书对这位诗友在抗战中的出处还是很关心的。最近,刘聪先生发掘出了原刊于上海《社会日报》上的钱锺书诗作二十五首及冒氏诗作多首,时间在1939年2月至9月间,其中钱诗十八首不见于《槐聚诗存》。而最值得注意的是3月21日《社会日报》所刊钱锺书(其时钱在昆明)诗作《得孝鲁上海航空书云将过滇入蜀诗以速之》:"御风掣电有书贻,千里真知不我遗。出亦裈吾孰放,归同伏枥子宁疲。天非难上何忧蜀,地佋易居终惜夷。来及春晴好游赏,相逢二月以为期。(二月后昆明即为雨季)"及冒氏在4月2日《社会日报》上的答诗《次韵答默存昆明见寄》:"明珠尺璧肯轻贻,远道驰书慰滞遗。用世一夔宁恨少,追风十驾岂知疲。名场自笑甘痴钝,客路何尝有坦夷。见说汉庭须少壮,百端休遣老如期。"刘聪先生对二人此次酬唱之意义,有准确的阐释——

> 据诗意,冒孝鲁可能原有入蜀谋事的计划。钱锺书得知后欣喜非常,催促友人尽快动身,途中经昆明时可得一聚。而冒在答

诗中,颈联自笑名场痴钝,尾联则嗟老伤时,可推知此事最终未果。从两首诗的文字上,我们也能嗅出钱、冒二人在思想旨趣上的一点差异。除互道友谊外,钱诗中感叹的是"地偬易居终惜夷"等家国之恨,而冒诗则似乎更多着眼于"用世"、"名场"等个人怀抱。四十年代后,冒孝鲁赴任汪伪行政院参事,钱、冒二人的友谊曾出现过"一场波澜"。不得不说,二人日后的分歧,在此时的诗作里就已经可以看出一点端倪。①

所谓"二人日后的分歧",也见于他们日后的诗书酬答。比如钱锺书诗《得孝鲁书却寄》②,大概作于1940年初,《槐聚诗存》未收,其实算是钱诗中最值得玩味的篇什。作此诗时,钱锺书在蓝田国立师范学院任教,而滞留沪上的冒孝鲁已露苟且偷生之意——"舍命以谋生,吾妇语悲凉"当是概括冒氏来书中语,而作为朋友的钱锺书自不免为他担忧,所以钱氏此诗写得绵长而深情:"稍复商出处,憎命文相妨……推排老辈尽,子亦万夫望……云龙虚有愿,何日随颔颐。寄书恐不达,作书恨不详,安得不须书,羽翼飞子旁!"可谓瞩望殷切而意含规劝也。然而,冒孝鲁并不像钱锺书那样真把"出处"当回事,他只关心自己的妻儿老小。稍后其父冒鹤亭亲到南京拜会汪精卫等为他谋得一职,于是冒孝鲁便在1942年到南京伪行政院任职,与梁鸿志、陈白雅合称伪府"三大才子",日常则与钱仲联、龙榆生等附逆文人诗酒酬酢甚欢,同时当然仍不忘继续纠缠蛰居沪上的钱锺书,而写给钱锺书的诗书满篇皆是文过饰非的乞怜诉苦之词。如1942年所作《夜坐一首寄默存》——

> 天荒地变人悲吟,不改沉冥劫后心。
> 忍死须臾期剥复,观空索漠证来今。
> 未甘庄叟沟中断,苦忆成连海上琴。
> 裹影一灯疑可友,虫声如雨撼秋林。③

冒氏所谓"天荒地变人悲吟"云云,其实也就是人们熟知的张爱玲所谓地老天荒的"苍凉感"及其因此而更加迫切地追求乱世里的现世安稳

---

① 刘聪:《〈社会日报〉上的钱锺书诗》,2013年6月16日《东方早报》。
② 此诗原刊《国师季刊》第6期,1940年2月出刊,署名"默存"。
③ 见《叔子诗稿》第50页,安徽文艺出版社,1997年。

之选择——"这时代却在影子似地沉没下去,人觉得自己是被抛弃了。为要证实自己的存在,抓住一点真实的,最基本的东西……"①也即她的腻友胡兰成为她一语道破的人生选择——"时代在解体,她寻求的是自由,真实而安稳的人生。"②冒孝鲁的"诗辞"说得吞吞吐吐、遮遮掩掩,其真意亦不过如此,于是他所谓的"不改沉冥劫后心"也就成了一句自欺欺人的门面话。对此,钱锺书是怎么回答的呢?那就是辑录在此的钱氏佚诗《夜坐》,两相对照,诗格人格之高下立判,尤其是"偷活私存四不心"及其夹注"(方密之削发为僧口号云'不臣不叛不降不辱')",可谓针锋相对的提醒。按,方密之即明遗民方以智,他入清后即披薙为僧,遁迹山林,而不忘恢复,节概可风。而钱诗末句所谓"眼穿何望到如今?"仍传达出殷切的瞩望之情。

显然是既受窘于钱锺书的严正不苟也有感于钱锺书的殷切期待吧,冒孝鲁很可能于1942年冬特意回上海面见钱锺书请求谅解。所谓"有理不打上门人",钱锺书乃于冒氏去后回复了一首诗,态度略为缓解,那便是辑录在此的《叔子来晤却寄》一诗。在这首诗中钱锺书虽然客气地说"堂堂交谊不磨存。是非莫问心终谅",表示谅解冒孝鲁之为伪官是"志在全躯保妻子",但是仍然强调"事关孤注赌乾坤",即坚持抗战是关系国家命运的大事,马虎不得。按,"赌乾坤"之典出自李白《经乱离后天恩流夜郎,忆旧游,书怀赠江夏韦太守良宰》诗句"天地赌一掷,未能忘战争"和韩愈《过鸿沟》诗句"谁劝君王回马首,真成一掷赌乾坤",而李白、韩愈诗之典又源自《史记·高祖本纪》——刘邦、项羽约以鸿沟中分天下,项羽东归,而刘邦西去途中则用张良、陈平之计,回马追杀项羽,遂亡楚而建立了大汉的江山社稷。钱诗尾联"思君梦入渔洋句,残照西风白下门",更明用清初诗人王士禛感怀明亡的《秋柳》诗名句,意在提醒冒孝鲁不要重蹈明末文人士大夫的亡国之路,亦可谓感慨系之。然则,对钱锺书的这番苦心劝告,冒孝鲁又作何感想呢?《叔子诗稿》中系于1942年末尾的《次答默存见寄》,大概就是他对好友的回答吧——

---

① 张爱玲:《自己的文章》,《新东方》第9卷第4—5期合刊,1944年5月15日。
② 胡兰成:《评张爱玲》(第二篇),《杂志》第13卷第3期,1944年6月10日。

> 白鸥浩荡谁能驯?漫说粗官可救贫。
> 且得长歌聊遣日,但明吾意岂无人?
> 死生师友言宁负,肮脏情怀汝最真。
> 老柳白门渐衰飒,相思林际梦春申。①

所谓"次"不是"次韵",而是继《夜坐一首寄默存》之后的"第二次"答钱默存也。这次冒孝鲁的答复是把老友体谅的恕辞据为当真的"知心"之论,而对钱锺书的规谏和提醒则装糊涂不理会,完全辜负了钱氏的一片苦心。其实从1939年算起,则钱锺书对冒孝鲁的讽劝已不止两次了,到了此时诚所谓事已至此、言尽于此、再说无益了,钱锺书也就从此置之不理。其实那时钱、冒二人的空间距离很近:一个在南京,间或也会回上海,而另一个则"默存"沪上,可是在《槐聚诗存》和《叔子诗稿》里却看不到二人在1943—1946年之间有任何诗书唱和之作,足证交道之不存了——对钱锺书来说,这是做人的原则问题。

再说龙榆生。此人在词学上论编颇多,论多属常识,编有功普及,深造则不足,而一生病痛端在好名贪位,故颇多钻营投机之举,处心积虑攀附有名望有权力者以求出名出位。

譬如龙榆生最爱炫耀他与朱祖谋的关系,实则在彊村一生所交词友中,龙氏年最小而且时最短——交往不过三两年而已,只是他虚心问学、勤于做事,常为彊村老人代劳,所以1931年朱祖谋乃将自己校词常用的两方砚台赠送与龙榆生。在彊村老人那里,这个赠予不过是对龙榆生之虚心有礼表示感赏而已,并无别的深意。然而龙榆生却是个"有心人",他立即请另一位词坛前辈夏敬观(字剑丞,号映庵)为自己画了一幅《上彊村授砚图》以为纪念,1932年1月又急忙刻了一枚"授砚楼记"印章,公诸同人,随后便不厌其烦地请吴湖帆(1932年)、汤定之(1934年)、徐悲鸿(1935)、方君璧(1943)、蒋慧(1943年)、夏敬观(1948年再绘)等绘制《彊邨授砚图》(或"受砚图"),没完没了地招邀学界和政界名流题跋,并且说什么朱祖谋给他双砚时就亲托夏敬观为他绘制了"授砚图"。② 如此一来,龙榆生也就将自己打扮成词学泰斗朱祖谋临终前慎重选择的词学传灯者或传法者,借机来抬高自己

---

① 见《叔子诗稿》第53页。
② 参阅龙沐勋:《苜蓿生涯过廿年》(续),《古今》第22期,1943年5月1日出刊。

的学术地位。看龙榆生此后的文字,几乎不放过任何机会强调这一点。这种做法显有卖死人头之嫌。实际上龙榆生连彊村门人都算不上,彊村老人给他双砚原不过是人情之举,哪里有什么"传灯""传法"之意?倘若老人的举措真有如此重大意义,则龙榆生在彊村去世之初所写《朱彊村先生永诀记》里为什么毫无记述?并且最初为之绘图的夏敬观也在其题词里明确说,他当初并非受彊村老人之命绘图,而是"为榆生世兄写授砚图",①孰料随后在龙榆生那里却变成朱祖谋"托夏吷庵先生替我画了一幅上强村授砚图"。由于龙榆生刻意这么说,别人也就顺水人情地随口附和,于是事情也就渐渐地弄假成真了。龙氏之攀附为章太炎的"弟子",也采取了近似的移花接木式的粘贴之策,真可谓费尽心机。

至如政坛大腕胡汉民、汪精卫、邹鲁、梁鸿志、陈公博,直至陈毅和毛泽东等,更是龙榆生一生接连攀附的对象。这里只说他与胡汉民、汪精卫的关系。其实龙榆生和胡、汪二氏本无渊源,只是在1933年秋初,易大厂出示其与胡汉民唱和诗稿,龙榆生凑趣附和,算是与胡氏拉上了关系;汪精卫原是朱祖谋为广东学政时之诸生,而从政后颇喜卖弄斯文,所以龙榆生便借出版《彊村遗书》和创办《词学季刊》之机拉汪氏赞助,算是扯上了关系。30年代中期,龙榆生自觉有点名气了,欲在暨大谋取更高的位置,遂在1935年春自告奋勇赴南京面见教育部长王世杰、侨务委员长陈树人,说是反映暨大情况,实乃自我推荐,然而并未得到重用——夏承焘本年赋送龙氏的《江城子》词题注有"榆生掌教春申,不得酬其志",说的就是此事。正当龙榆生负气之际,胡汉民、邹鲁招他出任中山大学中文系主任,于是龙榆生便于1935年9月南下广州,算是略酬其志了。不幸胡汉民于次年5月去世,失去了依傍的龙榆生只得重返上海再觅教职,一时不免困难。随后抗战爆发,龙榆生先是与维新政府的梁鸿志拉拉扯扯,接着便与脱离抗战阵营的汪精卫接续上关系。此时的汪精卫已身败名裂,平日与他交往的大名士们大都躲之唯恐不及,于是他倾诉"苦闷"的对象便"降尊纡贵"到龙榆生这个小角色。正唯如此,龙氏对汪氏的"眷顾"颇有点受宠若惊,以为找到了大靠山,遂半推半就地接受了伪职:先是出任汪伪

---

① 转引自张晖:《龙榆生先生年谱》第40页注①,学林出版社,2001年。

政府的立法委员、伪中央大学文学院教授,并兼任过陈公博的私人秘书和汪精卫宅家庭教师,后来终于做到了伪中央大学中文系主任、文学院长等职,算是得到了一展"平生抱负"的机会。

"卿本佳人,奈何做贼!"而佳人即使做了贼也总是难忘其佳人的身份和脸面,于是向人自诉委屈不得已之词,也就絮叨不休了。龙榆生的诉苦乞谅之词尤多,当他决定从逆之际及其之后,就一直不断地向以前的师友写信写诗写词,反复表白自己的苦衷以乞求原谅。由于龙氏战前曾与钱基博、钱锺书父子同在光华大学任教,多少有点交情,所以他在1942年的岁末也给蛰居上海的钱锺书寄去了乞怜的一信一诗,其信现已无存,而钱锺书也徇情给他回了一封信并且附上一首诗,钱信也已不存,诗便是前述那首《得龙丈书却寄》——

> 缄泪书开未忍看,差堪丧乱告平安。
> 尘嚣自惜缁衣化,日暮谁知翠袖寒!
> 浩劫声名随世没,危邦歌哭尽情难。
> 哀思各蓄怀阙笔,和血题诗墨不干。

此诗首联"缄泪书开未忍看,差堪丧乱告平安",当是钱锺书看过龙榆生乞怜的来书之后的客气安慰之词。颔联"尘嚣自惜缁衣化,日暮谁知翠袖寒",则含有一个"今典"和一个"古典":前一句很可能是因为龙榆生来书说及吕碧城劝他信佛之事,钱锺书因而鼓励他不妨借学佛逃禅以保持名节,后一句则显然櫽栝自杜甫的《佳人》诗名句"天寒翠袖薄,日暮倚修竹"。按,杜甫的《佳人》诗写一个在乱世中流落无依的良家女子,艰苦自持,幽居空谷,与草木为邻,保持高洁。从寄托诗学(词学)的观点来看,此所谓"佳人"也可说是老杜之自比自喻,而钱锺书之所以櫽栝《佳人》名句,当然有劝诫龙榆生这个"佳人"之意。颈联则劝谕龙榆生看淡名利、节制感伤。最后的尾联"哀思各蓄怀阙笔,和血题诗墨不干",可谓卒章显志:"怀阙笔"即用古代遗民惯以"阙笔"暗寓铭感不忘之例,与龙榆生共勉身处沦陷而心存国家正朔也。应该说,钱锺书此诗对龙榆生既有谅解又有劝勉,算是克尽了朋友直谅之道。而龙榆生在看到钱锺书的谅解之词后,显然是颇感慰心,所以他接着又回了一首《得默存书却寄》给钱锺书——

> 喜传高咏挟霜清,虱处悠然听凤鸣。
> 愿入泥犁宁化俗,终衔石阙且偷生。

> 百年无分身能隐,两世深期道益明。
> 寄谢尊翁相厚意,江鱼出没泪纵横。

按,此诗未收入龙榆生的诗词合集《忍寒诗词歌词集》,它与钱锺书的《得龙丈书却寄》诗一同刊于蓝田国立师范学院的刊物《国力月刊》第 3 卷第 1 期(1943 年 1 月 20 日出刊,署名"龙沐勋"),那当是钱锺书一同寄去发表的。这首诗最引人注目的当然是颔联"愿入泥犁宁化俗,终衔石阙且偷生"两句,它们可说是龙榆生的辩解和表白。"泥犁"者,梵语"地狱"也,而"愿入泥犁宁化俗",乃是龙榆生为自己附逆行为作辩解的"诗化"说法,当时和此后的他曾经反复陈述此意,而比较简明的说法则见于龙氏弟子任睦宇的回忆之转述——

> 汪精卫成立伪府,在未征得同意的情况下,突然宣布了榆生先生为立法委员。后人每以此为榆生先生诟病。据我所知,实有难言之隐。龙师母曾亲口告诉我,当这一消息发表,榆生先生非常惊愕,当时渴望和我长谈商量,以定去就。而我为了家事,久稽乡间。榆生先生多夜不能交睫,忧思冥想,终抱万死不屈之心,存万一有可为之望,以为我不入地狱,谁入地狱,便鼓勇尝试。①

这也就是说,龙氏是抱着"我不入地狱谁入地狱"的决心而屈身于伪政权下从事文教工作也。龙氏再致钱锺书诗所谓"终衔石阙且偷生",自然是对钱氏诗句"哀思各蓄怀阙笔"之劝勉的答复,乃暗示自己虽忍辱偷生而心存家国,言行自有分寸,让钱锺书放心。尾联"寄谢尊翁相厚意,江鱼出没泪纵横",仍是乞怜之词,末句典出汉乐府——"枯鱼过河泣,何时悔复及。作书与鲂鱮,相教慎出入"。这似乎表示龙氏还多少有点追悔不慎失足之意呢。

其实,龙氏家属所谓"难言之隐",龙榆生此前就已多所表白了——他是但怕别人不理解,所以根本没有隐含。如在抗战胜利前夕所写纪念汪精卫的两篇文字中,龙榆生就反复表白说:"予于十载前,以词学受知于汪先生",②汪氏出逃之南后,对他又格外眷顾,这使他

---

① 任睦宇:《悼念龙榆生先生》,《文教资料》1999 年第 5 期。
② 籛公(龙榆生):《忍寒漫录》,《同声月刊》第 4 卷第 3 号第 96 页,1945 年 7 月 15 日出刊。

"感深前席,梦回午夜"①,而他本来"志在育才,无情禄仕",只是为了"不负先生知遇之明……且以激于先生'为苍生请命,为千古词人吐气'之语,勉至金陵。五年之中,专心教育。自参加筹备中央大学复校,以迄于今"②云云。龙榆生在抗战胜利前一月的这番表白,仍深情款款,毫无悔意——其所表白之"隐",是他之所以附从汪精卫,乃是因为汪氏是他的"知音",对他太好了,以至他"感深前席,梦回午夜",情实难拒,乃舍身相从也;其所表白之"衷",则是他追随汪氏,无关政治,不为"禄仕",而只"专心"教育也。

　　实情果真如此吗?那倒未必。如前所述,龙榆生与汪精卫的关系本就没有深厚到难解难分的地步,即使确乎深厚如其所言,但知己之情与国族命运究竟孰轻孰重,龙榆生这么个聪明人能不明白?他明白得很。事实上,抗战前的龙榆生也曾是一个慷慨激昂的爱国之士,其1935年所作《水调歌头·乙亥中秋,海元轮舟上作,用东坡韵》词,就赫然有这样的词句:"休叹浮萍离合,试问金瓯完缺,二者孰当全?"③显然,"浮萍离合"以喻友情也,"金瓯完缺"以喻国家也。这表明龙氏原是轻重分明而并不糊涂的,如此则他后来为一点"知遇之恩"竟至屈身从逆,也就并非真情了。究其实,所谓为"知遇之恩"而屈身,不过是龙氏的托词和说辞而已,旨在把自己打扮成一个重情义的汉子,聊为投机附逆遮丑也。比较而言,龙氏在解放后所写的《干部自传》倒是半真半假地道出了其附逆之因由——

　　　　由于我痛恨蒋帮走狗在文教界的胡作非为,因而对蒋介石领导的国民党反动政府发生了同样的厌恶和绝望,动摇了我对"抗战必胜"的信心。恰巧汪精卫从河内转来上海,我在《中华日报》上读到他的《落叶词》,不免引起若干同感。一九三九年的冬末,

---

① 龙沐勋:《梅花山谒汪先生墓文》,同上刊第68页。附按,龙榆生攀附汪精卫,还有一可鄙之事:因汪精卫好陶诗,而李宣龚有陶集景宋钞本,极珍贵,龙榆生乃唆使夏剑丞从李宣龚处托言借出,献给汪精卫(顾廷龙曾听沈剑知述及此事,见《顾廷龙年谱》第303页,上海古籍出版社,2004年)。而在汪精卫死后多年,龙榆生仍不忘给汪翻案——1964年香港《春秋》杂志所刊题为《最后的心情》之"汪精卫政治遗嘱",基本可断定出自龙榆生手笔(参阅高伐林:《汪精卫政治遗嘱真伪悬案》,日本新华侨报网,2013年2月27日)。龙氏为汪氏翻案即为自己翻案也,所以冒孝鲁悼龙氏诗云:"到死不曾牵死友,相哀毕竟是书生"。
② 箨公(龙榆生):《忍寒漫录》,《同声月刊》第4卷第3号第96页。
③ 该词见《忍寒诗词歌词集》第40页,复旦大学出版社,2012年。

> 汪住在愚园路,从褚民谊处知道我的地址,就派他的随从秘书陈允文来看我,说汪很想念我,听到我身体不好,准备给我一些友谊上的帮助,并不要我替他做任何工作。①

骂"蒋介石领导的国民党反动政府",当然是说给共产党听的,未可当真,但对抗战前途失去"信心"的确是真——这才是龙榆生与汪精卫沆瀣一气的真正原因;至于"蒋帮走狗在文教界"有所掌控,但也未必至于"胡作非为"的地步,龙榆生真正"痛恨"的乃是过去的蒋政府教育部没有拿他当回事,未能让他执掌暨大文学院耳。这也就暗含着他之依附汪精卫,其实有权力之企图,而未必会满足于汪氏"给我一些友谊上的帮助,并不要我替他做任何工作"。汪精卫对此自然心知肚明,所以几番接洽之后,即于南京发表龙榆生为伪政府立法委员、伪中央大学教授。龙氏家属说他得此消息后"非常惊愕""忧思冥想"以至长夜痛哭,这话也半真半假。"非常惊愕"是假——其实对贪图名位的龙榆生来说,那职位乃是心照不宣的默契而且是"必须"的,甚至可能还不够;至于忧思痛苦到长夜痛哭,也可能当真发生过,但也可能是哭给别人看,甚至是说给别人听的,并且他也没有痛苦或痛哭很久,不过一天即离沪赴宁就任去了。其实,龙榆生倘使当真不愿从汪,则他不去就职也没有什么——如其汪精卫跟他的关系如他所说的那样铁,自不会因他不去赴任,就会对他有什么不利之举,而他不去赴任,那自然意味着他不愿与伪政府合作,则渝方的"中统"或"军统"也不会对他这么个文人下手。可是龙榆生竟然很快去赴任了,而且不久就主动打破了汪精卫"并不要我替他做任何工作"之约定,而多次发表怒斥抗战、热吹"和运"的政治言论,对汪精卫可谓极尽帮衬阿谀之能事。

例如,龙榆生到南京就职不久,就在汪精卫的赞助下创办一份发表和研究旧诗词的刊物,而龙榆生给这个刊物起的名字是《中兴鼓吹》,那当然是吹捧汪伪政府"中兴"了中华民国也。面对这种热昏的吹捧,汪精卫还算保持了一点清醒头脑,给龙榆生去信说:"现在全面

---

① 这段话转引自张晖:《龙榆生先生年谱》第97页,此处为省篇幅,删去了引文中无关重要的夹注。

和平尚未实现,'中兴鼓吹'四字,似太弘大。……可否易为《同声月刊》?"①该刊乃继《词学季刊》而起者,算是一个纯学术和纯文学刊物,原本可以与政治无关,可是龙氏为该刊所写的"缘起",却不忘乘机攻击"同仇"之抗战而极力揄扬和平之"和运"——

> 晚近以来,欧风东渐,中日朝野,震于物质文明,竞事奔趋,骎忘厥本。驯致互相轻侮,同种自残,祸结兵连,于今莫解,言念及此,为之寒心!……然则感情之隔阂,恒赖声律以化除。今欲尽泯猜嫌,永为兄弟,以奠东亚和平之伟业,似非借助于声情之交感,不足以消夙怨而弘令图。此本刊为东亚和平,不得不乘时奋起者二也。

> 慨自诗教陵夷,士风颓败,举国上下,浮伪相蒙。本真既漓,邦本莫固。以是日言团结,而精神之涣散依然。竞唱同仇,而士习之嚣张益甚,赌国运于孤注,等民命于弁髦,焦土堪哀,孑遗谁恤?每诵灵均"临睨旧乡"之句,与子美"吾庐独破"之篇,未尝不恻然于中,潸然堕泪。将欲化暴戾之气,以致祥和,革浇诈之风,更归淳笃,又非恢复温柔敦厚之诗教,难以为功。此本刊为力挽狂澜,不得不乘时奋起者三也。②

随即,龙榆生就发表了支持汪伪"和运"的政论《怎样促成全面和平的实现》,与汪精卫的文章并排在刊物的"和平文献"栏。龙文一开头就是一首慷慨激昂的"明志诗"——

> 报国惟凭笔一枝,墨痕和血济艰危。当时积毁寻常事,便作春蚕我不辞。

看得出来,龙榆生为了"和运"而不恤人言、甘当春蚕的态度可真是够坚决的,而其政论也积极呼应着日伪的"和平"主张,攻击抗战是"自欺欺人",败局已定,毫不客气地"正告重庆政府诸君:你们的抗战任务,现在也应该为国脉民命,宣告中止了",因此他声称"要唤醒一般有

---

① 汪精卫:《双照楼遗札·与龙榆生·五》,《同声月刊》第4卷第3期第46页,1945年7月15日出刊。

② 《同声月刊缘起》,《同声月刊》创刊号,1940年12月20日出刊。按,"缘起"是龙榆生8月前写的。

志之士,牺牲一切,来从事和平工作",并得意地"奉劝国内知识阶级诸君,以及旧时的伙伴们"道:"租界上是渐渐的不容许你们藏身了!……你们也应该'有动于中'了吧!"①这样一副得意扬扬的汉奸嘴脸,与龙榆生向"旧时的伙伴们"写乞谅的诗函时委委屈屈的可怜相,真可谓判若两人,但其实都真实地表现了其人格之实在的各一面。随后,龙榆生又发表了追和汪精卫《落叶词》而成的自度曲《悲落叶》(崔嶔拟谱,初刊《同声月刊》第 1 卷第 10 号,1941 年 9 月 20 日出刊,即今《忍寒诗词歌词集》第 69 页的《梦江南》二首),借机吹嘘汪氏云:"叶落倘回春……生意一番新"。此后的龙氏对汪氏更为卑谦,尊称其为"府主"犹嫌不够,竟至于谀称之为"明主",并动情地激励一位汪伪将领道:"明主忧勤孰当省,所赖将军有奇节,剥复之机料不远,长歌相赠情转切。"②龙榆生如此拥戴汪精卫这个"明主",果然获得了他所渴望的回报,被任命为伪中央大学文学院院长和南京文物保护委员会博物专门委员会主任委员等职。自以为著名学者的龙榆生,是很看重这些个位置的。当然,这离他所向往的"王者师"地位还差得很远,所以他意犹未尽,在汪精卫病重将赴日治疗前夕,还写了《求才与养士》一文,大讲现代版的"王者师"故事,最后说:"我抱着热诚来祈祷着,如果各方面的领导人物,都能够注意到这个问题,那末中国的复兴,也就不难计日而待了。"③只可惜不久汪精卫就走了,死了,龙榆生不得不开始新的政治投机……一个原本不无才学的古典文学研究者,玩起"文化政治"之道和"学术江湖"之术来,竟然如此娴熟而且乐此不疲,真让人叹息而且惋惜。④

---

① 上引诗文俱见龙沐勋:《怎样促成全面和平的实现》,《民意月刊》第 1 卷第 3 期,1940 年 8 月 15 日出刊。
② 龙榆生诗《癸未端午后一日与腾霄将军相见金陵,赠以长歌》,《忍寒诗词歌词集》第 87 页。
③ 龙沐勋:《求才与养士》,《求是月刊》第 1 卷第 2 号,1944 年 4 月 15 日出刊。
④ 张晖著《龙榆生先生年谱》对龙氏附逆之叙述,多采用谱主自己及其家属学生的说法而未加辨证,至于龙榆生的"明志诗"及政论如《怎样促成全面和平的实现》《由纪念孔子想到我们从事和平运动者的责任》等,皆付阙如,或未之见也。另,张晖在该书第 130 页憾言:"苏昌辽先生告曰:先生(指龙榆生——引者)书房内一直悬挂着潘伯鹰所撰的一副对联:'才华邳县弹筝手,词笔彊村授砚图。'苏先生以上联典故隐晦,询问了许多人,至今未得其解。"按,"才华邳县弹筝手"可能出典于清人王猷定的《汤琵琶传》:"汤应曾,邳州人。善弹琵琶,故人呼汤琵琶。"潘伯鹰可能把"汤琵琶"误记为弹筝手了,但也可能是受限于联语的字数音节,而不得不改"弹琵琶手"为"弹筝手"——此处顺便补说,聊表对这位英年早逝的学者之纪念。

如此看来，龙榆生的附逆虽然在他自己确乎不无纠结，但其实也并无复杂的"冤情"可申诉，他当年的友人如夏承焘、钱锺书等都看得清楚，但今人却未必都知道底细，并且近些年来，此事被一些古典文学学术史研究者及其爱好者炒得很热闹，弄得很复杂，而一般读者倘不明就里，也就未必能理解钱锺书答诗之意味了，所以在此不免多啰嗦了几句。

现在不妨回头再看看钱锺书的答诗《得龙丈书却寄》。按，钱锺书后来对该诗至少做过三次修改。第一次修改是在1951年，钱锺书曾给一些师友看过这个改本，比如吴宓1951年3月23的日记就录存了钱锺书的这个改本。① 其最重要的改动，当是将原句"浩劫声名随世没"改为"负气身名随劫灭"。"负气"二字非常准确地点出了龙榆生附从汪氏的真实原因：他其实是不满此前既有的名利地位，觉得是受了不应有的压抑，所以才追随了汪精卫。龙榆生的这个"负气"之举，钱锺书当年就应该看出来了，只是"意深墨浅无从写"耳。此诗的第二个改本附录在钱锺书1984年4月2日回复龙榆生弟子富寿荪的一封信里，其中"负气身名随劫灭"一句仍予保留，其他字句略有歧异，但未必是有意修改，或乃复函时凭记忆书写故而有差也。第三个改本即收入《槐聚诗存》的《得龙忍寒金陵书》——

> 一纸书伸渍泪酸，孤危契阔告平安。
> 尘多苦惜缁衣化，日暮遥知翠袖寒。
> 负气身名甘败裂，吞声歌哭愈艰难。
> 意深墨浅无从写，要乞浮提沥血干。

此本将"负气身名随劫灭"改为"负气身名甘败裂"，属词用语更富春秋笔法。而钱锺书1984年致富寿荪的信也明确说，此诗"语带讽谏，足窥当时世事人事，亦见'文章有神交有道'耳"②，并且在"交有道"三字下加点了着重号。按，"文章有神交有道"出自杜甫诗《苏端、薛复筵简薛华醉歌》，而钱诗之"语带讽谏"正所以勉尽交道也，且其讽谏之意在最初的文本里就有了，只是比较隐含、略留颜面也。譬如"尘器

---

① 参阅《吴宓日记续编》第1册，1949—1953，第96页，三联书店，2006年。
② 第二个改本《得榆生先生金陵书并赠诗即答 一九四三年》及钱锺书致富寿荪函语，俱见陈梦熊：《富寿荪所存钱札四通》，载《钱锺书评论》第1卷，社会科学文献出版社，1996年。

自惜缁衣化,日暮谁知翠袖寒"二句,何尝不是婉而多讽。前面说过,"尘嚣自惜缁衣化"乃指龙榆生的词友吕碧城劝他信佛事——从1938年到1942年,吕氏多次致函龙氏劝其信佛,其实是教他以逃禅出家之法保全节操,但龙氏却一直因为尘念太深而犹豫不决,并可能将其犹豫告诉了钱锺书,而钱诗所谓"自惜"其实是有歧义或多义的:"自惜"固然可以理解为"自爱"因而"缁衣化",但"自惜"也可以理解为"自怜",而一个"自怜"者是否能断然"缁衣化",那可就不无疑问了。至于"日暮谁知翠袖寒"所檃栝的老杜《佳人》诗句"天寒翠袖薄,日暮倚修竹",乃赞颂佳人不畏天寒日暮翠袖薄而独倚修竹不改高洁,而钱氏诗句却暗含疑问——试想一个自怜日暮翠袖寒的佳人还能保持高洁吗?此所以钱氏最后有"哀思各蓄怀阙笔"之议,仔细体会"各蓄"一词,实含有你自你我自我、各自好自为之之意,可谓寓婉讽于劝勉而言尽于此矣。那证据就是,当龙榆生又写来了一首词——

鹧 鸪 天

> 有限年光逐逝波,秋心人意两蹉跎。
> 梧桐策策传霜信,络纬幽幽吐怨歌。
> 啼宛转,影婆娑,平生只觉负恩多。
> 谁能得似南朝柳,一任惊风撼弱柯。

这又是一首乞怜乞谅之词,它紧接着前面钱、龙两首酬答诗而发表于《国力月刊》第3卷第3期(1943年3月20日出刊),当是龙榆生再次写给钱锺书的,而饶是龙榆生此次的"吐怨歌"唱得如何的"啼宛转",钱锺书都不想再搭理他——双方的交际也就从此中断了。

  诗书交际,文人惯习。钱锺书和冒孝鲁、龙榆生之间的诗书酬应,其实并无多少新鲜诗意和诗艺可讲,值得注意的乃是此类酬应折射出的人生态度之差异,那倒是颇为微妙的。

慷慨抒怀抱:
"默存"待旦的家国情怀与担当精神

  "心画心声总失真,文章宁复见为人。高情千古闲居赋,争信安仁拜路尘!"元好问的这首论诗诗可谓感慨系之。的确,言不顾行、人文分裂的诗人文人,是代不乏人的,冒孝鲁、龙榆生之流就在此列。二人原都是热衷名利所以不免苟且之人,而皆自命风雅,会写点旧体诗词,于是便用诗词来掩饰和修饰其卑下苟且之行,并希望因此得到友人的原谅。这虽然也可以说是讳饰诈伪之艺术,然而古人云"诗道性情"——从人性的角度看,冒孝鲁和龙榆生的这种自我修饰、自欺欺人的诗词写作行为,其实也是人性人情之所应有者,并非不可理解。而读者只要稍微细心点,其实也是不难看出其人其诗之情伪破绽的。

当然,元好问的说法也是有激而片面之言,其实人与人不同,岂可一概而论。远的不说,即使同样滞留上海沦陷区的文人学者,就有不少人或秘密抗争或洁身自好,坚守住了为文与为人的底线。即如著名作家和学者、前暨南大学文学院院长郑振铎蛰居沪上,眼见日人乘机掠夺中国文化遗产,他心急如焚,每日四处奔走,不惜破财以至借贷,竭力收购珍贵典籍,与日人对抗。同时郑振铎还关心着年轻作家的成长,特意托人劝说张爱玲不要随便发表作品,建议她写了文章可以交给开明书店保存并可先付给稿费,等河清海晏再印行,虽然张爱玲并没有听从他的建议,而郑振铎的一片爱才之心实可感念。又如才华杰出的翻译家、批评家李健吾,因腿疾不能随暨南大学南迁,遂一度失业在家,而其时正"荣任"华北伪政府教育督办的周作人,托人传话给老学生李健吾,劝诱他"回到北平来做北大一个主任罢",但李健吾坚决拒绝了:"我写了一封回信给那个人,说我做李龟年了,唐朝有过这个先例,如今李姓添一个也不算怎么辱没。"①由此李健吾下海成了一个演员和编剧,解决了一家的生活问题,抵挡住了汉奸老师的诱降。后来李健吾被日伪抓进监狱,备受折磨,但他坚强不屈,绝不苟且。再如年轻的小说家芦焚,先是在"孤岛"悉心创作反映"一二·九"学生爱国运动的长篇小说三部曲,上海全部沦陷后有些无耻文人盗用他的笔名发表作品,他立即在报上声明,并制造回乡隐居的假象,而其实蛰居在上海的一间小小"饿夫墓"里,于饥寒交迫中写作不辍,却绝不在敌伪报刊上发表一个字……如此一心一意守望抗争的文人学者岂止二三人!有人甚至牺牲了生命,如被敌伪杀害了的朱惺公、陆蠡等。

钱锺书也是蛰居海上、"默存"待旦的一位。那时的他已是才华杰

---

① 李健吾:《与友人书》,《上海文化》第6期,1946年7月1日出刊。

出、享誉士林的青年学者,但他绝不把自己特殊化,而尽其在我地自觉承担着一个国民的职守和为人的正道,日常在一个教会学校任教并兼任一些年轻学子的家庭教师以维持生活,课余则怀着深深的忧患意识,锱铢必较地埋头写作诗论《谈艺录》和长篇小说《围城》,在与师辈及小友的诗书交际中相濡以沫,相互砥砺,守望待旦,而对一些动摇妥协的师友则克尽讽劝之责。最让人动容的,是在"默存"的漫漫长夜里,钱锺书尝夜不能寐而赋诗明志,发出了"偷活私存四不心"(方密之削发为僧口号云"不臣不叛不降不辱",《夜坐》)的誓言;或在日间访友慰情而不值,乃独登市楼,极目四望,遂兴"四望忽非吾土地,重阳曾是此霜风"(《重阳独登市楼有怀李拔翁病翁去岁曾招作重九》)之感怀;至于耳语私闻我军克复失地的消息,则兴奋如老杜喜闻官军收复河南河北一样,情不自禁地写下喜极欲狂的诗章如《漫兴》——

> 诗书卷欲杜陵颠,耳语私闻捷讯传。
> 再复黄河收黑水,重光白日见青天。
> 雪仇也值乾坤赌,留命终看社稷全。
> 且忍须臾安毋躁,钉灰脑髓待明年。

古人云"时穷节乃见",信然。在钱锺书的现存诗作中,《夜坐》《重阳独登市楼有怀李拔翁病翁去岁曾招作重九》和《漫兴》,无疑最为坚定也最为尽兴地表达了诗人"默存"待旦的爱国情怀和尽其在我的担当精神。不待说,在彼时彼地写作这样的诗并且将它们寄回大后方发表,那其实是不无危险的,然而作者还是情不可遏地写了,寄了,发了。如此言行如一、诗人不二,足见钱锺书并非如有些高人所说是什么"天下之至慎者",更非一些妄人所谓对民瘼国运等大是大非超然复漠然的"乡愿"云。如今遥想钱锺书当年蛰居默存之际、夜坐漫兴之时,竟如此勇敢地写出这样笔挟风霜、风骨凛然的诗篇,不能不让人肃然起敬。

此诚所谓:默存仍自有风骨,锺书何曾无担当。学界对这样一个钱锺书是有点忽视了。

顺便说一下,从钱锺书写于沦陷时期的这些诗作如《夜坐》《漫兴》等来看,他的诗风似乎在发生着某种变化,那就是从好为议论说理而不免"生涩奥衍"的宋体诗风格,渐自转换为慷慨任气而且气韵浑成的"三唐"(初盛中)诗之格调了。就抗战时期的旧体诗写作而言,这种转换带有相当的普遍性,它其实是时代精神、诗学传统与诗人心灵相交感的结果。此所以一个署名"立凡"的人在抗战当时,就敏锐地观察到旧体诗写作风气的此种转换,因而写了这样一首"立凡论诗绝句"云:"同光遗老凋零尽,国运于今亦转昌。漫把人才夸两宋,行看诗笔迈三唐。"那时还是年轻学人的王季思先生,在看到"立凡"的这首论诗绝句后,乃欣然表示赞同,并推而及于新诗坛——

> 现在,同光的诗人老的老,死的死了,宋诗的时代可说已经过去,而跟着来却是全国大团结与全面抗战。我们的民族已在逐渐的回(恢)复了青春。在诗坛上不管是新诗也好,旧诗也好,无疑的,她的作风将是唐诗的,而决不是宋诗的。在目前,这风气已在逐渐的转变。①

抗战以来新旧诗坛创作的主导取向,确乎更近于唐诗的格调和气象。此诚所谓"文变染乎世情,兴废系乎时序"。钱锺书写于沦陷时期的旧诗格调之转换,就是具体而微的证明。

2013年9月5日—10月16日草于清华园之聊寄堂。

---

① 上引"立凡"的论诗绝句及王季思的评论,均见王季思:《唐风之复起》,浙江省立严州中学《文学月刊》第1卷第4—5期合刊,1939年10月出刊。

后　　记

　　中国现代文学乃是已成历史的"古典"了,因此"温故知新"就是现代文学研究的题中应有之义。事实上,在文学史的长河中总有一些文本难免隐埋而等待重生:一则,有些文本在刊发不久即被遗忘或遗落,成为沉默的存在,期待着后人再发现;二则,即使一些流传不绝的文本,引人注目的也可能只是其显在意义,而在显象之下或许还潜隐着耐人寻味的深层意义,仍有待于后人之抉发;三则,文本也不过是作家文学行为所留之迹象,只有还原到具体语境和历史关联中,文学行为之复杂深隐的意义才可彰显。此即本书诸文之所由作也。

　　就研究路径而言,本书仍如《考文叙事录——中国现代文学文献校读论丛》和《文学史的"诗与真"——中国现代文学文献校读论集》之旧贯,还在做些考索文献、说文解诗、分析文学行为的工作。职是之故,书名曾拟为《说文解诗录——中国现代文学文献校读论札》。责编张文礼兄看了,觉得有点平,希望换个漂亮些的题目;我理解他的好意,于是有了现在这样一个看来比较堂皇的名目。其实,"说文解诗"又谈何容易,若能谈言微中,亦幸甚至哉,所以我还是更喜欢"说文解诗录"那个原题。也因此,本书目录仍按原来的意思,分为"说文录"和"解诗录"两辑。"说文录"诸篇乃是近三四年之所作,"解诗录"诸篇多是近七八年来之所为,其中《人与诗的成长——穆旦集外诗文校读札记》和《穆旦集外诗文拾遗》两篇,是和陈越君合作的,而解说卞之琳诗的一篇短文则是三十年前的习作——正由于这篇小文,我与卞先生结为忘年交,现在一并收录于此,以为个人之存念吧。

　　我的父母是陇东山区的一对农民夫妇,他们的一生艰苦备尝而白首偕老。如今两老都八十多了，身体不免有些疾患，而仍然操劳如故，总是闲不下来。诗云："哀哀父母，生我劬劳。……欲报之德，昊天罔极。"虽然父母不一定明白我写这些杂七杂八的文章是什么意思、有什么意义，但我还是把这本小书敬献给他们，算是一份微薄而且迟到的礼物吧。

2015年9月16日谨记于清华园之聊寄堂。

这些文章和文献在刊物上发表时，因为刊物篇幅有限，一些篇什有所删减，此次收集恢复了完整稿，个别文章则有所补订。在写作和初刊时，一则由于匆促从事，二则因为所用文献数据库里有些刊物的扫描—照相件不甚清晰，只能连蒙带猜地勉强引录，文字不免有误，如所录钱锺书作于沦陷时期的旧体诗，就出现了不少错误，这是我一直不安和歉疚的。于是利用此次校对的机会，对所有引文和所辑文献，都重新核对、有所纠正，但仍容或有误。

2016年正月初一上午9时校毕附记。